JN330824

在外日本重要絵巻選【影印編】

辻英子 編著

笠間書院

目次

はじめに……3

イギリス編

I 『長恨哥』……9
オクスフォード大学ボドリアン図書館附属日本研究図書館所蔵

II 『やしま』……59
オクスフォード大学ボドリアン図書館附属日本研究図書館所蔵

ドイツ編

I 『天稚彦草紙絵巻』……113
ベルリン国立アジア美術館所蔵

オーストリア編

I 『百人一首』……135
ウィーン国立民族学博物館所蔵

日本編

I 『禁裏御会始和歌懐紙』……243
宮内庁書陵部所蔵

II 『武家百人一首色紙帖』……301
宮内庁書陵部所蔵

Ⅲ　聖徳大学所蔵『敦盛』……365

Ⅳ　聖徳大学所蔵『伊勢物語』……399

初出・未公刊一覧……431

影印収録 DVD

ドイツ・バイエルン州立図書館所蔵

『源氏物語』

画像は図書館より提供されたデータのままに、「00箱表　葵紋と木札」「01桐壺」～「50東屋」はモノクロ（PDF）、「51浮舟」～「54夢浮橋」はカラー（JPEG）で収録しています。

はじめに

影印編は四編とDVDからなり、九作品をおさめる。研究編の「はじめに」に重複しないように必要に応じて解説する。

イギリス編

Ⅰ　オクスフォード大学ボドリアン図書館附属日本研究図書館所蔵『長恨哥』（請求番号 MS. Jap. b. 4（r））二軸　モーズリー旧蔵。

本絵巻の詞書は、「長恨歌抄」が最も近い書であると考えられる。長恨歌の抄（注釈書）とは、唐の白居易（白楽天）の撰・玄宗皇帝が楊貴妃への愛におぼれて政を怠り、安禄山の乱をひきき起こし、貴妃を失った深い悲しみを詠った詩で、抒情にすぐれ、後代や日本文学への影響は大きい。『源氏物語』の「桐壺」や「絵合」、『更級日記』には長恨歌が物語になっていることがみえる。

Ⅱ　オクスフォード大学ボドリアン図書館附属日本研究図書館所蔵『やしま』（請求番号 MS. Jap. d. 53 /1.2（r））二軸

幸若舞曲の「やしま」を絵巻し仕立てたものである。山伏姿で下向する判官一行は、信夫の里に着き、丸山の麓の家に宿を借りる。応対の尼公は、弁慶の頼みを受け入れて山伏接待をするついでに、義経の行方を尋ねる。義経に従って出て行った我が子佐藤継信（次信）、忠信兄弟の母だとなのり、子を失った悲しみを訴える。義経は弁慶に兄弟の最期を語らせる。主君の身代わりとなった子の最期を聞き、尼は涙にくれる。尼公の姿に義経は名を隠す罪を感じて名乗る。尼公は歎きの中の喜びと、「三代相恩の君」にまみえる悦びにくれる。

ドイツ編

二〇一〇年九月十四日、ベルリン国立アジア美術館を訪問した。東洋部長のホフマン氏（Dr. Alexander Hofmann）の案内で、『天稚彦草紙絵巻』と『扇面 平家物語』を熟覧した。

I　ベルリン国立アジア美術館所蔵『天稚彦草紙絵巻』（cat. no. 7）

本絵巻は、奥書によると、詞書は後花園天皇（一四一九―七〇）、絵は土佐弾正藤原広周筆、とあり、世界で最も美しい絵巻の一つである。

ドイツ人医師・ハンス・パウル・ベルナルド・ギールケ（Hans Paul Bernard Gierke, 1847.8.19–1886.5.8）のコレクションの一部である。ギールケは、ドイツのステッチンに生まれ、ヴュルツブルク大学の助教をしていた。師のケリカー（A. Kölliker）の推薦により、フエノロサより一年早い一八七七（明治十）年三月、東京医学校が東京大学医学部へ改組となるのに合わせて赴任した。持病のため三年あまりで帰国、一八八五（明治十八）年、日本で蒐集したコレクションを一括して民族学博物館に譲り、翌年、ベルリンのシェーネベルクにて三十八歳で亡くなった（山口県立美術館 学芸員 杉野愛『美がむすぶ絆 ベルリン国立アシア美術館所蔵日本美術名品展』〈郡山市立美術館・岩手県立美術館・山口県立美術館・愛媛県立美術館編 ホワイトインターナショナル 二〇〇八年〉一八・一九頁）。『扇面 平家物語』60図（cat. no. 22）とともに、現在は当美術館に大切に保管されている。短命であったからか、この珠玉のような二品の旧蔵者ギールケの名は同時期のベルツ（Erwin von Bälz, 1849–1913）やフェノロサ（Ernest Francisco Fenollosa, 1853–1908）ほど知られていないのは惜しまれる。

オーストリア編

I　ウィーン国立民族学博物館所蔵『百人一首』（所蔵番号 Lfd. Nr. 11726）

本画帖は、オーストリア・ハンガリー帝位継承者フランツ・フェルディナンド大公（Erzherzoog Franz Ferdinand von Österreich/Este）所蔵で一八九三年に当館の所蔵となった。各色紙の右肩に、染筆者を表す極短冊が貼ってあるが、現在五箇所の剥落がある。他の自筆史料により推定した委細は「研究編 Ⅰ 第一章 七節」を参照されたい。後水尾院周辺の法親王・公卿たち四十八名が各二首ずつ、四名が一首ずつ担当したと考えられる。

極札には、「琴山」（黒方印）とある。現在大極札、筆者目録はみあたらないが、本来は付帯していた可能性は高い。印章は案ずるに、古筆了延（古筆家七代）の筆に近い極めであると考えられる。

第一首は、二条前摂政光平、第二首は、妙法院二品堯然法親王、第三首は、二条太閤泰道公、と高位順に配列されている。自筆史料としての価値はもとより当時の禁裏の学芸活動を知るうえでも貴重な作品である。

【影印編】の冒頭に全容を掲げたとおり年を経て折帖の糊づけは剥がれ、和歌色紙と絵とにかなりの錯簡が生じていた。それをでき得る限り原初にもどし撮影したものである。

「1秋の田の　天智天皇」の画中の玉座（椅子）は、松井文庫所蔵『小倉山荘色紙和哥』とほぼ同じである。「2春過て　持統天皇」の画面左手に几張、右向きの天皇像を中央に描く構図は、バイエルン州立民族学博物館所蔵『百人一首』（S.1184 a（b）。二〇〇七年九月一九日に調査）に近い。上下二冊。青地に花鳥文を銀糸で織り出した表紙中央の白題簽に『百人一首上（下）』と記す。各頁の上段に和歌、下段に画像を描く。これと同構図の持統天皇像に「8　百人一首かるた」（『思文閣古書資料目録』二〇一四年二月　八頁）がある。

日本編

Ⅰ　宮内庁書陵部所蔵『禁裏御会始和歌懐紙』（書架番号　有栖―13）

御会の行われた年は識語によれば、「寛文十二（一六七二）年正月十九日」である。

「春日同詠梅花薫砌和歌　従三位源有能」にはじまり、四十六番目（70208/56–46）に「春日詠梅花薫砌和歌　従一位光平」とみえる。

Ⅱ　宮内庁書陵部所蔵『武家百人一首色紙帖』（書架番号 500–178、〈御所本　四（冊数）特（函号）『和漢図書分類目録』七四四四頁〉は旧称）

鷹司房輔　近衛基熙等写。筆者目録を付す。目録の奥書には、「右之目録依所望令書写／遣之者成／延宝八暦／十月日／基輔（花押）」とあり、延宝八年（一六八〇）、基輔二十三歳の時の筆である。

門跡・公卿等百名が武家百人を詠じたもの。冒頭からあげると、撰入された武人は、清和源氏の祖、六孫王経基に始まり、足利十一代将軍義澄までを収めている。

Ⅲ　聖徳大学所蔵『敦盛』　二軸

幸若舞曲の「敦盛」を絵巻に仕立てたもので直接には江戸初期に刊行された絵入り版本である舞の本を粉本として製作されている。本絵巻はアイルランドのチェスタービーティ・ライブラリー（CBL）が所蔵する『舞の本絵巻』六軸の連れの絵巻である点が重要である。この二軸を加えることにより、CBL 本系統の『舞の本絵巻』は現在十一軸十四番が確認できることになる。本来は三十六番の幸若舞曲が絵画化されていたと想定される。

Ⅳ　聖徳大学所蔵『伊勢物語』　二軸

近衛基熙詞書、土佐光起画　絹本着色。上下各巻末の落款には「土佐左近将監光起筆」、印章は「光起之筆」（白文方印）とある。別添の包紙に、古筆了意（古筆家九代）の極札がある。眼福に応える逸品である。

DVD

ドイツ・バイエルン州立図書館所蔵『源氏物語』五十四帖（Cod. Jap. 18）

【研究編】の「はじめに」参照。

イギリス編

I

オクスフォード大学ボドリアン図書館附属日本研究図書館所蔵

『長恨哥』（上・中）

All rights reserved Bodleian Japanese Library, University of Oxford

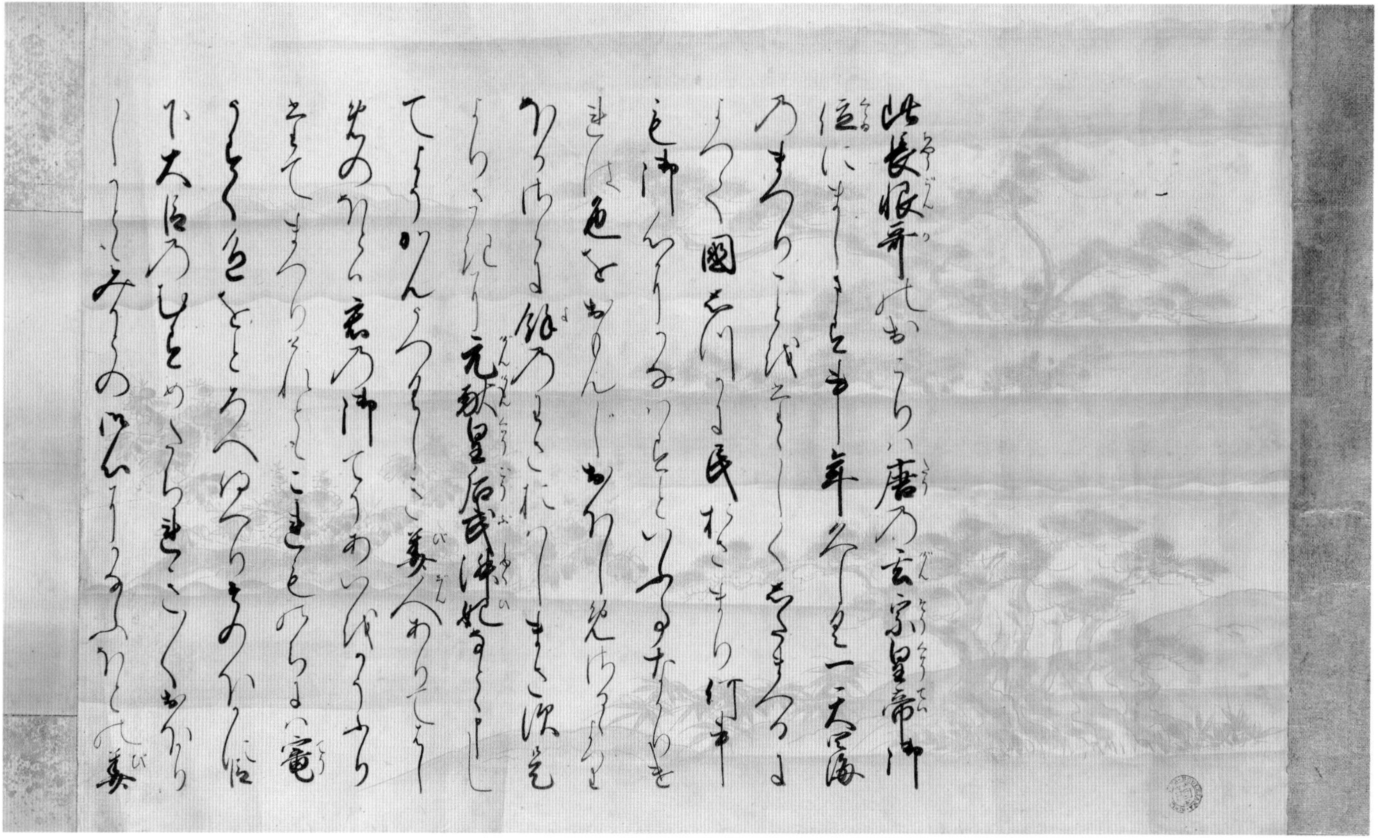

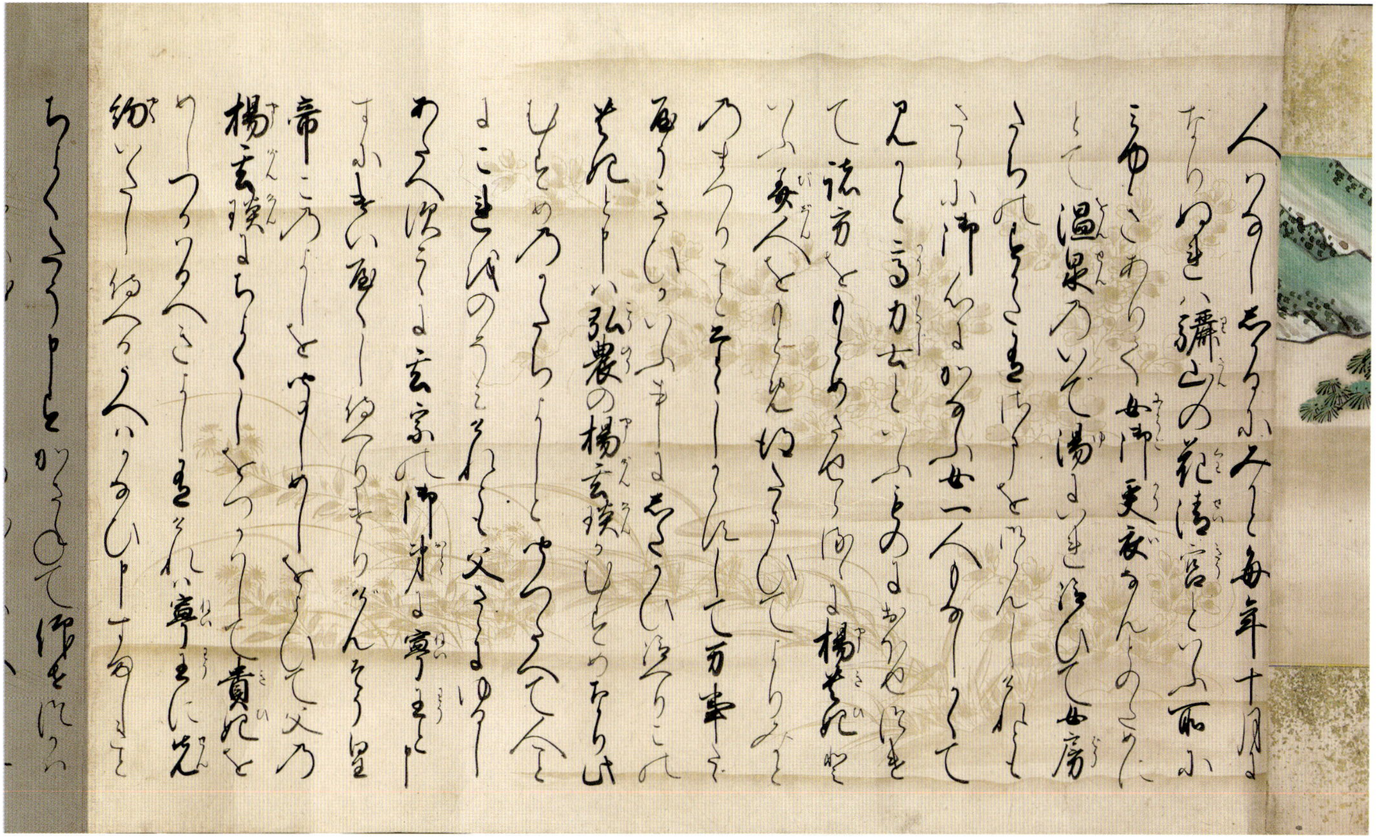

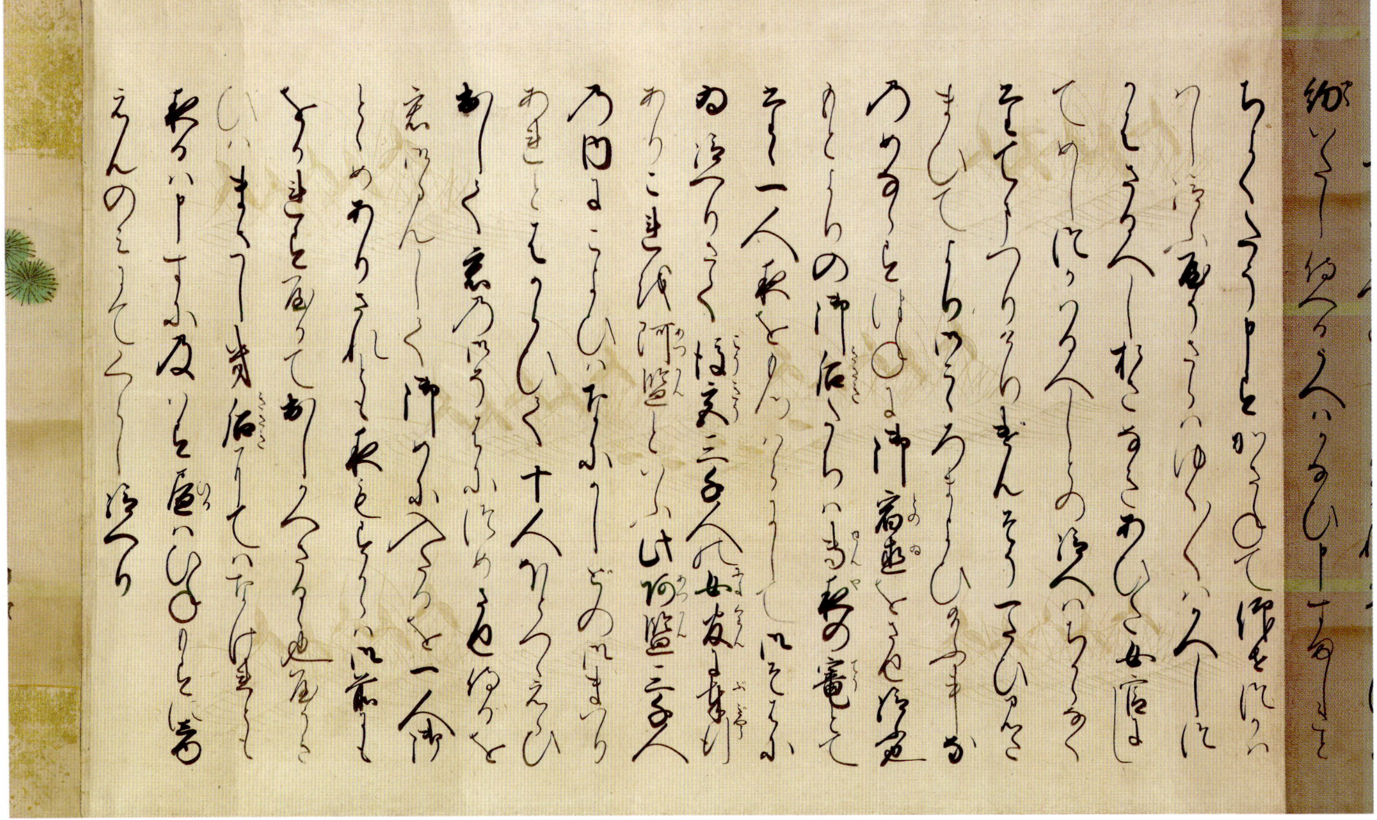

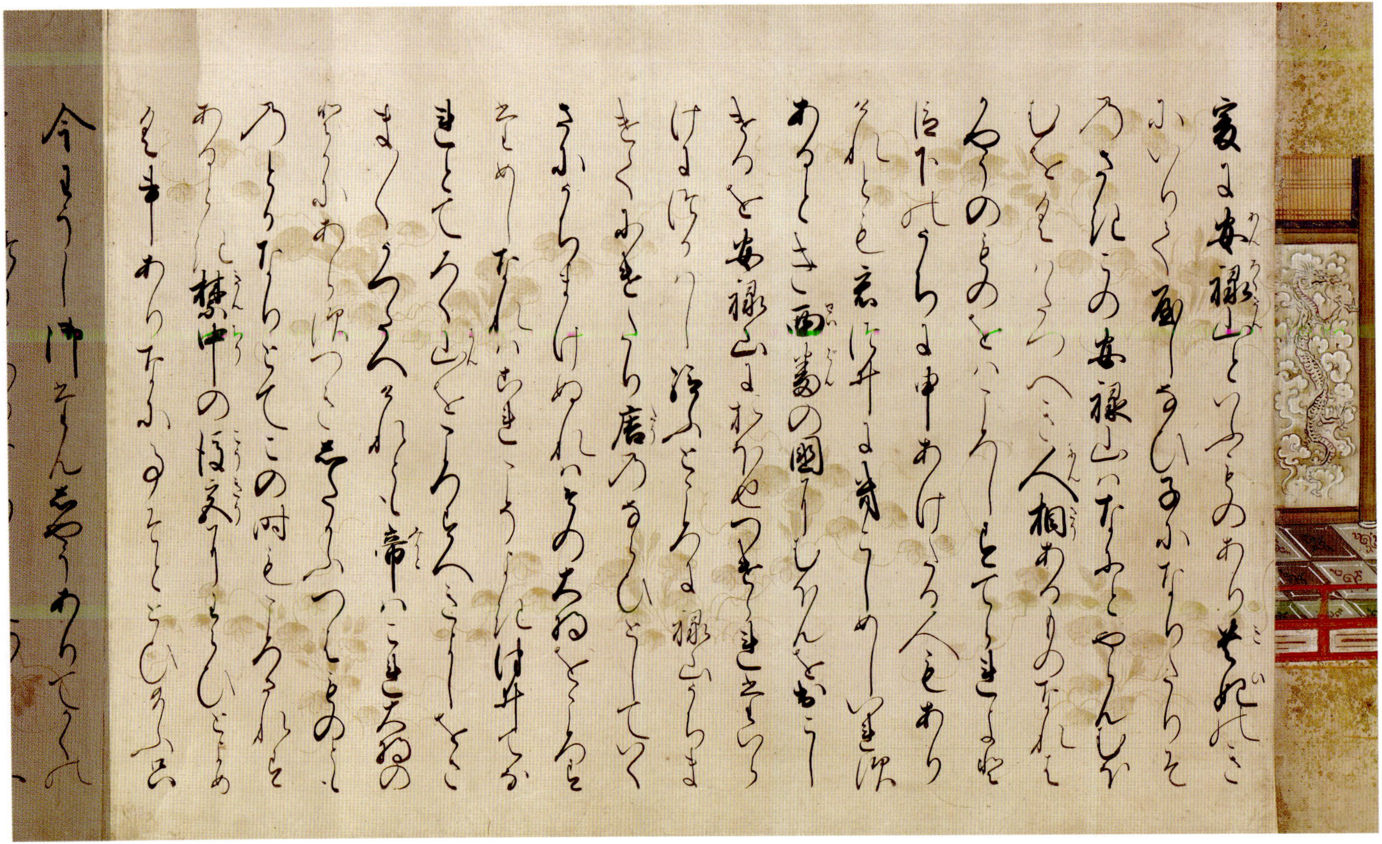

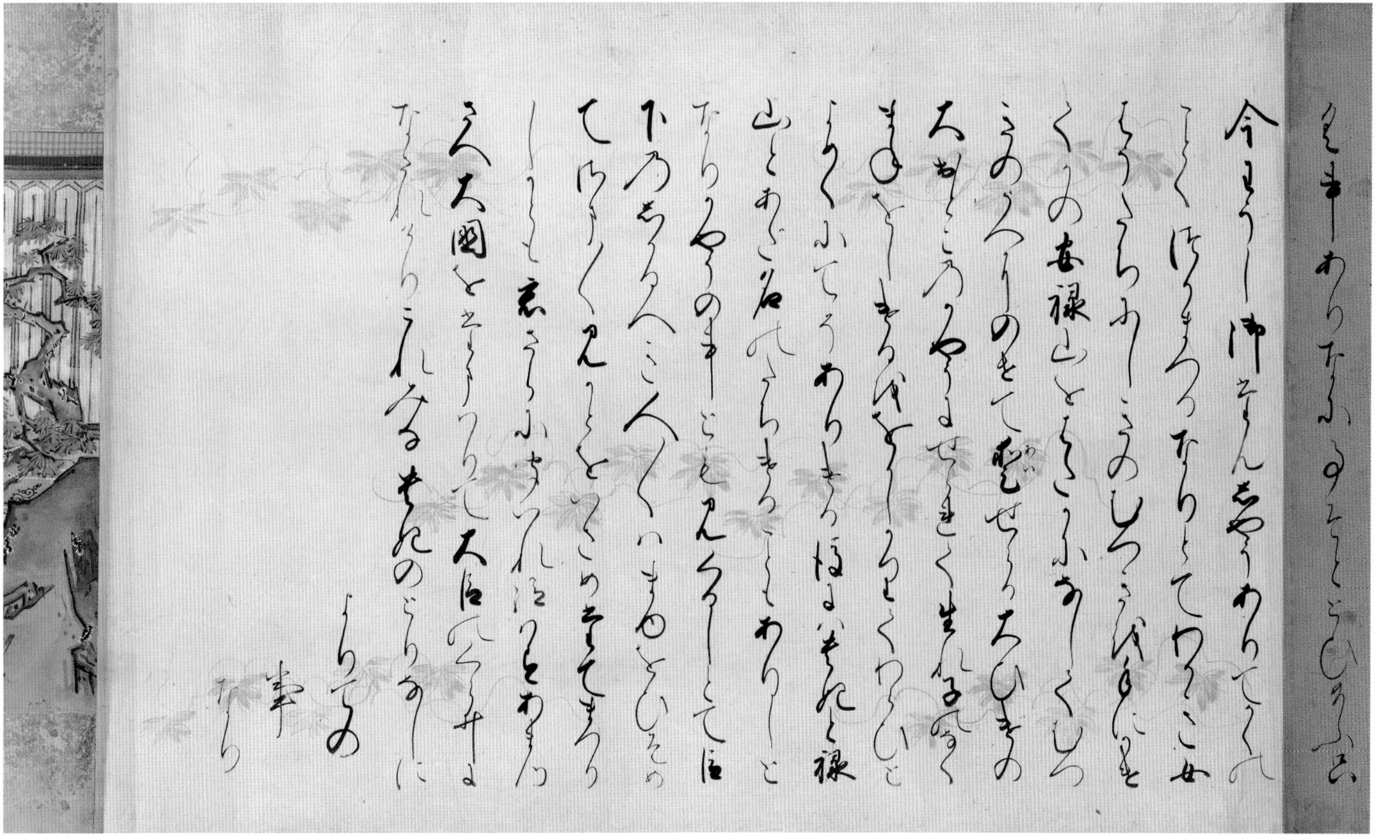

八

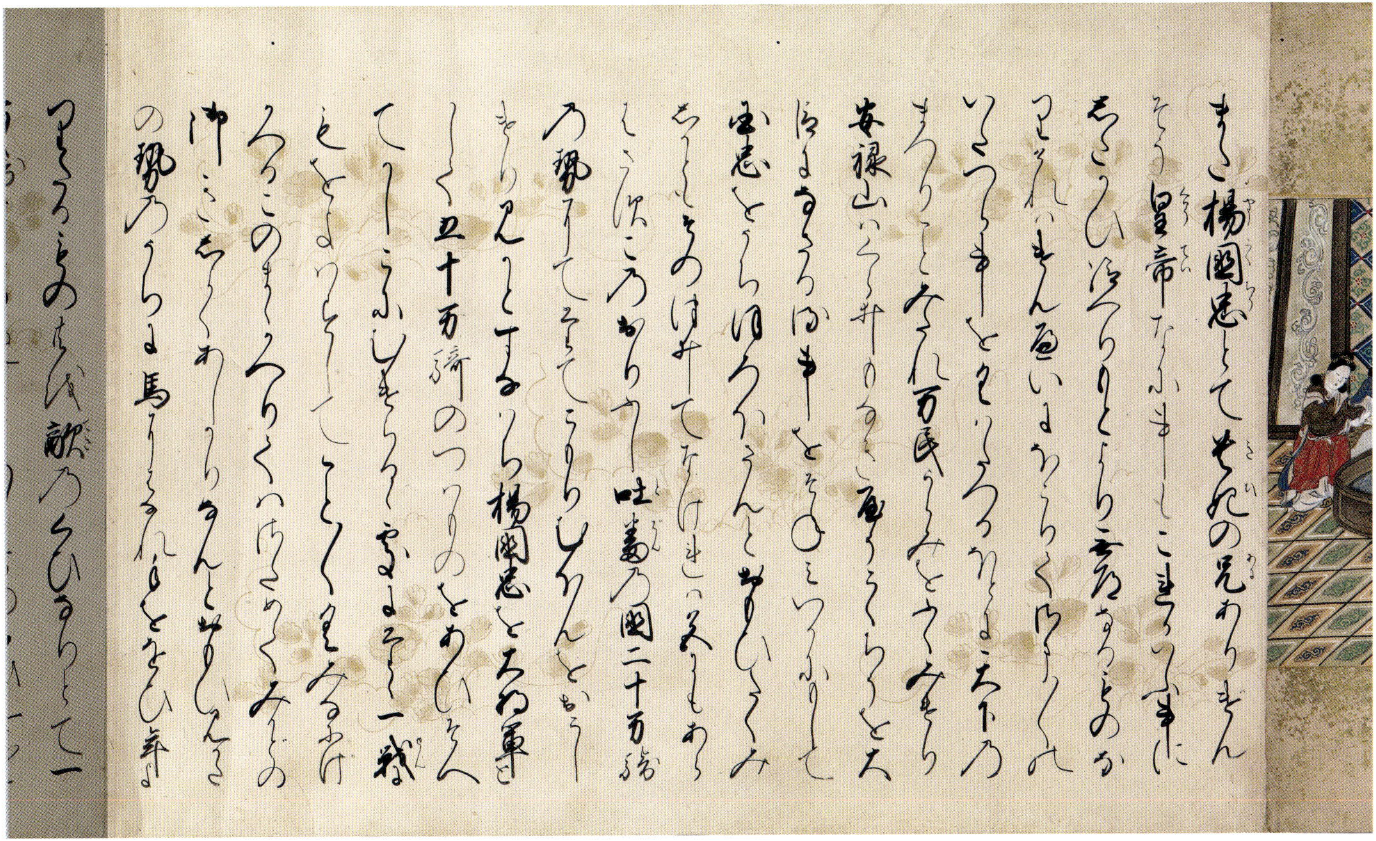

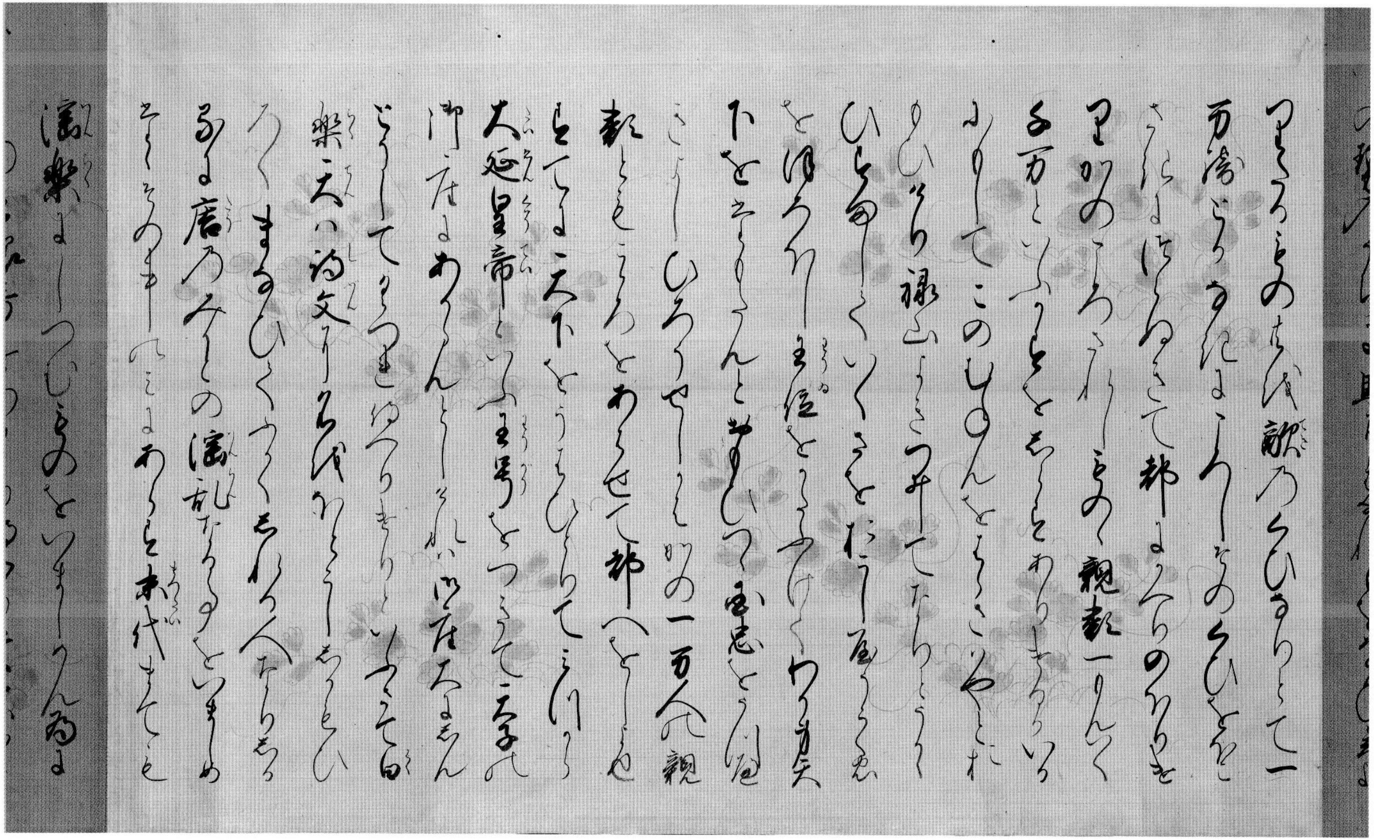

御存よりんとし[illegible]は[illegible]なきよもん
[illegible]してつまゆかりきりいふて白
楽天は詩文をなしたる代わりにしるしひ
ろくまうすひくうくちわろ人なりける
ある唐の代のしの淫乱なるをといましめ
そしてその事[illegible]よわる末代までも

淫楽よしつくしとめのといましめんためよ
この長恨歌とつくられけるなり玄宗皇
帝と白楽天とはその時代をへだてて
楽天は三四代の後の人なり扨長恨
歌と名付くるはいとつくりて[illegible]
このうらみ綿々として絶ゆる事なき
いふかくらてたるにみへたる事書
くこの文の題号となしせり

漢皇色をおもんじて傾国を思ふ
かんくわうとハ漢の武帝也。色これこ
の帝おハしまして玄宗ハ唐の
世の人なりふくたひつゝきまと唐皇とハ
つゝすてたまふゆへに漢皇といひける
うたれしハ白楽天ハ唐乃世の人なれハ唐の
字をかくしさうしもそけ漢の字を
かくつゝふすらやのさくいハまさ
おもへ色とよんしハ美とハ女色とて
美人の女といふすらおもんするとハ女
うらなうらししこゝ女おもいしかり
ものもなら傾国とハ国をとりてうると
し一国とともうしなふほどの美人と
ゆるくおもりしめとなら一国一城をも
うつくしきのうちしこゝ女といひ傾
城傾国といふ延年といふ者のわらいを
うたの李夫人がこしらへし武帝にかたらし
時よつまふかんかうるしこゝ女は傾城
傾国といふゝまもみる美人といへるか
きつくこらひびずんなら蘇燮といふらい
し貴ともとしじうたりしきてい

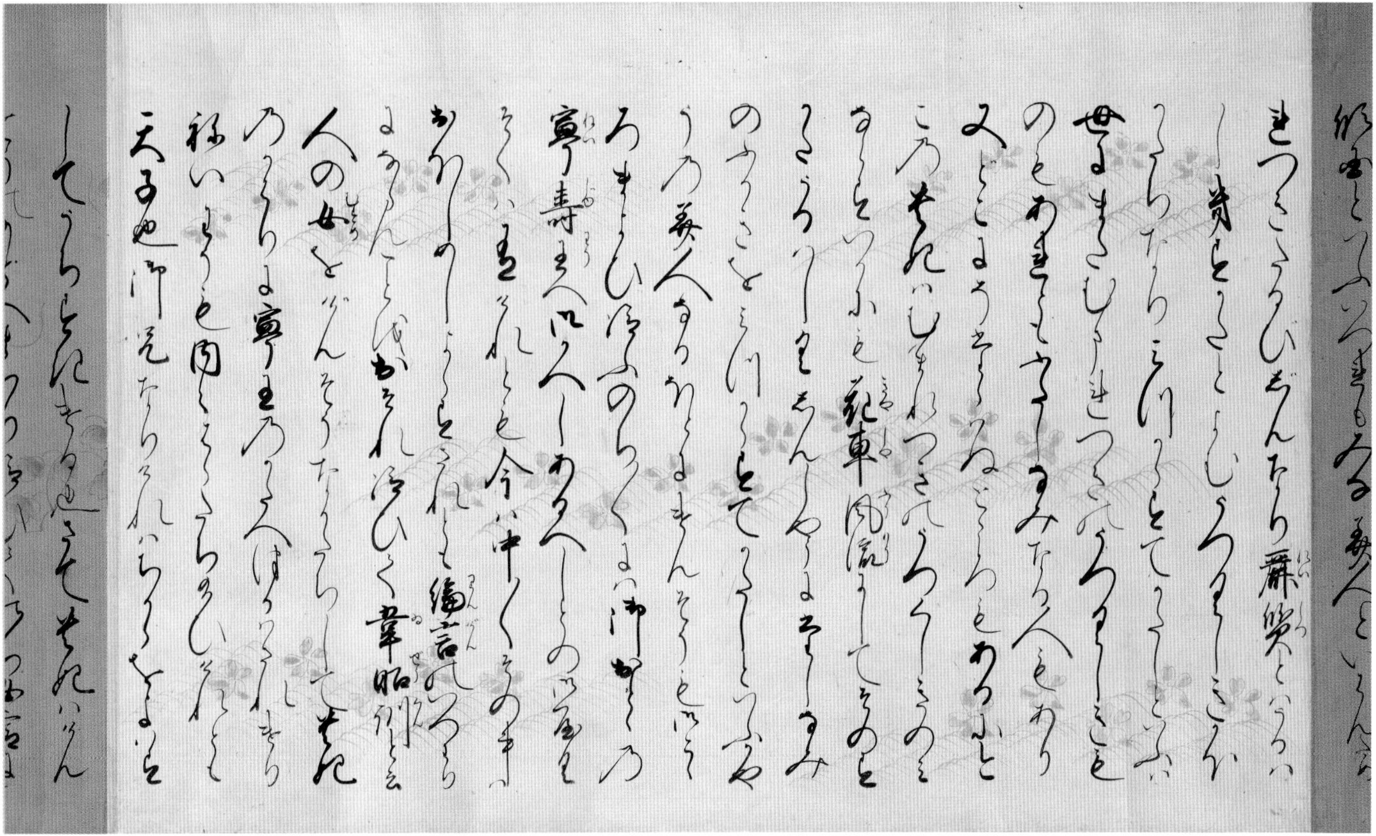

おりめしことくれして綸言のかう
よかうんてうにおさまれ給ひく章昭御たいら
人の女とぞんそうたてまつりしてきれ
のかりに寵まのつくへはうつくしきら
移いもとも因しくらきしいたくして
天子也御覧たちそれはらかきよると

してうらられきうの也さてきれいらん
そうきめのびんまうに給ひくかう女官は
てかうふらふめしとれきみの代まで
つきまいらす
一綱に選まくゑんまうの側にあり　一綱
とはこゑのまゐ一こゑ世にまさる一七びやん也
ごえしひかれくゑのびやうたゝるれと
粉黛とつくて帝も見れと御いらわい
のからは文飾のびやうすし急まといみと
の御事也

の御事也

眸を回らして一たひ笑めは百の媚生
つ[illegible]といふことはこれとてもまなこをめくらして
うるはしうひとをかへりみれは[illegible]
て完爾とうちゑみ給へは百のこひすかたあ
く百のえくほいてきて[illegible]
たしこわりはすこし気もはなかる[illegible]
ことなり媚とはおもしろくうるはしき
ことなりまたいはゆる[illegible]
らはるゝ事をいふ
六宮の粉黛顔色なし　六宮とは
禁中のうしろのかたなる御殿を六ところ
まもて三千人の美女をすへてをかるゝなりと
こまかに後宮といふなりかんそうにいへ
[illegible]
またこの三千人の女房たちをいふ也
うつくしき宮女[illegible]
こひやかにそ[illegible]
しらふきは三千人の女ともにかへりみ[illegible]
きえて[illegible]顔色なしとは
ようかんのよろしく見えぬ事也

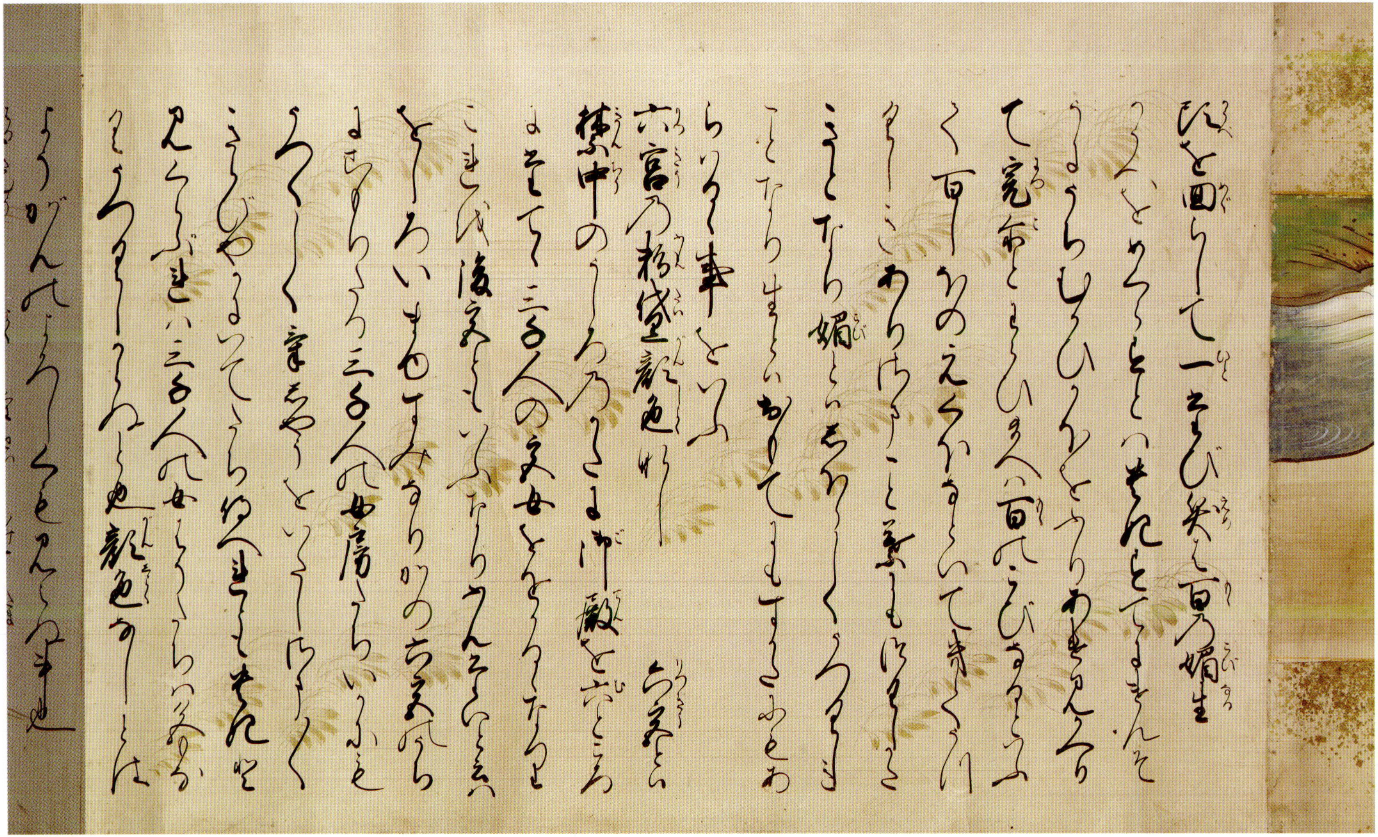

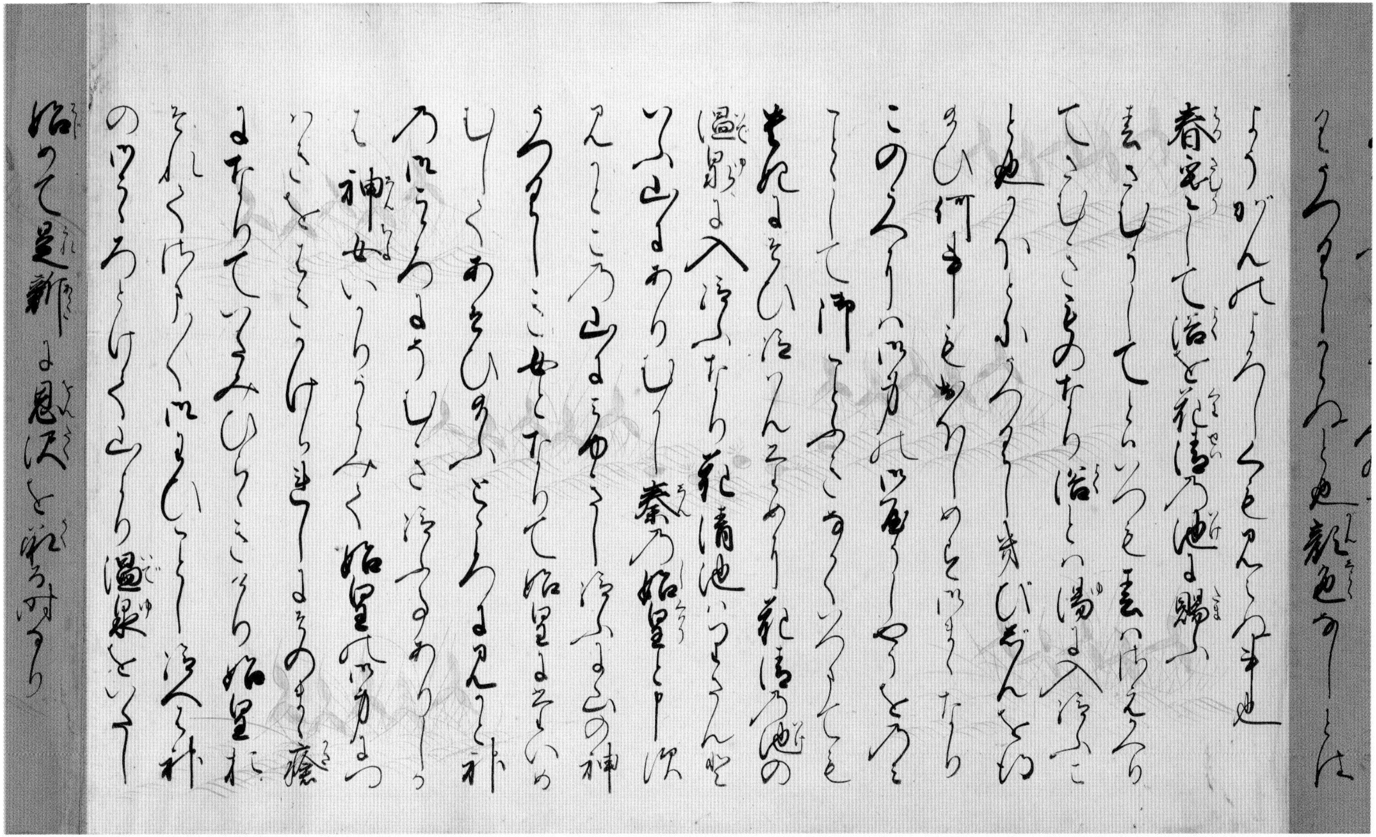

かれらかやうにさはりつるおりし
も神女いかりをなして始皇の御かほにつ
はきをはきかけゝれはそのまゝ瘡
となりてなやみたまひしかは始皇に
それよりくやしくおもひて神女に
のたまひけれは山より温泉をいたし

始めて是郷に恩沢をかうふりけり
あるところには玄宗これをきこしめして
華清宮といひまうけられけるにかんく
ともにすかれて恩沢いつくしみまされるたまき
けふこそと思ひつゝひとのさかへの
ふかけすさとまつくといふ沢の字
とうかひとしく草木は雨露のう
るほひを受くる生立ごとくなる恵のすこやか
なるをわれらのくみとをけるなり
てやすくなるべし恩沢をうくるとかや

雲の鬢づら花の顔金の歩揺
くものびんといふハ[illegible]うつくしさ
[illegible]雲の色ハ[illegible]
[illegible]びんつらの[illegible]
[illegible]花のかほといふハ[illegible]
[illegible]いふも[illegible]
[illegible]花の[illegible]
[illegible]金の歩揺といふ[illegible]
[illegible]也[illegible]花[illegible]
[illegible]
[illegible]
[illegible]歩揺の二字[illegible]
[illegible]
[illegible]花[illegible]
[illegible]
[illegible]金歩揺と[illegible]
芙蓉帳暖かにして春の宵を渡る
[illegible]芙蓉[illegible]也[illegible]
物也このむ[illegible]帳と[illegible]帳

歓を承て宴に侍りて閑なる暇なし
いふはかりなくきよらなるよそほひにて
ときめきたまひしかはいつくしきのみならす
ひたふるにさらに萬事ともにすさふ
とかくはとよもすから宴に侍りて
ふかくは酒宴遊興にのみして日をくらし
とあかしくらし給ふほとに
をりからいとほのしめし
春は春の遊に従ひ夜は夜を専にし給ひ
ちかのをしこは世のつねの人にはかはりた
こよひもかくやとおもひ月の宴を
あさまつりことのおほかたは御まつりこと
かくてまれ人こそありけれ夜ならて
いつのまにか後宮のあまたの宮女の
後宮の女御更衣すら一人をまつ
そのなかにひとりかまへてまうしまひて
れいとちかいをふかう
後宮の佳麗三千人
こうきうのかれいは
さんせんいふこしくかうなるはなもあはせて
て文殿をつくり寵愛といふ事一人と

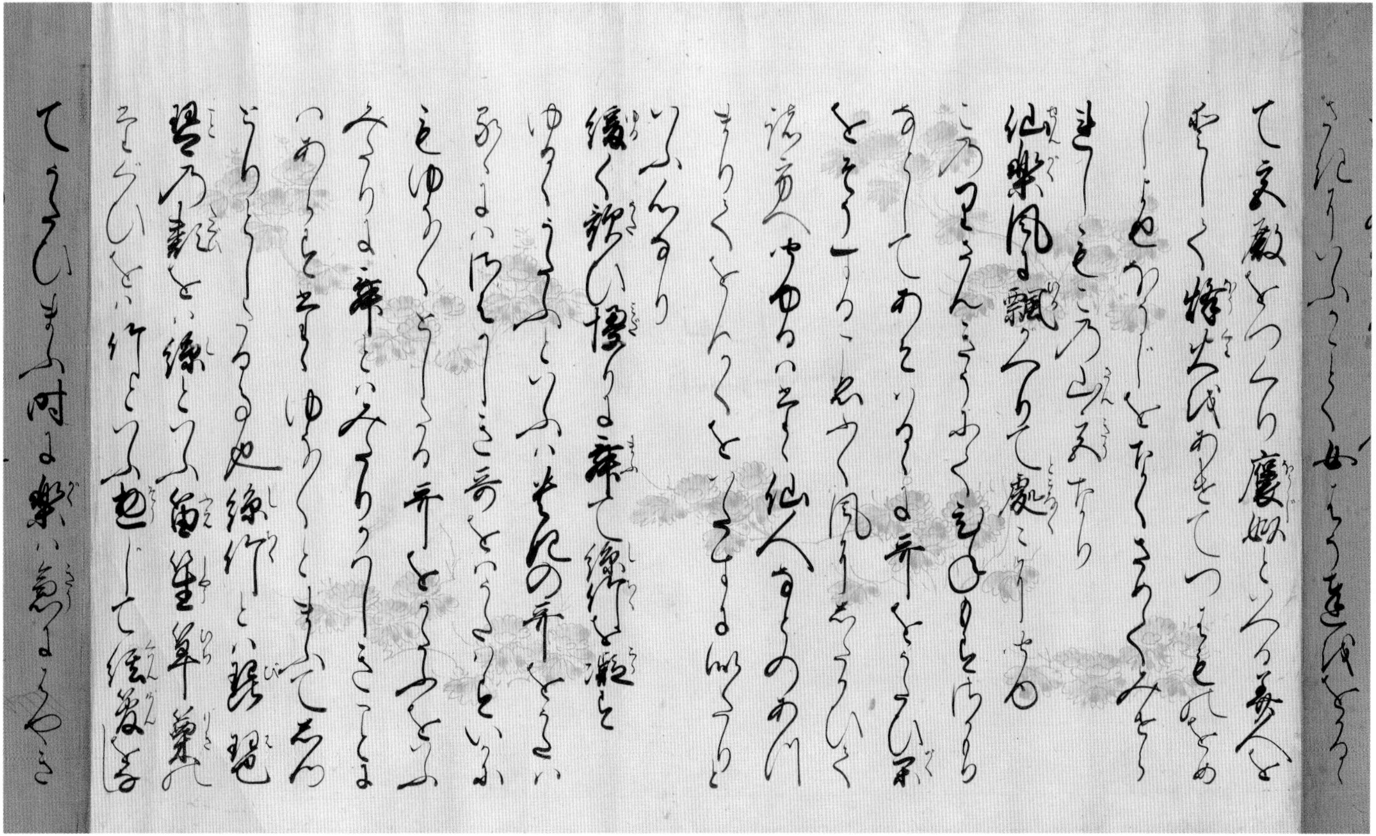

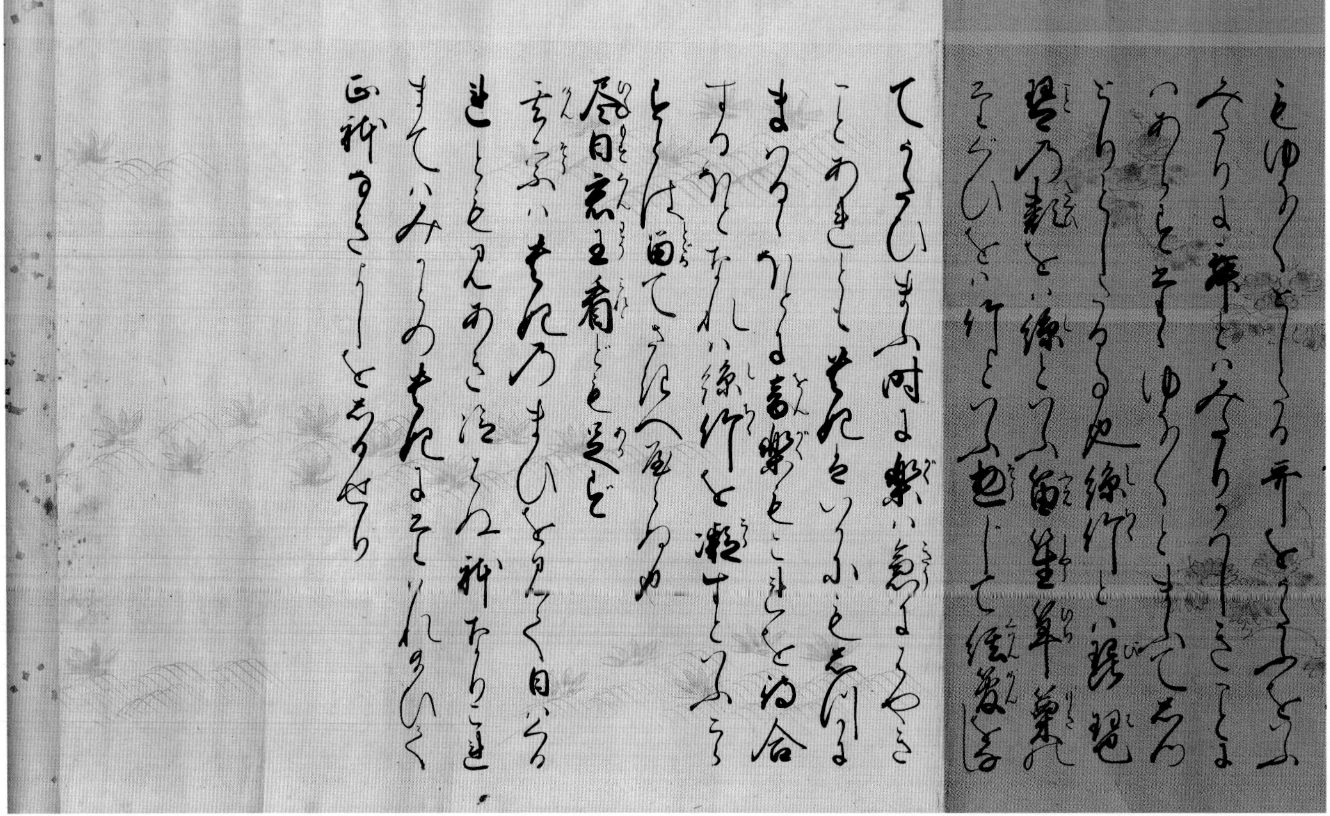

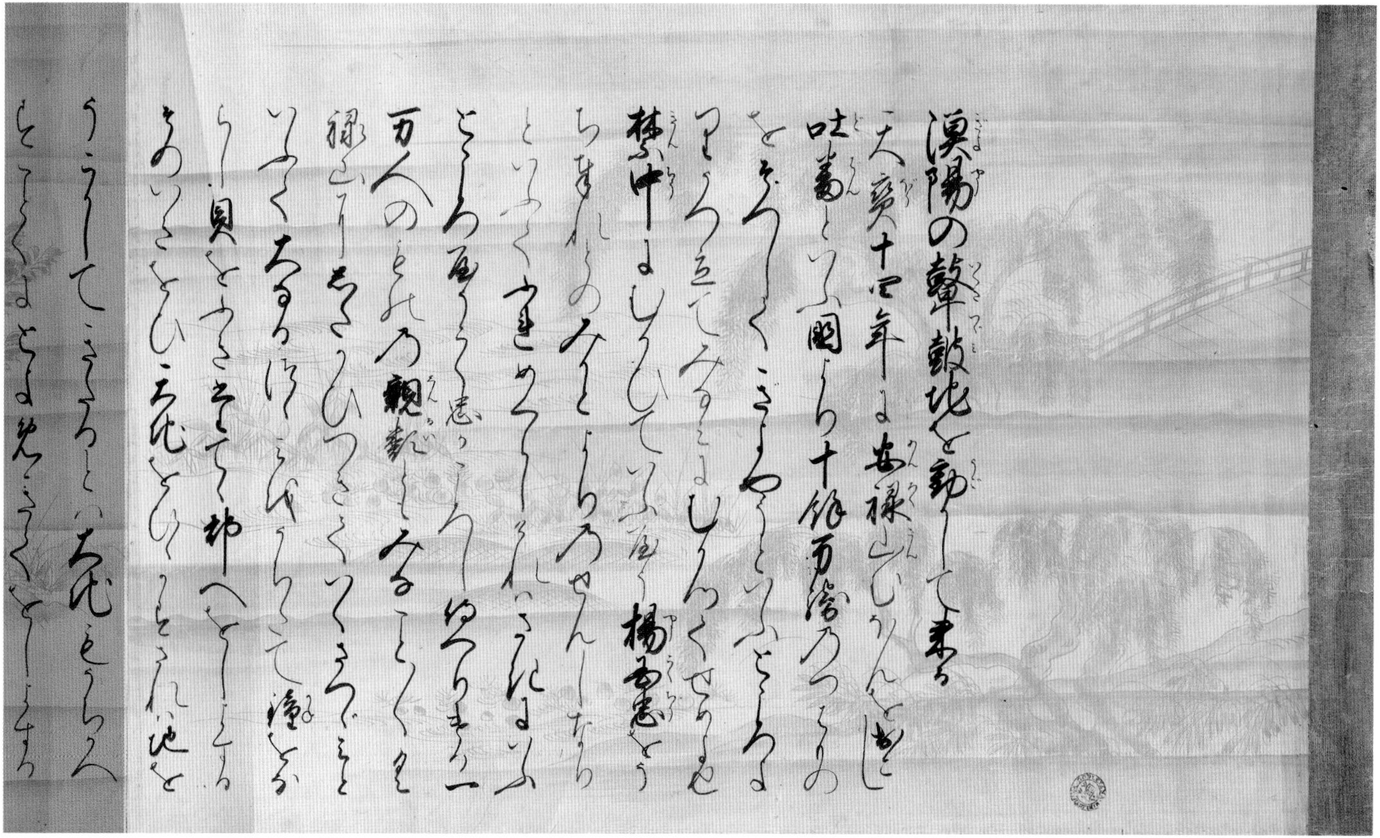

二

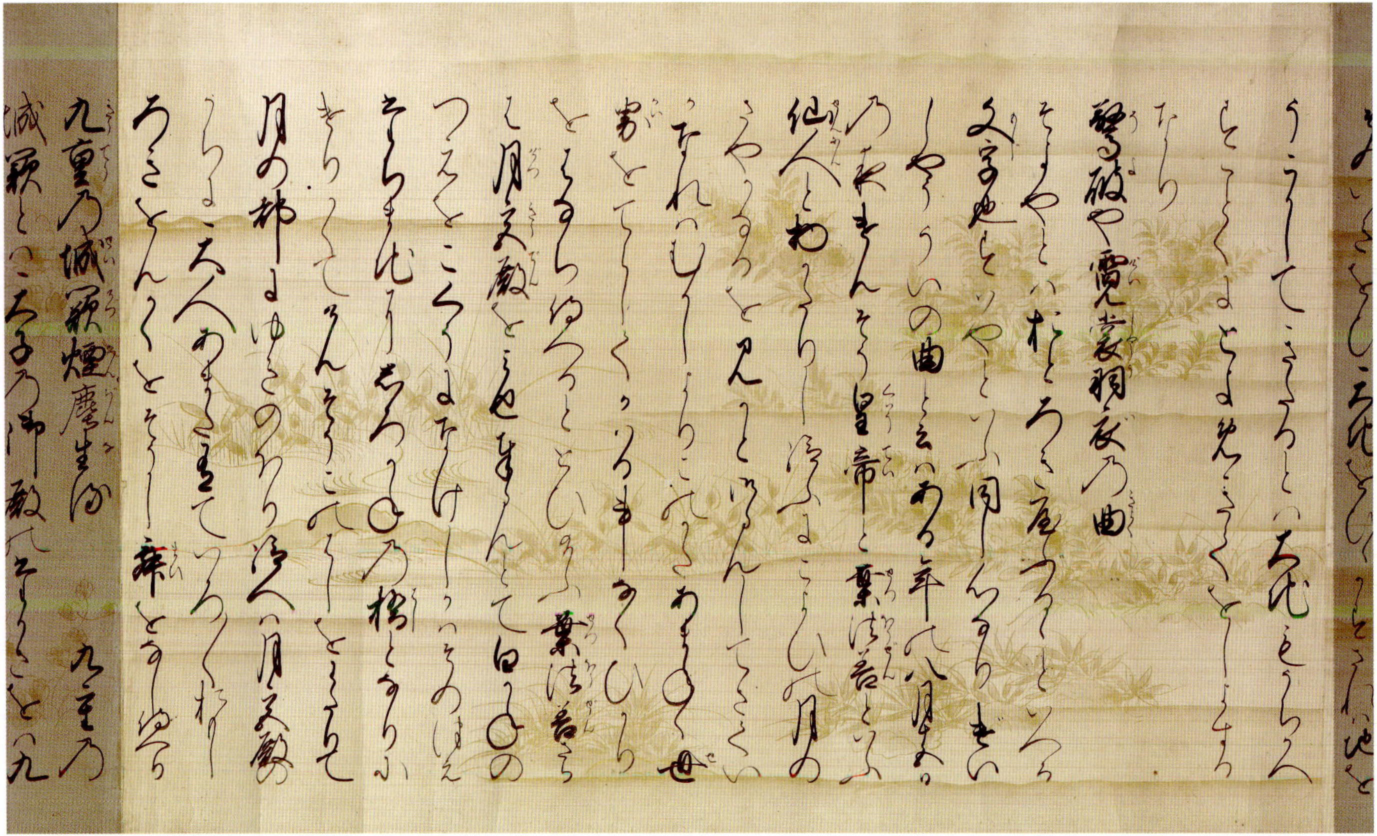

三

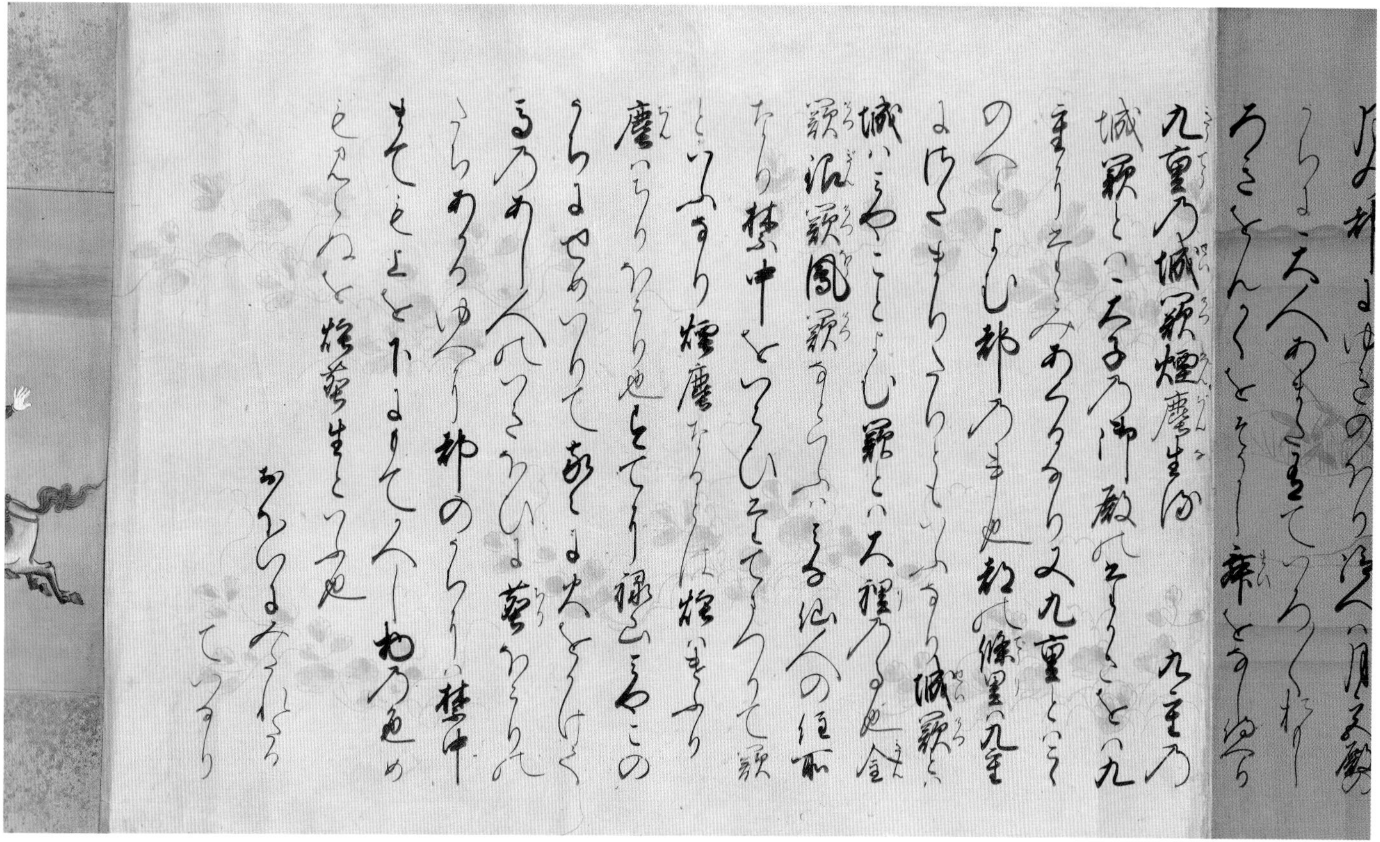

41　長恨哥（中）

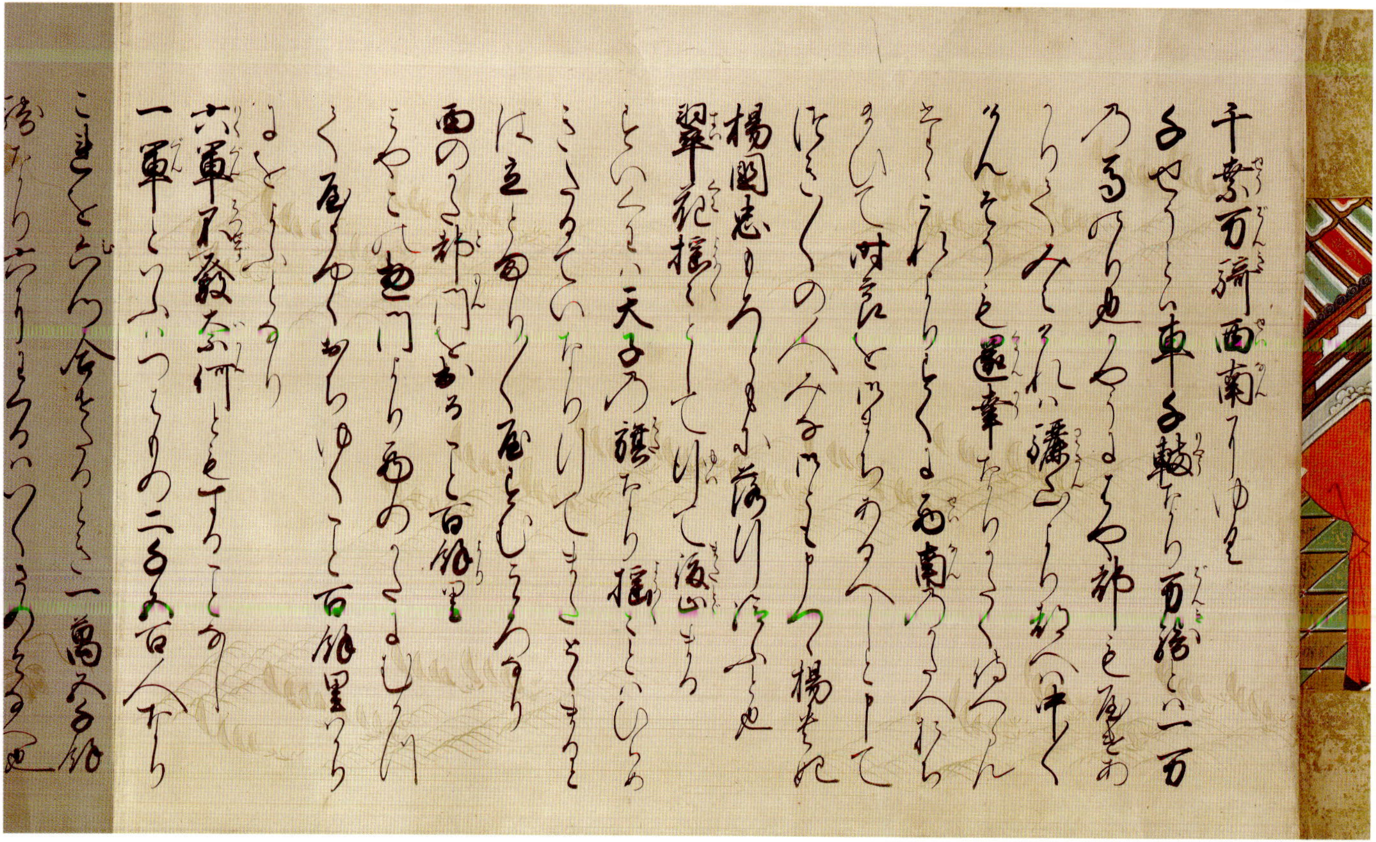

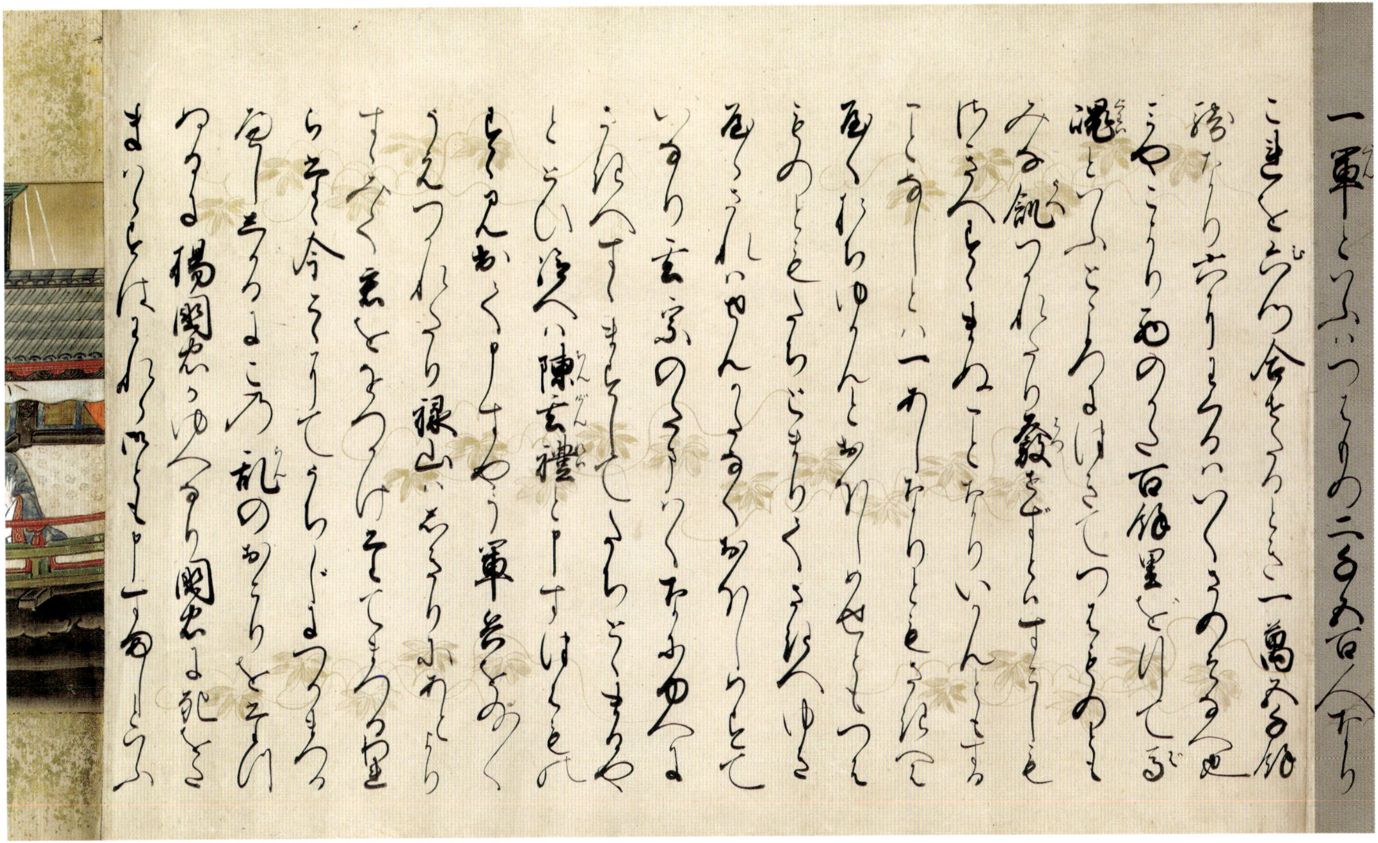

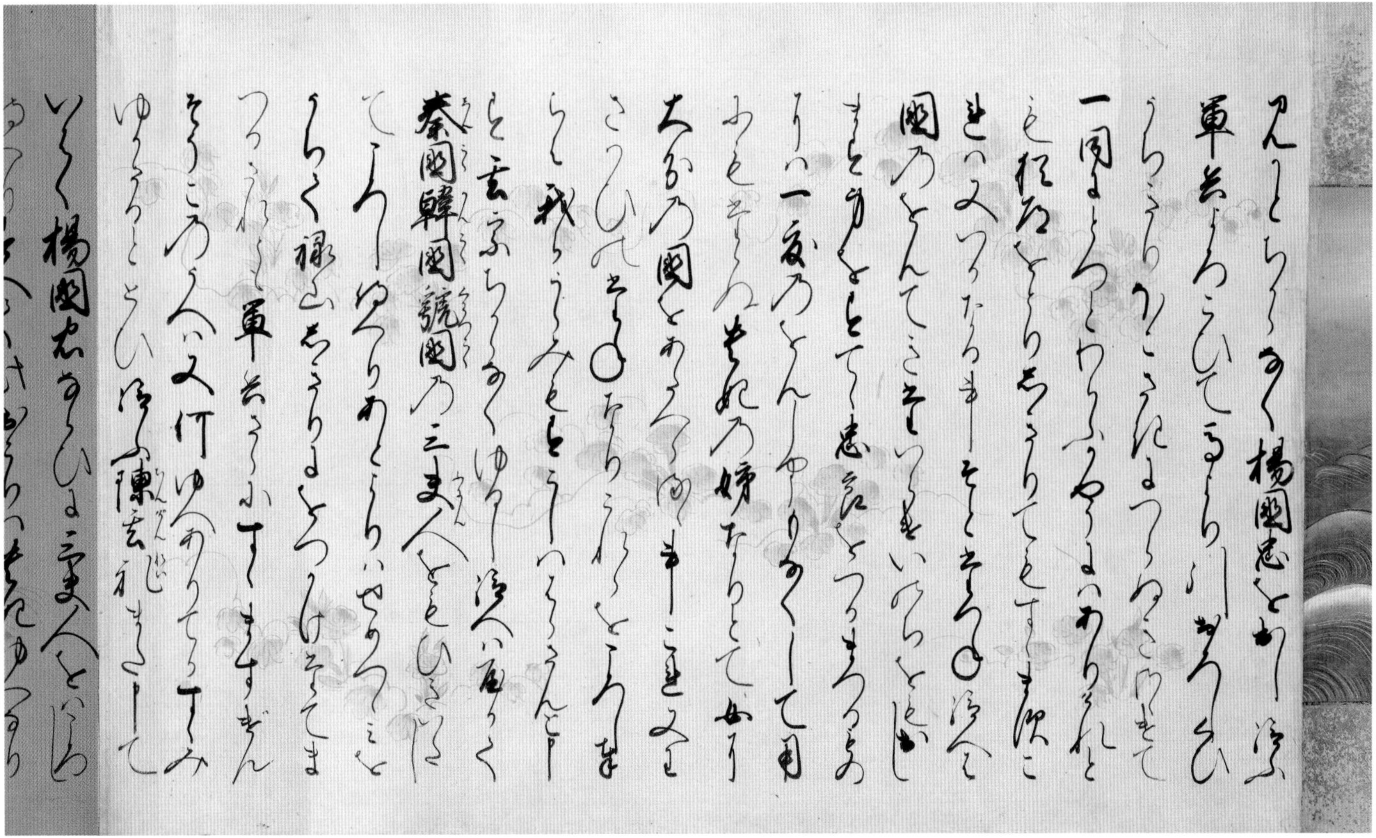

45　長恨哥（中）

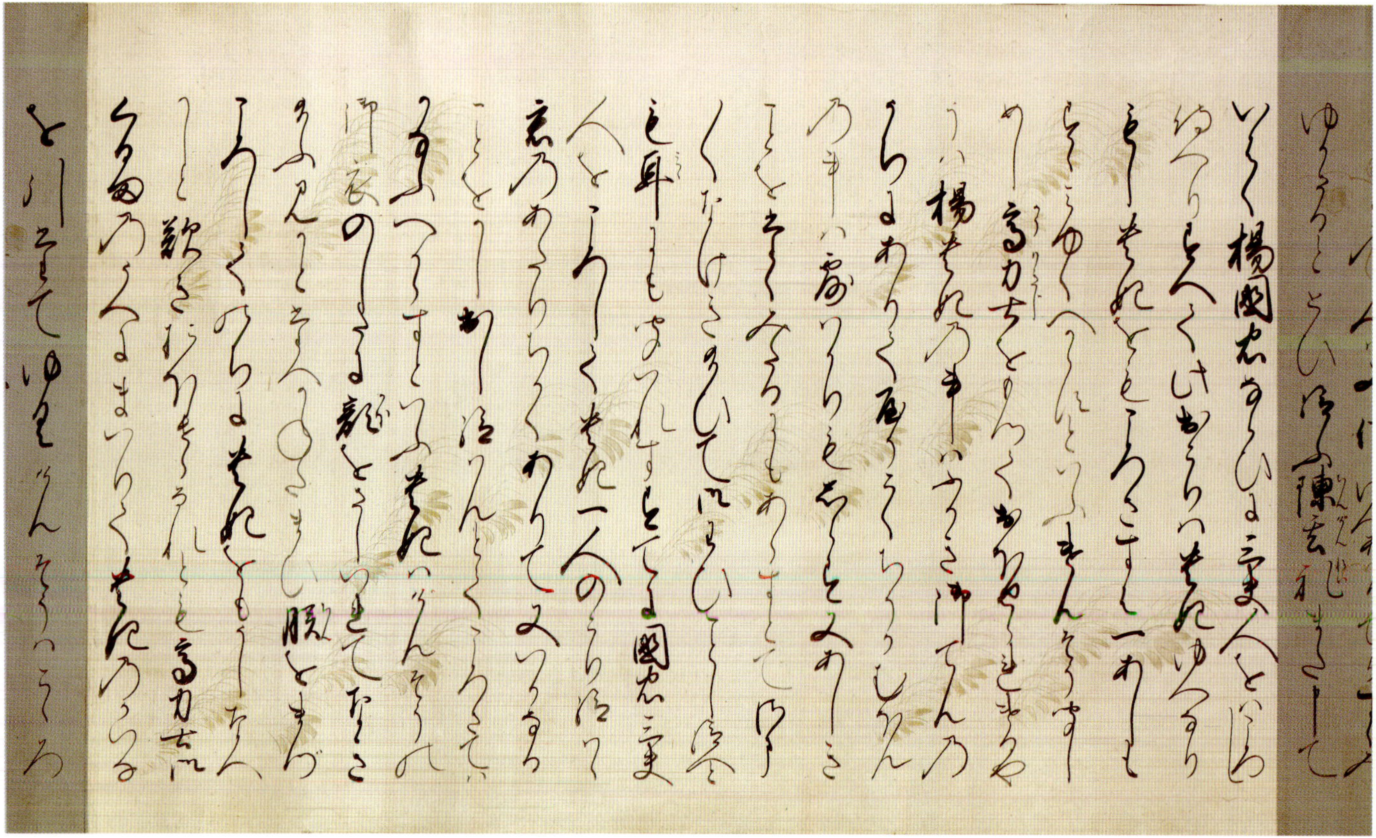

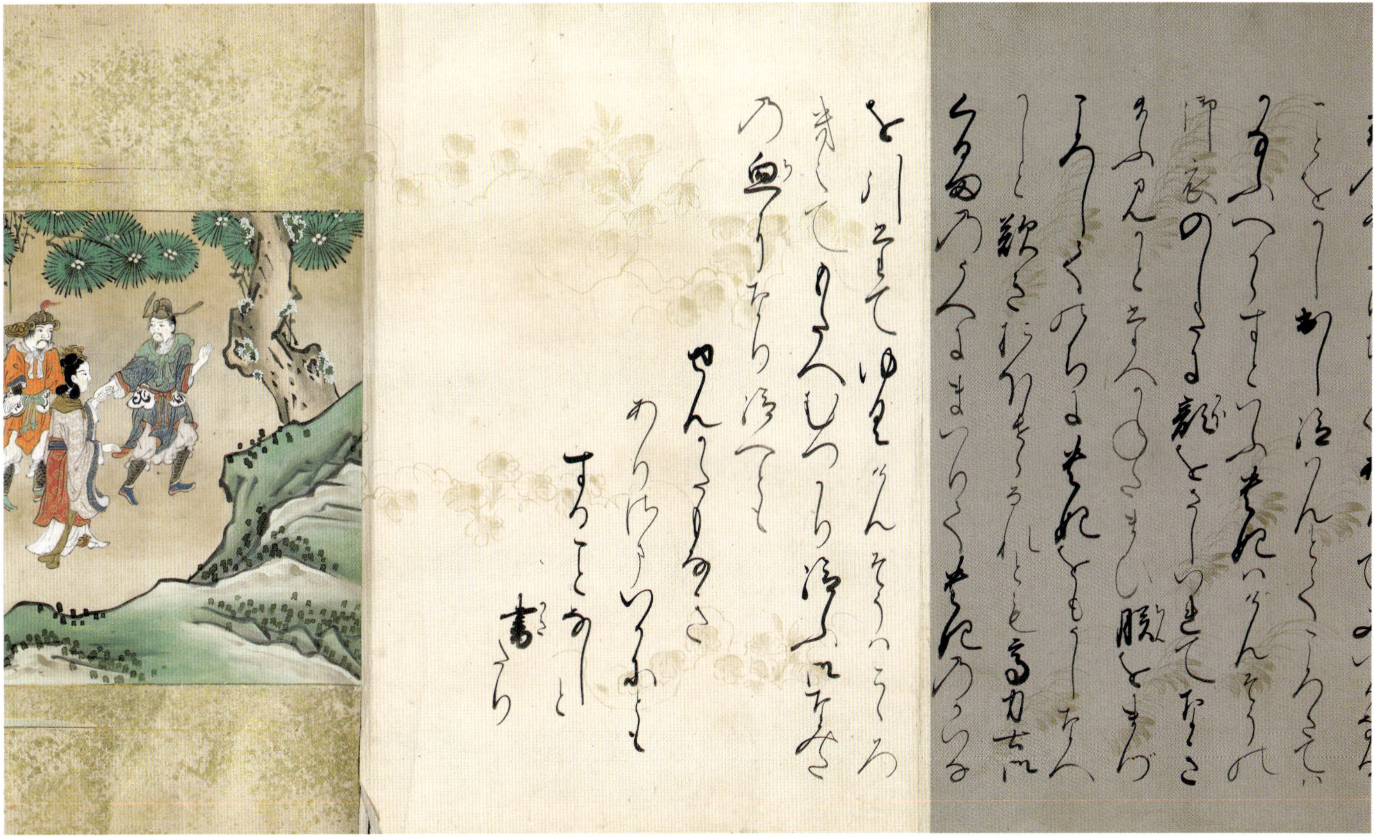

47　長恨哥（中）

宛転たる蛾眉馬前に死ぬ

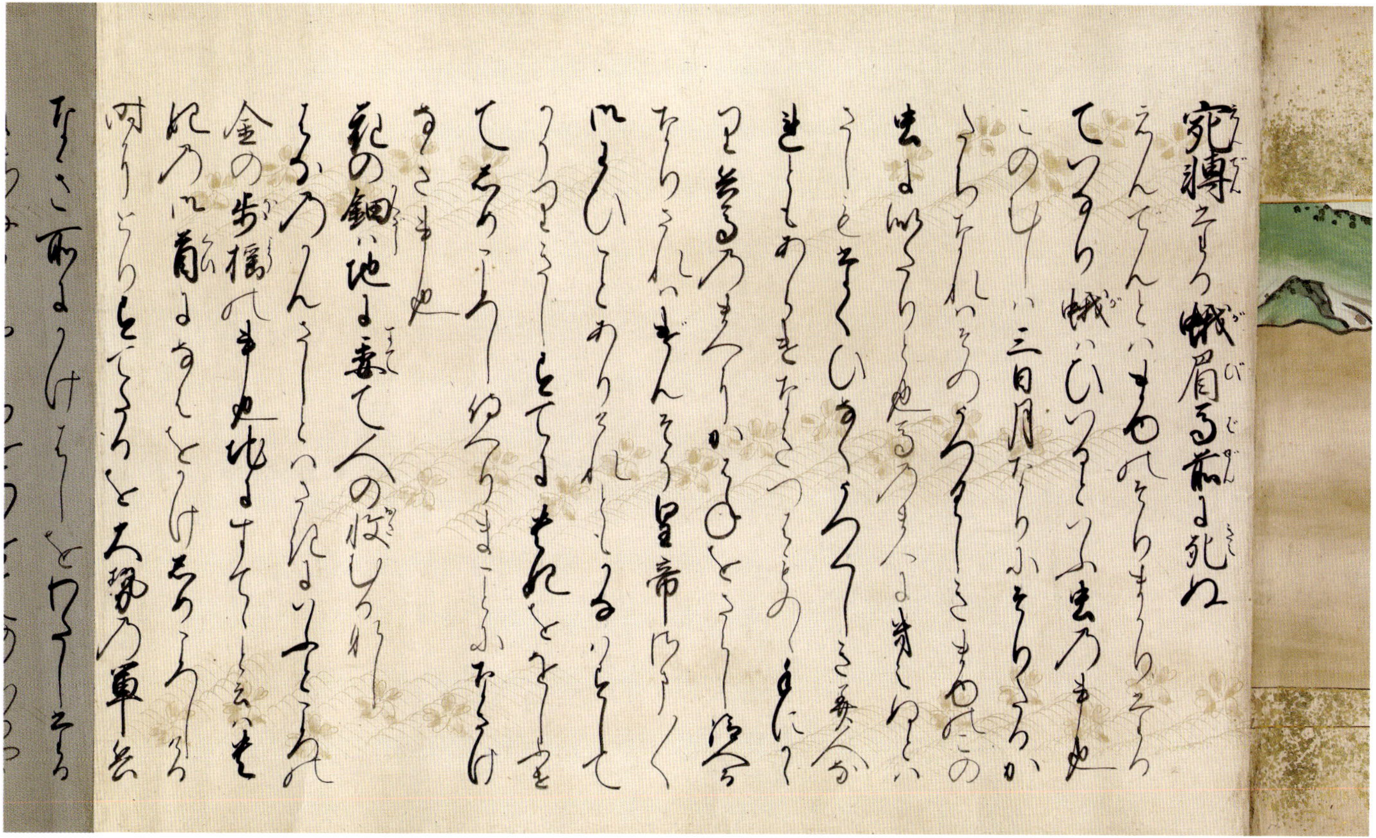

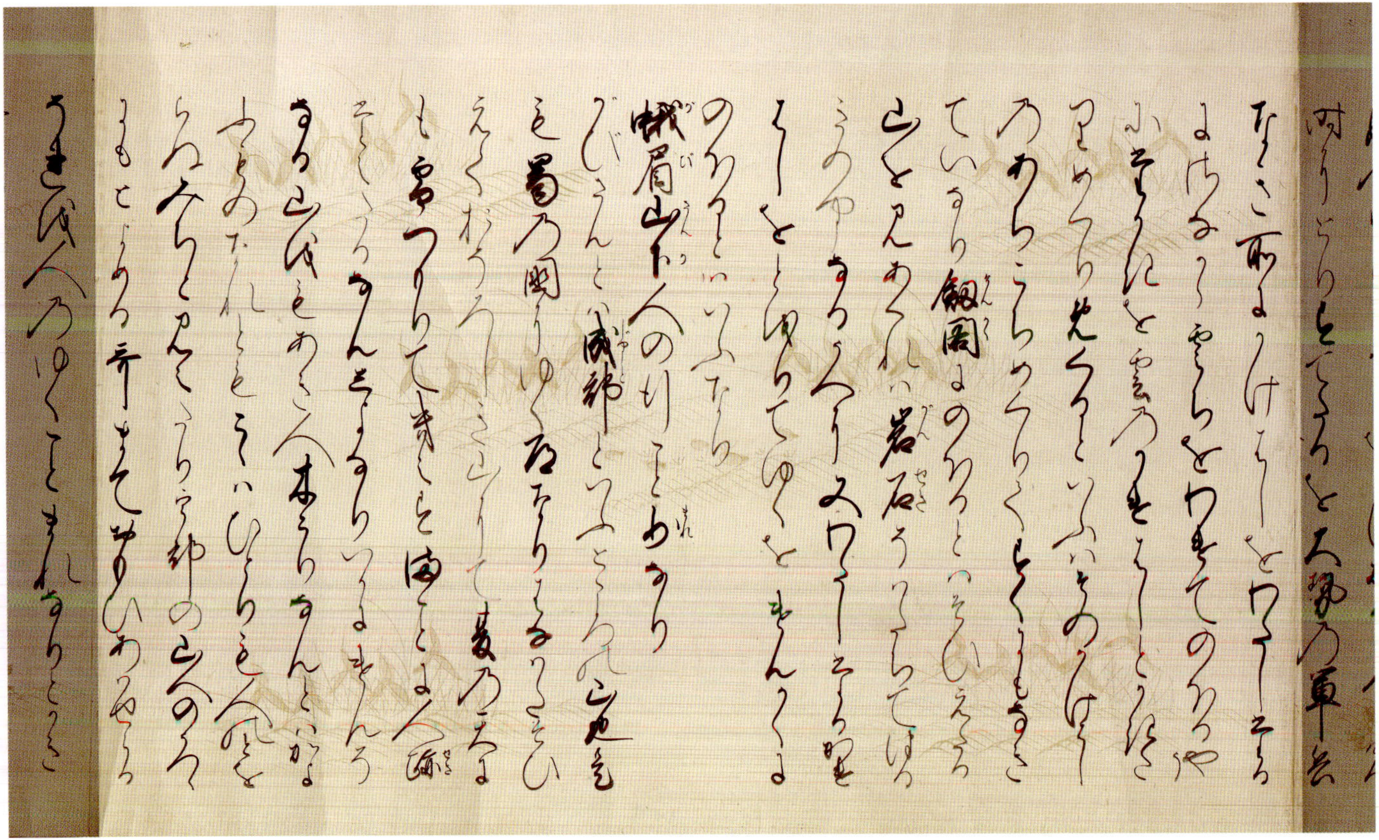

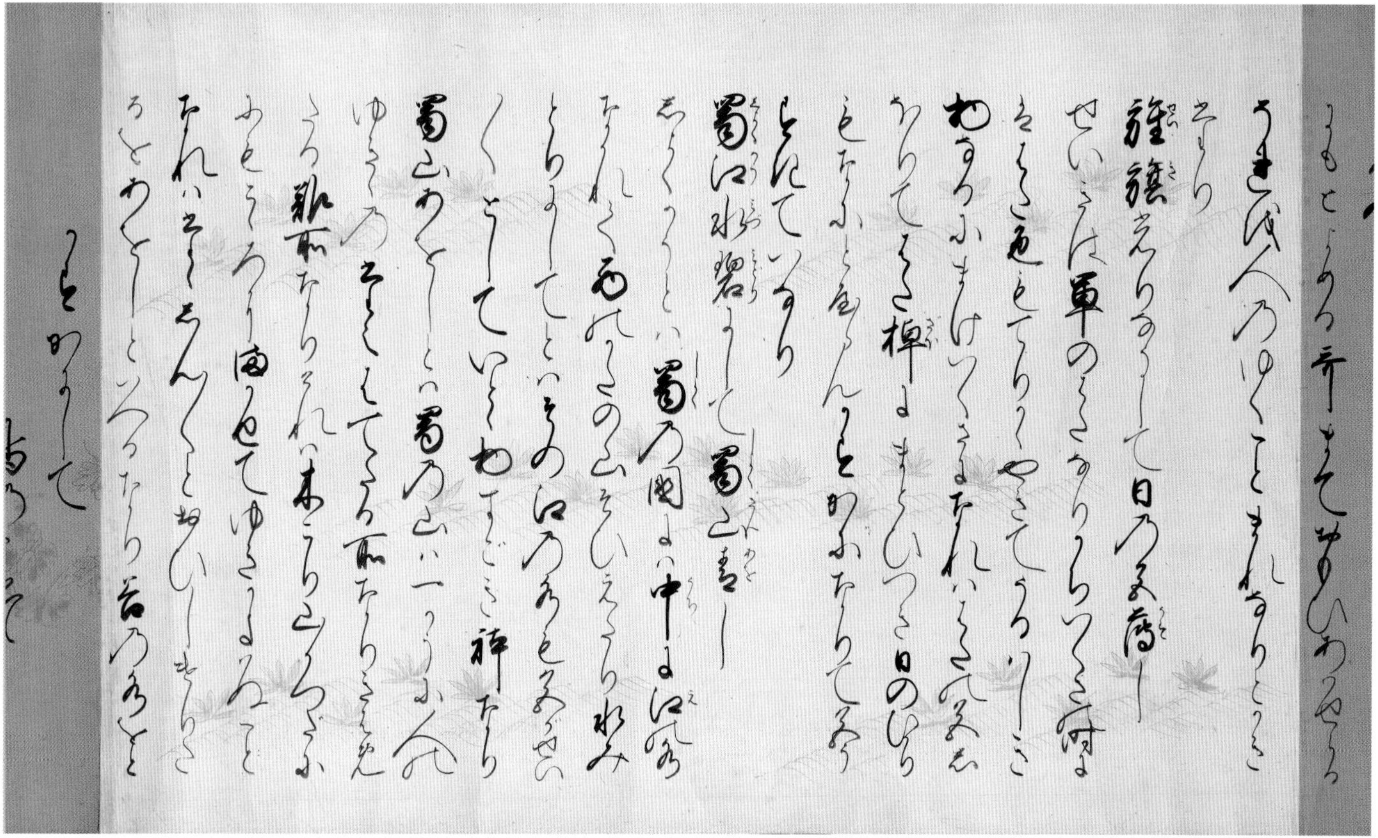

51　長恨哥（中）

十五

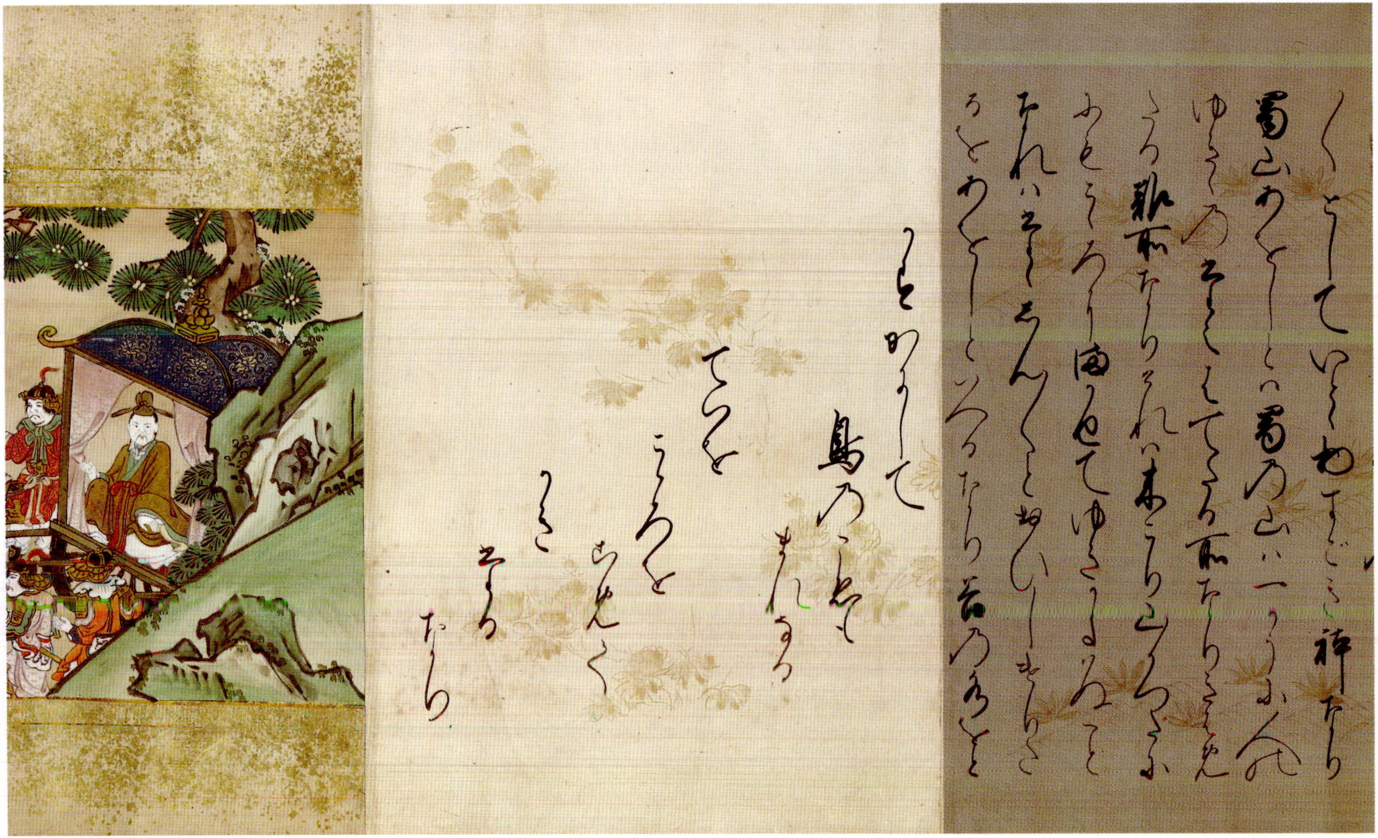

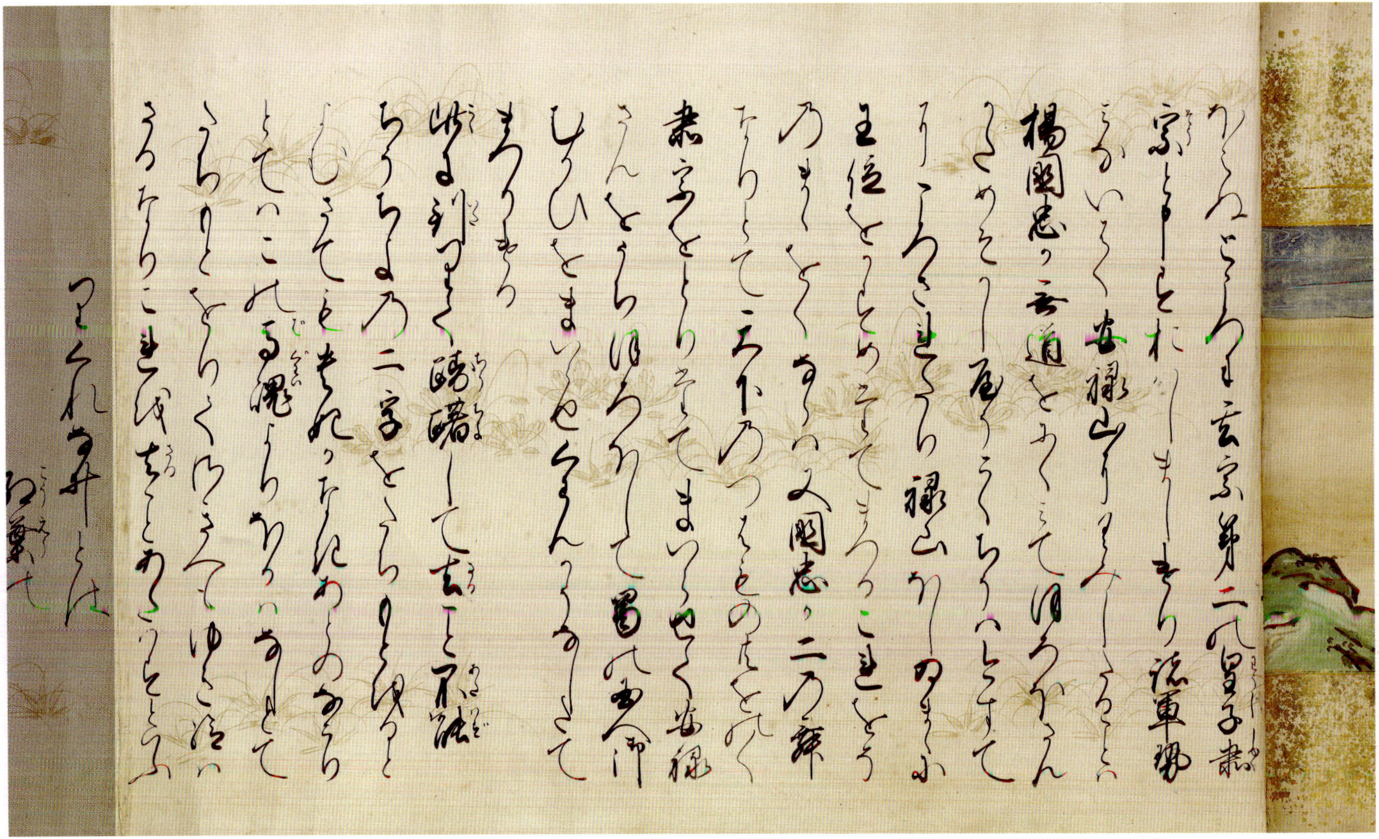

十八

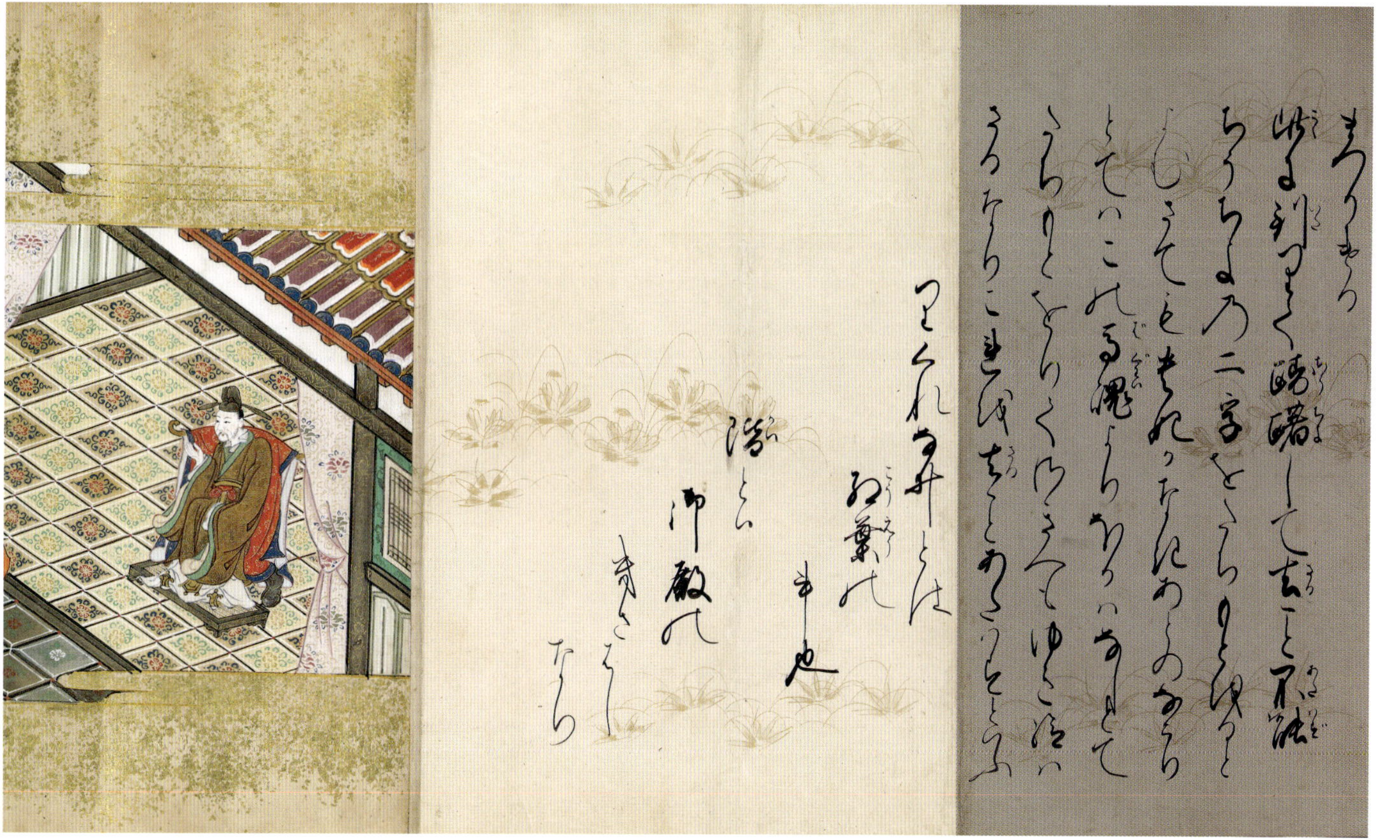

梨園乃弟子白髪新たなり

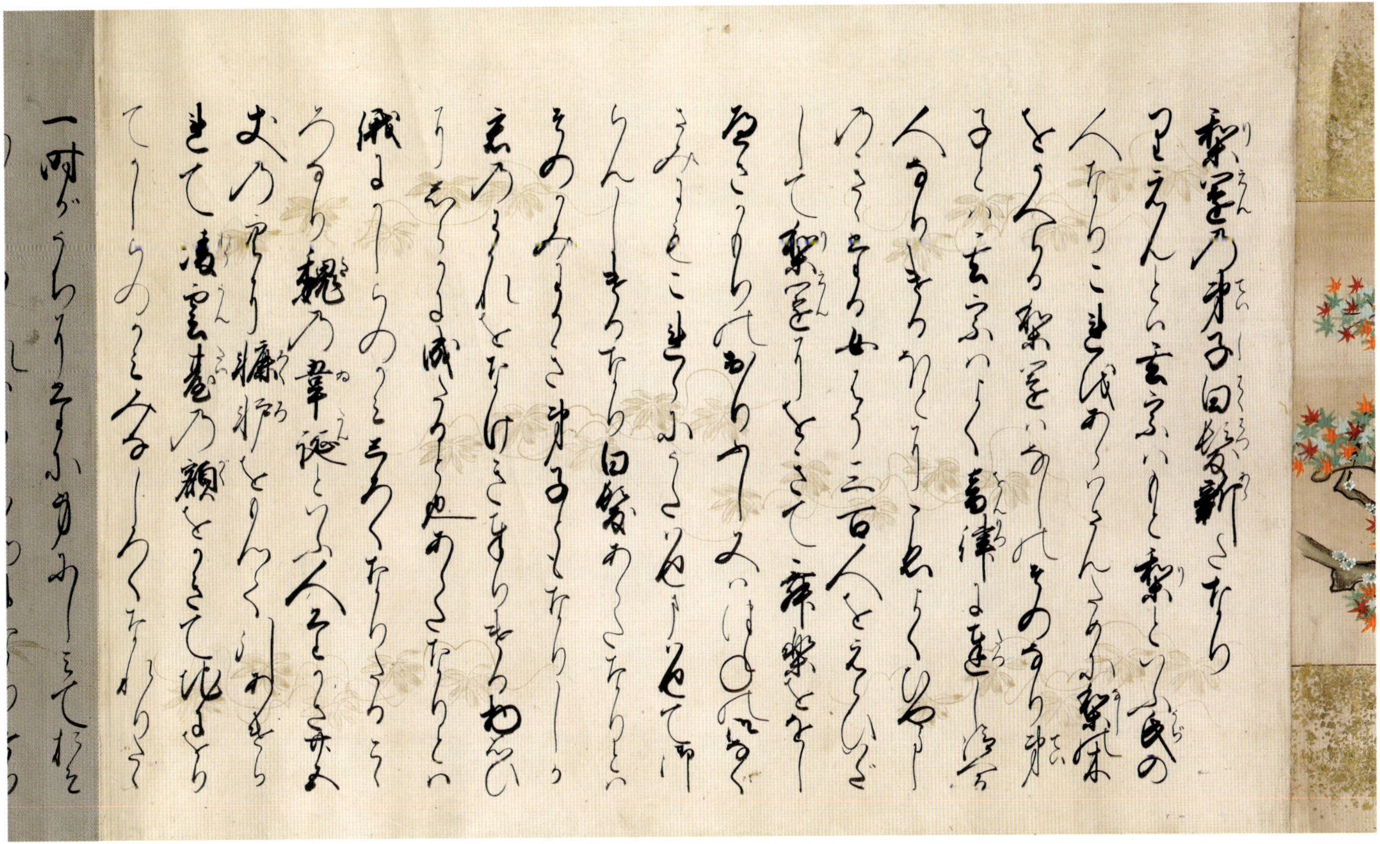

てらすのこゝろしくなりける
一時がうちにありてふ月みしてけるを
うつりかはりくれなゐよそほひなりけり
ましてこゝは一年をもとめてなり
ねがひのいたれはしらふなりけるこそ
ありけると

椒房の阿監青娥老ぬ

やうきひといふ女をうらみとなく所也
いまそも后のきさき文とは椒房といふ
文女をよく取りは山椒をゆかすなりわ
ちからいのこゝろのいはしる気とさふ
西おのみえんやうはこのおほくするね
すわこまふわやりてるとおほくをそ
てらんじやうするをなしてことなり
うとき女をさまからまをつ玄宗とおほせ
阿監とは文女のとりしまりの阿監とこ
てまうしゆくる年もゆくとなり
青娥老とはわかさはつるさ也
年よるさへみとあつしく青黒
かめのワかものこたなりゆくる青娥と
いふ娥といふうつしき女のまなり

II

オクスフォード大学ボドリアン図書館附属日本研究図書館所蔵

『やしま』（上・下）

All rights reserved Bodleian Japanese Library, University of Oxford

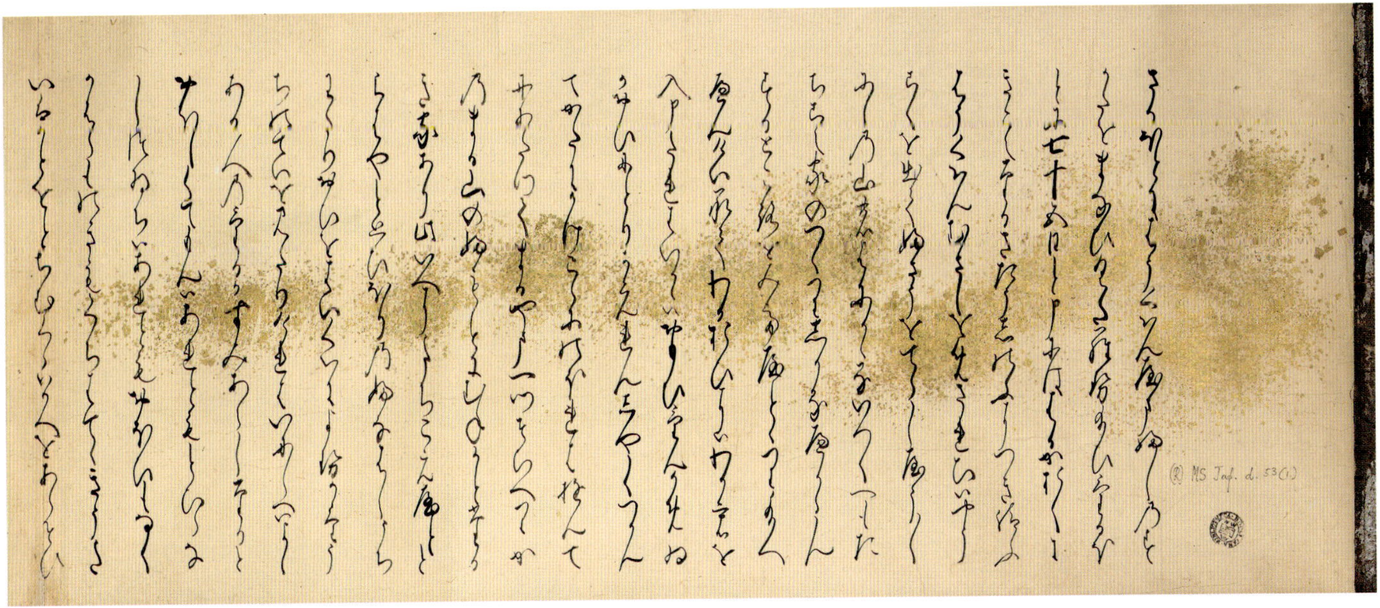
MS Jap. d. 53(1)

二

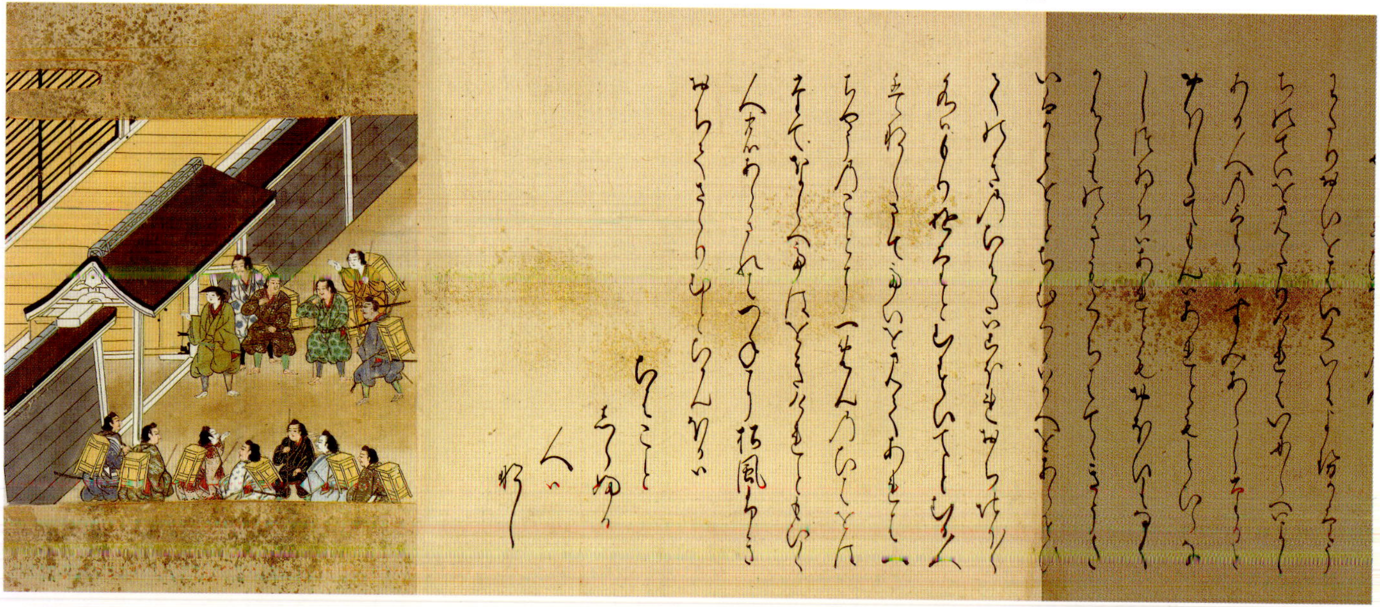

三

四

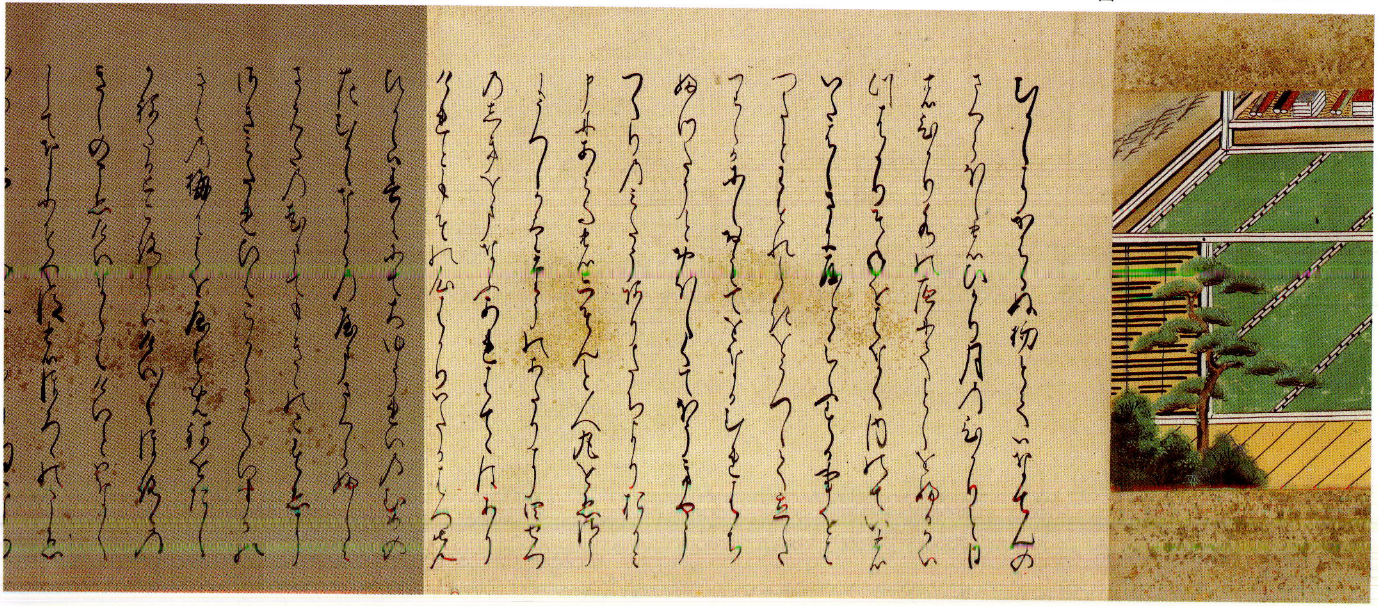

五

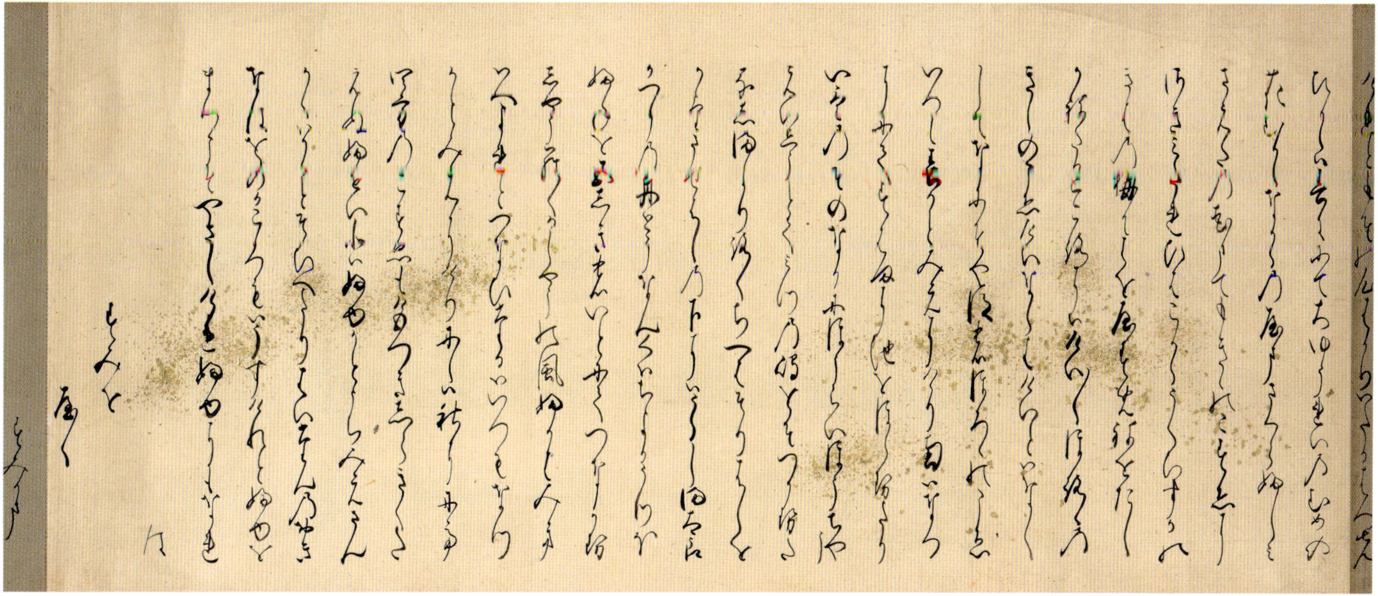

六

七

九　八

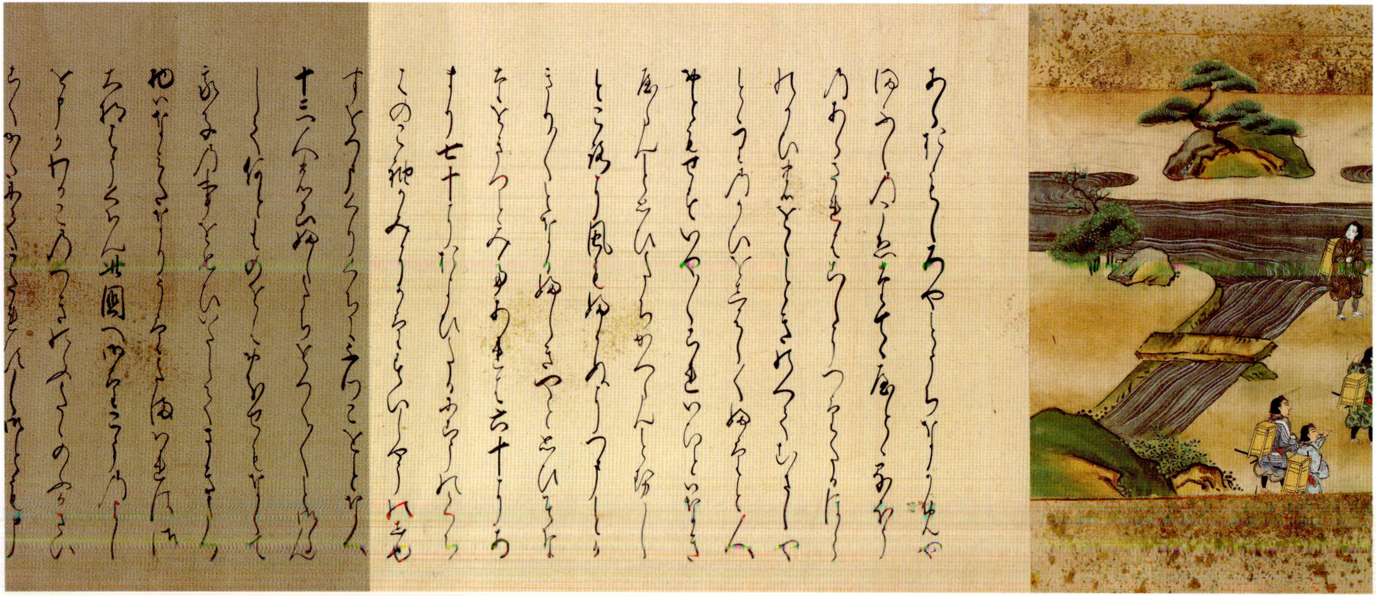

十

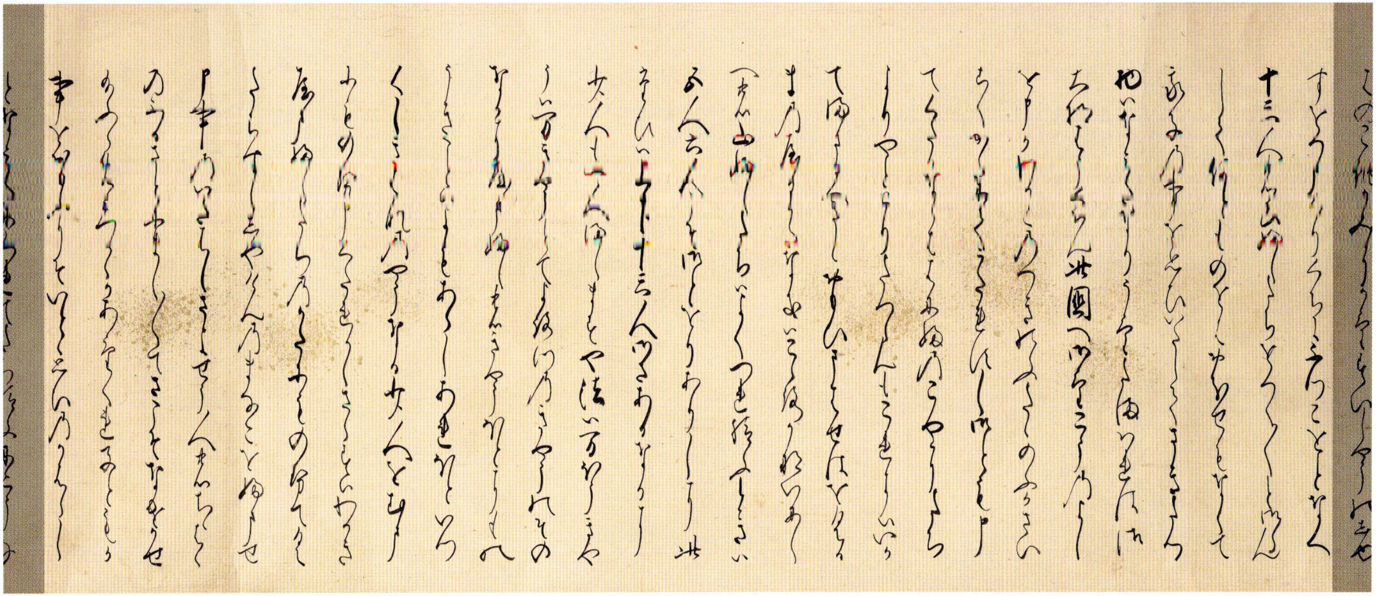

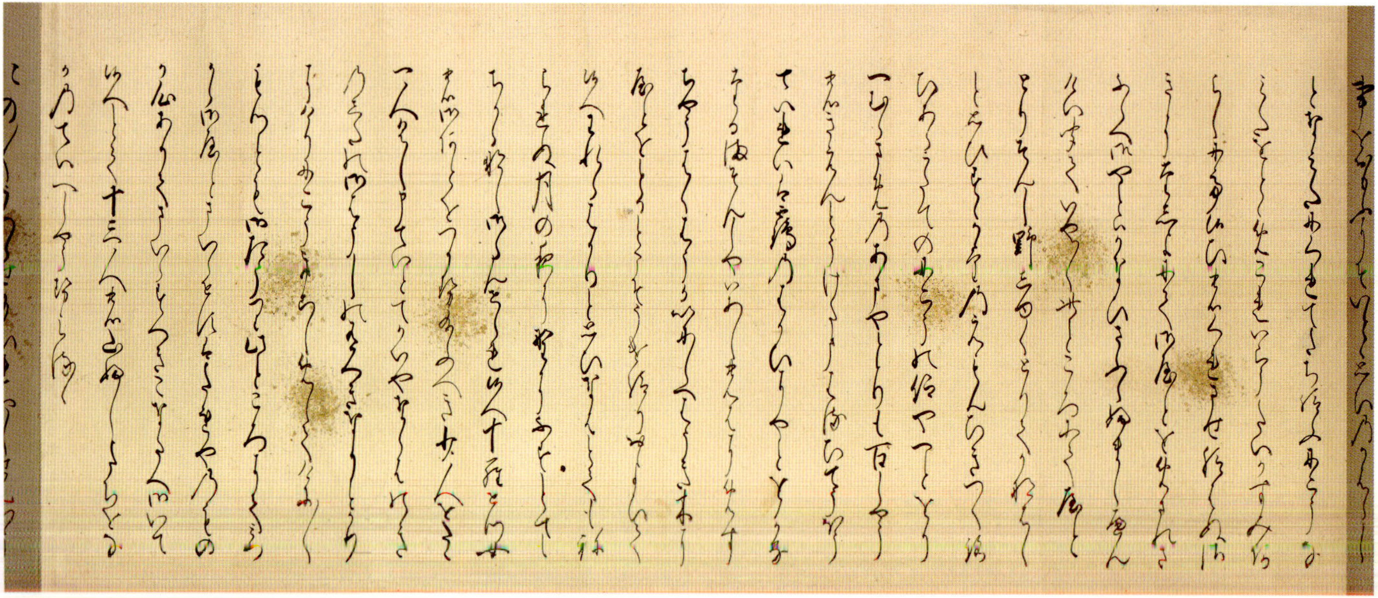

十一

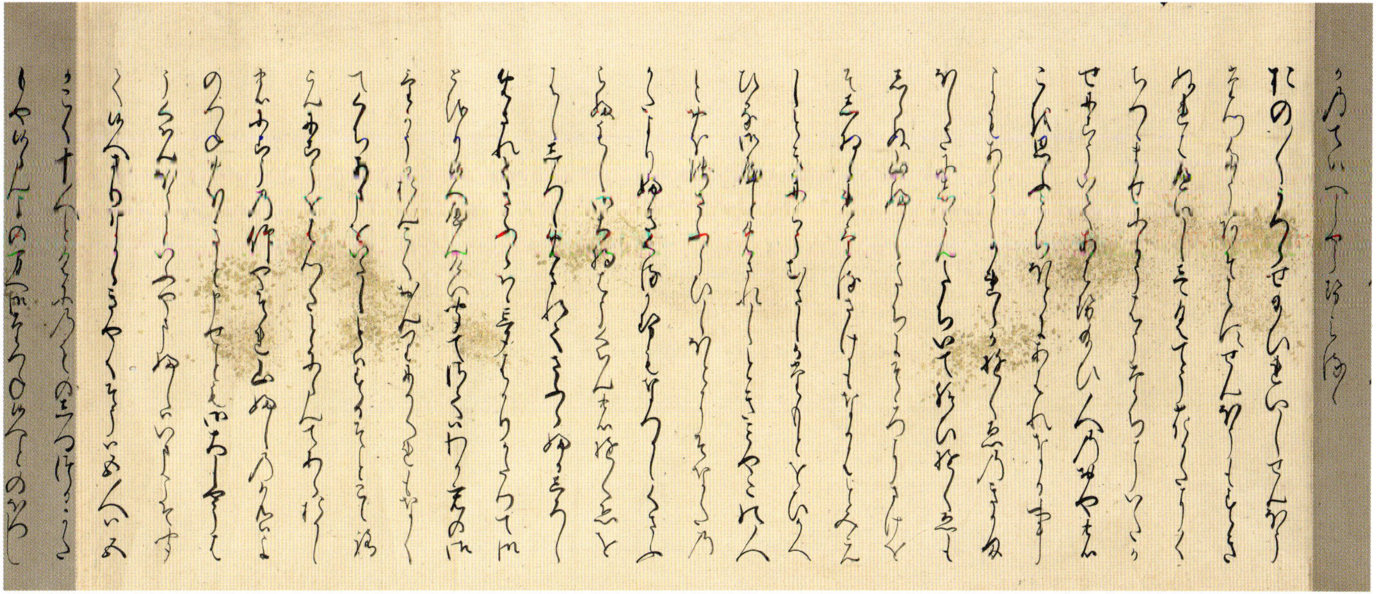

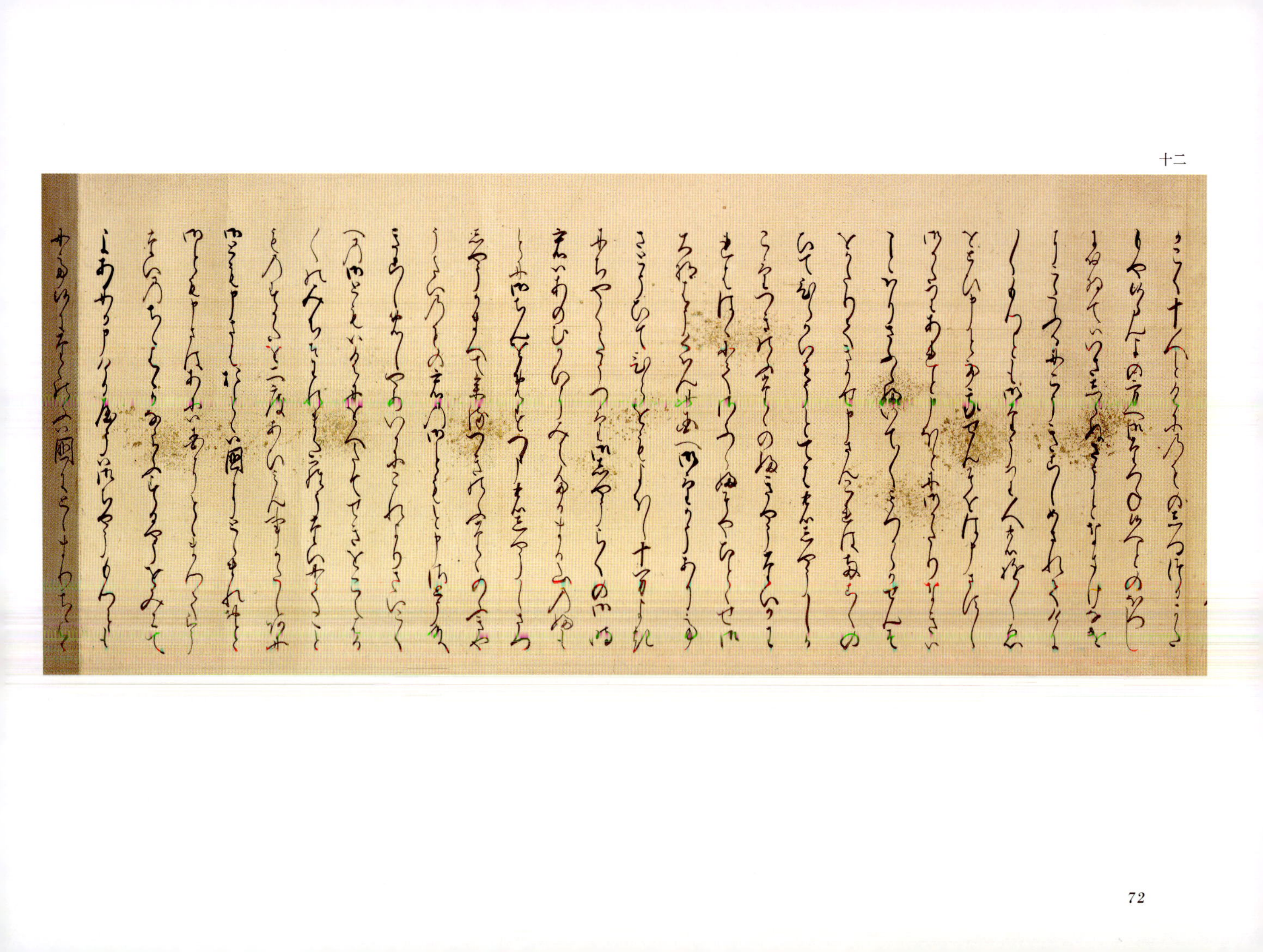

[illegible]

十三

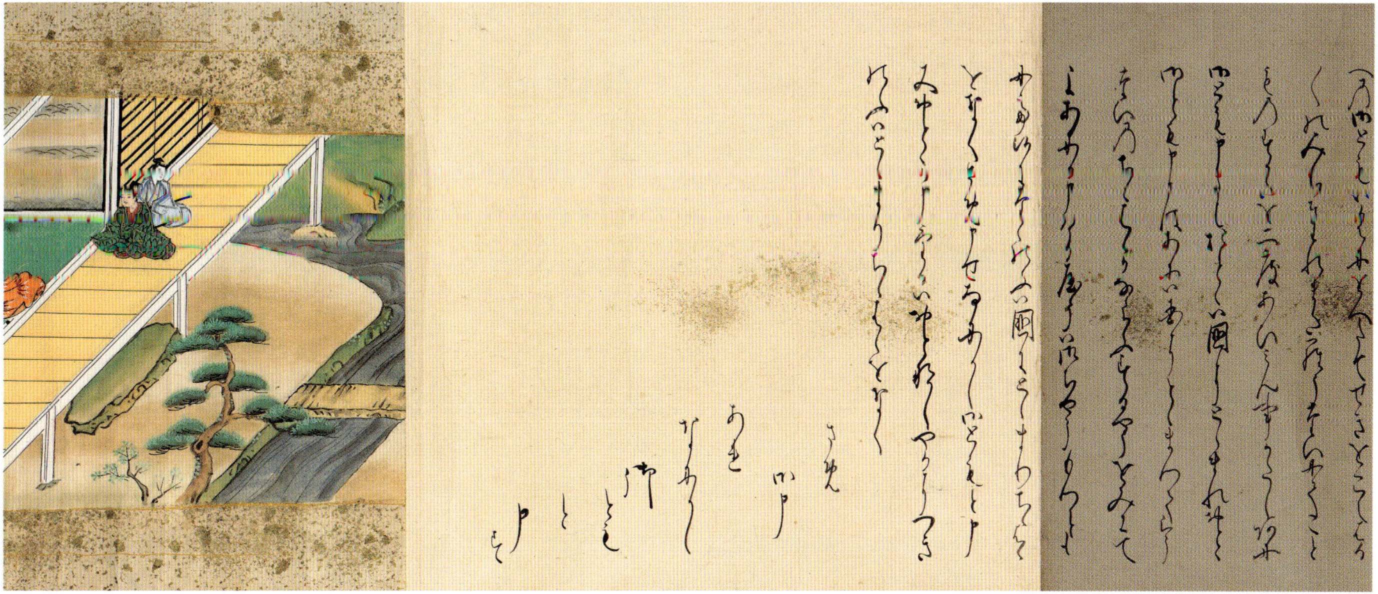

十四

十五

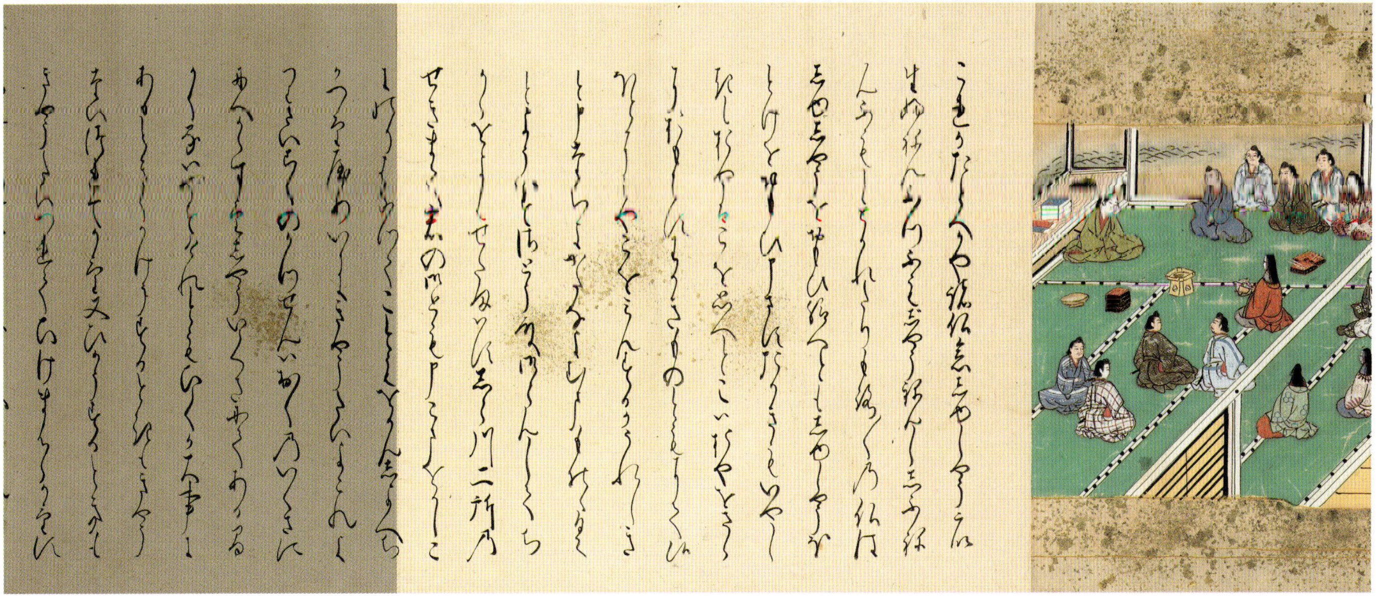

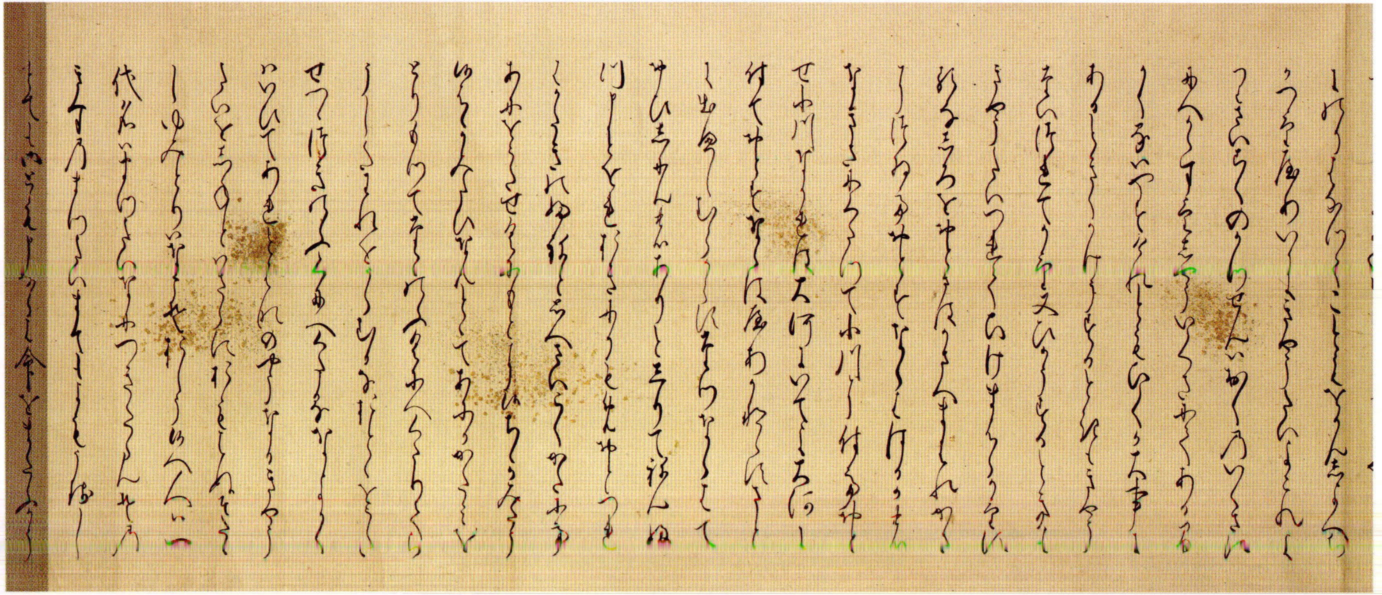

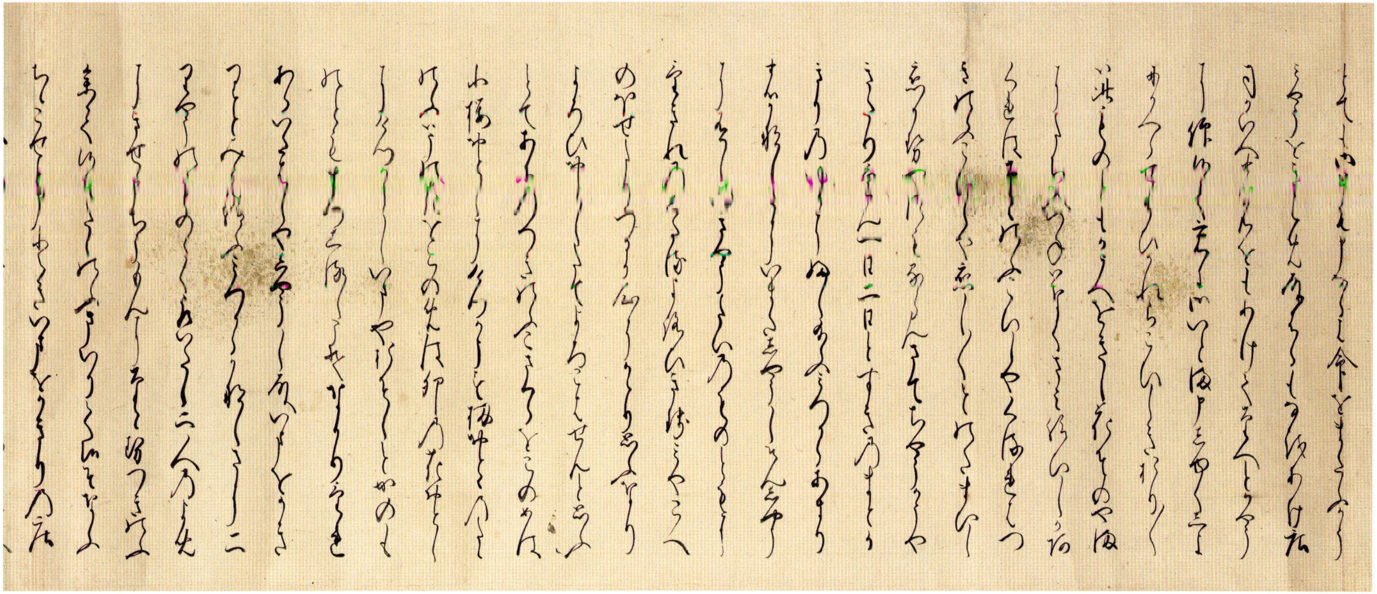

十八

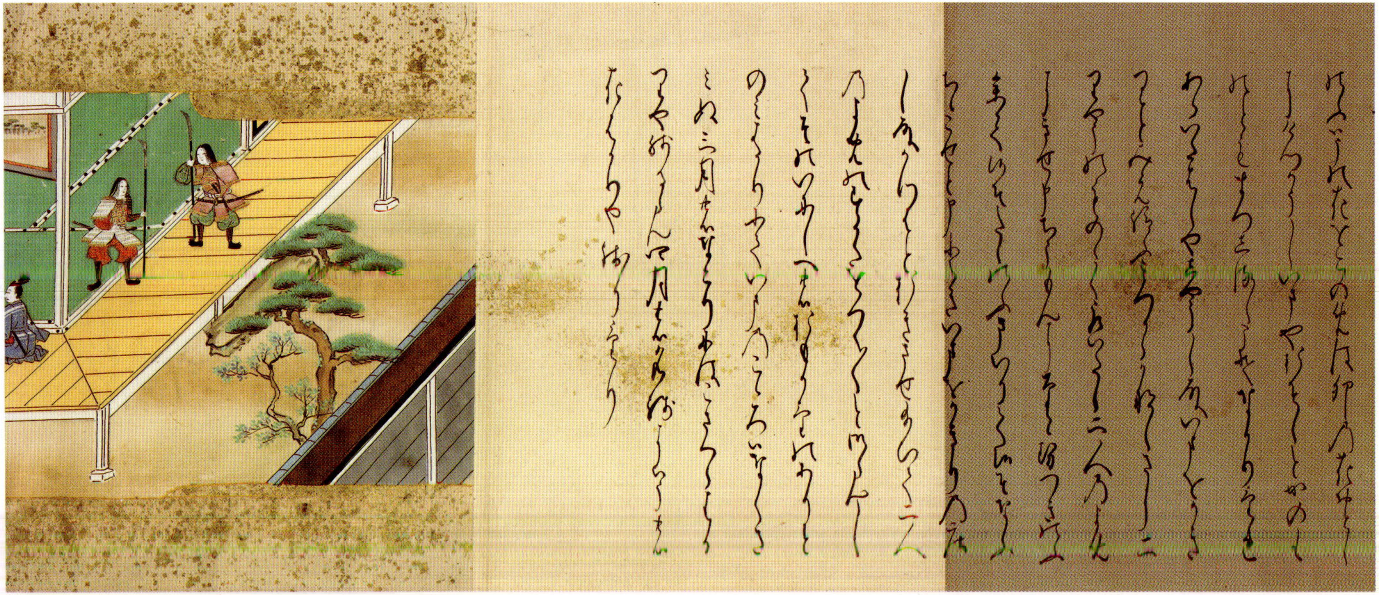

十九

二十

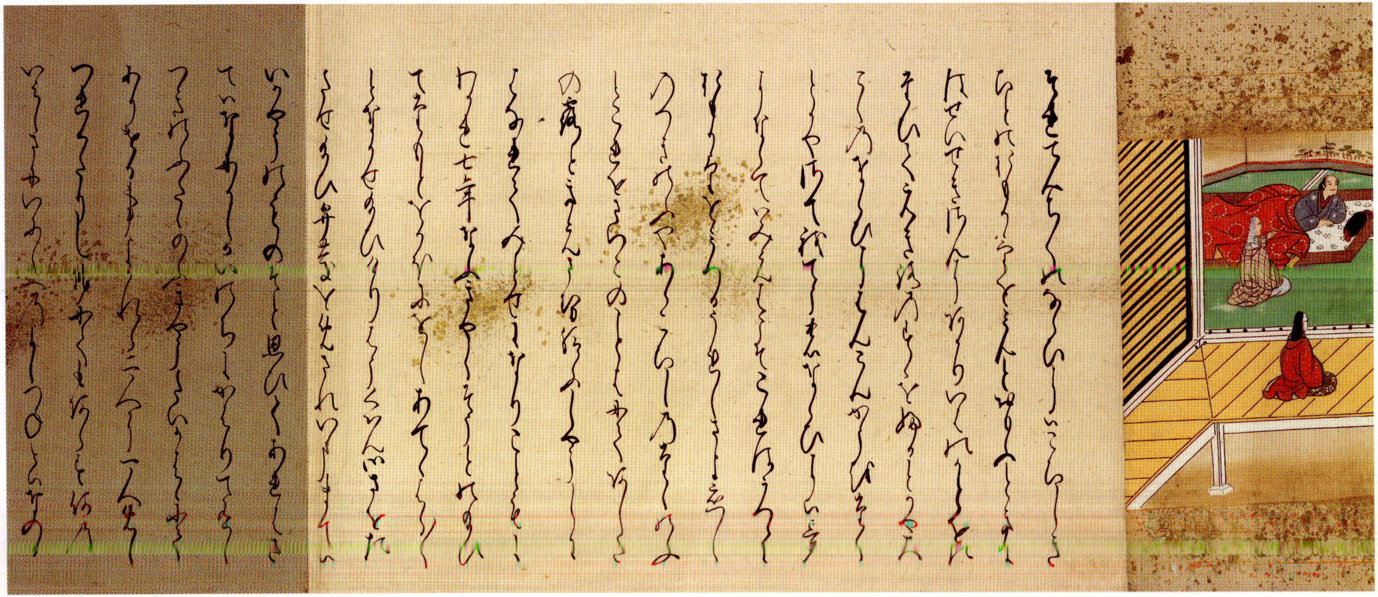

二十一

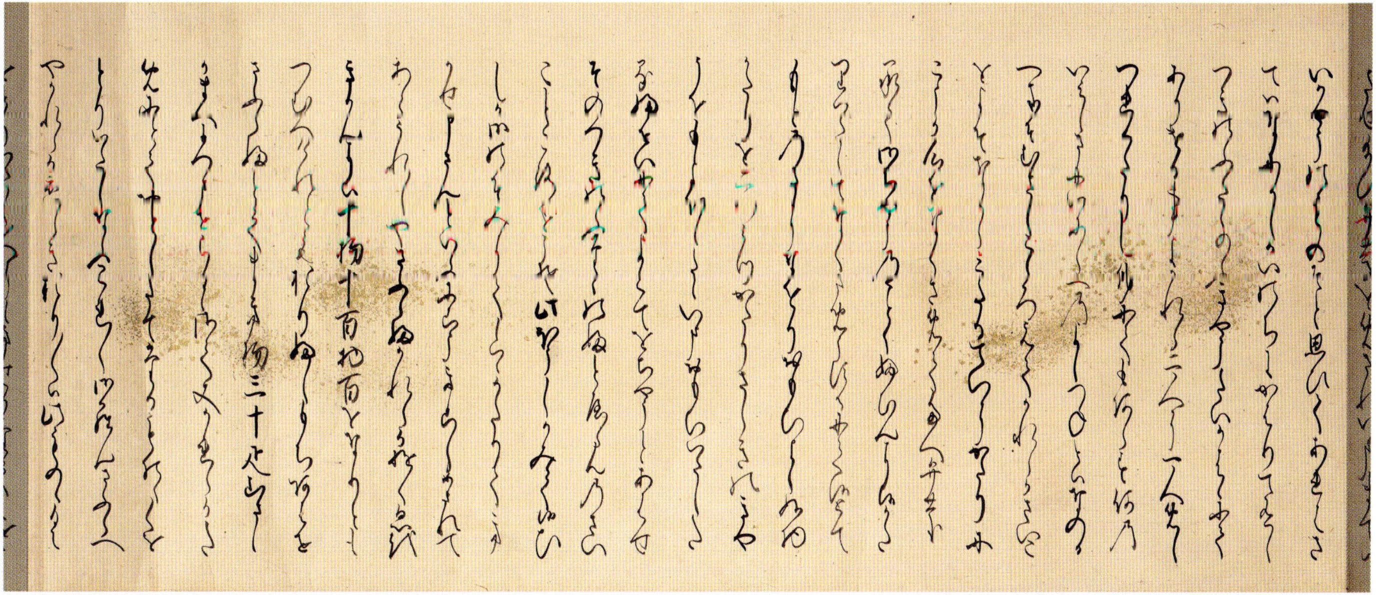

二十二

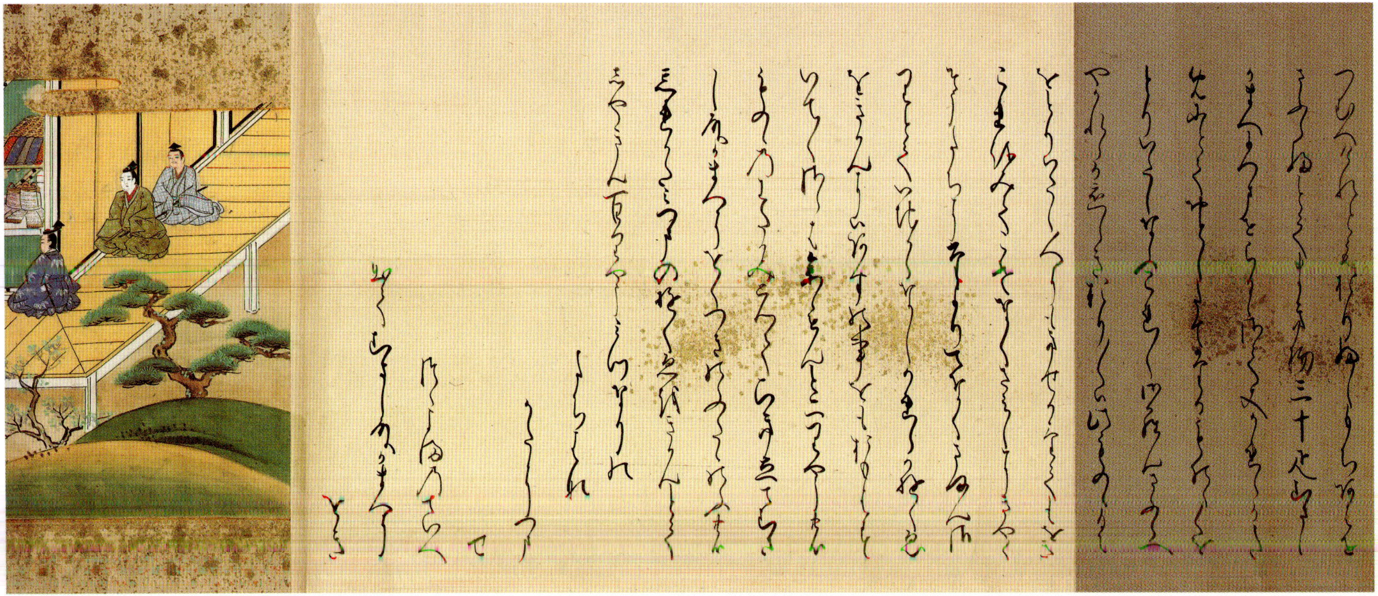

二十四

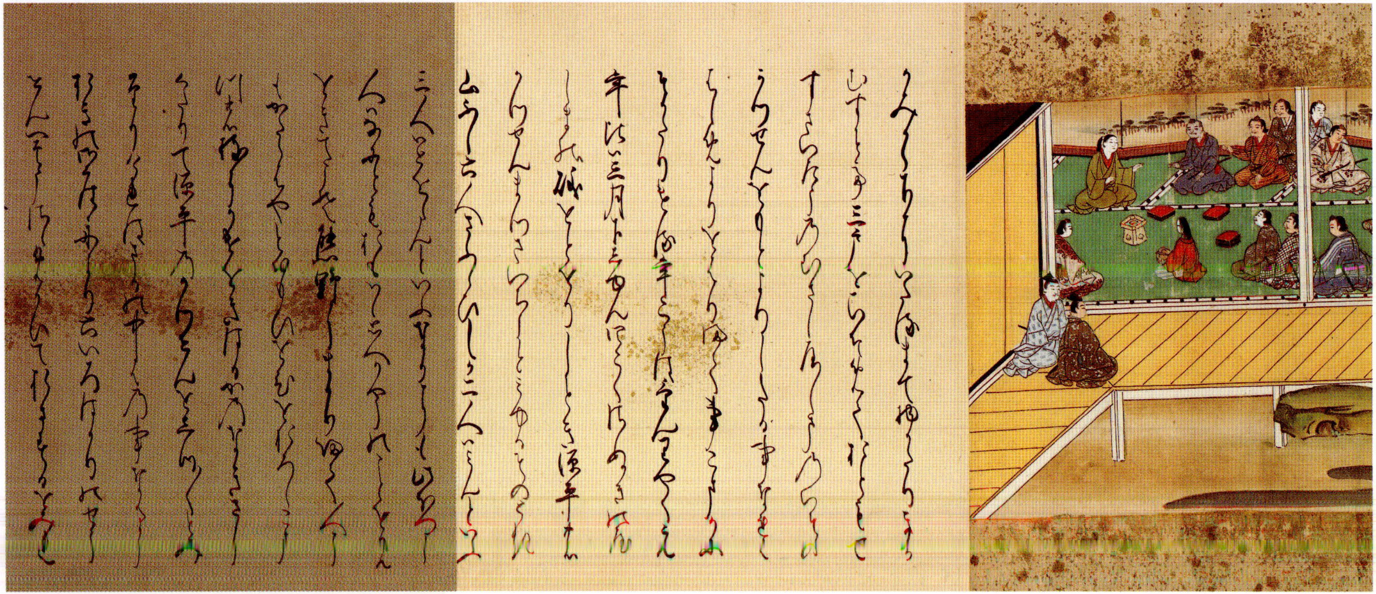

二十五

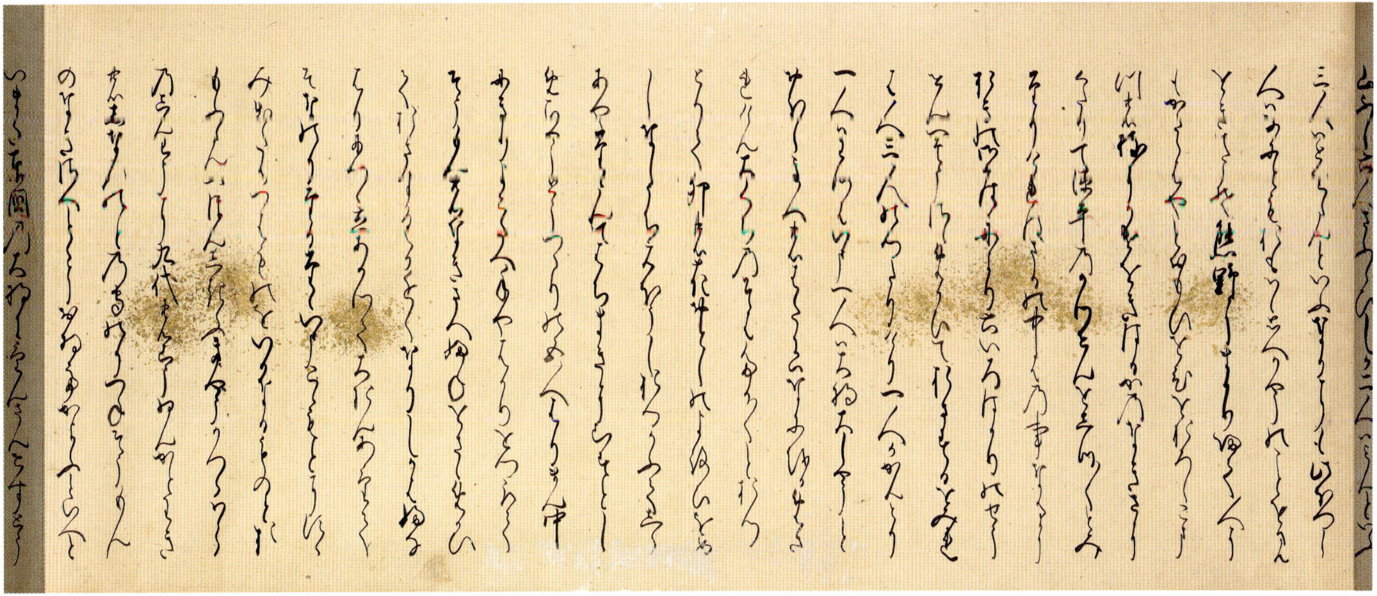

二十六

二十七

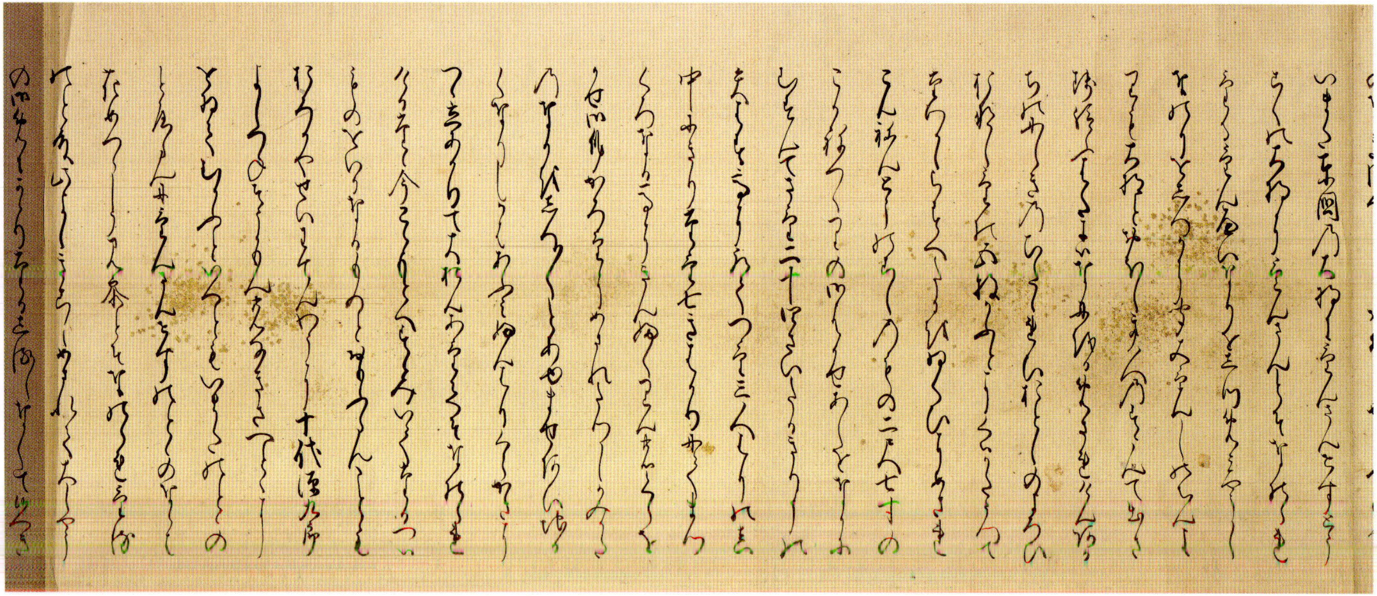

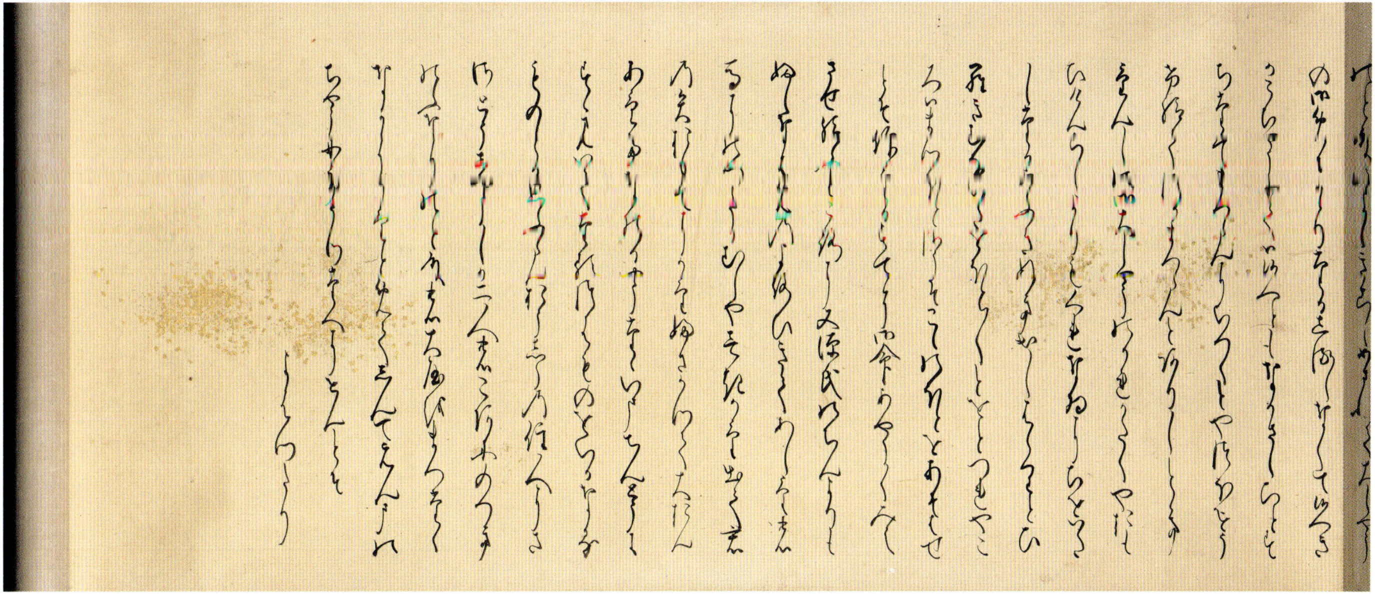

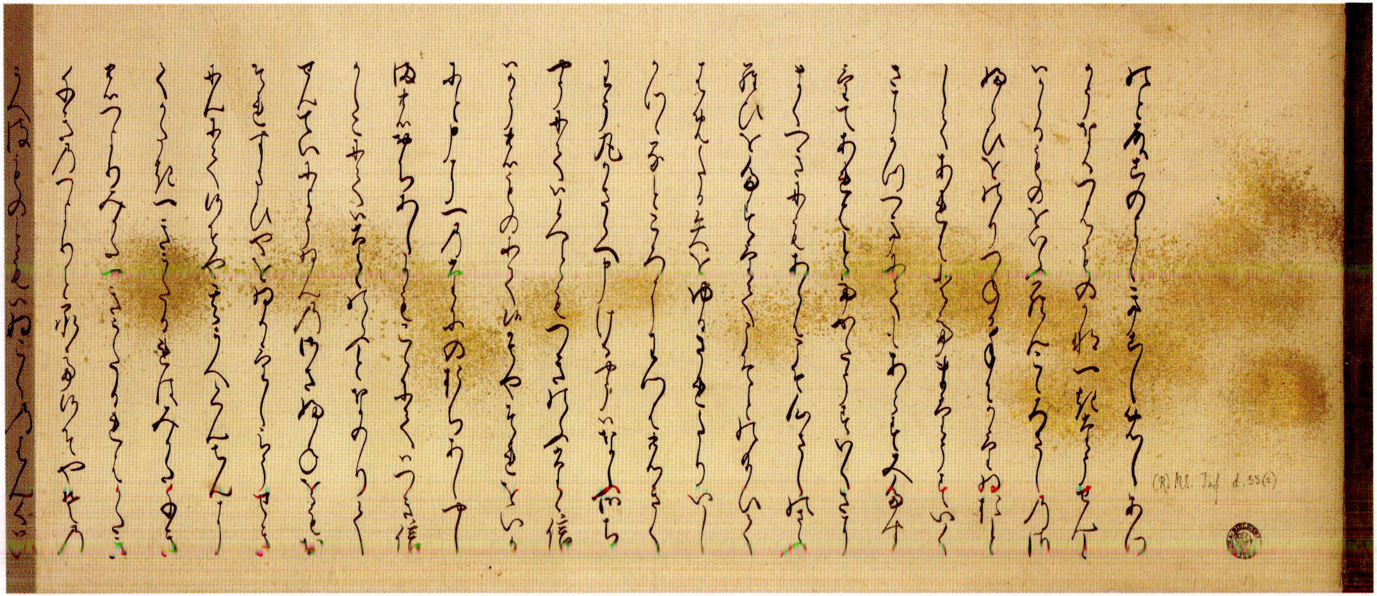

(R) MS. Jap. d. 53(2)

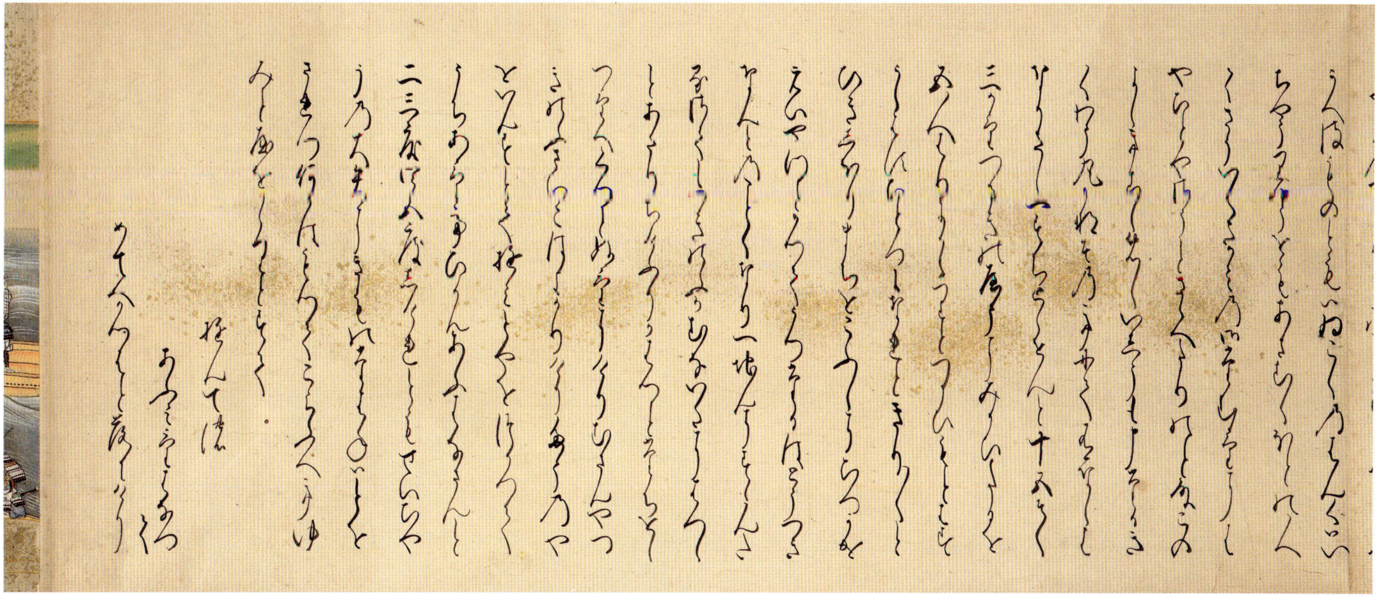

三

四

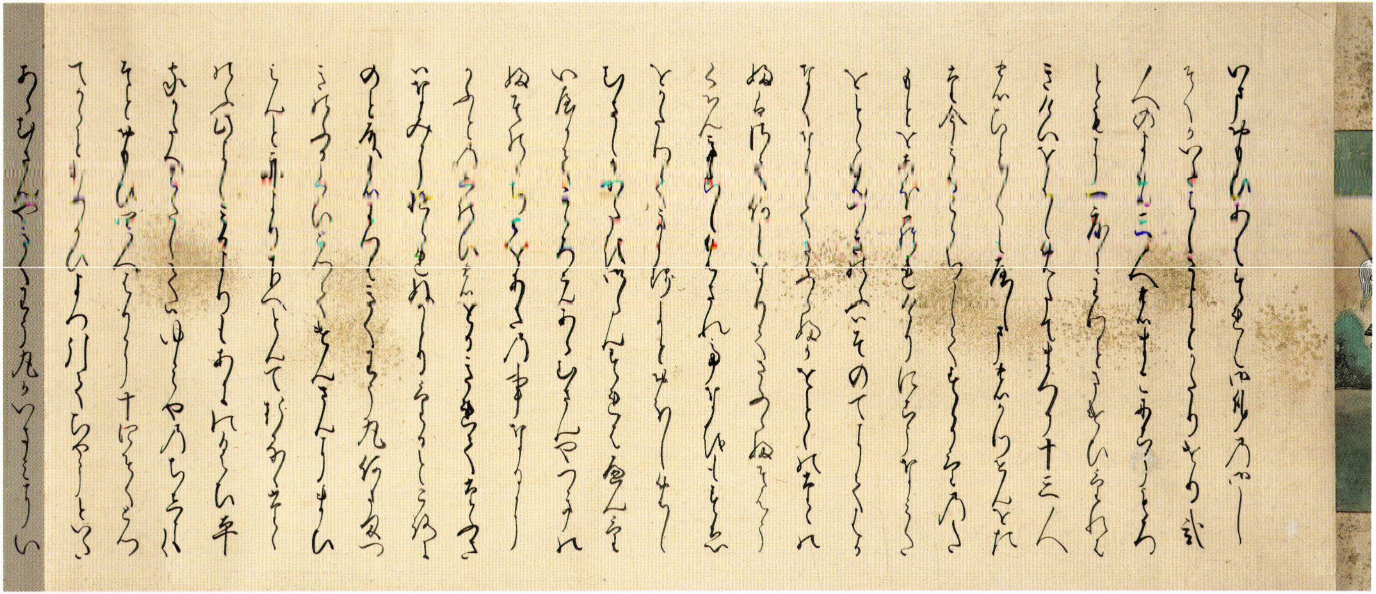

五

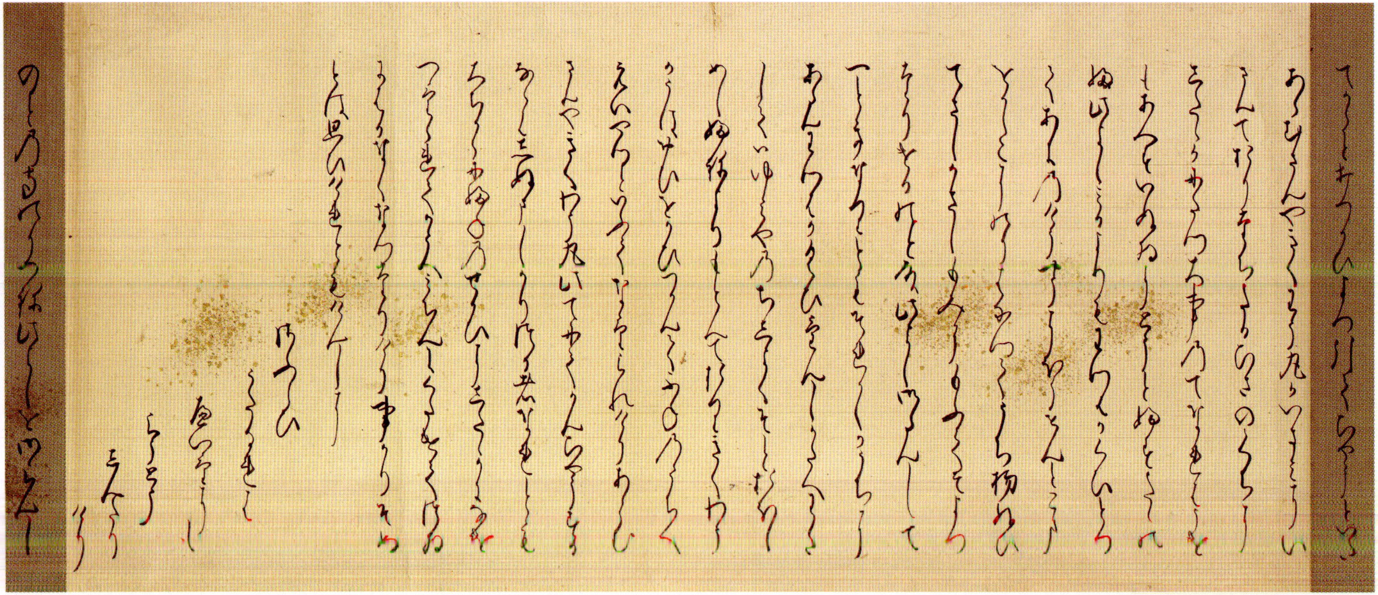

六

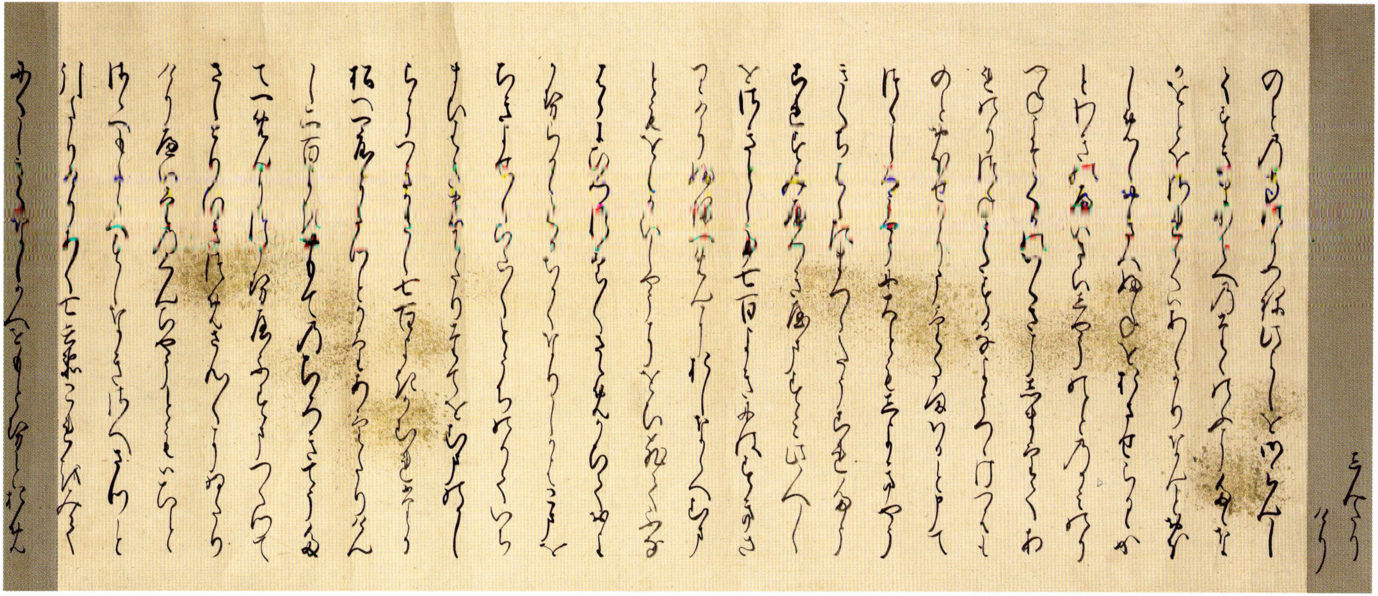

93　やしま（下）

七

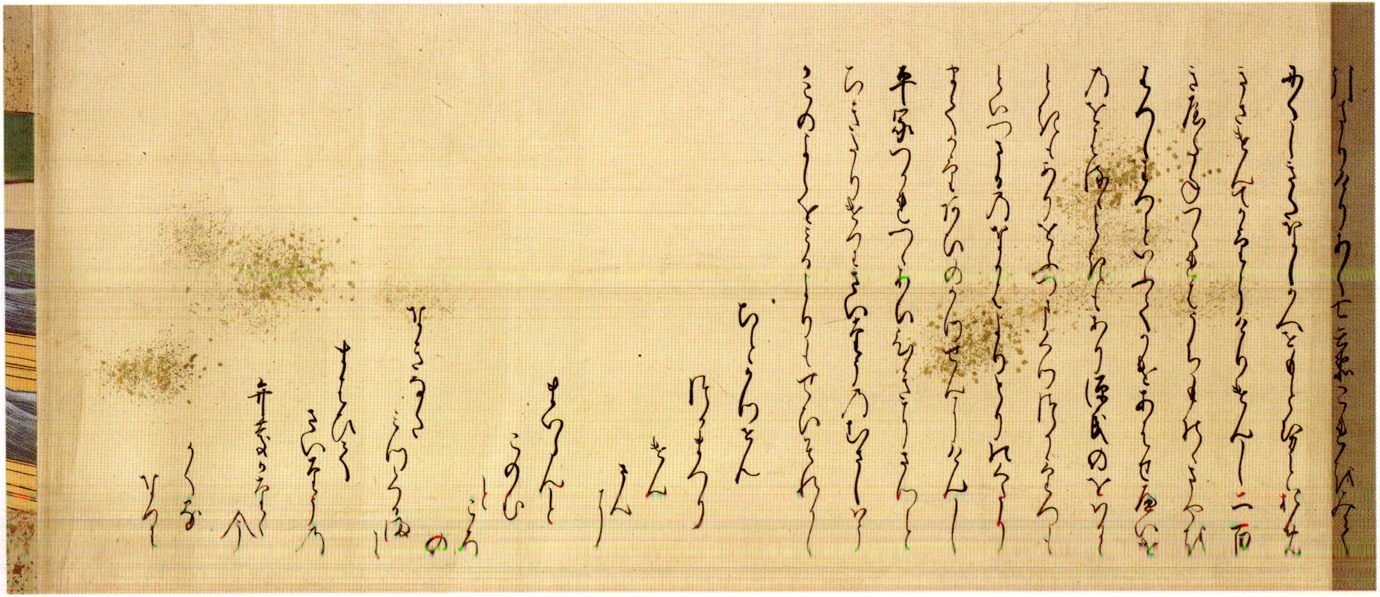

八

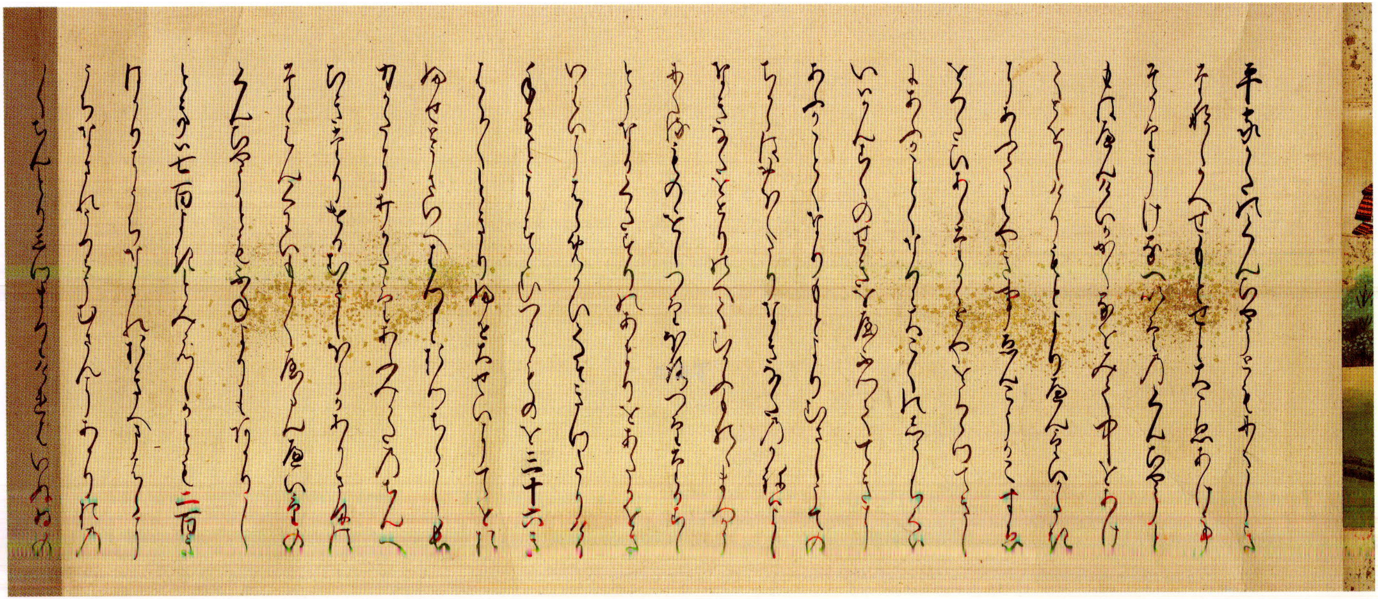

十

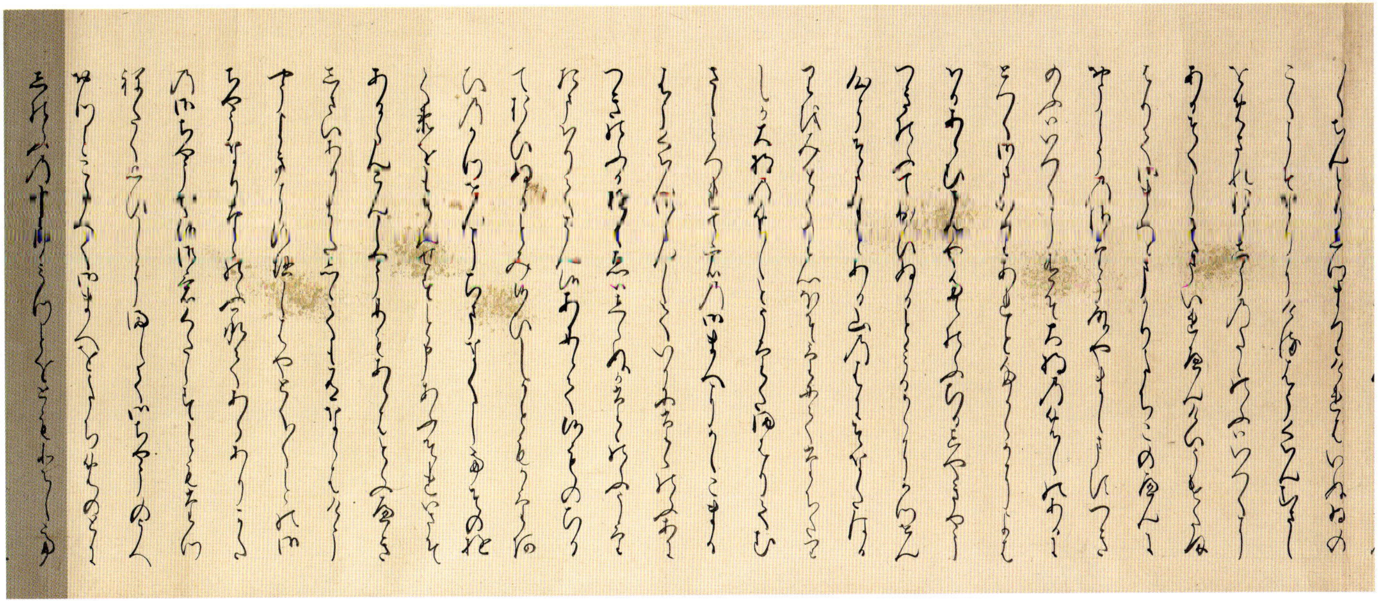

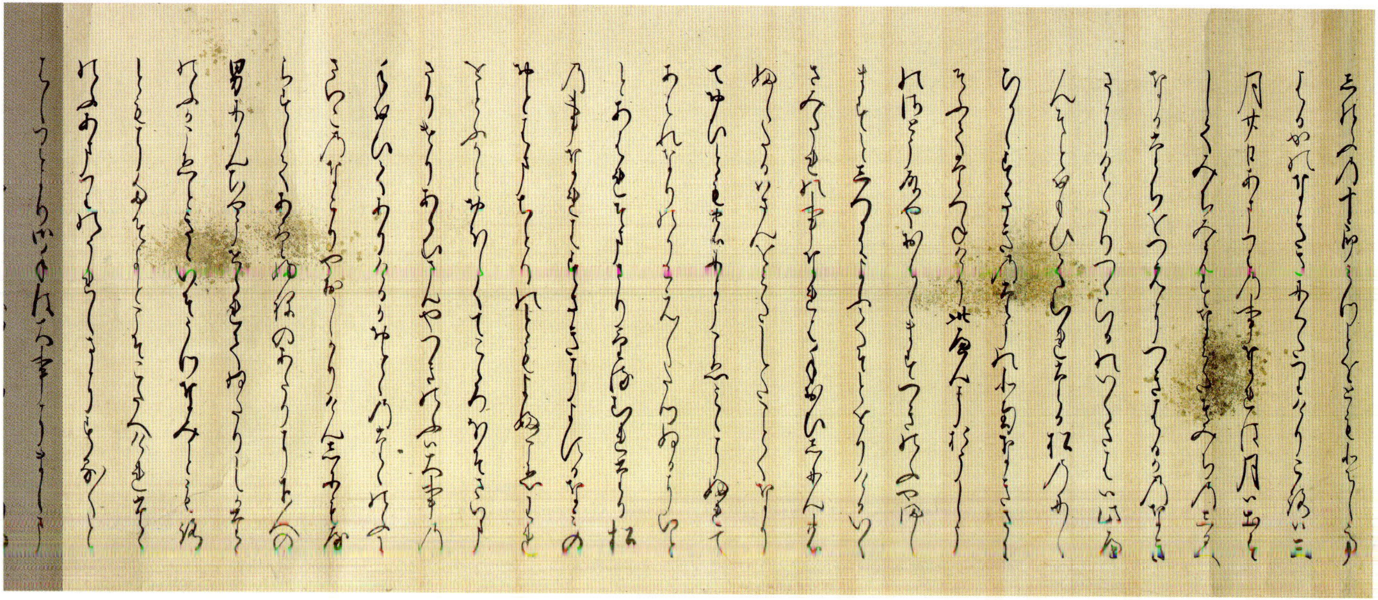

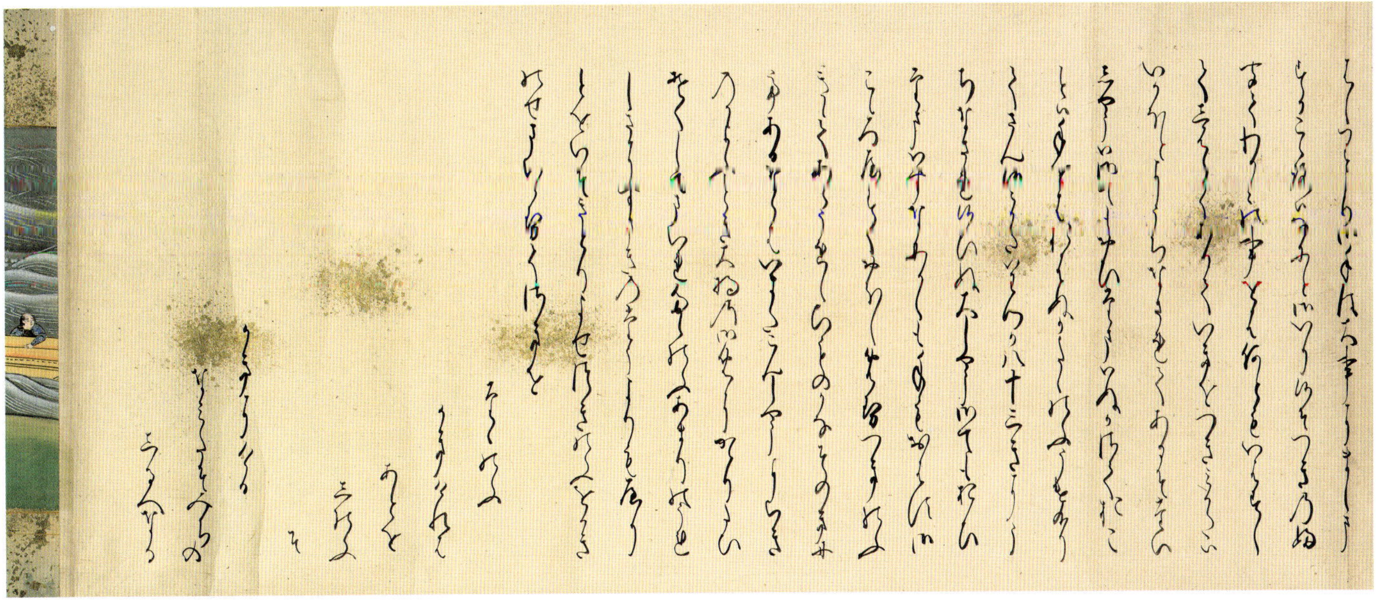

十三

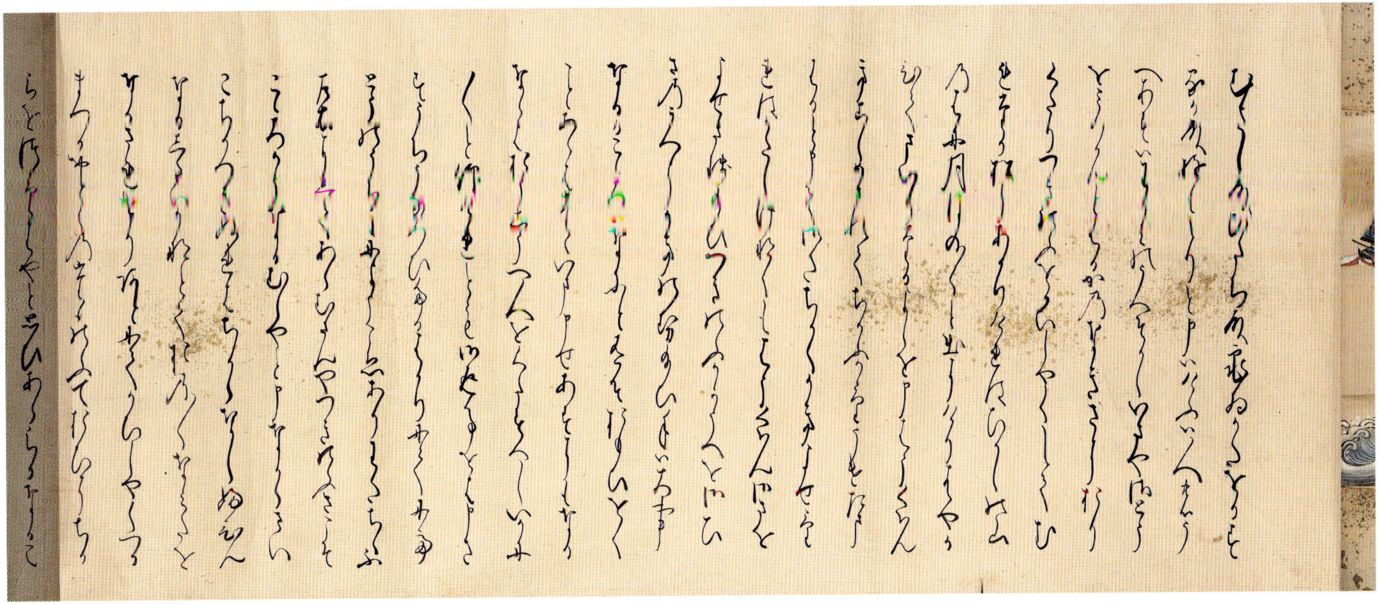

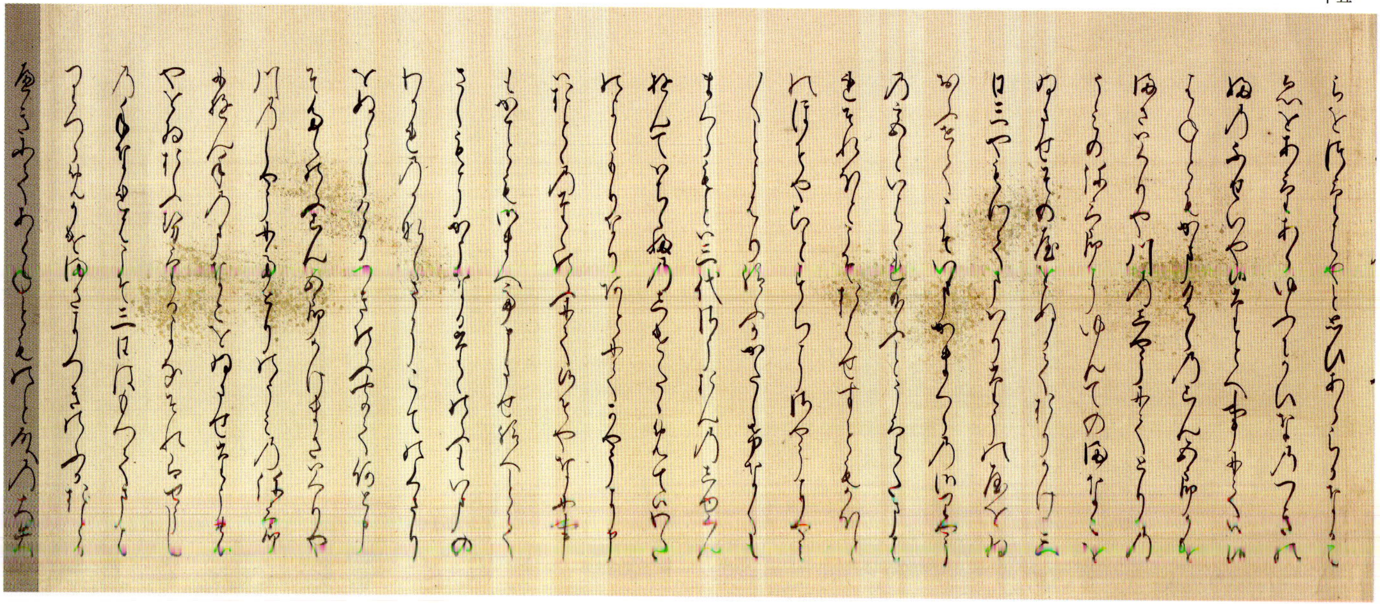

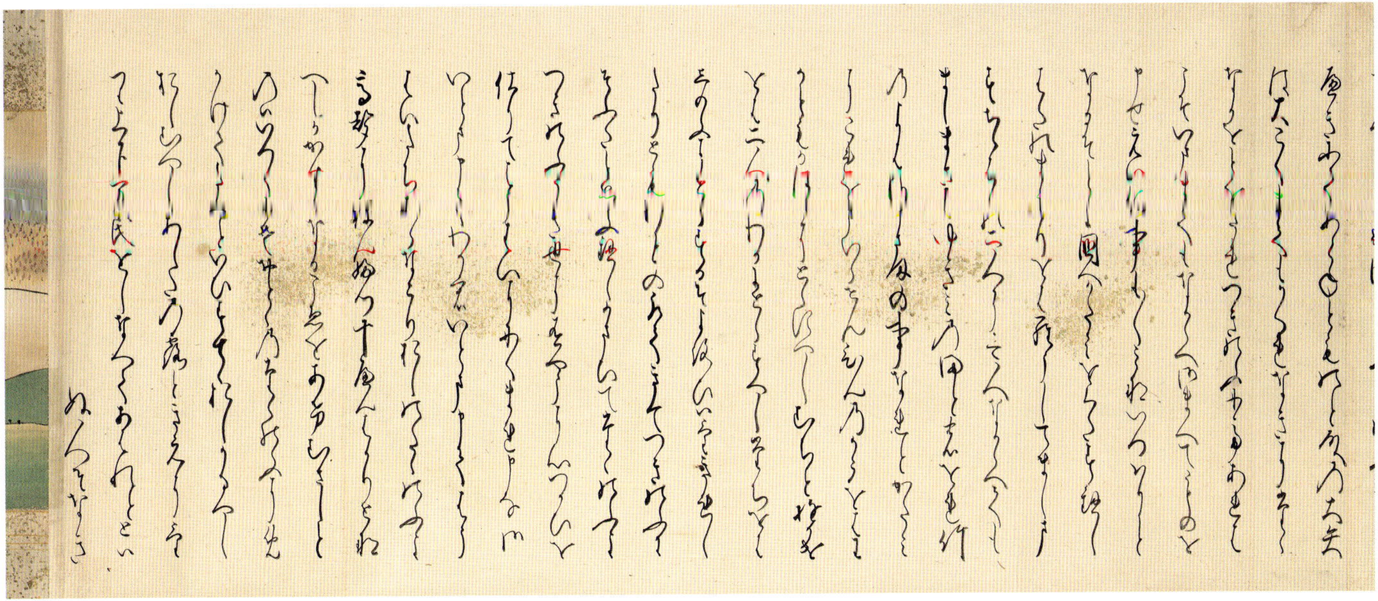

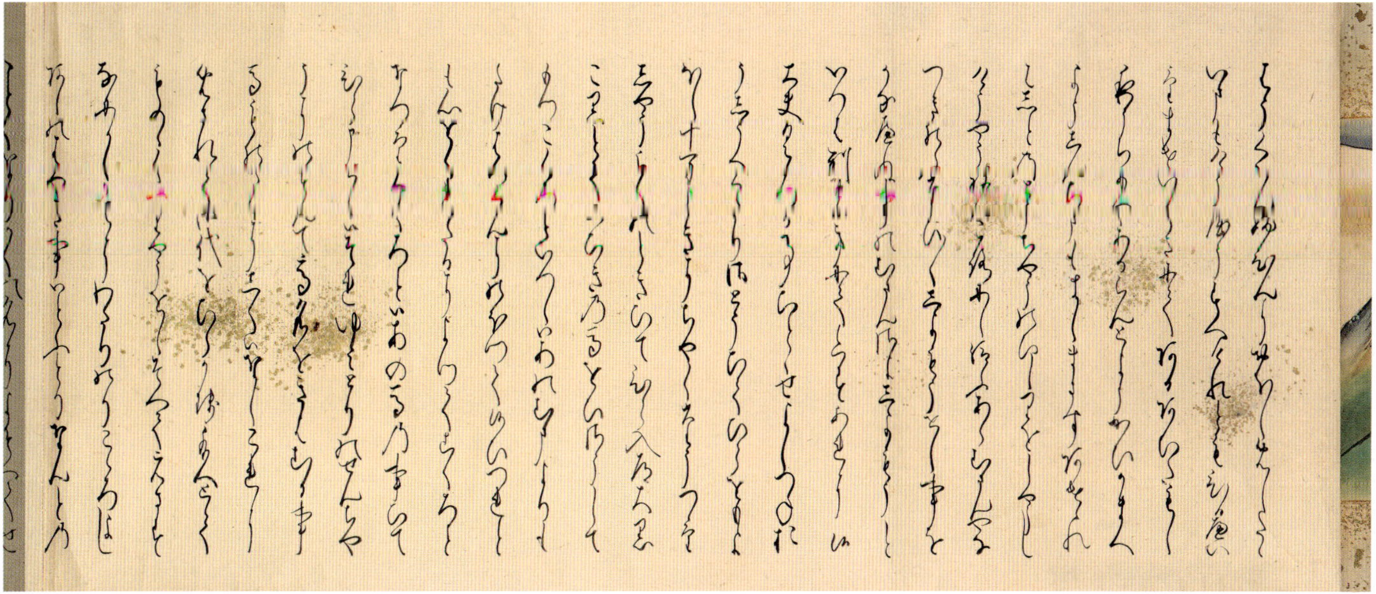

十九

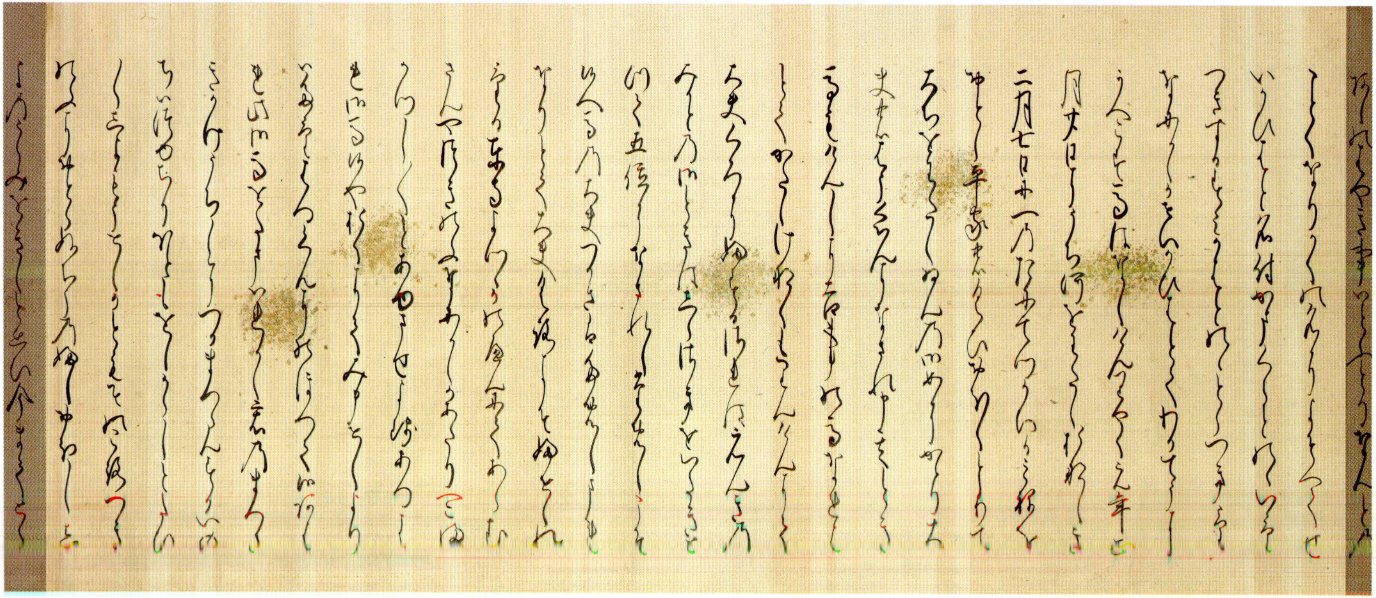

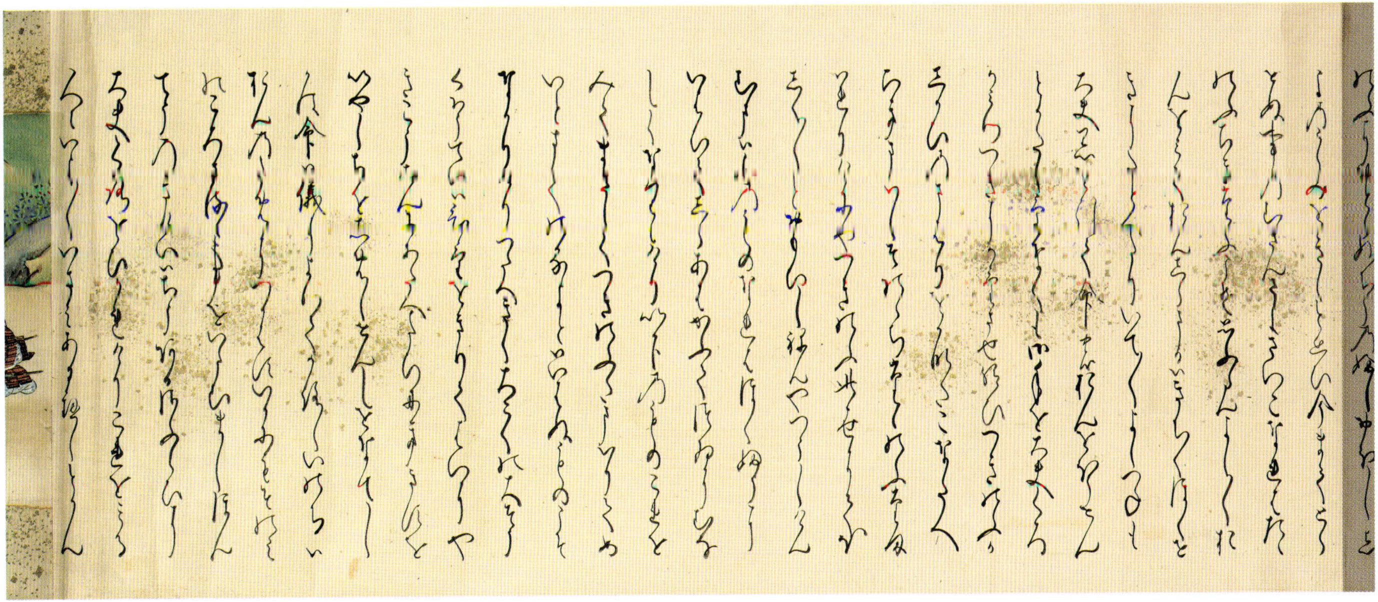

二十一

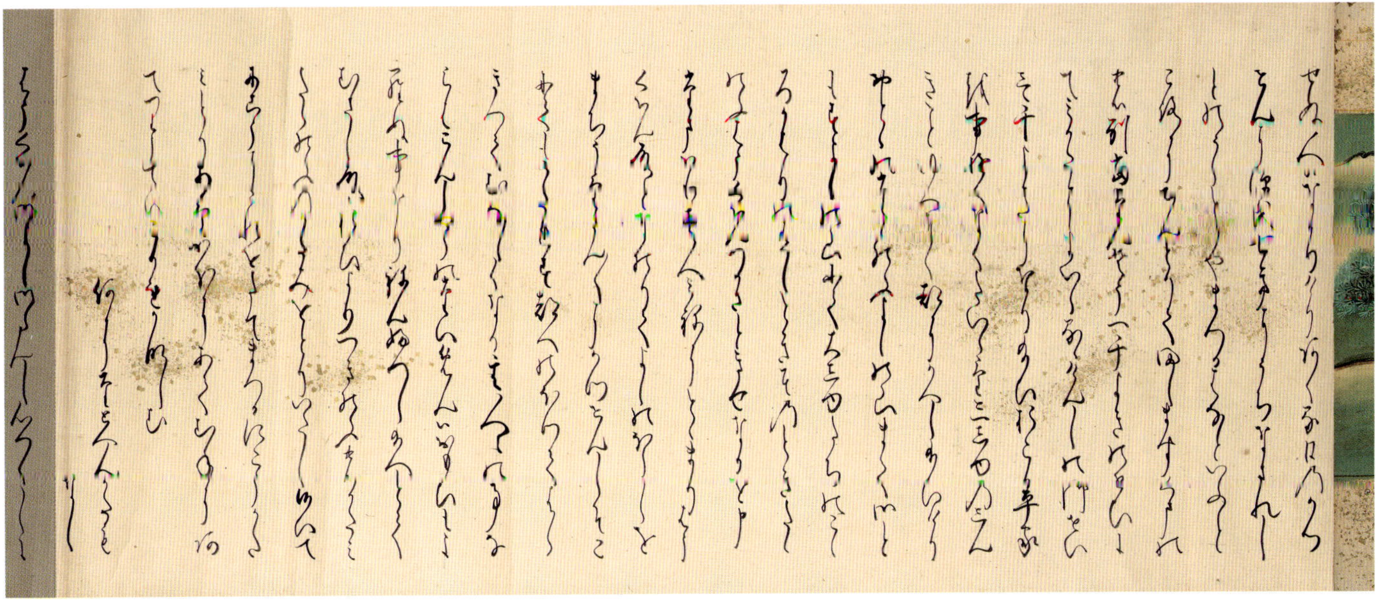

二十三

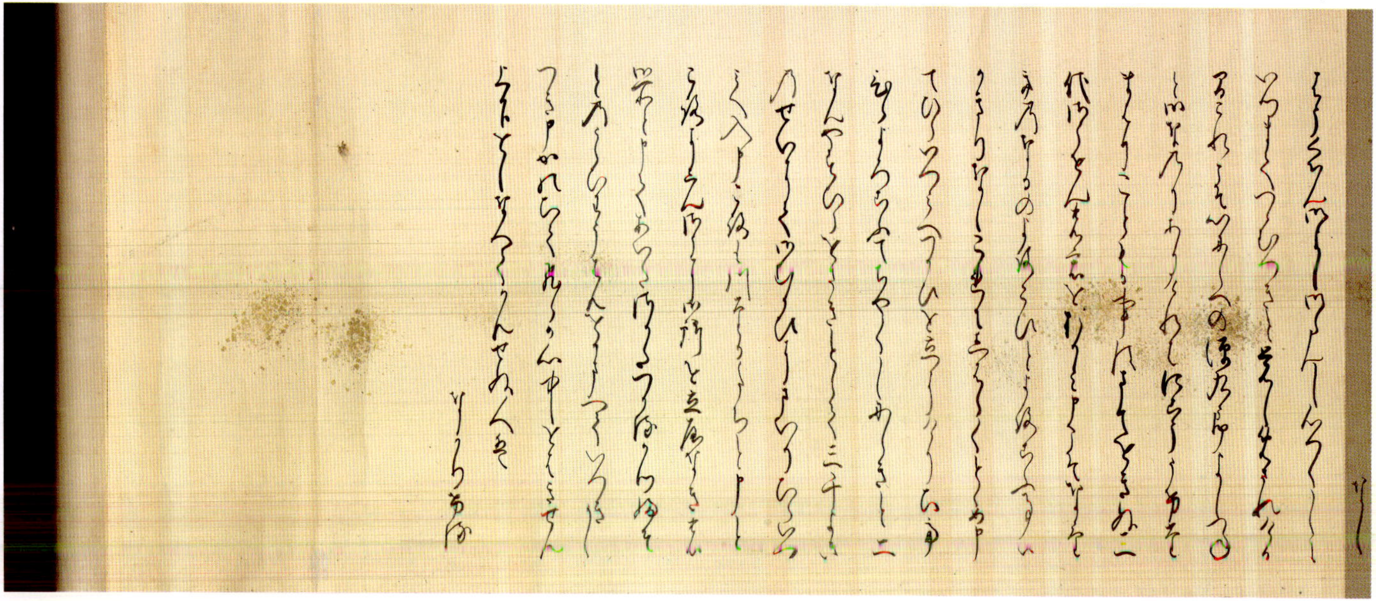

ドイツ編

I

ベルリン国立アジア美術館所蔵

『天稚彦草紙絵巻』

第一紙

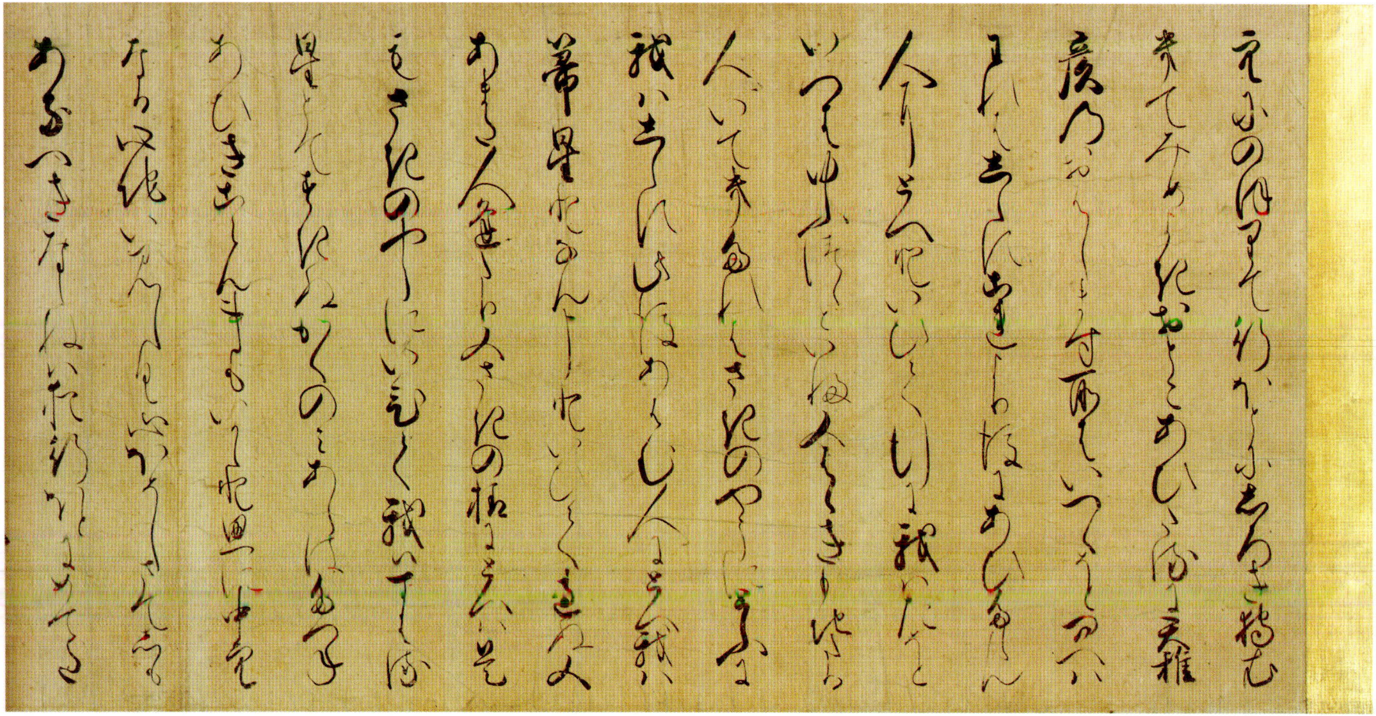

All rights reserved Museum für Asiatische Kunst, Staatliche Museum zu Berlin

二

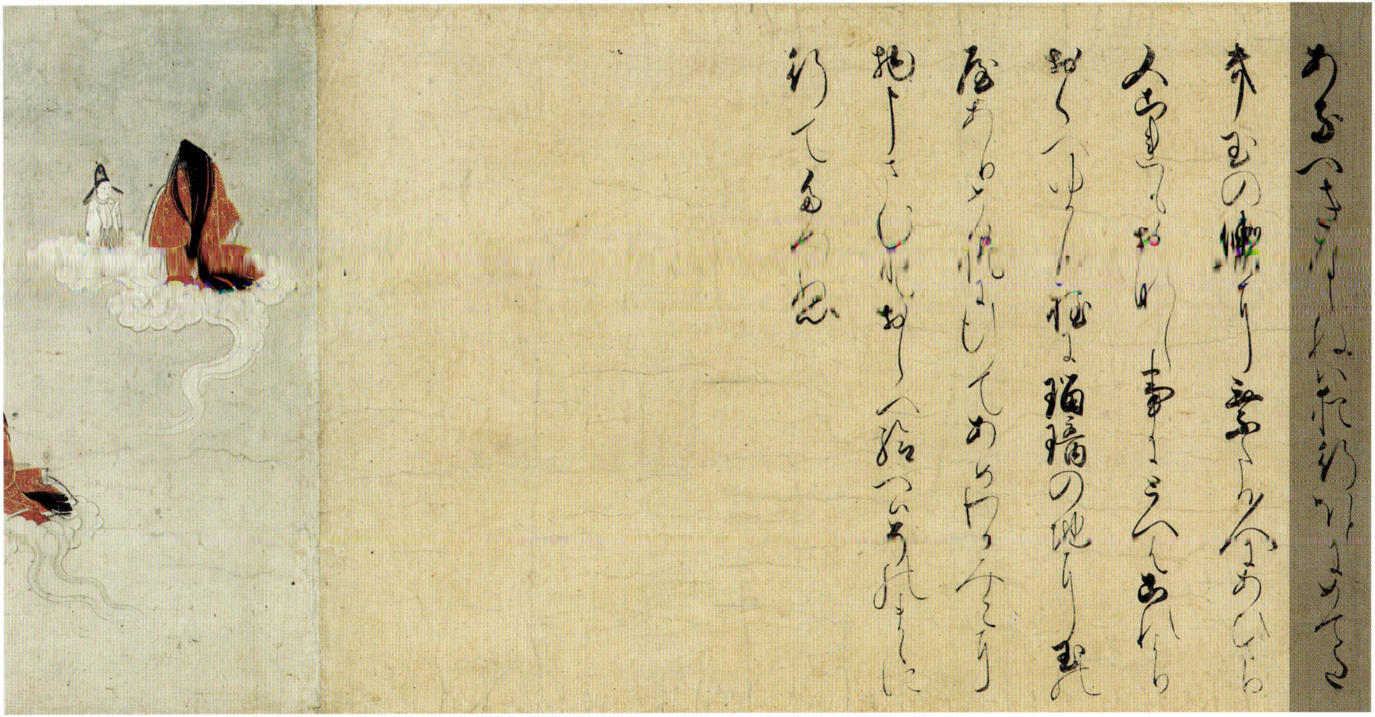

三

四

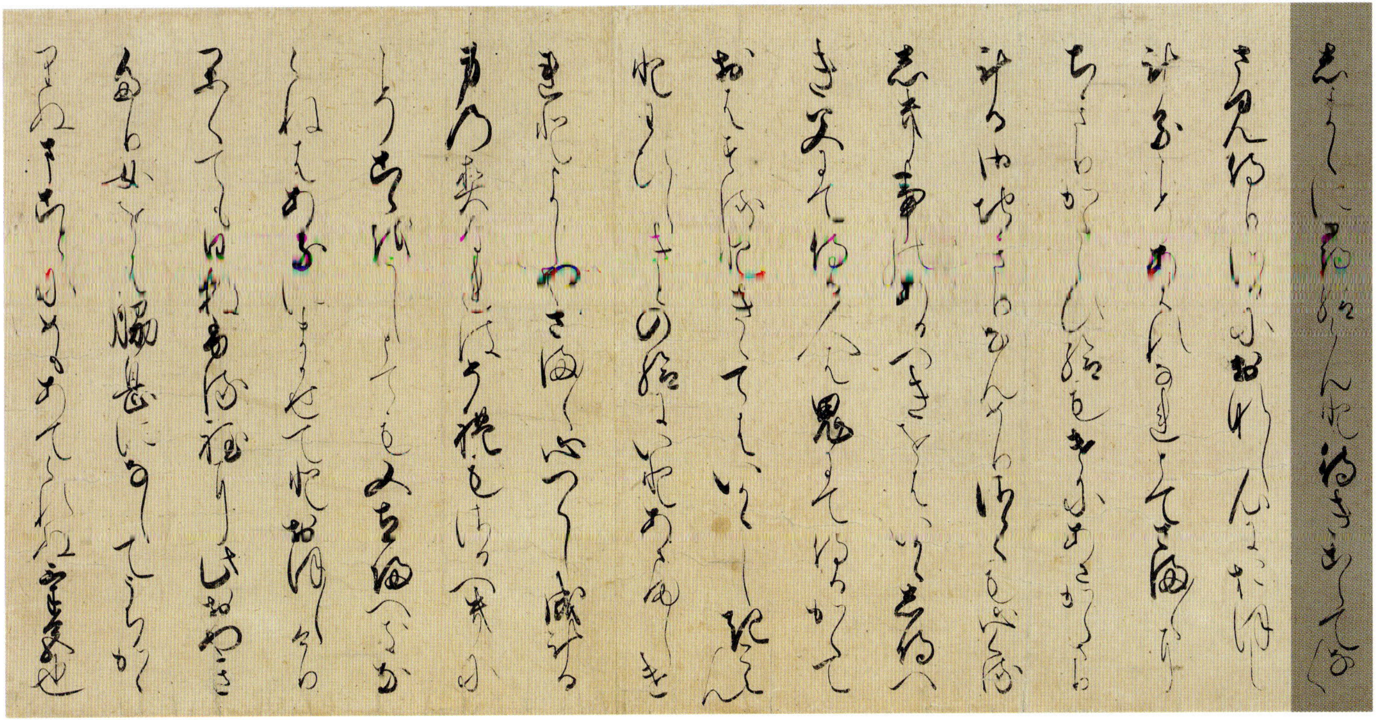

五

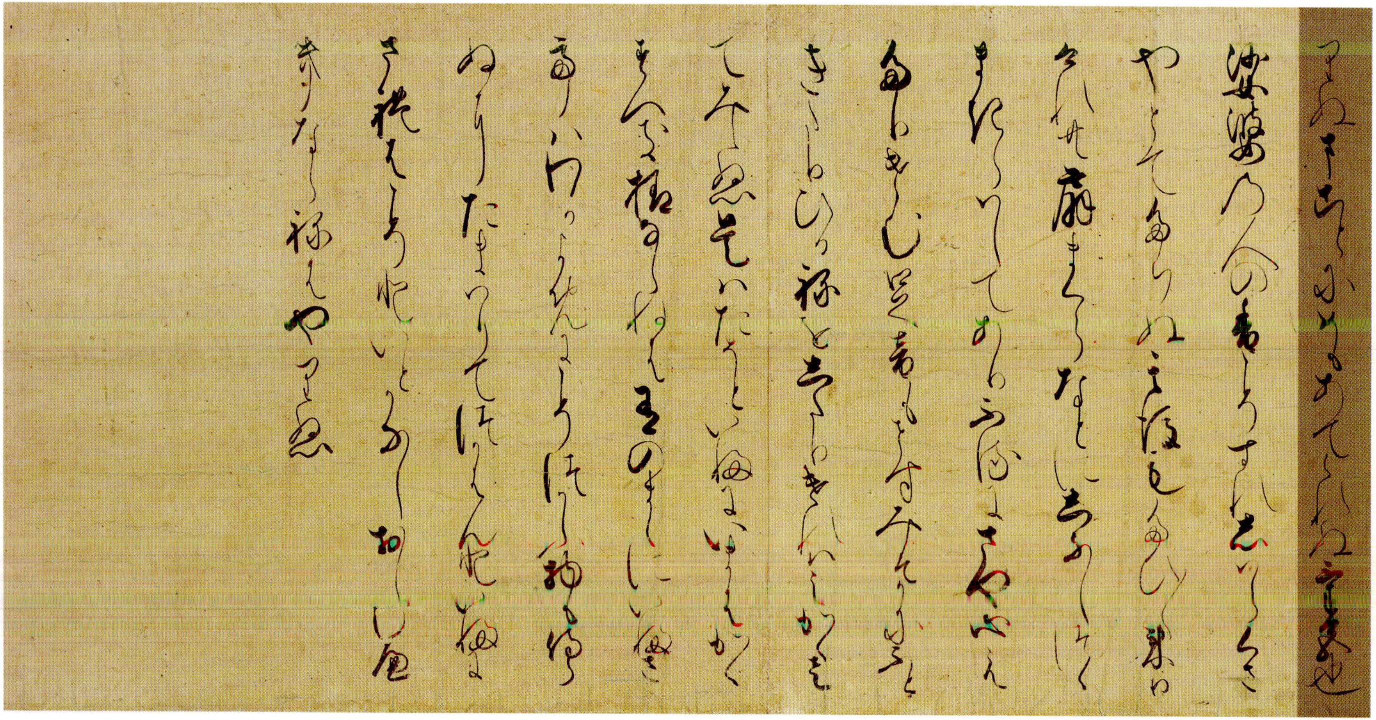

六

七

八

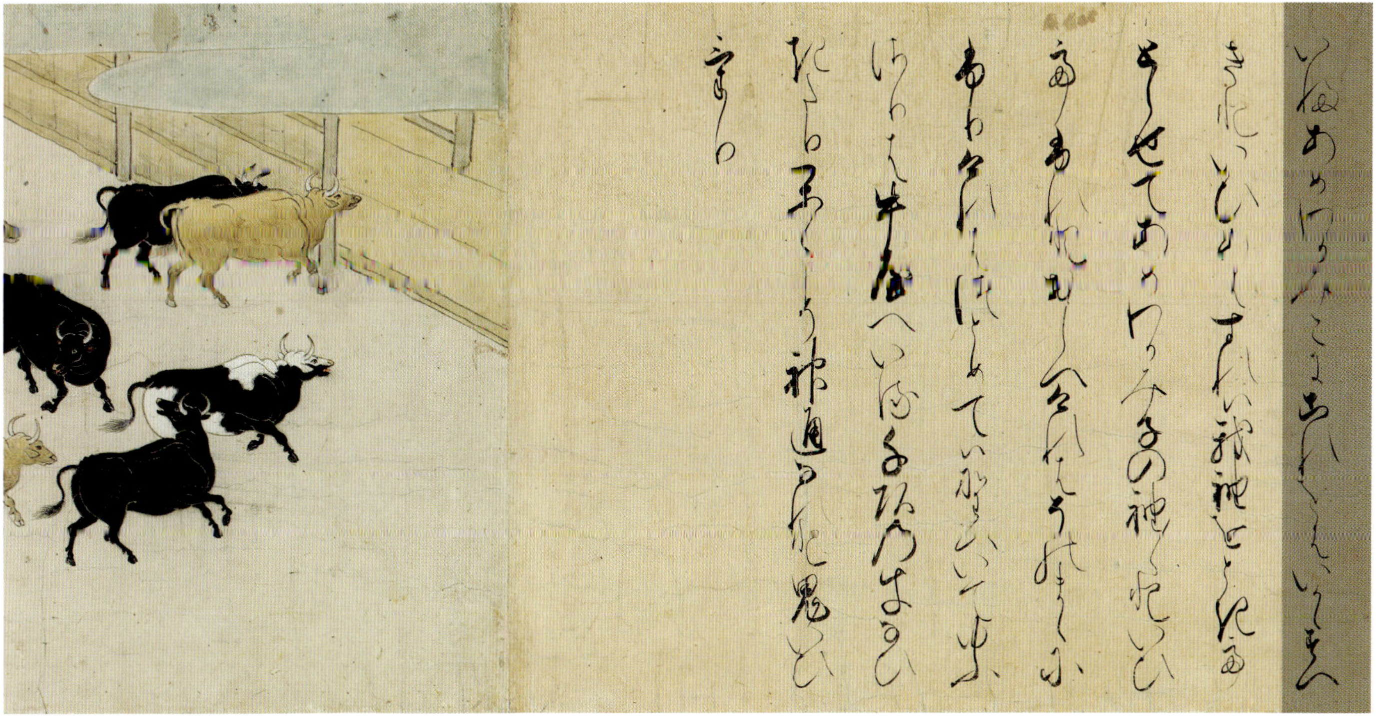

九

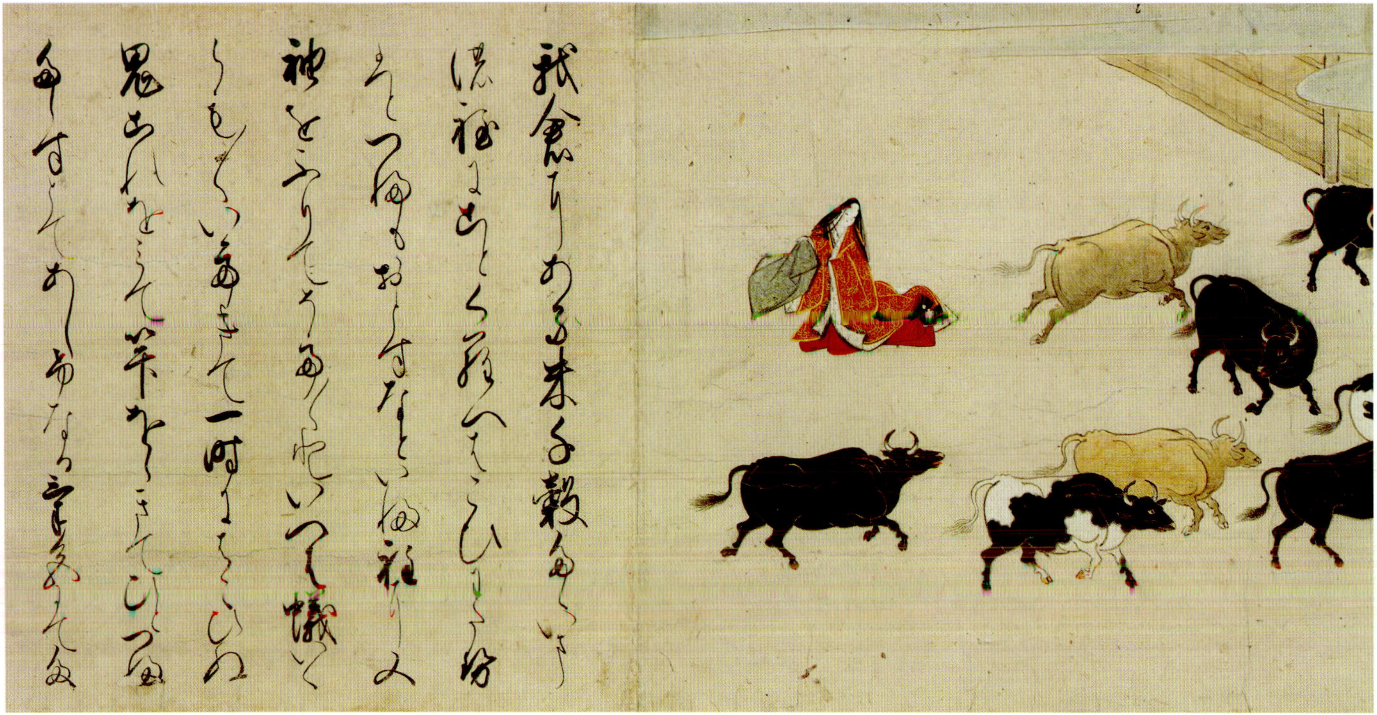

十

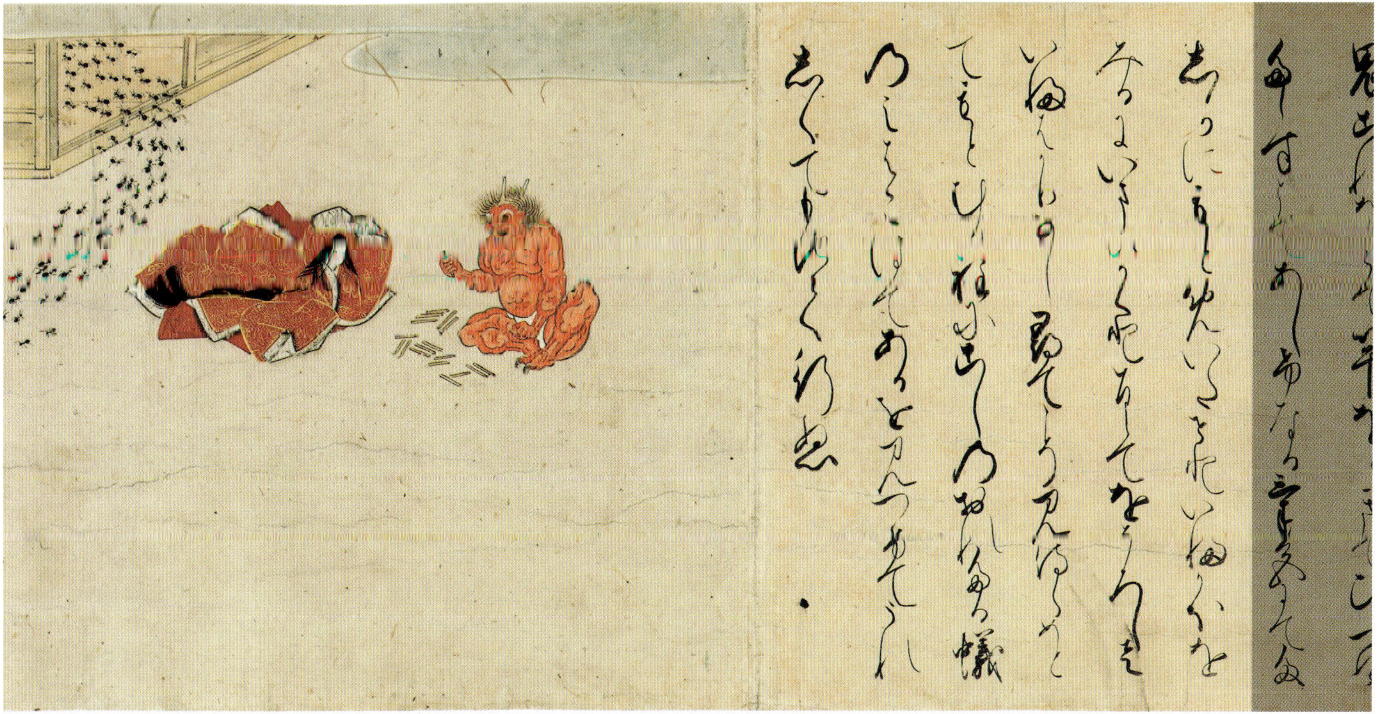

十一

十二

十三

十五　　十四

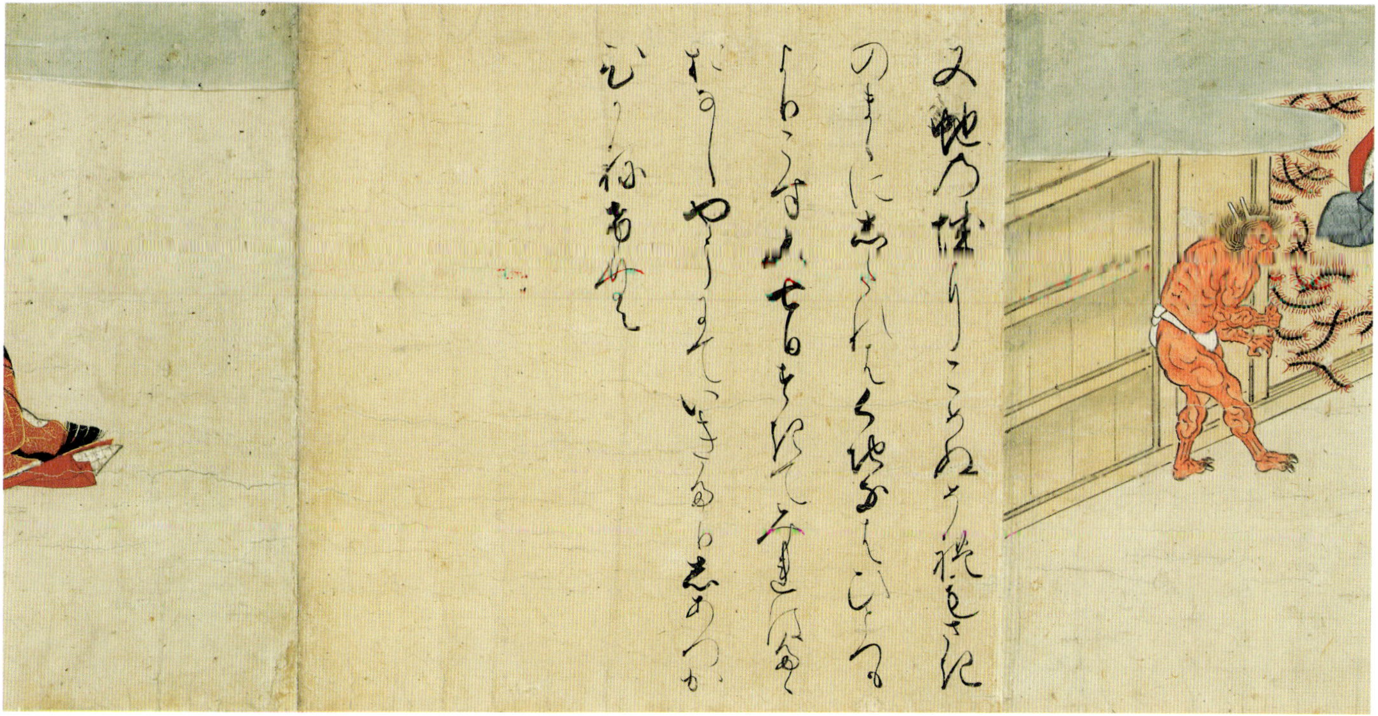

十六

十七

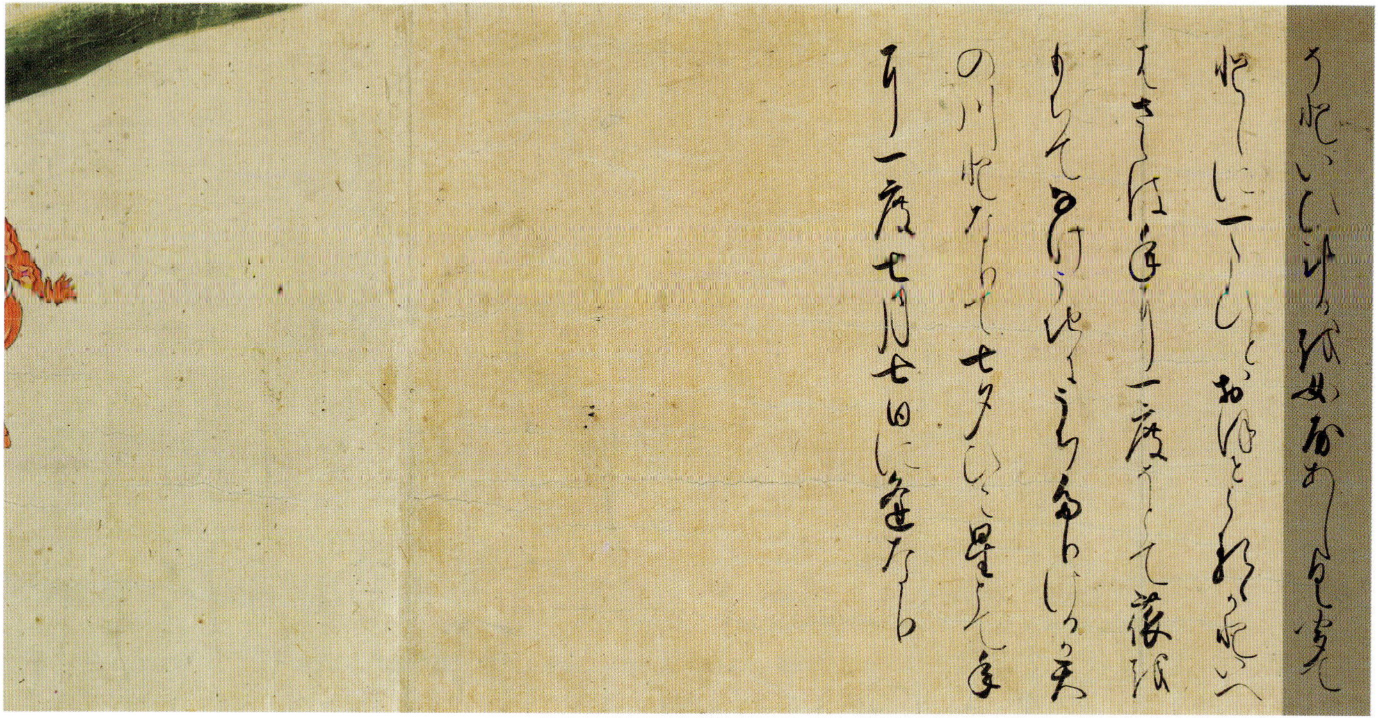
うはいひけれは女なかあしくきゝて
はしに一とゝおほせらるゝはへ
てきゝは年に一度ずゝとて瓜は
わもてなけうちさうらへはしつか天
の川になりて七夕ひこ星とて年
に一度七月七日に逢なり

十八

131　天稚彦草紙絵巻

十九

詞　當今宸筆
繪　土佐將監藤原廣周筆

オーストリア編

I

『百人一首』

ウィーン国立民族学博物館所蔵

All rights reserved Museum fűr Völkerkunde

137　表紙

表紙裏　　ESTE, 113. 726（皇太子所蔵番号）　*138*

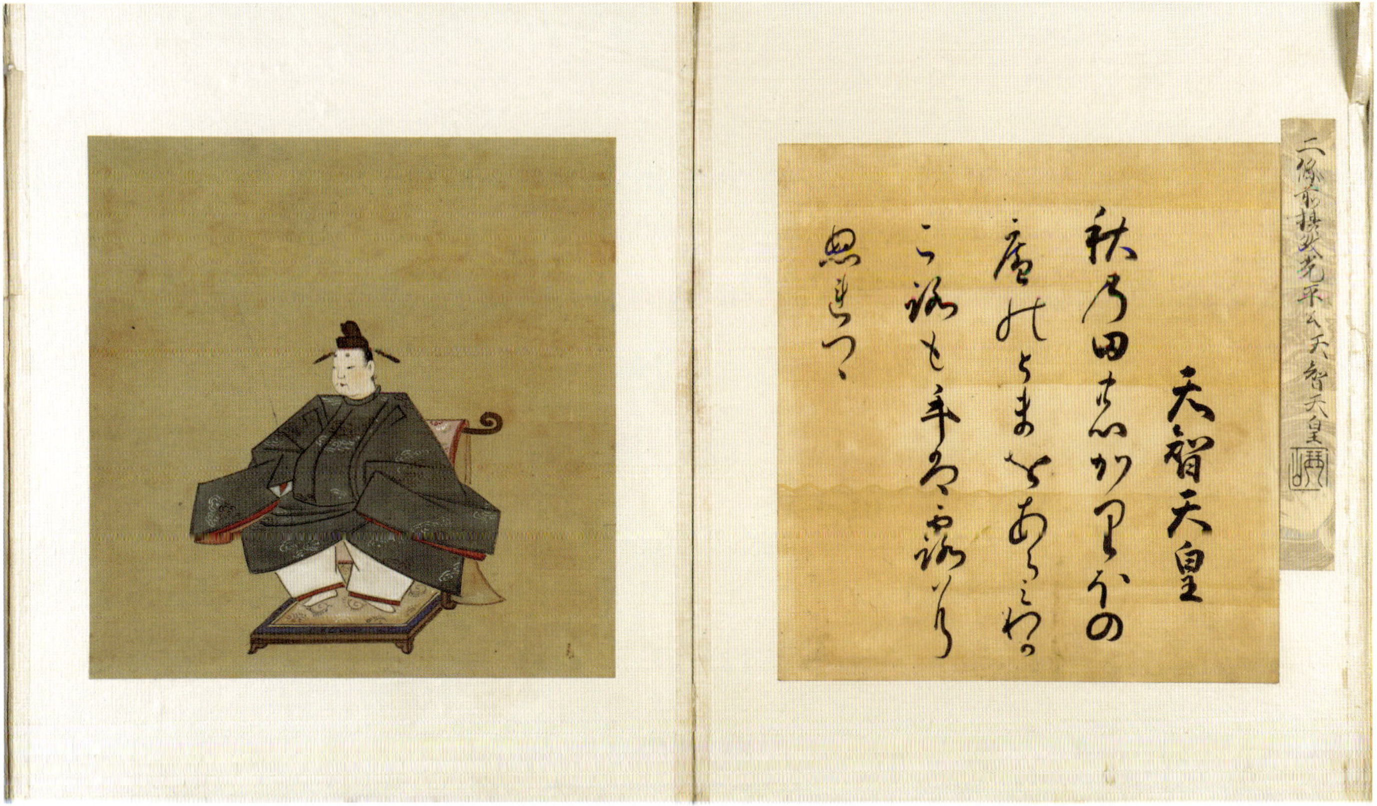

139　二条前摂政光平公　天智天皇

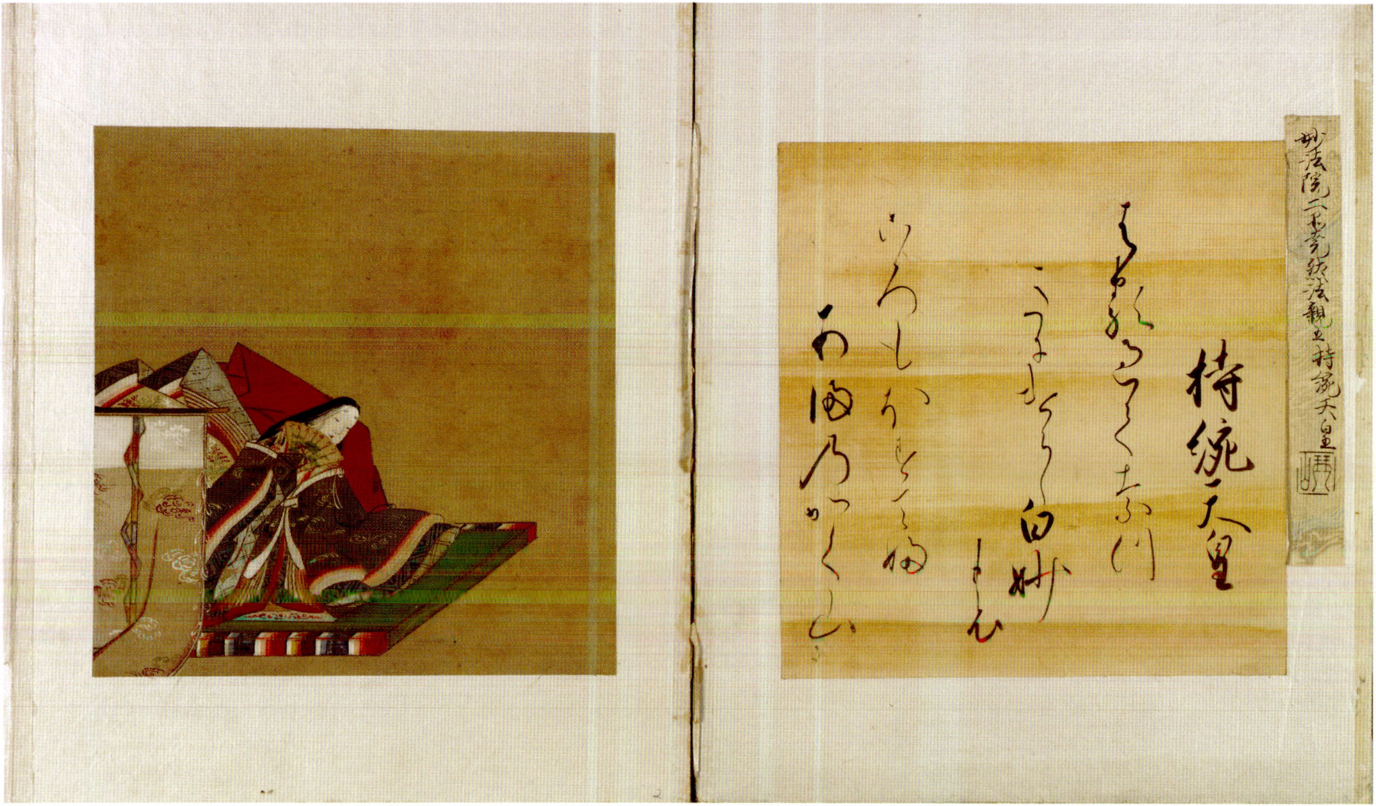

妙法院二品堯然法親王　持統天皇

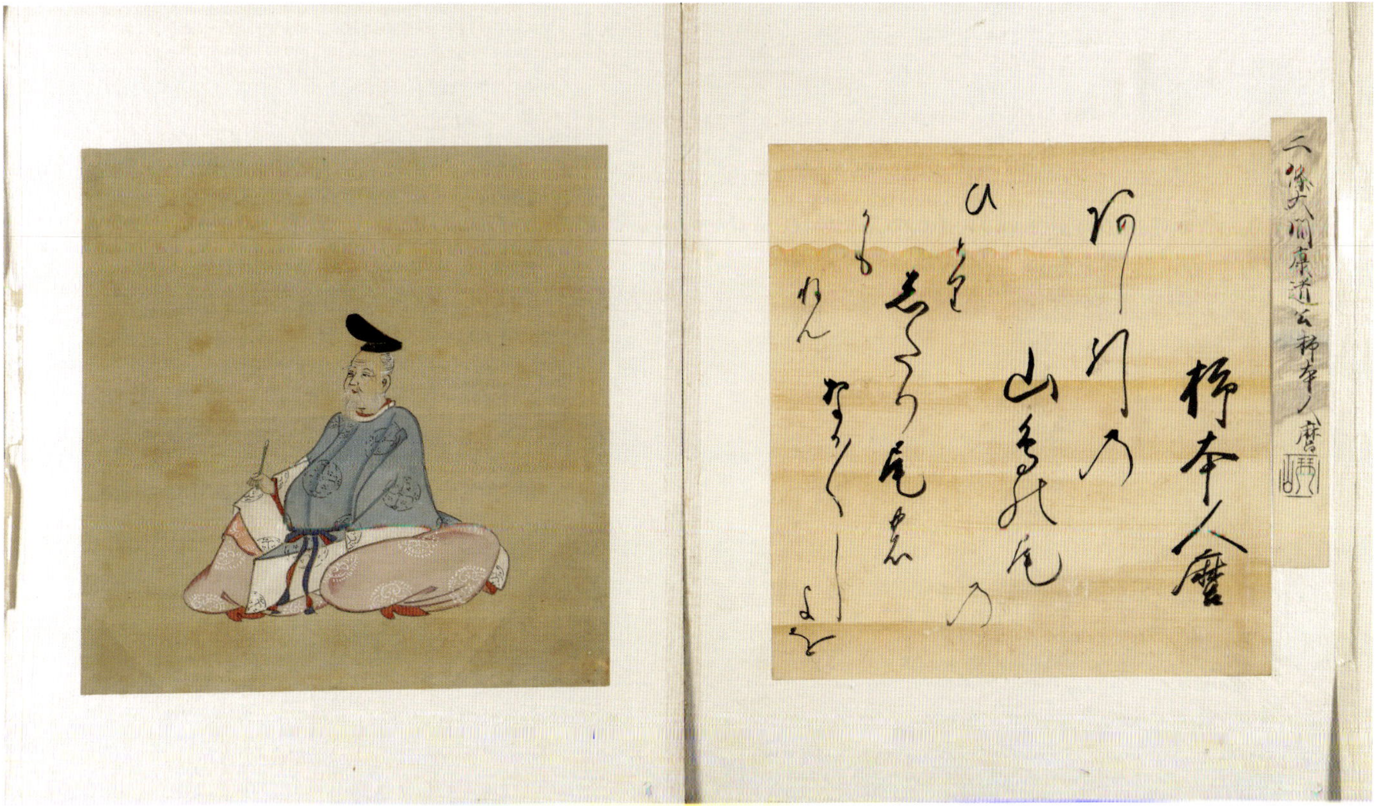

141　二条大閤泰道公　柿本人麿

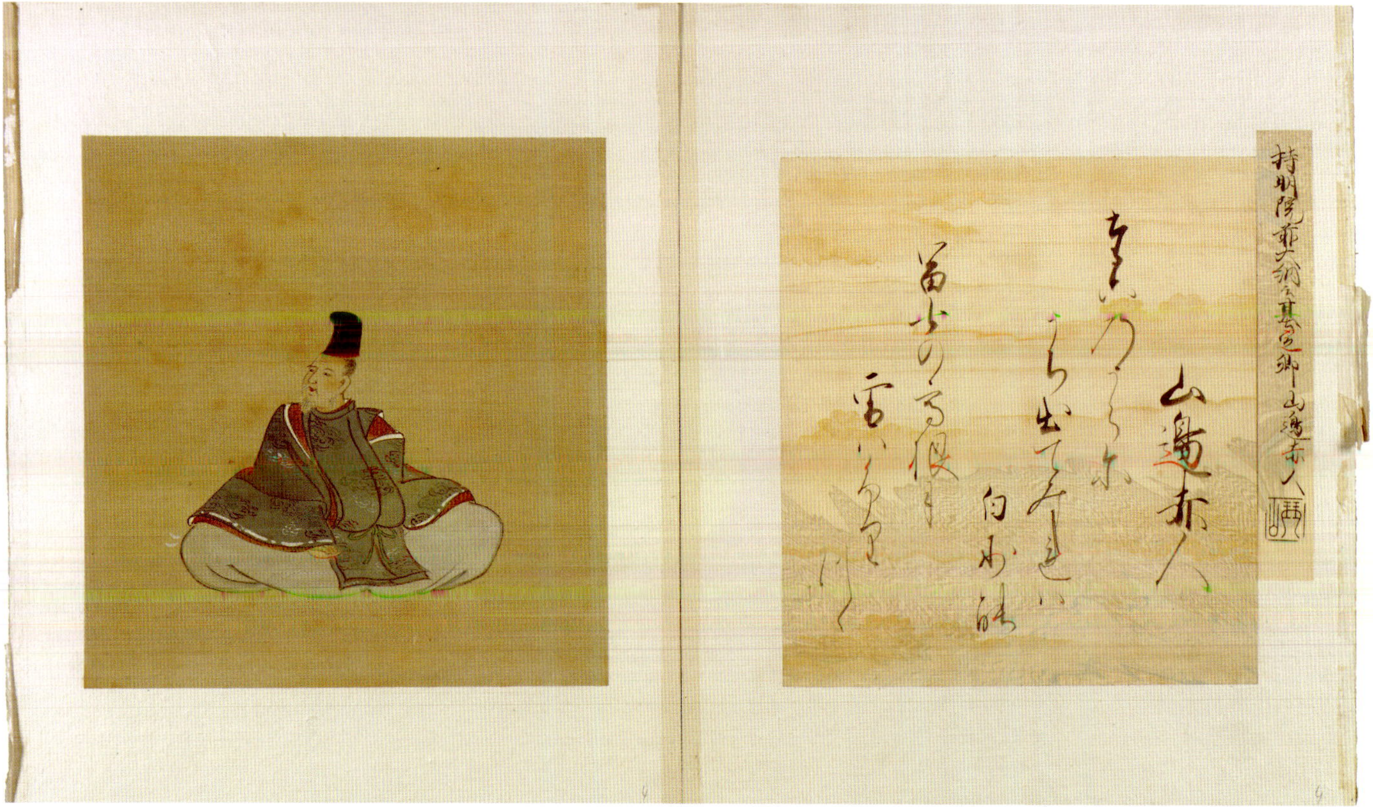

持明院前大納言基定卿　山辺赤人　*142*

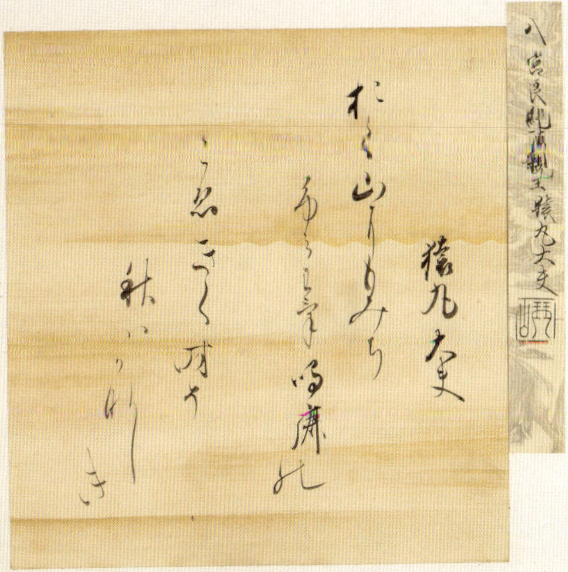
八宮良純親王 猿丸大夫
猿丸大夫
おく山にもみち
ふみわけ鳴鹿の
こゑきく時そ
秋はかなしき

143　八宮良純法親王　　猿丸大夫

堀川前宰相則康卿　中納言家持

安倍仲丸
あまのはら
ふりさけみれは
かすかなる
三笠乃やまに
いてし月かも
西園寺前左大臣実晴公 安倍仲丸

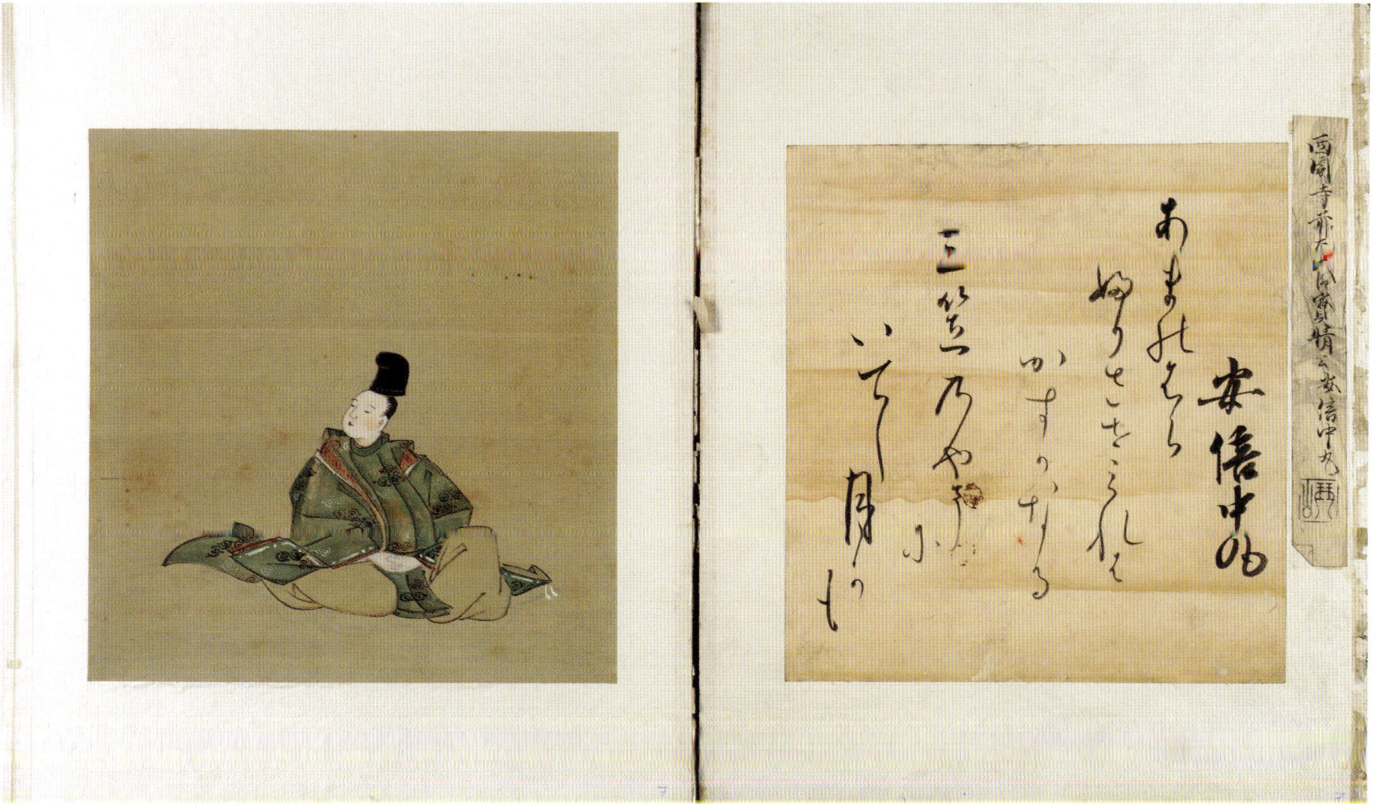

145　西園寺前左大臣実晴公　　安倍仲丸

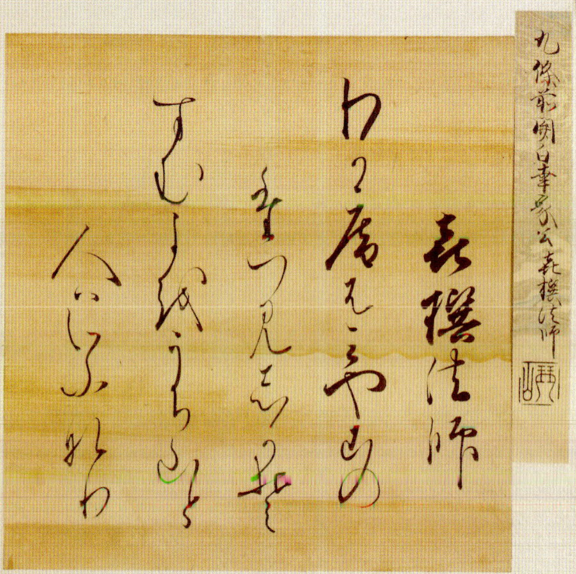

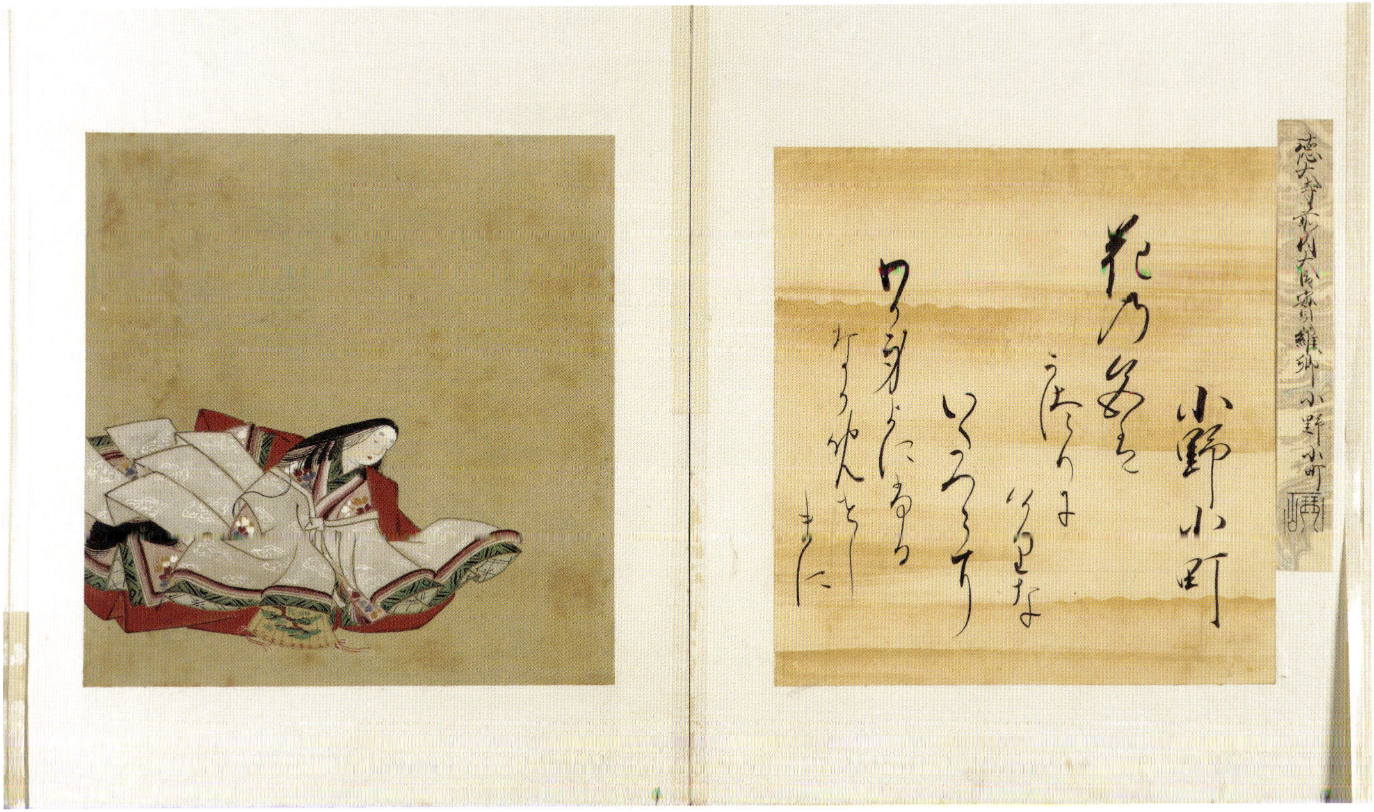

147　徳大寺前内大臣実維卿　小野小町

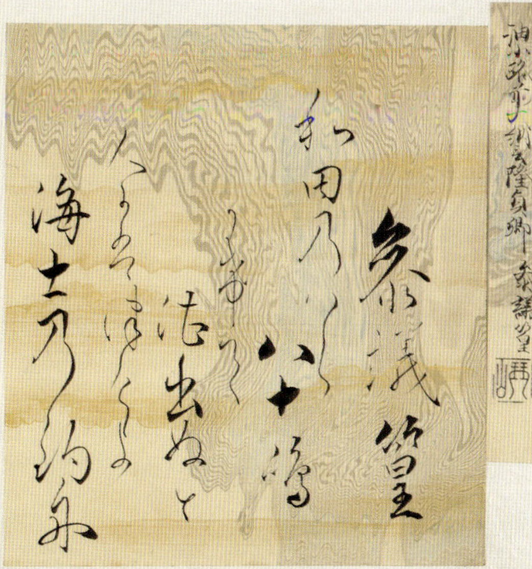

149　油小路前大納言隆貞卿　参議篁

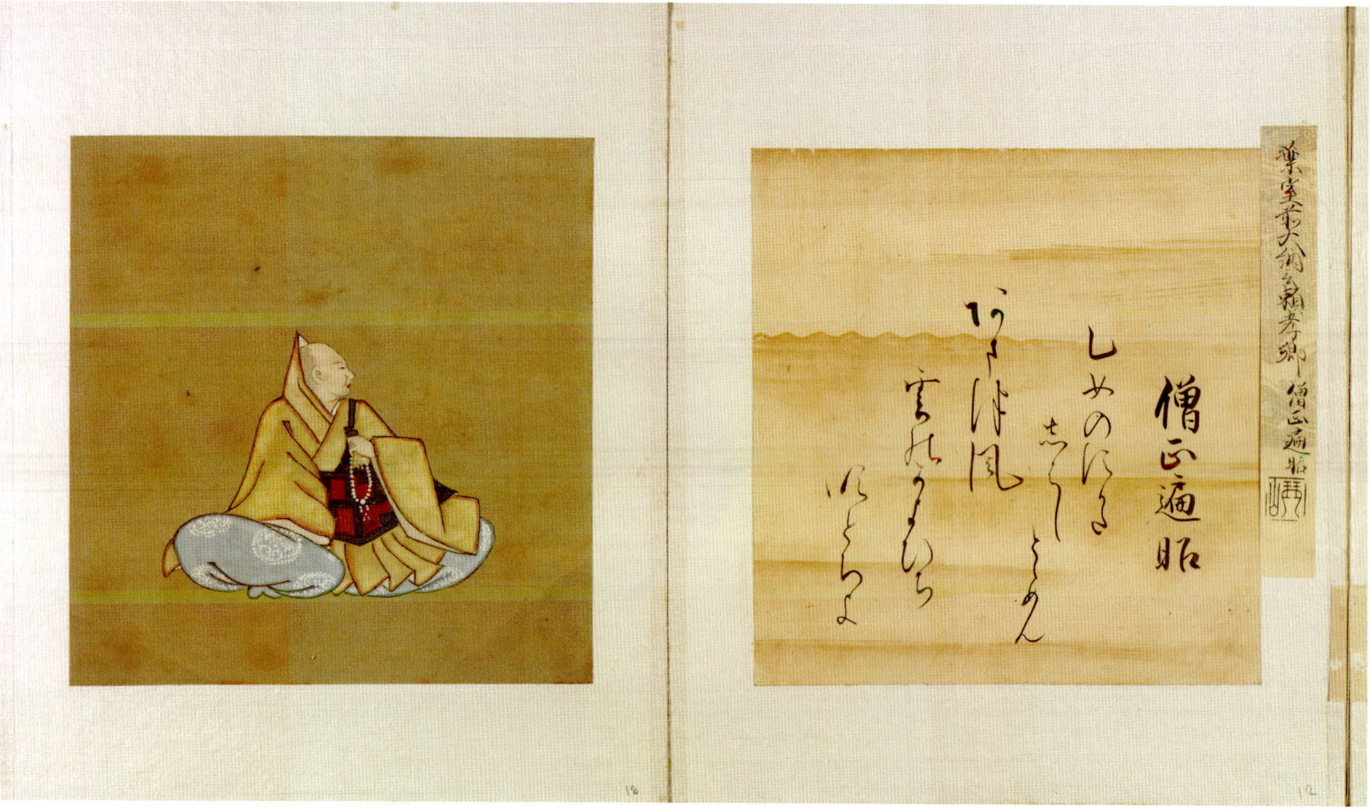

葉室前大納言頼孝卿　僧正遍昭

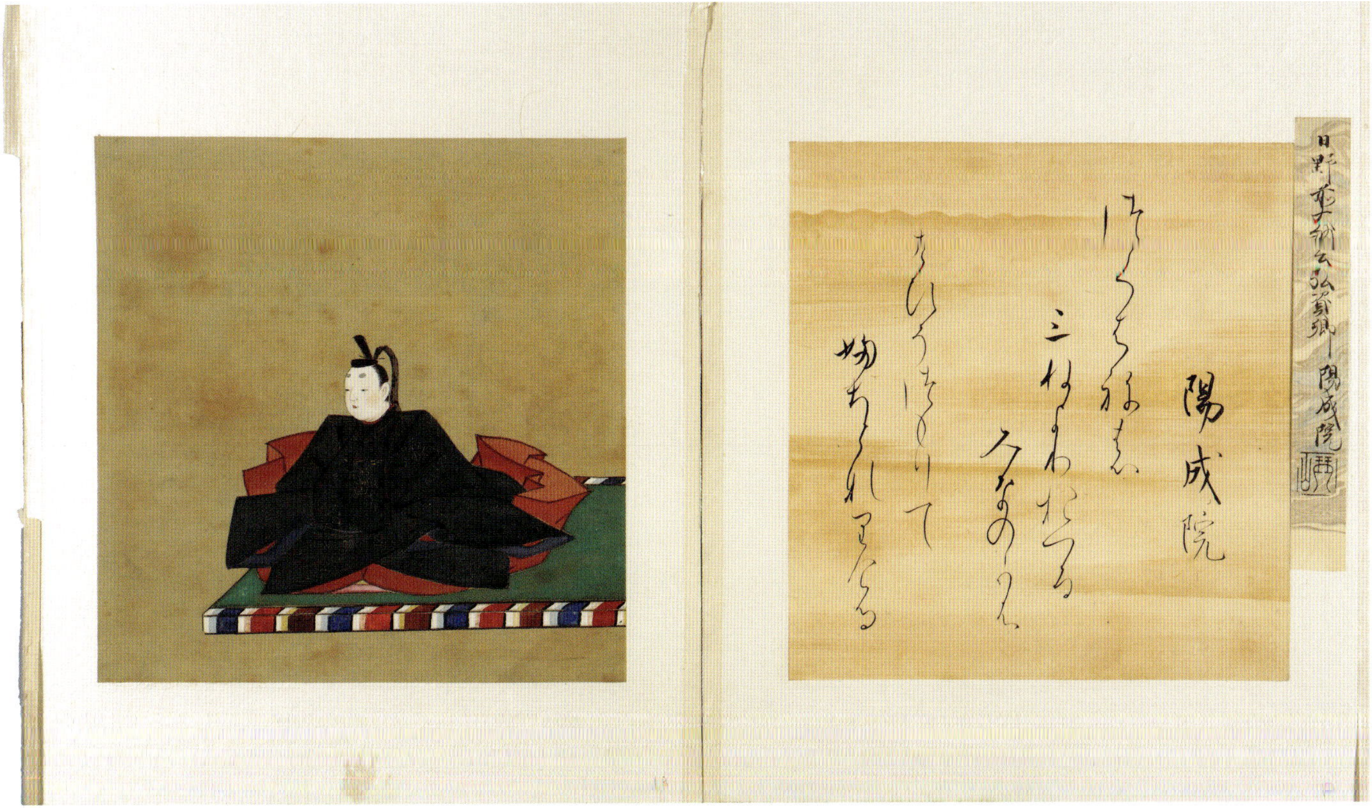

151　日野前大納言弘資卿　　陽成院

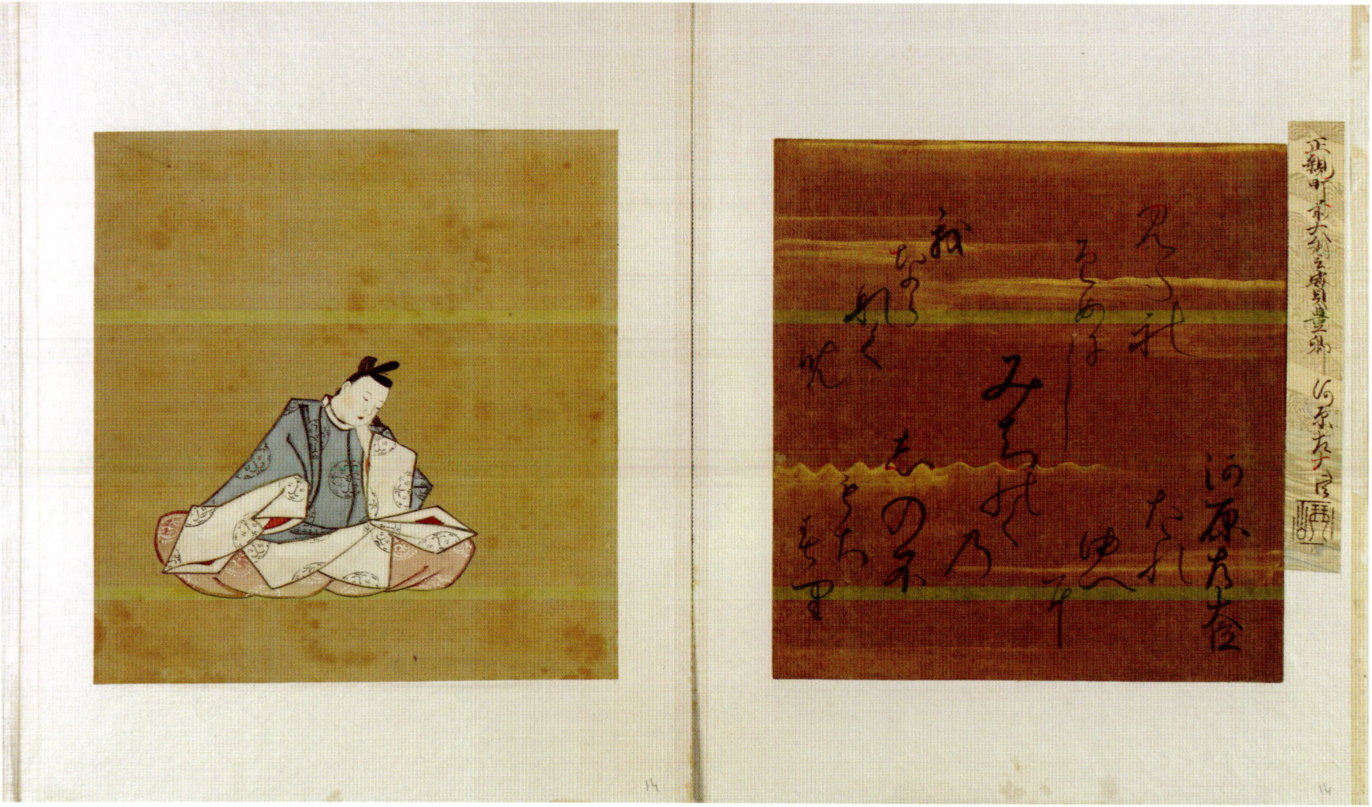

正親町前大納言実豊卿　河原左大臣

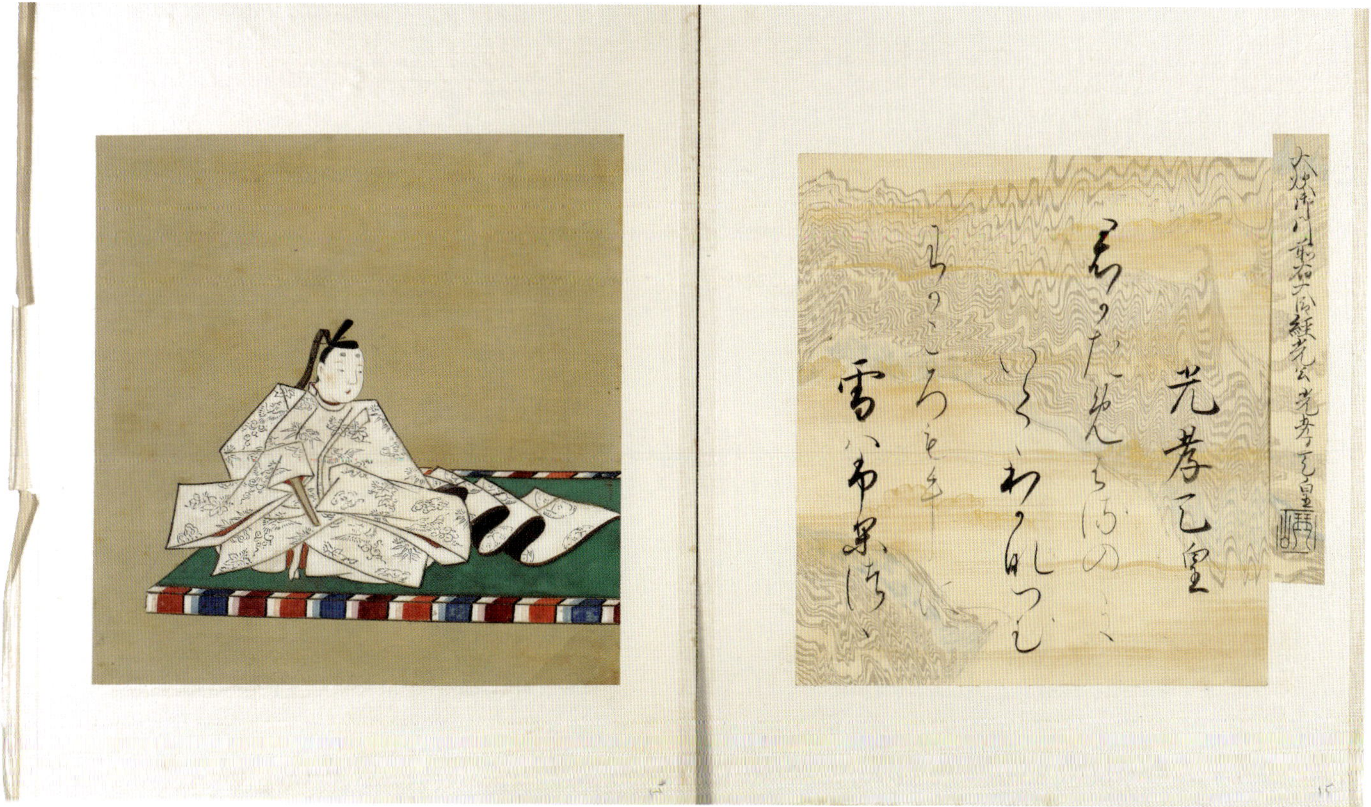

153　大炊御門前右大臣経光公　　光孝天皇

岩倉権中納言具起卿　　中納言行平

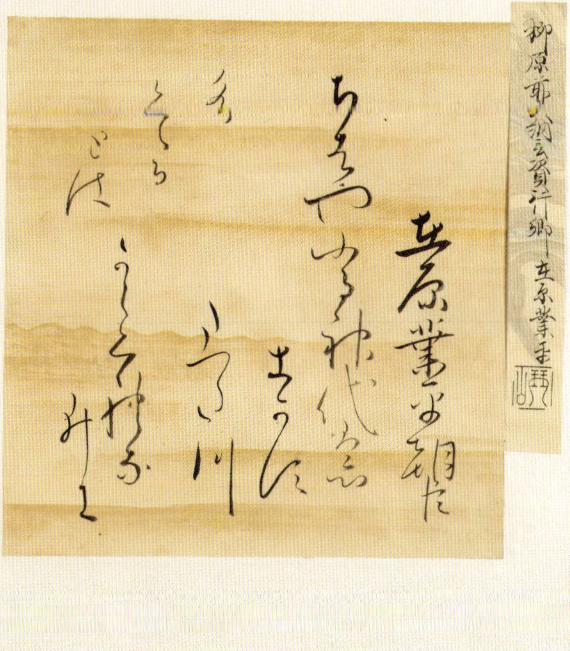

155　柳原前大納言資行卿　在原業平朝臣

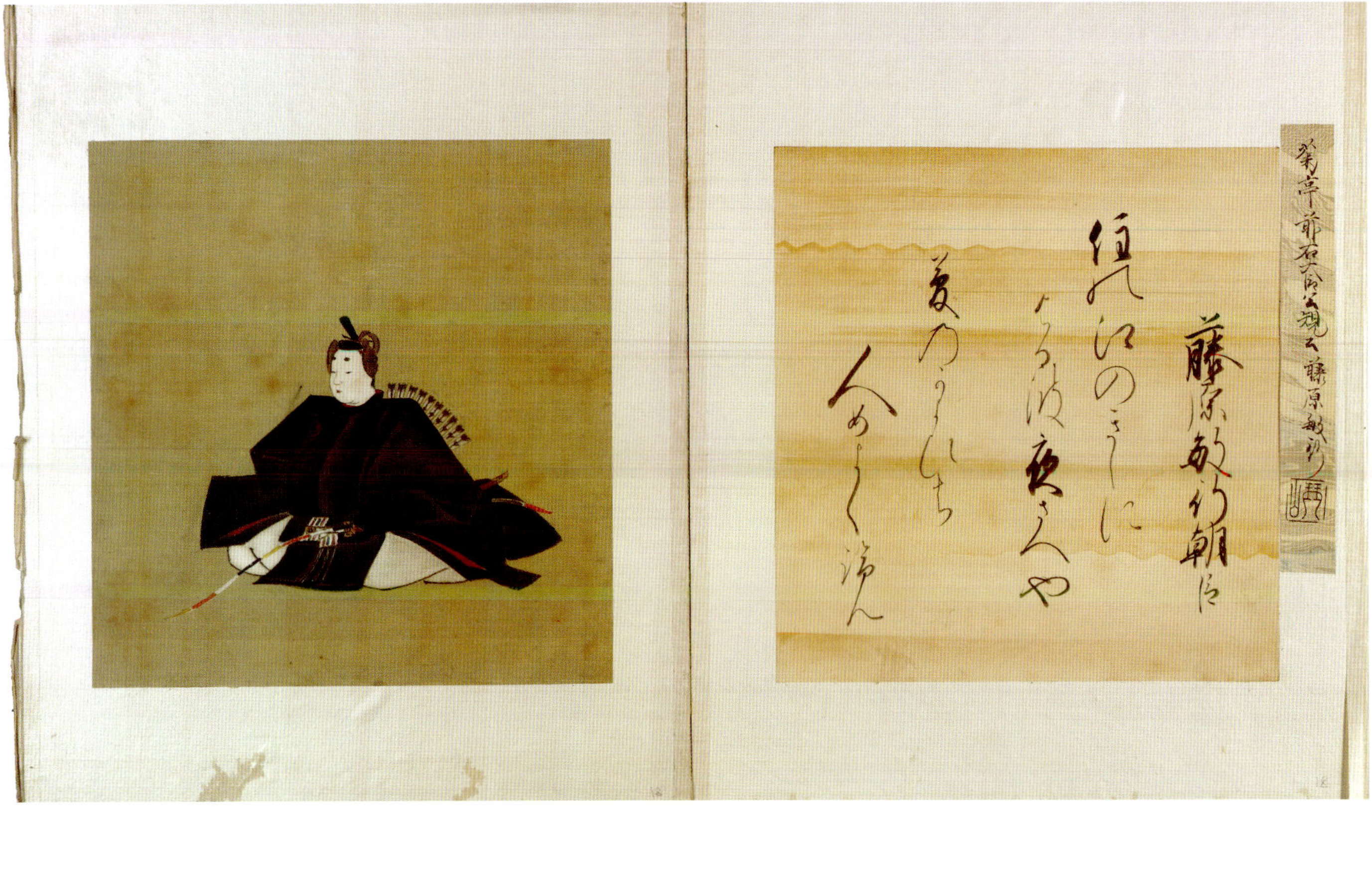

菊亭前右大臣公規言　藤原敏行朝臣

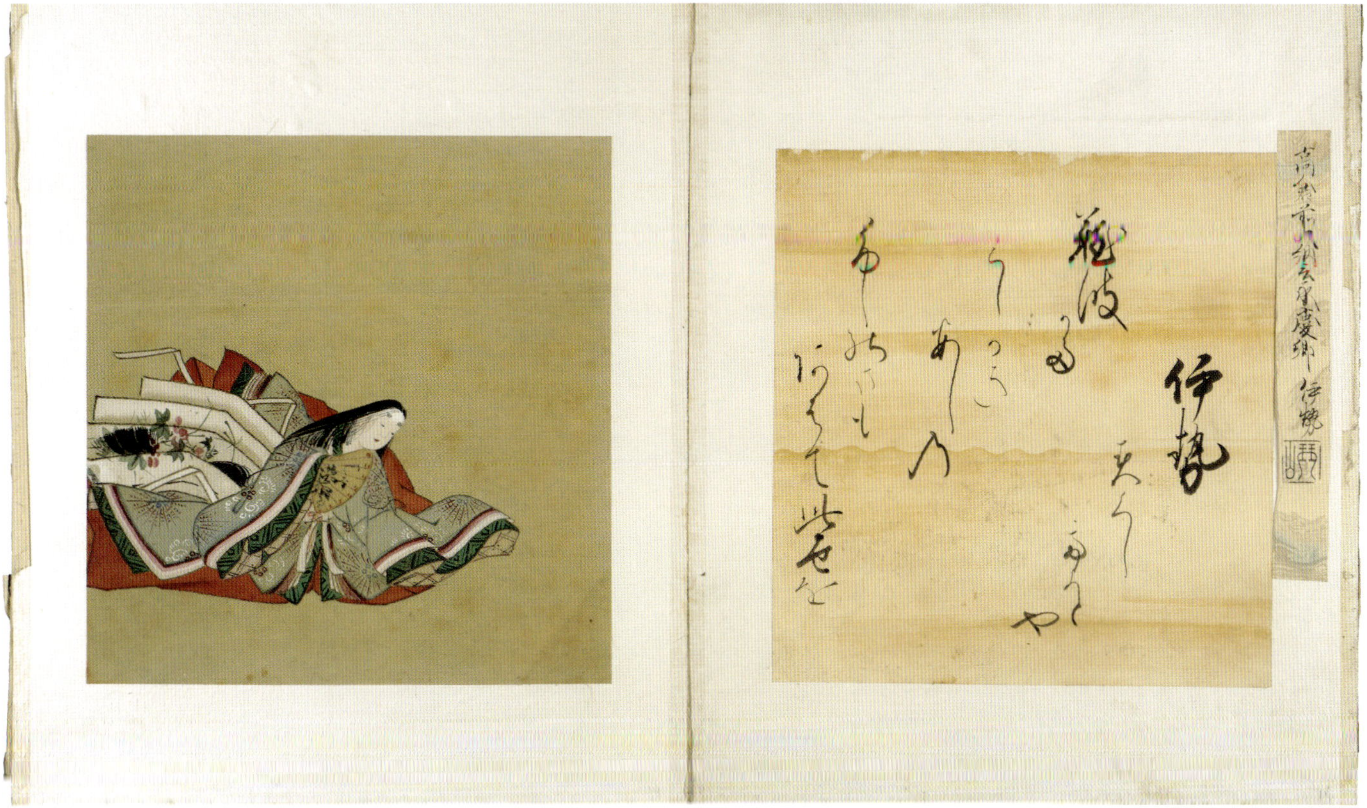

157　高倉前大納言永慶卿　　伊勢

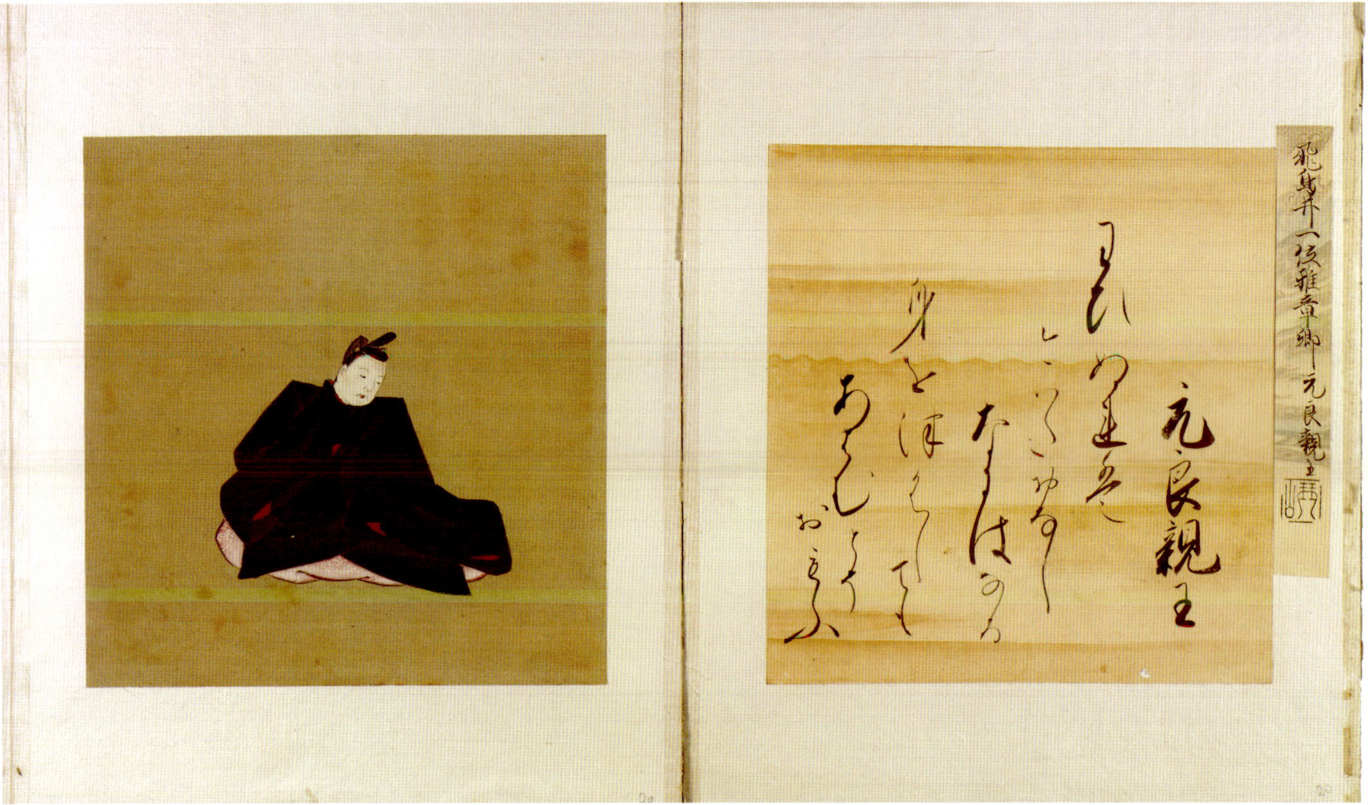
飛鳥井一位雅章卿　元良親王
元良親王

159　持明院前大納言基時卿　素性法師

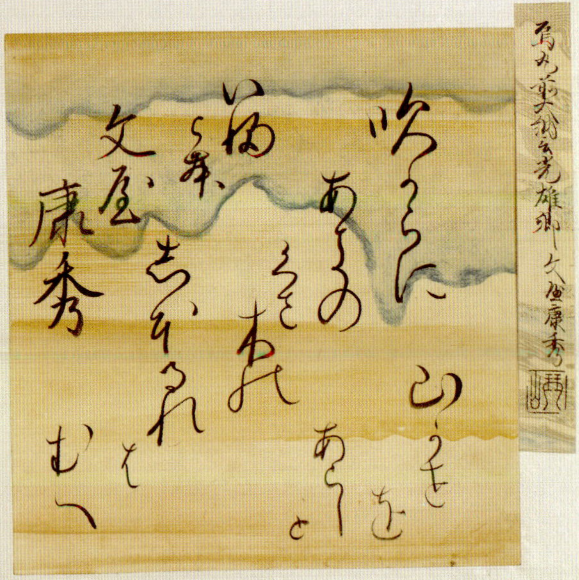

烏丸前大納言光雄卿　文屋康秀

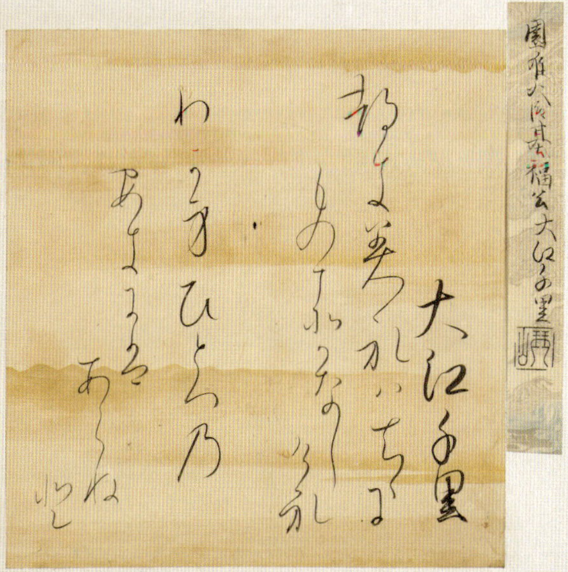

161　園准大臣基福公　大江千里

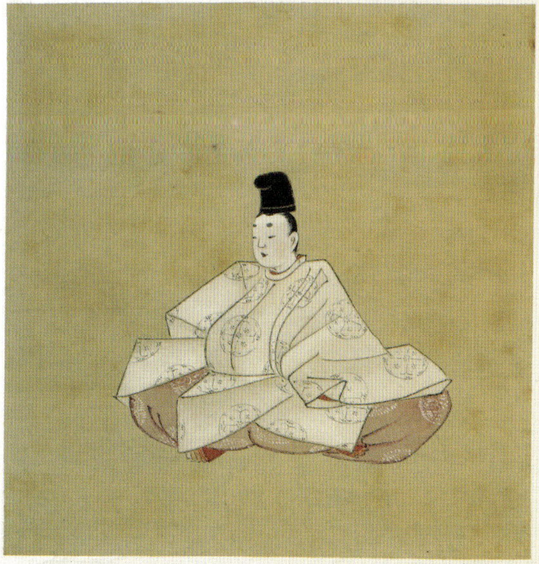

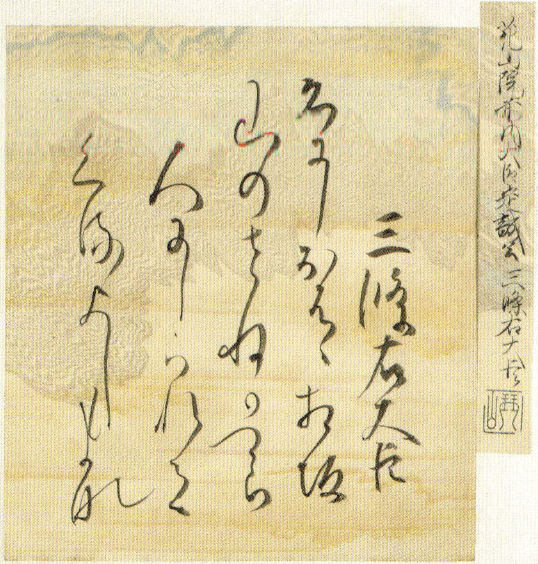
花山院前内大臣定誠公　三條右大臣
三條右大臣

163　花山院前内大臣定誠公　　二条右大臣

貞信公
松木前内大臣宗条公貞信公

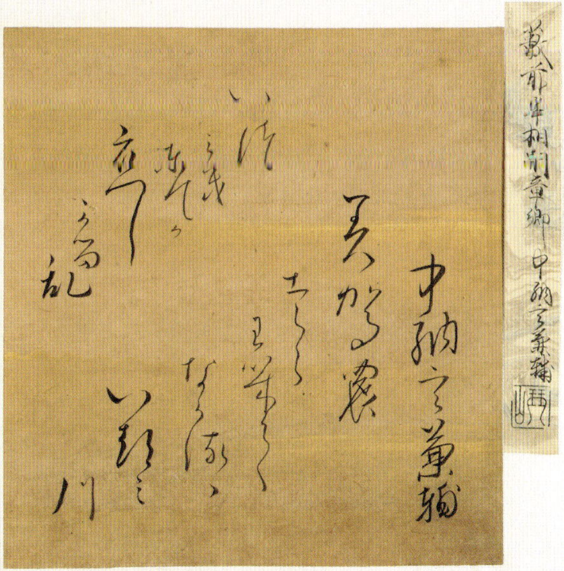

165　數前宰相嗣章卿　中納言兼輔

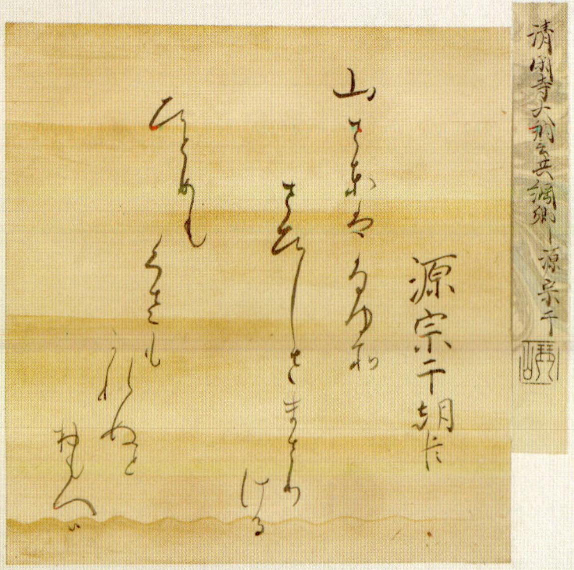

清閑寺大納言共綱卿　源宗于朝臣

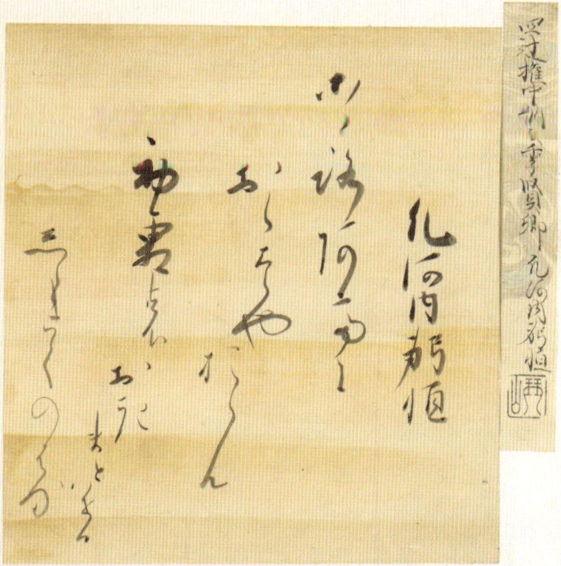

167　四辻権中納言季賢卿　　凡河内躬恒

難波参議宗種卿　　壬生忠岑

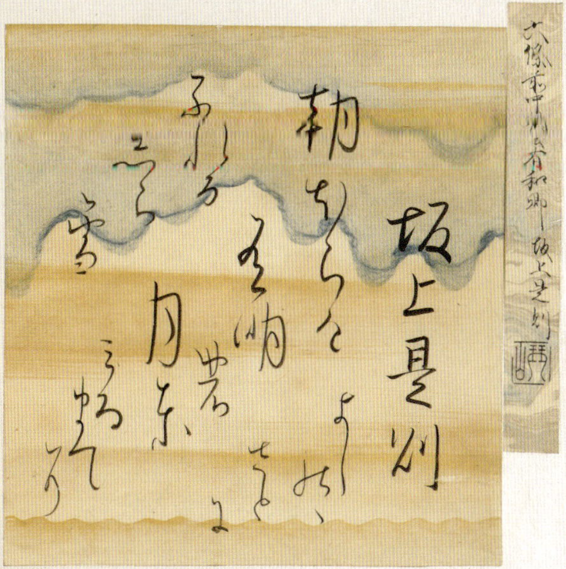

162　六条前中納言有和卿　坂上是則

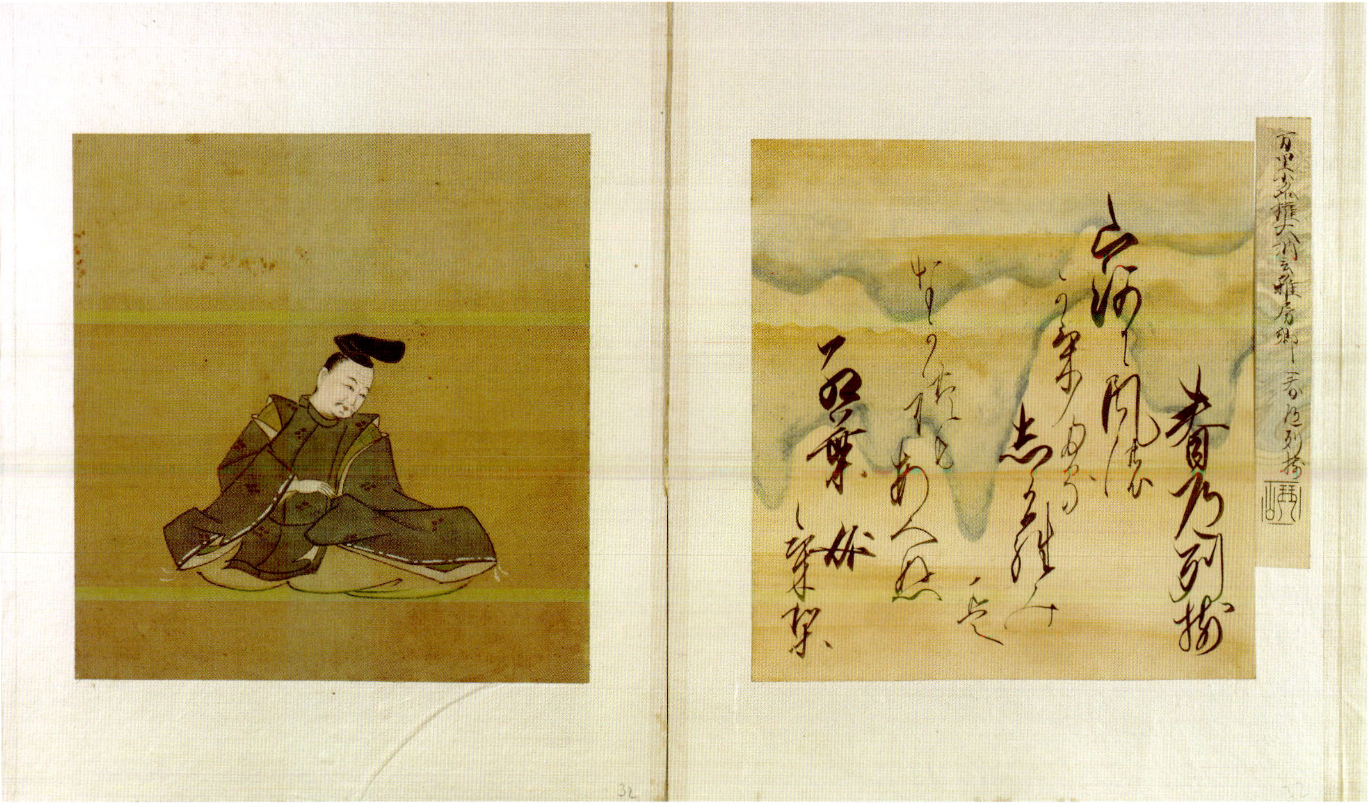

万里小路権大納言雅房卿　　春道列樹　*170*

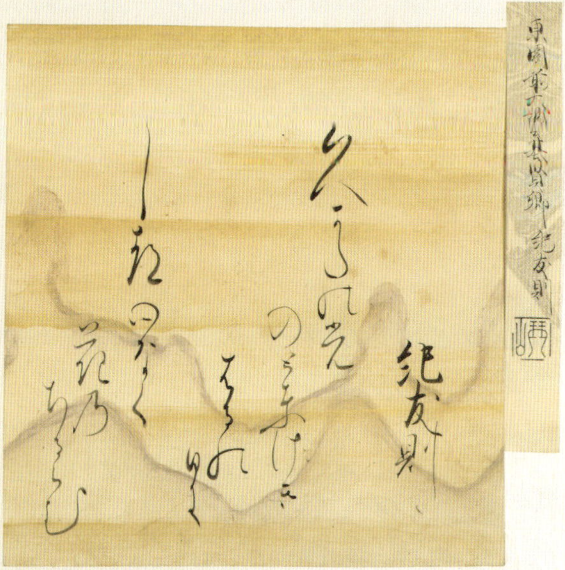

171　東園前大納言基賢卿　紀友則

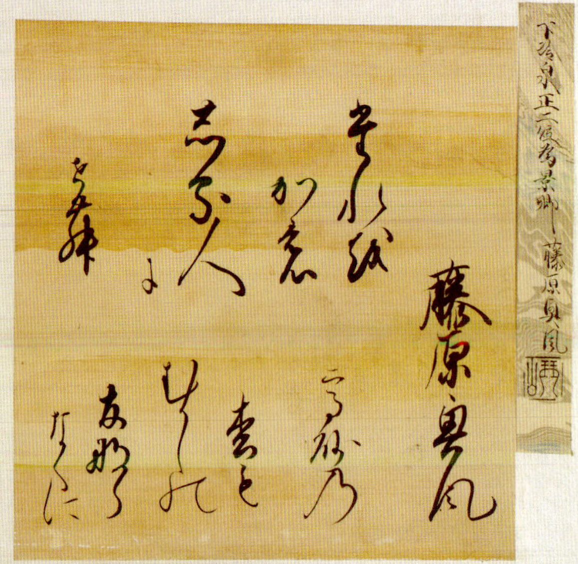

下冷泉正二位為景卿　藤原興風　*172*

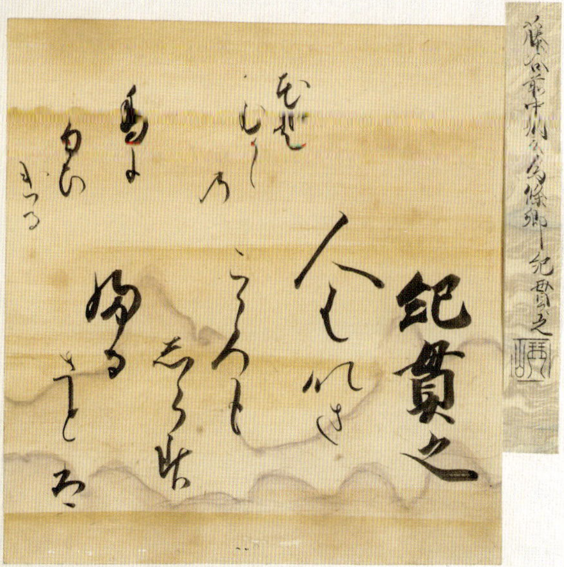

173　藤谷前中納言為条卿　紀貫之

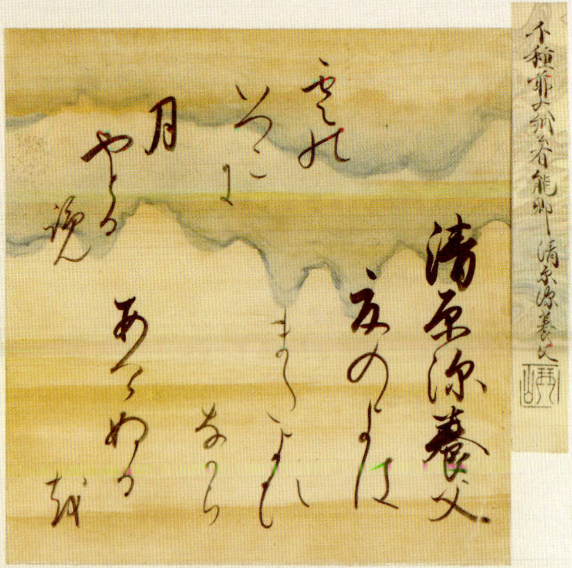

千種前大納言有能卿　清原深養父

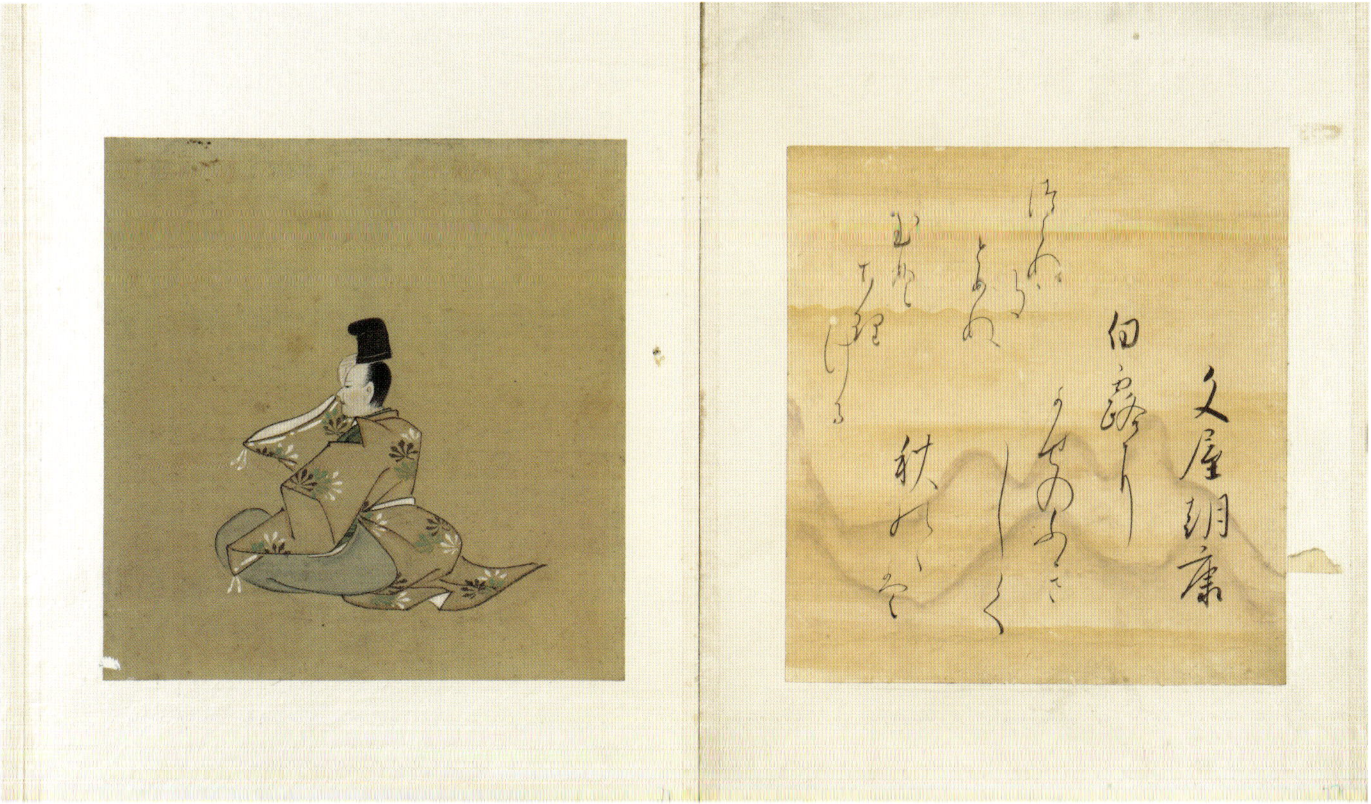

175 ［平松権中納言時庸卿］　文屋朝康

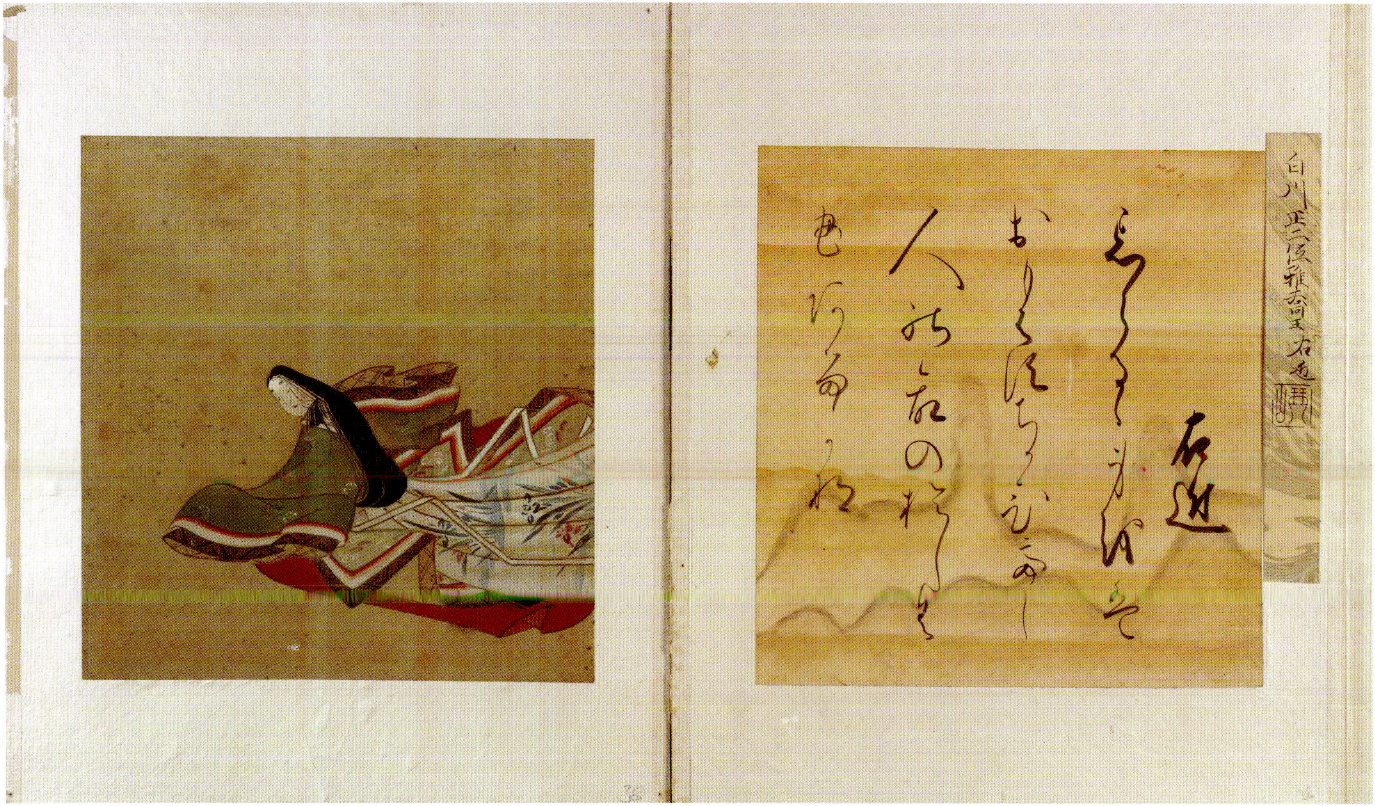
白川正二位雅喬王　右近
右近

177　難波参議宗種卿　　参議等

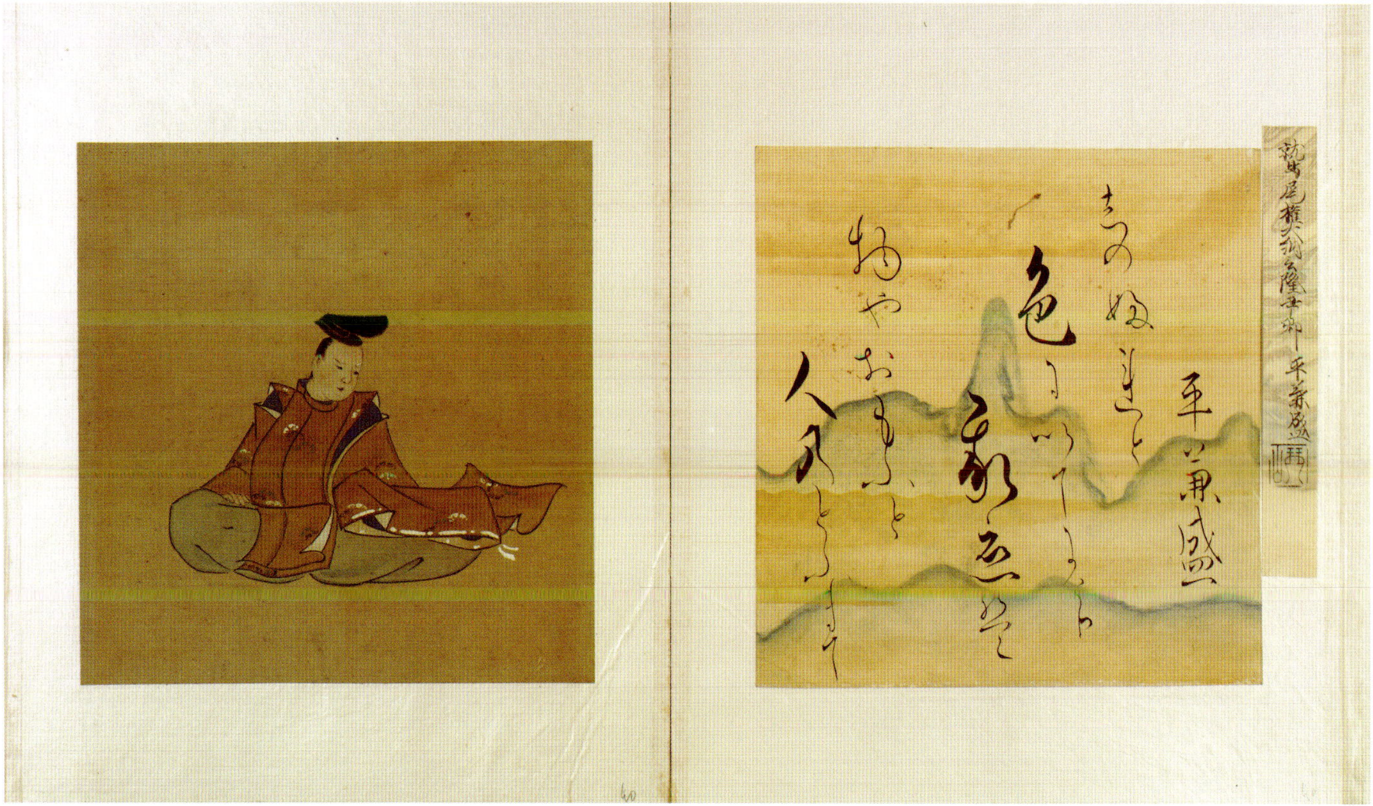

鷺尾権大納言隆尹卿　　平兼盛　*178*

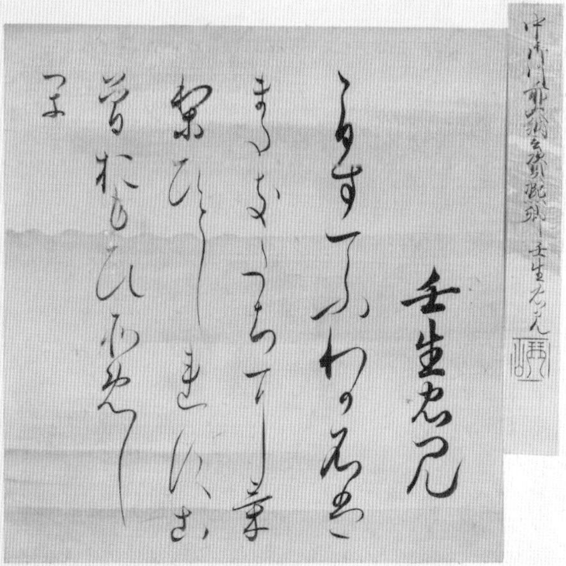

179　中御門前大納言資煕卿　　壬生忠見

川鰭正三位基秀卿　清原元輔

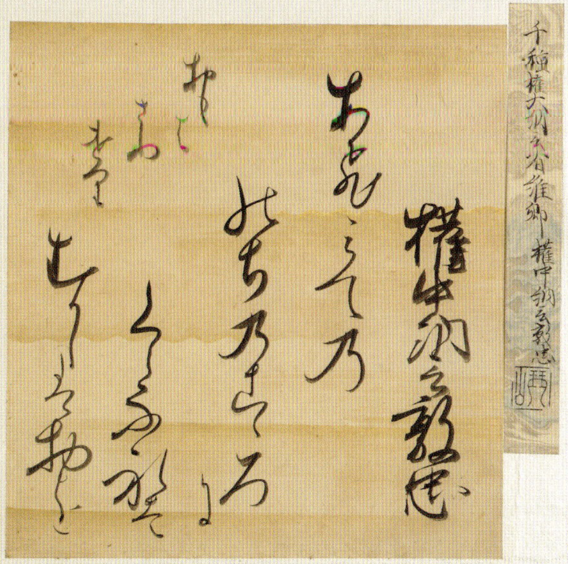

101　千種権大納言有維卿　　権中納言敦忠

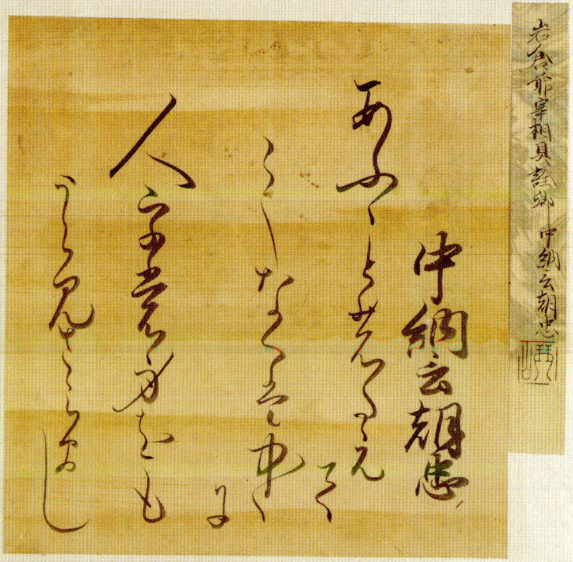

岩倉前宰相具詮卿　中納言朝忠

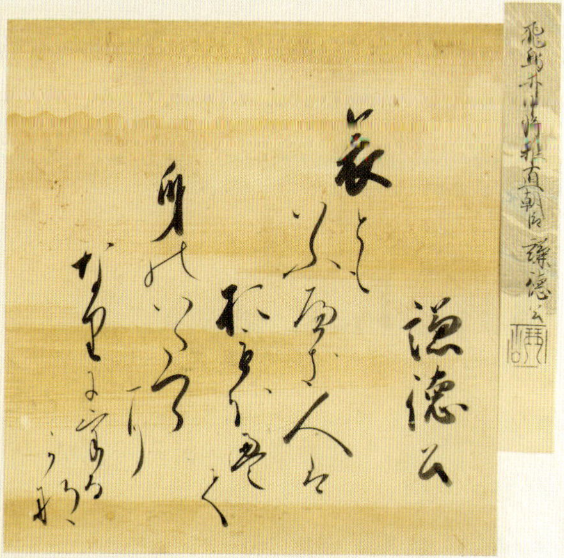

183　飛鳥井中将雅直朝臣　　謙徳公

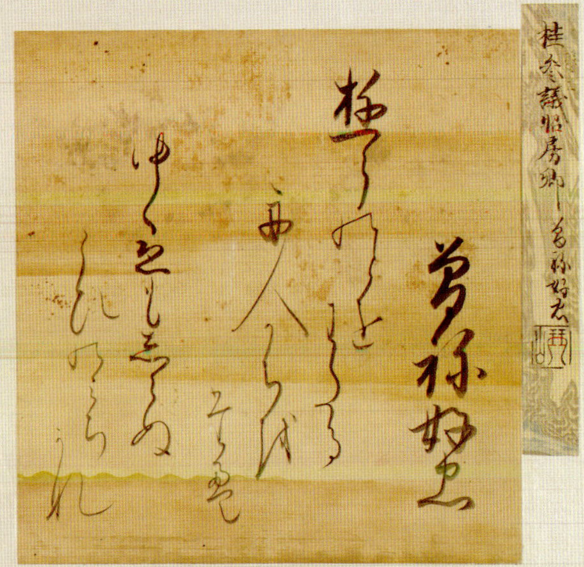

桂参議昭房卿　曾祢好忠　184

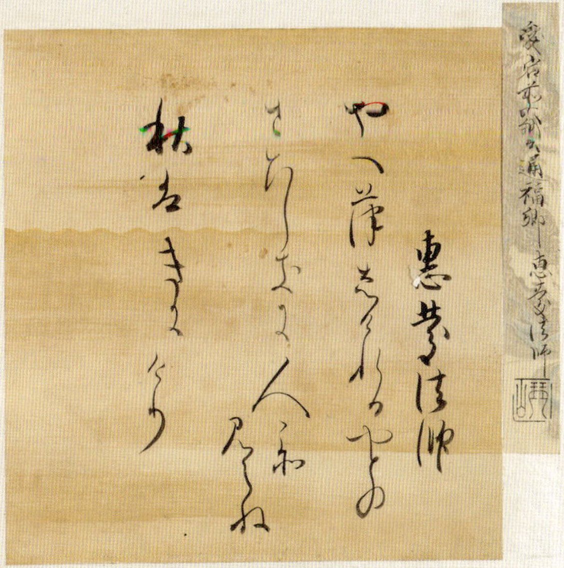

185　愛宕前大納言通福卿　　恵慶法師

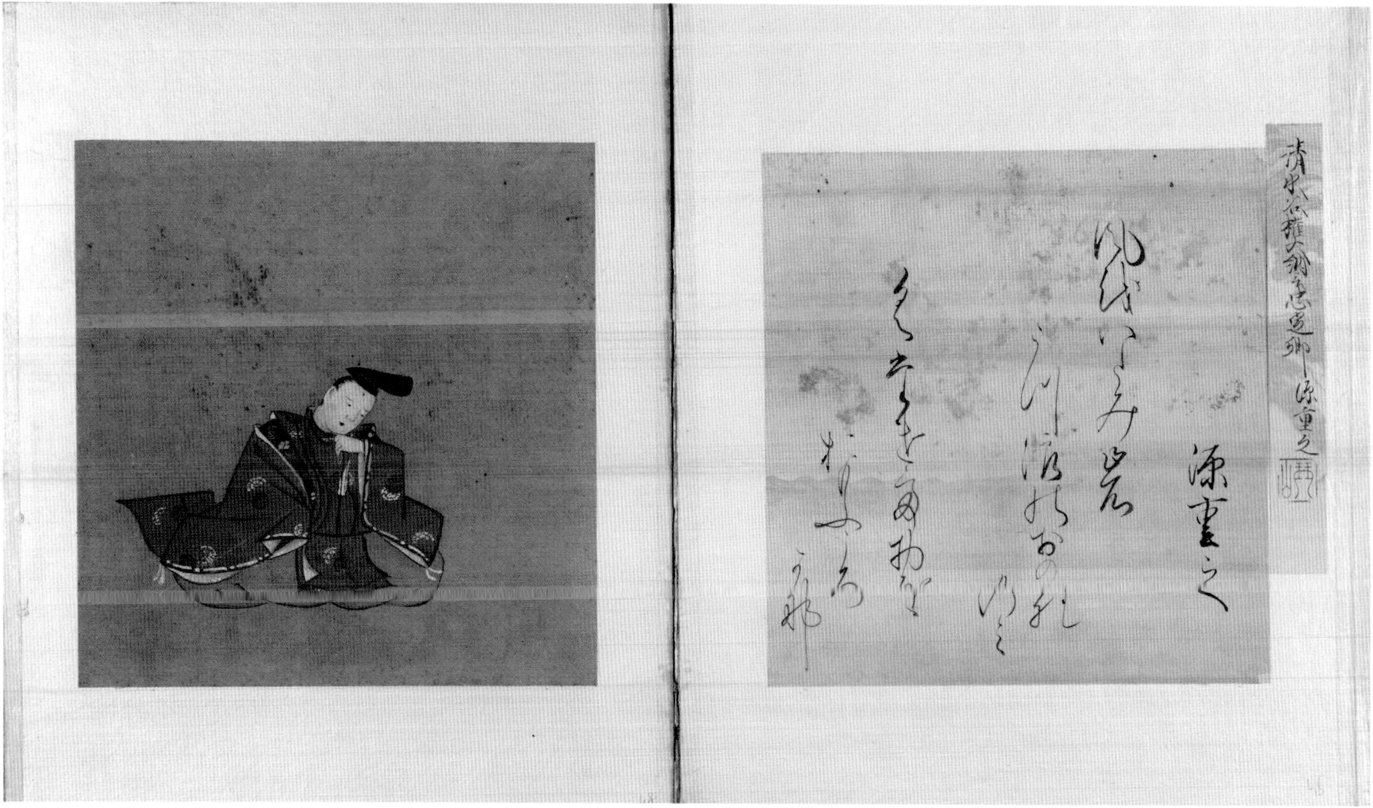

清水谷権大納言忠定卿　源重之

187　堀川権大納言康胤卿　　大中臣能宣

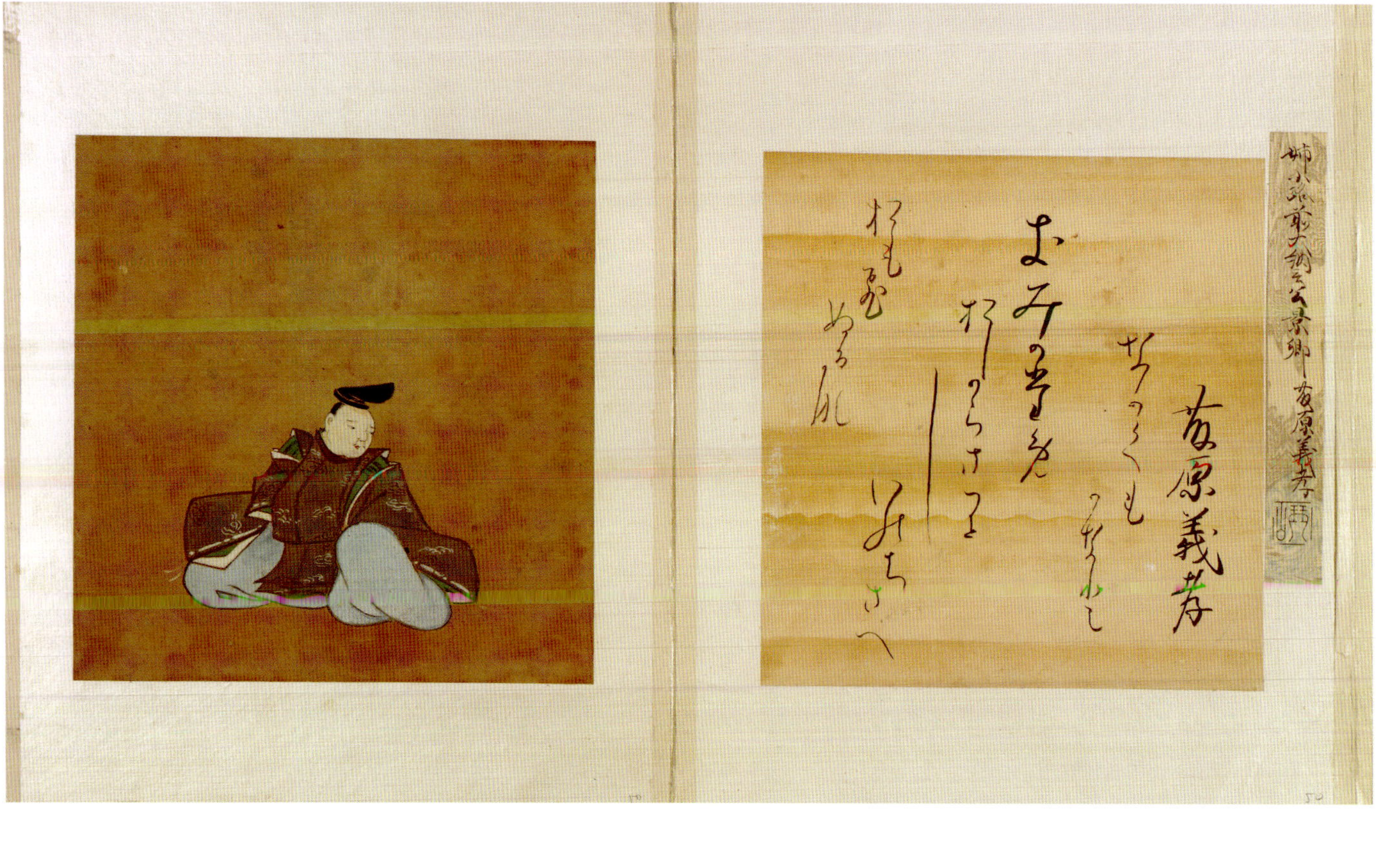

姉小路前大納言公景卿　藤原義孝　*188*

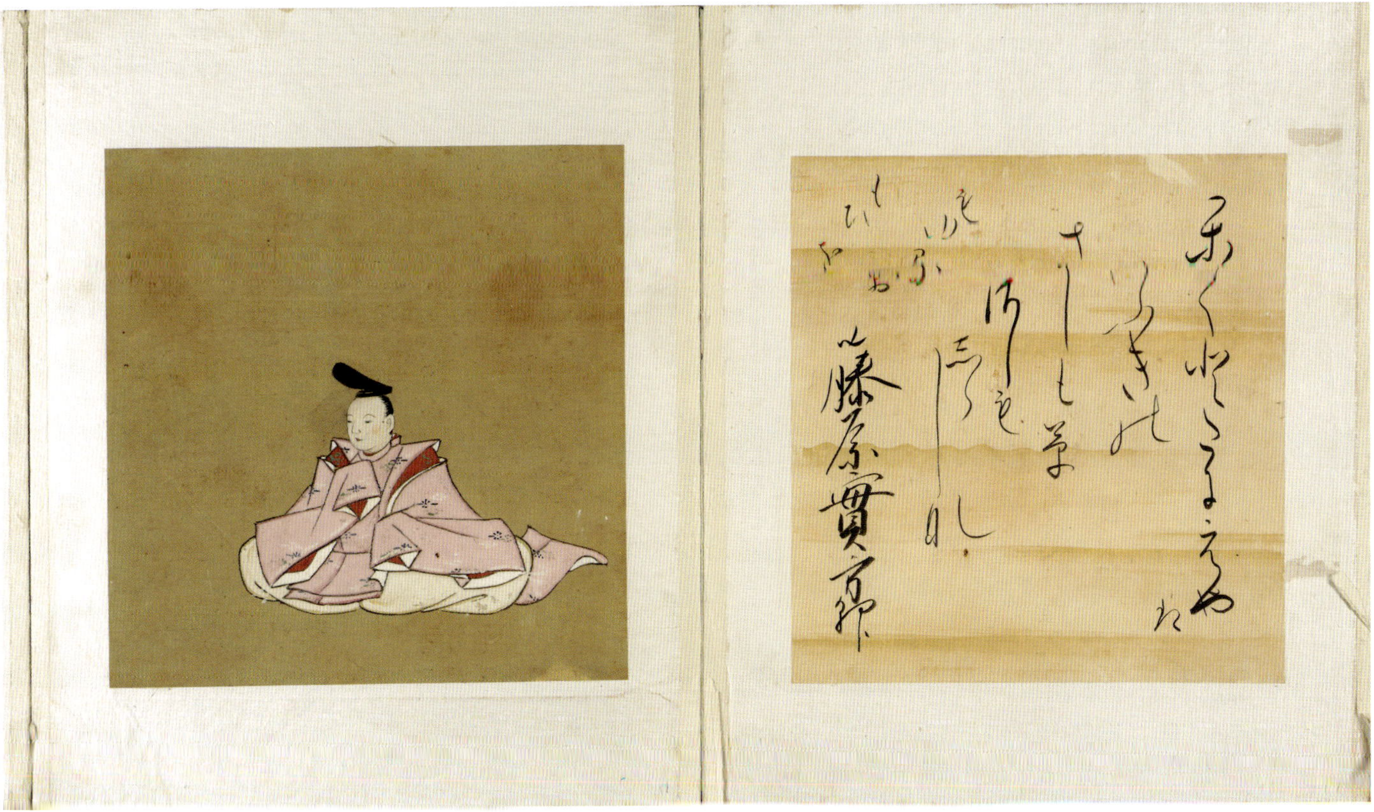

189　「樋口権中納言信康卿」　藤原実方卿

二条前摂政光平公　藤原道信朝臣

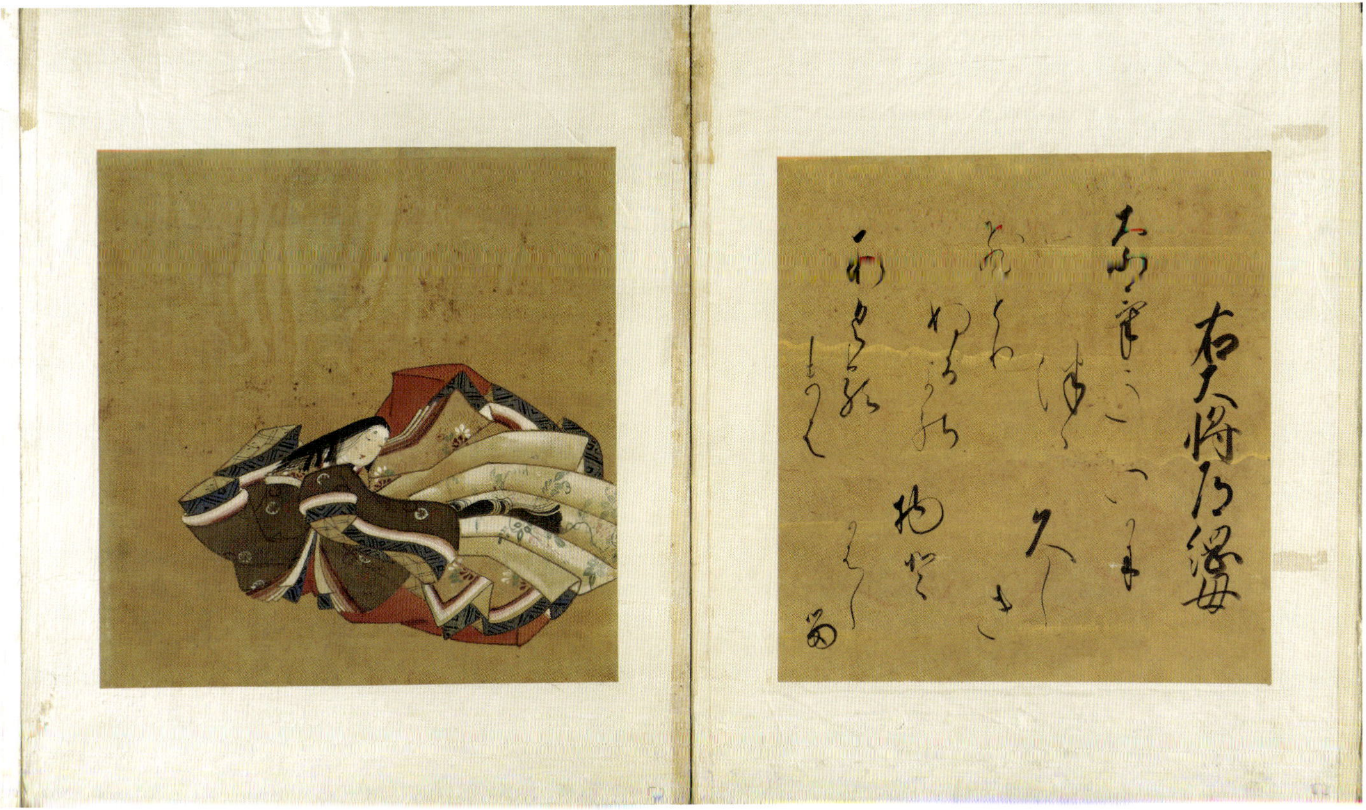

191　「妙法院二品堯然法親王」　右大将道綱母

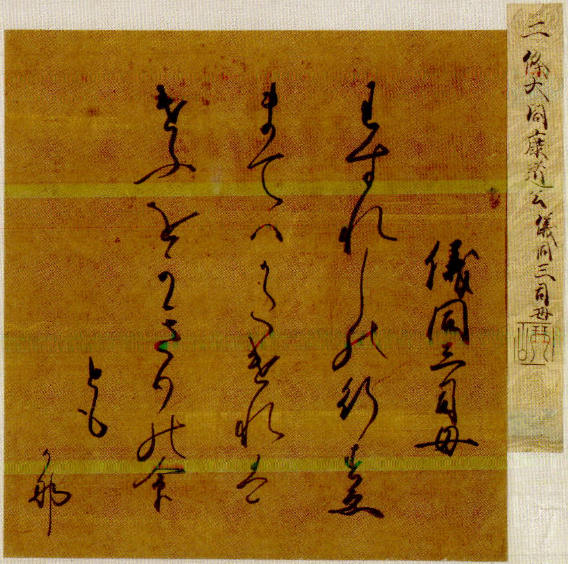
二條大閤康道公　儀同三司母
儀同三司母

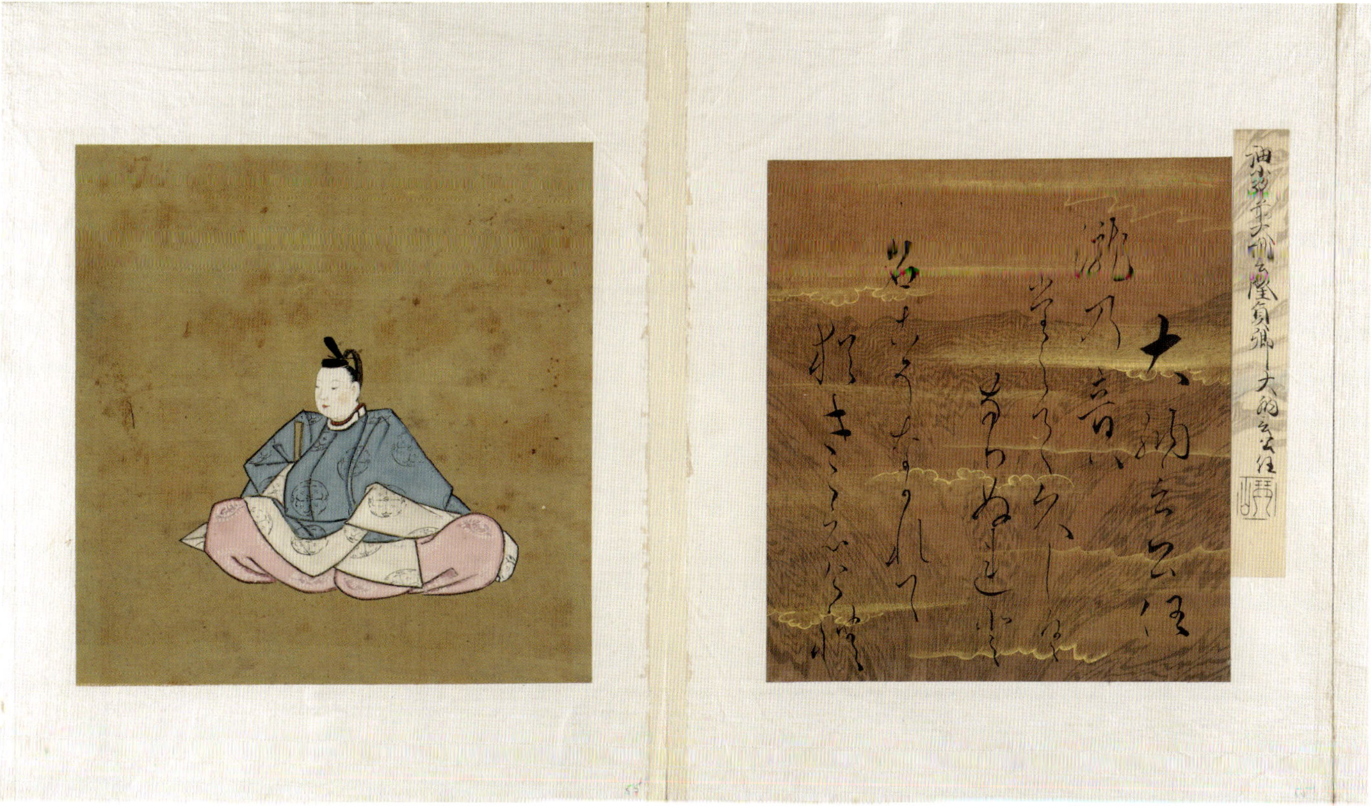

193　油小路前大納言隆貞卿　大納言公任

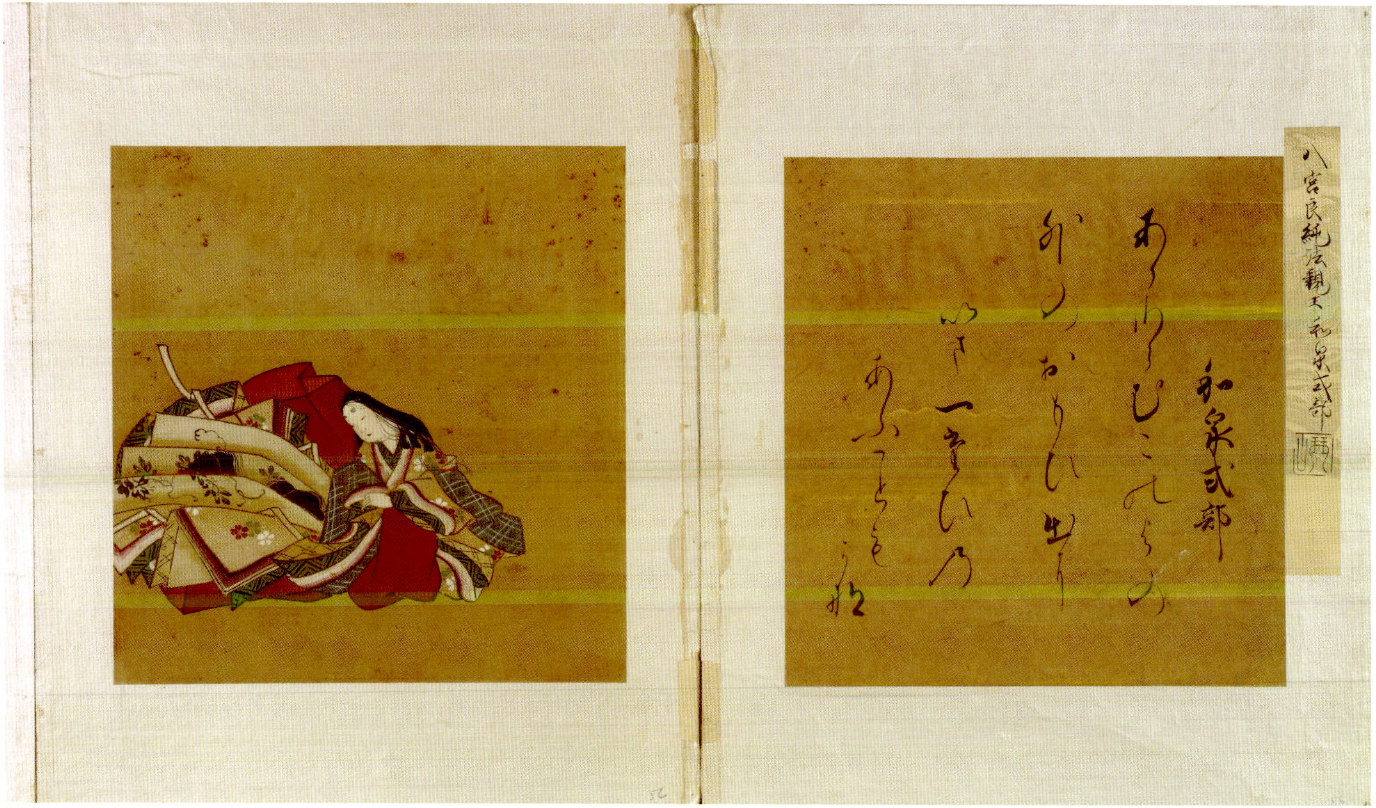

八宮良純法親王　　和泉式部　*194*

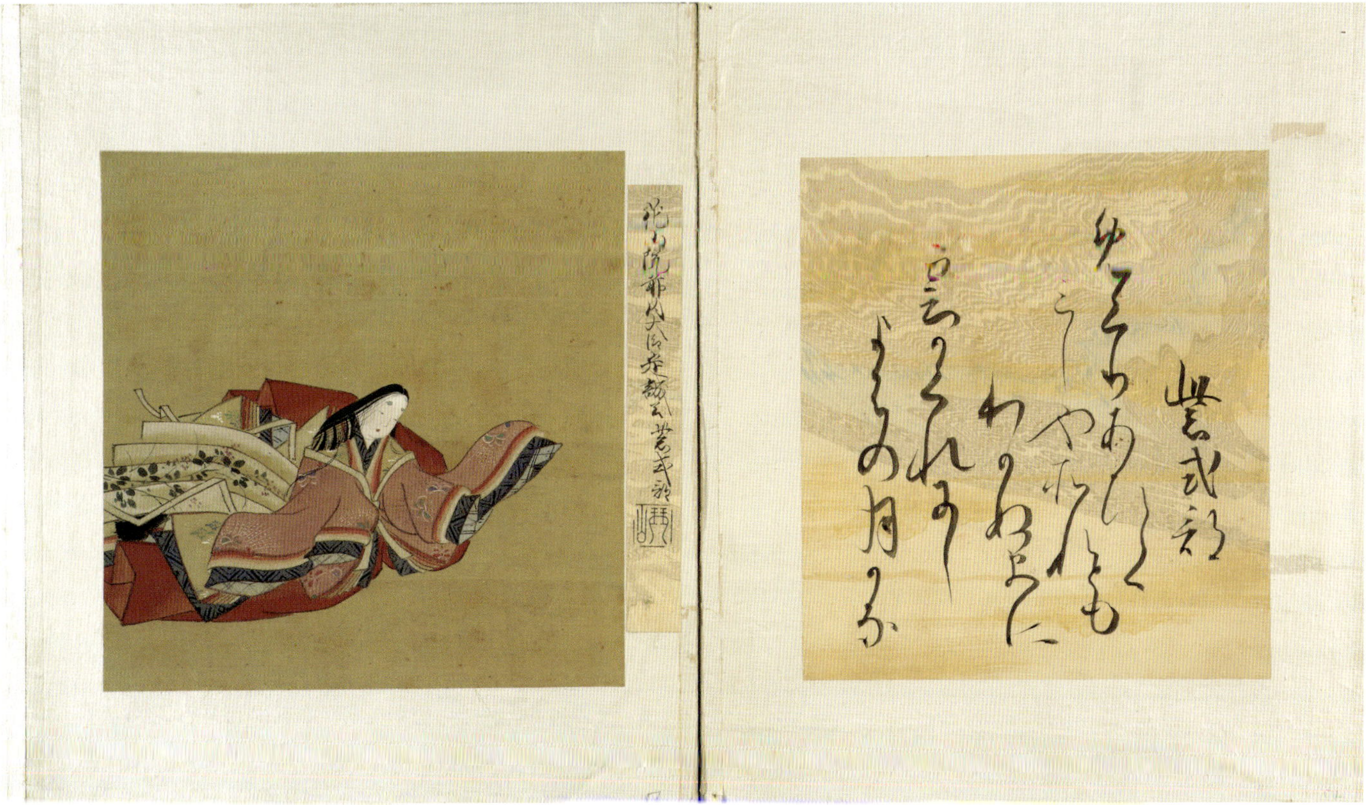

195　［花山院前内大臣定誠］　紫式部

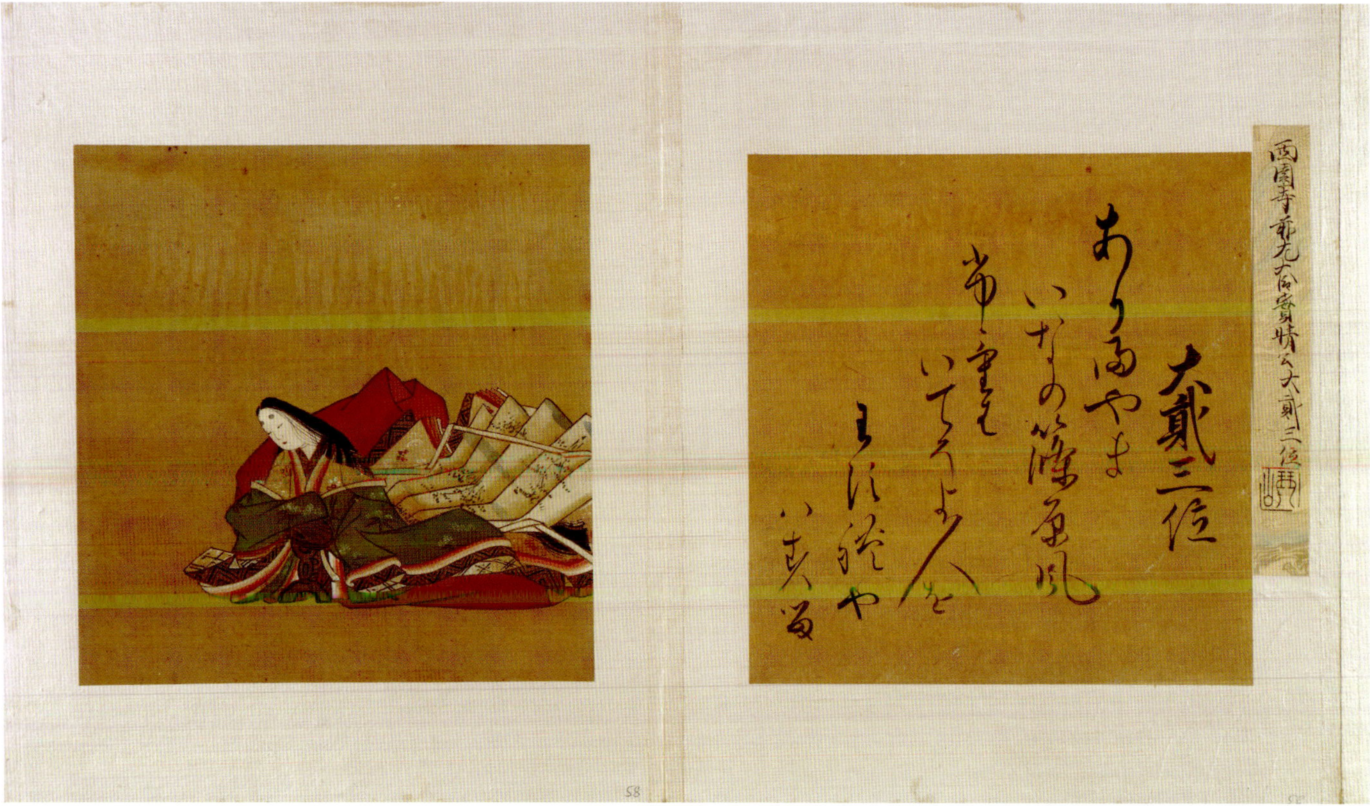

西園寺前左大臣実晴公　大弐三位

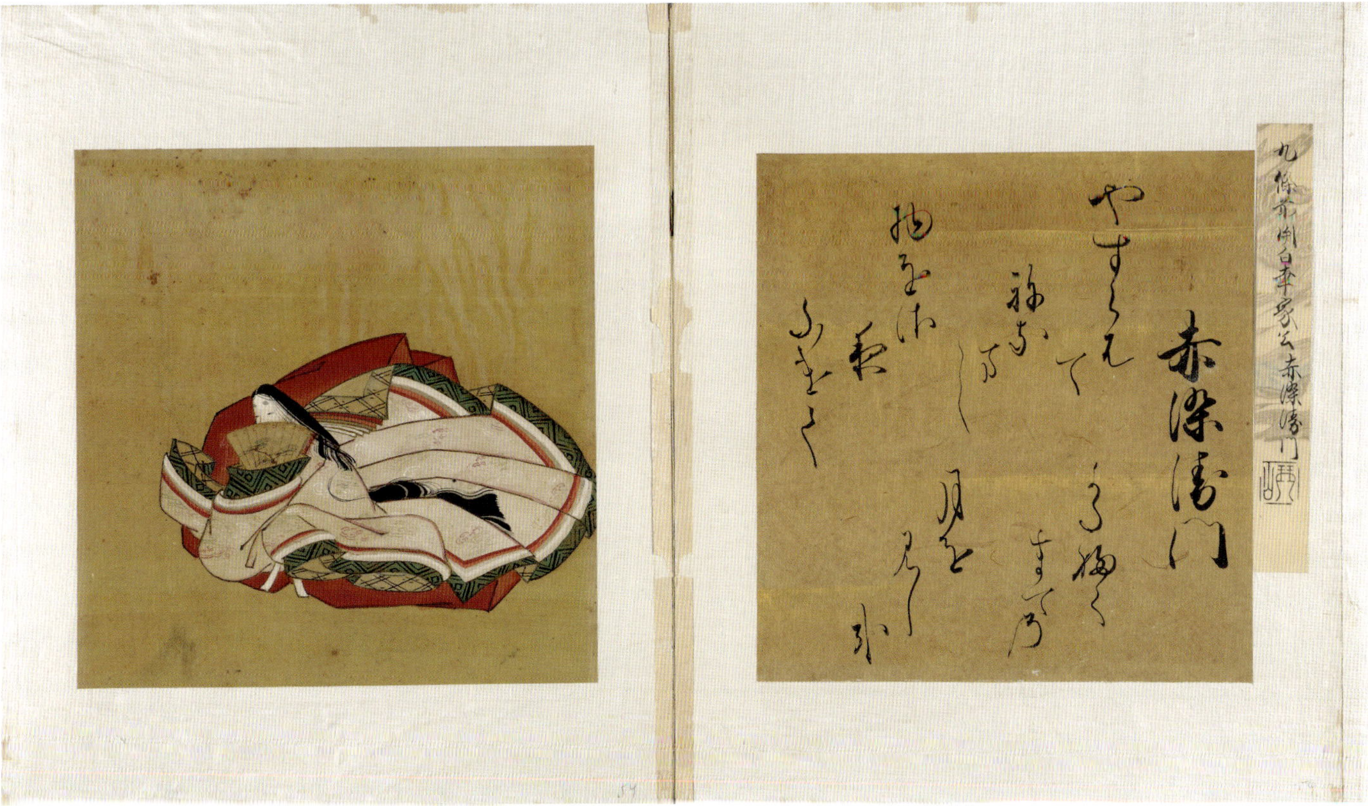

197　九条前関白幸家公　赤染衛門

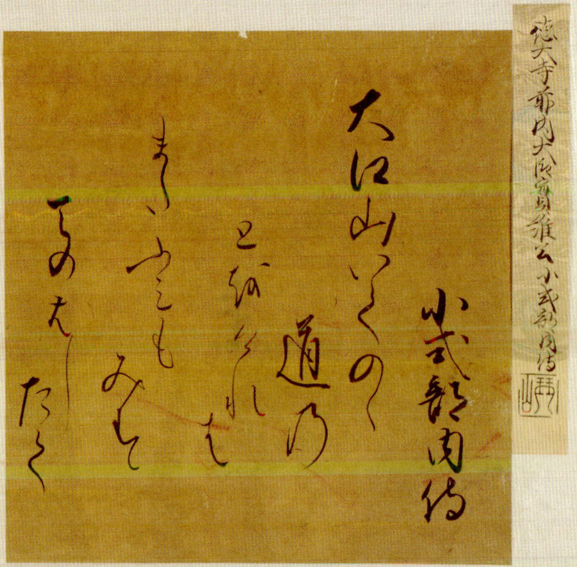

徳大寺前内大臣実維公　小式部内侍　*198*

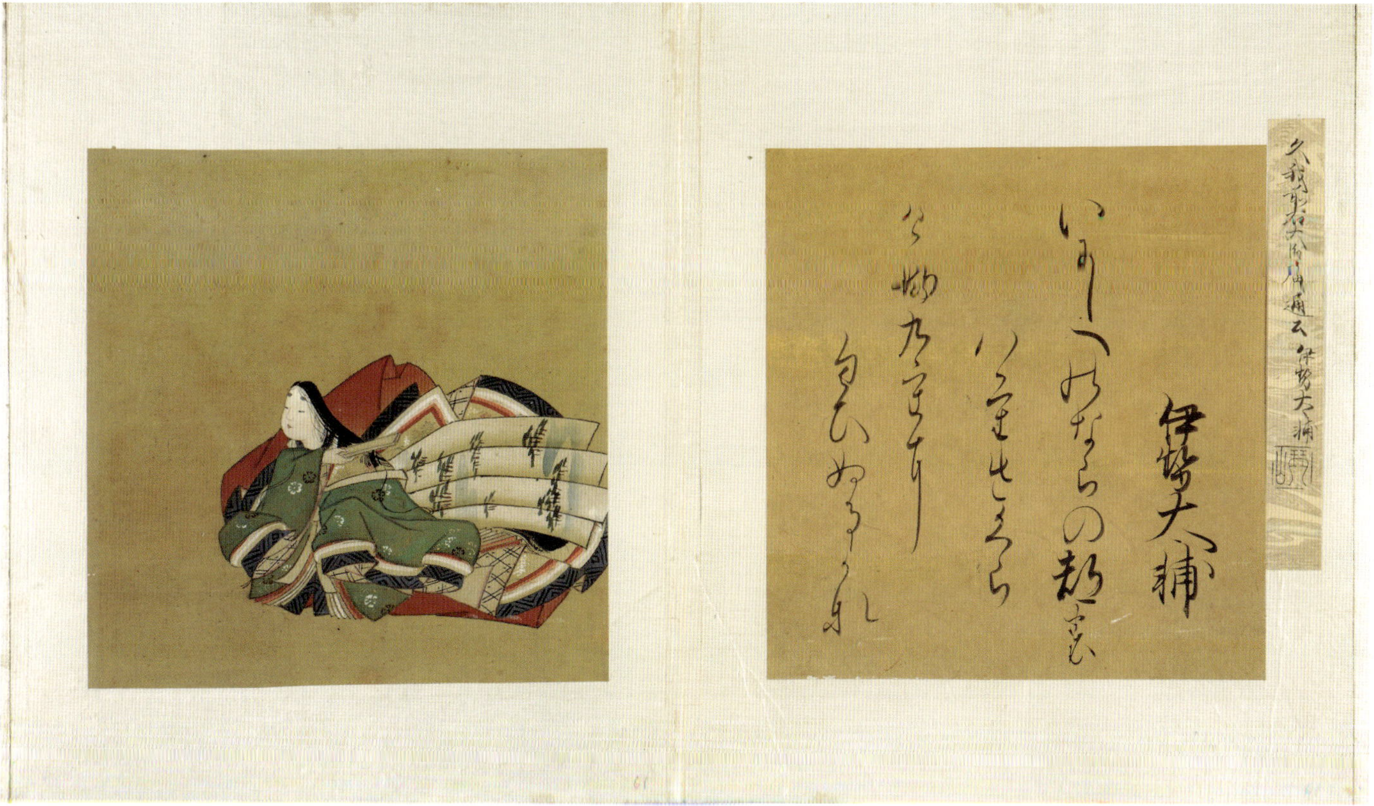

199　久我前右大臣広通公　伊勢大輔

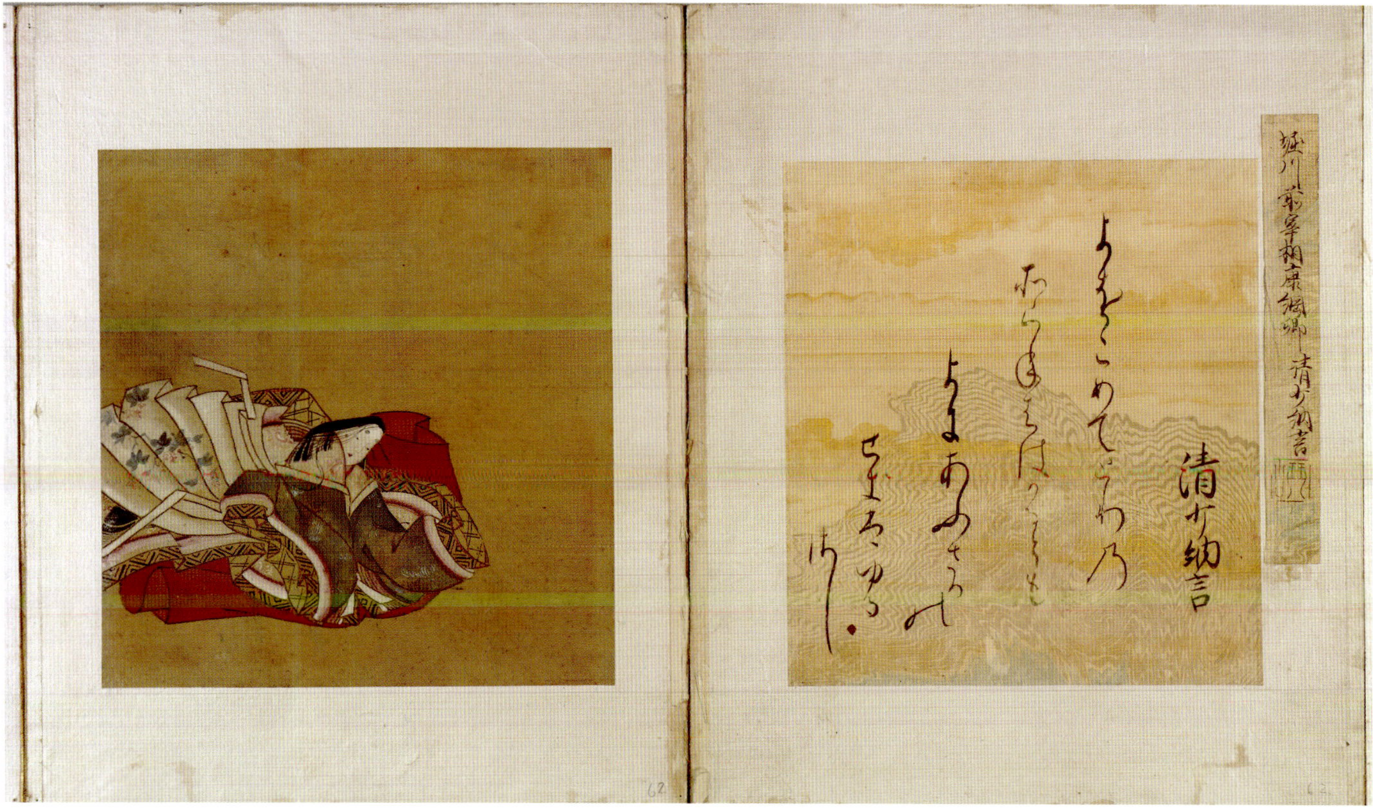

堀川前宰相康綱卿　清少納言

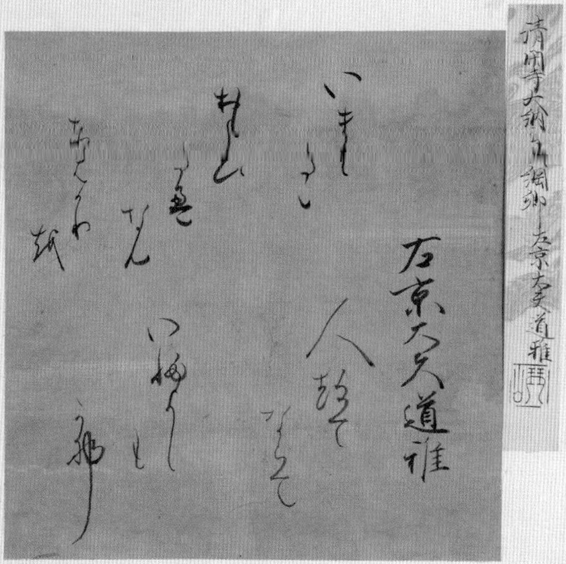

201　清閑寺大納言共綱卿　　左京大夫道雅

日野前大納言弘資卿　権中納言定頼

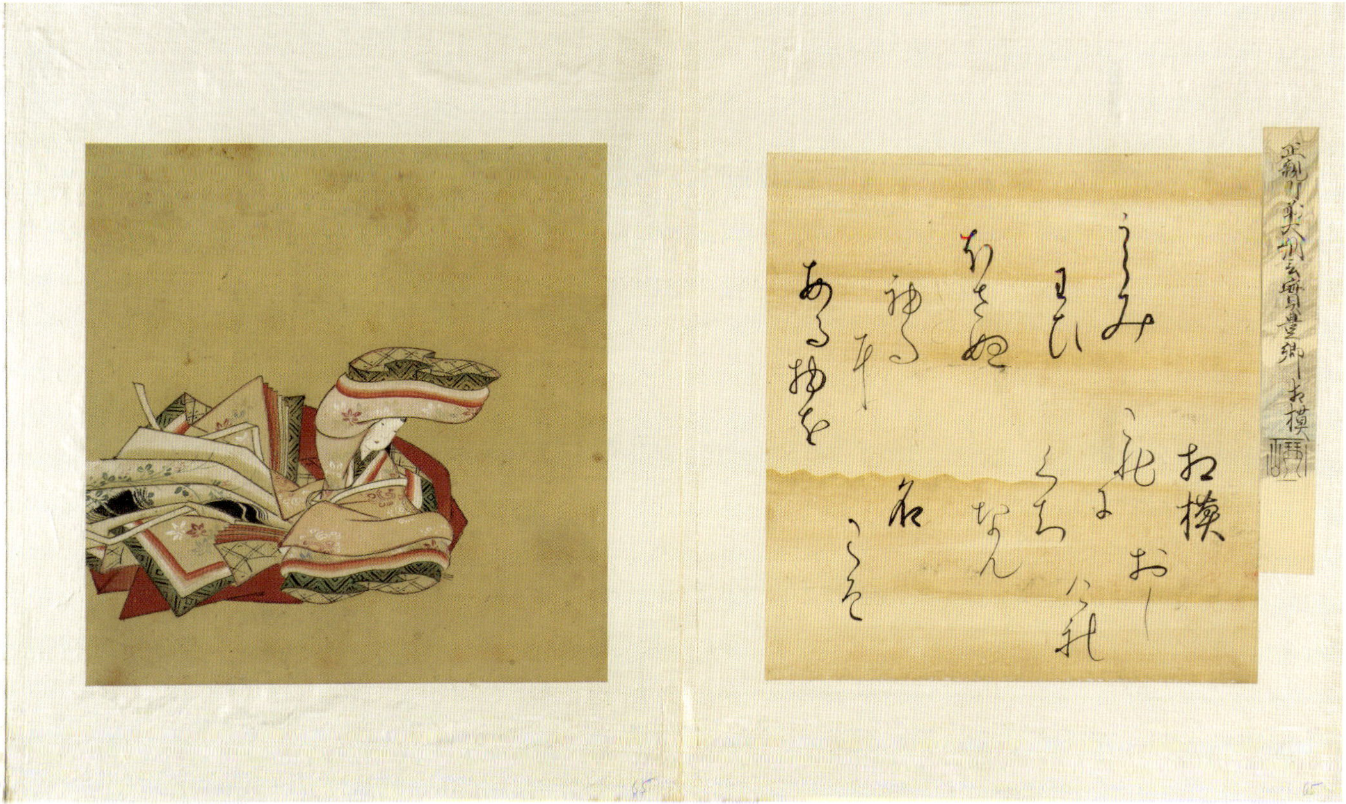

203　正親町前大納言実豊卿　相模

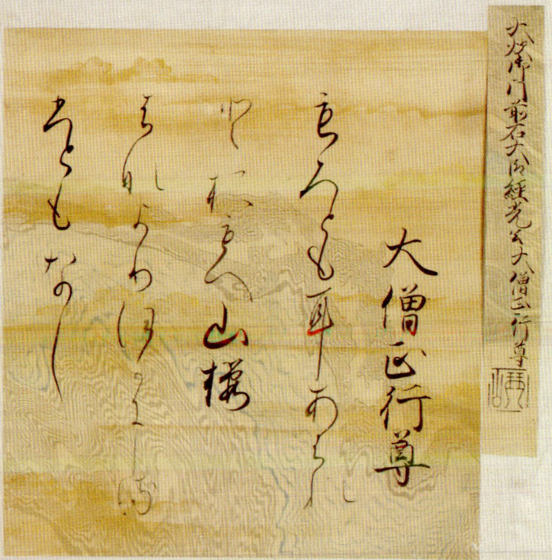

大炊御門前右大臣経光公　大僧正行尊

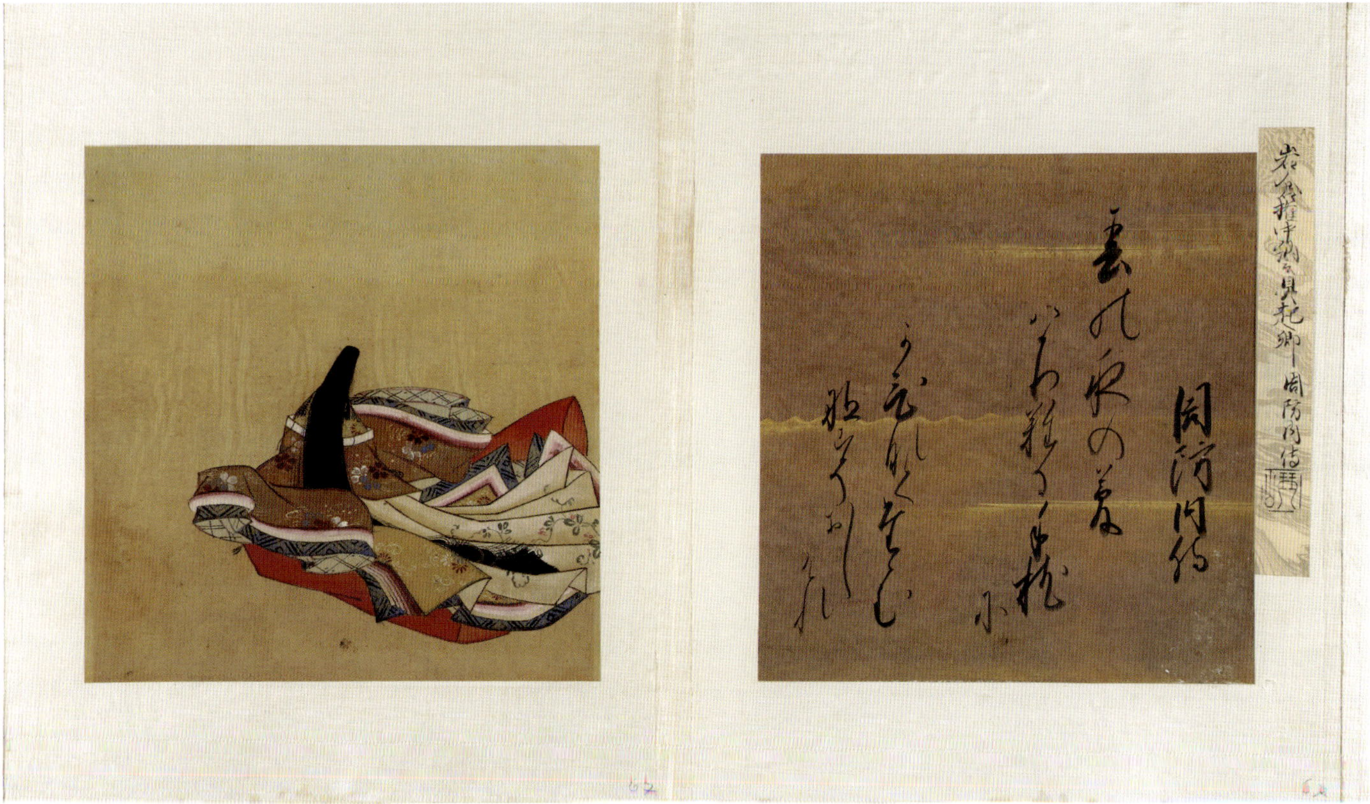

205　岩倉権中納言具起卿　　周防内侍

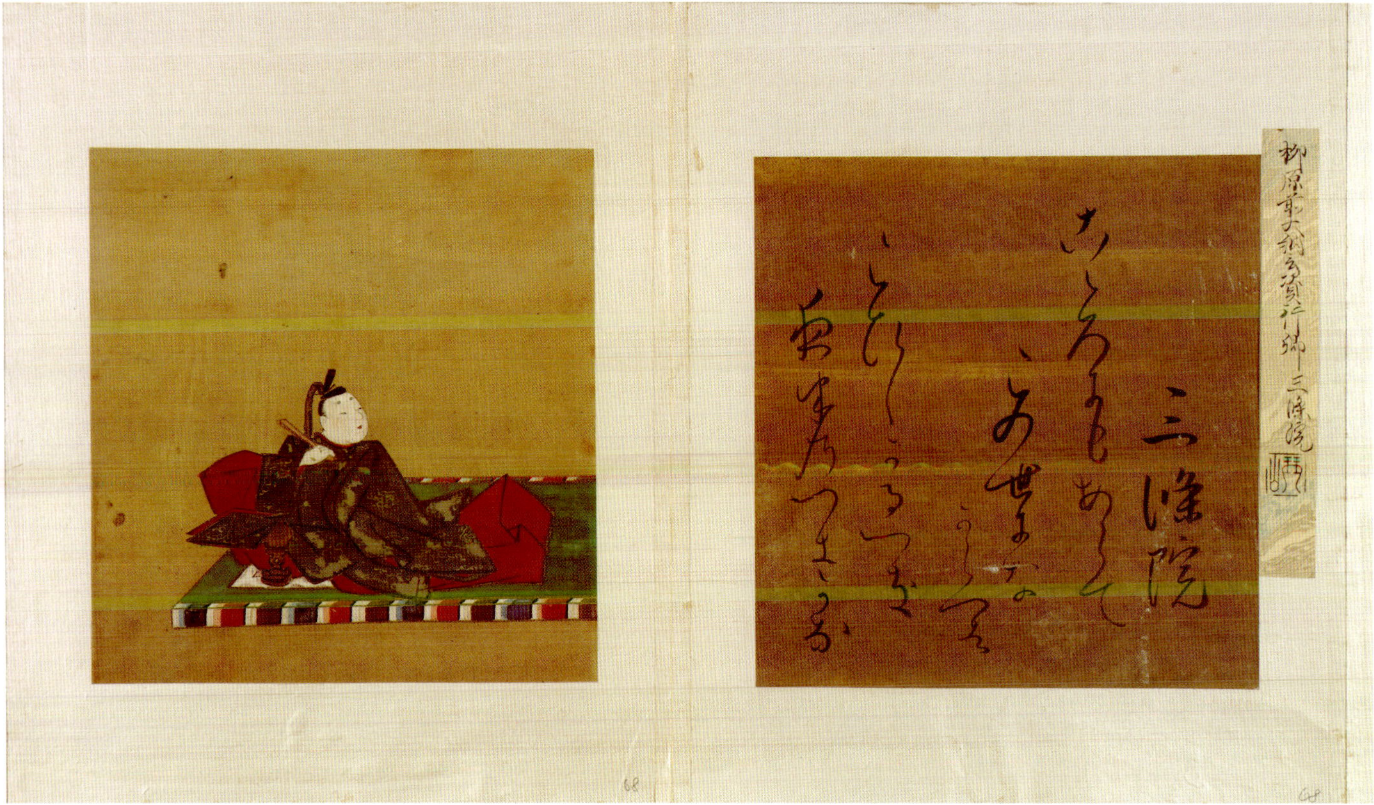
柳原前大納言資行卿 三條院
三條院

柳原前大納言資行卿　三条院　*206*

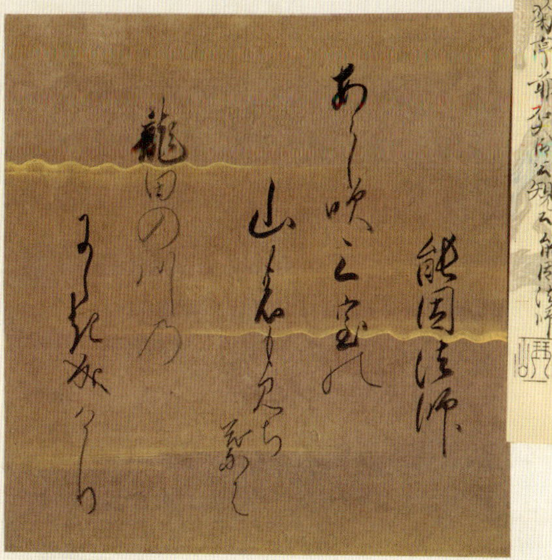

207　菊亭前右大臣公規公　能因法師

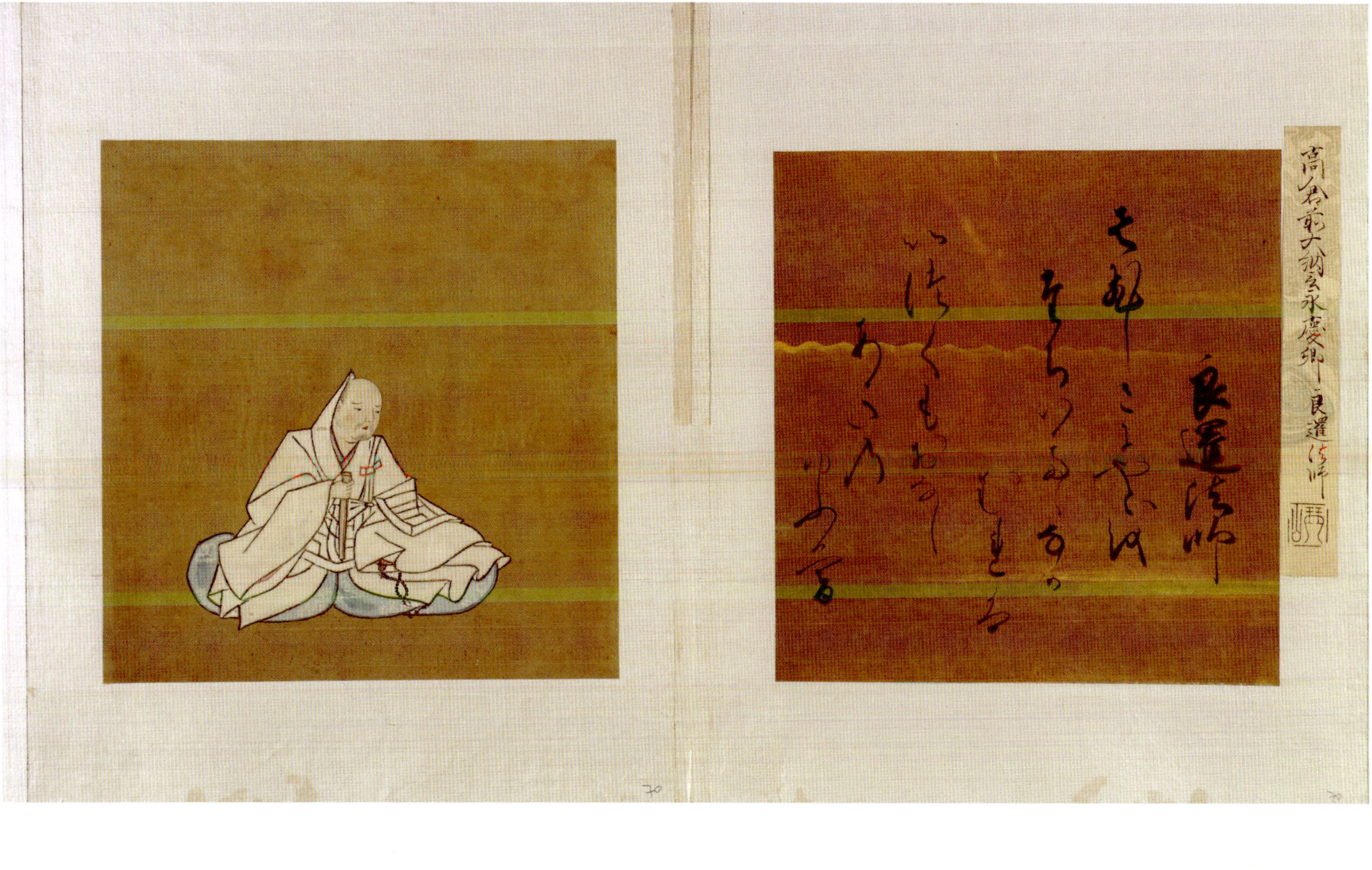

高倉前大納言永慶卿　良暹法師

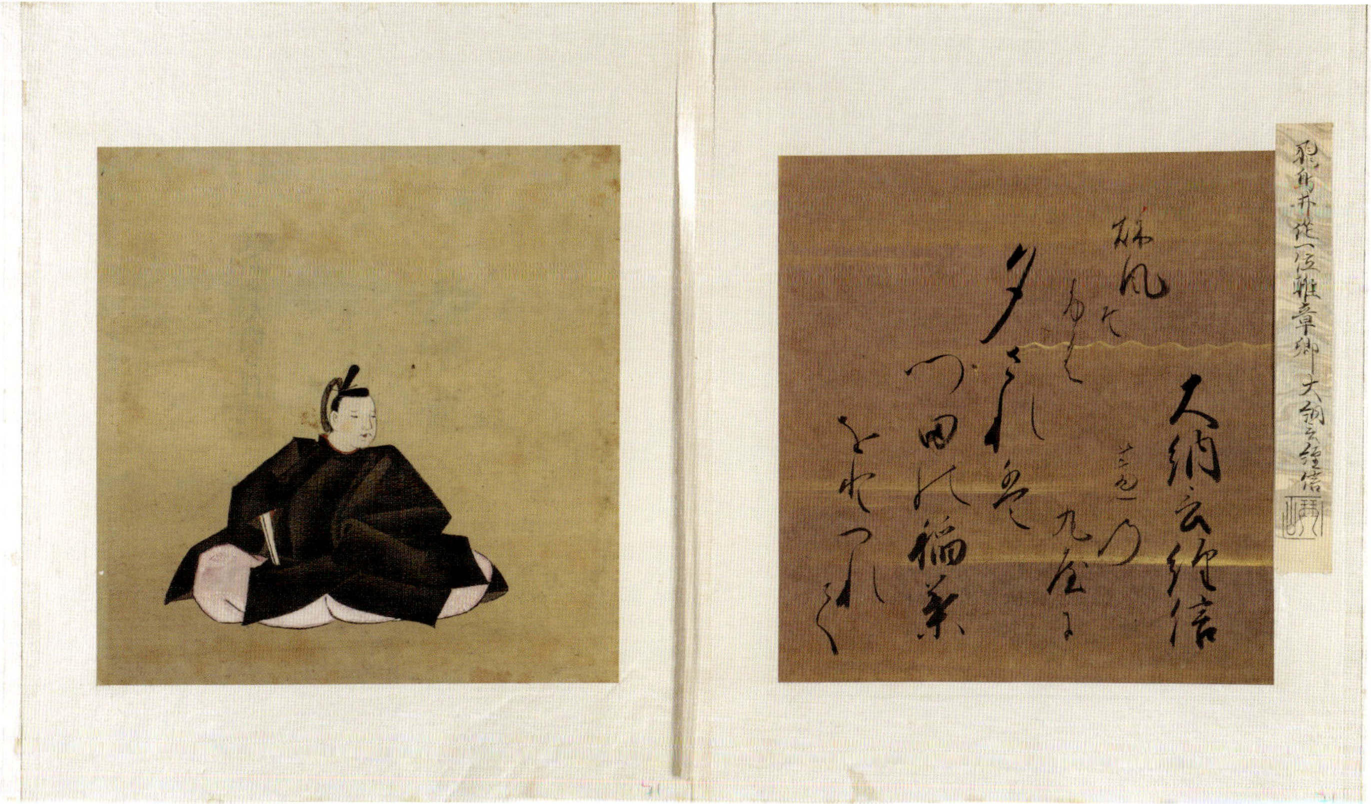

209　飛鳥井従一位雅章卿　大納言経信

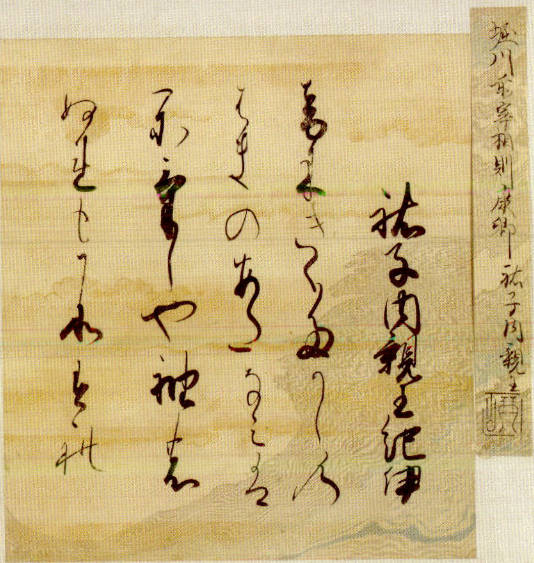

堀川前宰相則康卿　祐子内親王紀伊　*210*

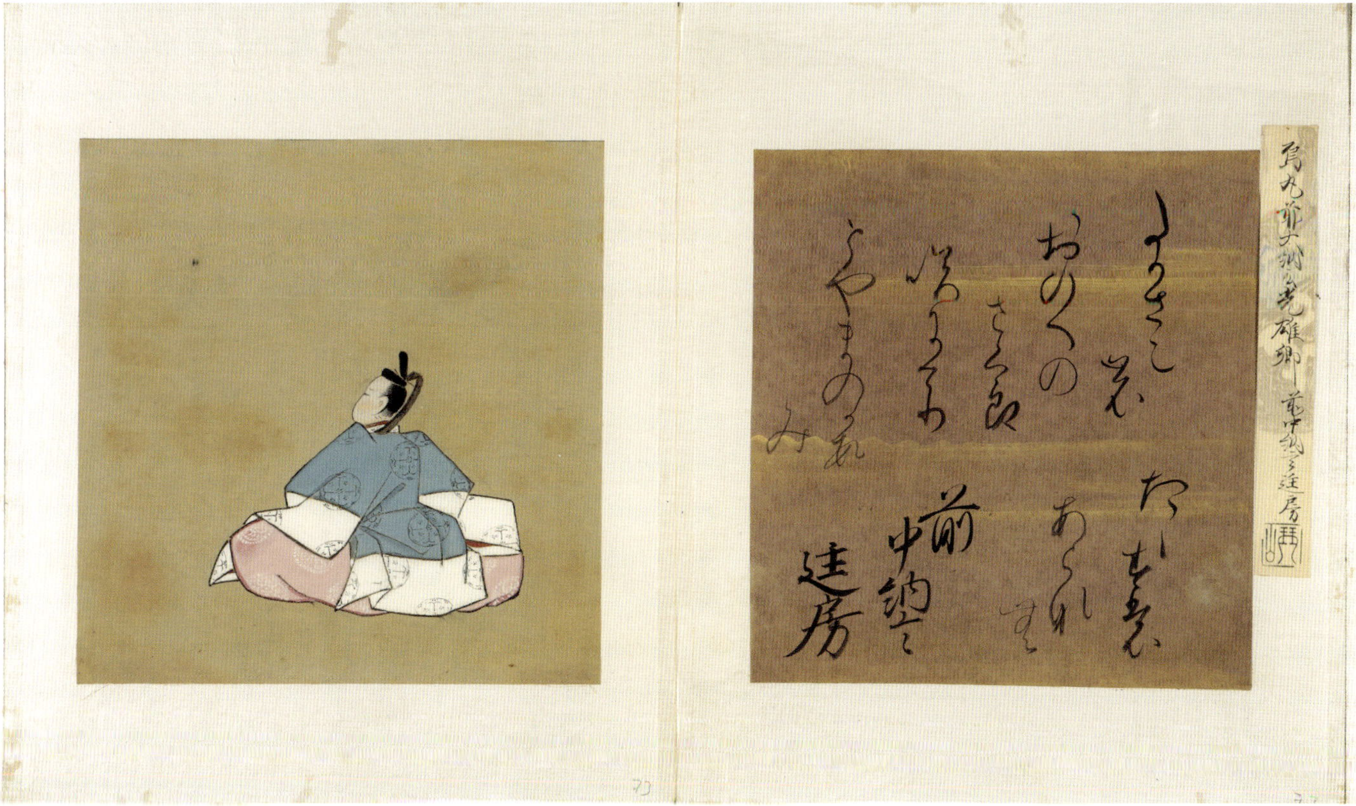

211　烏丸前大納言光雄卿　前中納言廷房

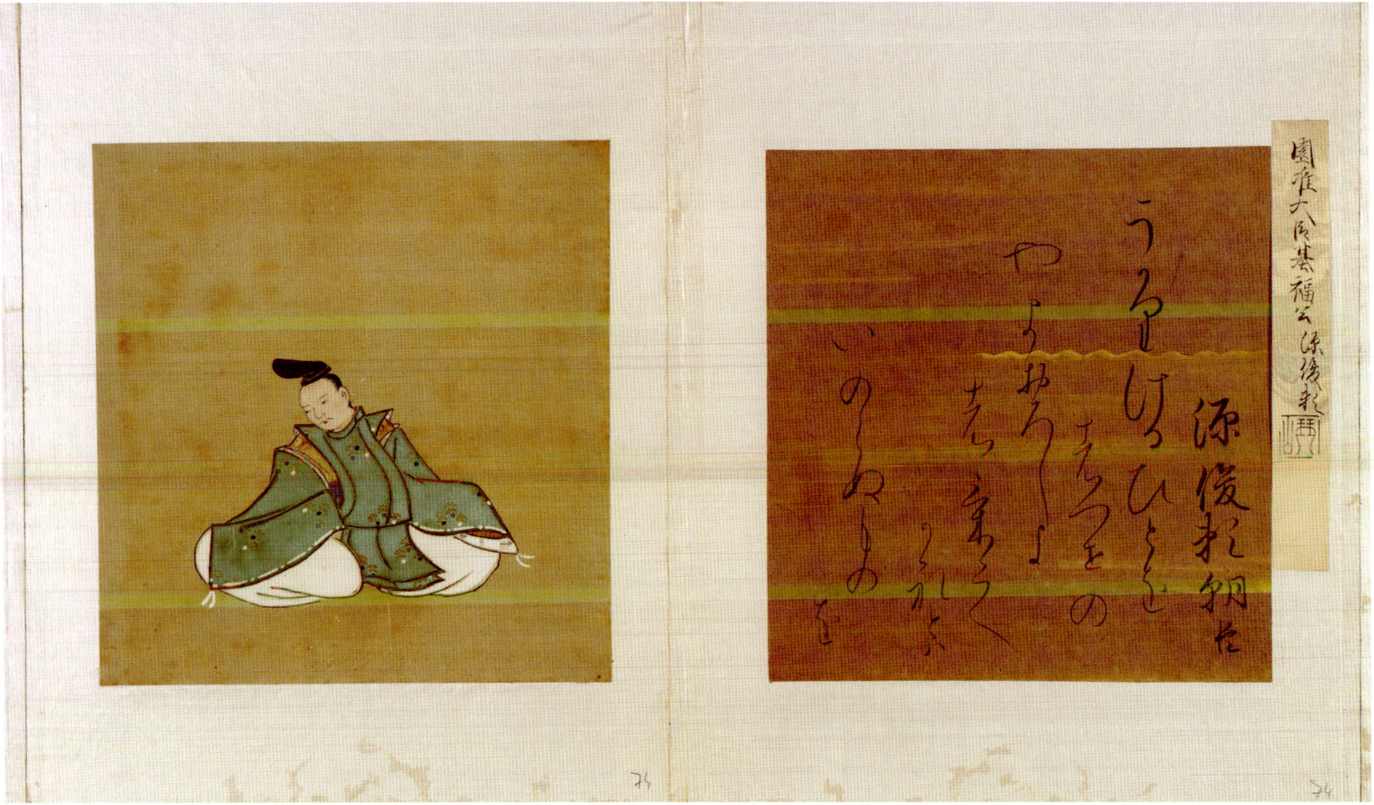

園准大臣基福公　源俊頼朝臣

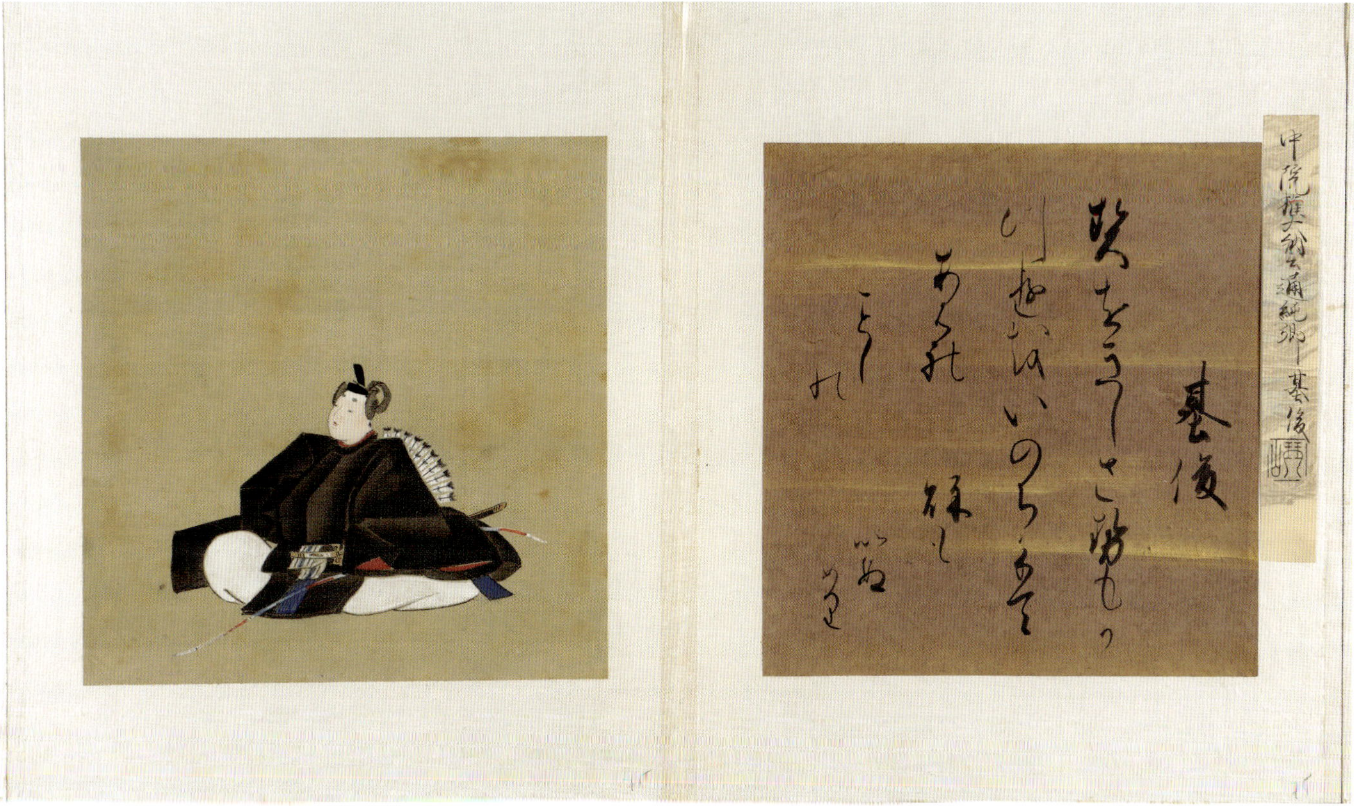

213　中院権大納言通純卿　基俊

堀川宰相康綱卿　法性寺入道前関白大政大臣　*214*

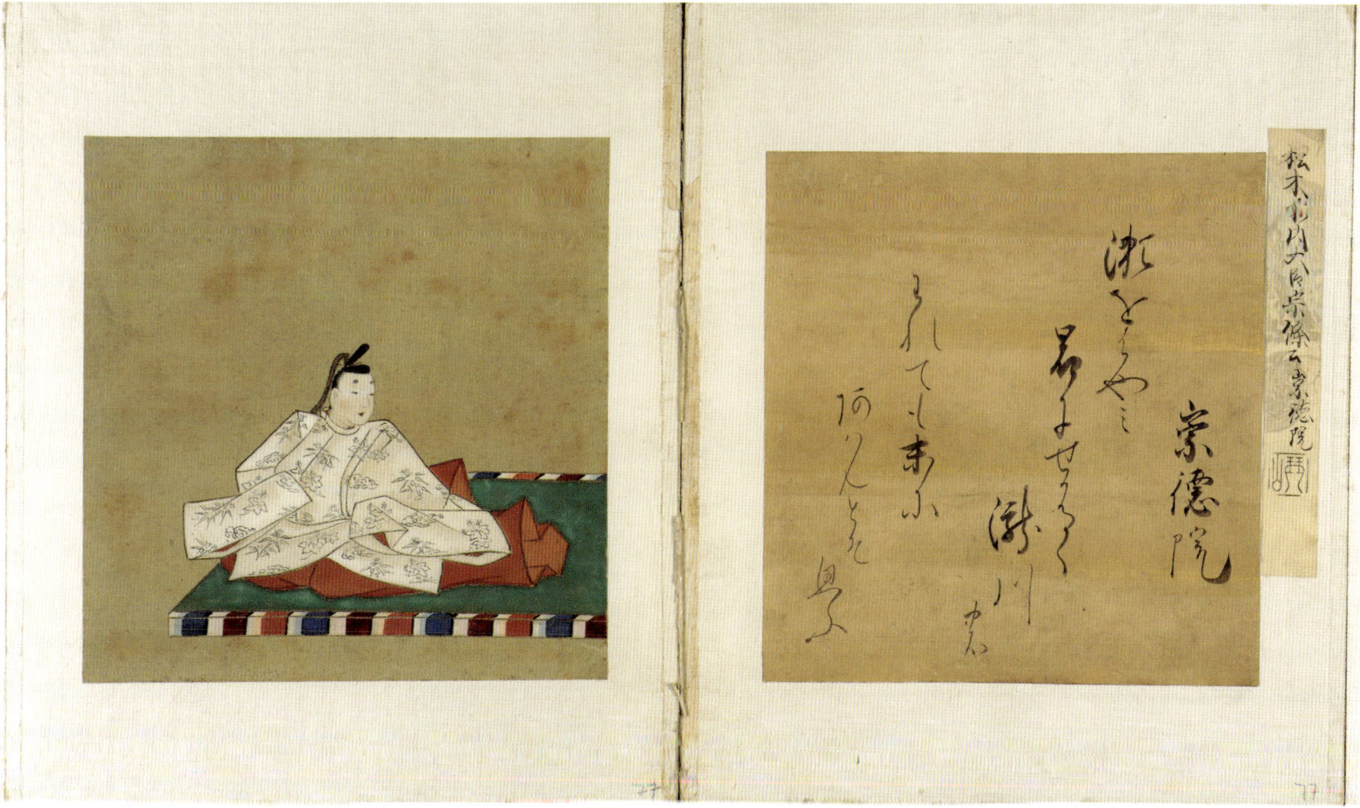

215　松木前内大臣宗条公　崇徳院

源兼昌

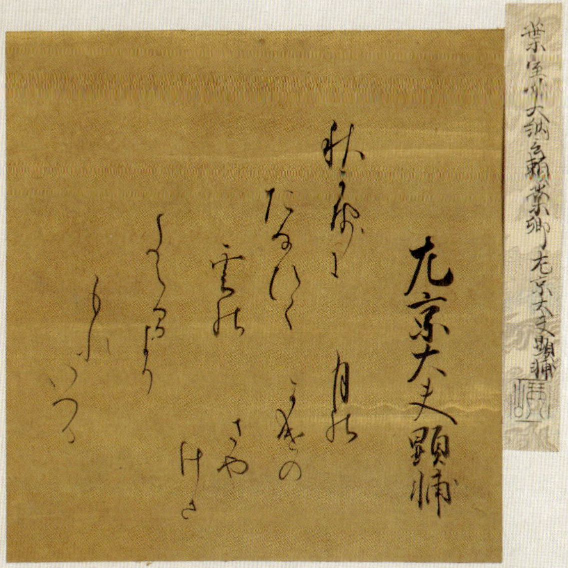

217　葉室前大納言頼業卿　　左京大夫顕輔

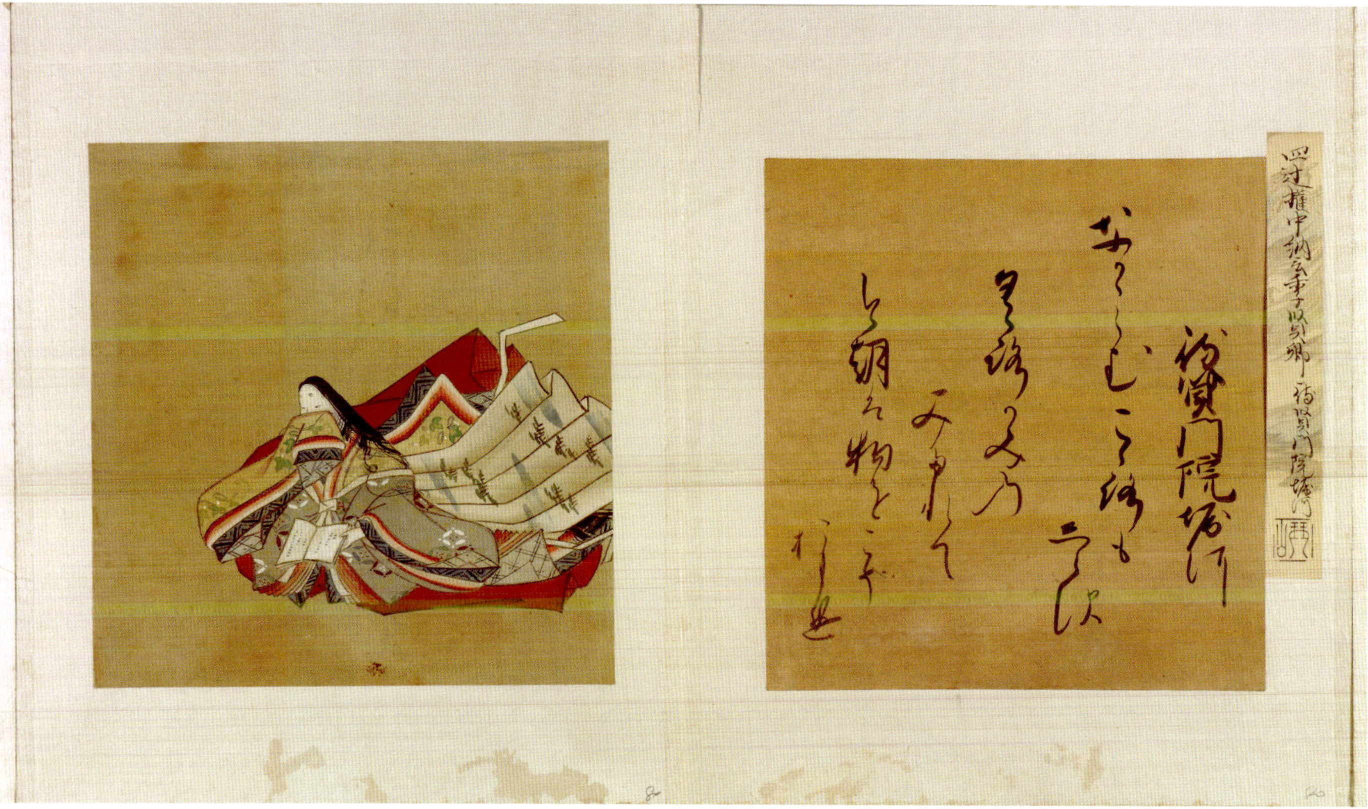

四辻権中納言季賢卿　待賢門院堀河　*218*

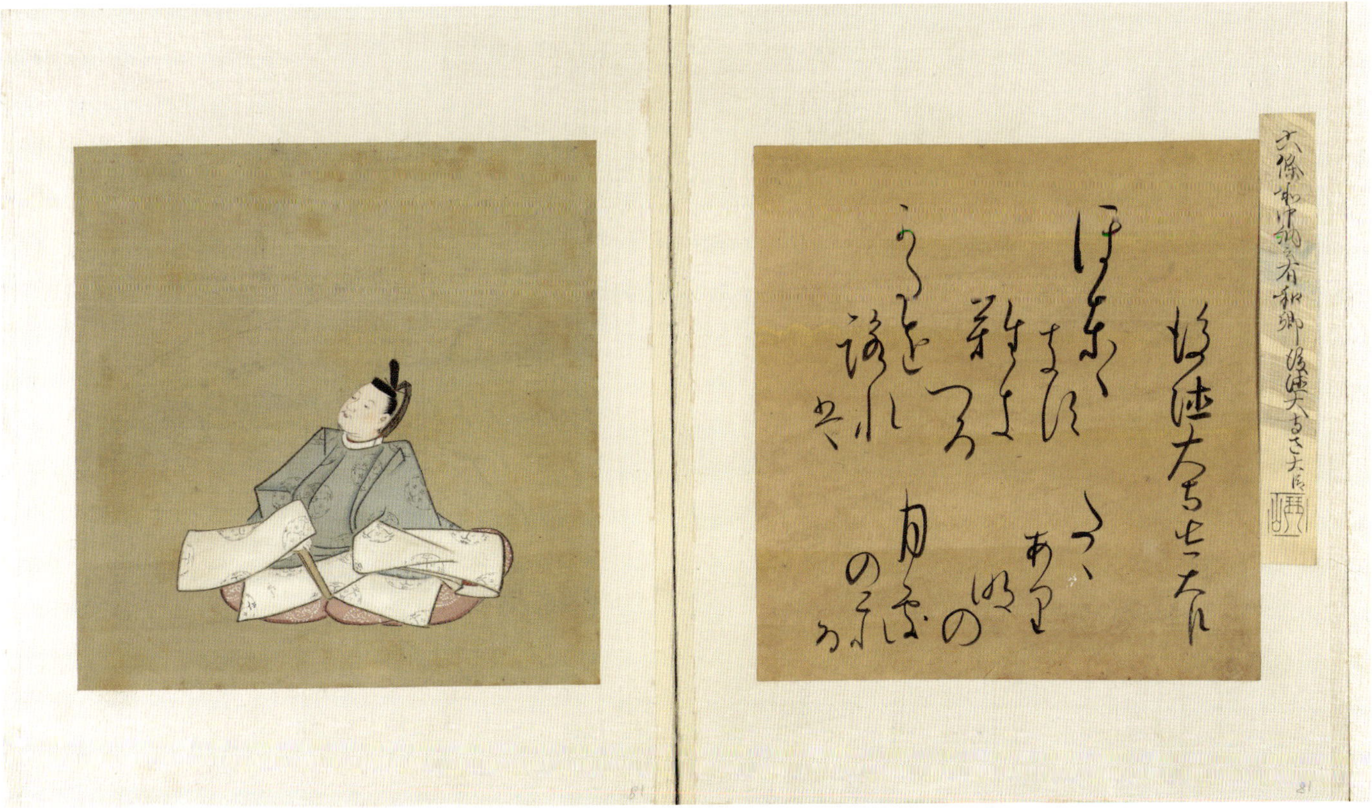

219　六条前中納言有和卿　後徳大寺左大臣

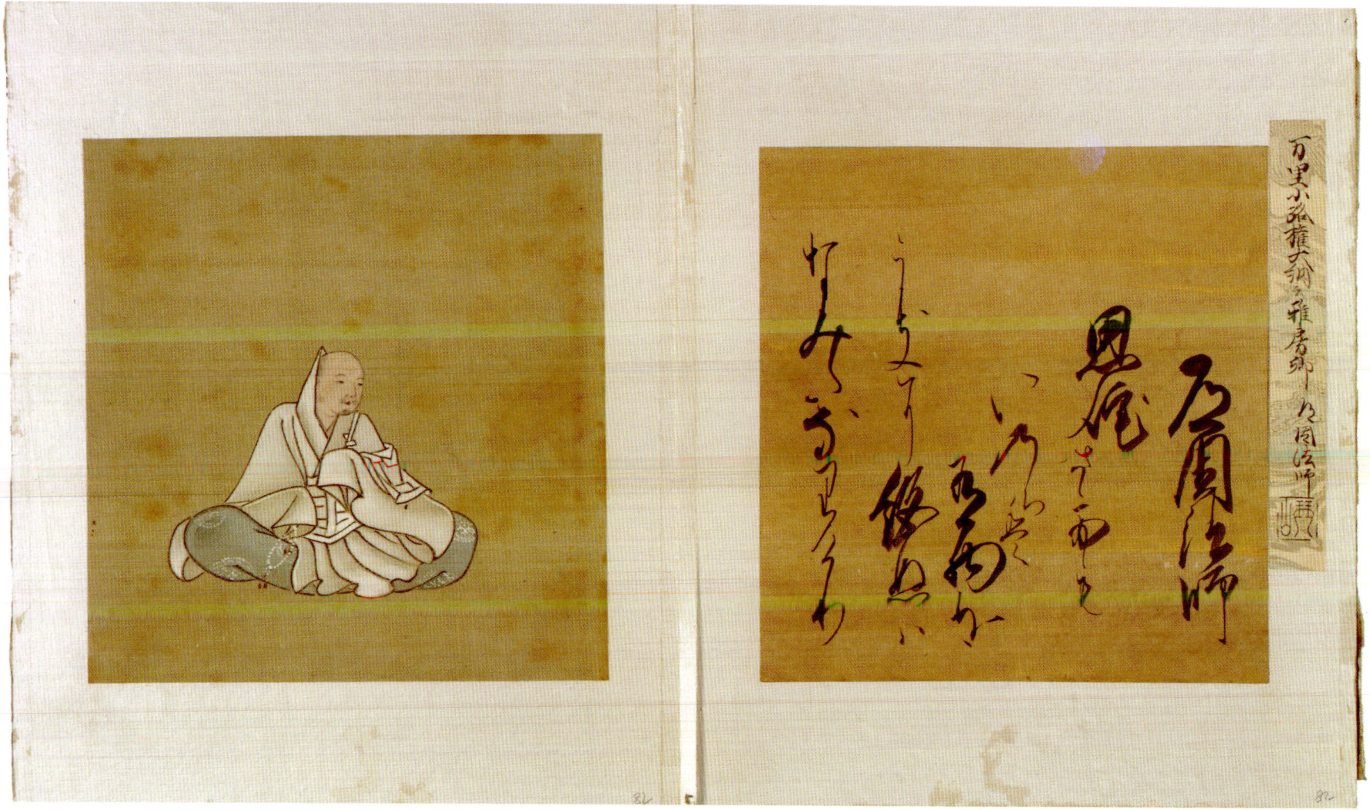
万里小路権大納言雅房卿　道因法師

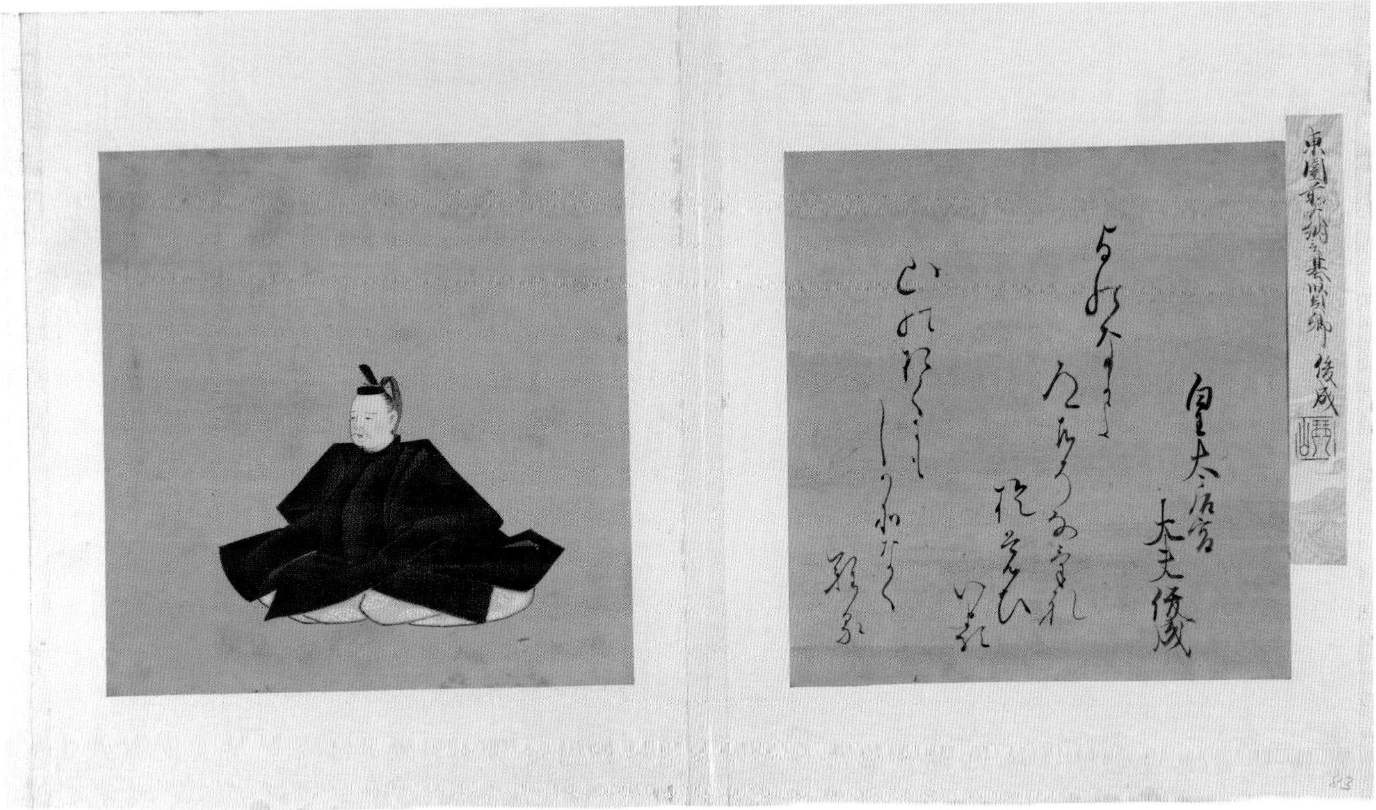

221　東園前大納言基賢卿　　皇太后宮大夫俊成

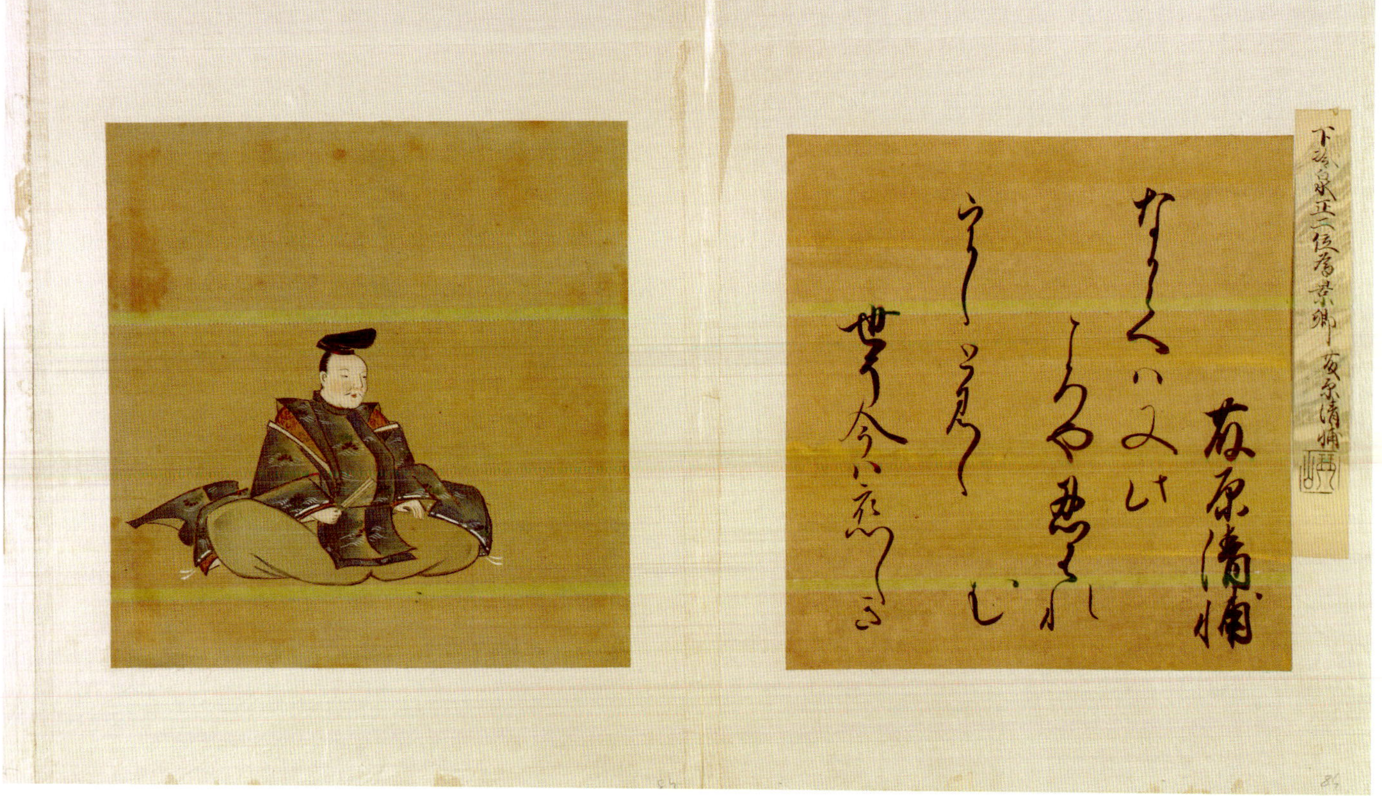

下冷泉正二位為景卿　藤原清輔　222

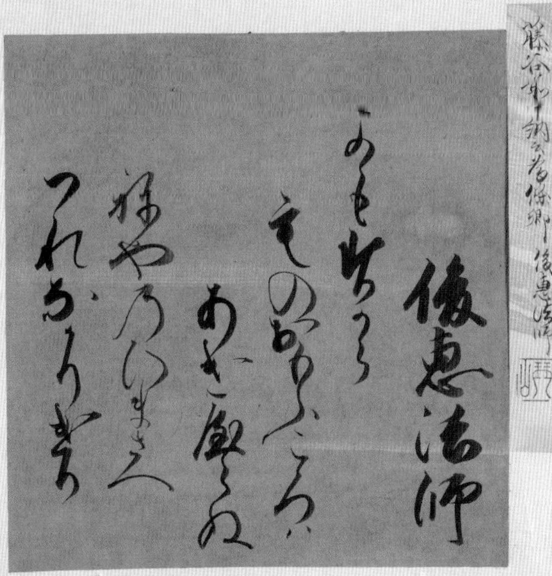

223　藤谷前中納言為条卿　　俊恵法師

千種前大納言有能卿　西行法師　*224*

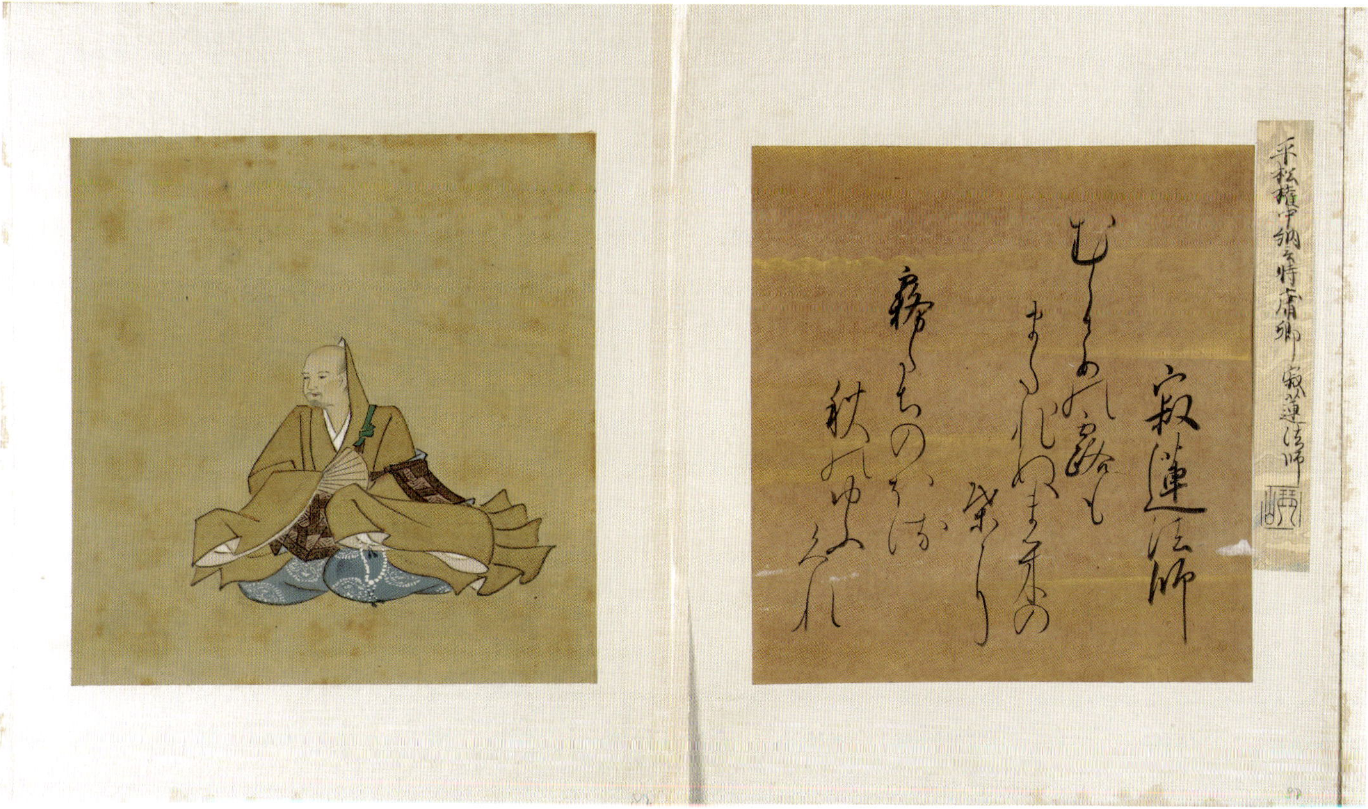

225　平松権中納言時庸卿　寂蓮法師

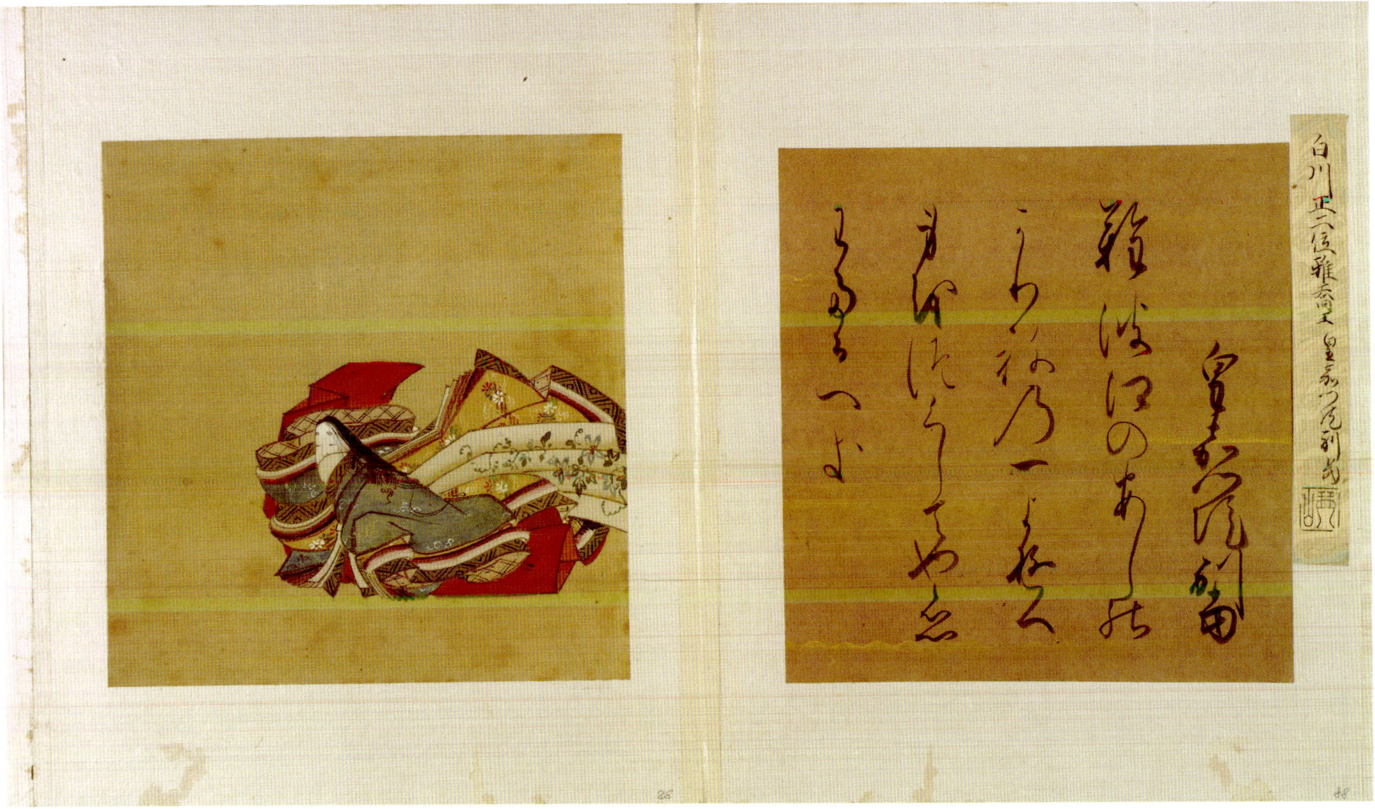

白川正二位雅喬王　皇嘉門院別当

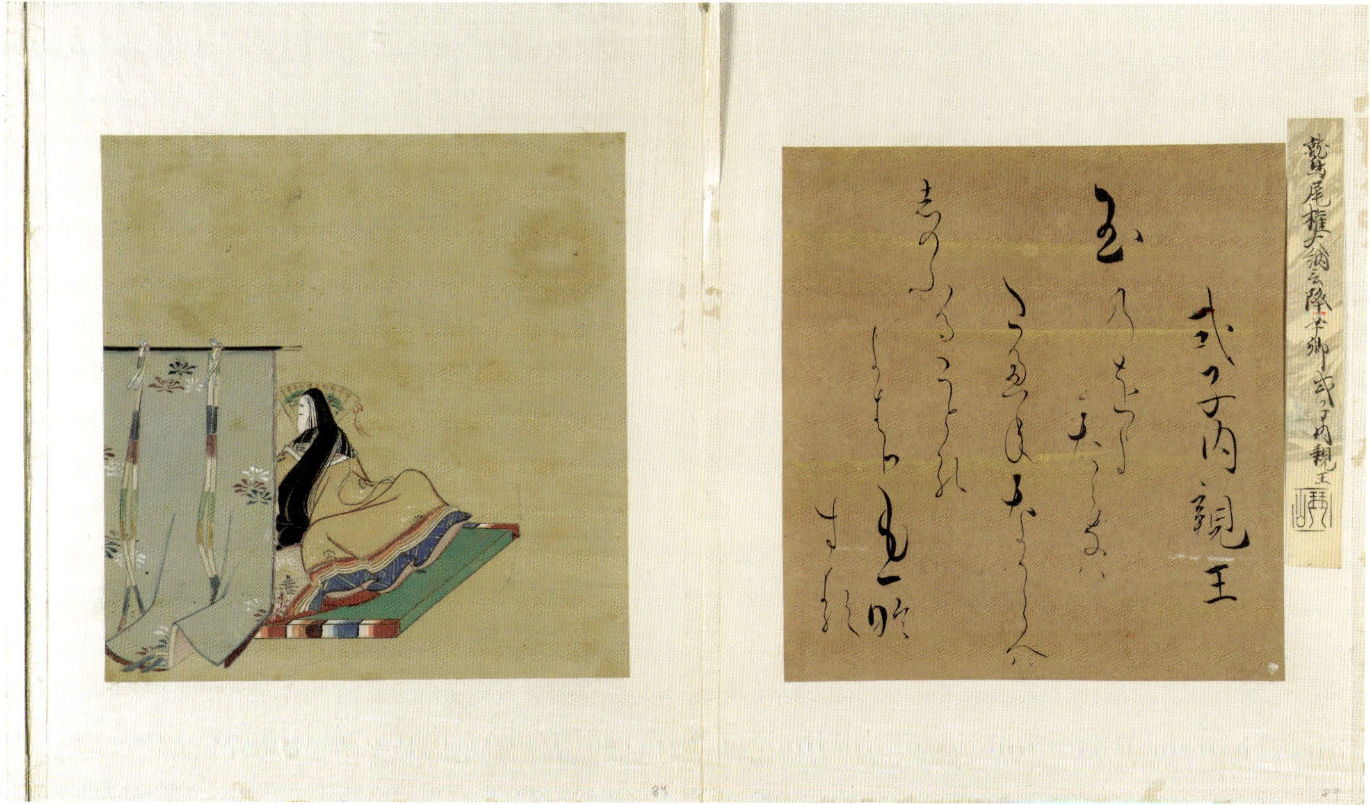

227　鷺尾権大納言隆尹卿　式子内親王

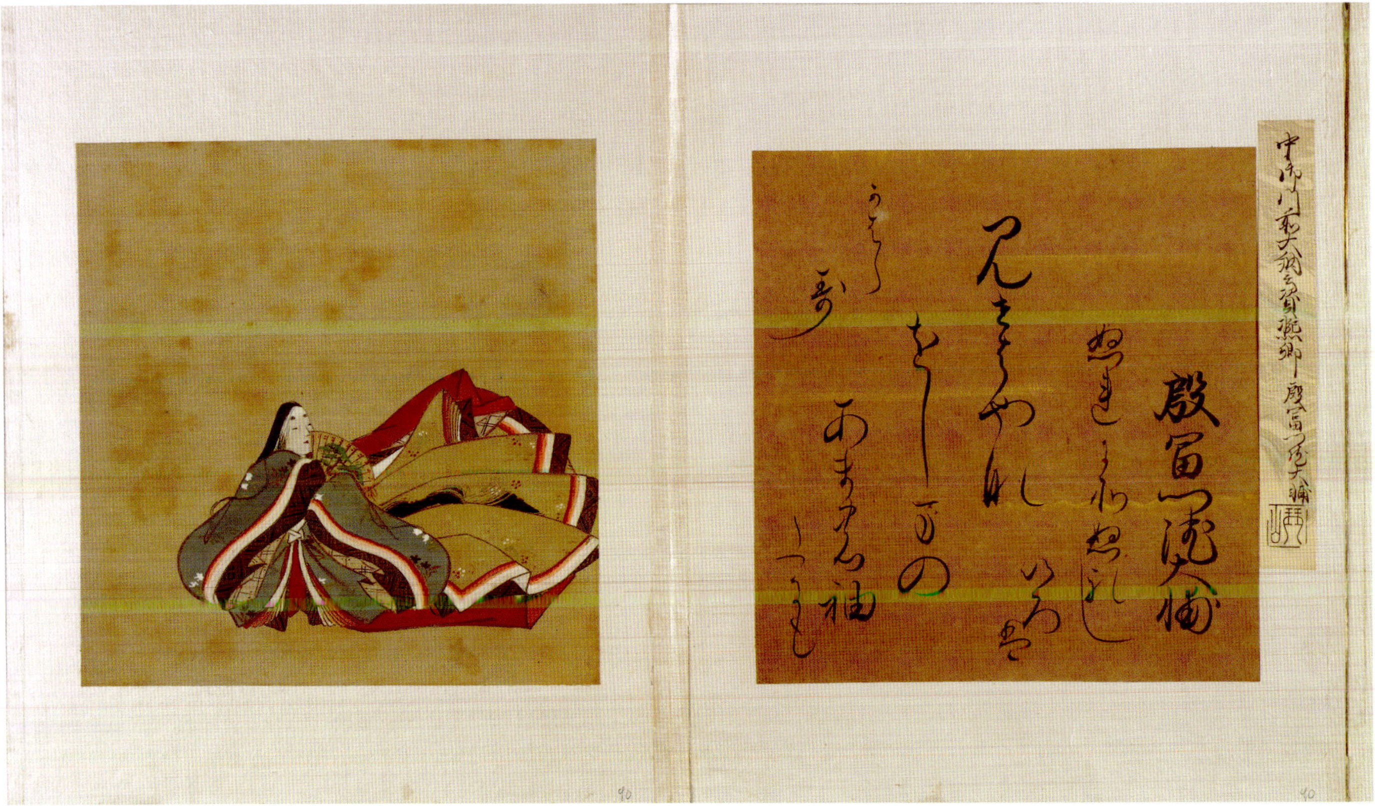
中御門前大納言資熙卿　殷富門院大輔
殷富門院大輔

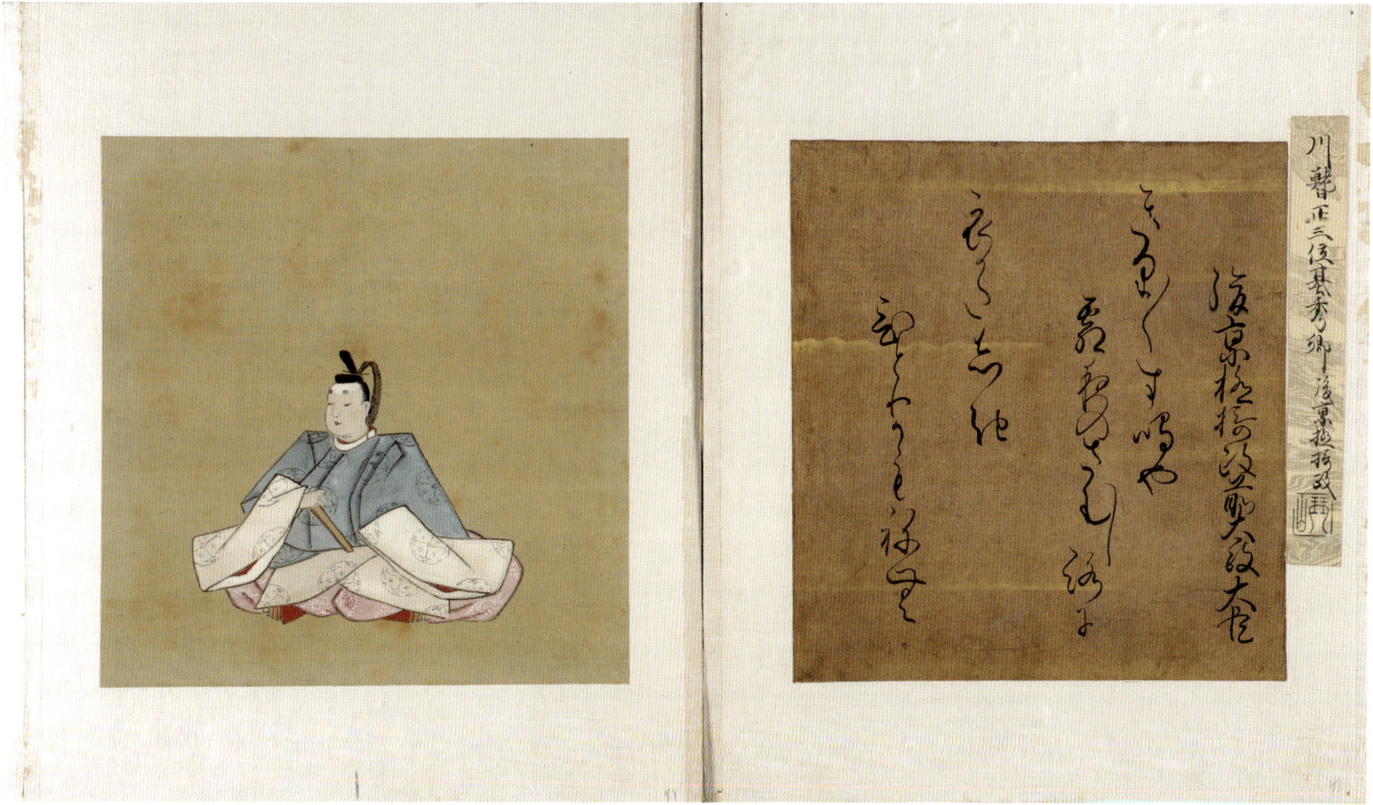

229　川鰭正三位基秀卿　後京極摂政前太政大臣

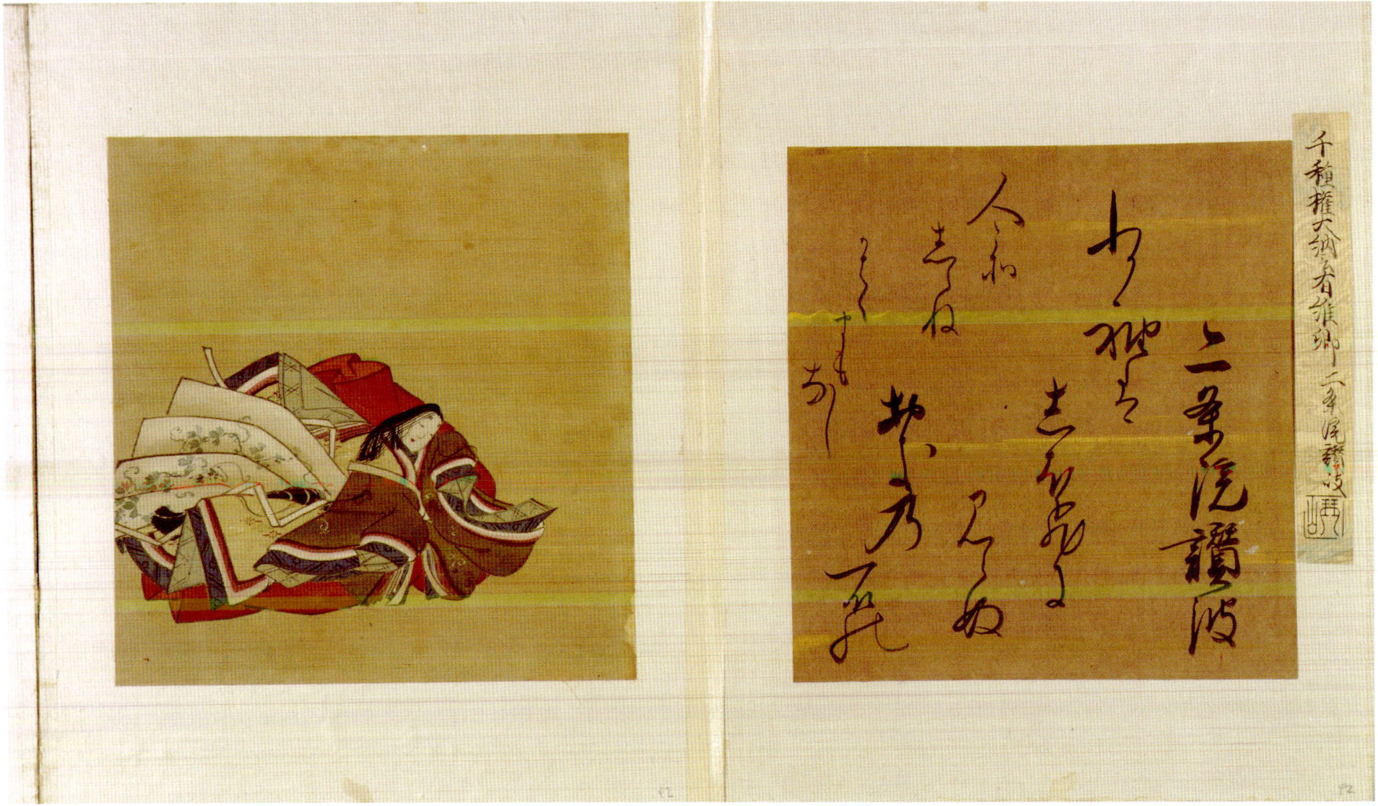

千種権大納言有維卿　二条院讃岐　*230*

231　岩倉前宰相具詮卿　　鎌倉右大臣

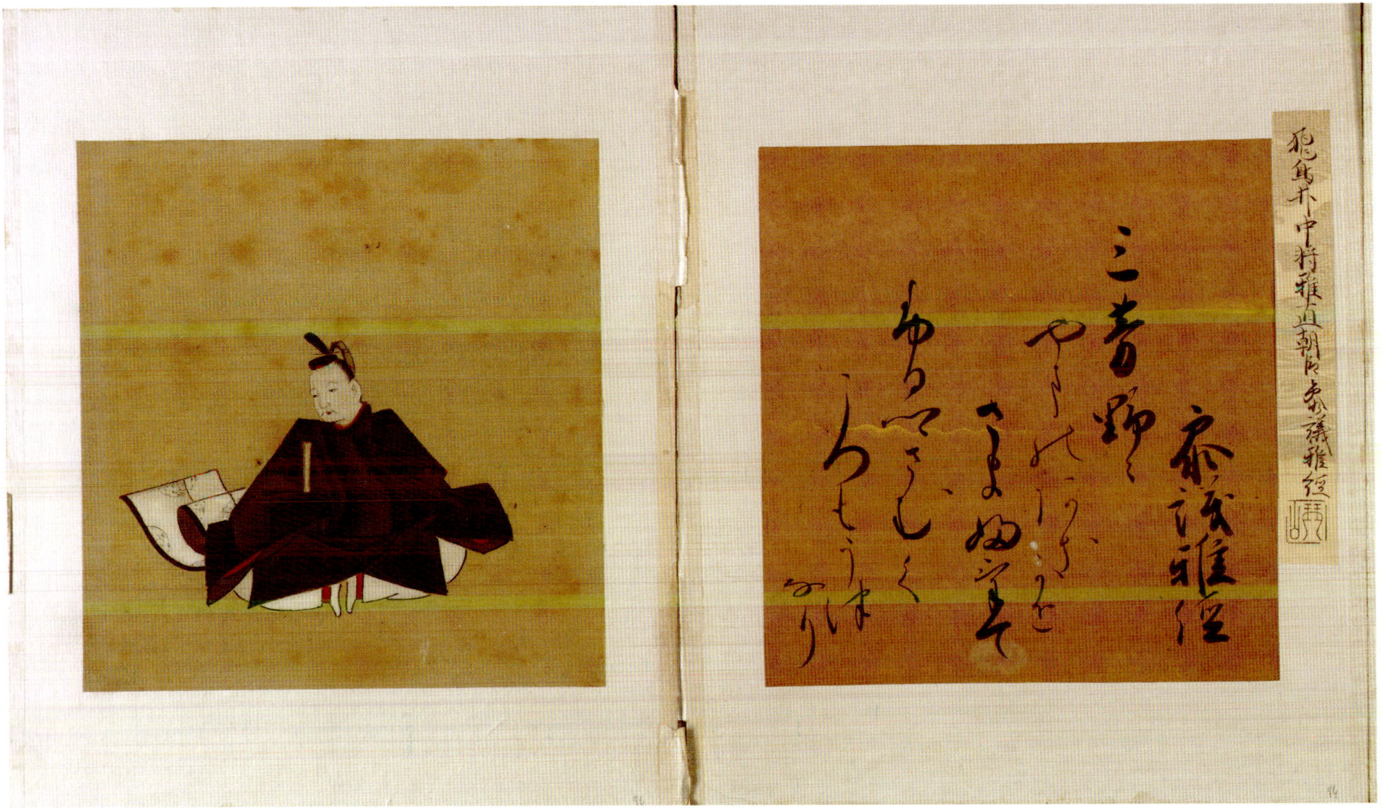

飛鳥井中将雅直朝臣　　参議雅経　

233　桂参議昭房卿　　前大僧正慈円

愛宕前大納言通福卿　入道前大政大臣　*234*

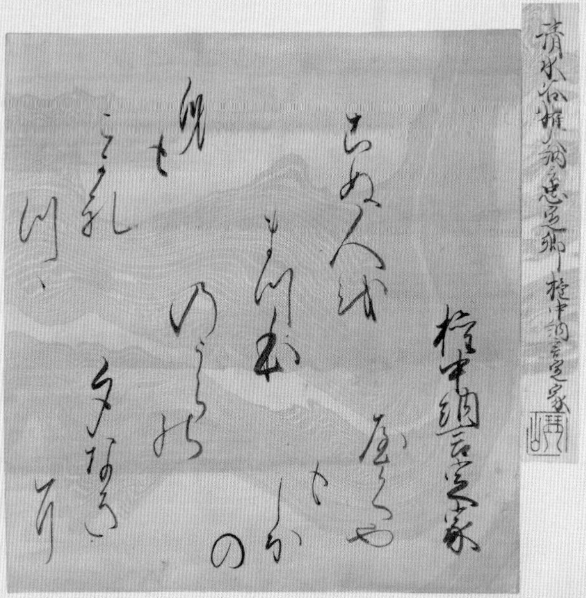

235　清水谷権大納言忠定卿　　権中納言定家

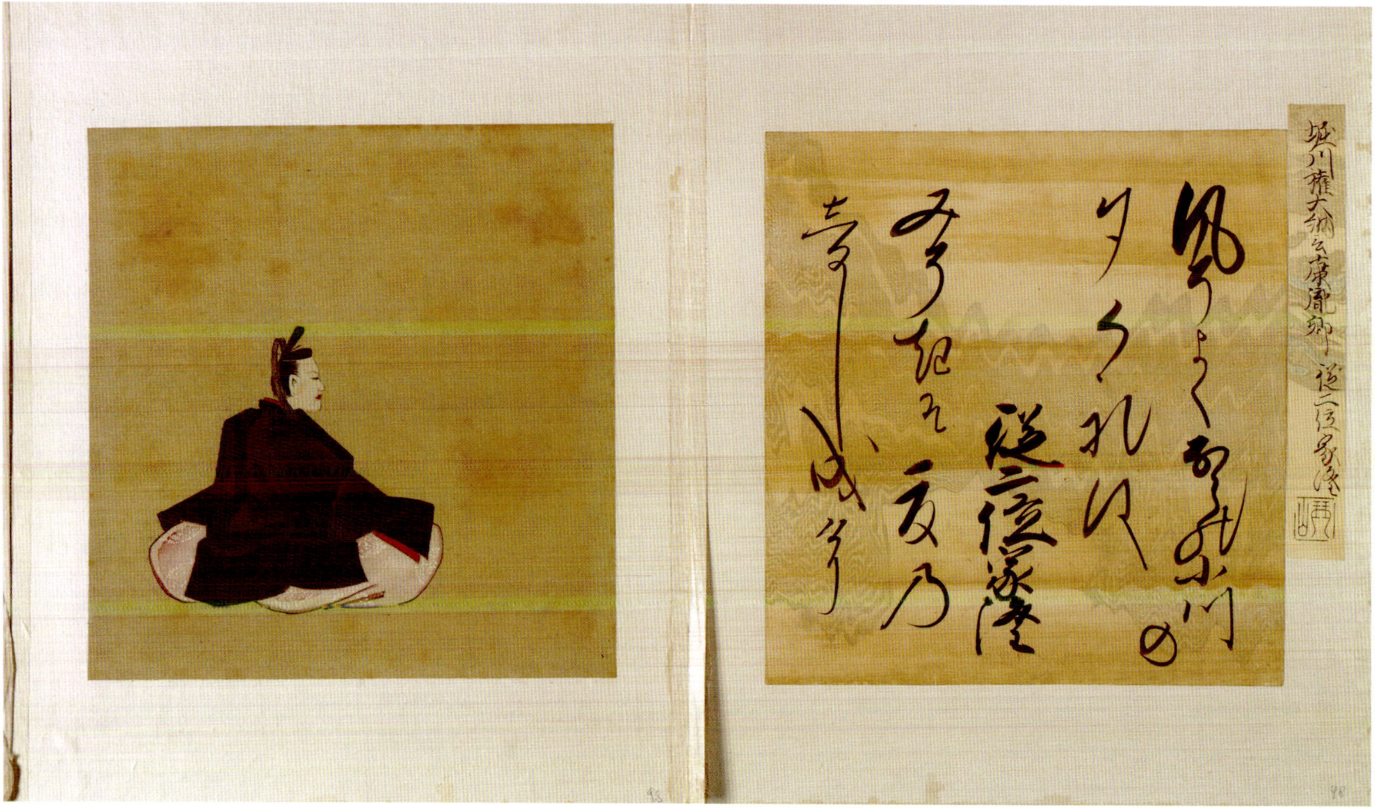

堀川権大納言康胤卿　　従二位家隆

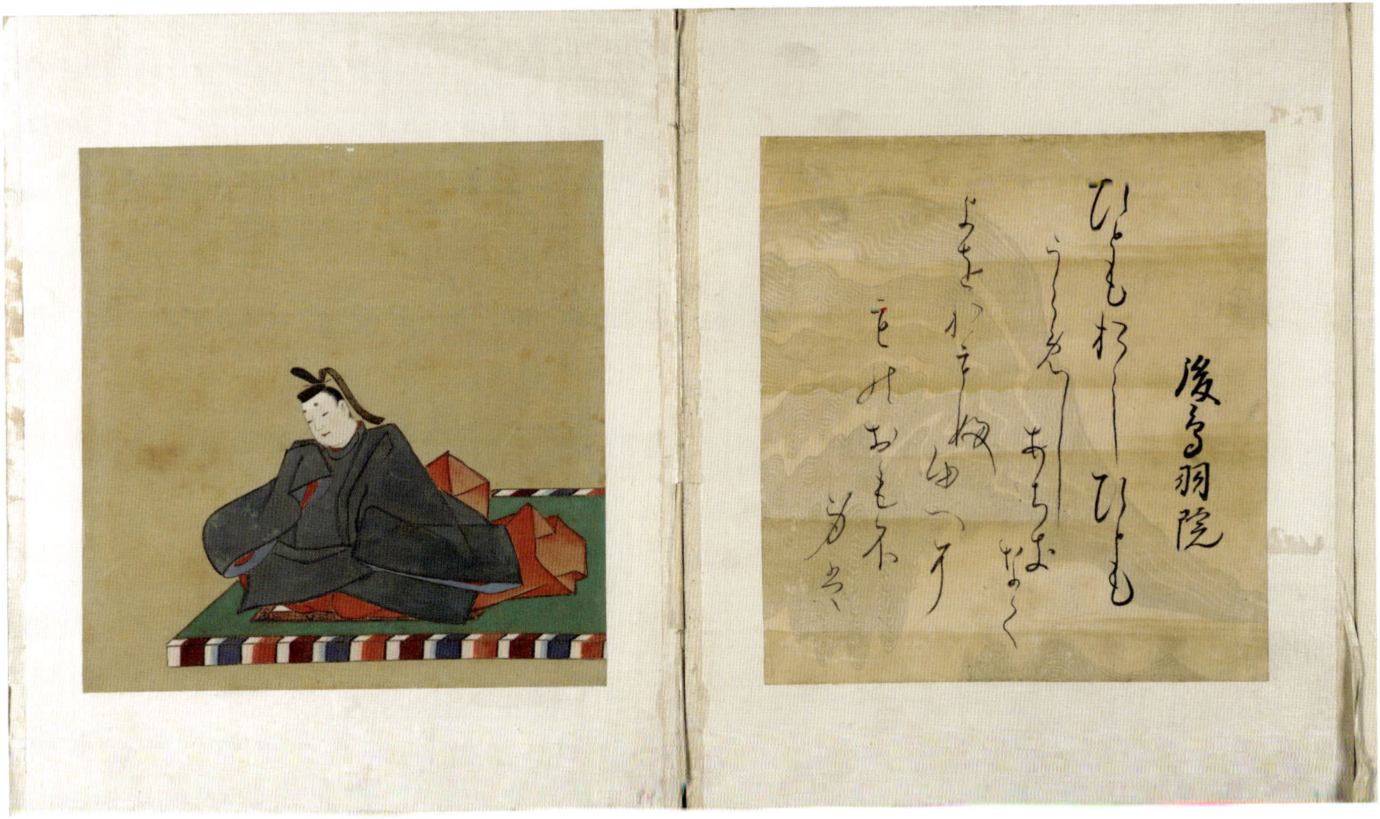

237 ［姉小路前大納言公景卿］　後鳥羽院

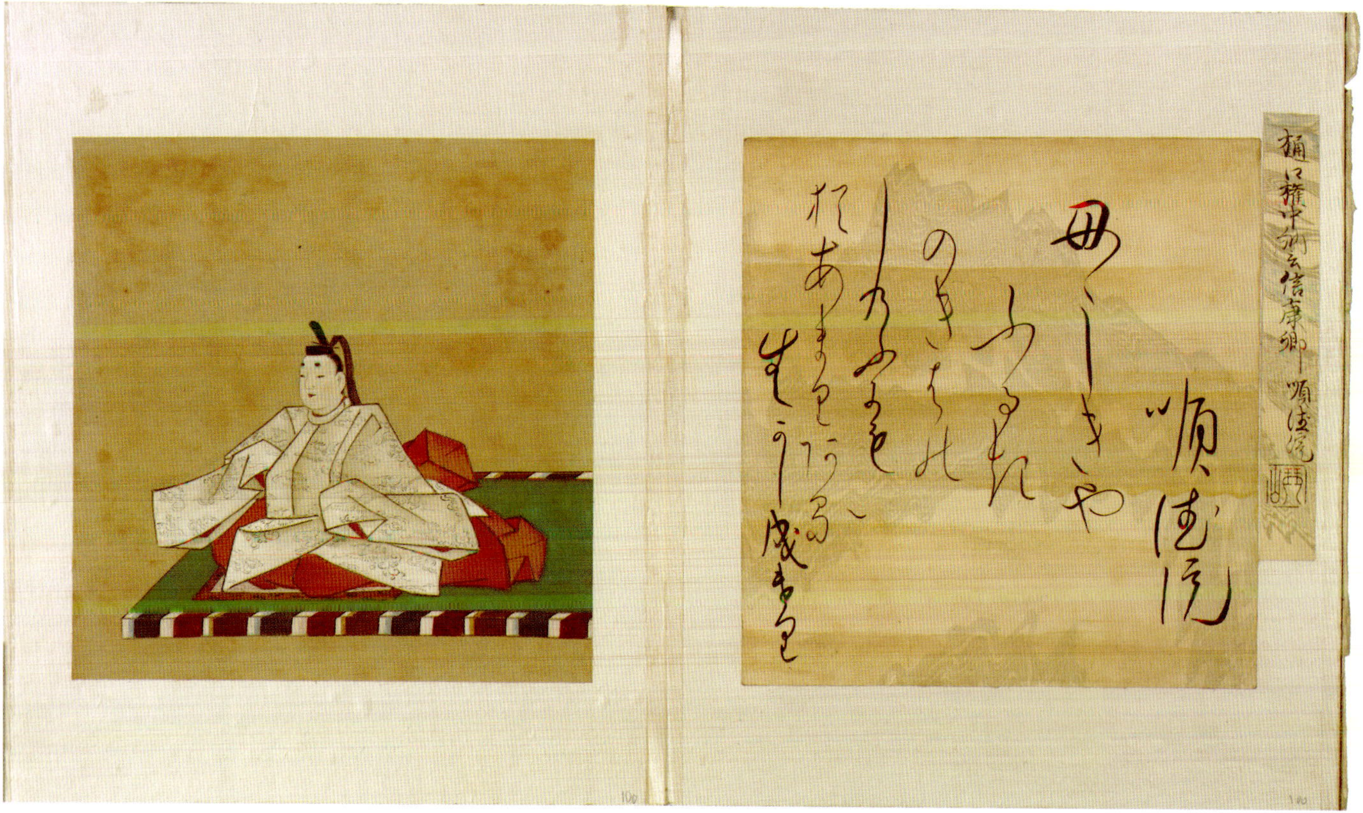

樋口権中納言信康卿　順徳院　

239　裏表紙

日本編

I

宮内庁書陵部所蔵

『禁裏御会始和歌懐紙』

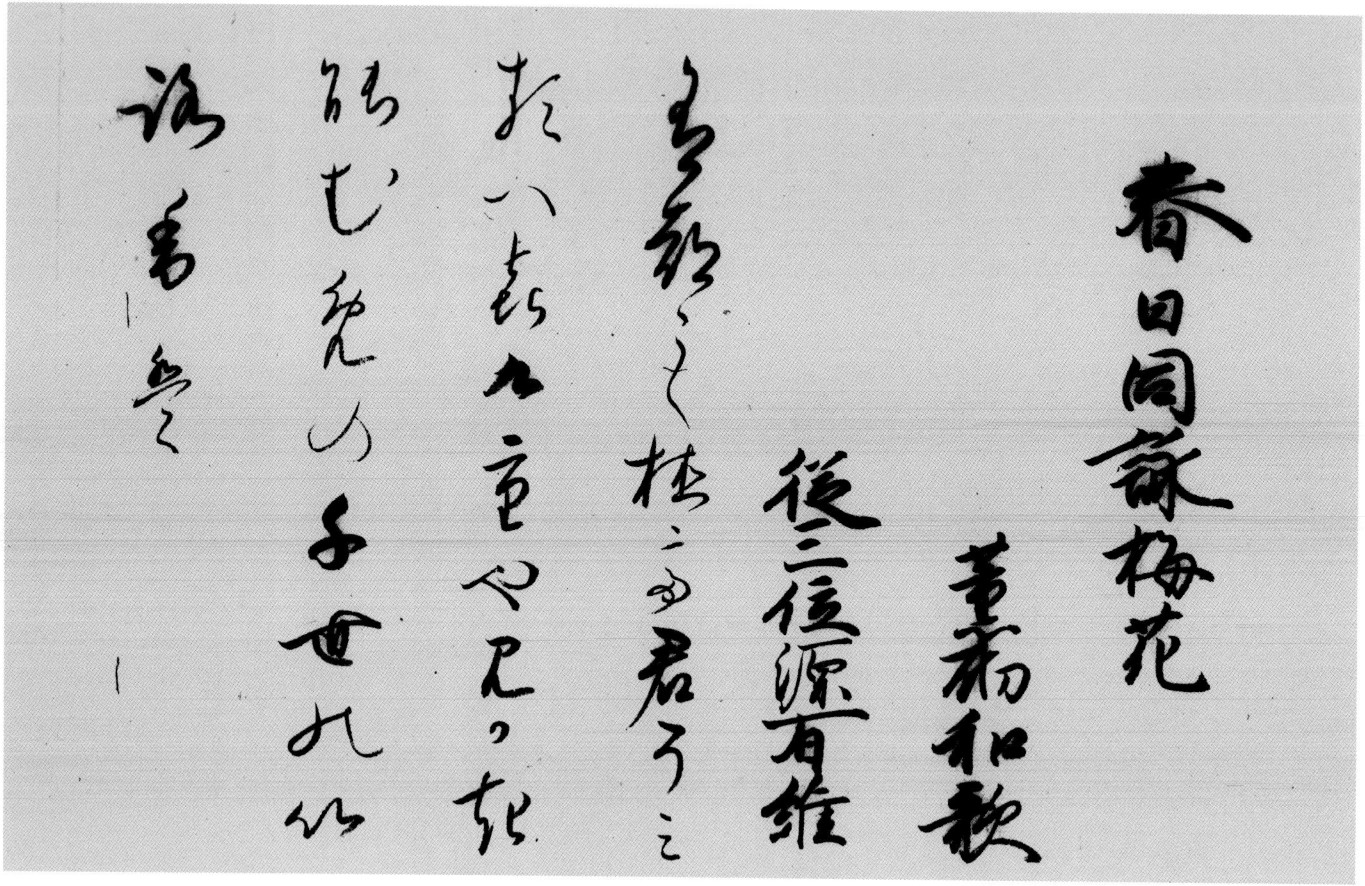

春日同詠梅花薫砌
和歌
従三位源通福

君賀代乃免久三仁
毛礼奴嬉志さや袂
尓あ満留砌乃
梅の香

245　従三位源通福

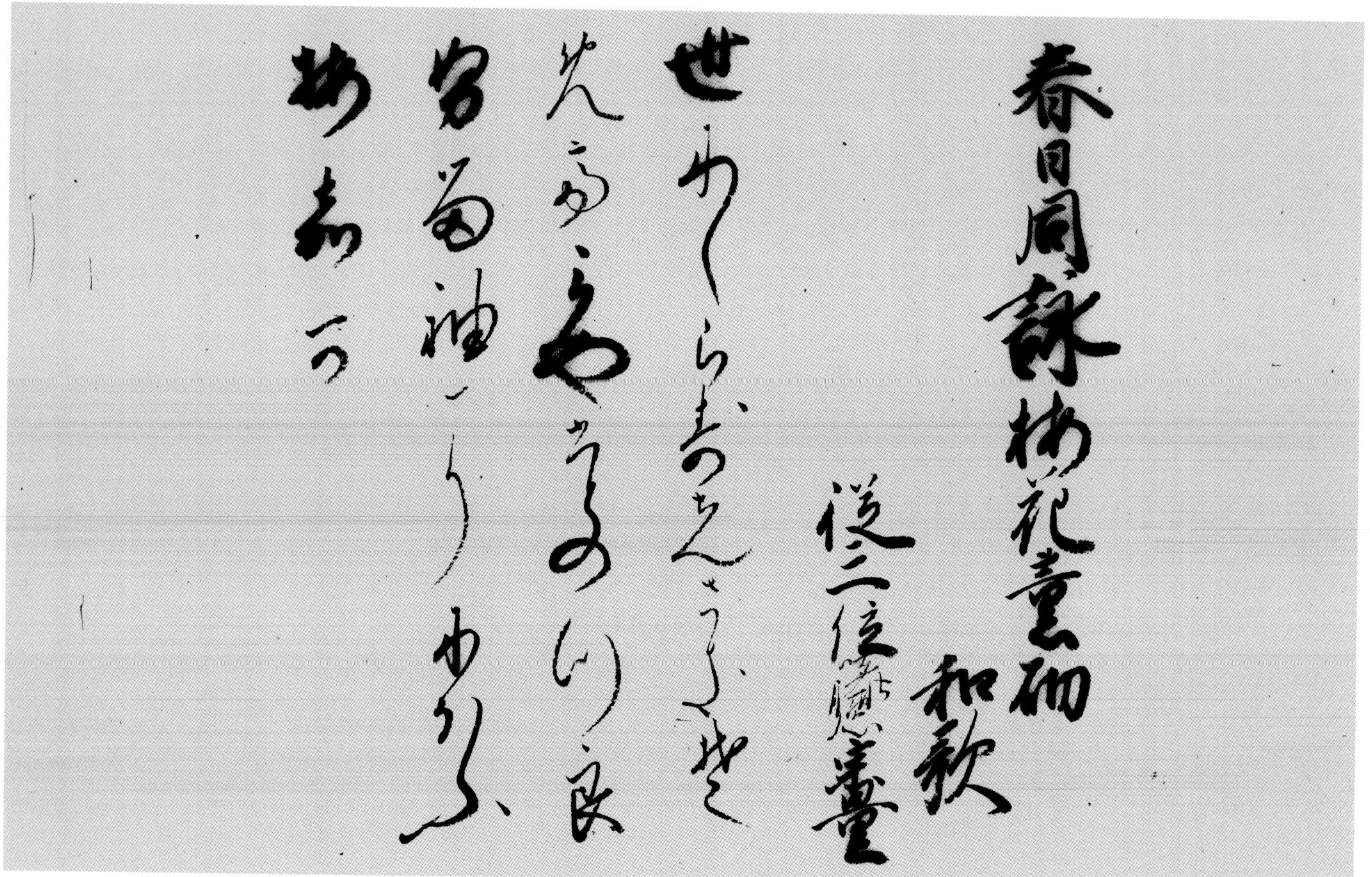

従三位藤原宗量　

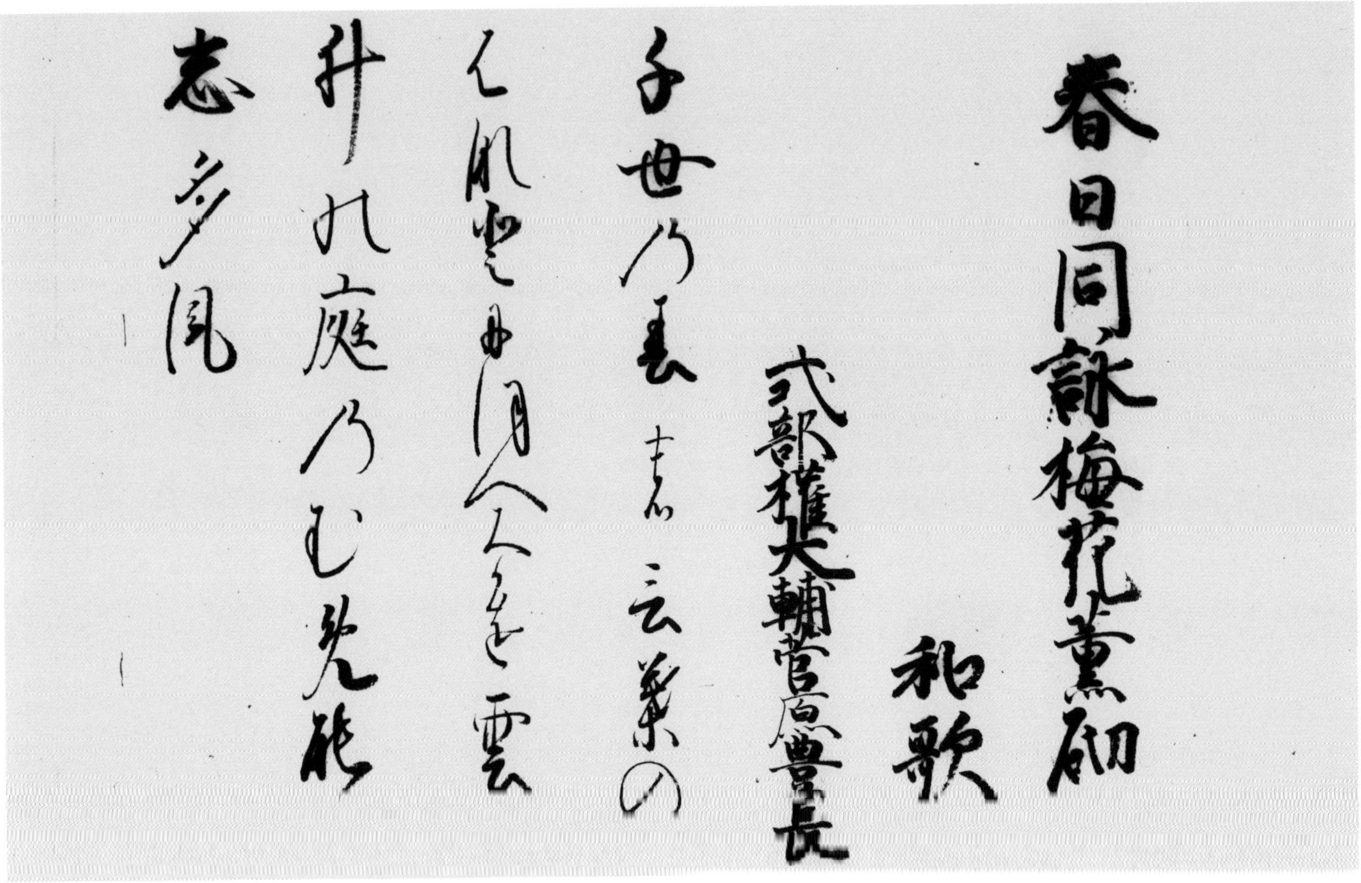
春日同詠梅花薫砌
和歌
式部権大輔菅原豊長

247　式部権大輔菅原豊長

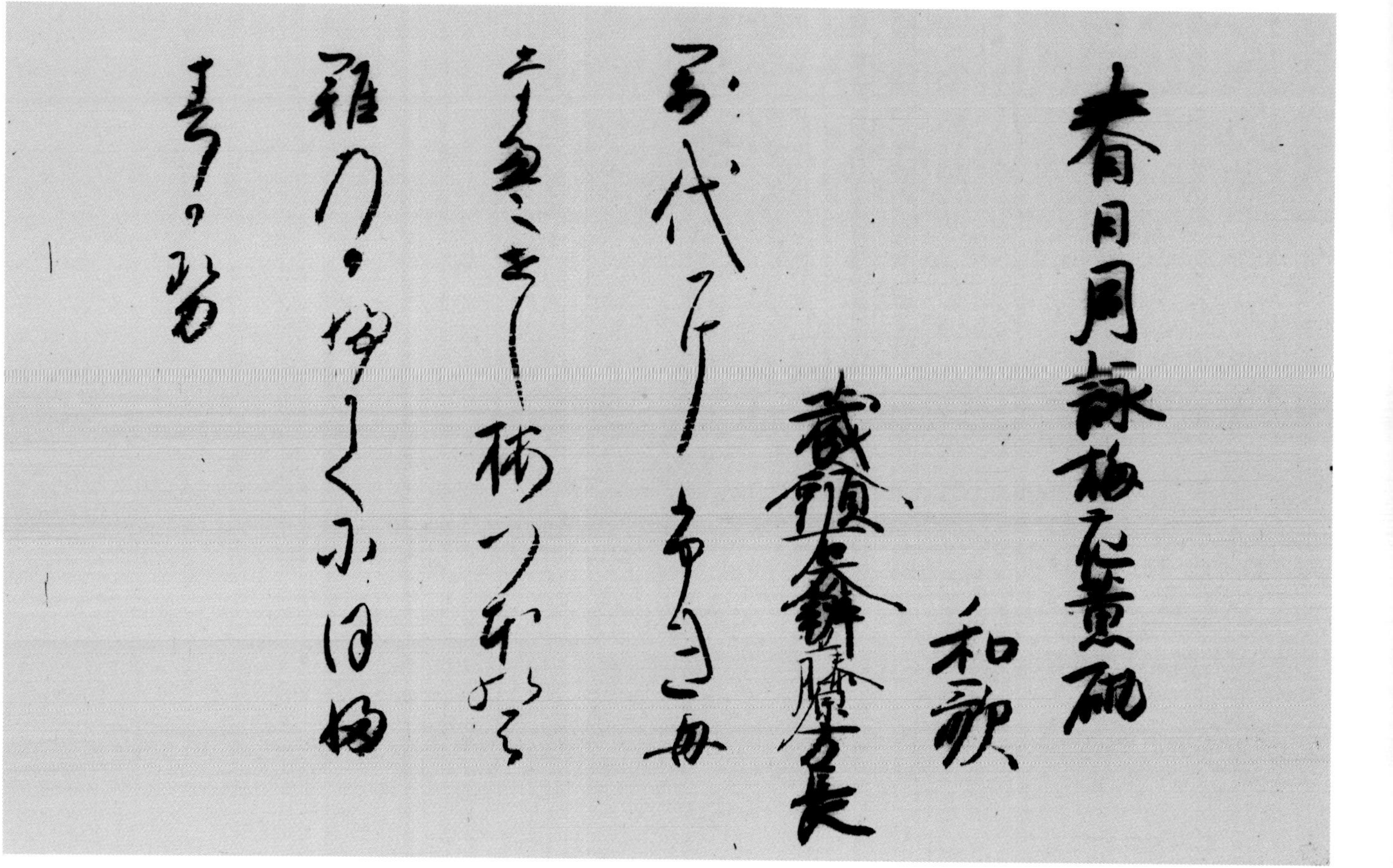
春日同詠梅花薫砌
和歌
蔵人頭右大弁藤原方長

蔵人頭右大弁藤原方長　248

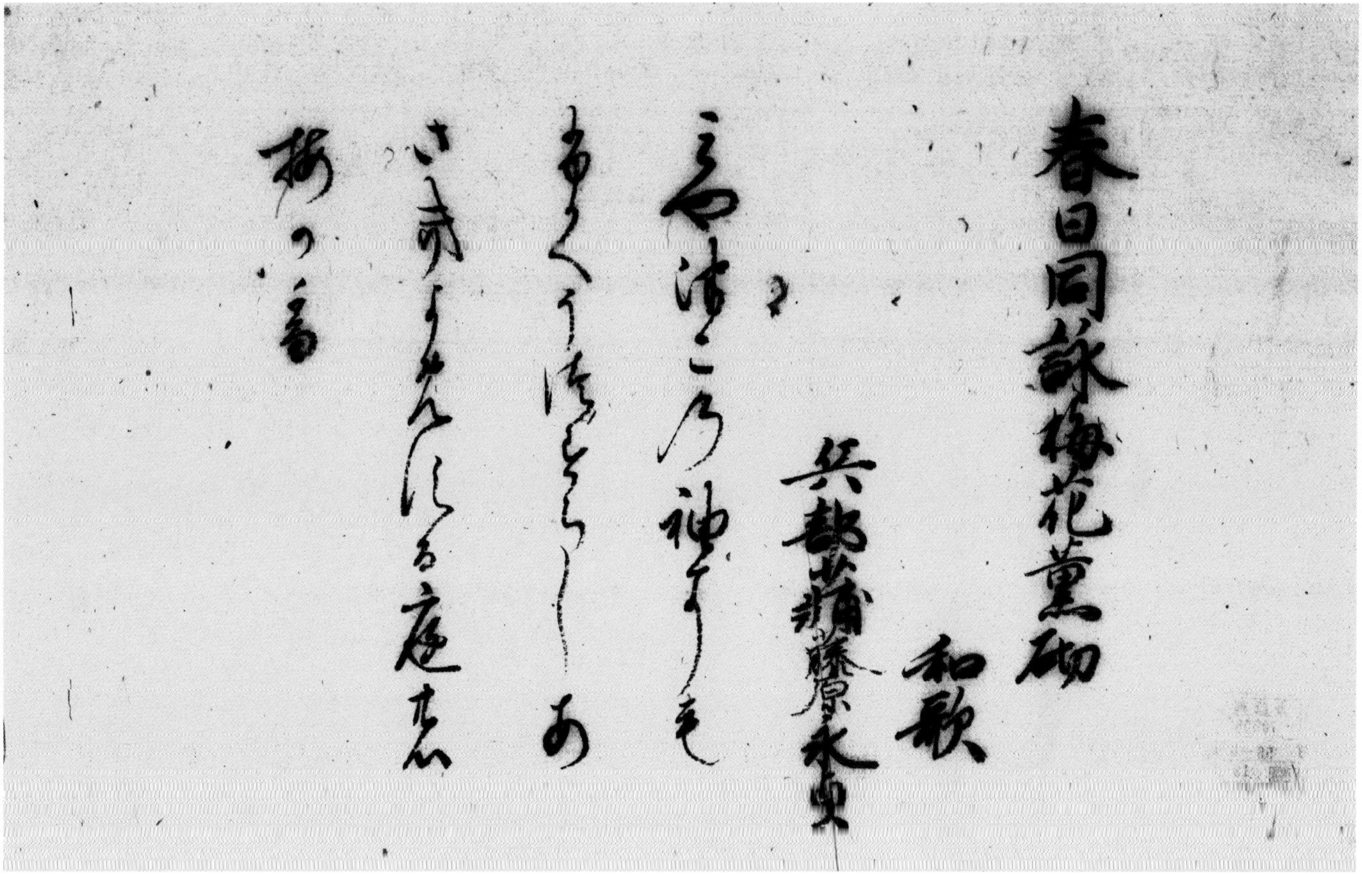
春日同詠梅花薫砌
和歌
兵部少輔藤原永貞

249　兵部少輔藤原永貞

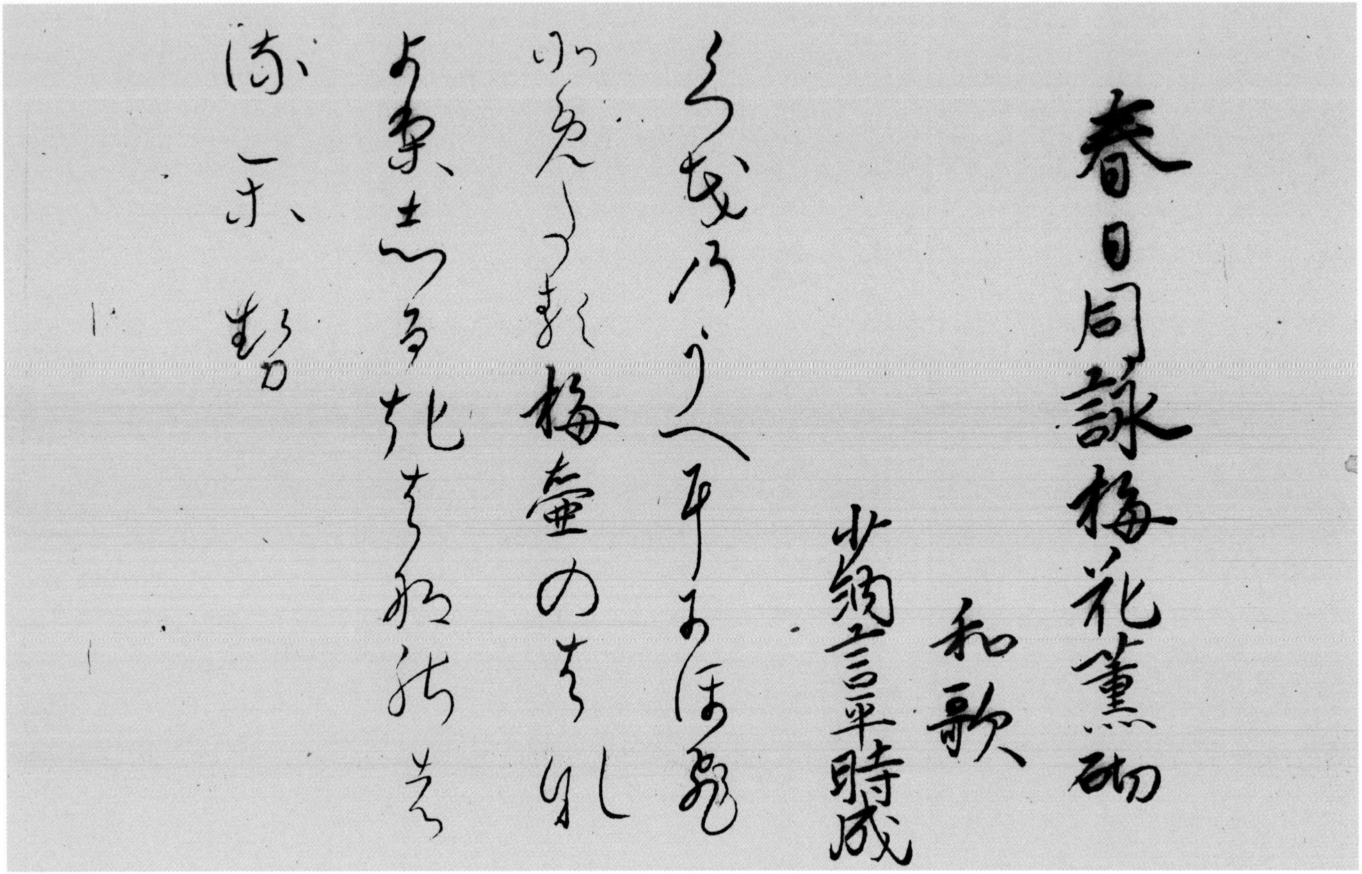
春日同詠梅花薫砌
和歌
少納言平時成

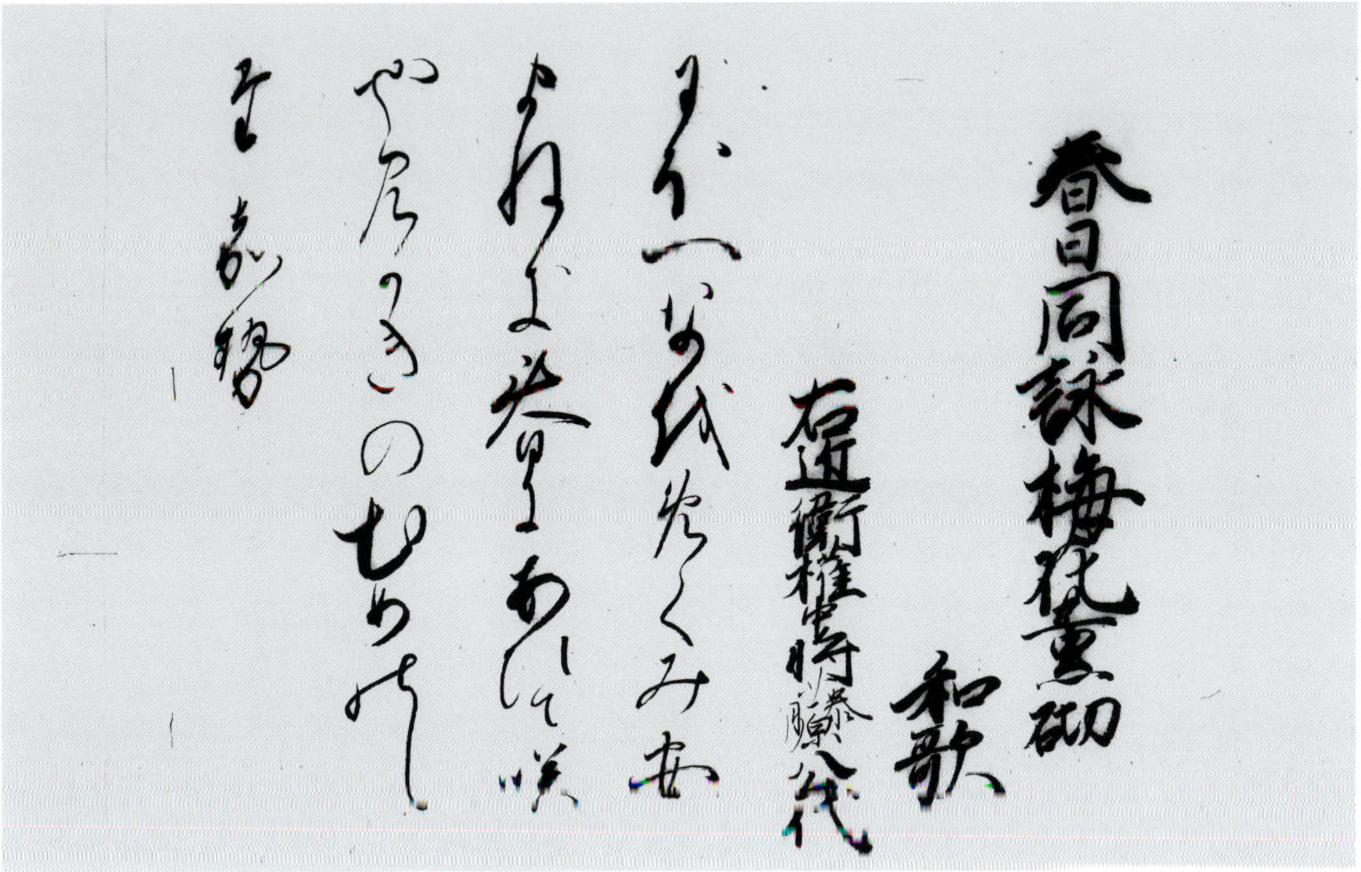

251　右近衛権中将藤原公代

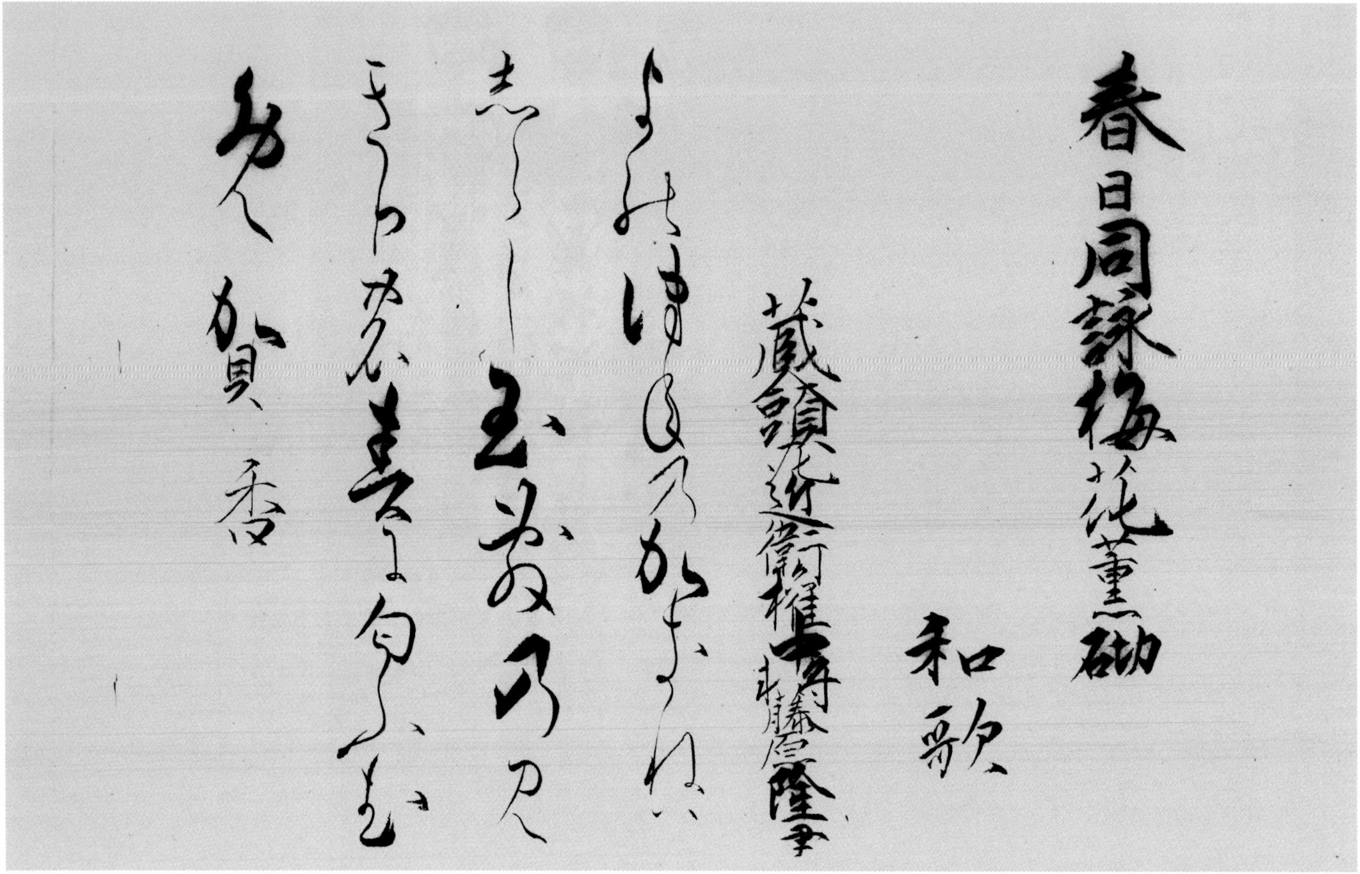

蔵人頭左近衛権中将藤原隆尹　252

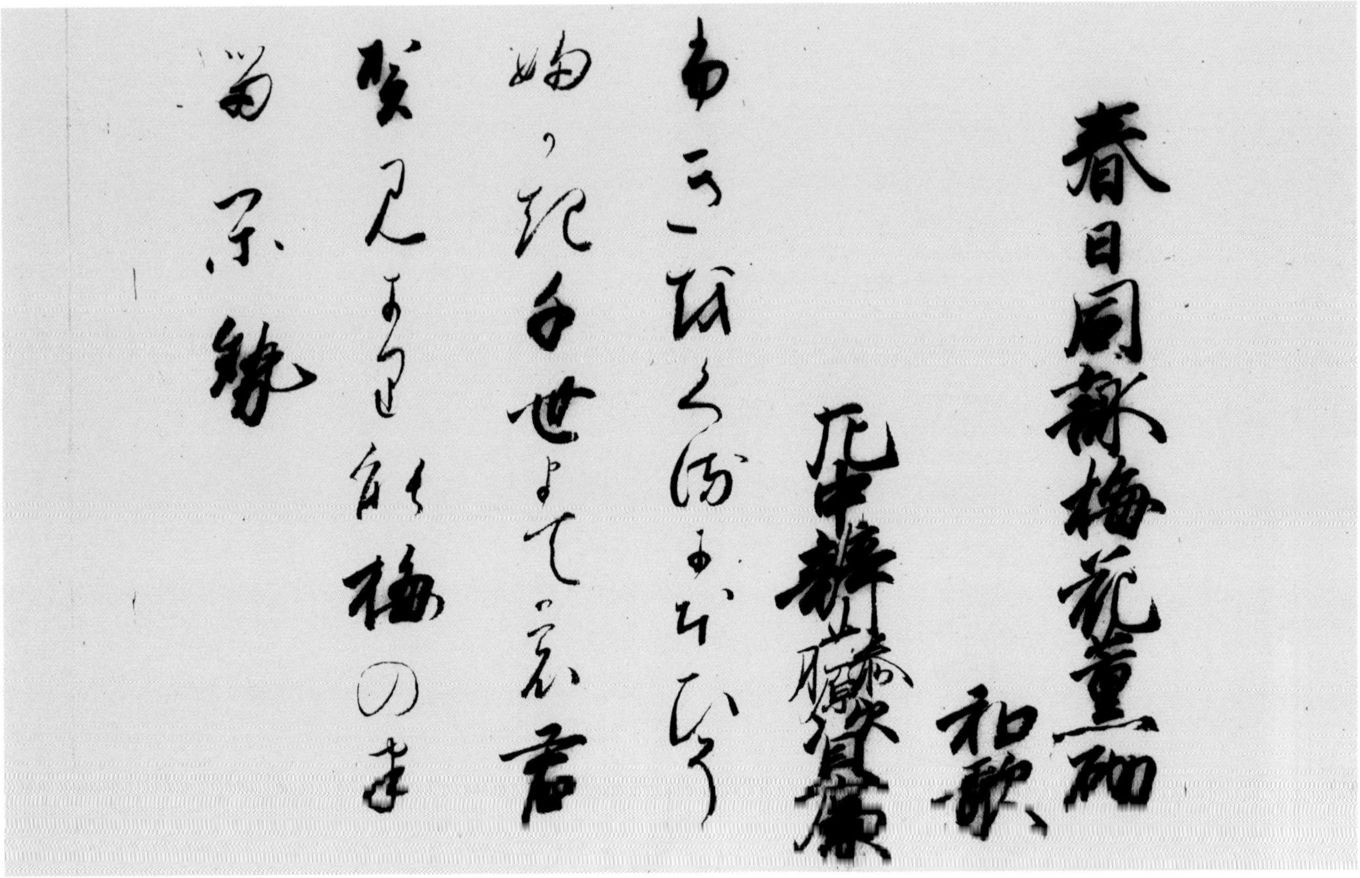

253　左中弁藤原資廉

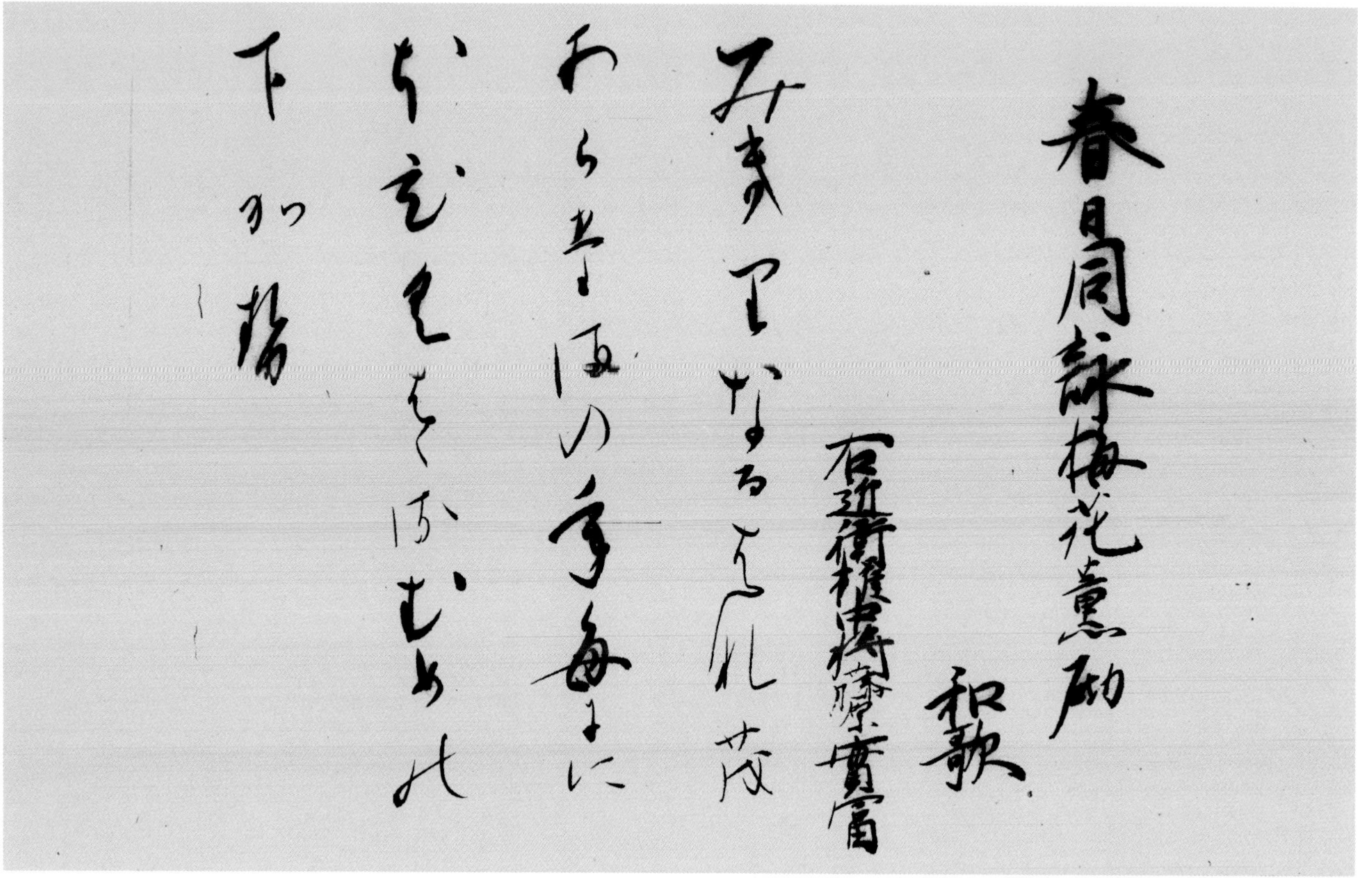
春日同詠梅花薫砌和歌
右近衛権中将藤原實冨

右近衛権中将藤原実冨　254

春日同詠梅花薫砌和歌

左近衛権中将藤原公綱

のとけしなこゝろいくはく
むめのたちえのかよ
そにほひてすふ世の
春の契

 左近衛権中将藤原公綱

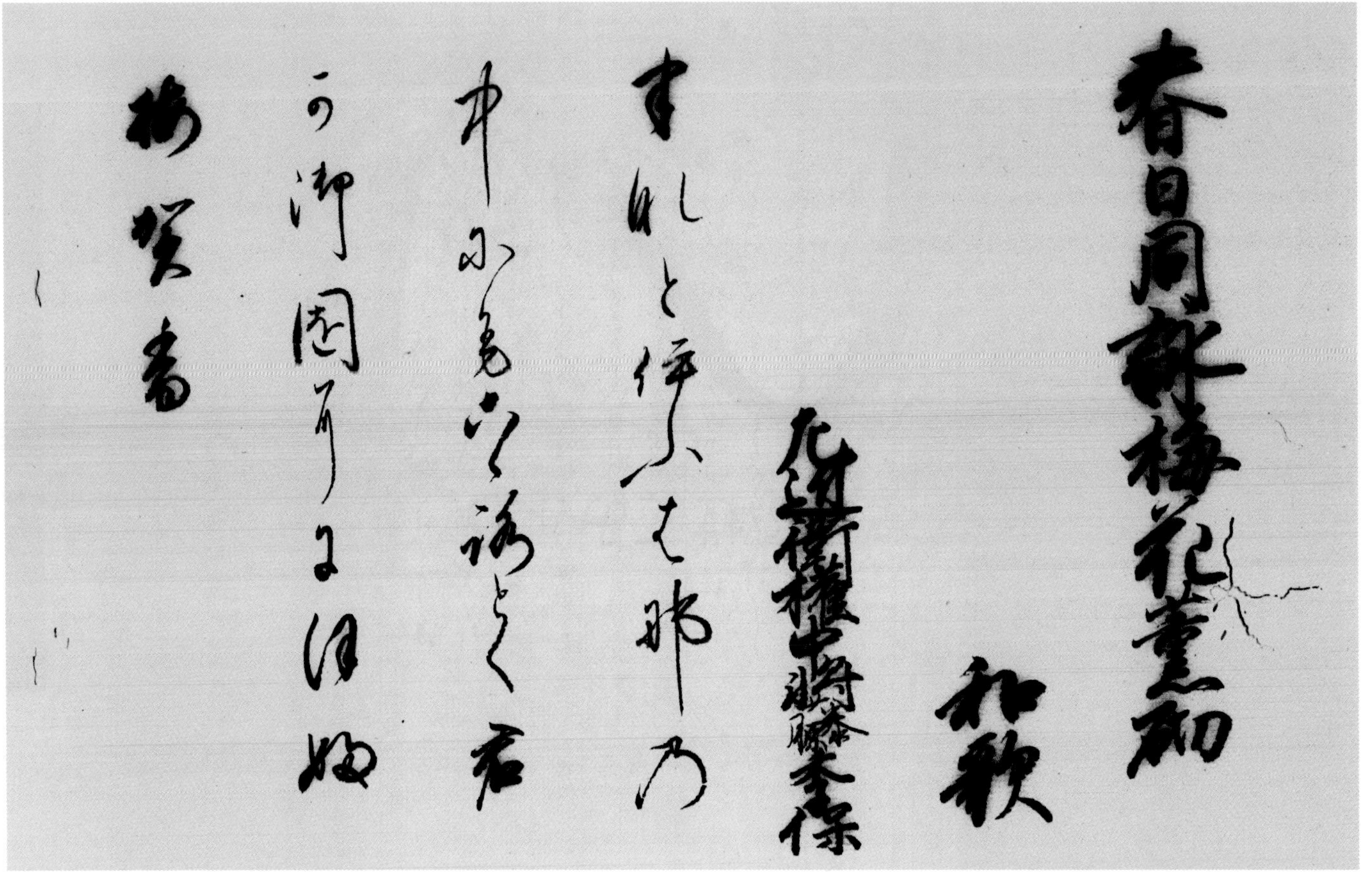

左近衛権中将藤原季保

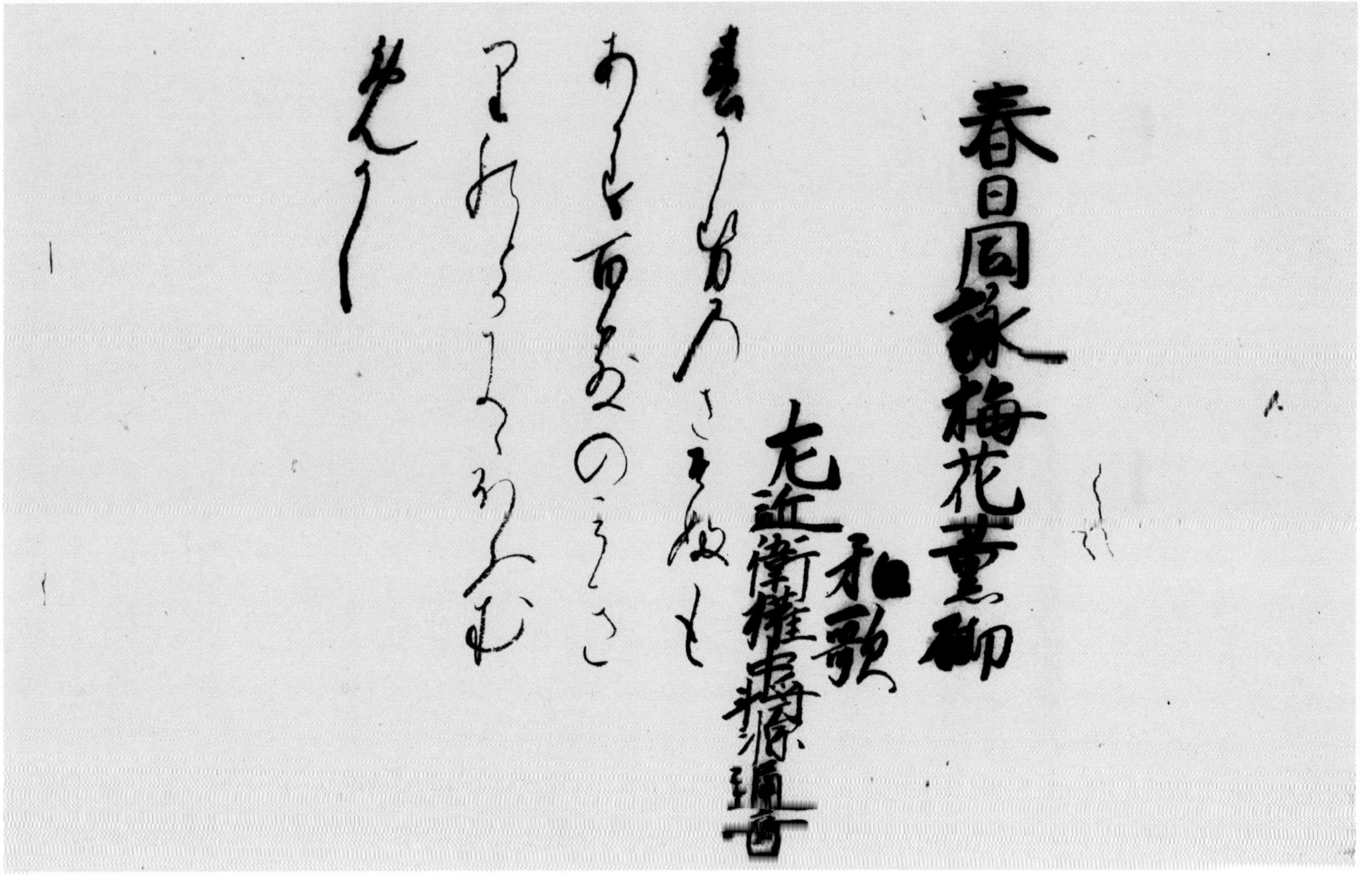
春日同詠梅花薫砌和歌
左近衛権中将源通音

257　左近衛権中将源通音

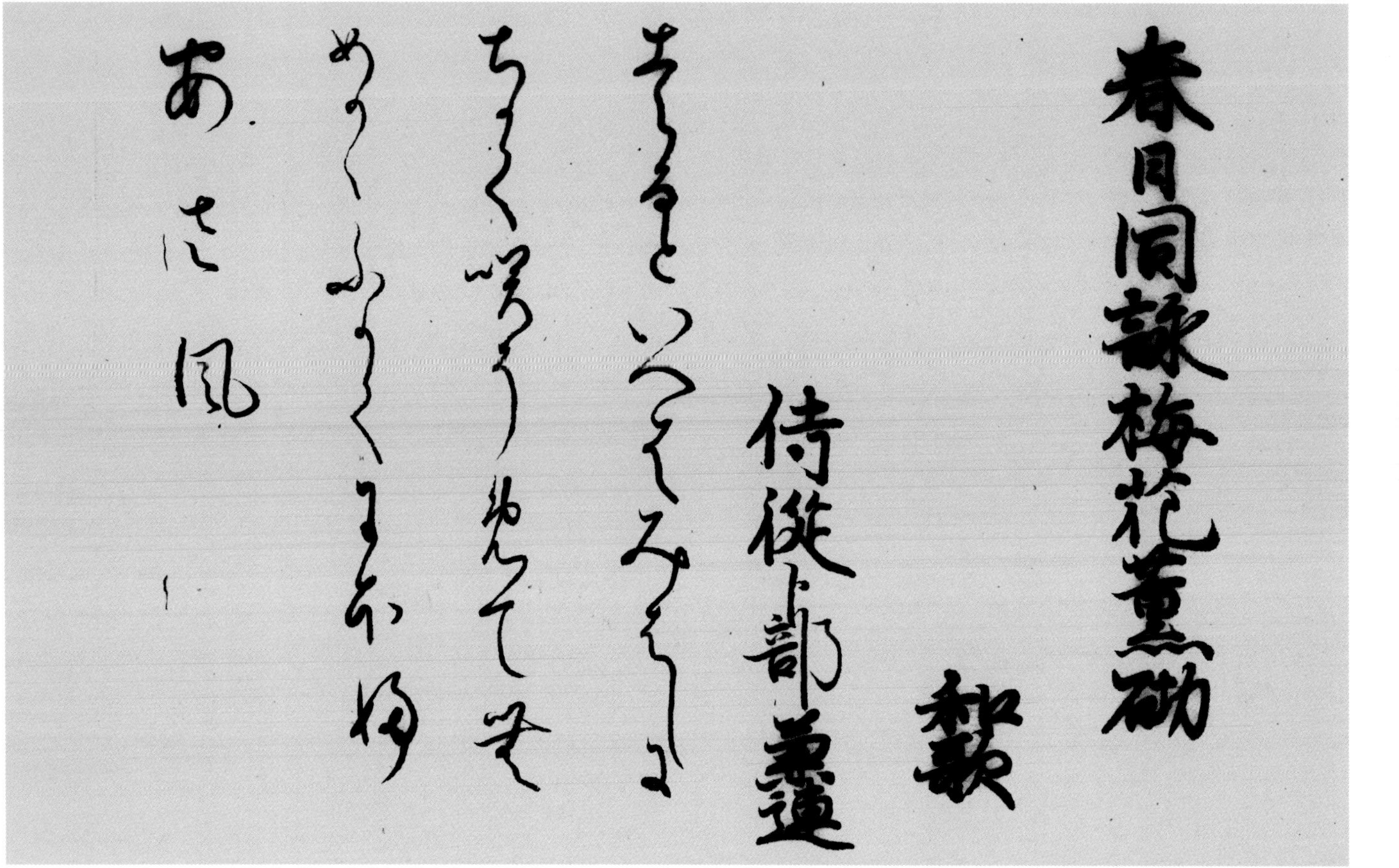
春日同詠梅花薫砌和歌
侍従卜部兼連

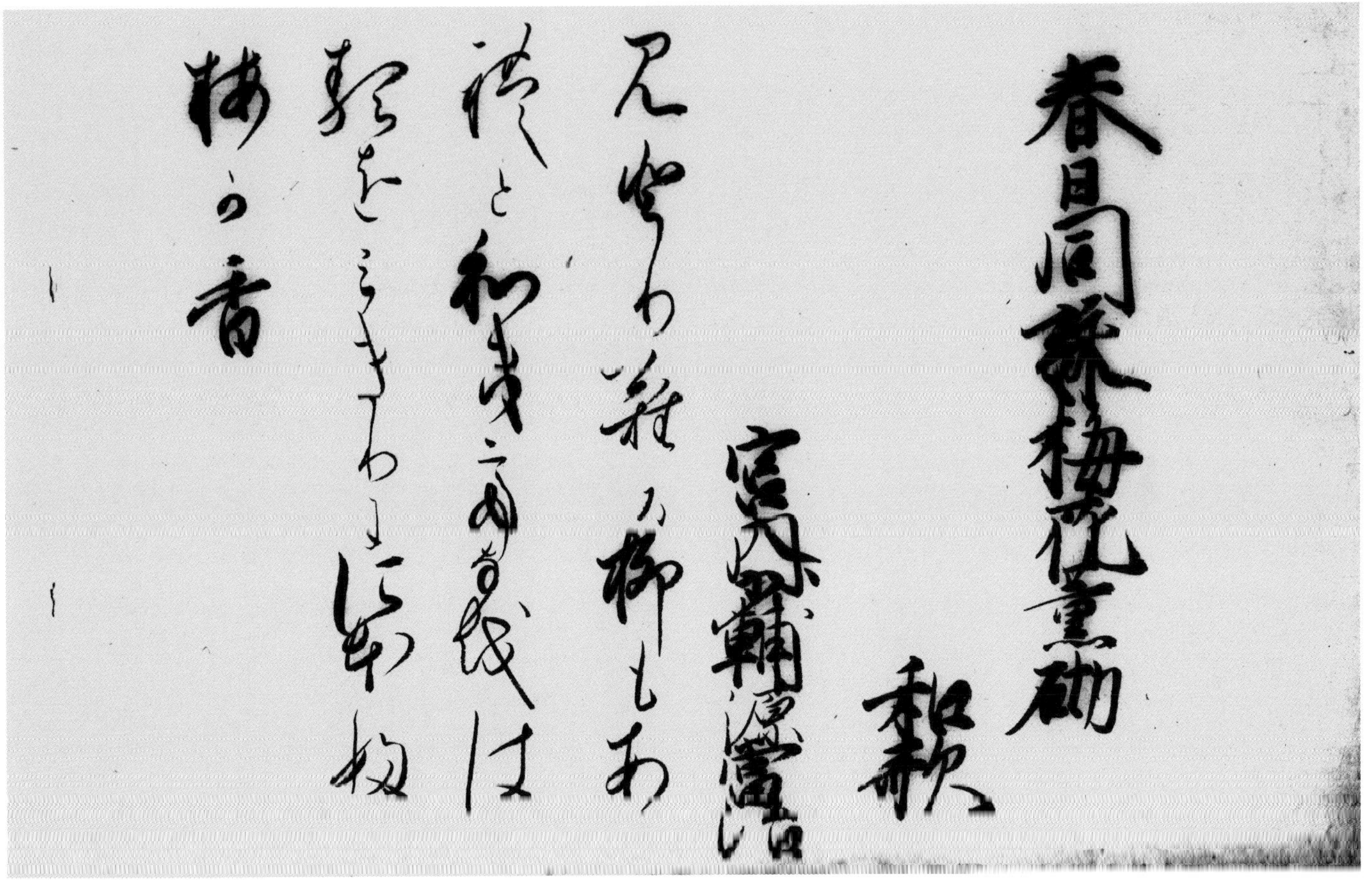
春日同詠梅花薫砌和歌
宮内少輔源當治

259　宮内少輔源当治

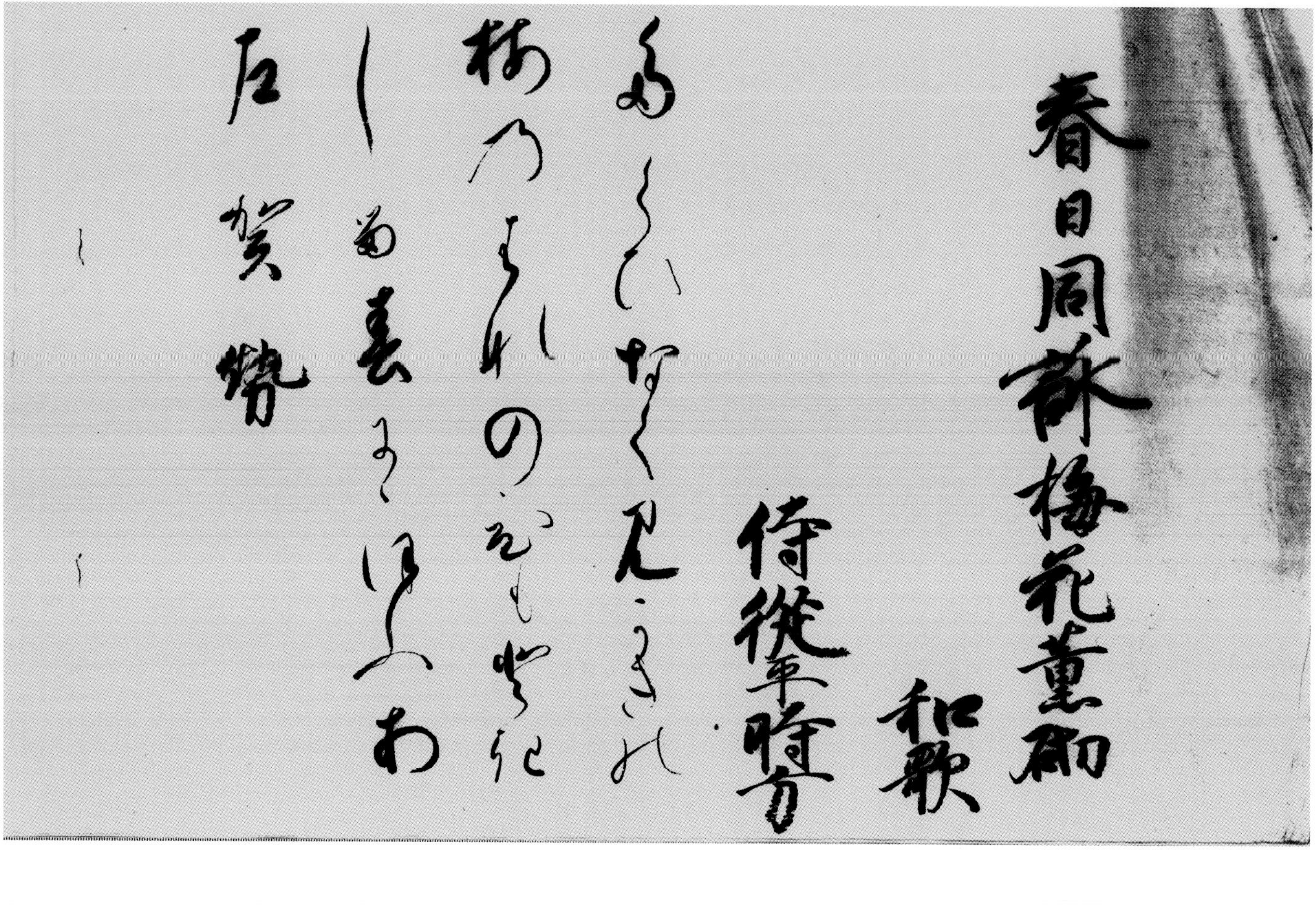

春日同詠梅花薫砌和歌
侍従平時方

侍従平時方　*260*

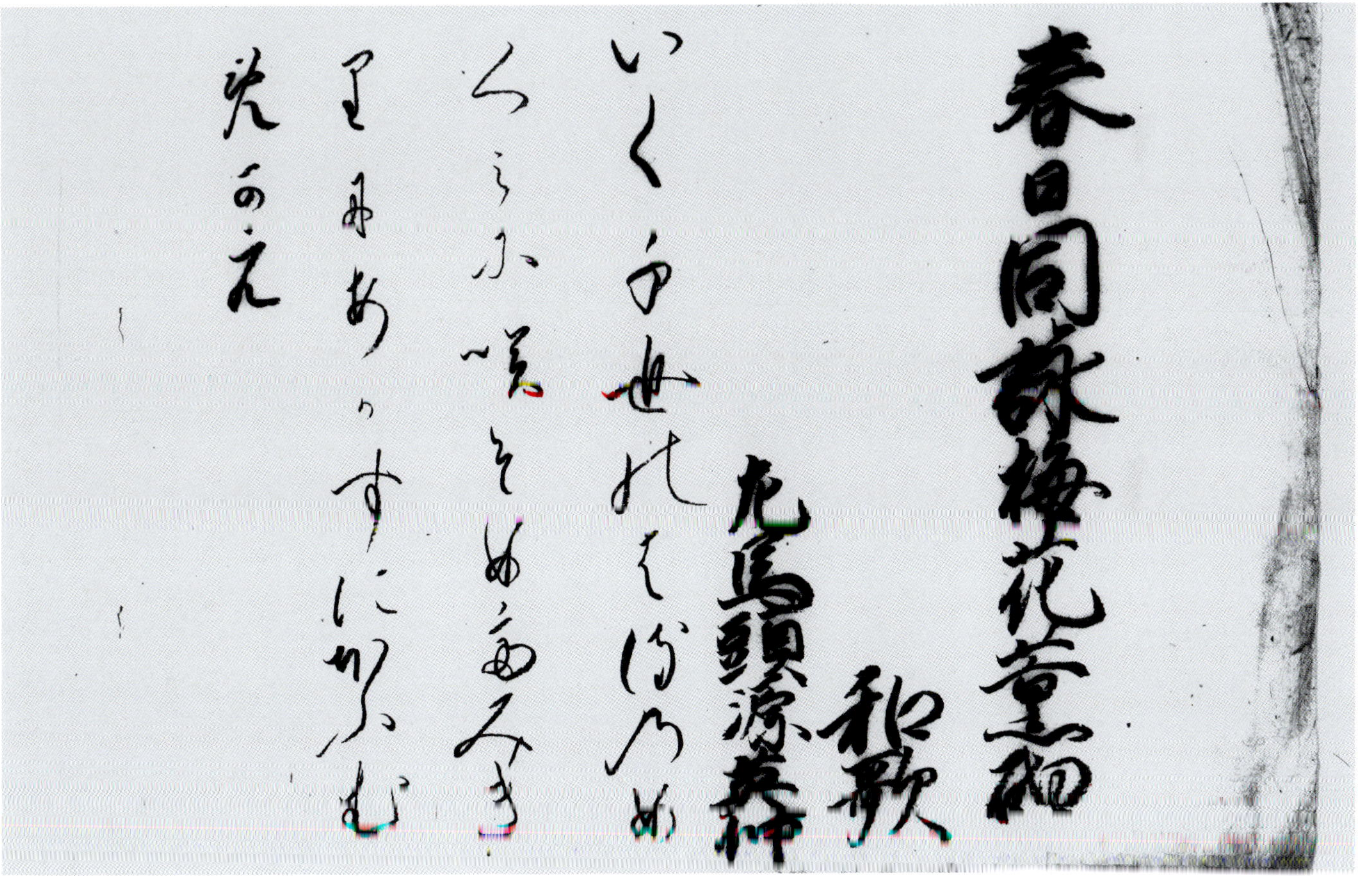
春日同詠梅花薫風
和歌
左馬頭源英仲

261　左馬頭源英仲

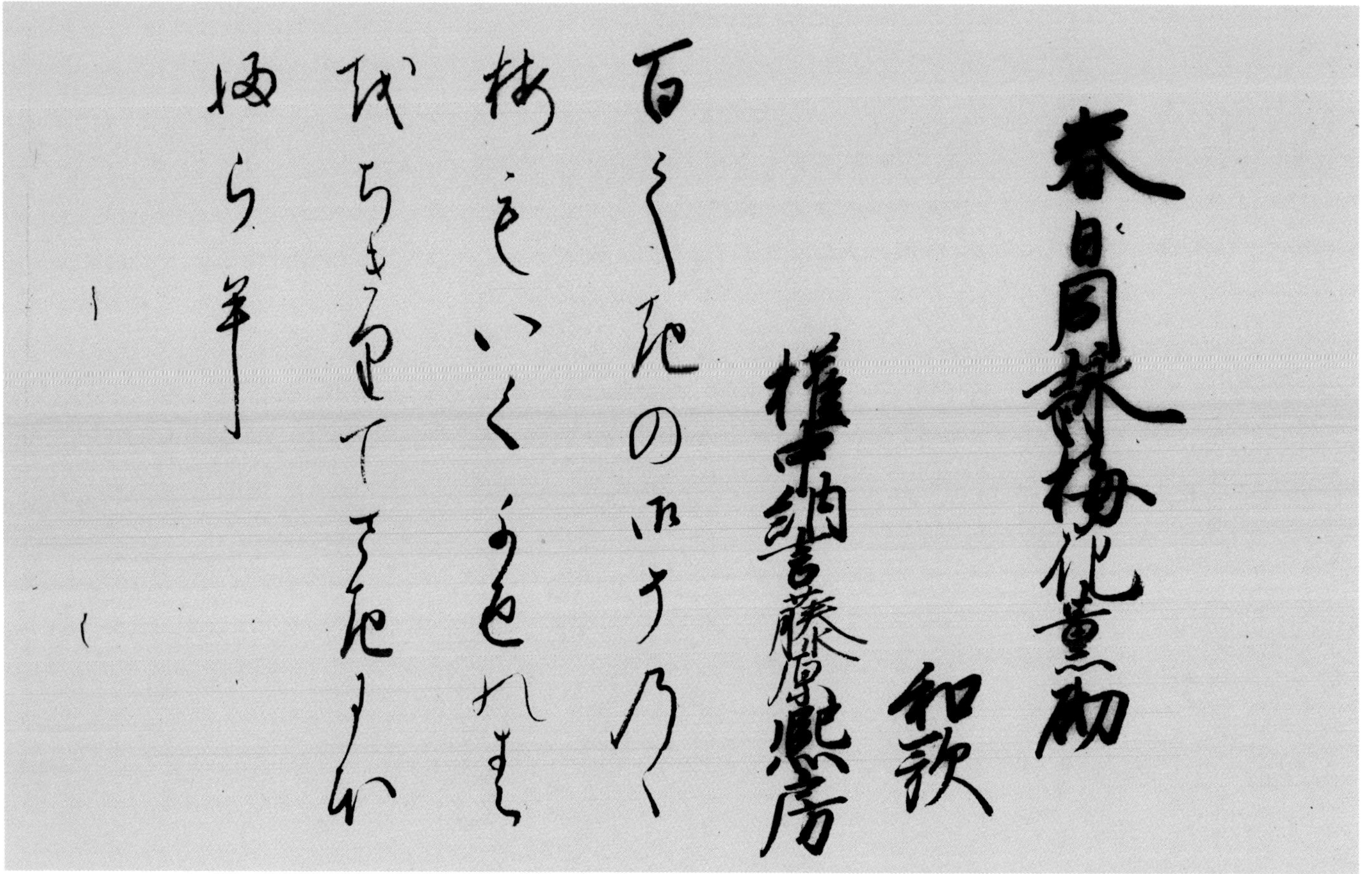
春日詠梅花薫砌和歌
権中納言藤原熙房

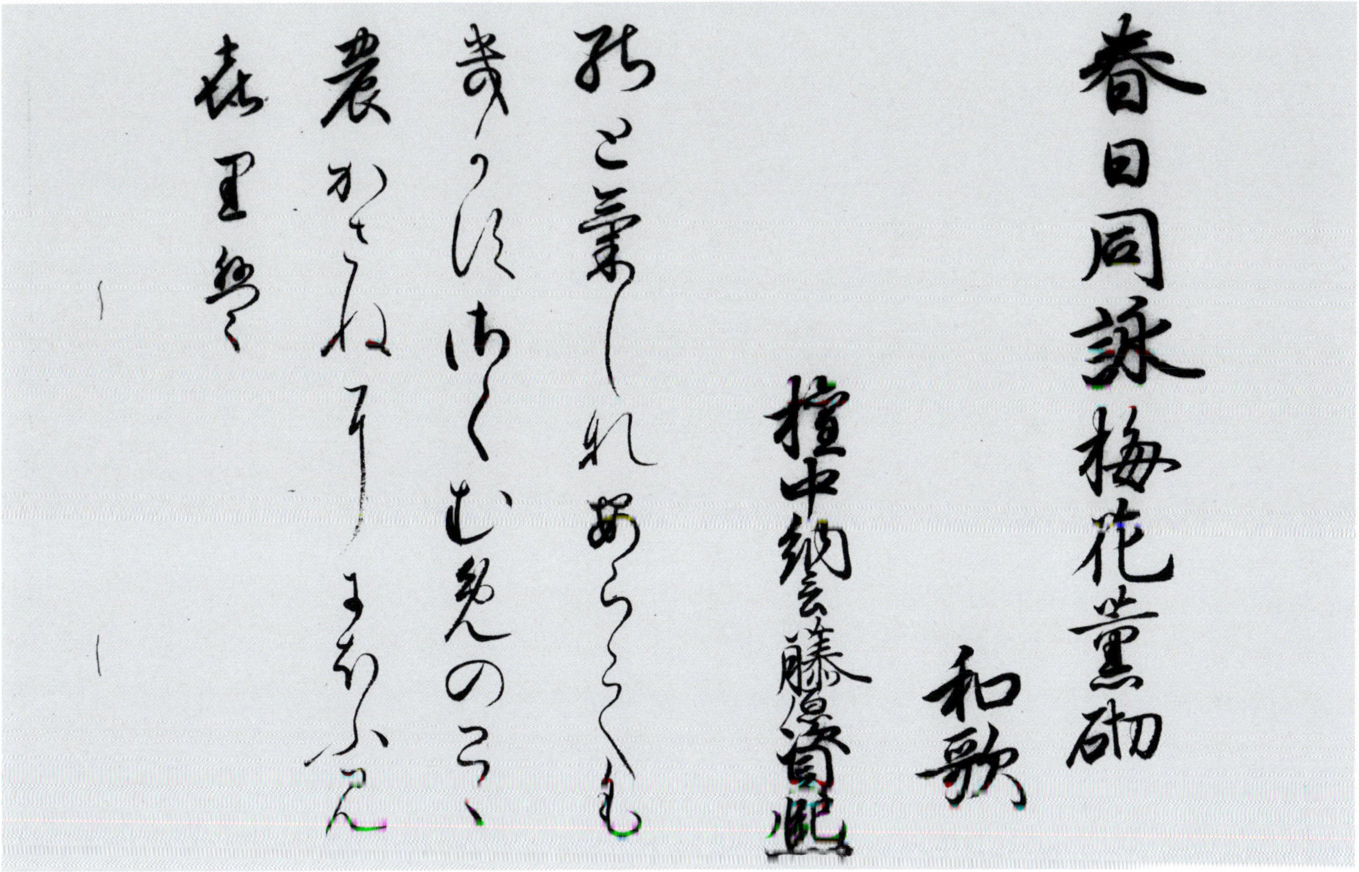
春日同詠梅花薫砌和歌
権中納言藤原貫熈

263　権中納言藤原貫熈

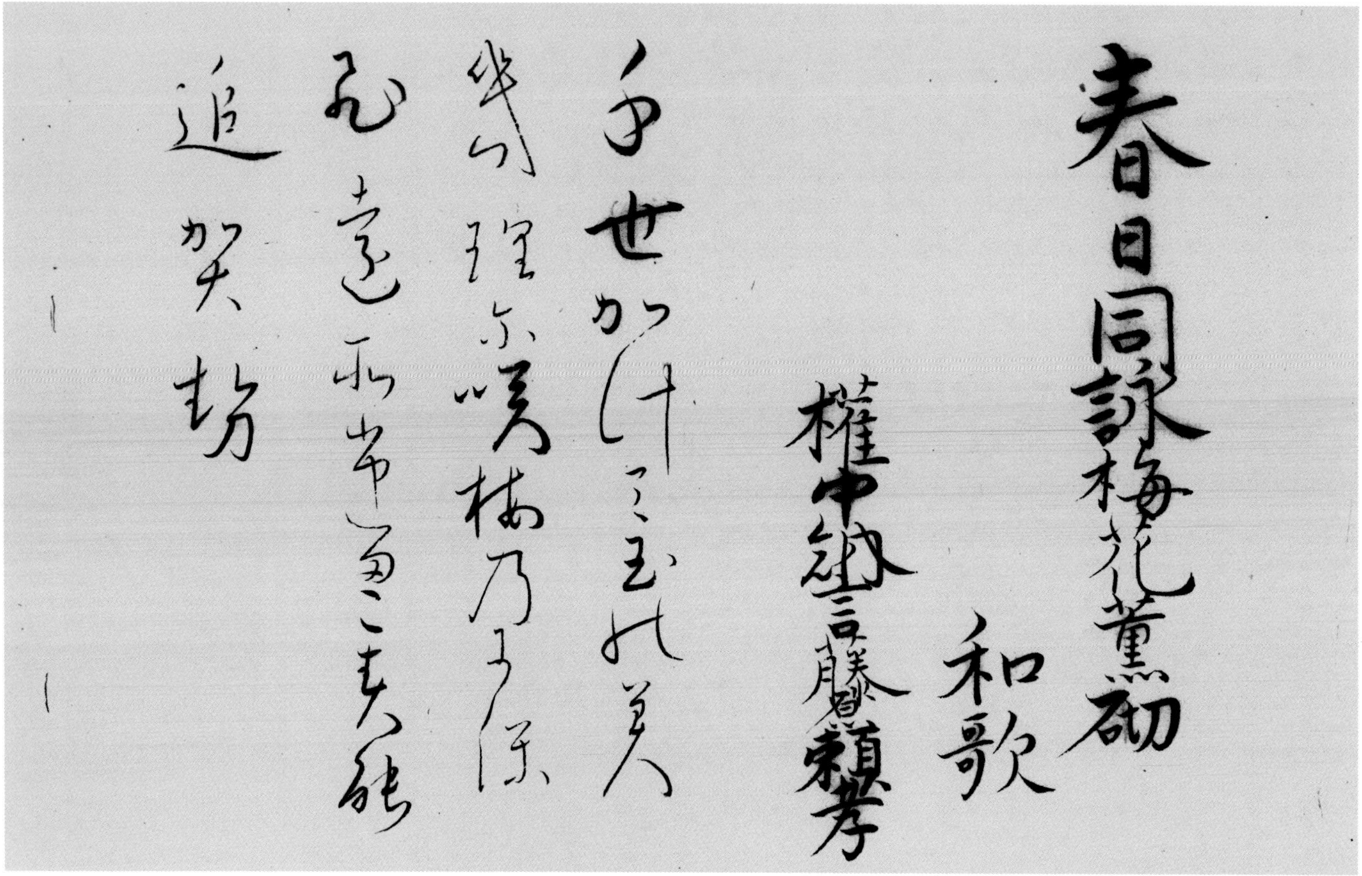
春日同詠梅花薫砌
和歌
権中納言藤原頼孝

権中納言藤原頼孝　*264*

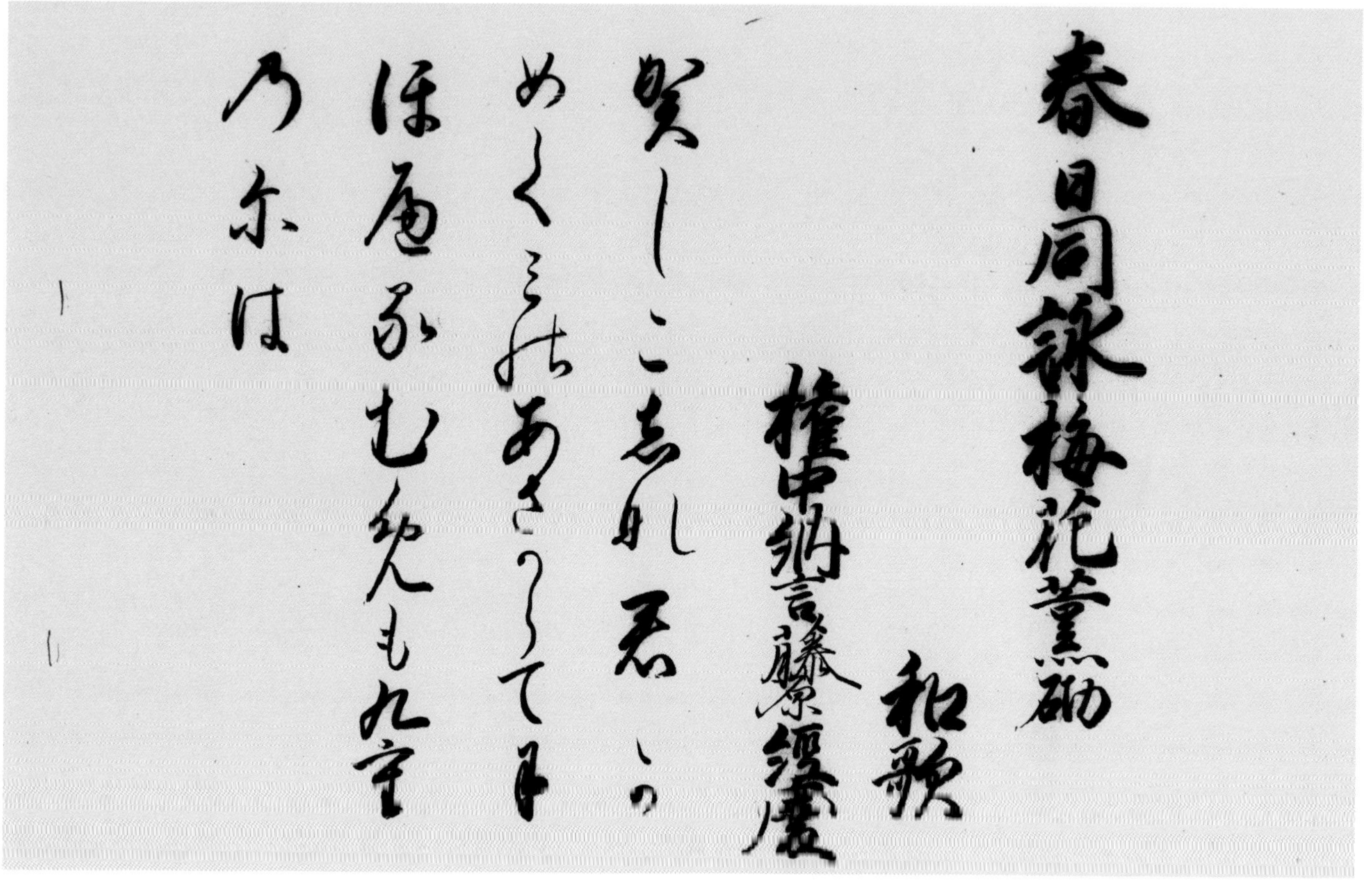

265　権中納言藤原経慶

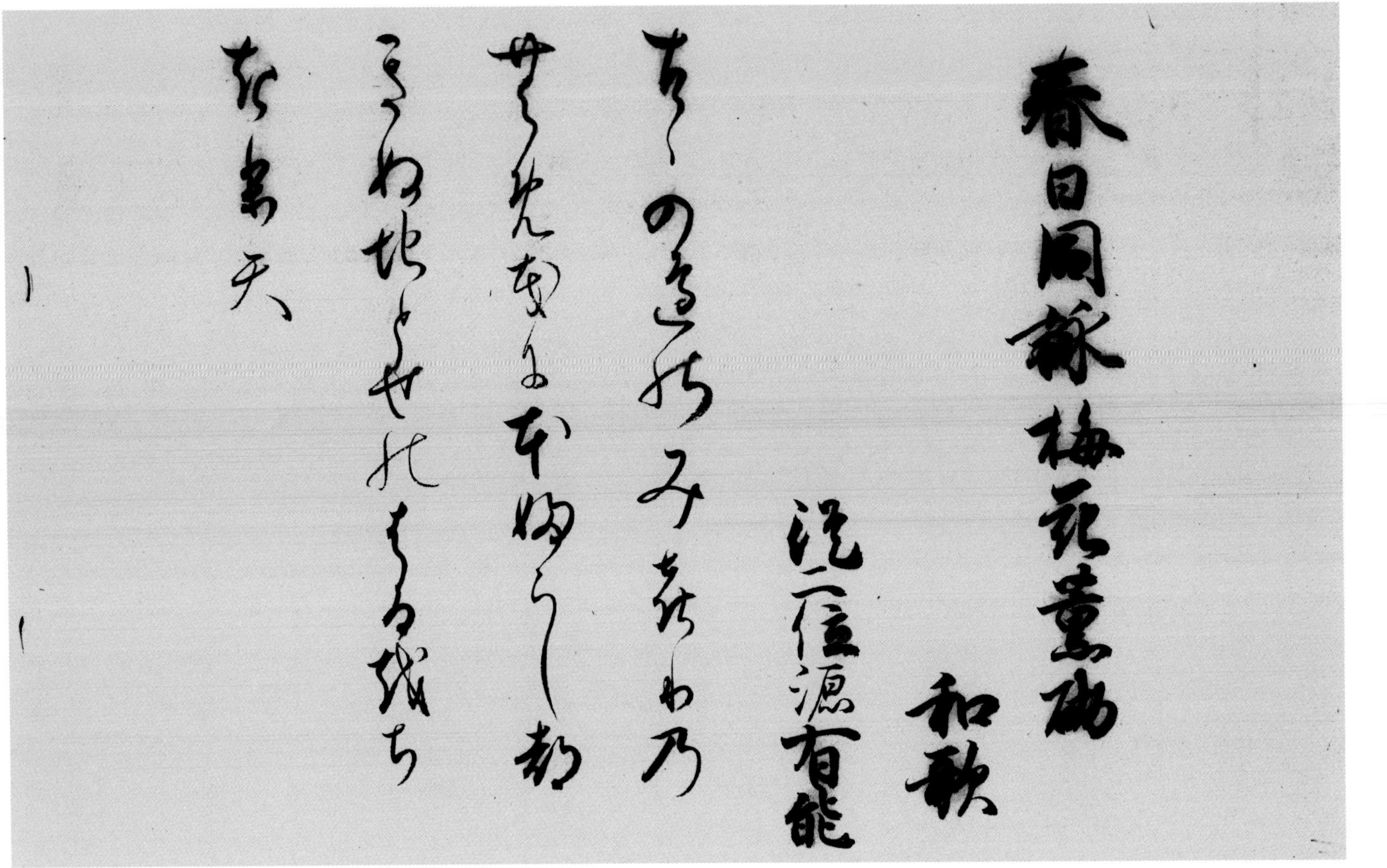

従二位源有能　*266*

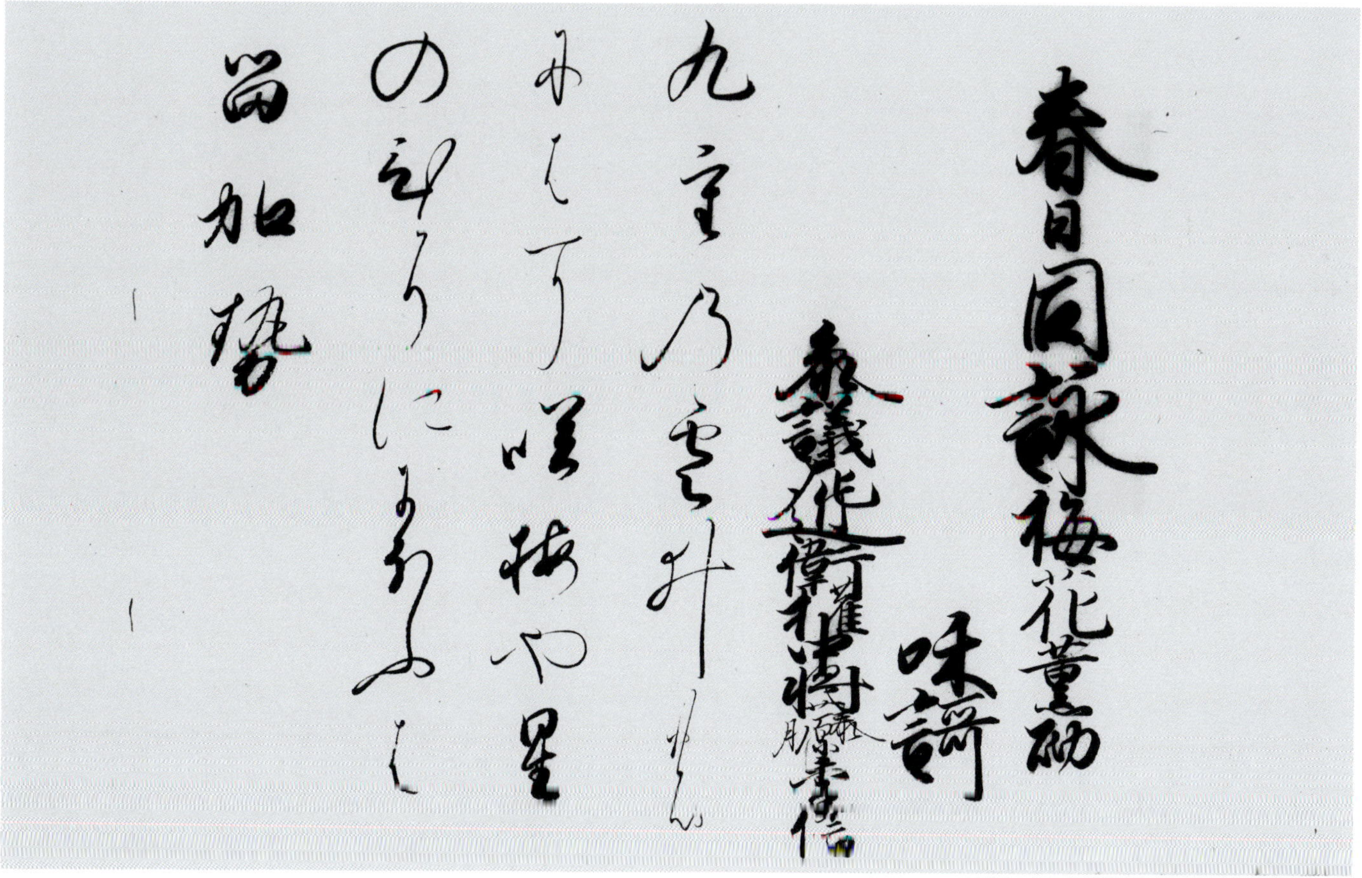

267　参議左近衛権中将藤原季信

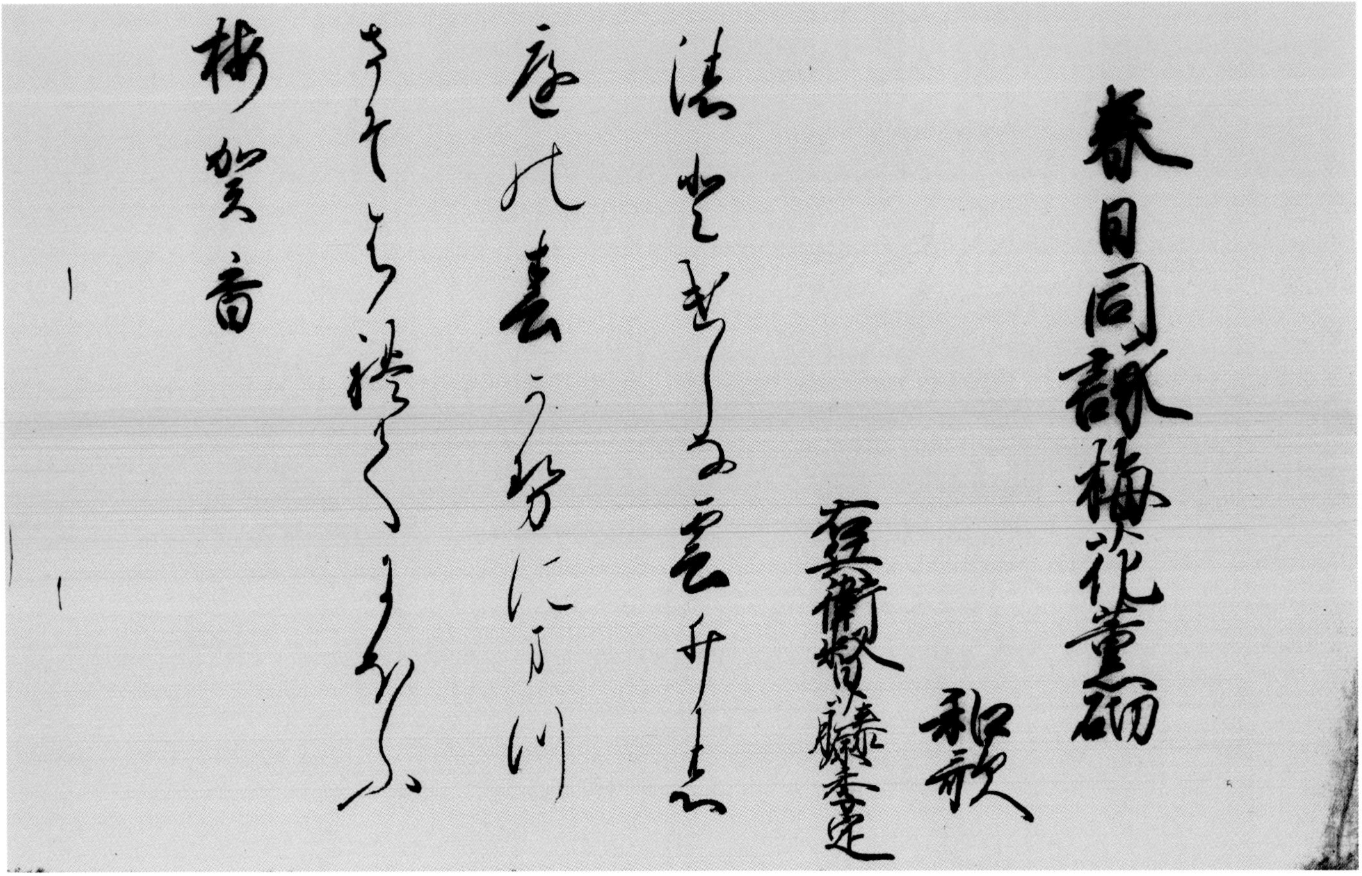
春日同詠梅花薫砌和歌
右兵衛督藤原季定

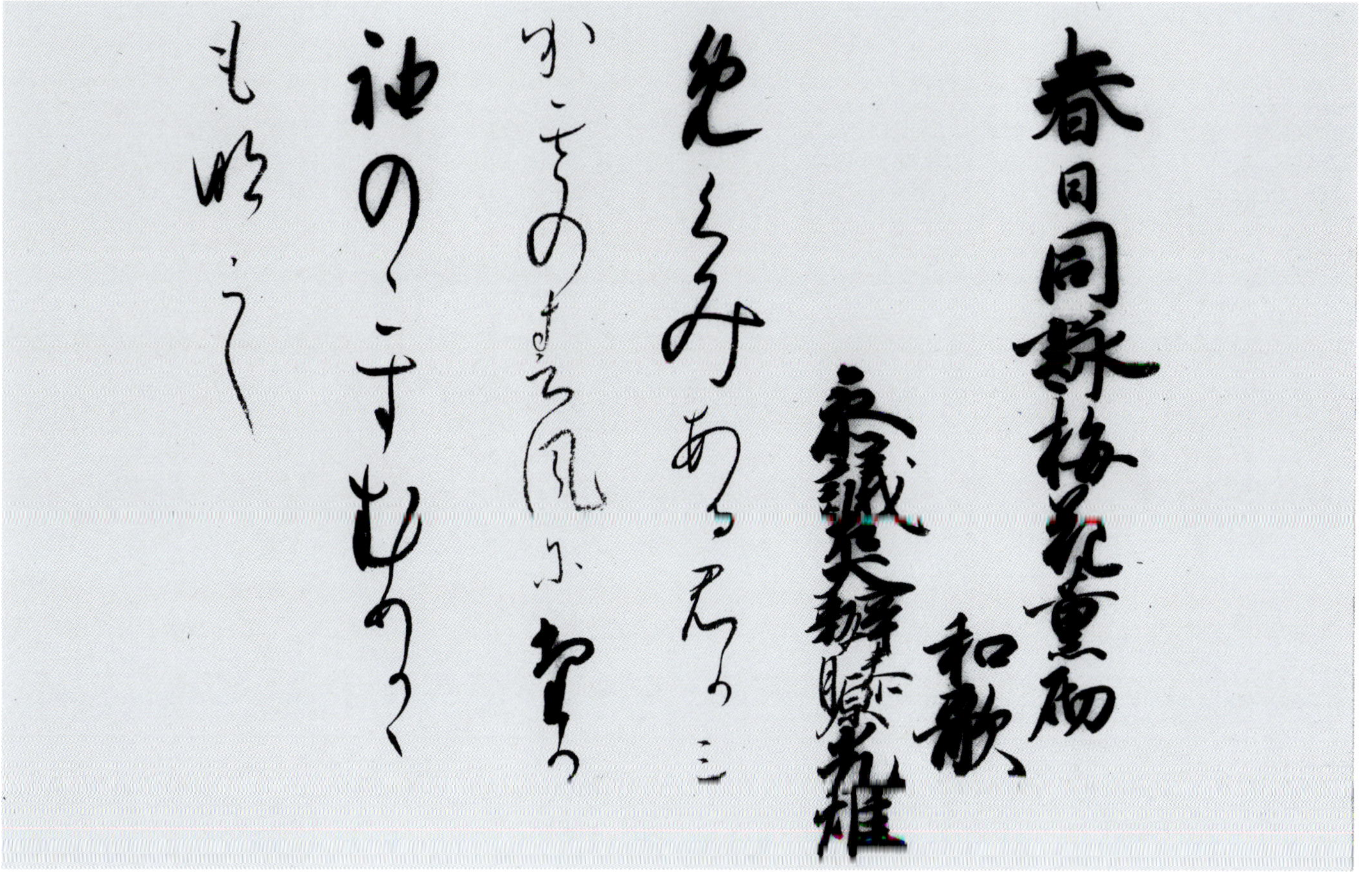

269　参議左大弁藤原光雄

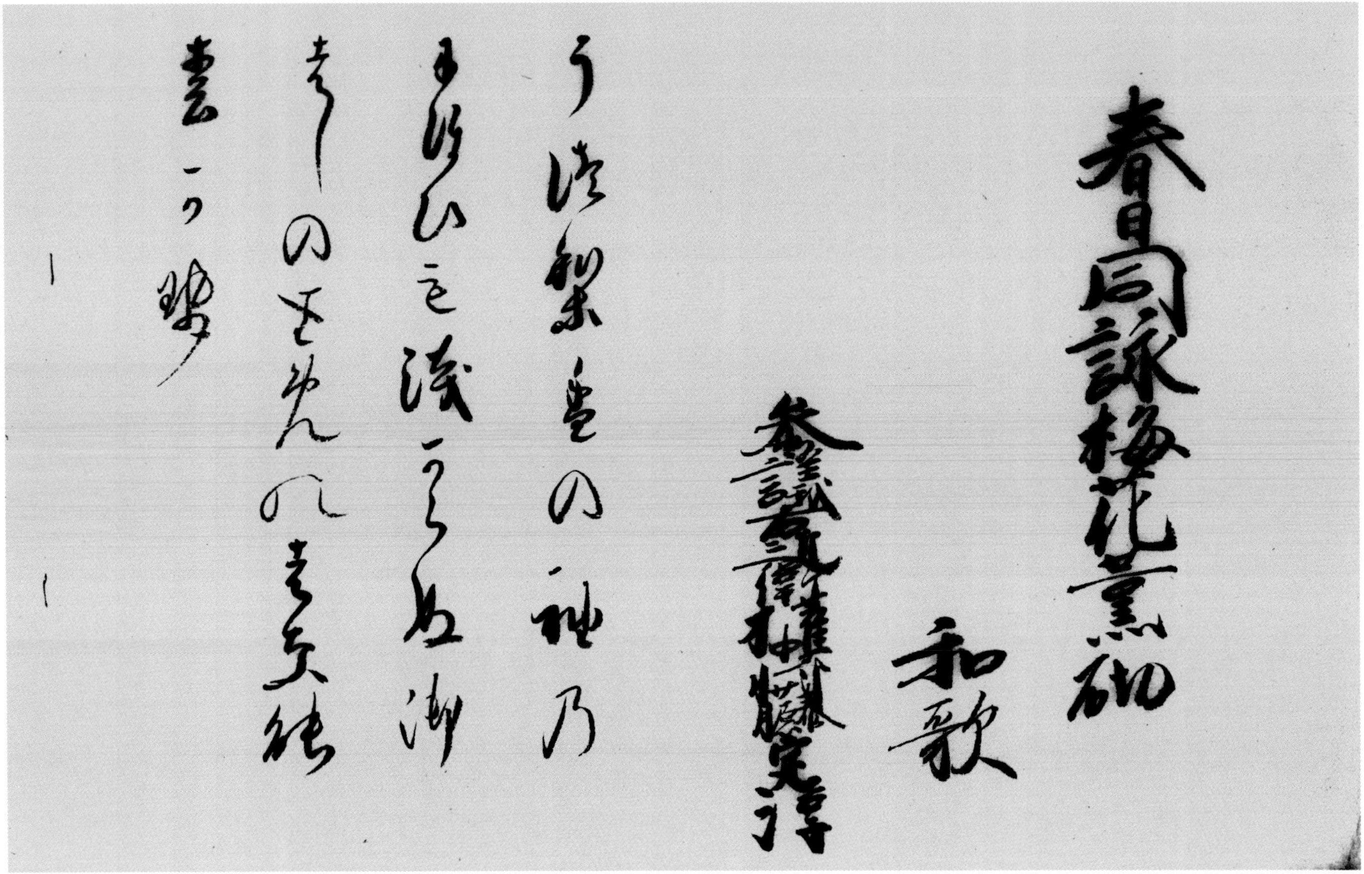

参議右近衛権中将藤原定淳　*270*

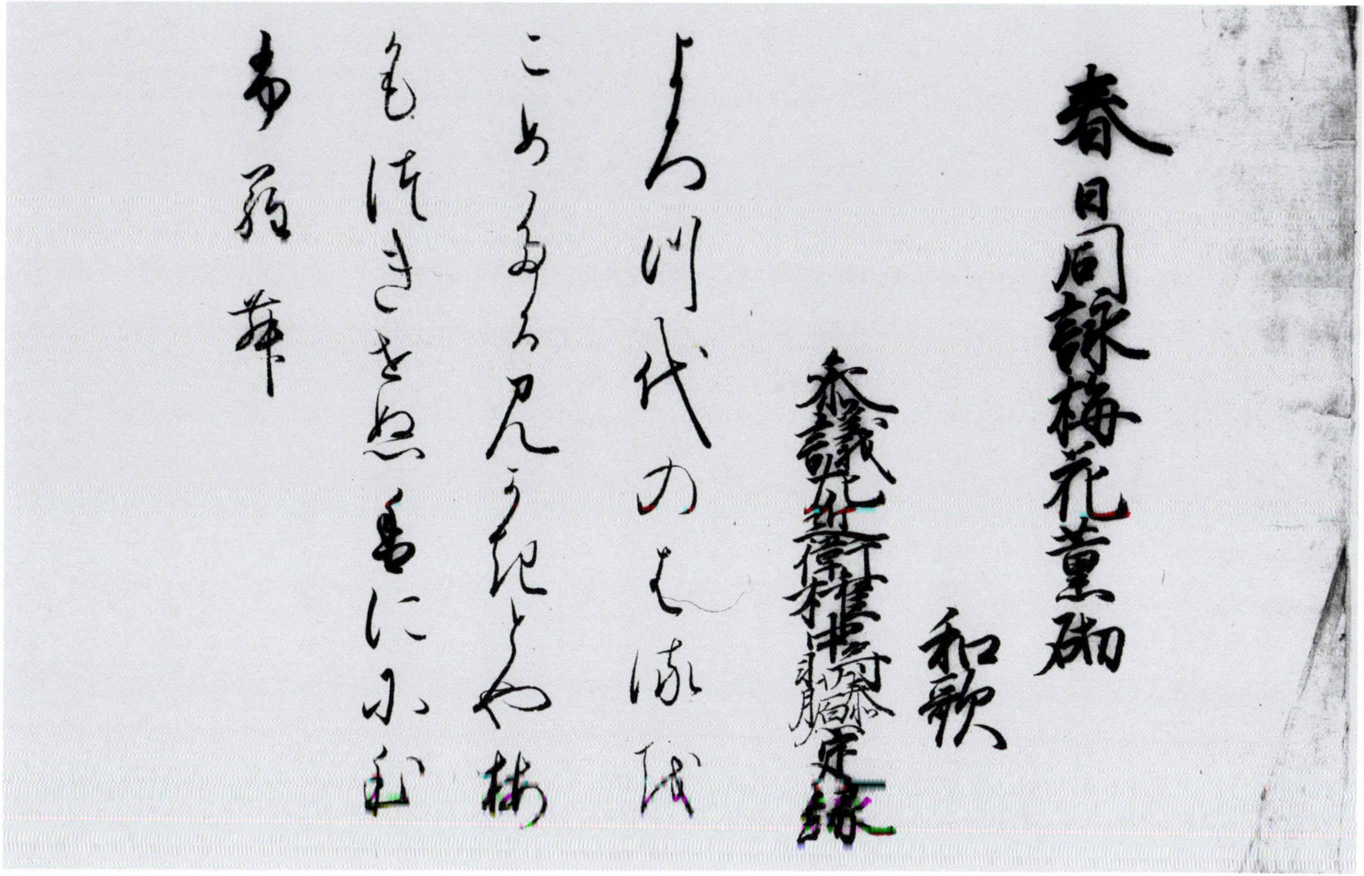
春日同詠梅花薫砌和歌
参議左近衛権中将藤原定縁

271　参議左近衛権中将藤原定縁

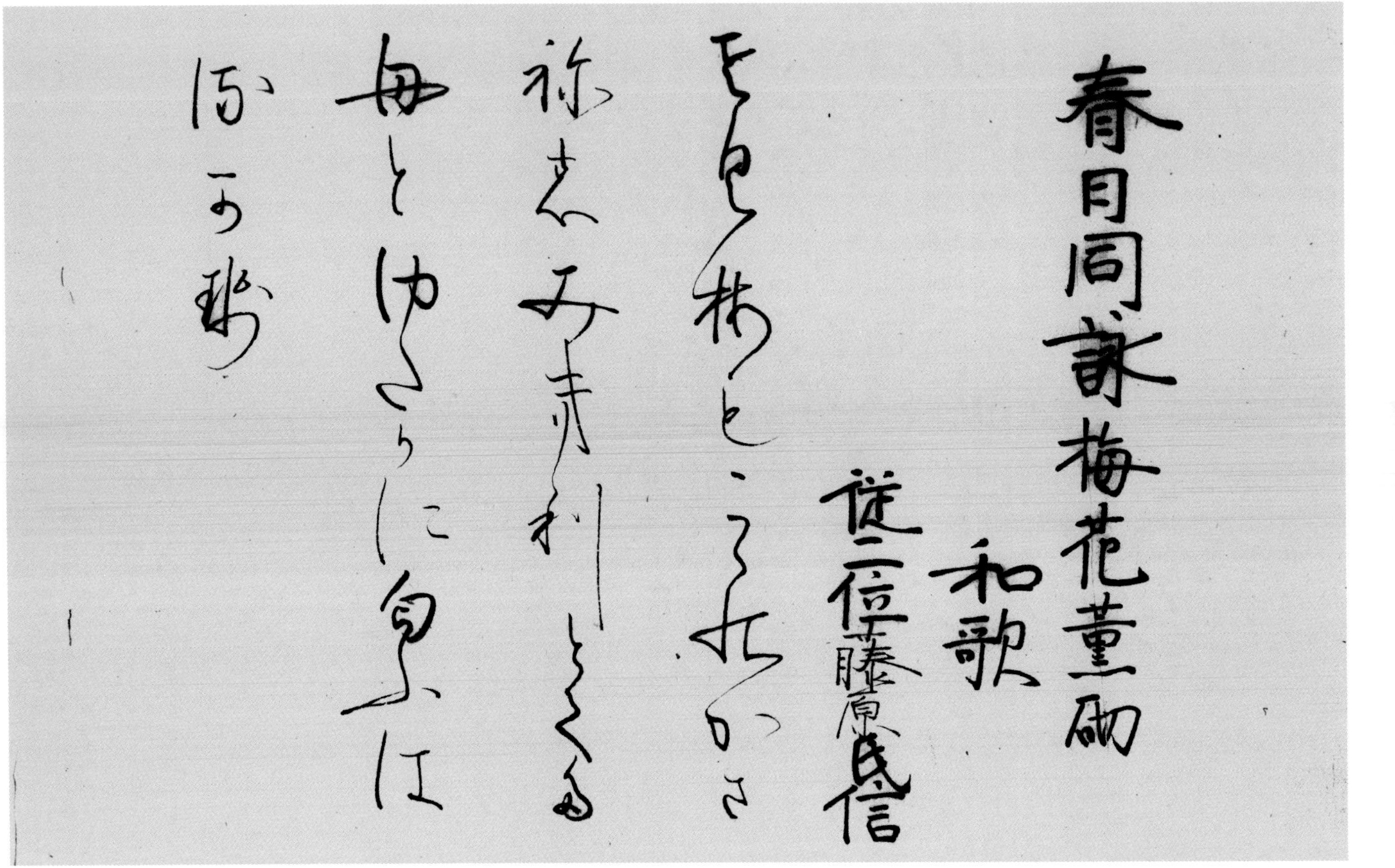

従二位藤原氏信　

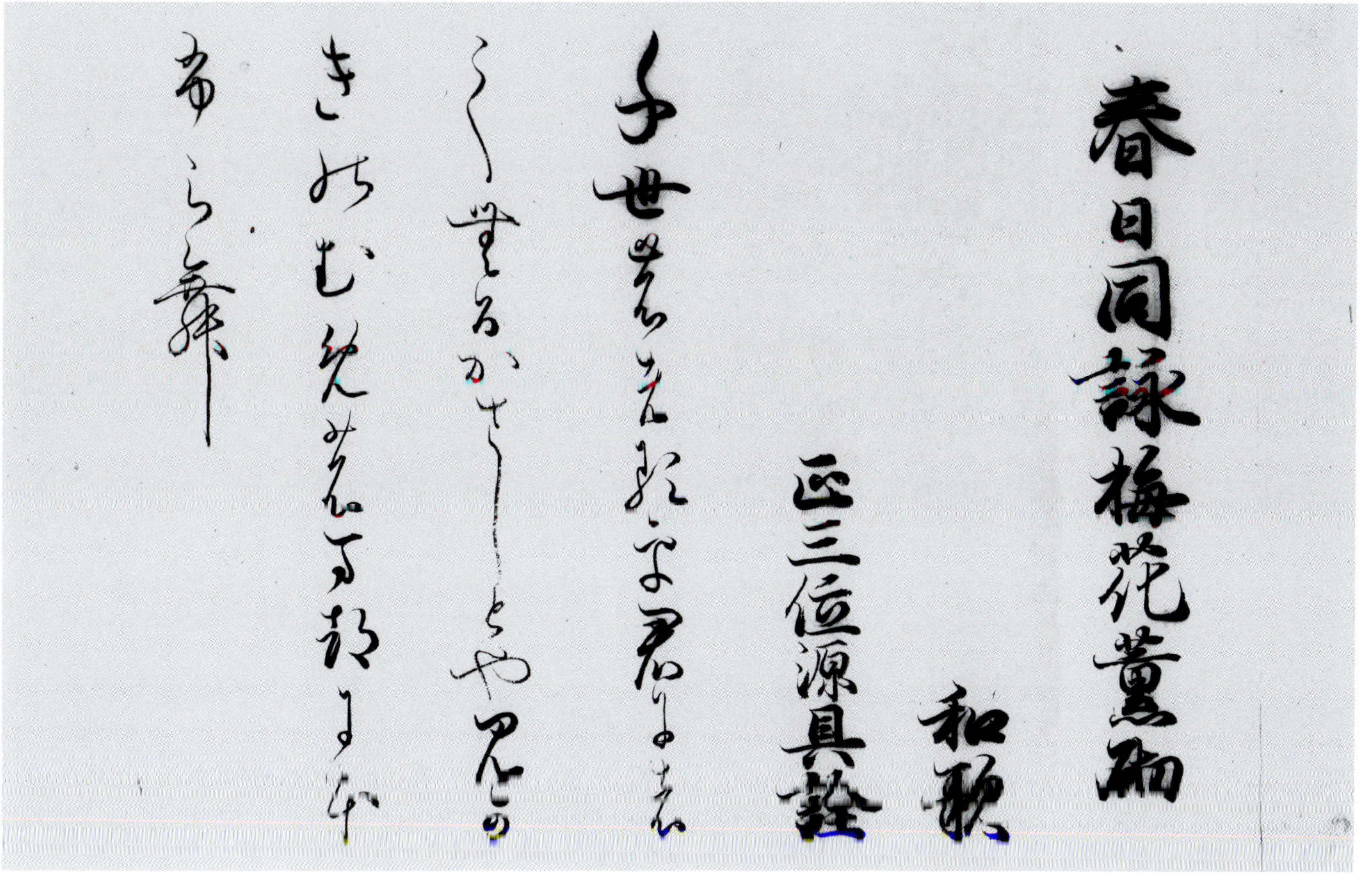

273　正三位源具詮

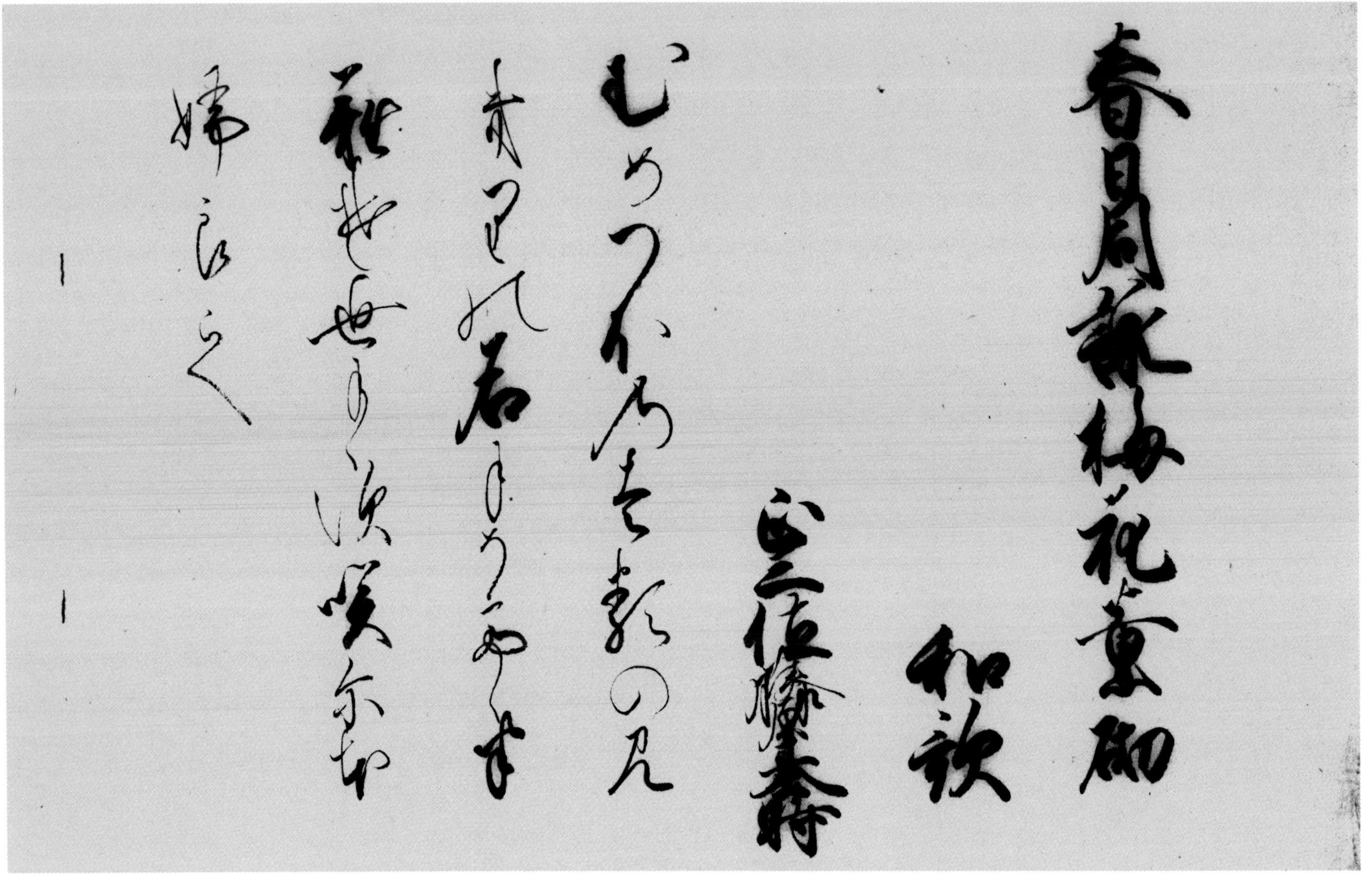

正三位藤原基時

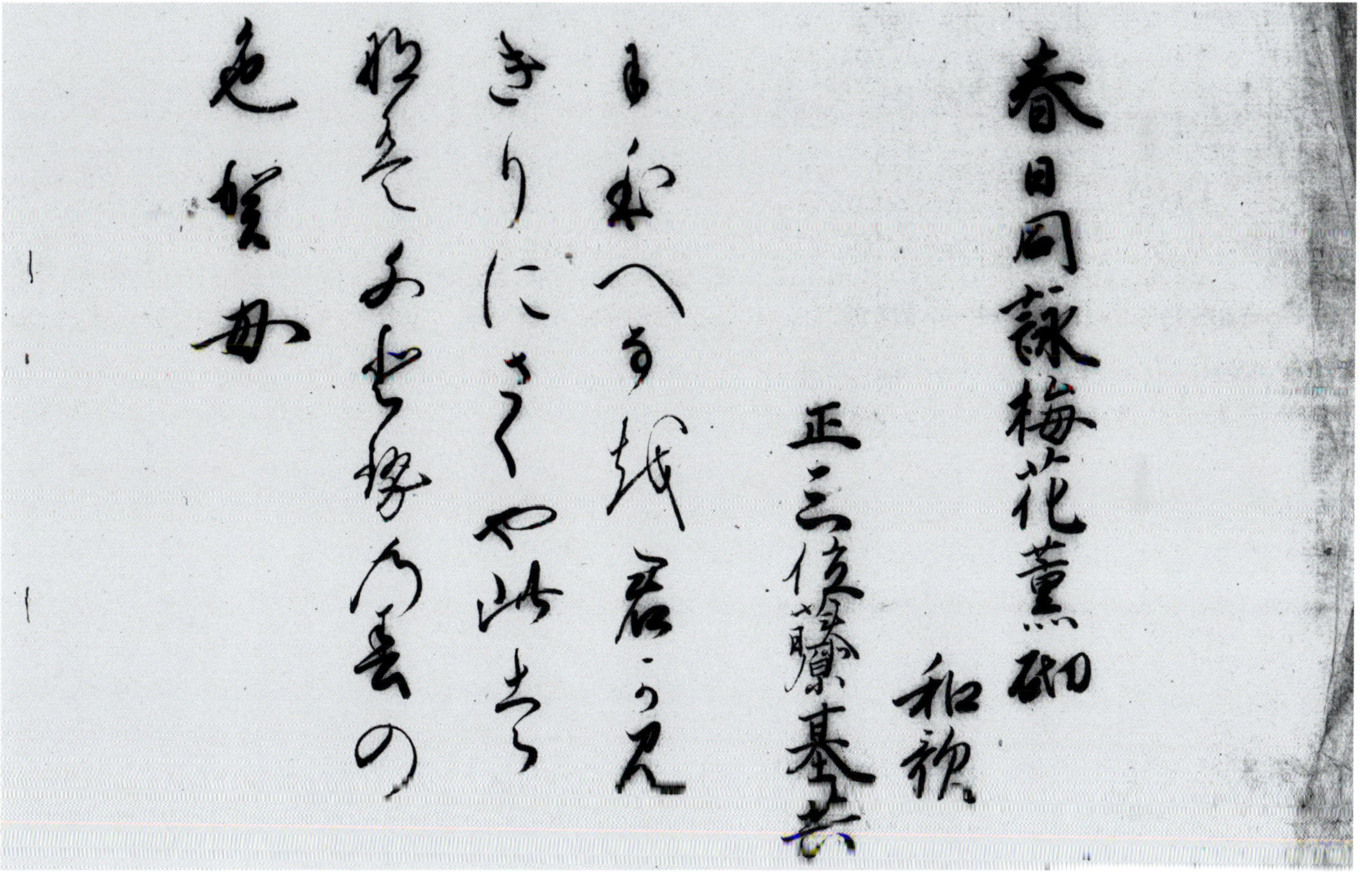
春日同詠梅花薫砌和歌
正二位藤原基共

275　正二位藤原基共

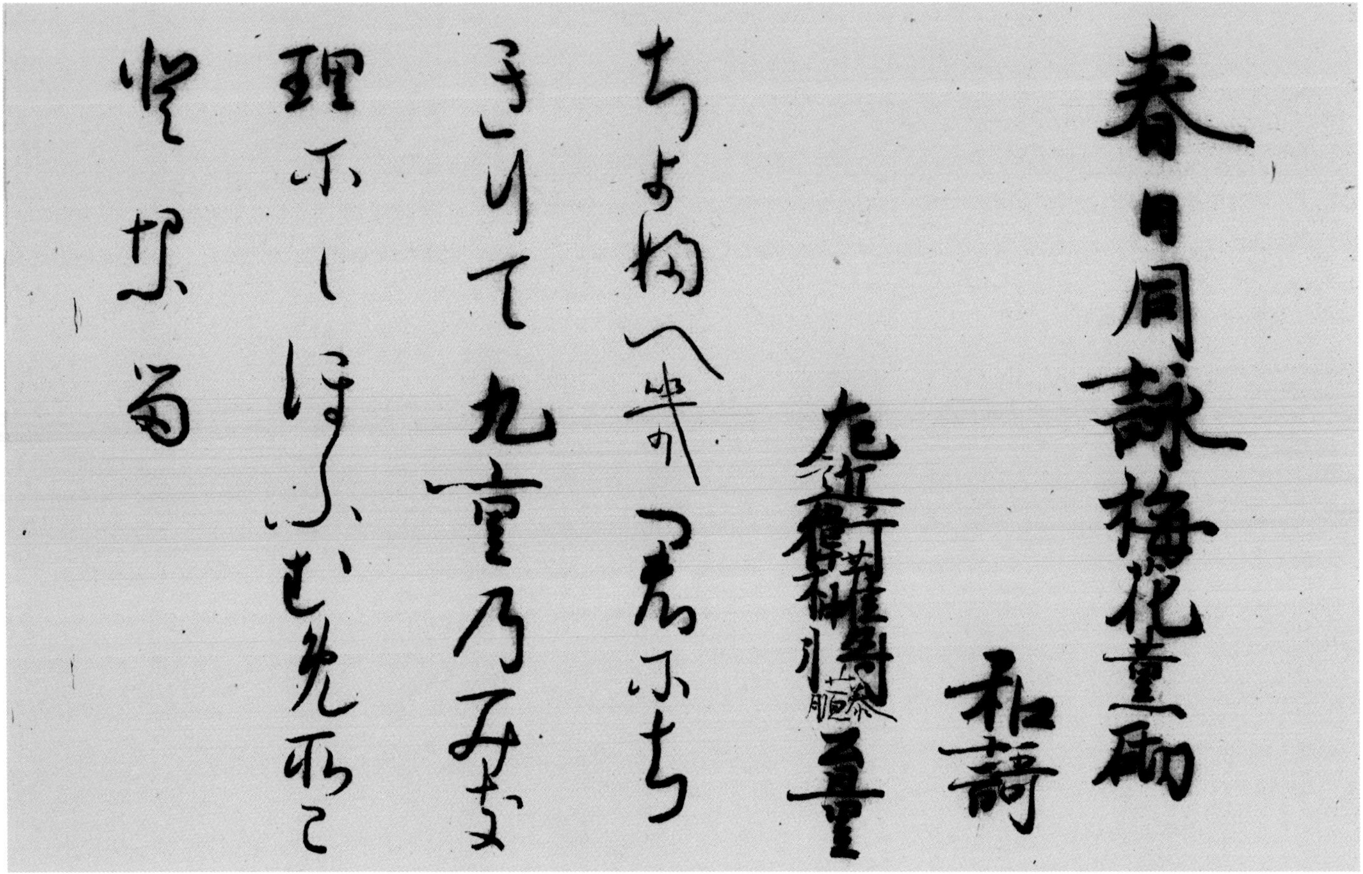

左近衛権中将藤原公量

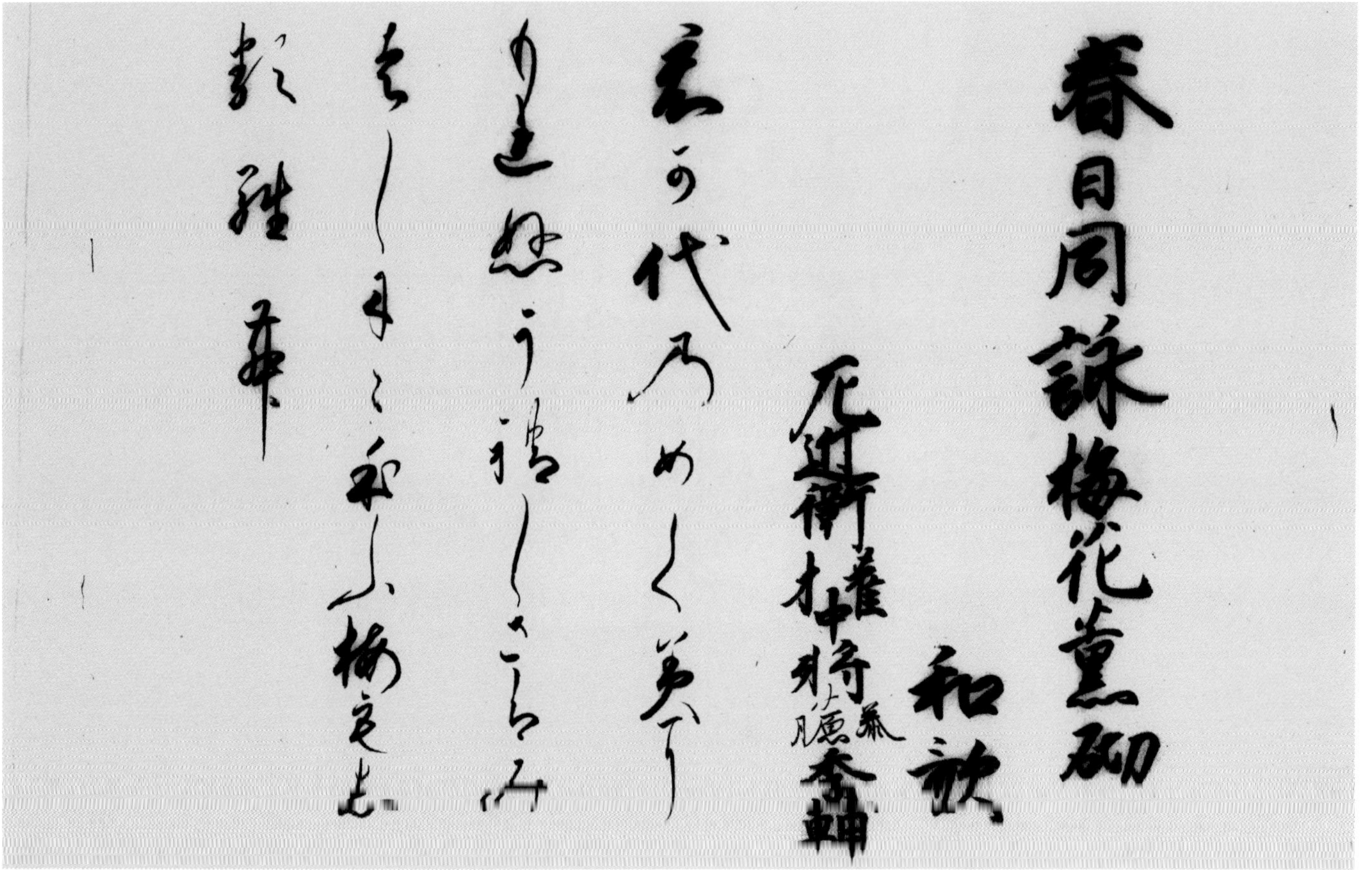
春日同詠梅花薫砌和歌
左近衛権中将藤原季輔

277　左近衛権中将藤原季輔

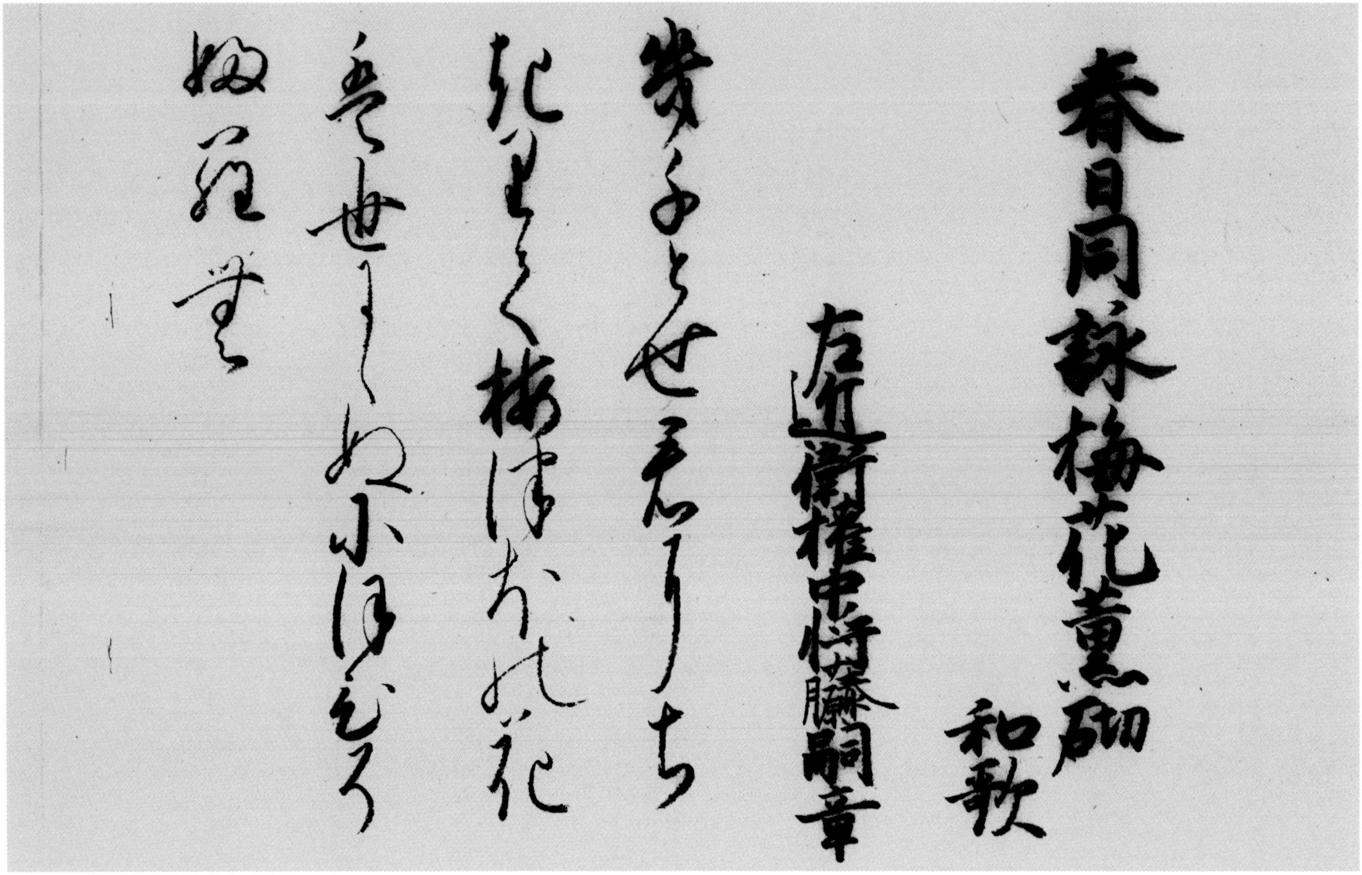
春日同詠梅花薫砌和歌
左近衛権中将藤原嗣章

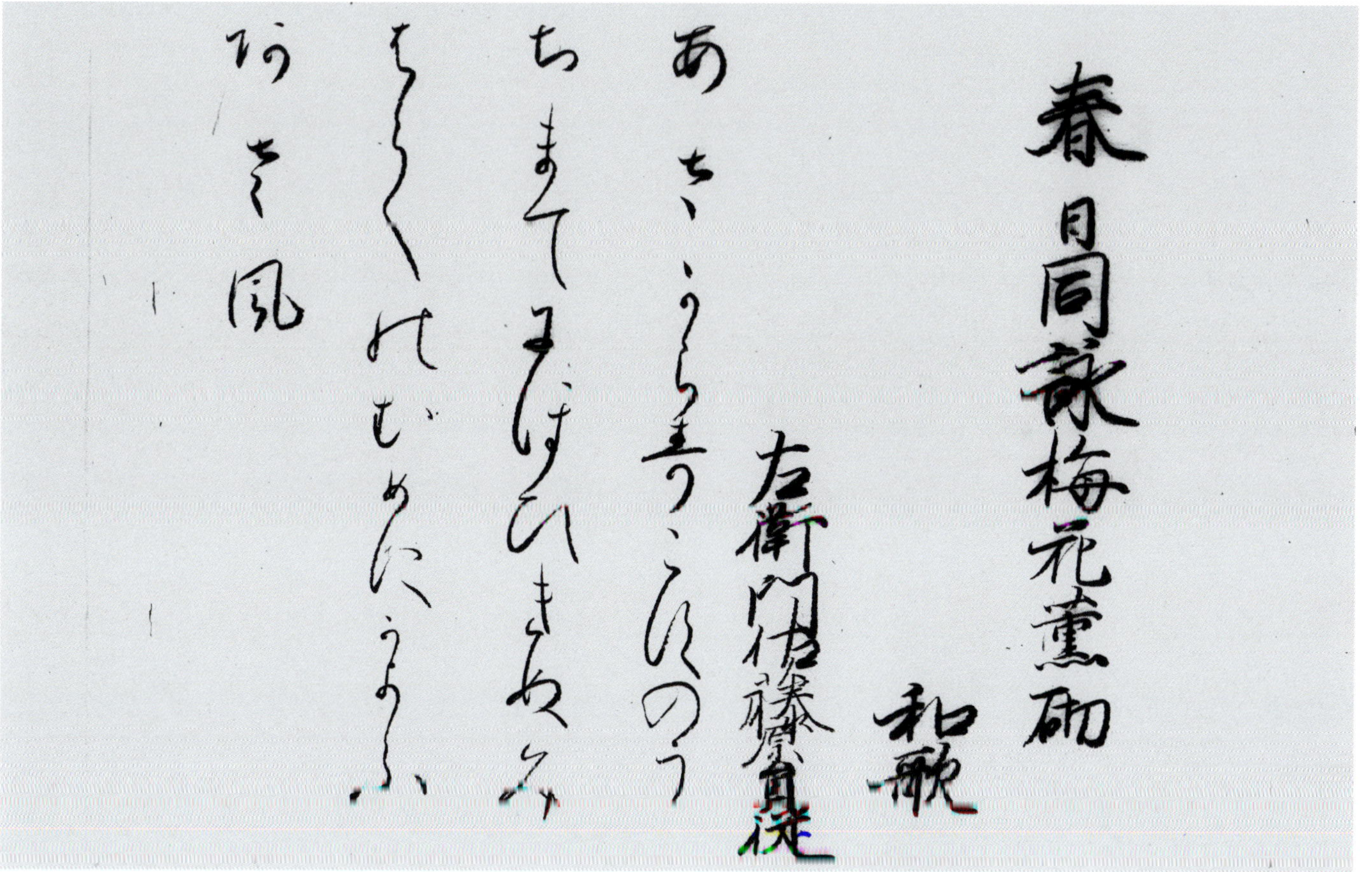
春日同詠梅花薫砌和歌
左衛門佐藤原員従

279　左衛門佐藤原員従

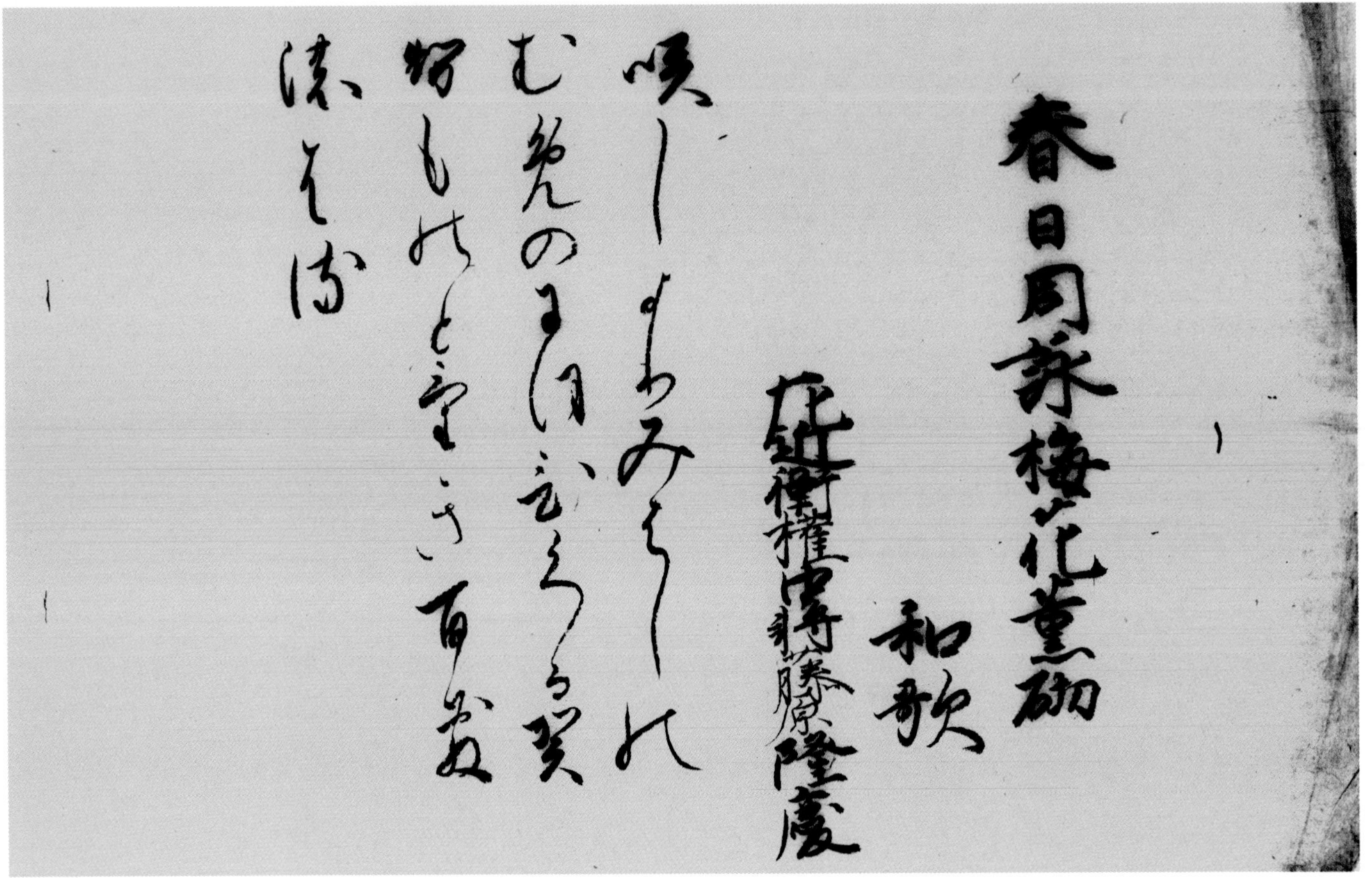
春日同詠梅花薫砌
和歌
左近衛権中将藤原隆慶

左近衛権中将藤原隆慶　*280*

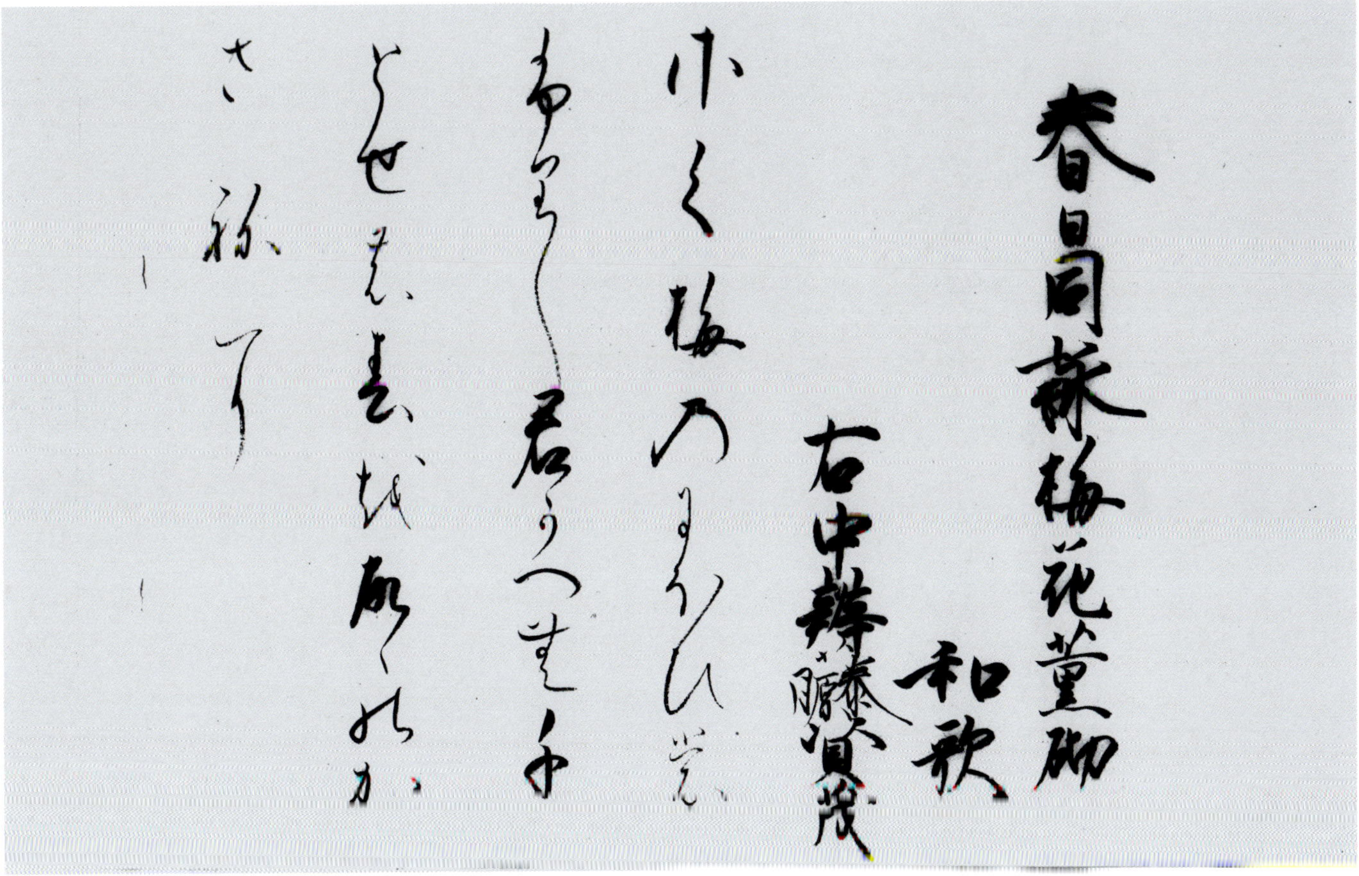
春日同詠梅花薫和歌
右中弁藤原資茂

281　右中弁藤原資茂

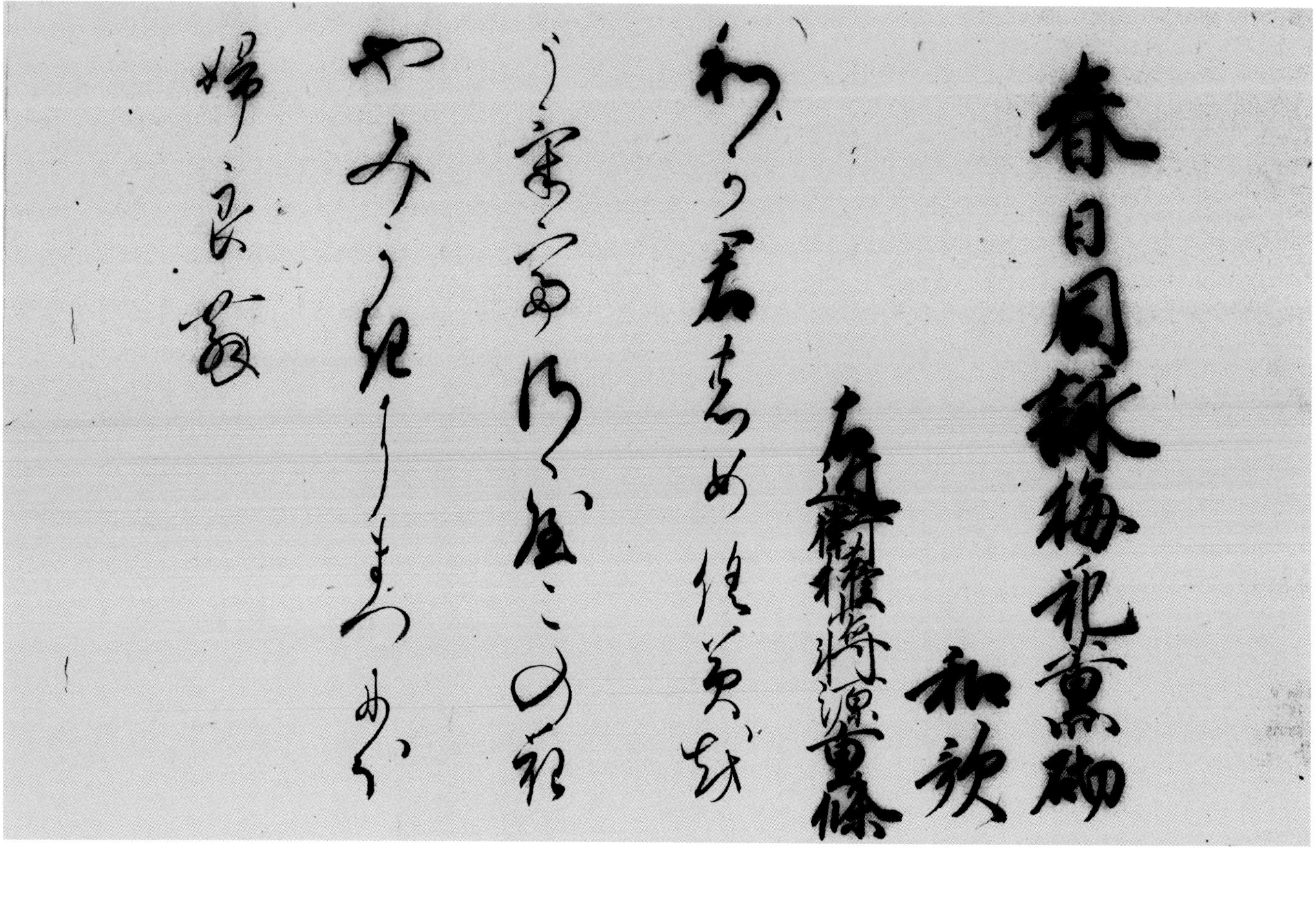
春日同詠梅花薫砌和歌
右近衛権少将源重条

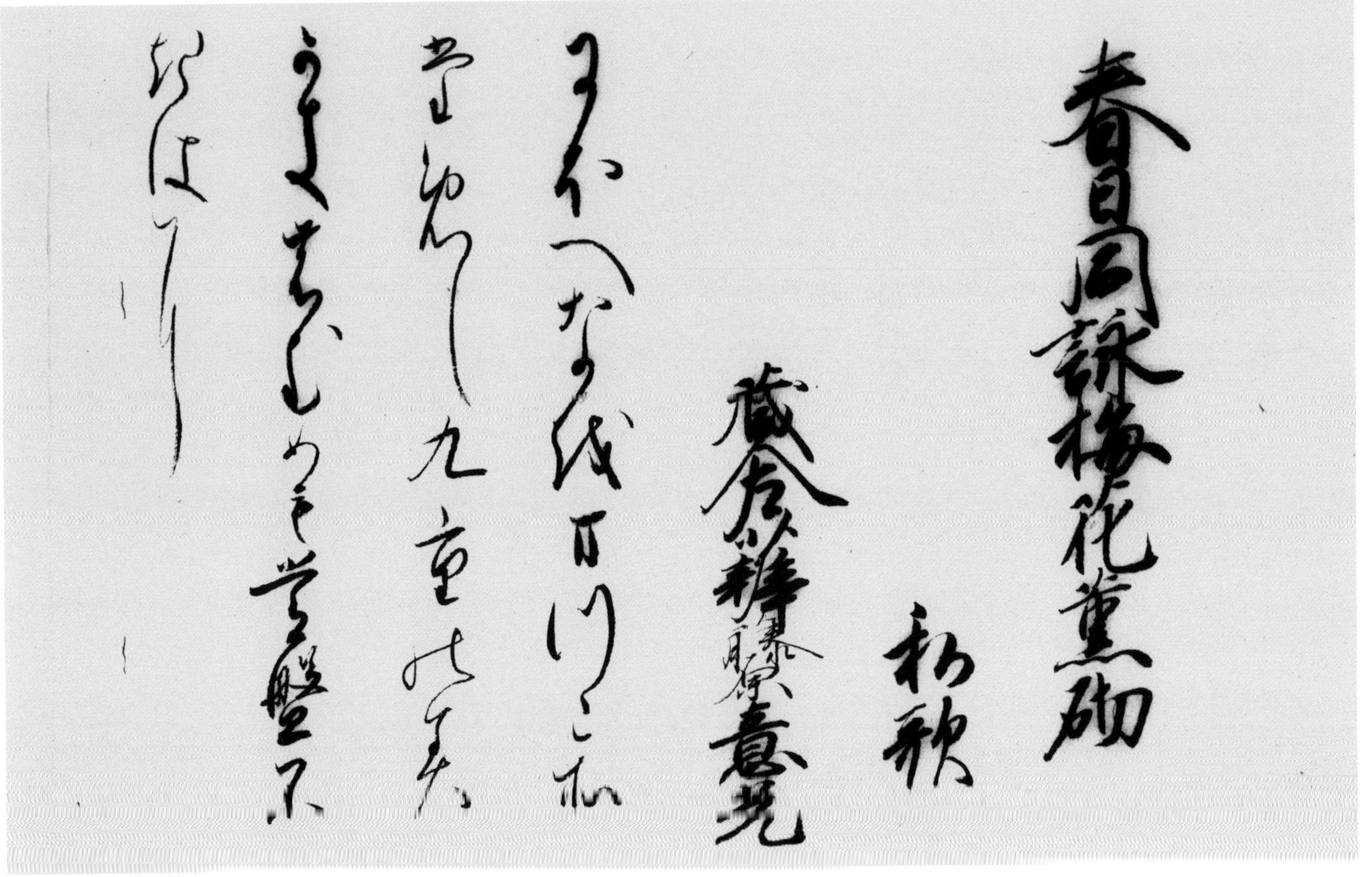

283　蔵人左少弁藤原意光

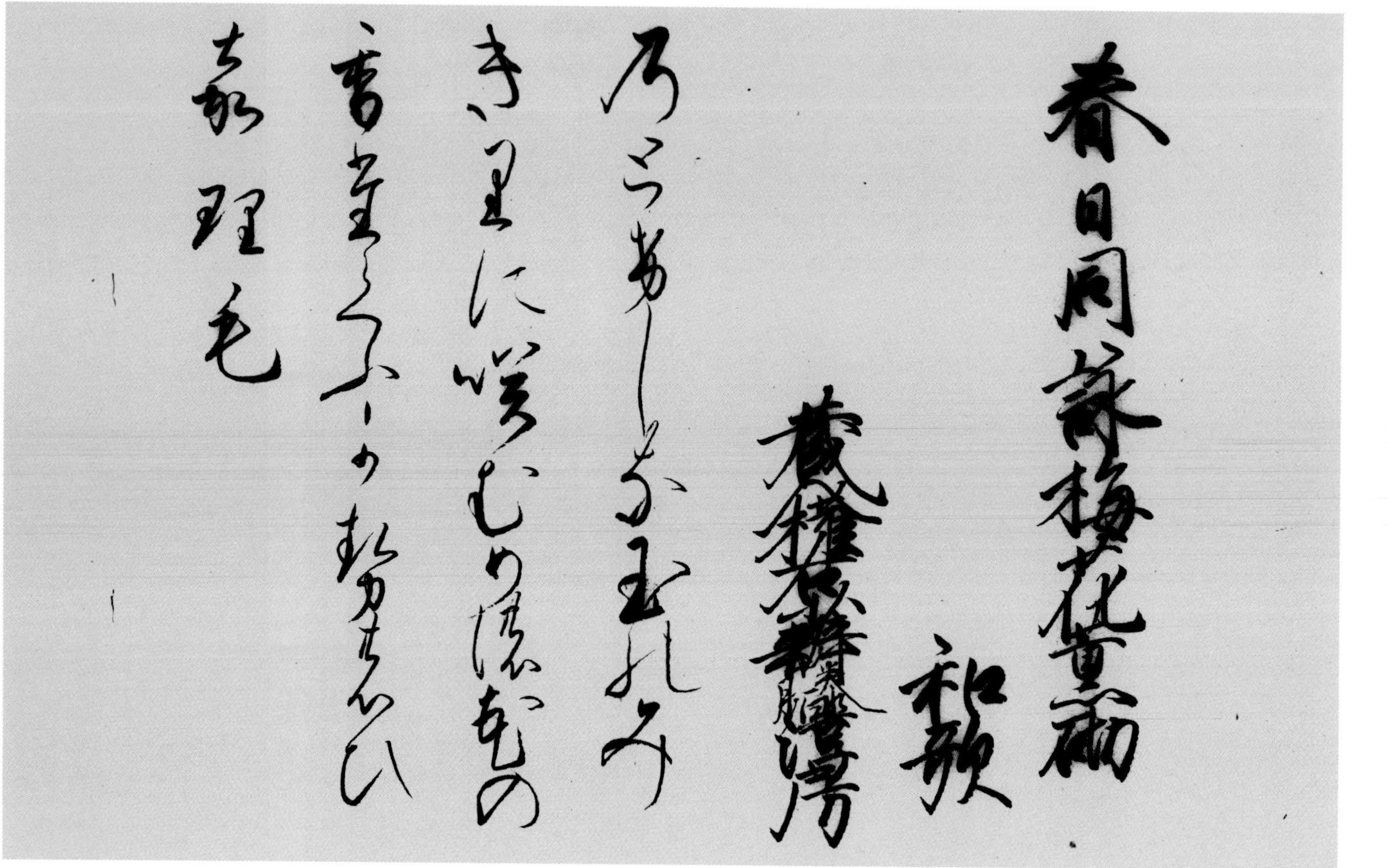
春日同詠梅花薫簾和歌
蔵人権右少弁藤原淳房

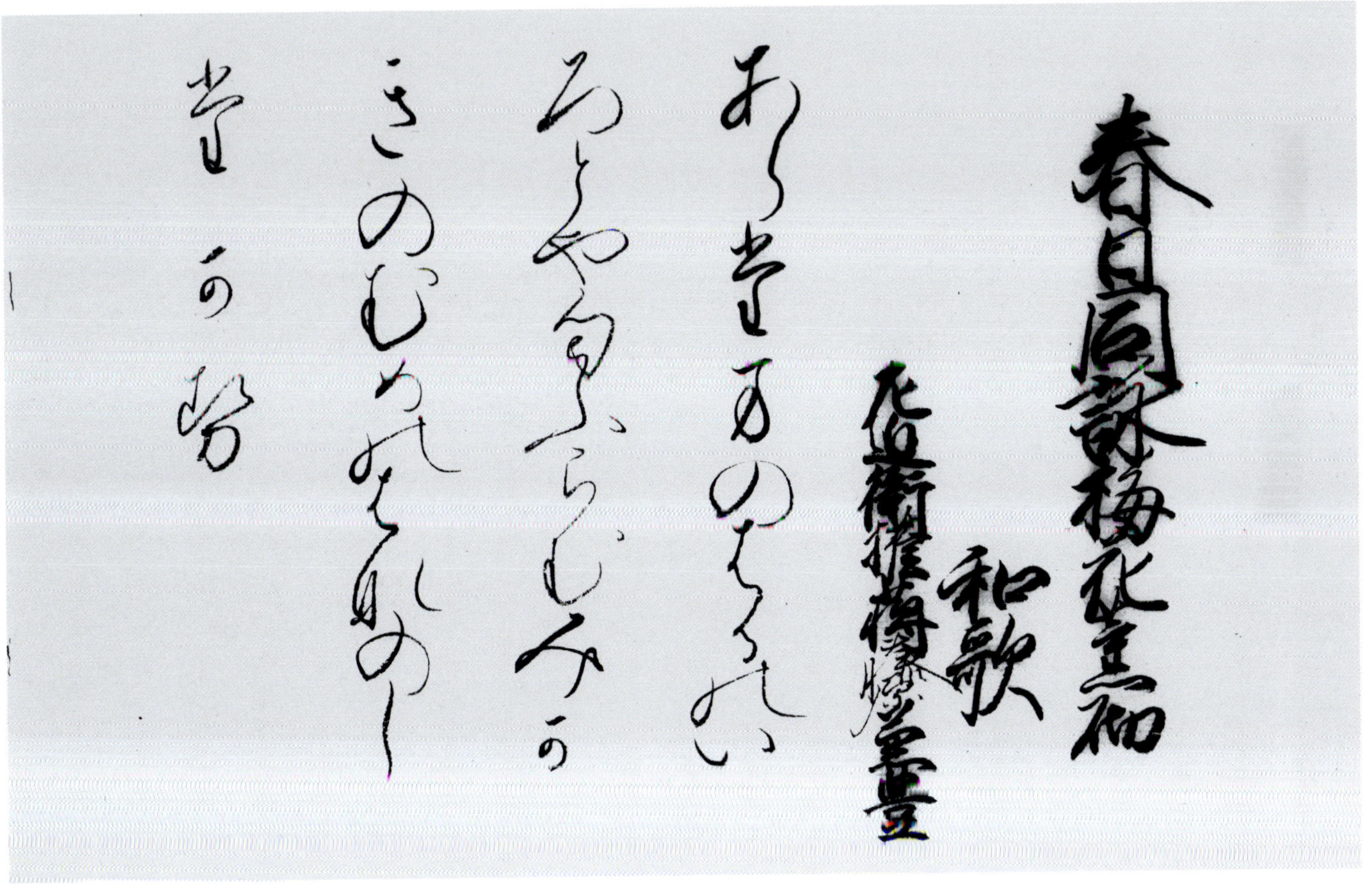

285　左近衛権少将藤原兼豊

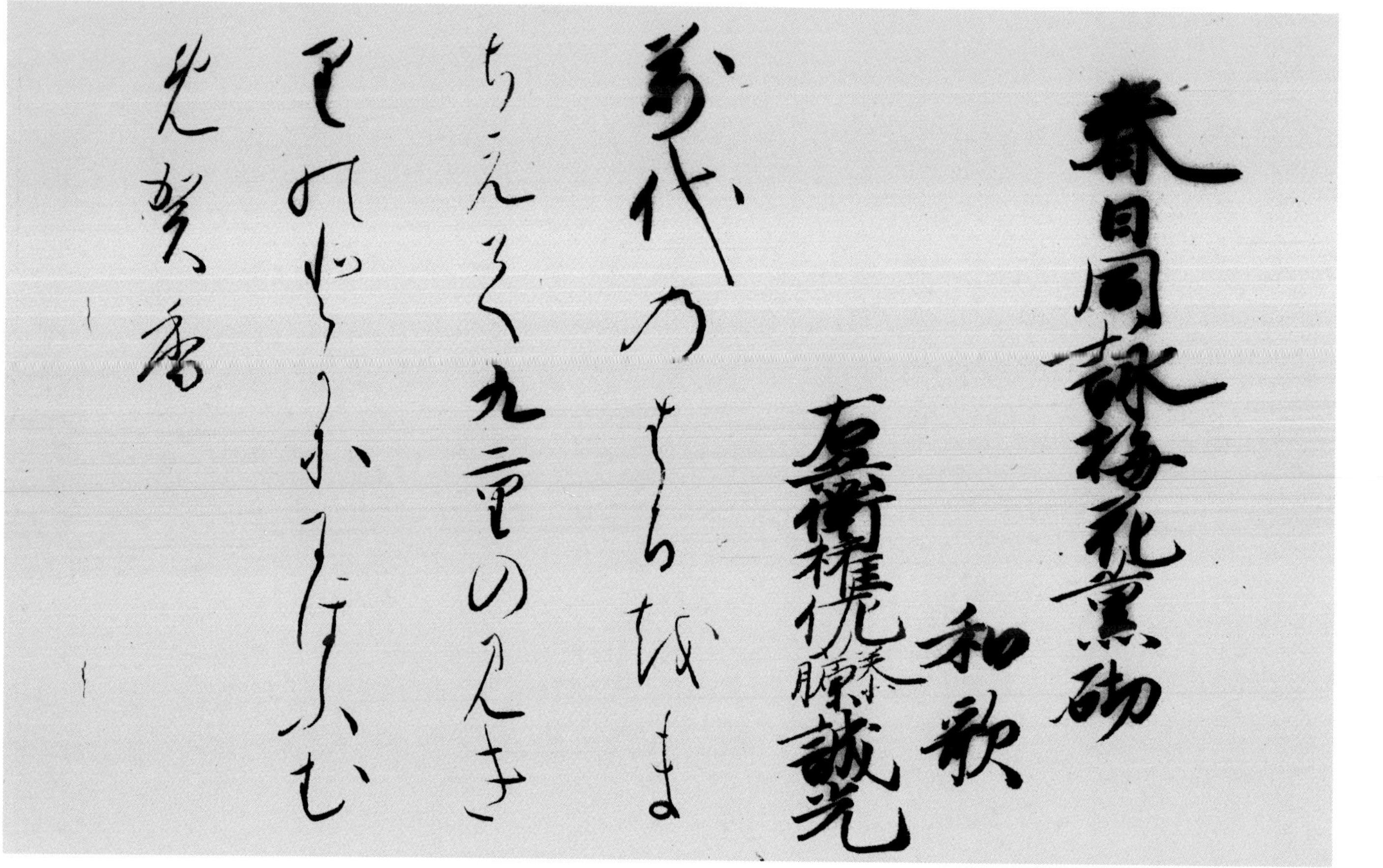

右兵衛権佐藤原誠光

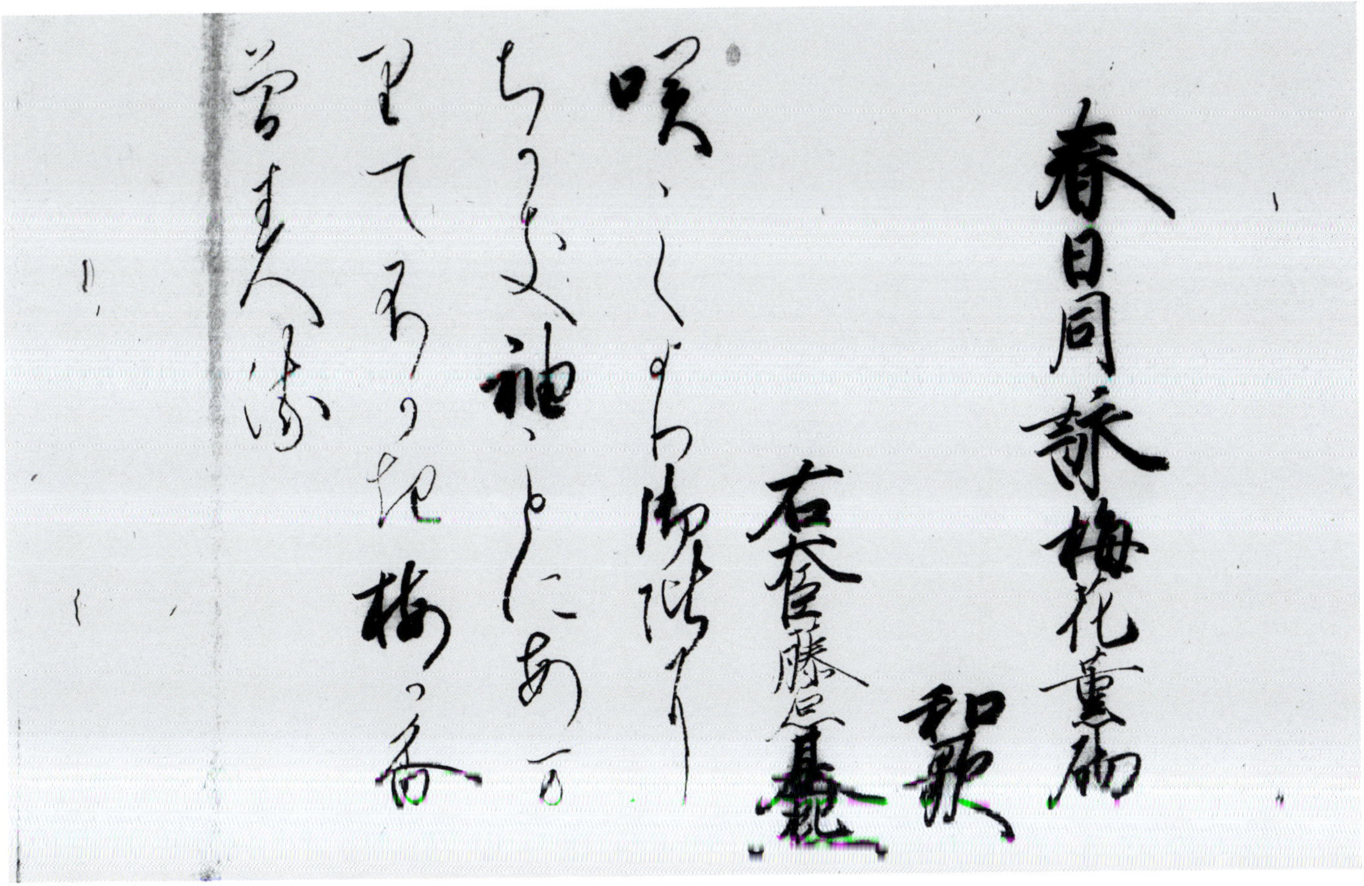
春日同詠梅花薫砌和歌
右大臣藤原基熙
咲くしほ御階の
ちりまよふ袖よしにあまる
里てわかの梅の香
皆まへ添ふ

287　右大臣藤原基熙

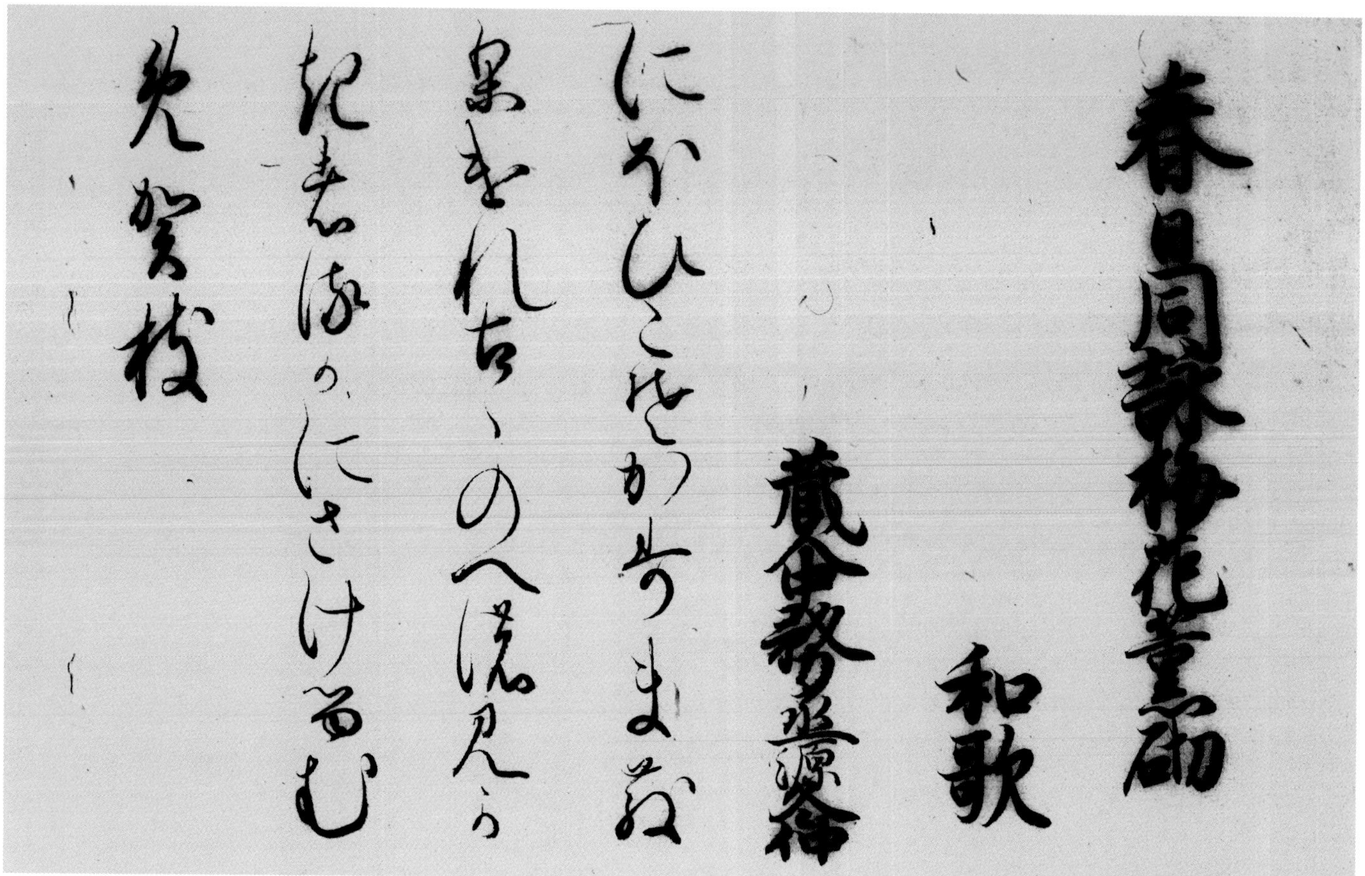

蔵人中務丞源冬仲　*288*

寛文十二年五月十九日和歌御会始

289　識語（蔵人中務丞源冬仲　裏面）

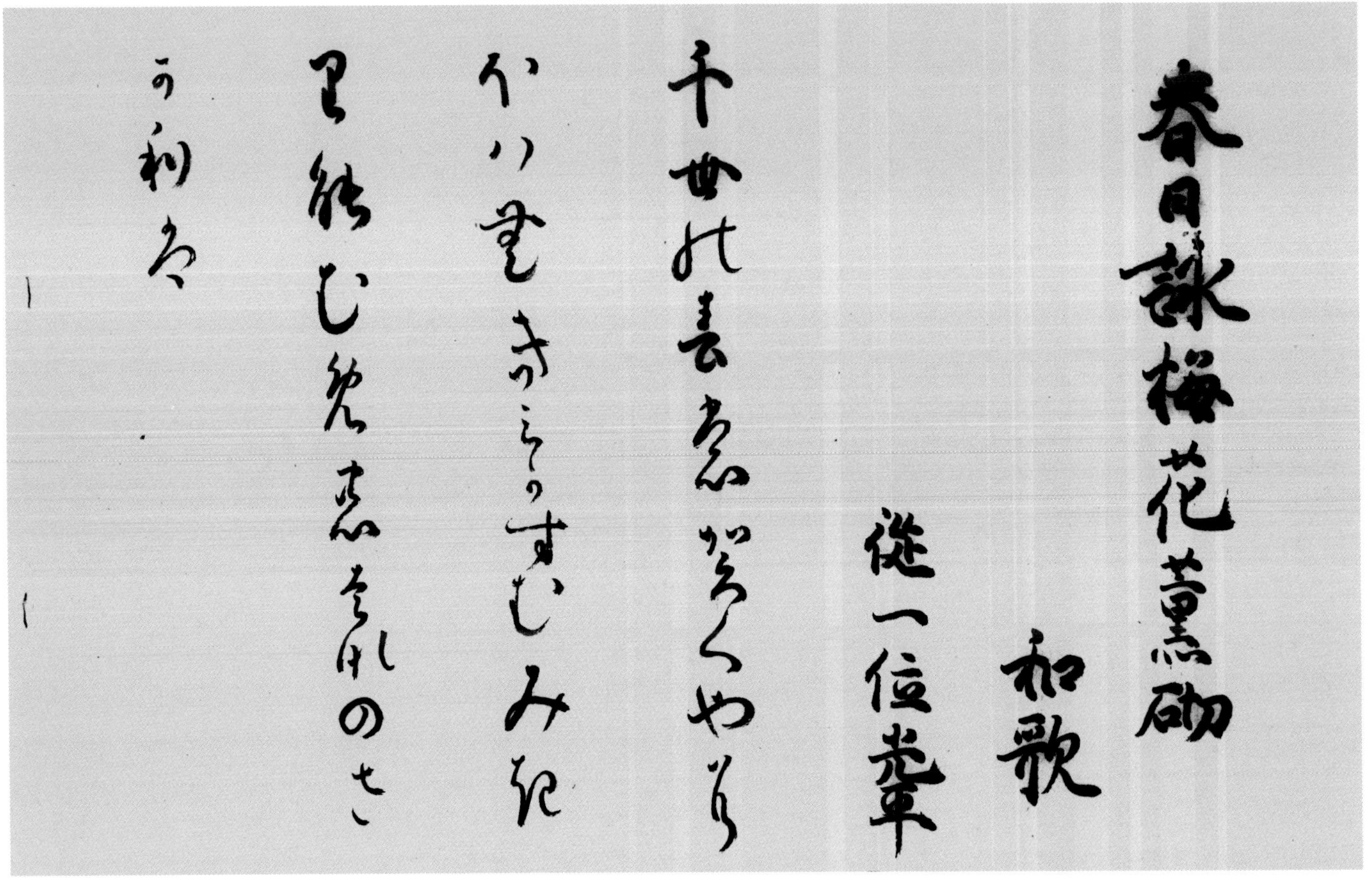

従一位光平　290

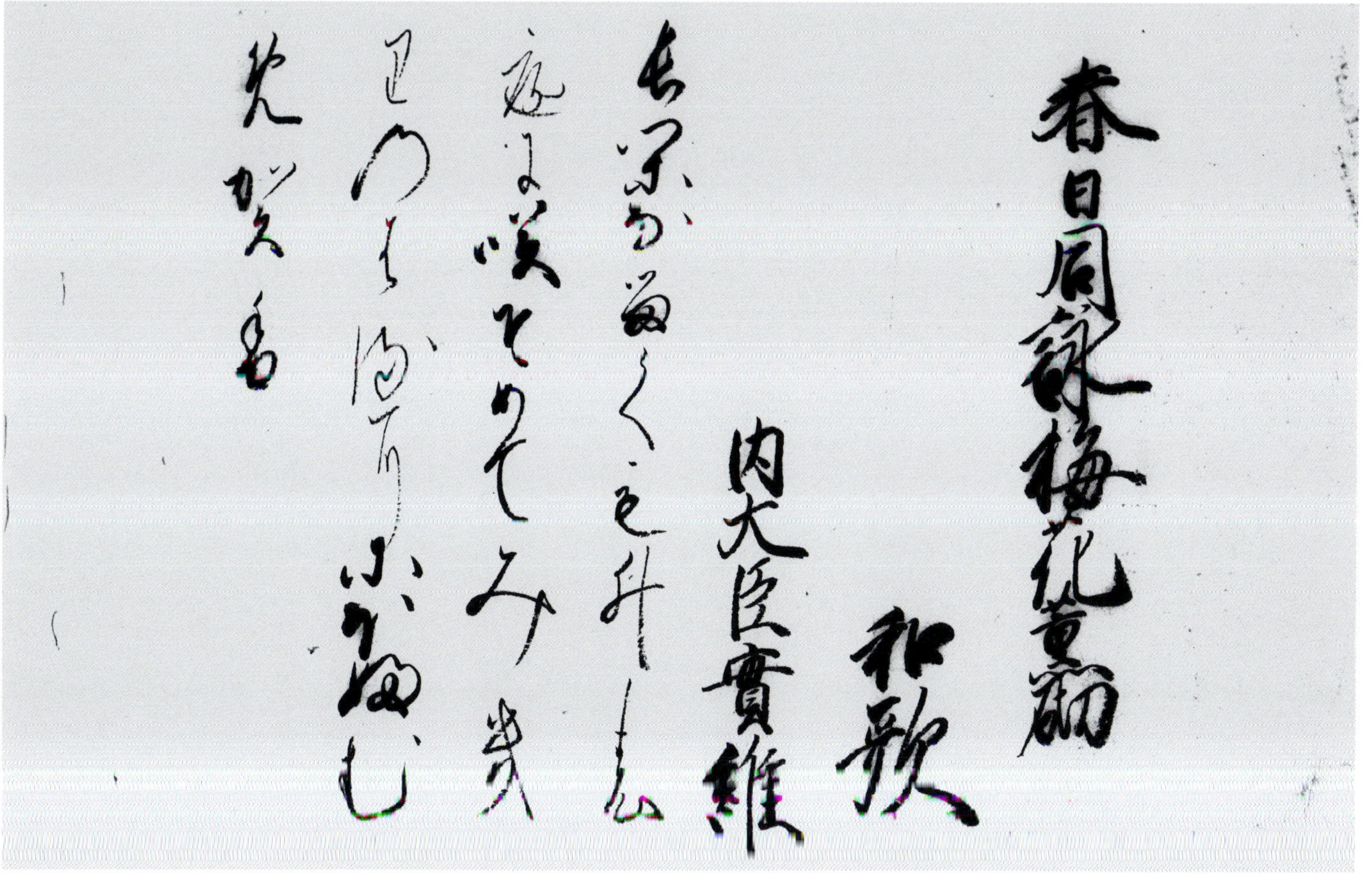

291　内大臣実維

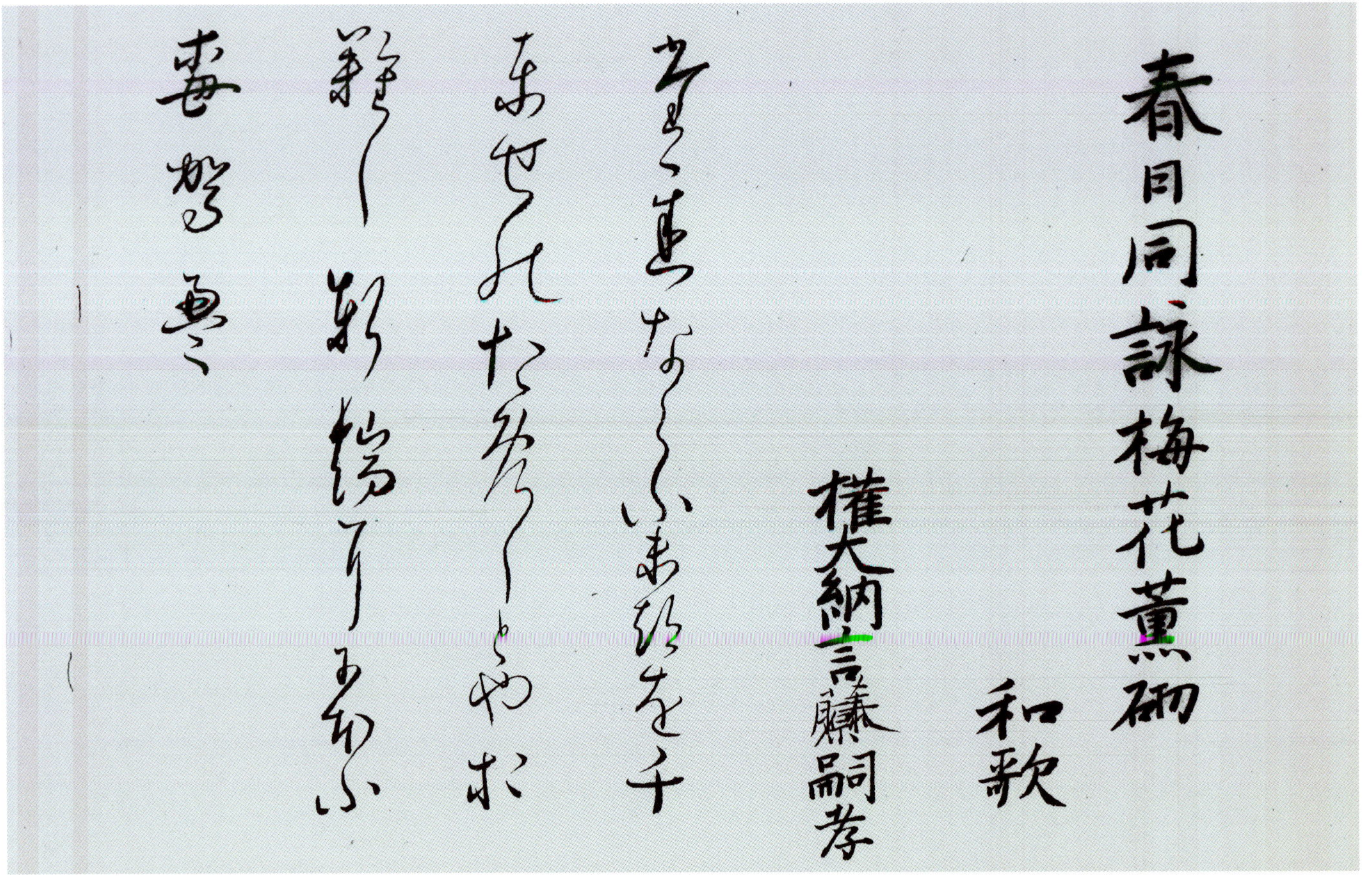
春日同詠梅花薫砌和歌
権大納言藤嗣孝

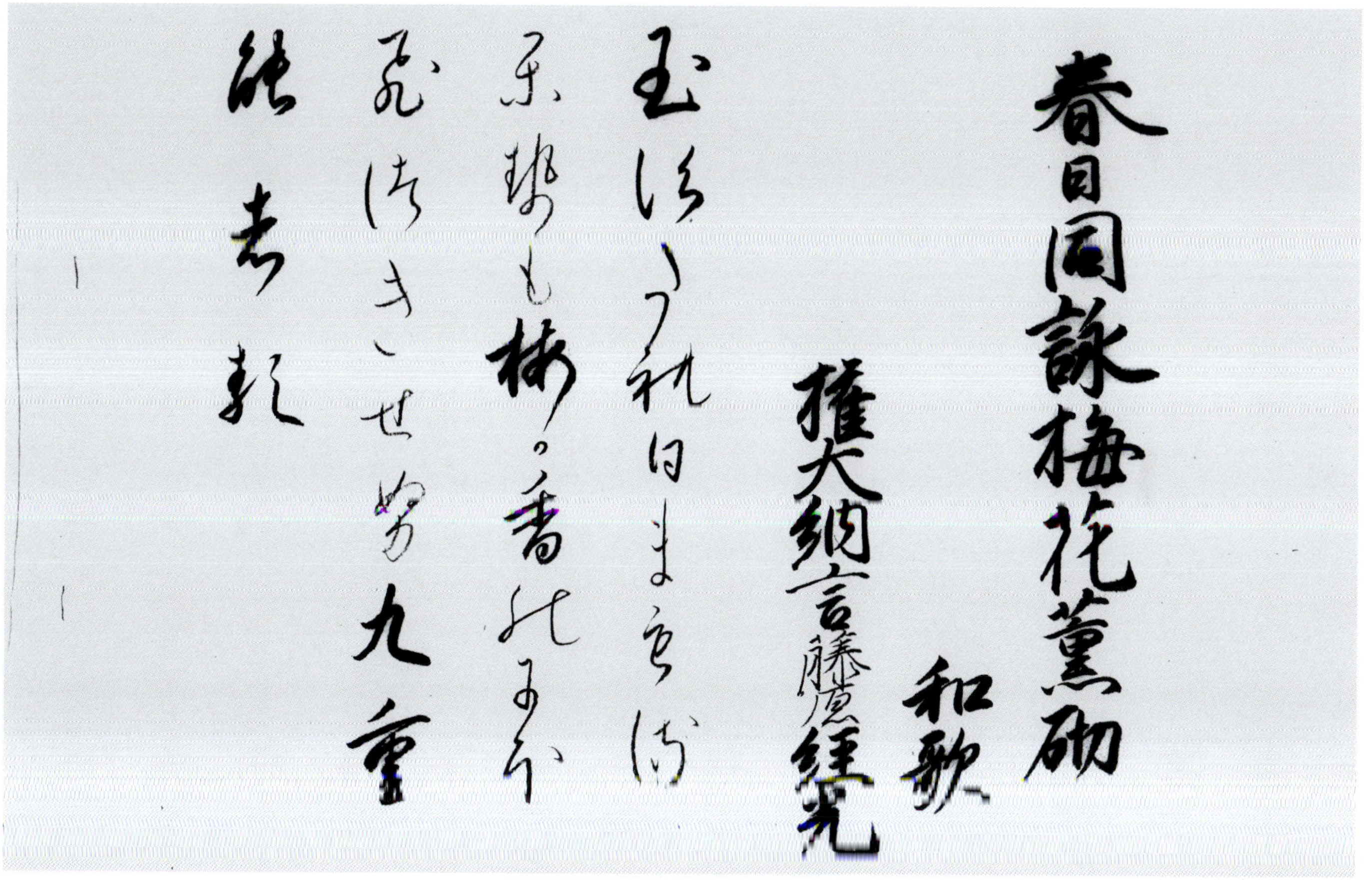

293　権大納言藤原経光

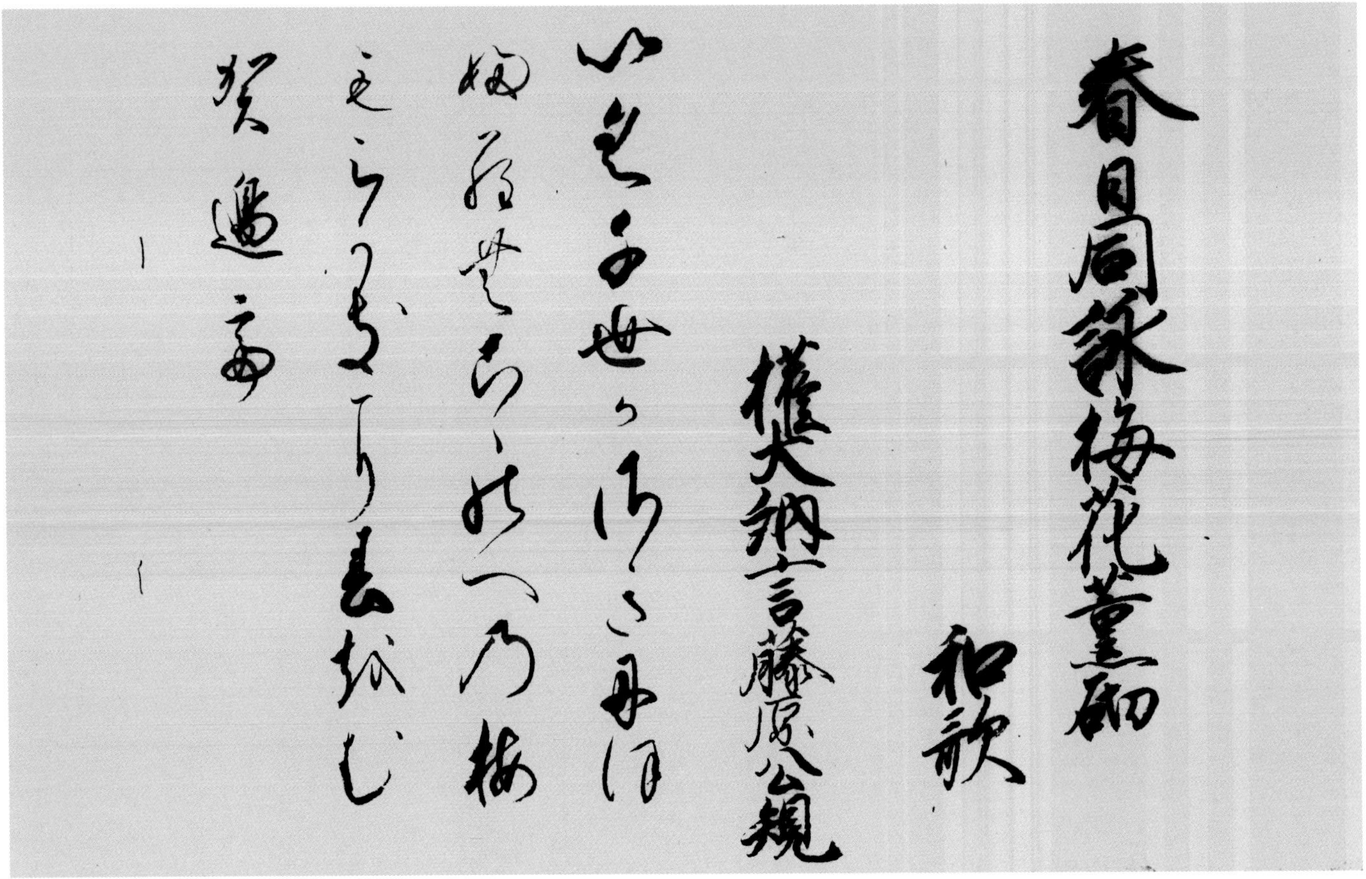
春日同詠梅花薫砌和歌
権大納言藤原公規

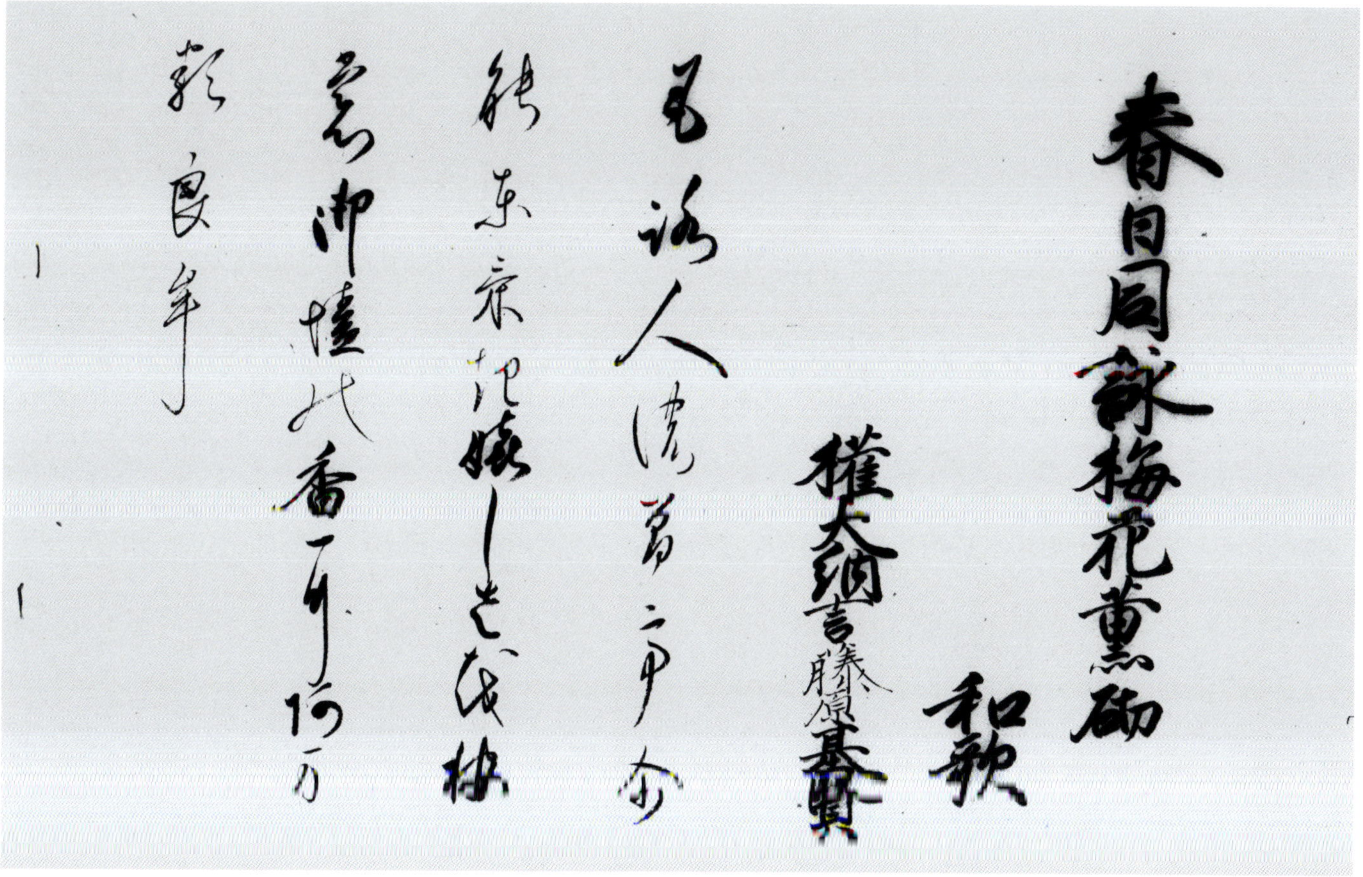

春日同詠梅花薫砌和歌

権大納言藤原基賢

295　権大納言藤原基賢

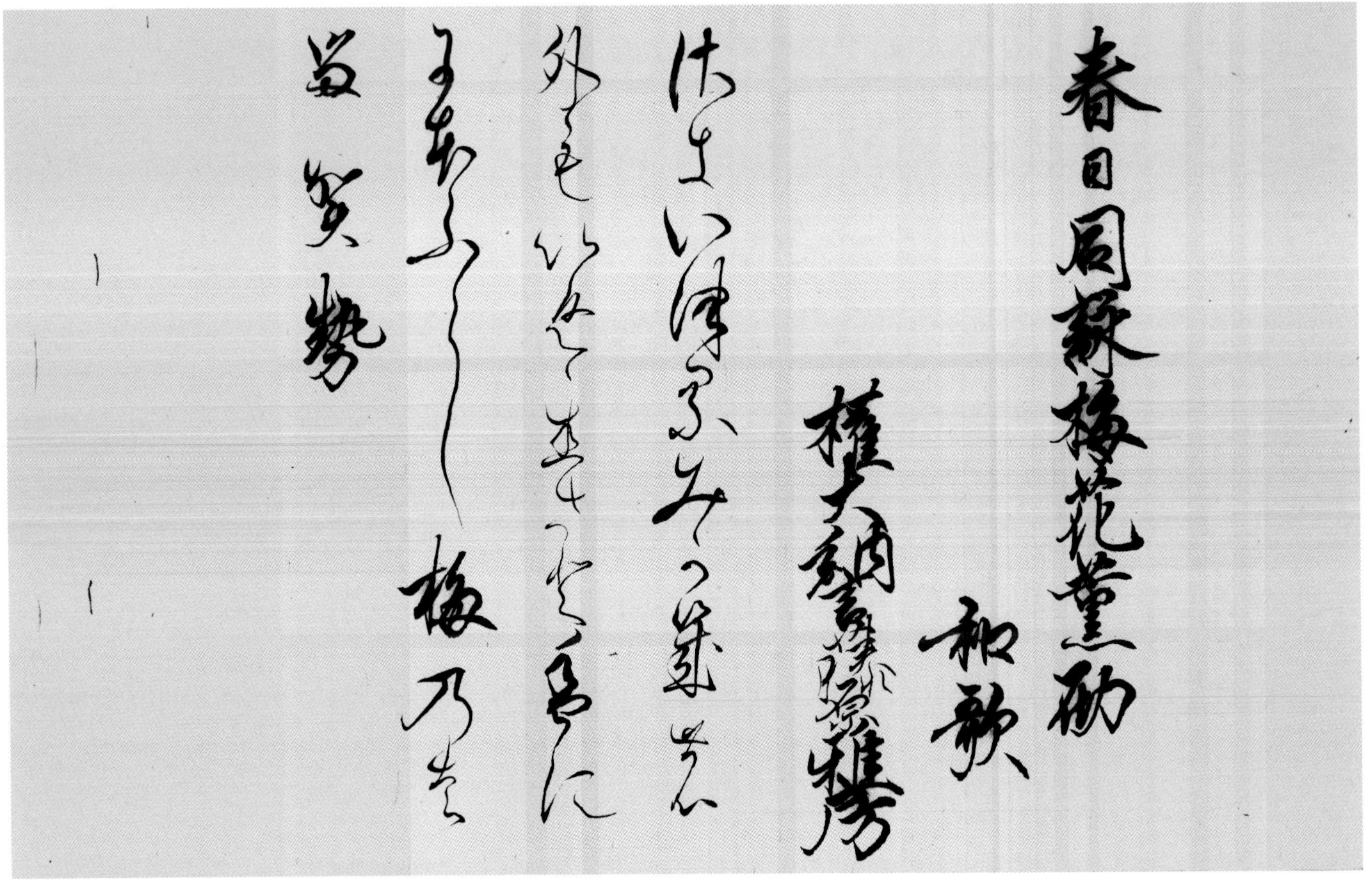
春日同詠梅花薫砌和歌
権大納言藤原雅房

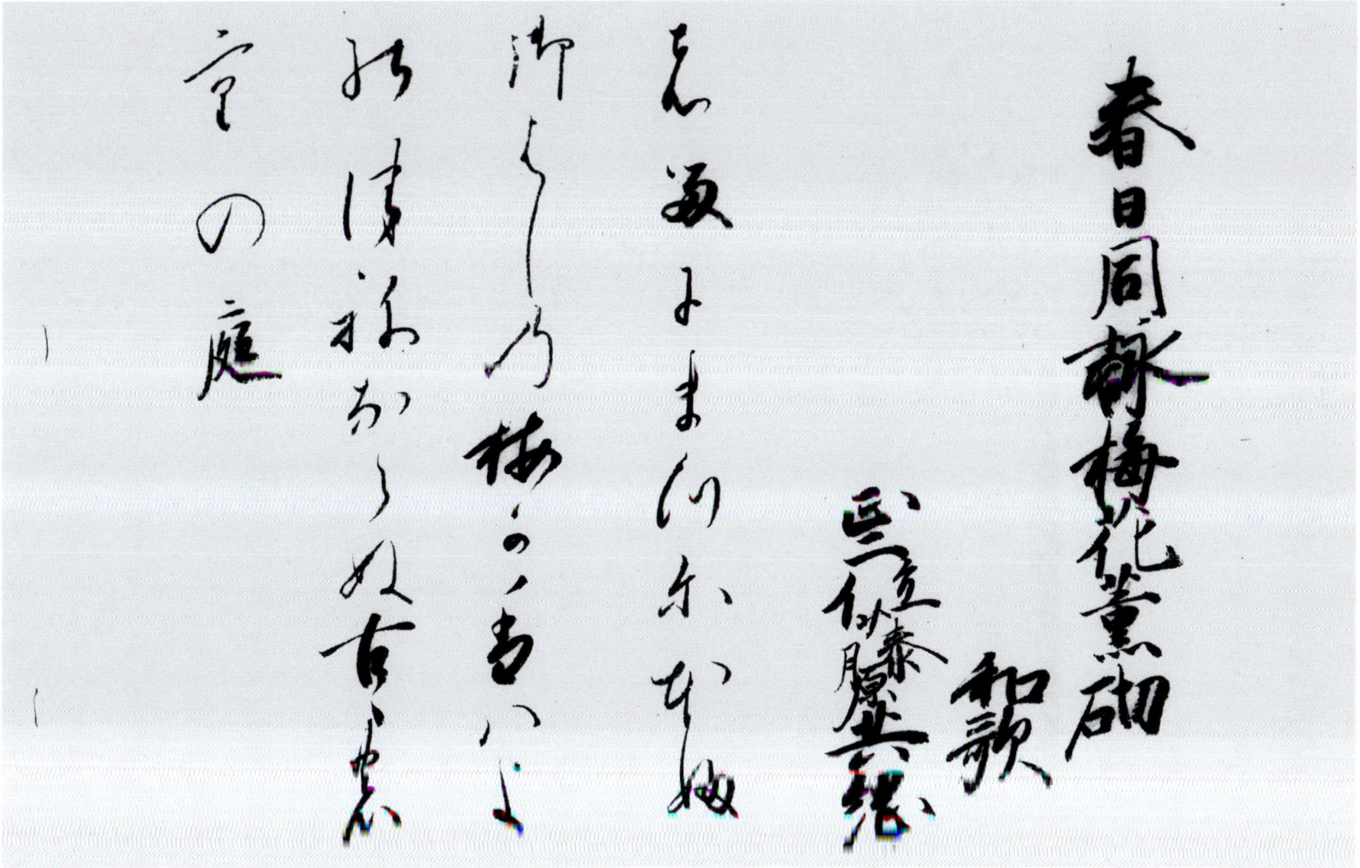

297　正二位藤原共綱

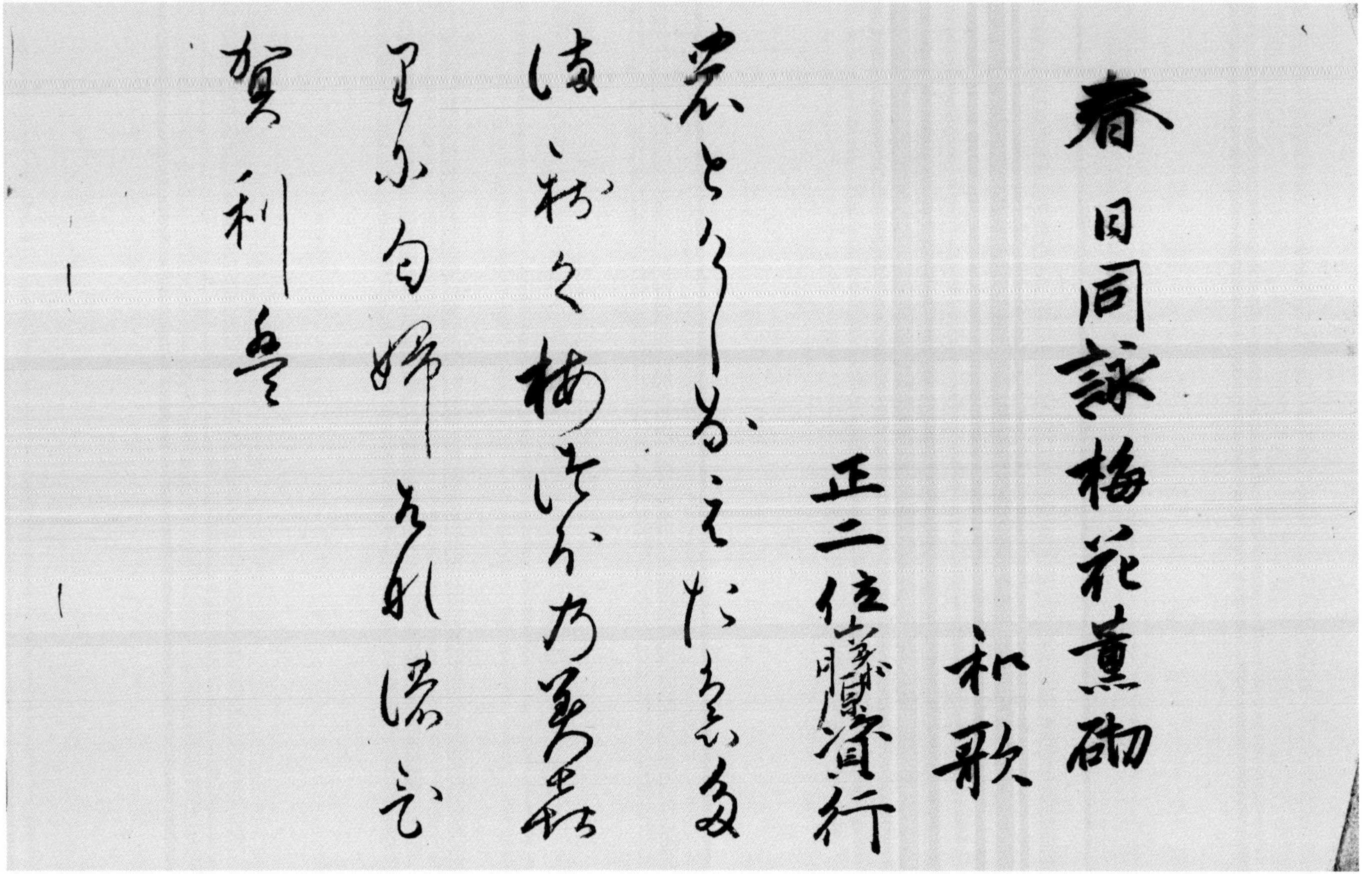
春日同詠梅花薫砌和歌
正二位藤原資行

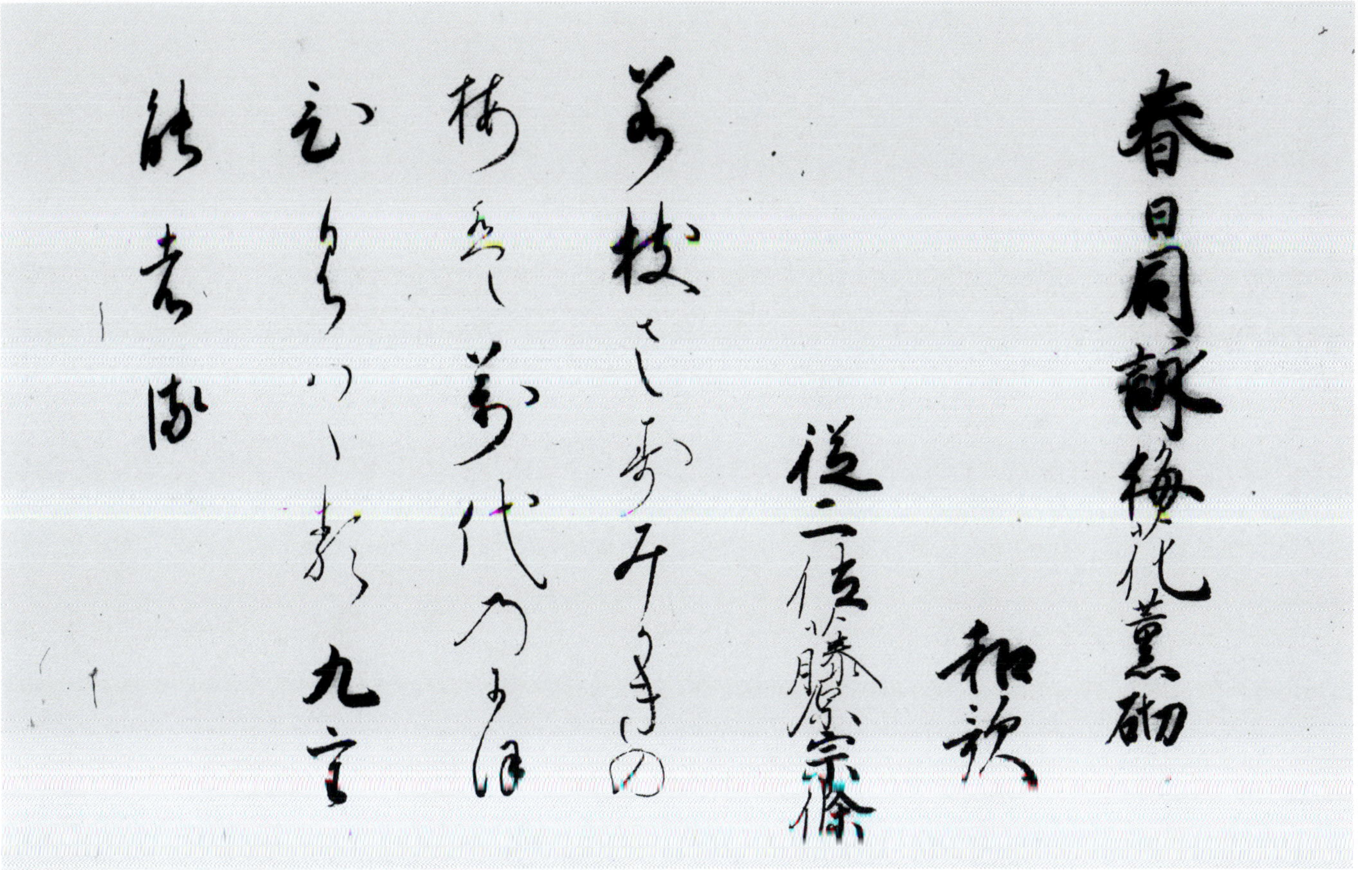

299　従二位藤原宗条

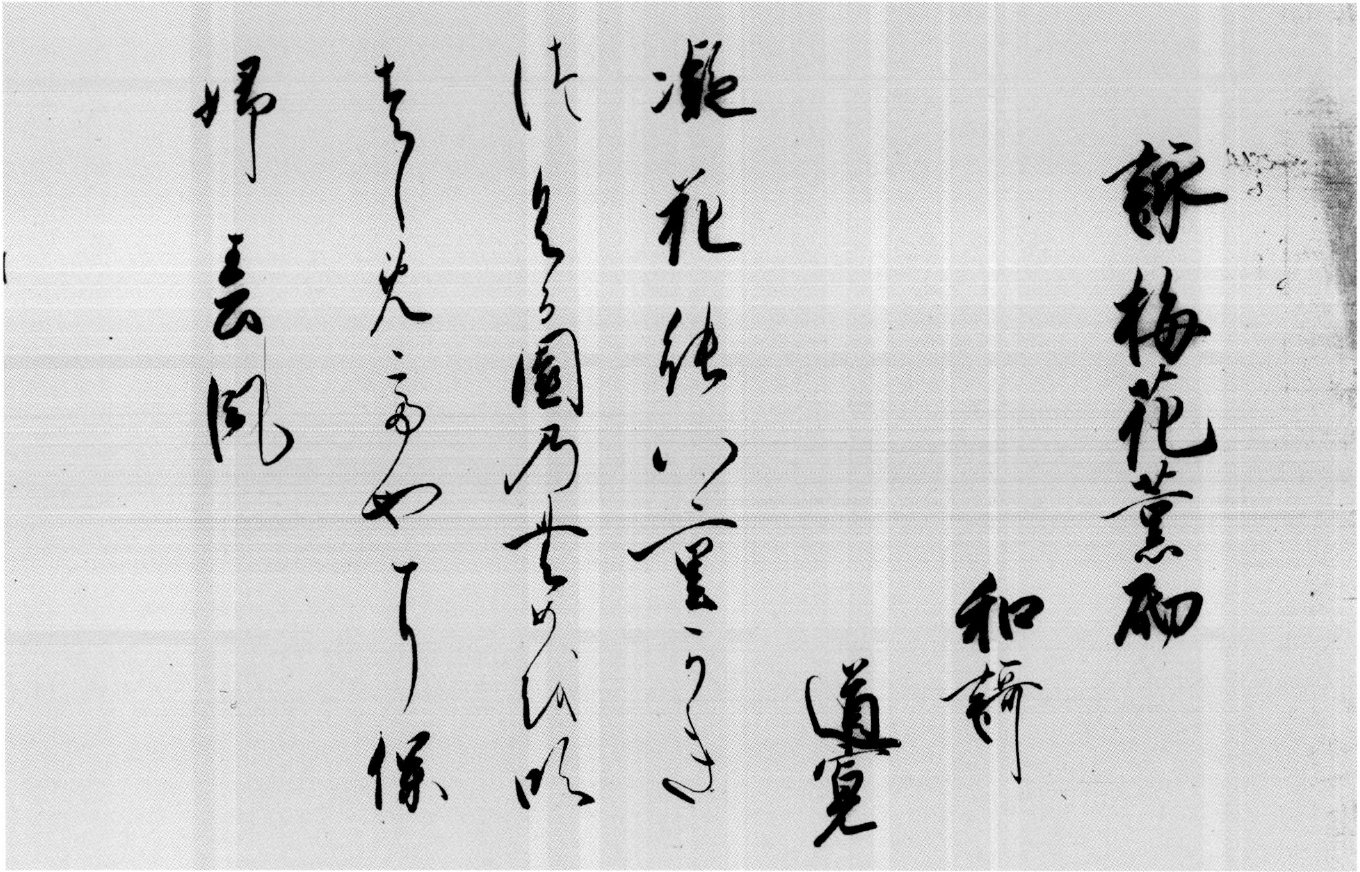
詠梅花薫砌
和歌
道寛

II

宮内庁書陵部所蔵

『武家百人一首色紙帖』

303　題簽／見返

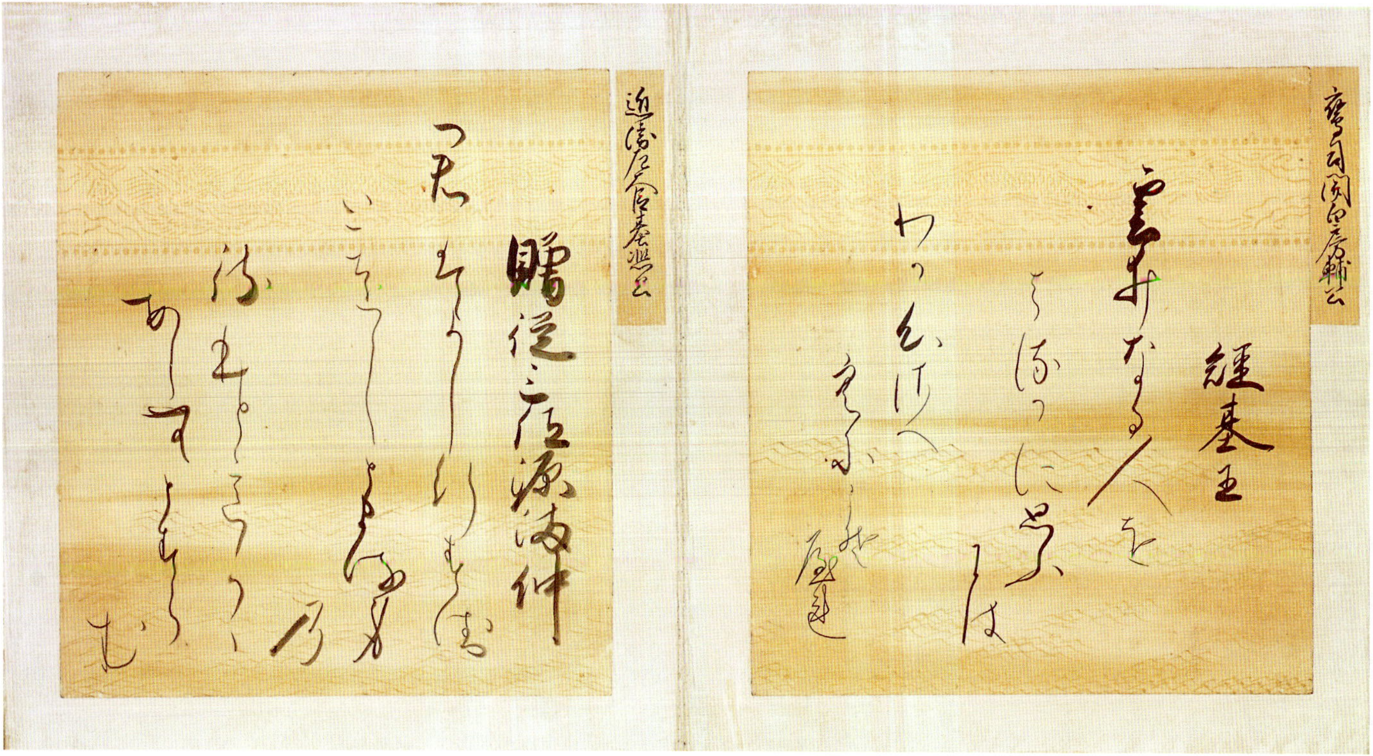

近衛左大臣基熙公　贈従三位源満仲／鷹司関白房輔公　経基王　

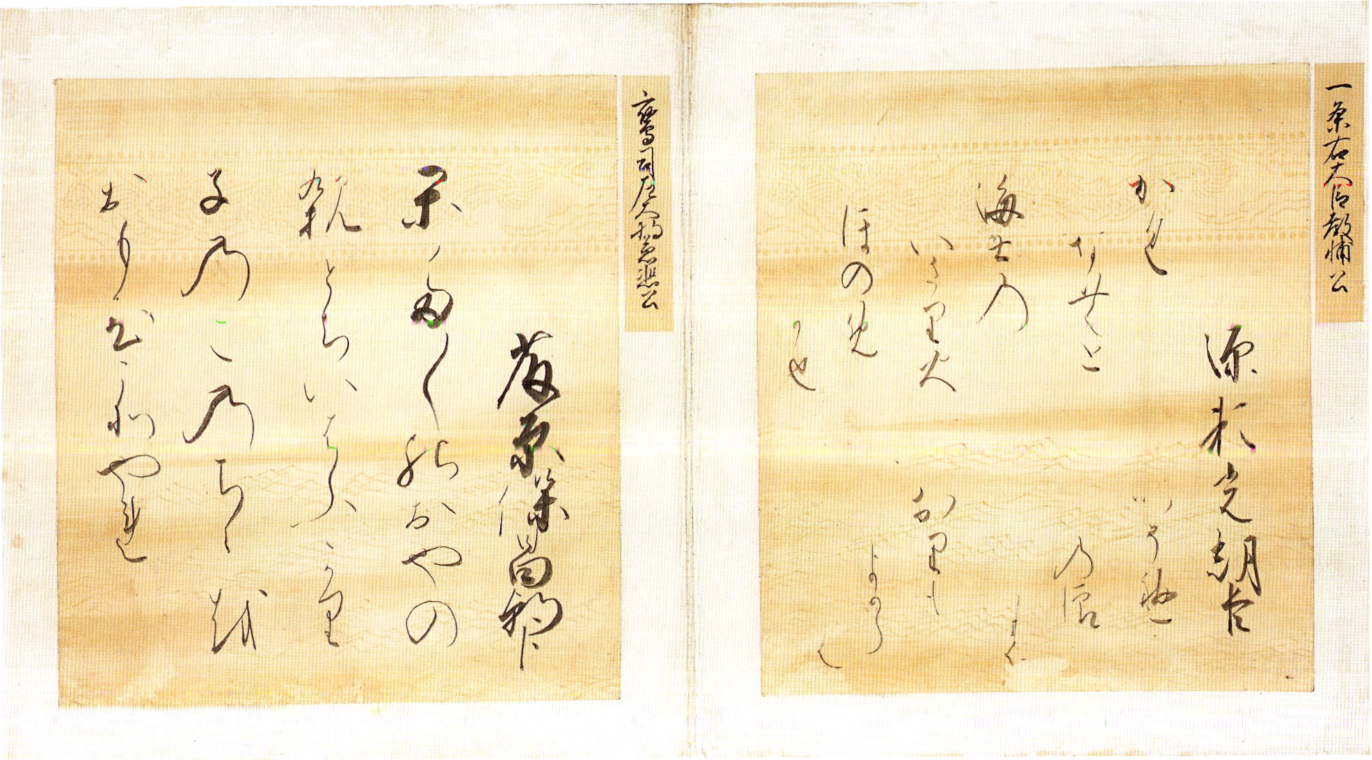

305　鷹司左大将兼煕公　藤原保昌朝臣／一条右大臣教輔公　源頼光朝臣

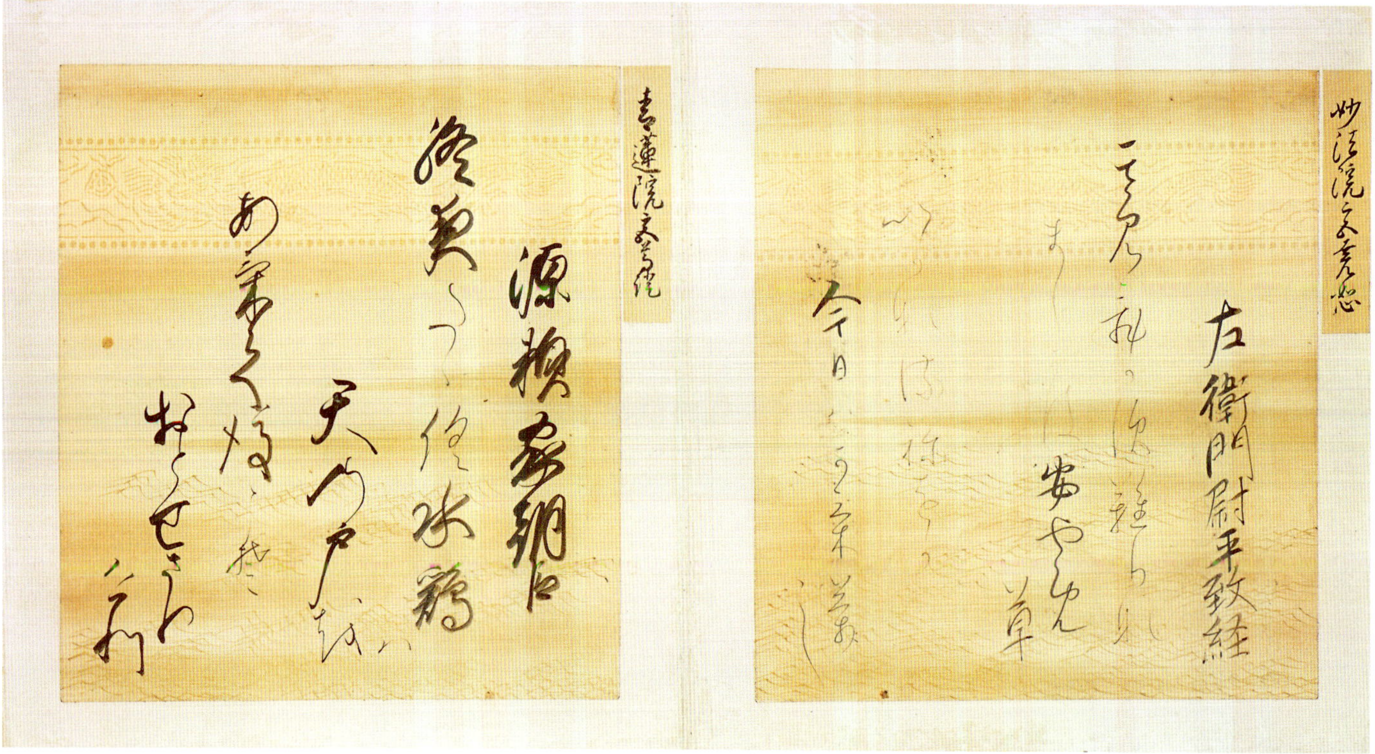

青蓮院宮尊証　源頼家朝臣／妙法院宮堯恕　左衛門尉平致経

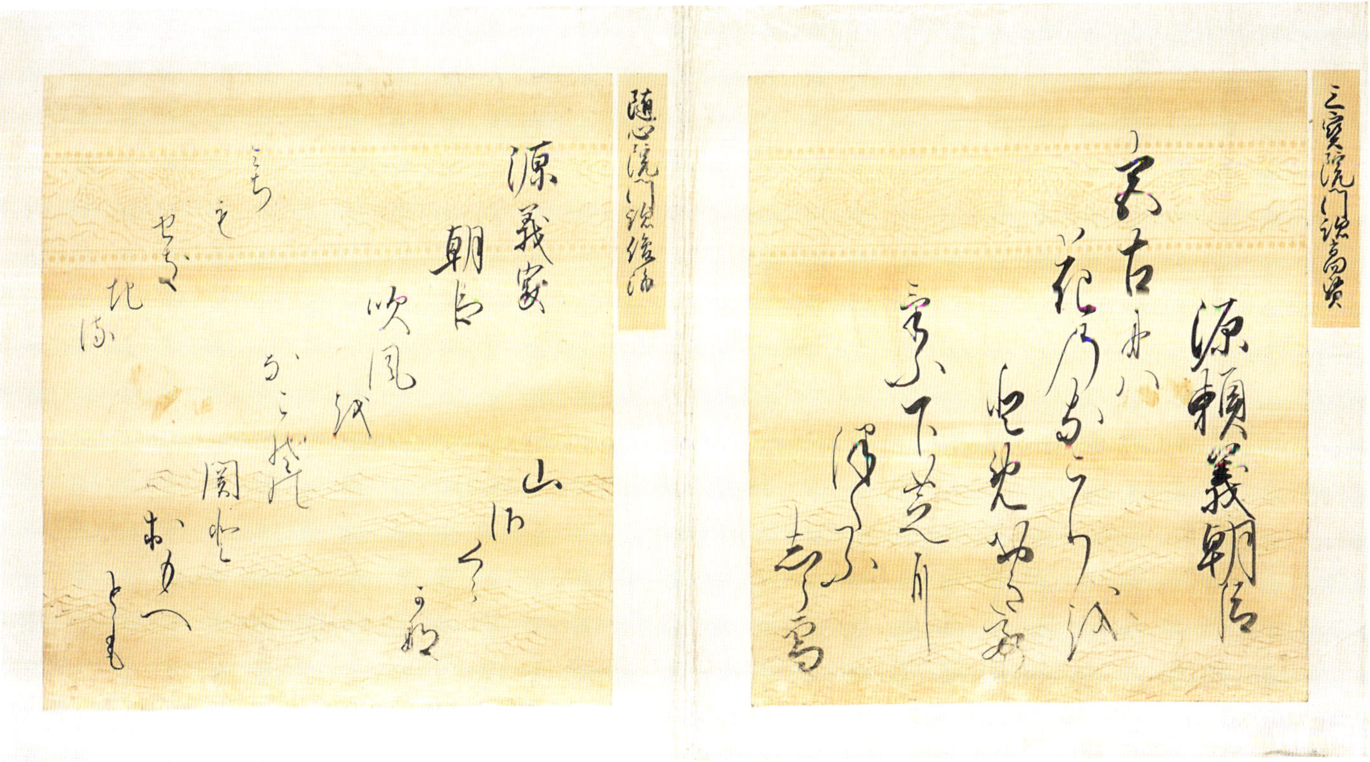

307　随心院門跡俊海　源義家朝臣／三宝院門跡高賢　源頼義朝臣

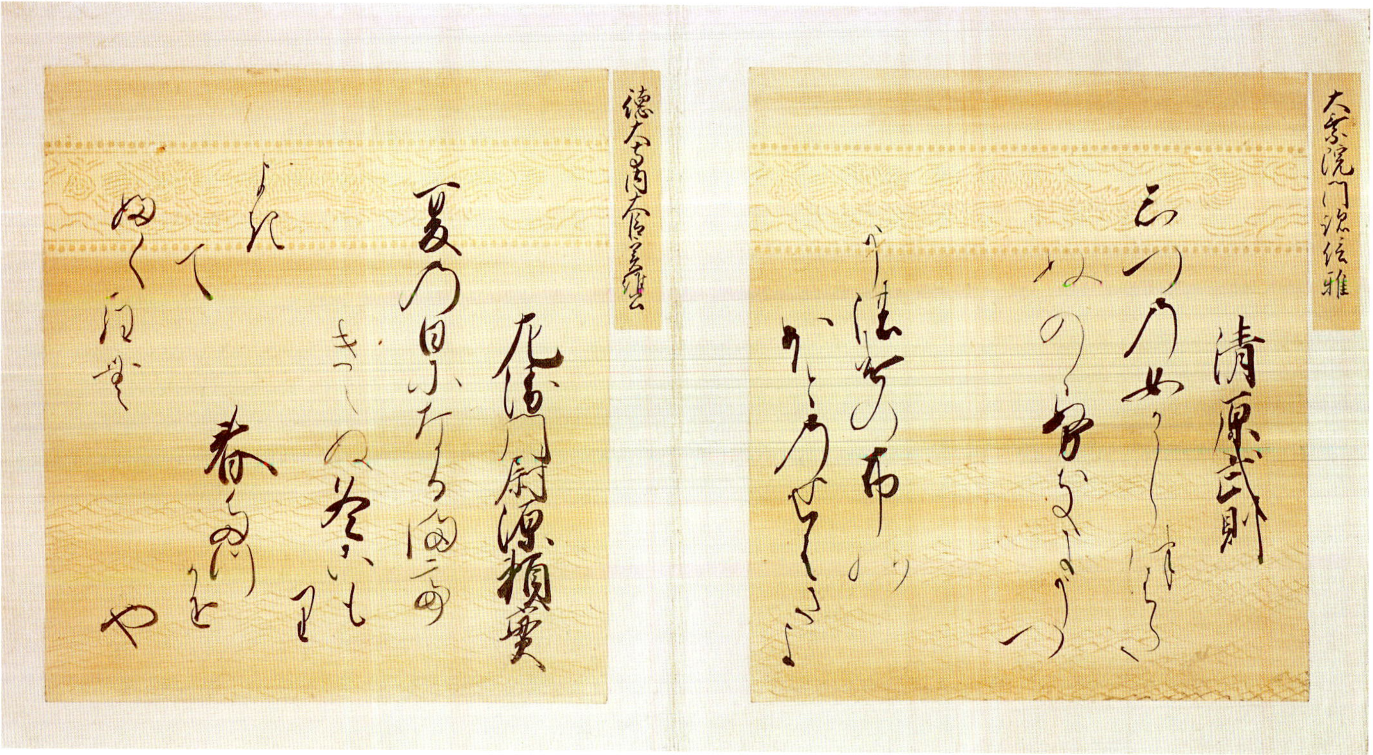

徳大寺内大臣実維公　左衛門尉源頼実／大乗院門跡信雅　清原武則

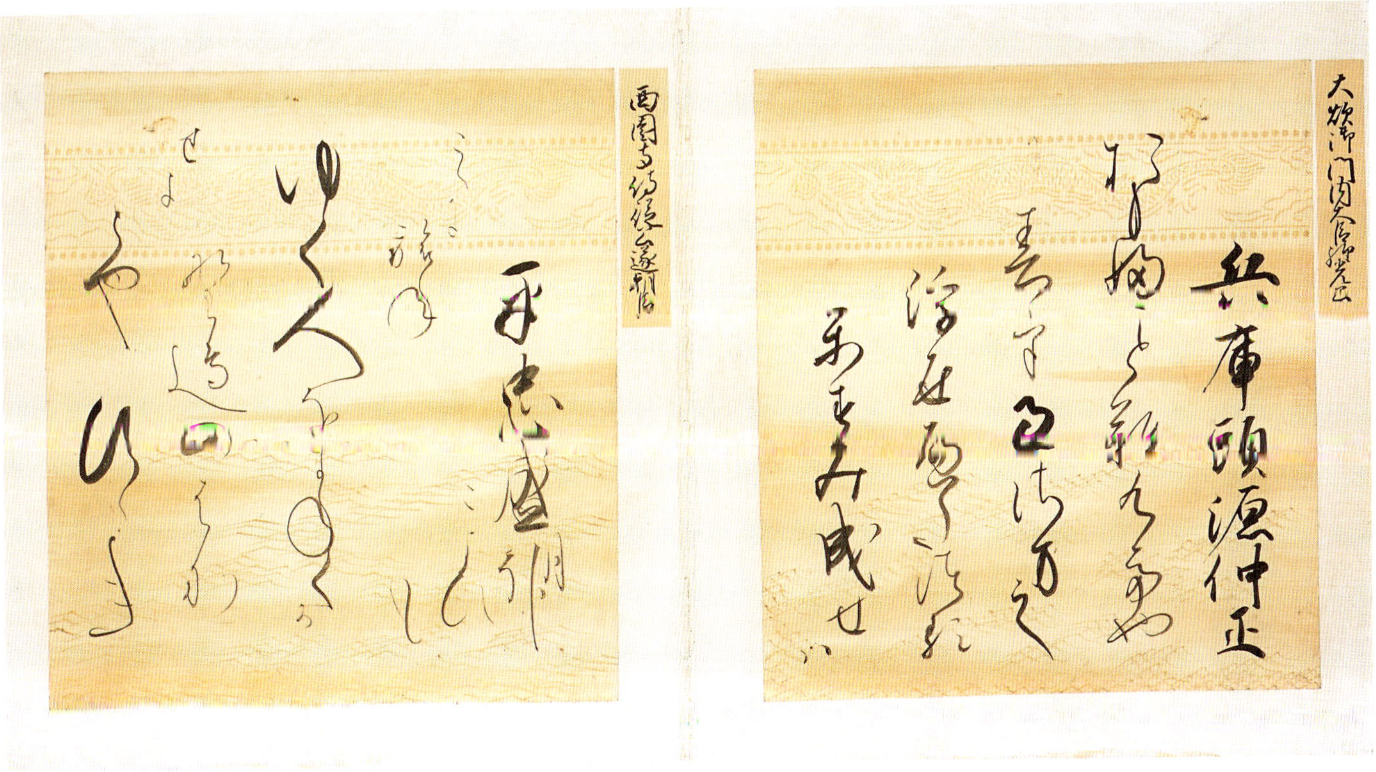

309　西園寺侍従公遂朝臣　平忠盛朝臣／大炊御門内大臣経光卿　兵庫頭源仲正

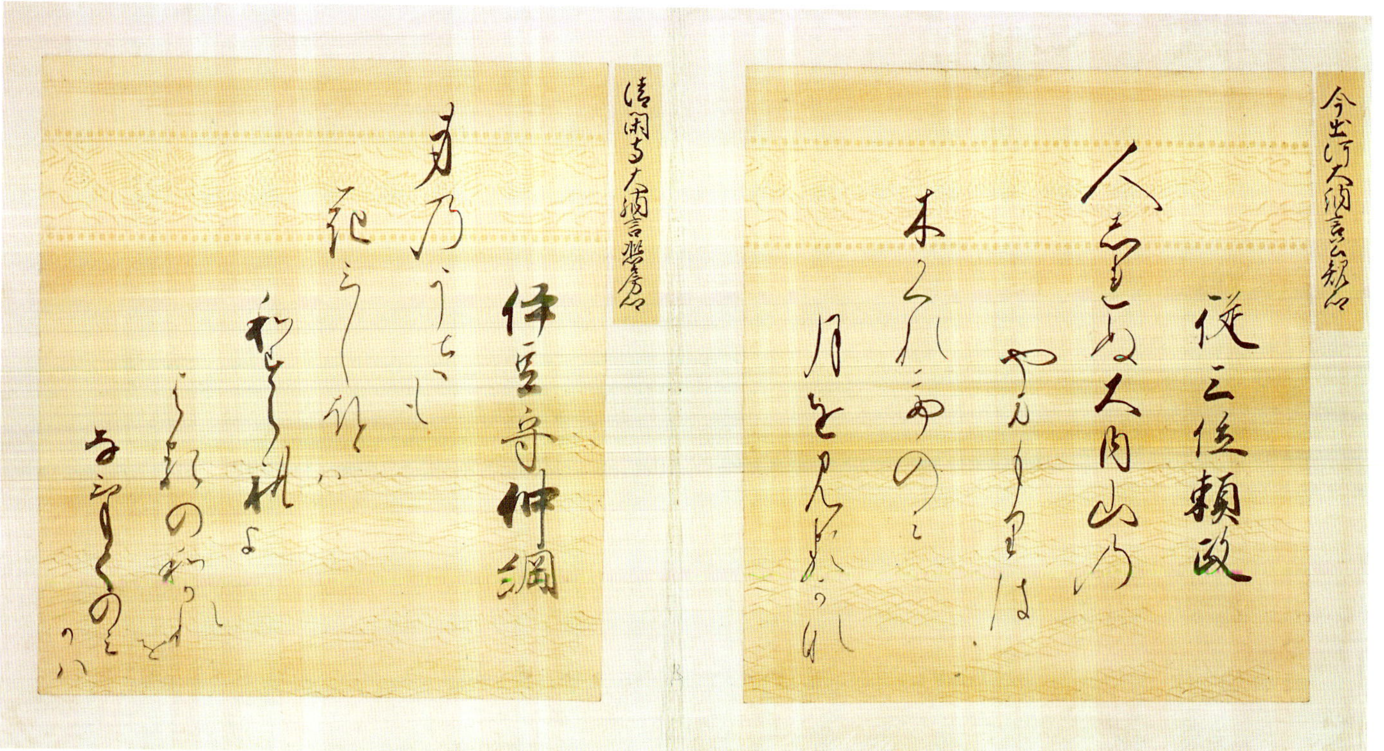

清閑寺大納言熈房卿　伊豆守仲綱／今出河大納言公規公　従三位頼政

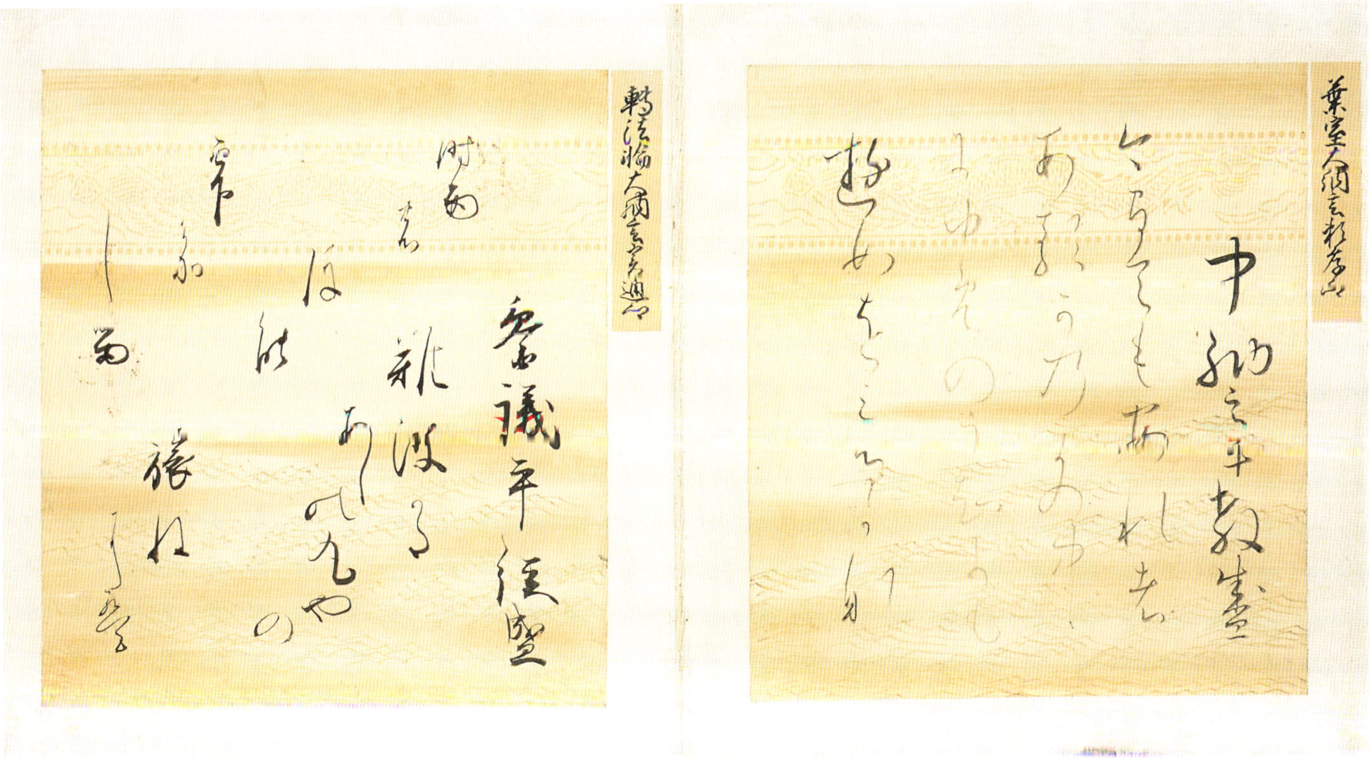

311　転法輪大納言実通卿　参議平経盛／葉室大納言頼孝卿　中納言平教盛

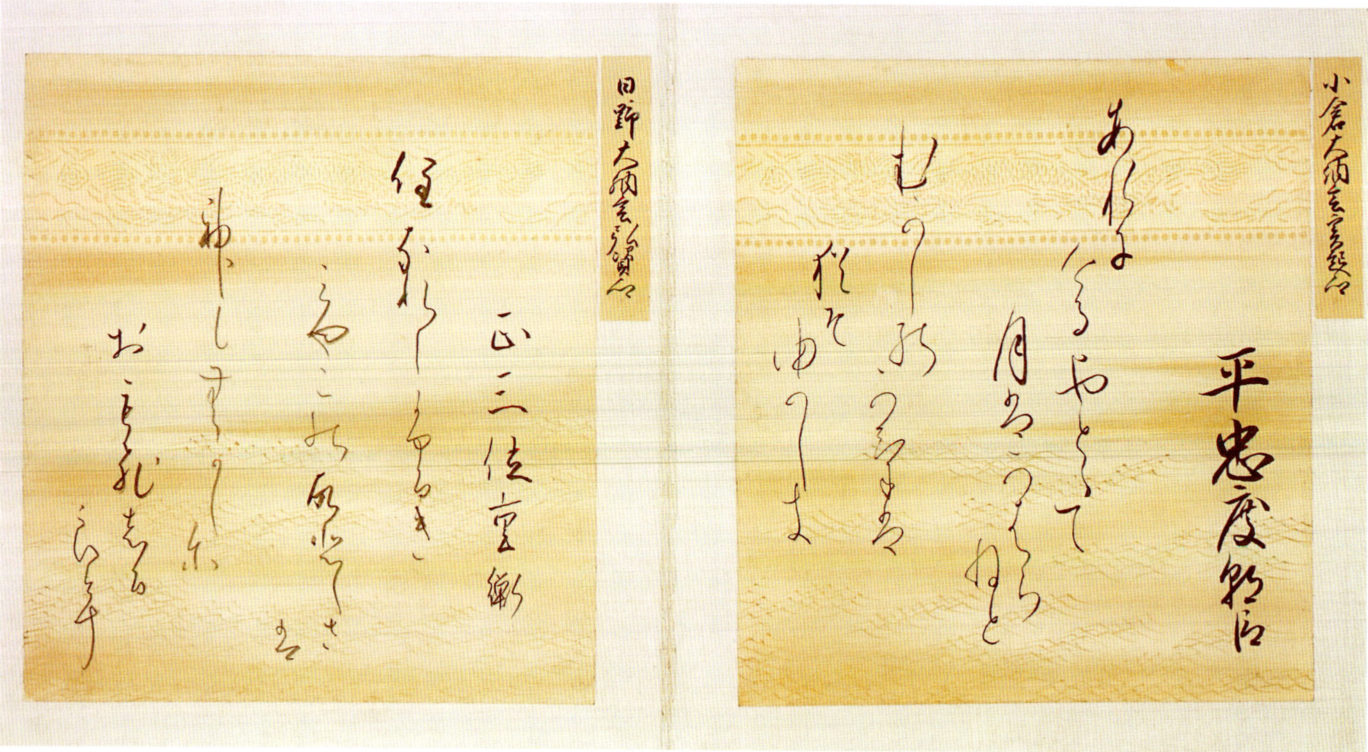

日野大納言弘資卿　正三位重衡／小倉大納言実起卿　平忠度朝臣　

313　油小路大納言隆貞卿　左馬頭平行盛／園大納言基福卿　従二位平資盛

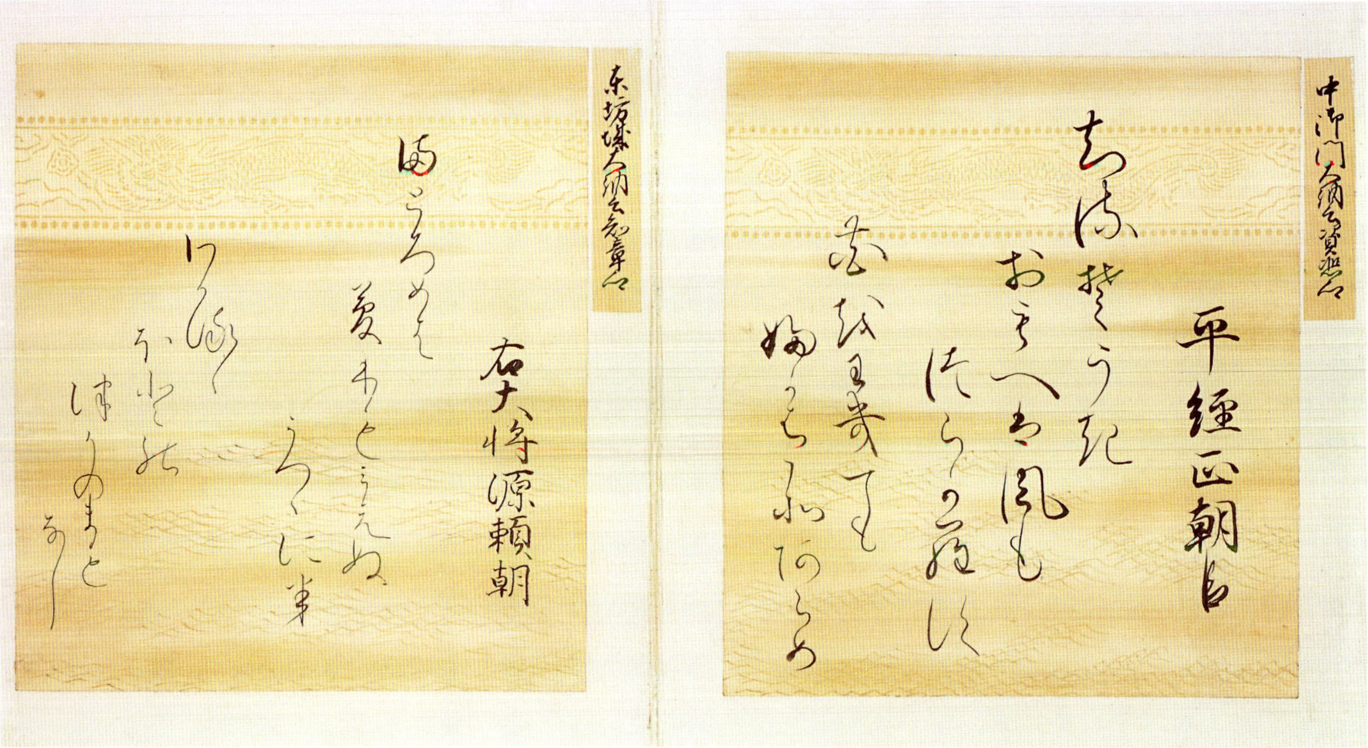

東坊城大納言知章卿（知長ヵ）　右大将源頼朝／中御門大納言資熙卿　平経正朝臣

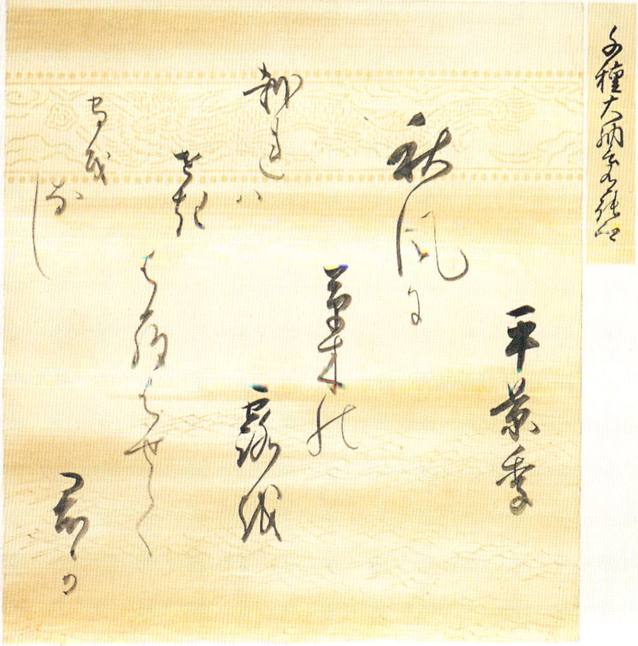

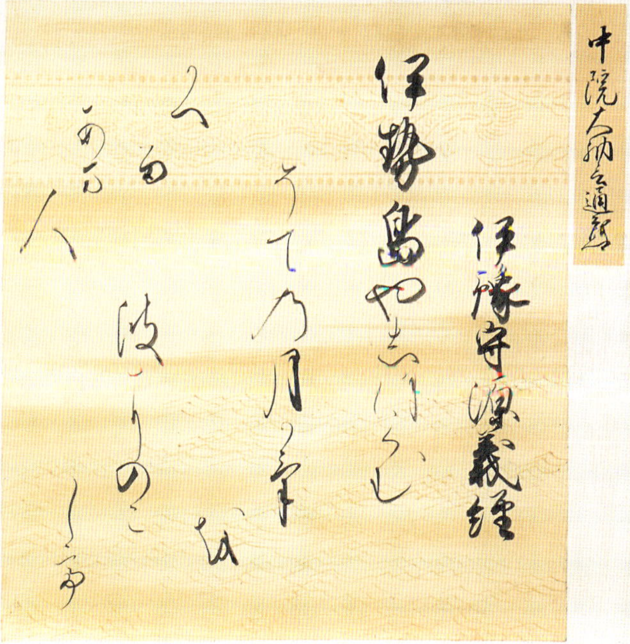

315　千種大納言有能卿　平景季／中院大納言通茂卿　伊予守源義経

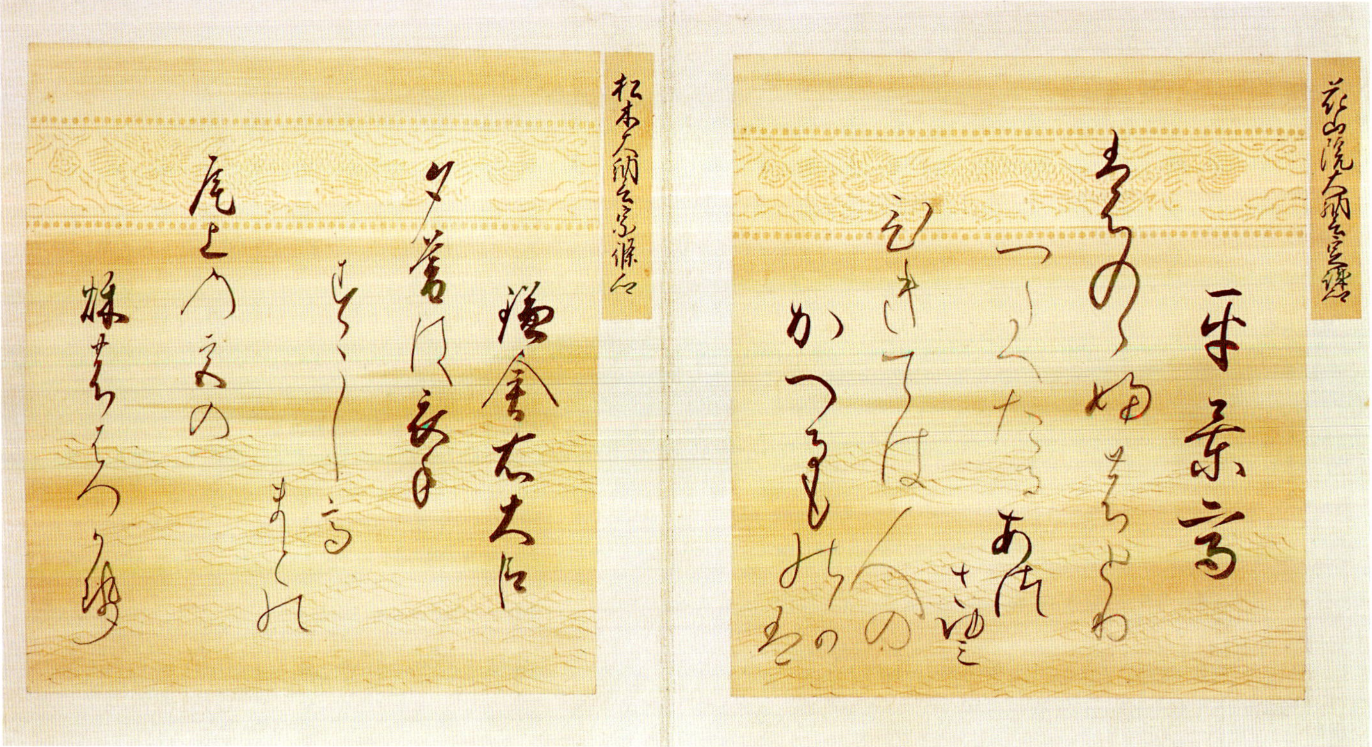

松木大納言宗条卿　鎌倉右大臣／花山院大納言定誠卿　平景高　

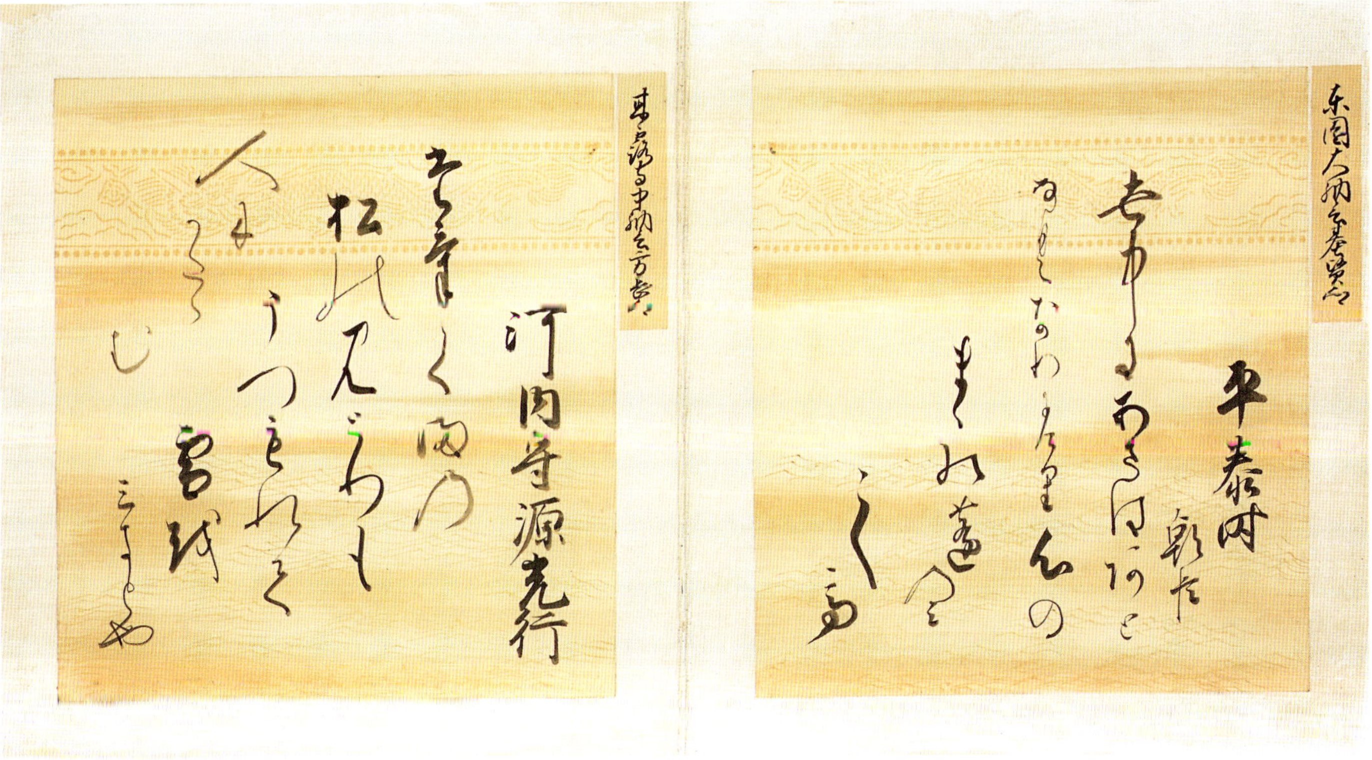

317　甘露寺中納言方長卿　河内守源光行／東園大納言基賢卿　平泰時朝臣

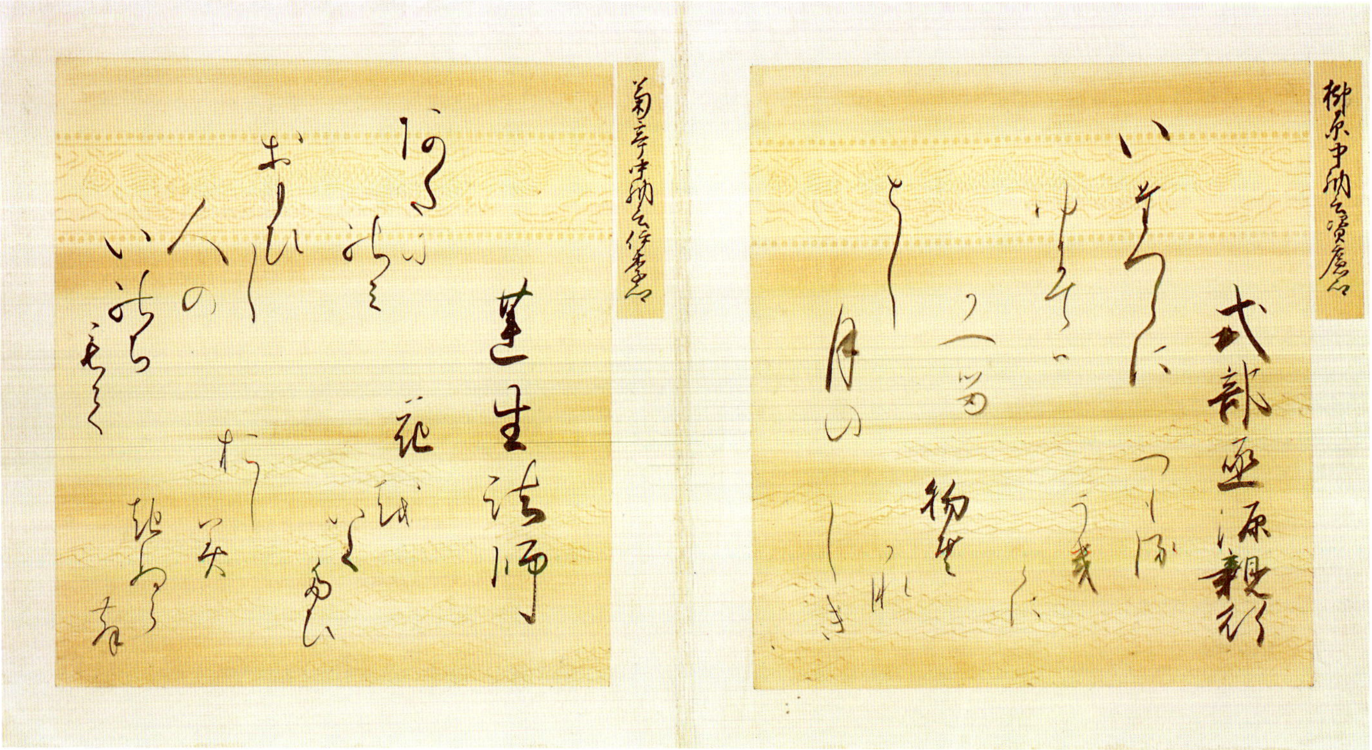

菊亭中納言伊季卿　蓮生法師／柳原中納言資廉卿　式部丞源親行

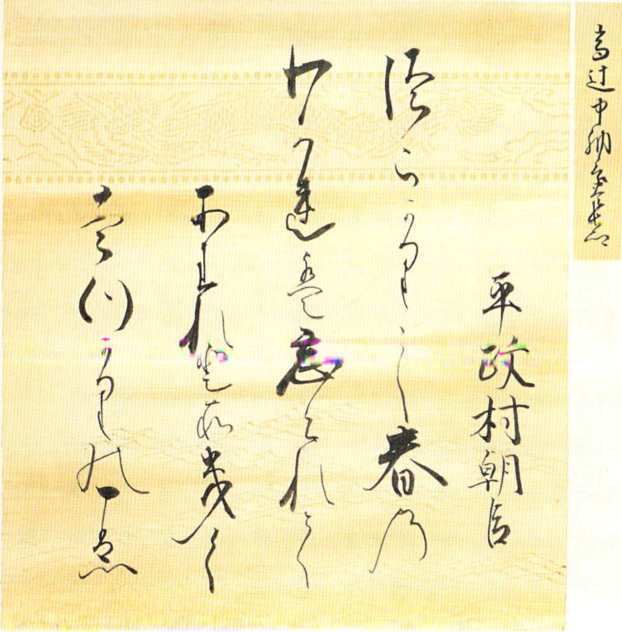

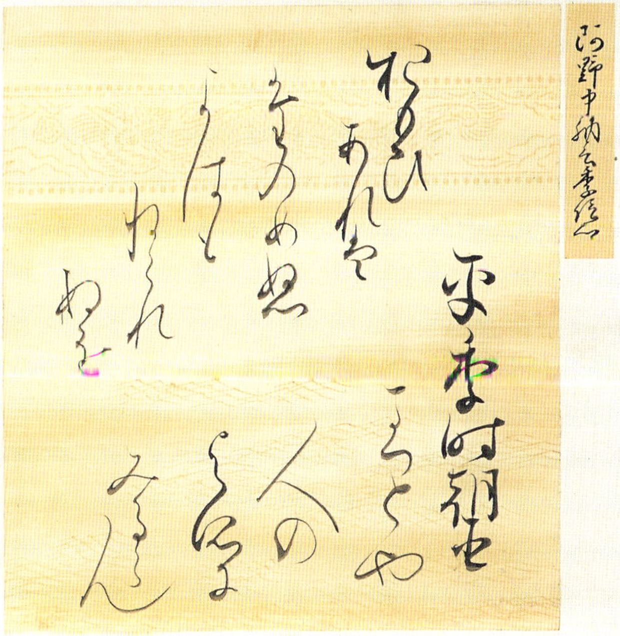

319　高辻中納言豊長卿　平政村朝臣／阿野中納言季信卿　平季(重)時朝臣

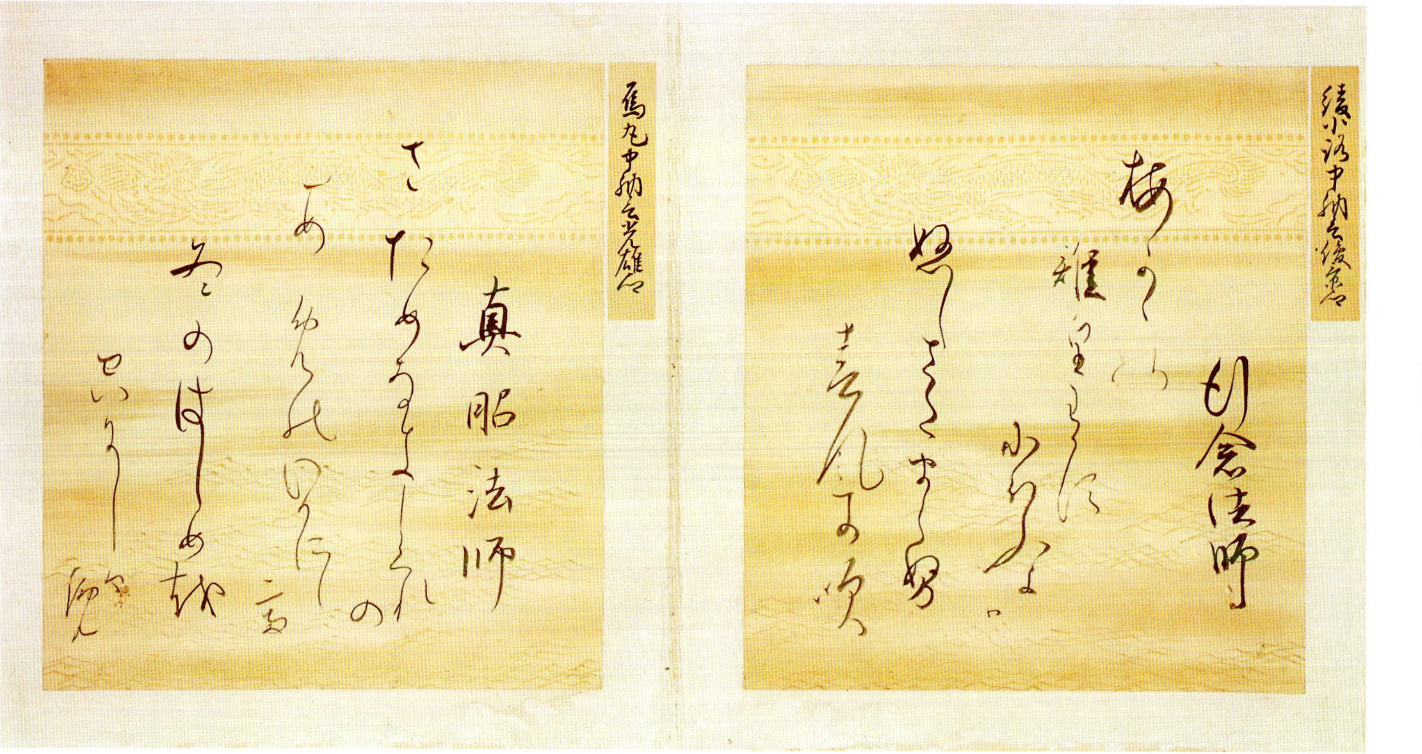

烏丸中納言光雄卿　真昭法師／綾小路中納言俊景卿　行念法師

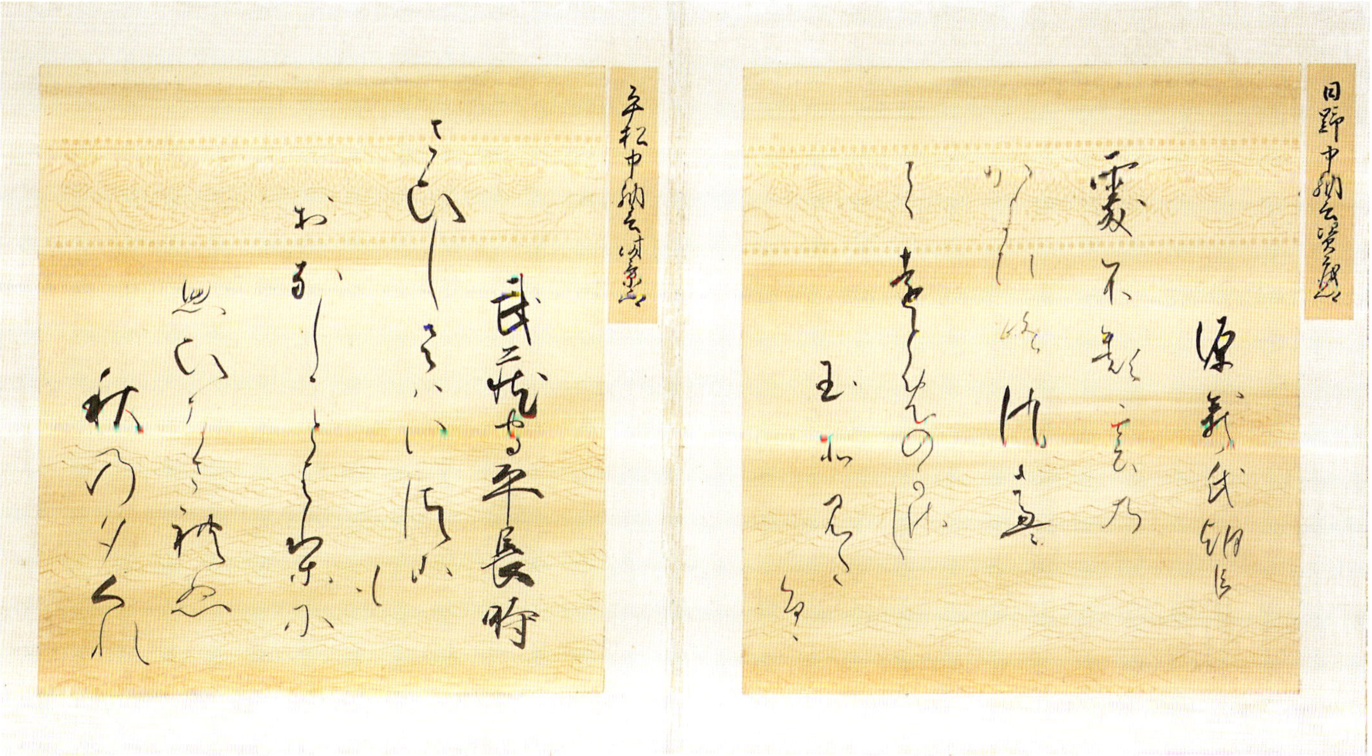

321　平松中納言時景卿(時量ヵ)　武蔵守平長時／日野中納言資茂卿　源義氏朝臣

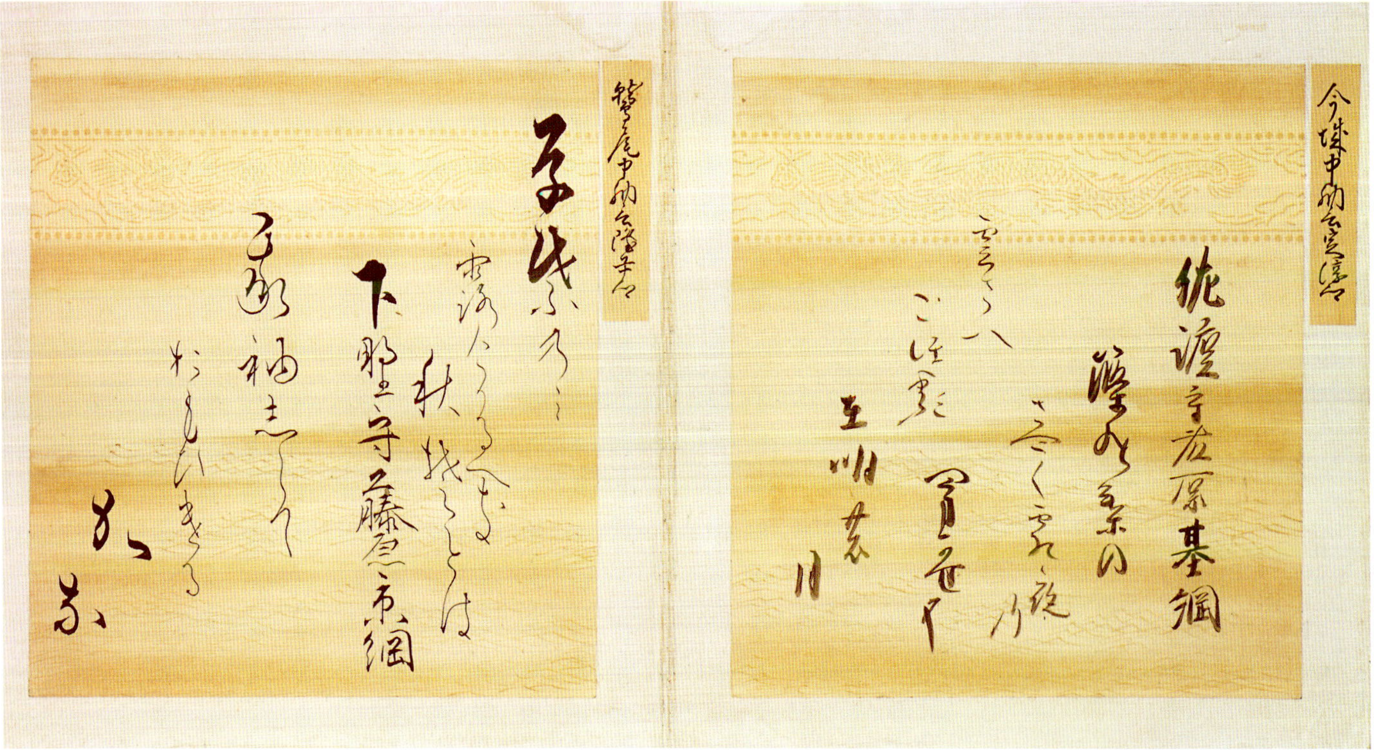

鷺尾中納言隆尹卿　下野守藤原景綱／今城中納言定淳卿　佐渡守藤原基綱

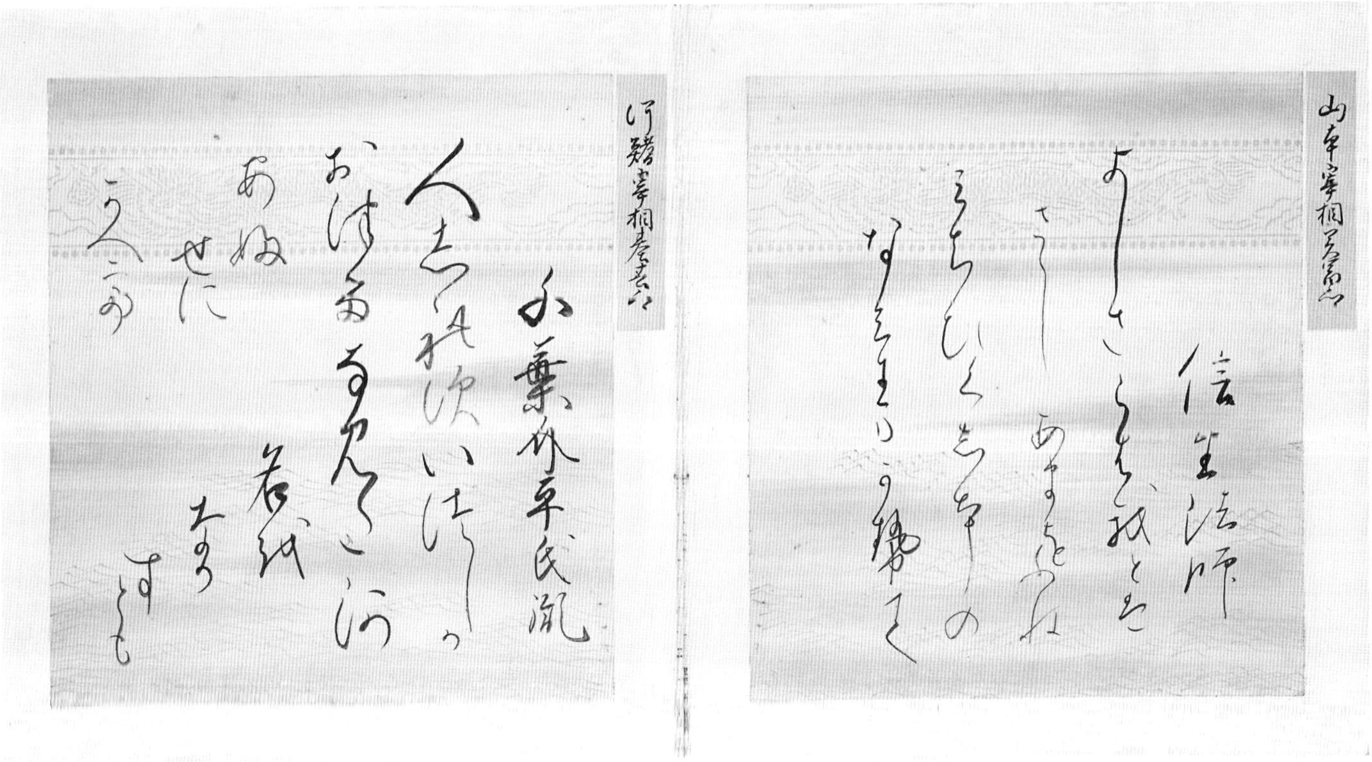

323　河鰭宰相基共卿　千葉介平氏胤／山本宰相実富卿　信生法師

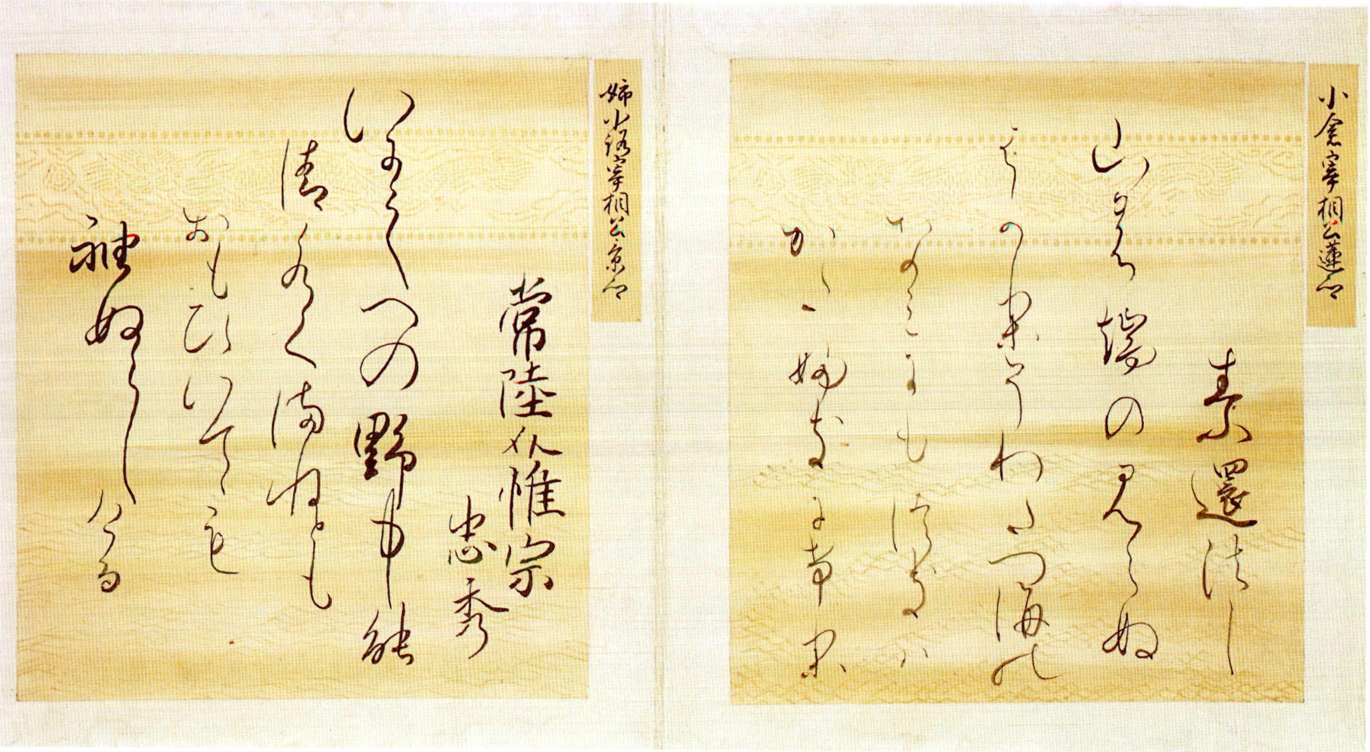

姉小路宰相公景卿（公量ヵ）　常陸介惟宗忠秀／小倉宰相公連卿　素還（暹）法師

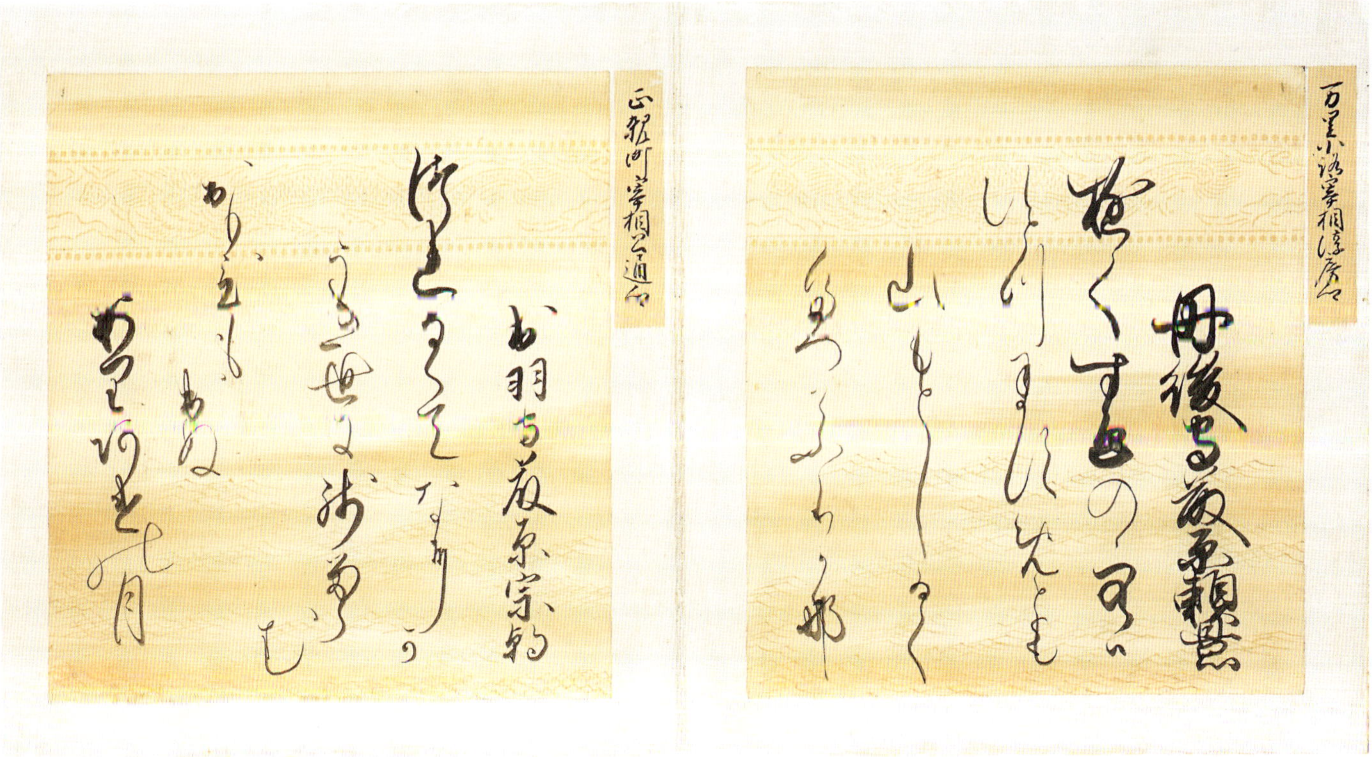

325　正親町宰相公通卿　出羽守藤原宗朝／万里小路宰相淳房卿　丹後守藤原頼景

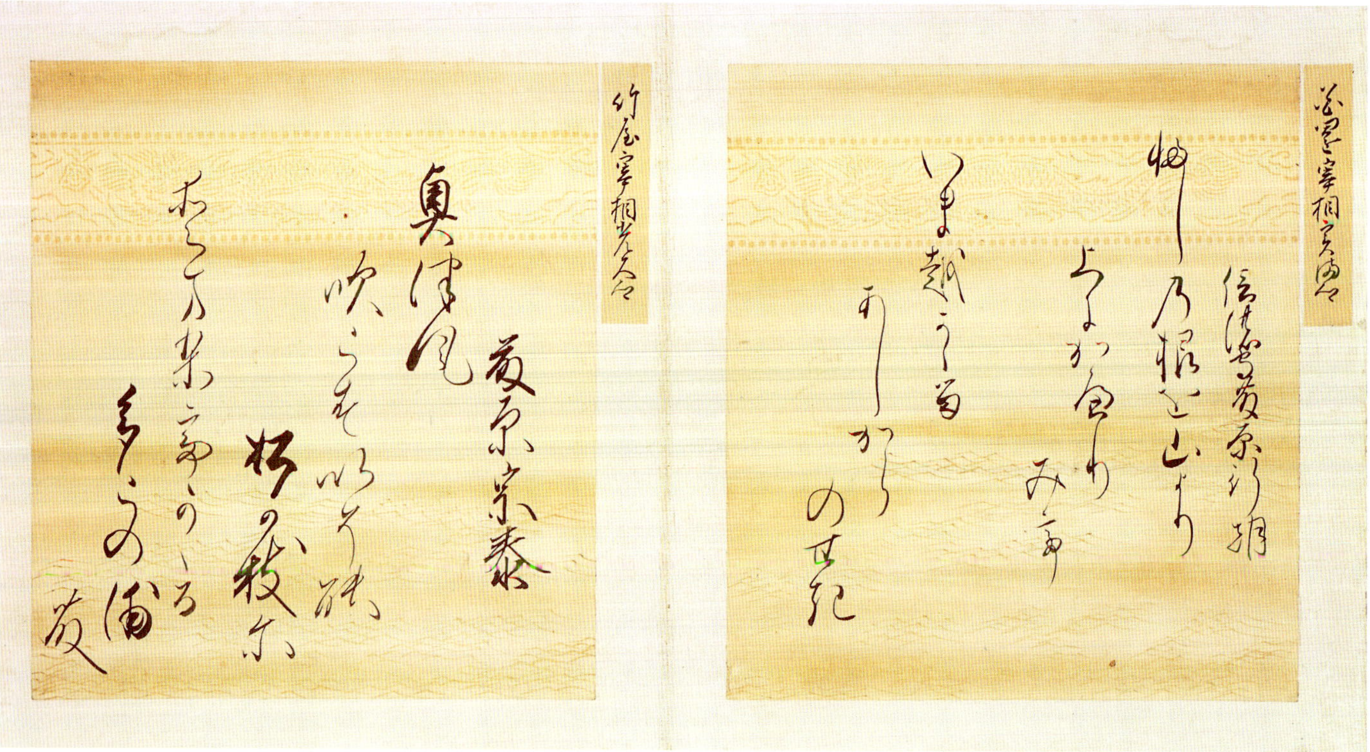

竹屋宰相光久卿　藤原宗泰／花園宰相実満卿　信濃守藤原行朝

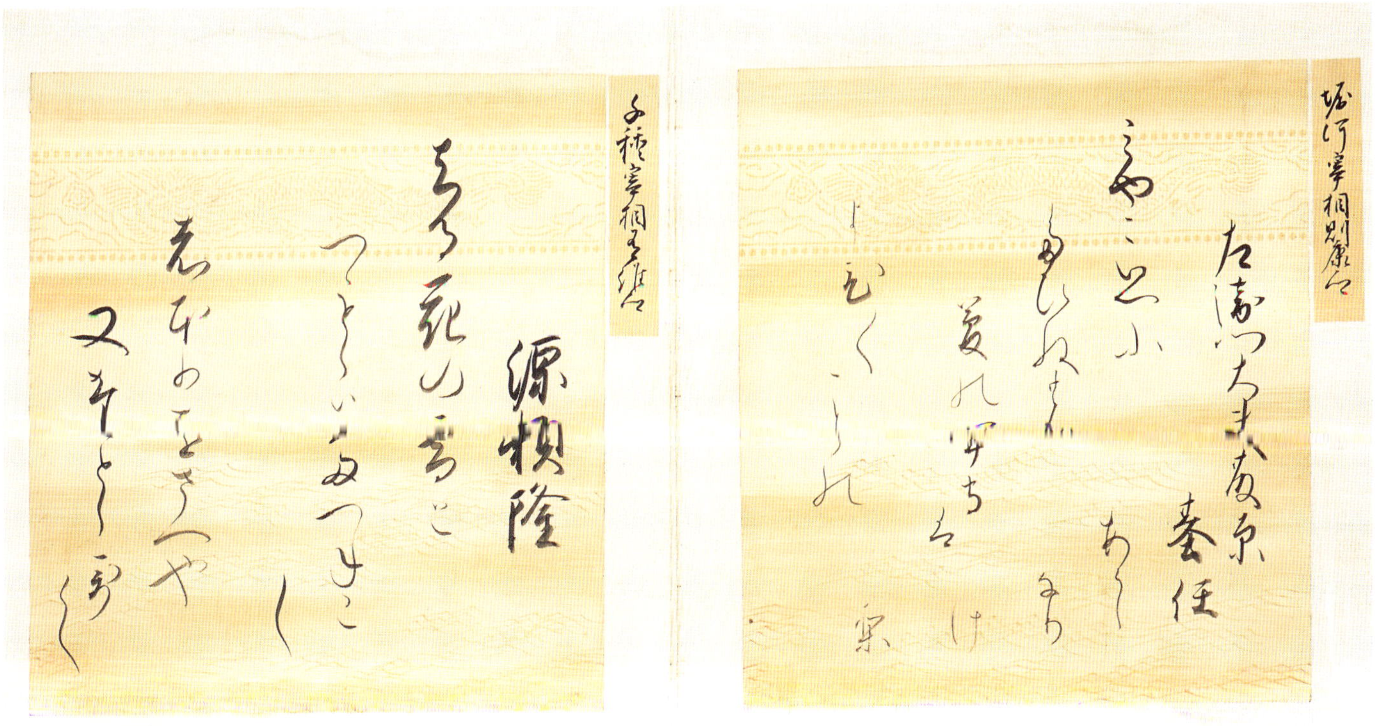

327　千種宰相有維卿　源頼隆／堀河宰相則康卿　左衛門大夫藤原基任

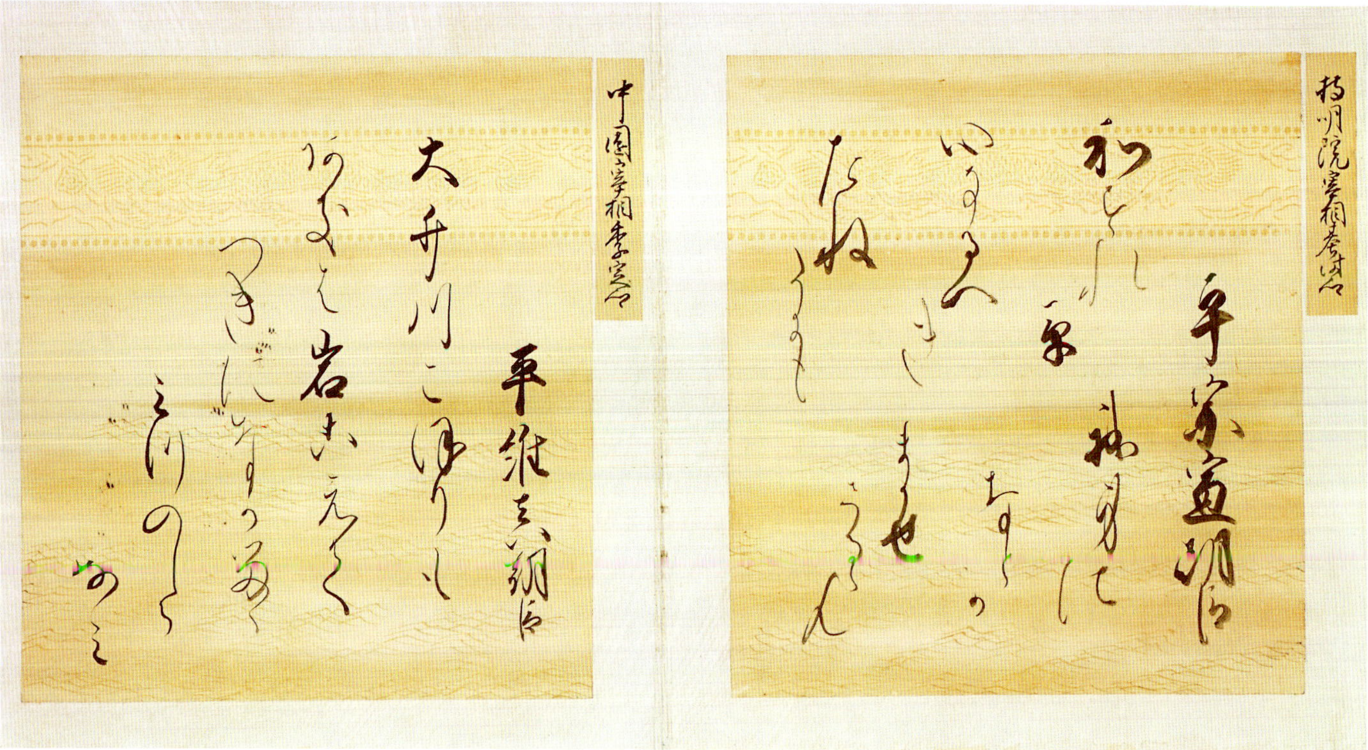

中園宰相季定卿　平維真(貞)朝臣／持明院宰相基時卿　平宗宣朝臣

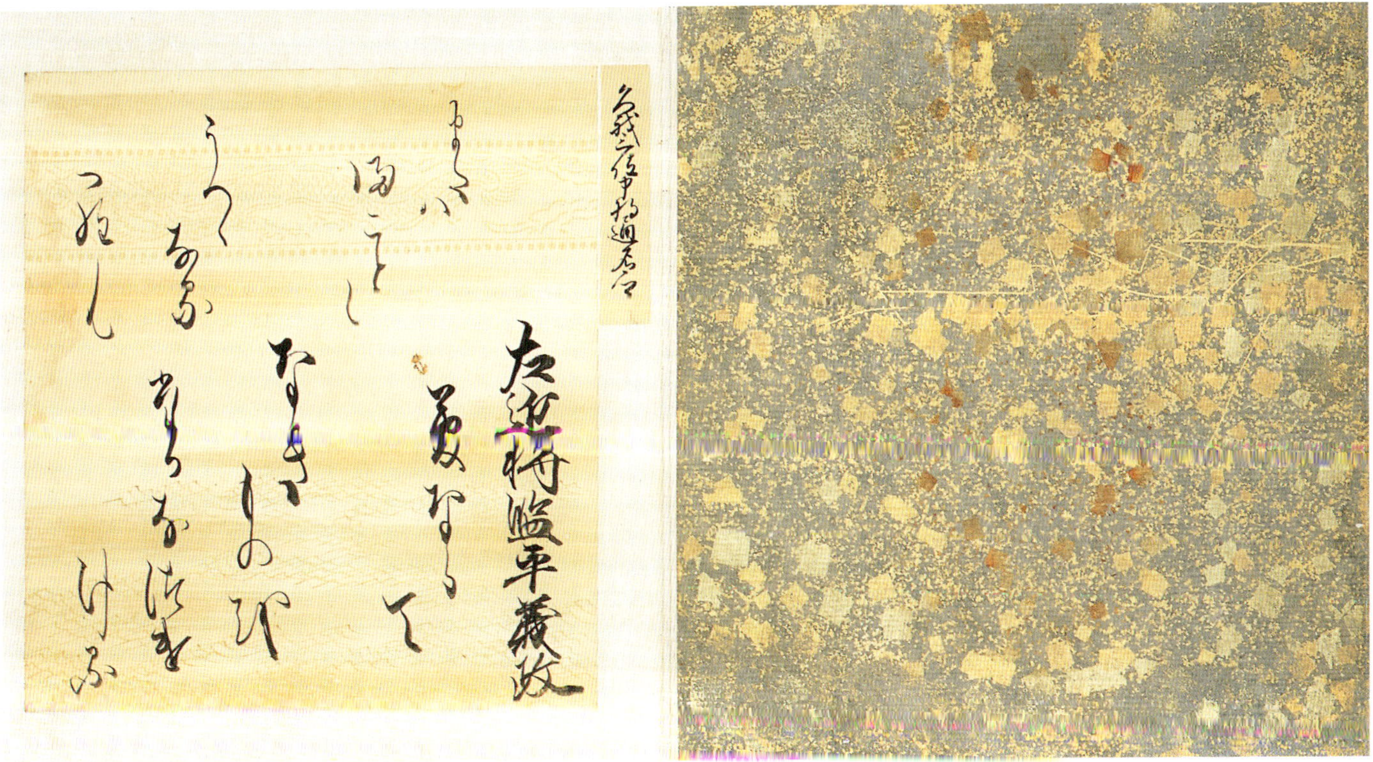

329　久我三位中将通名卿　左近将監平義政／帖裏見返

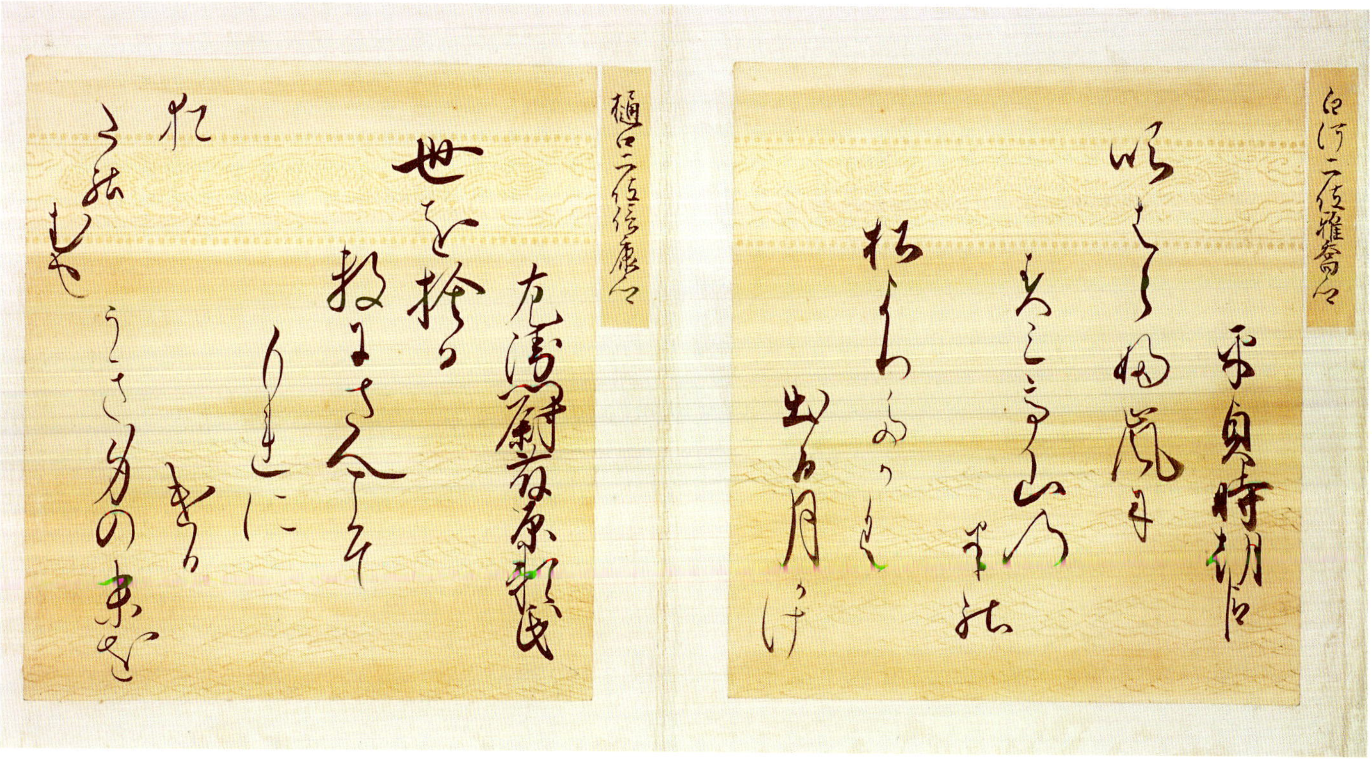

樋口二位信康卿　左衛門尉藤原頼氏／白河二位雅喬卿　平貞時朝臣　*330*

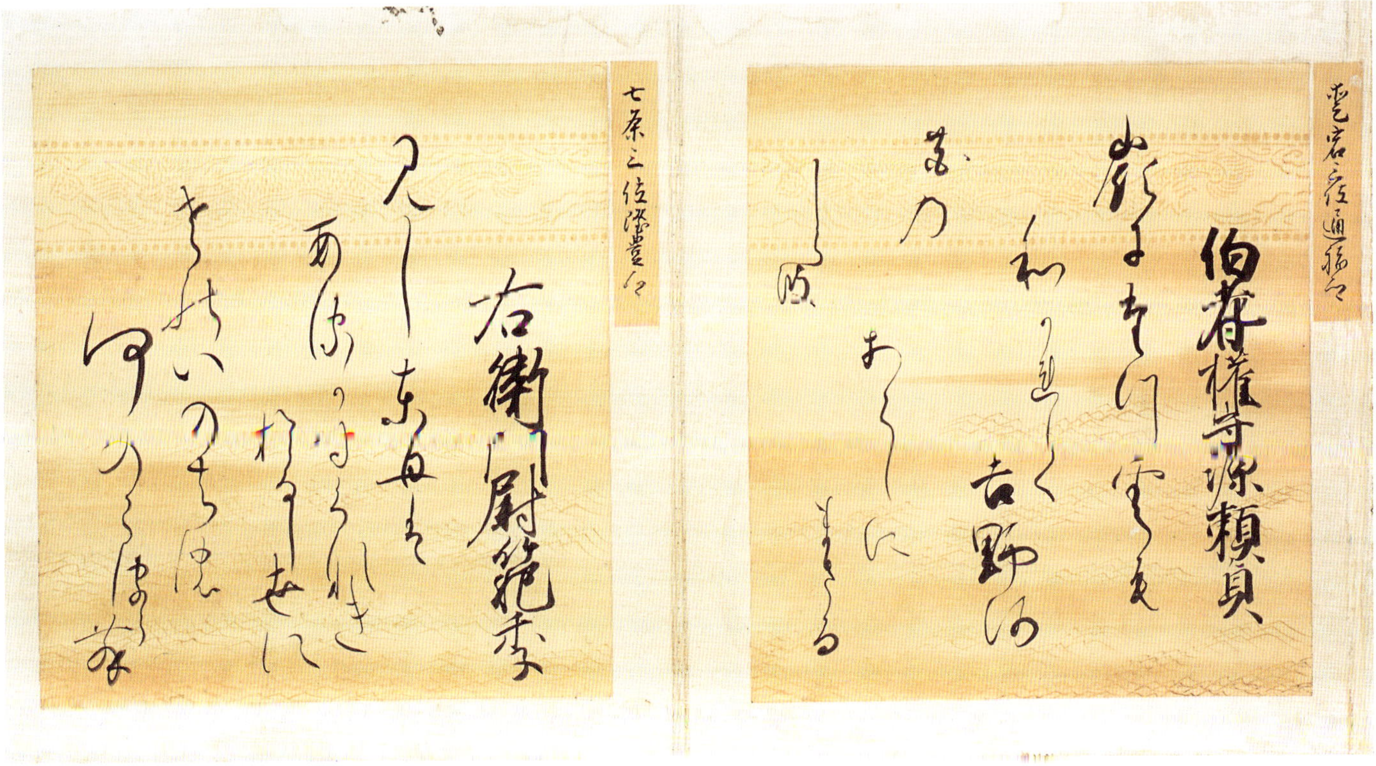

331　七条三位隆豊卿　右衛門尉範季（秀）／愛宕三位通福卿　伯耆権守源頼貞

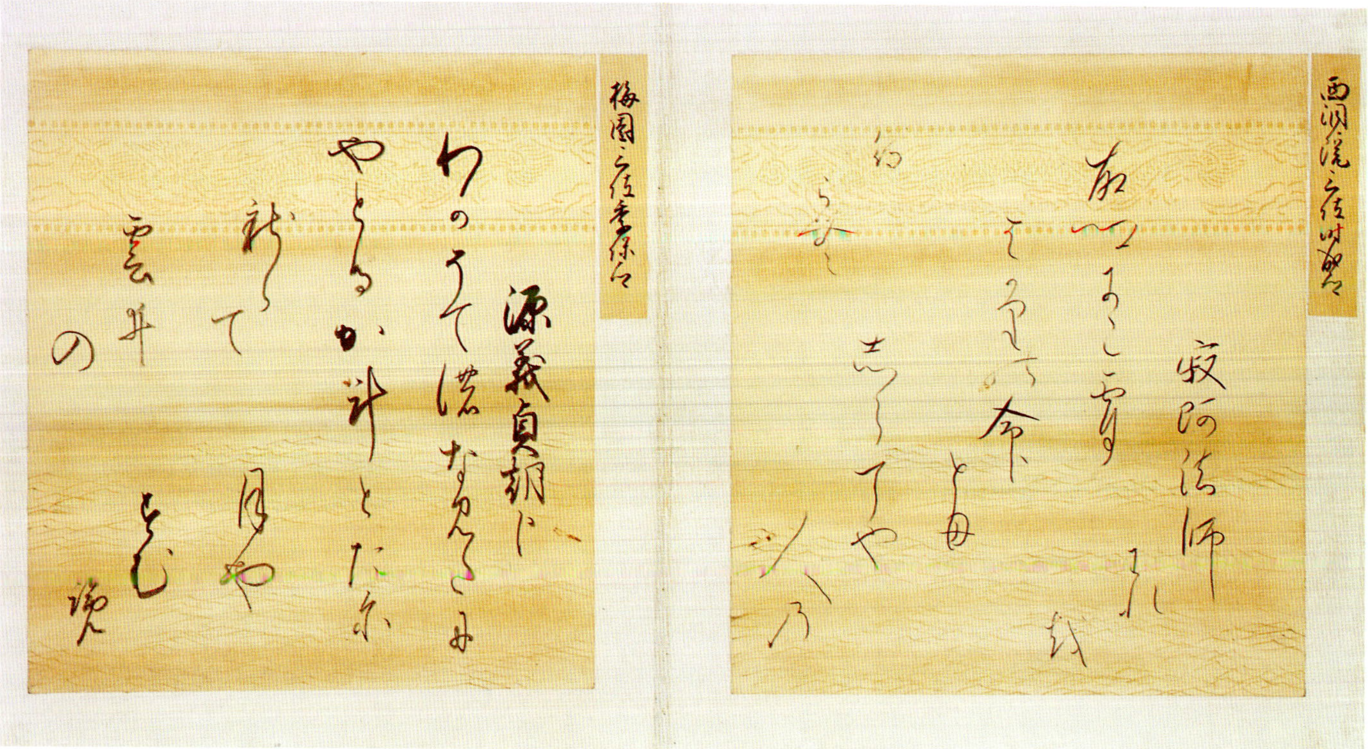

梅園三位季保卿　源義貞朝臣／西洞院三位時成卿　寂阿法師

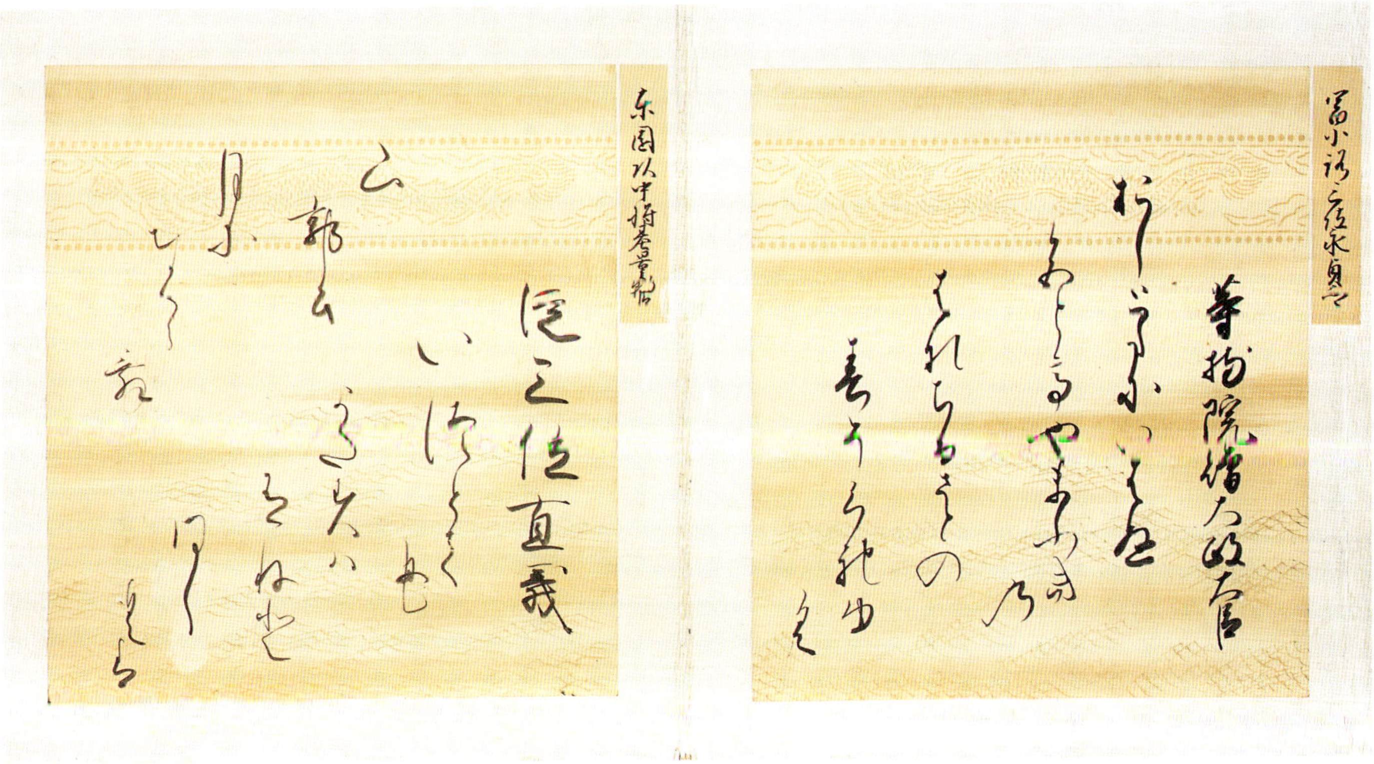

333　東園頭中将基量朝臣　従三位直義／冨小路三位永貞卿　等持院贈大政大臣

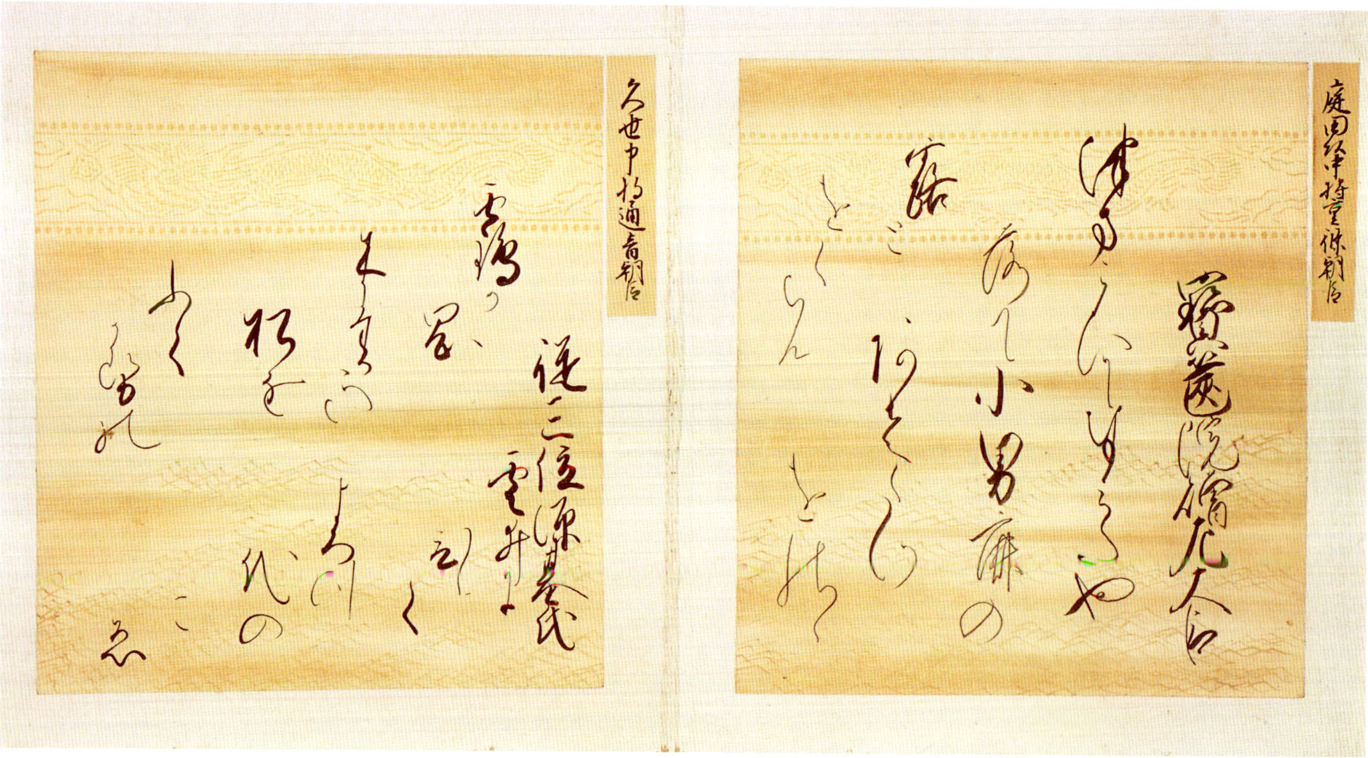

久世中将通音朝臣　従三位源基氏／庭田頭中将重条朝臣　宝篋院贈左大臣

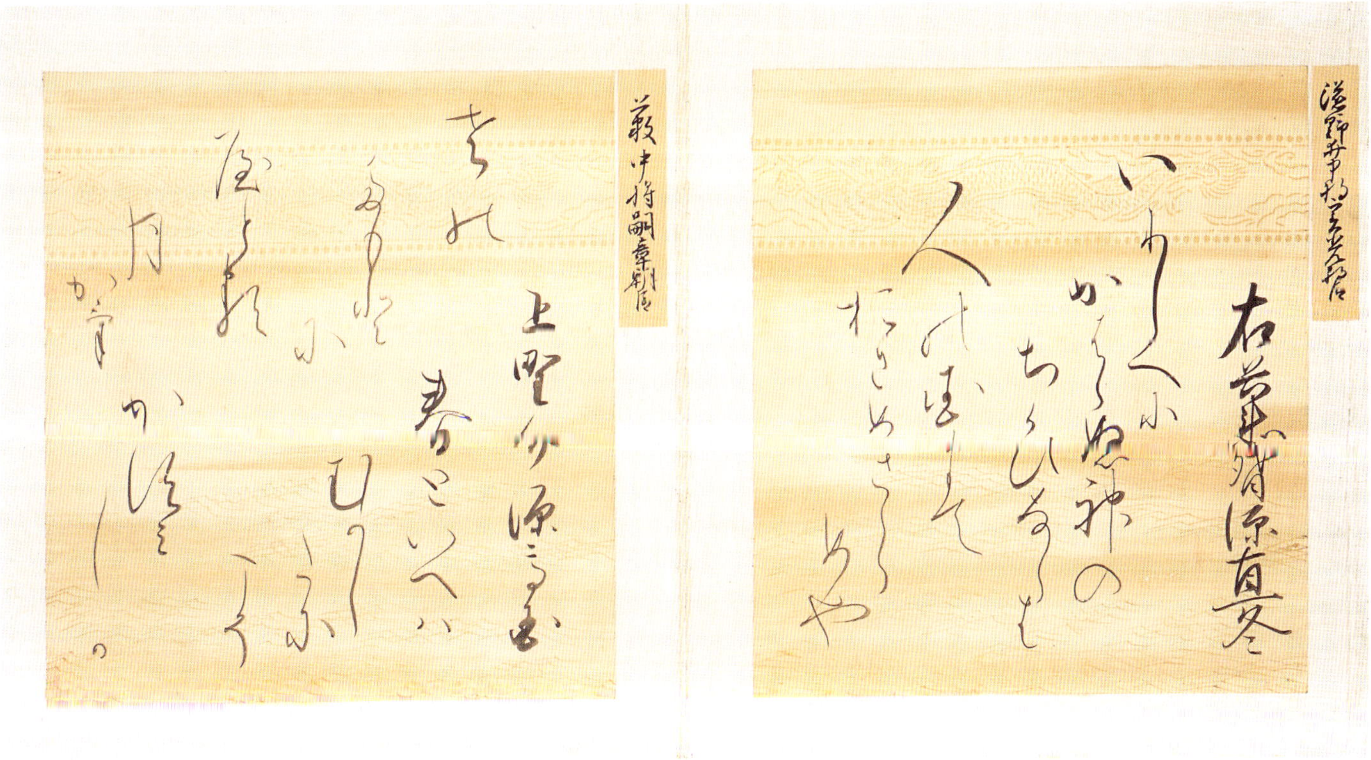

335　藪中将嗣章朝臣　上野介源高国／滋野井中将実光朝臣　右兵衛督源直冬

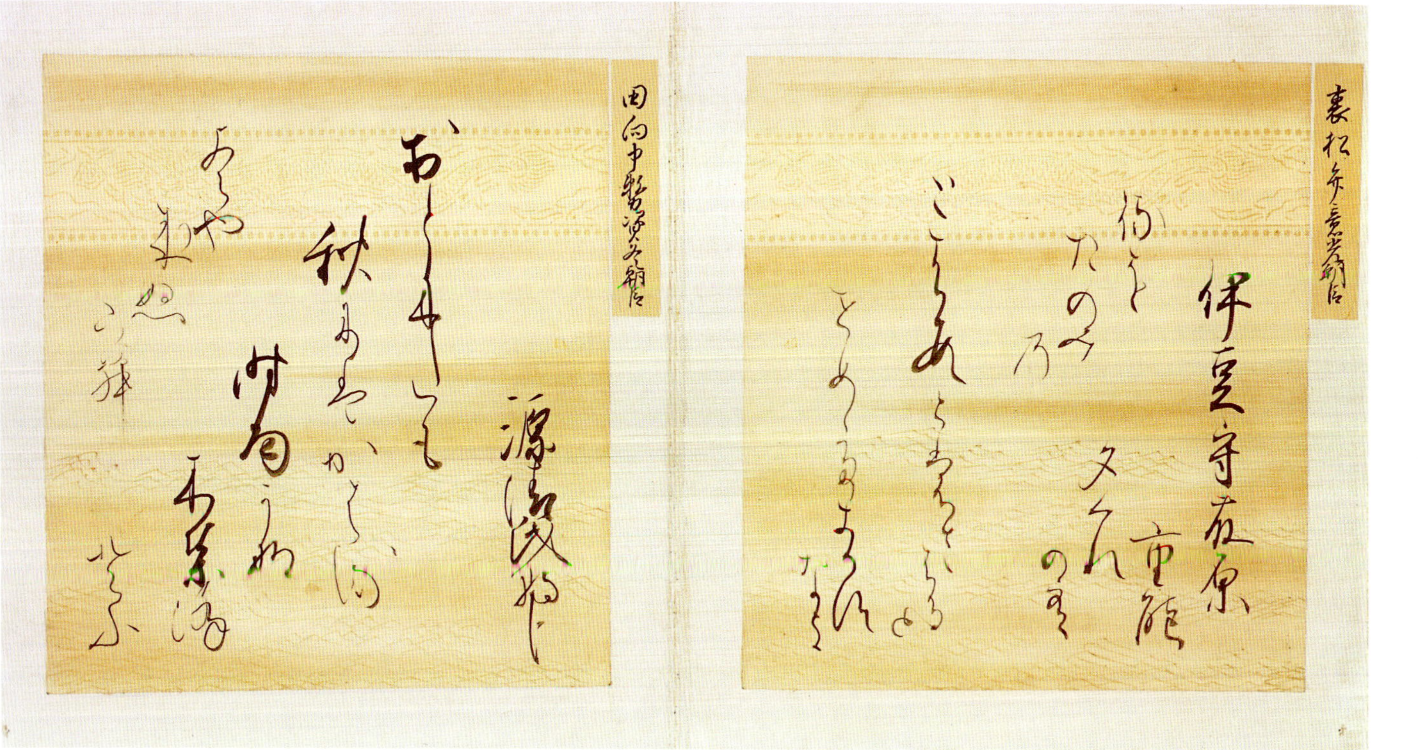

田向中務資冬朝臣　源清氏朝臣／裏松弁意光朝臣　伊豆守藤原重能

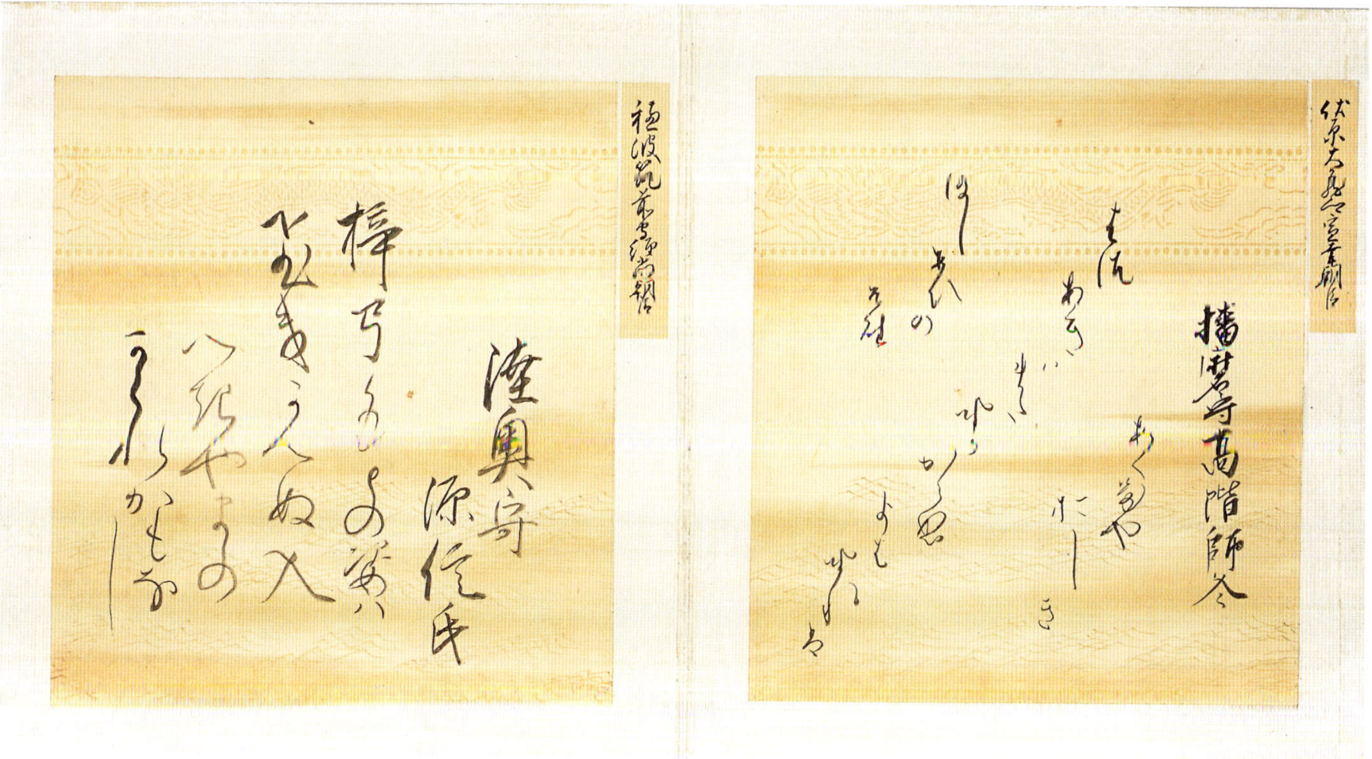

337　穂波筑前守経尚朝臣　陸奥守源信氏／伏原大蔵卿宣幸朝臣　播磨守高階師冬

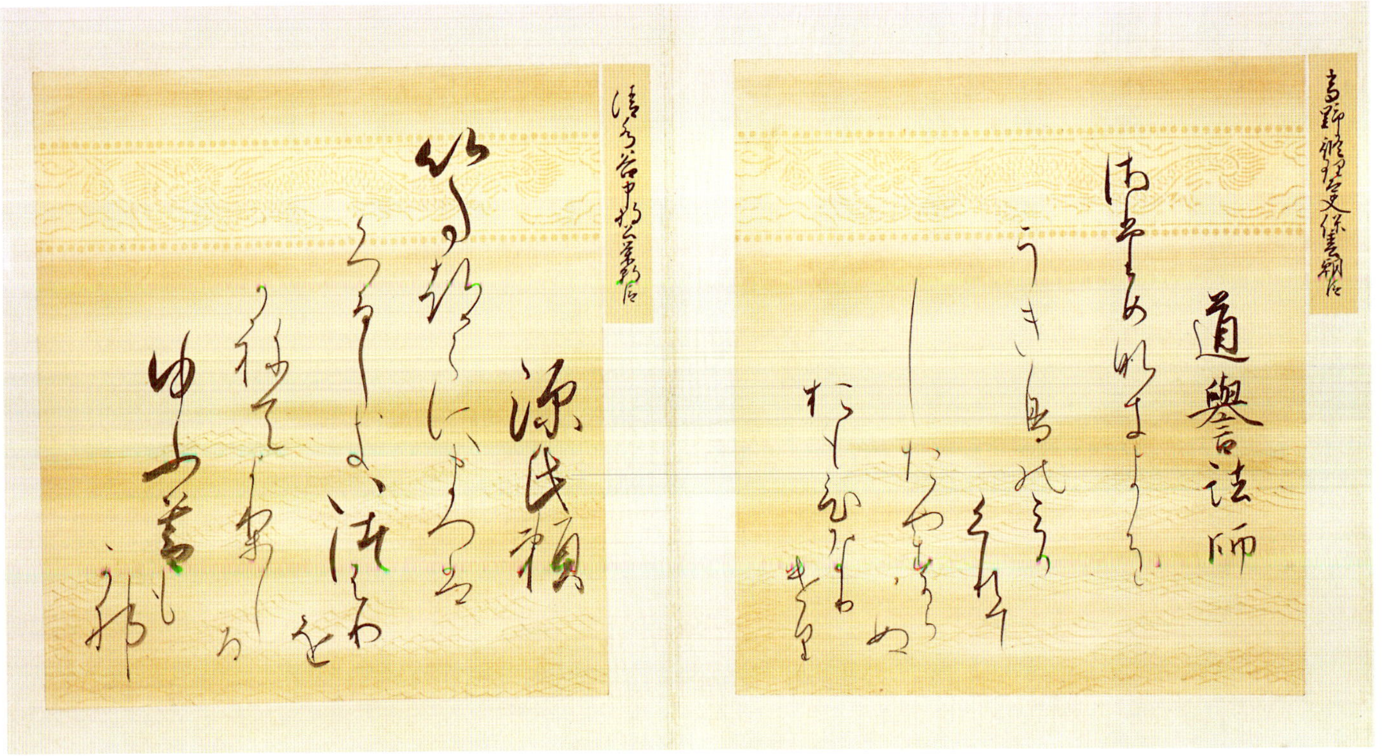

清水谷中将公栄朝臣　源氏頼／高野修理大夫保春朝臣　道誉法師

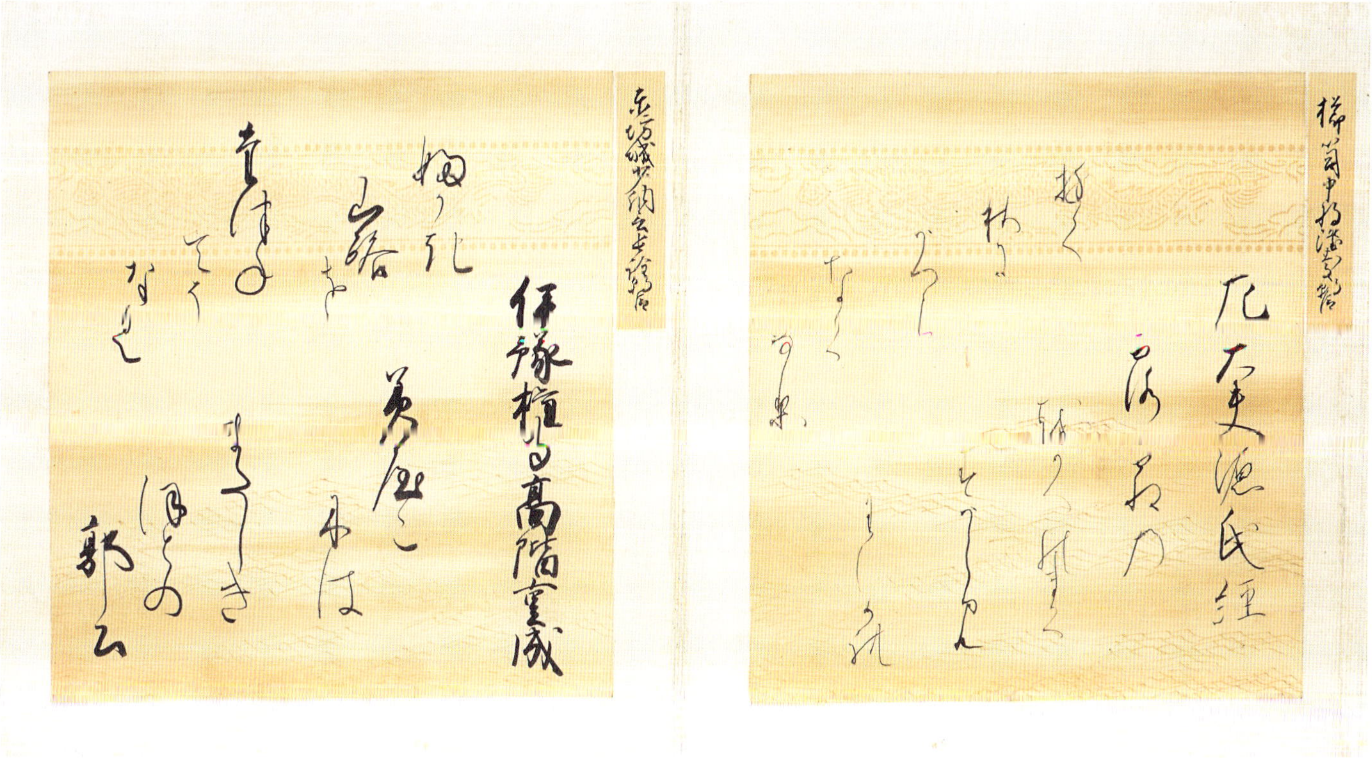

339　東坊城少納言長詮朝臣　伊予権守高階重成／櫛笥中将隆慶朝臣　左大夫源氏経

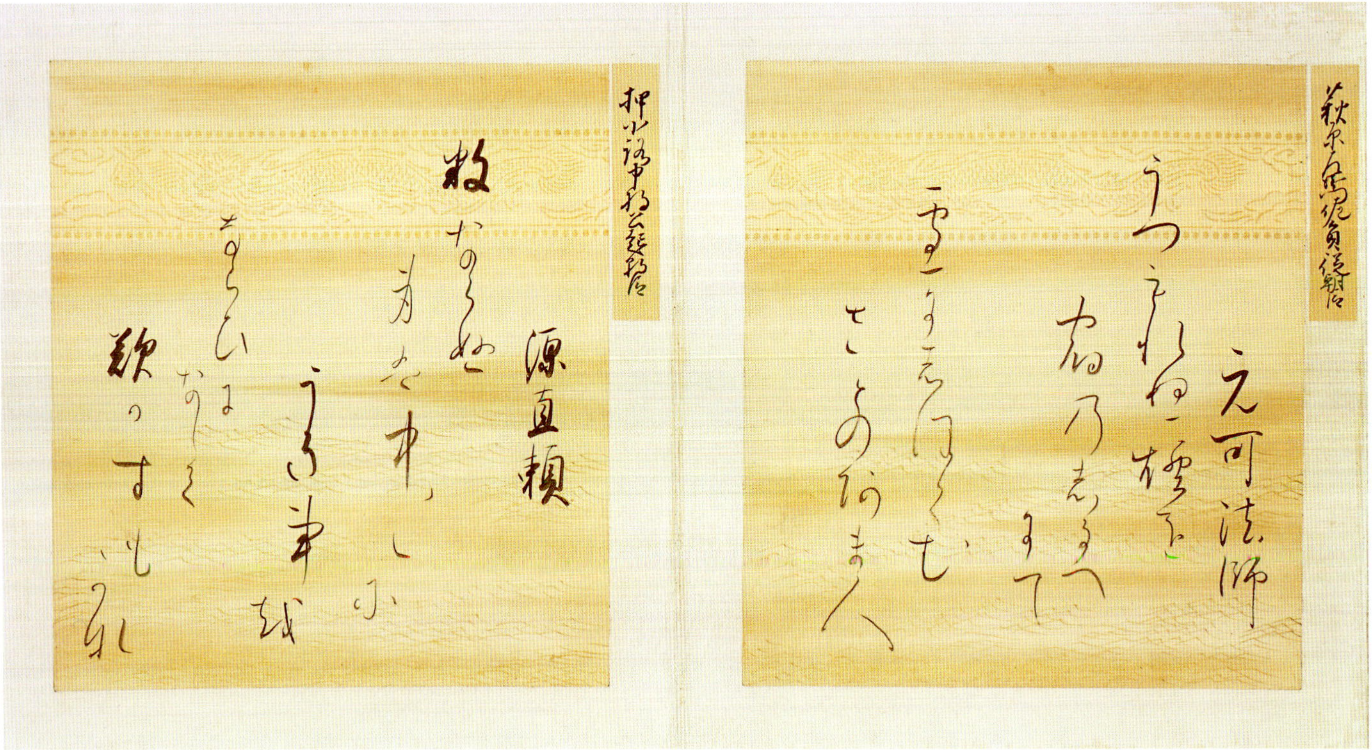

押小路中将公起朝臣　源直頼／萩原左衛門佐員従朝臣　元可法師

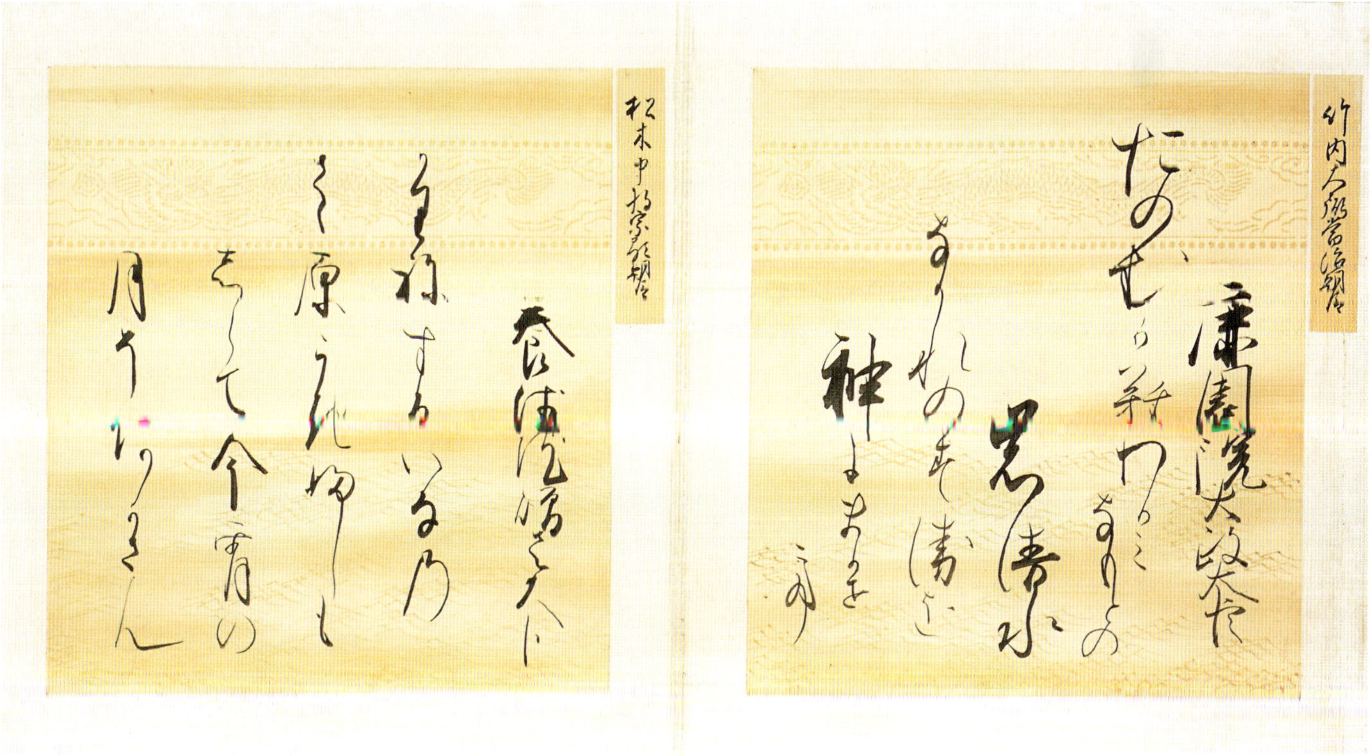

341　松木中将宗顕朝臣　養徳院贈左大臣／竹内大弼当治朝臣　鹿園院大政大臣

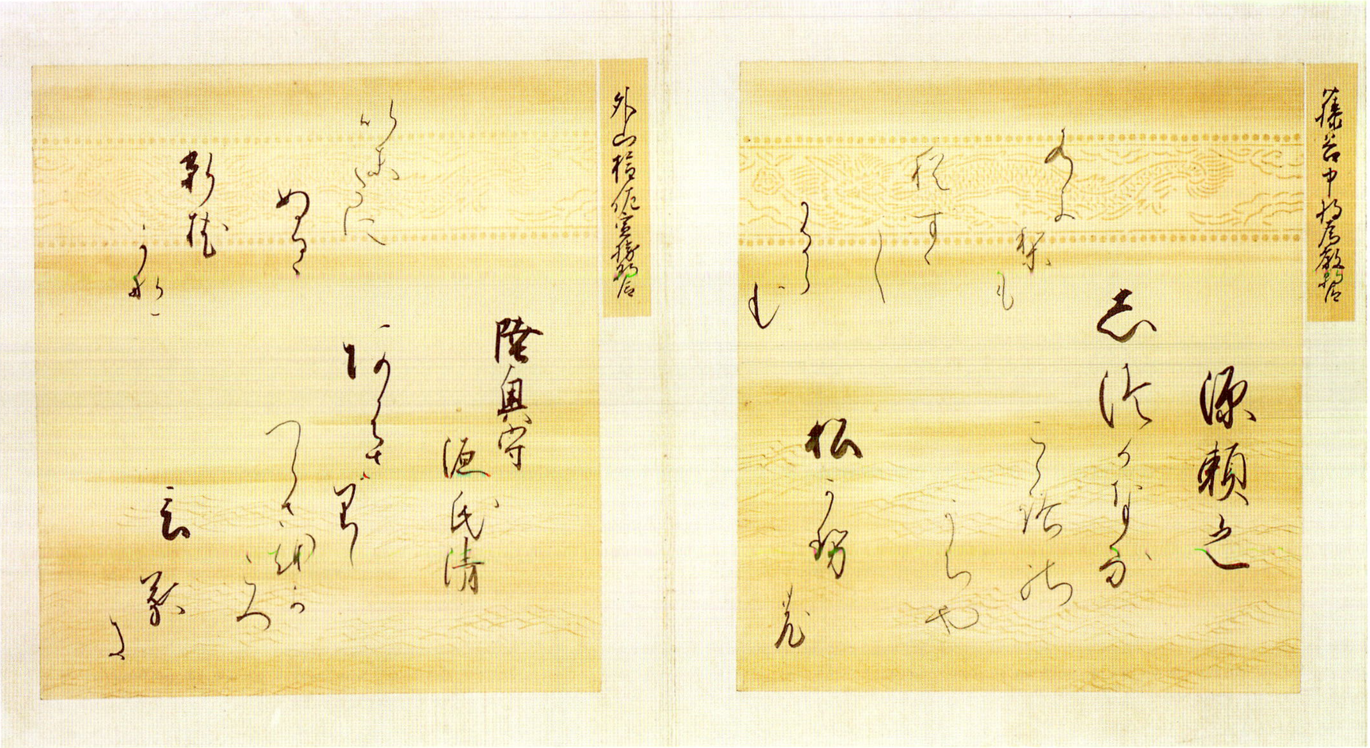

外山権佐宣勝朝臣　陸奥守源氏清／藤谷中将為教朝臣　源頼之　*342*

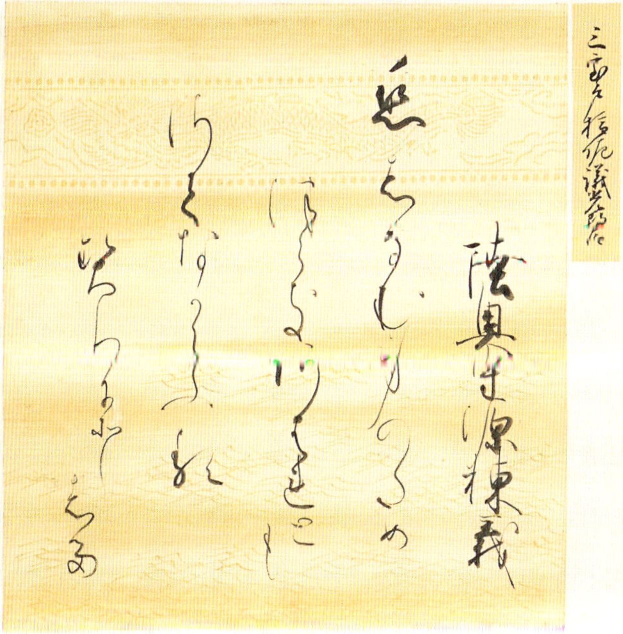

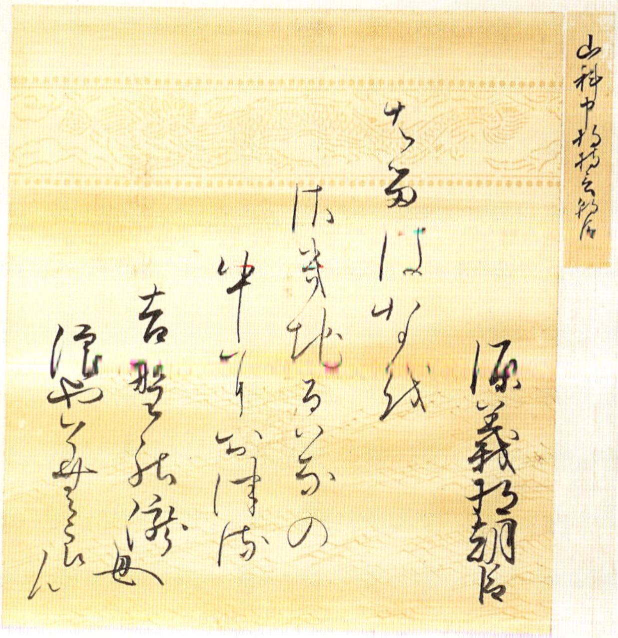

343　三室戸権佐議光朝臣(誠光ヵ)　陸奥守源棟義／山科中将持言朝臣　源義将朝臣

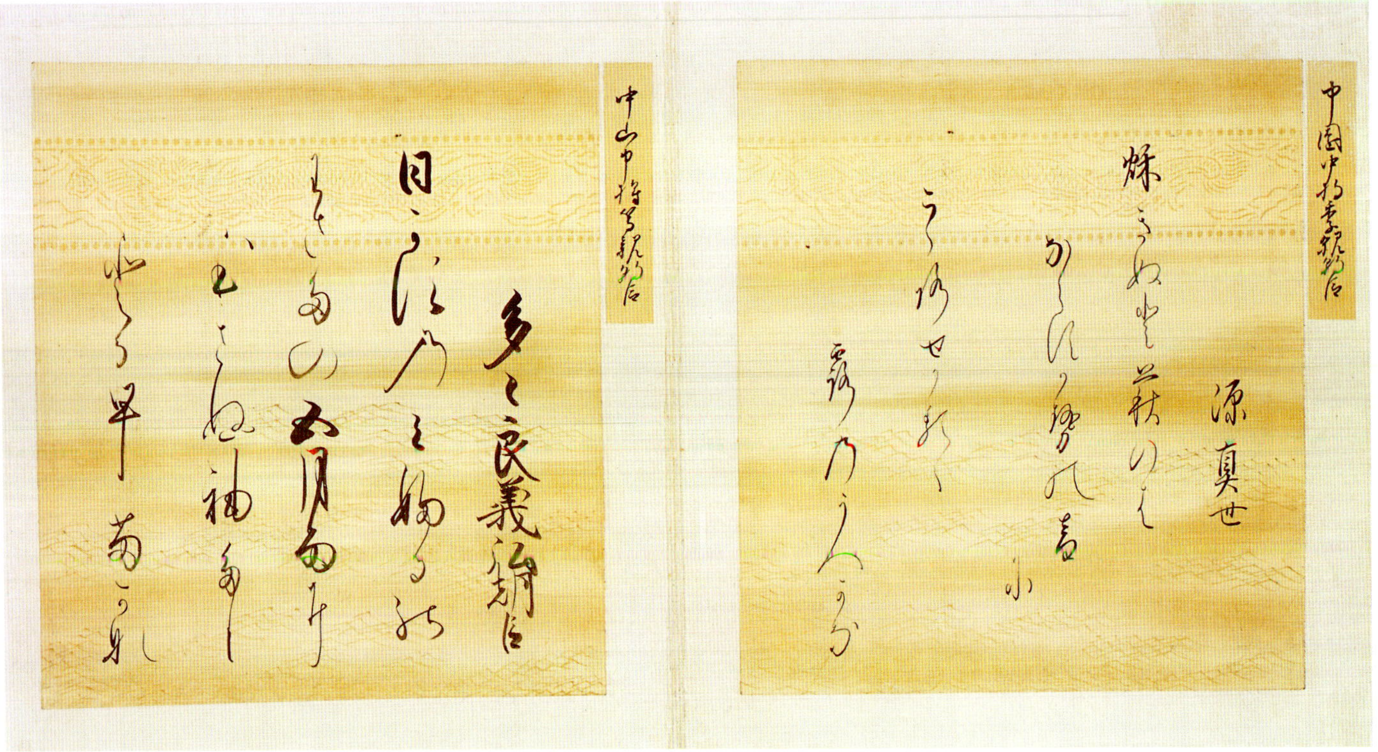

中山中将篤親朝臣　多々良義弘朝臣／中園中将季親朝臣　源真(貞)世　*344*

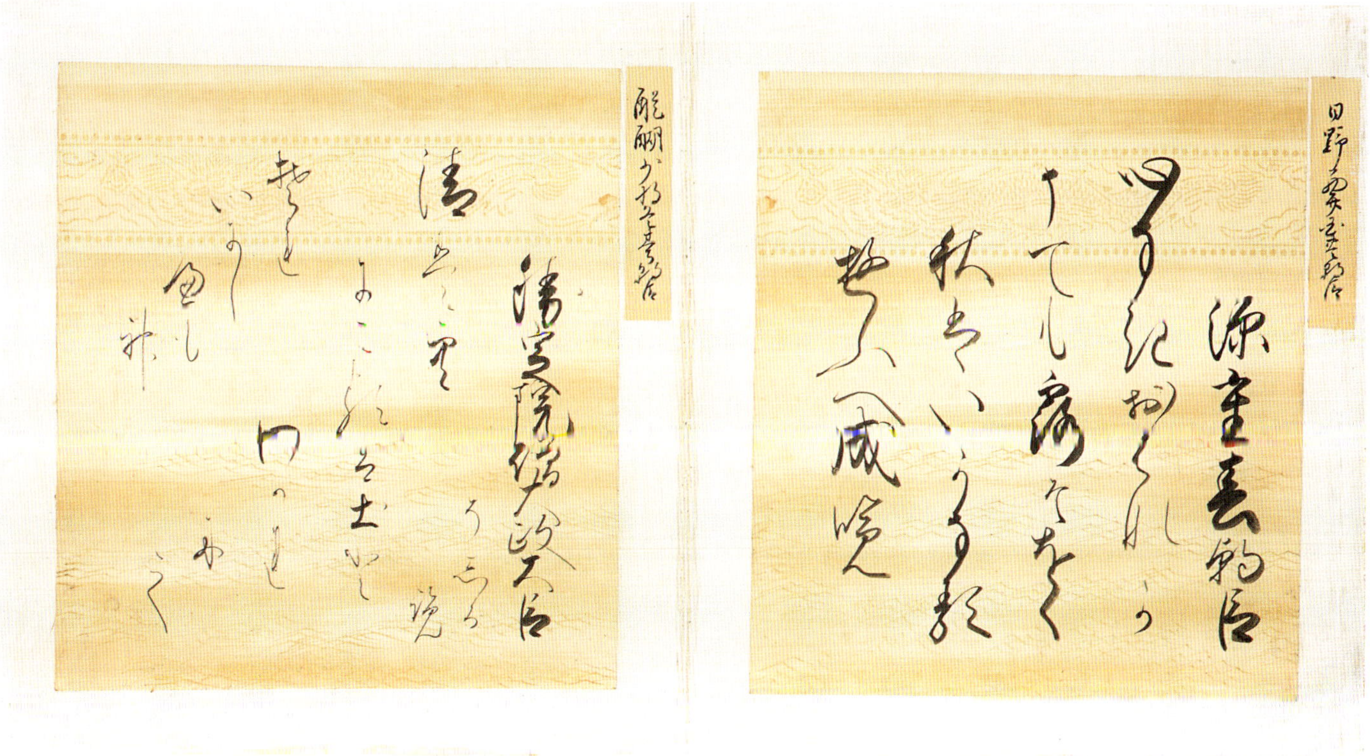

345　醍醐少将冬基朝臣　勝定院贈大政大臣／日野西弁国豊朝臣　源重春(長)朝臣

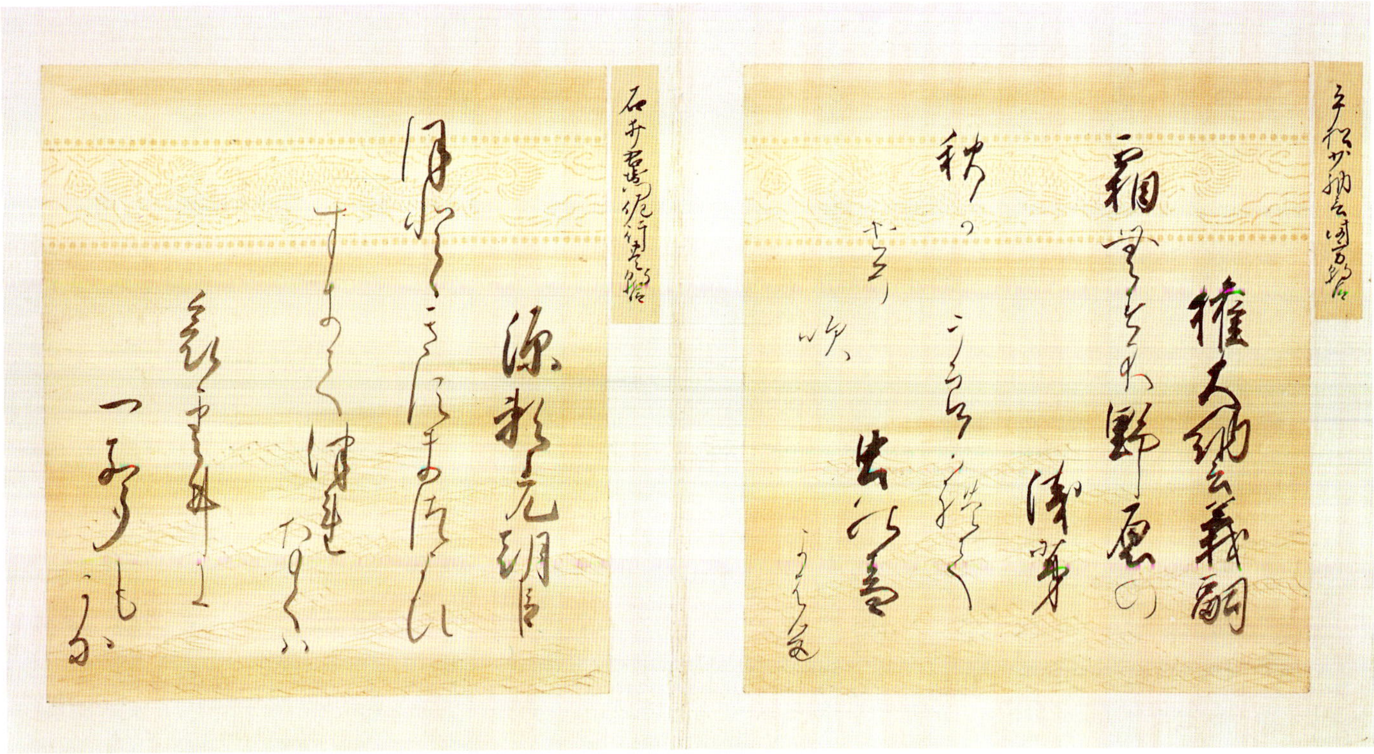

石井右衛門佐行豊朝臣　源頼元朝臣／平松少納言時方朝臣　権大納言義嗣

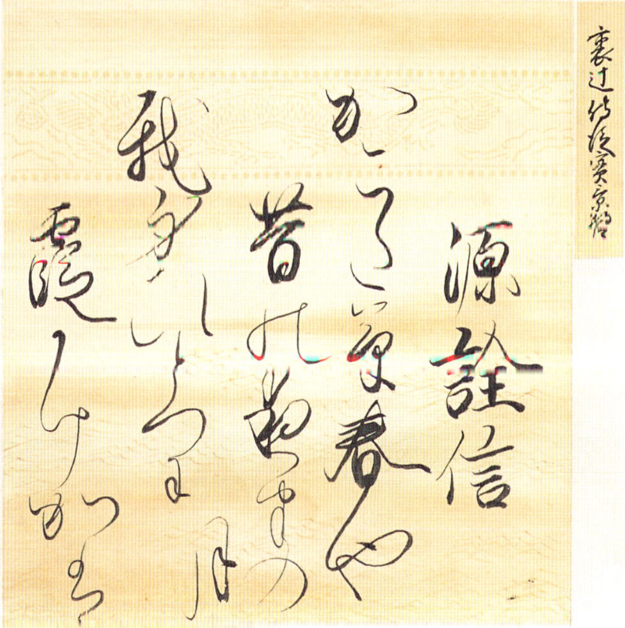

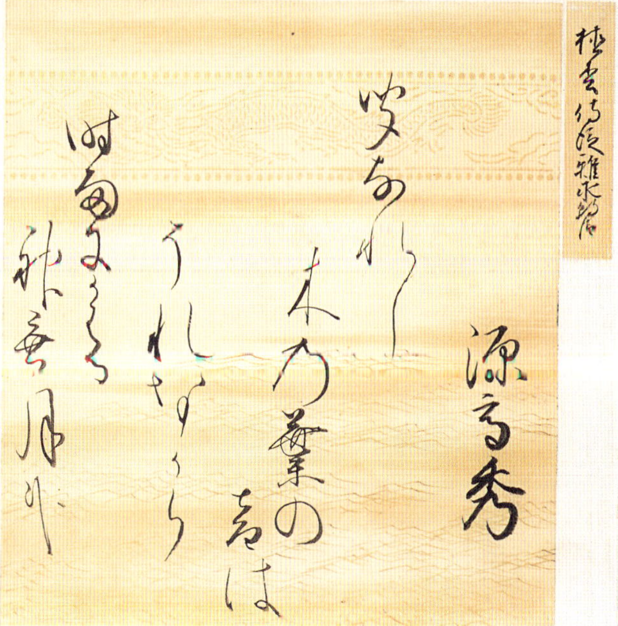

347　裏辻侍従実景朝臣　源詮信／植松侍従雅永朝臣　源高秀

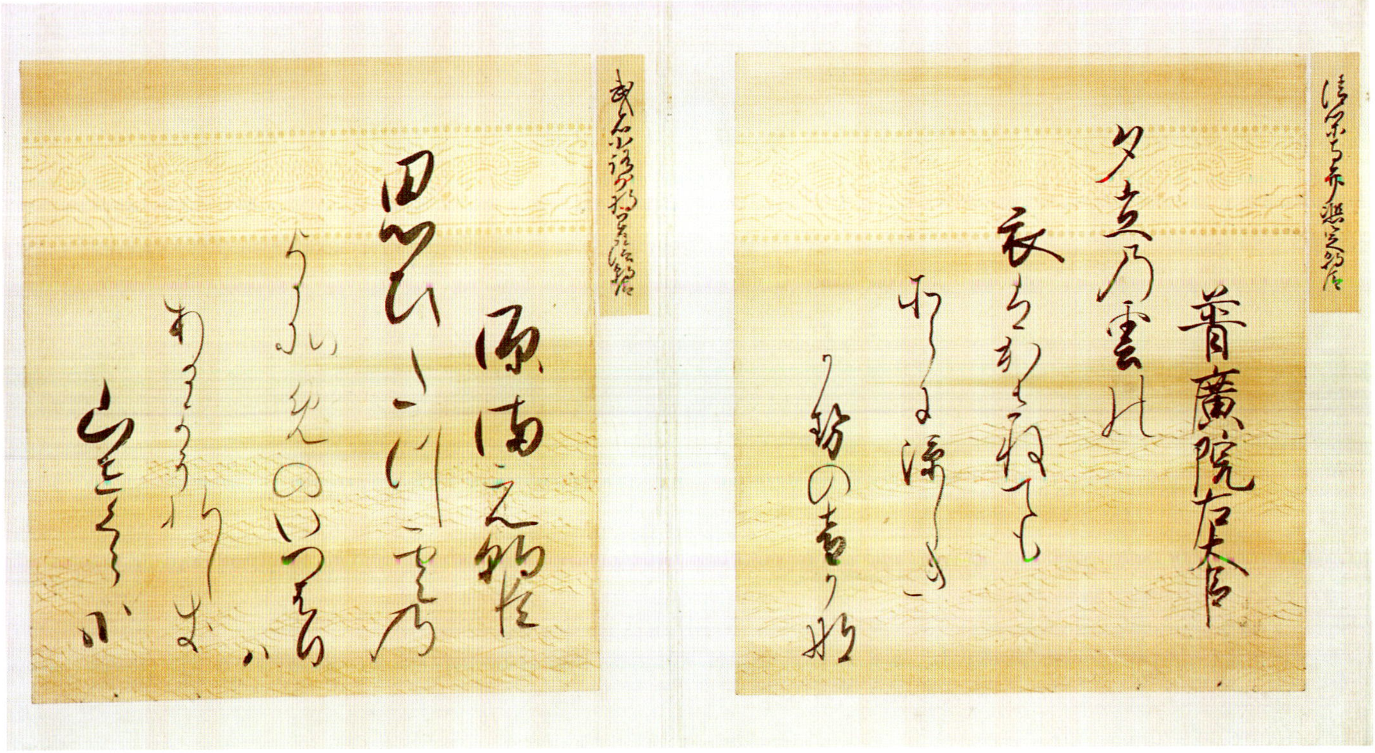

武者小路少将実陰朝臣　源満元朝臣／清閑寺弁熙定朝臣　普広院左大臣　*348*

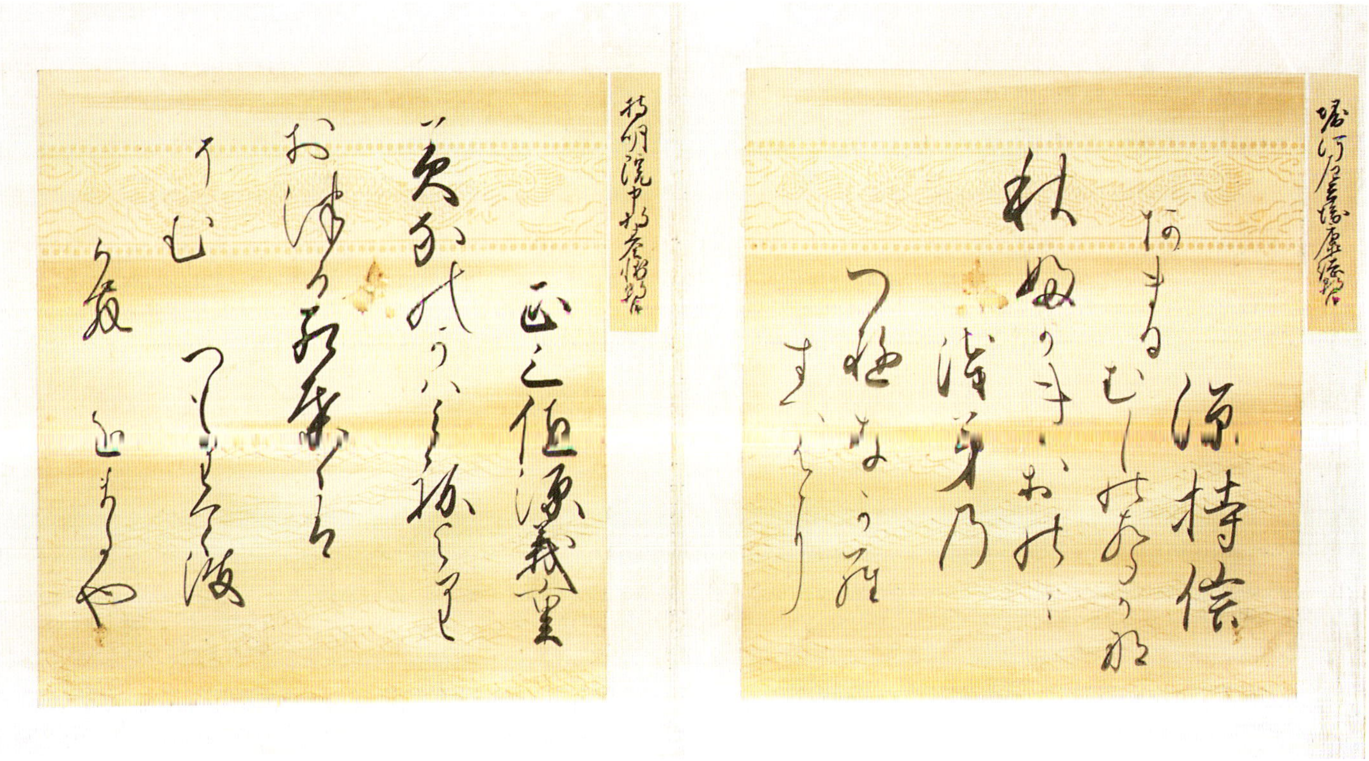

349　持明院中将基輔朝臣　正三位源義重／堀河左兵衛康綱朝臣　源持信

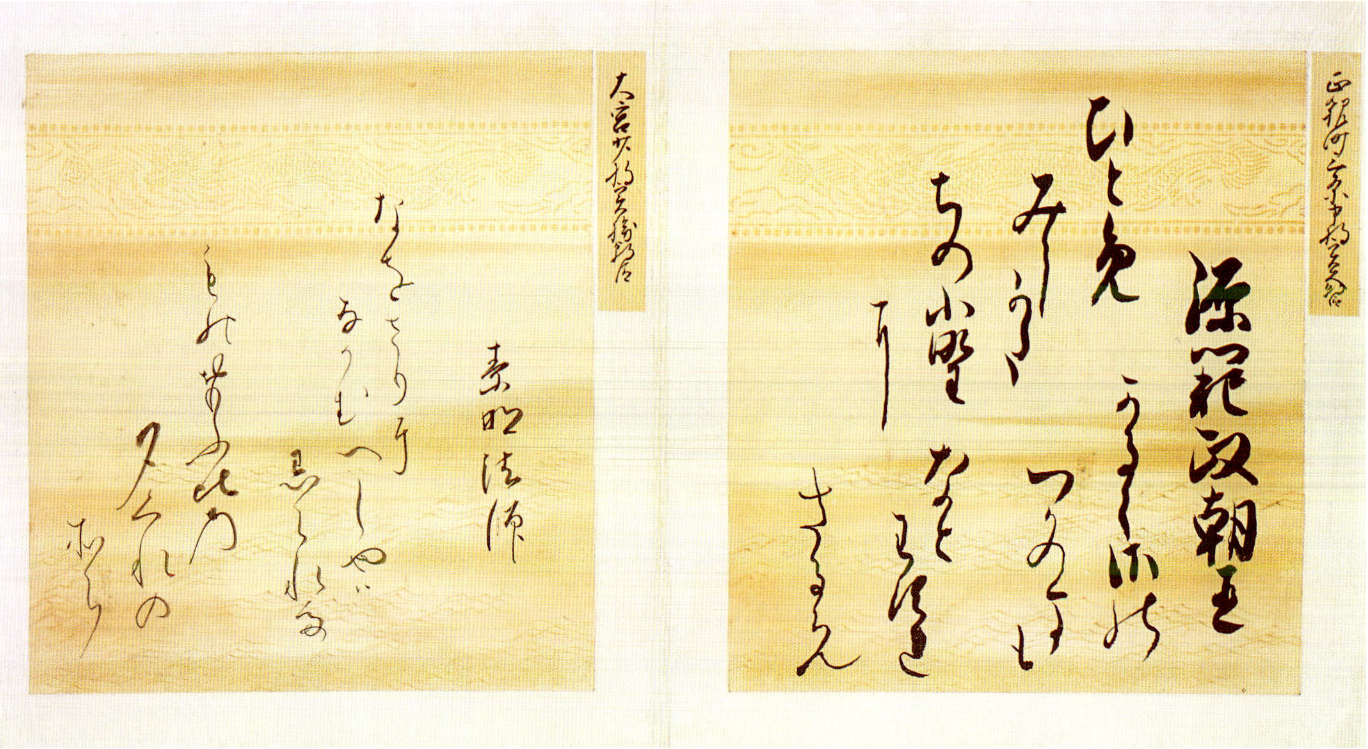

大宮少将実勝朝臣　素明法師／正親町三条中将実久朝臣　源範政朝臣　*350*

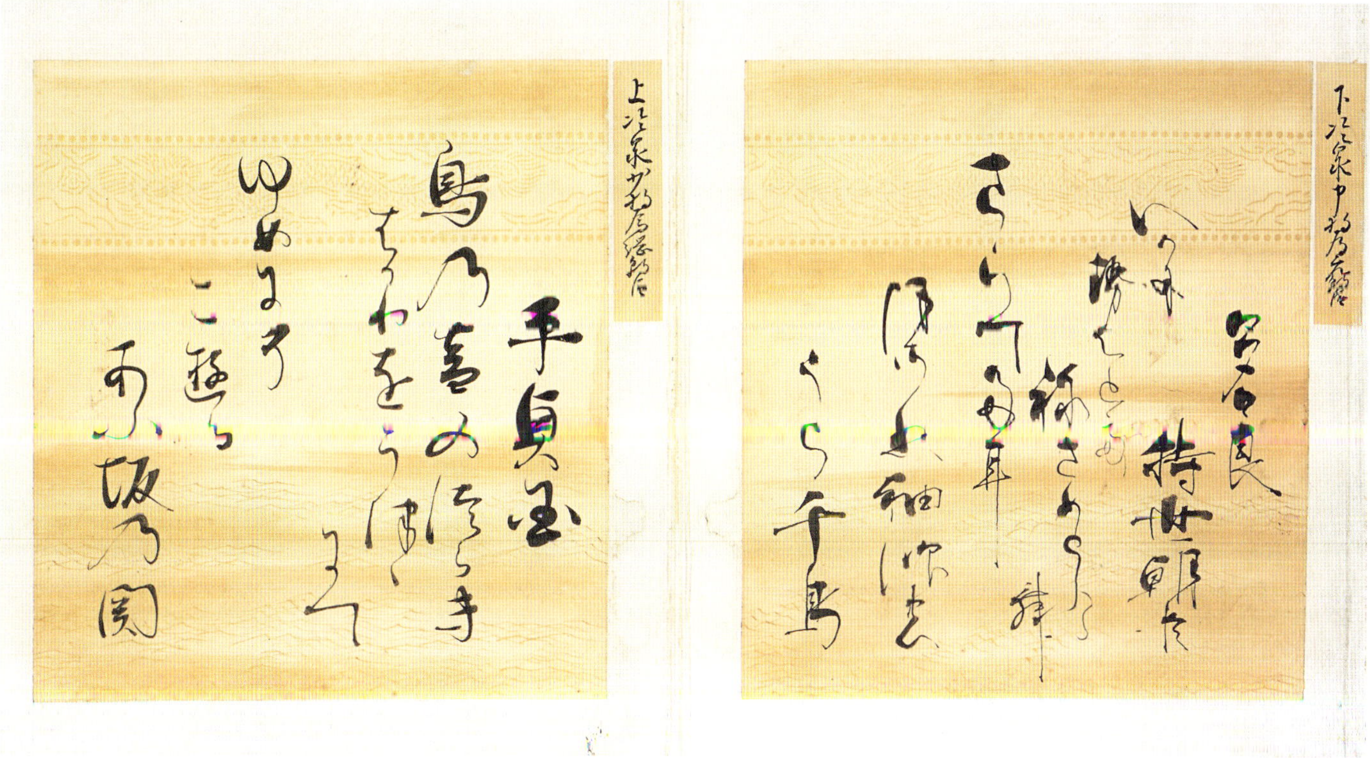

351　上冷泉少将為綱朝臣　平貞国／下冷泉中将為元朝臣　多々良持世朝臣

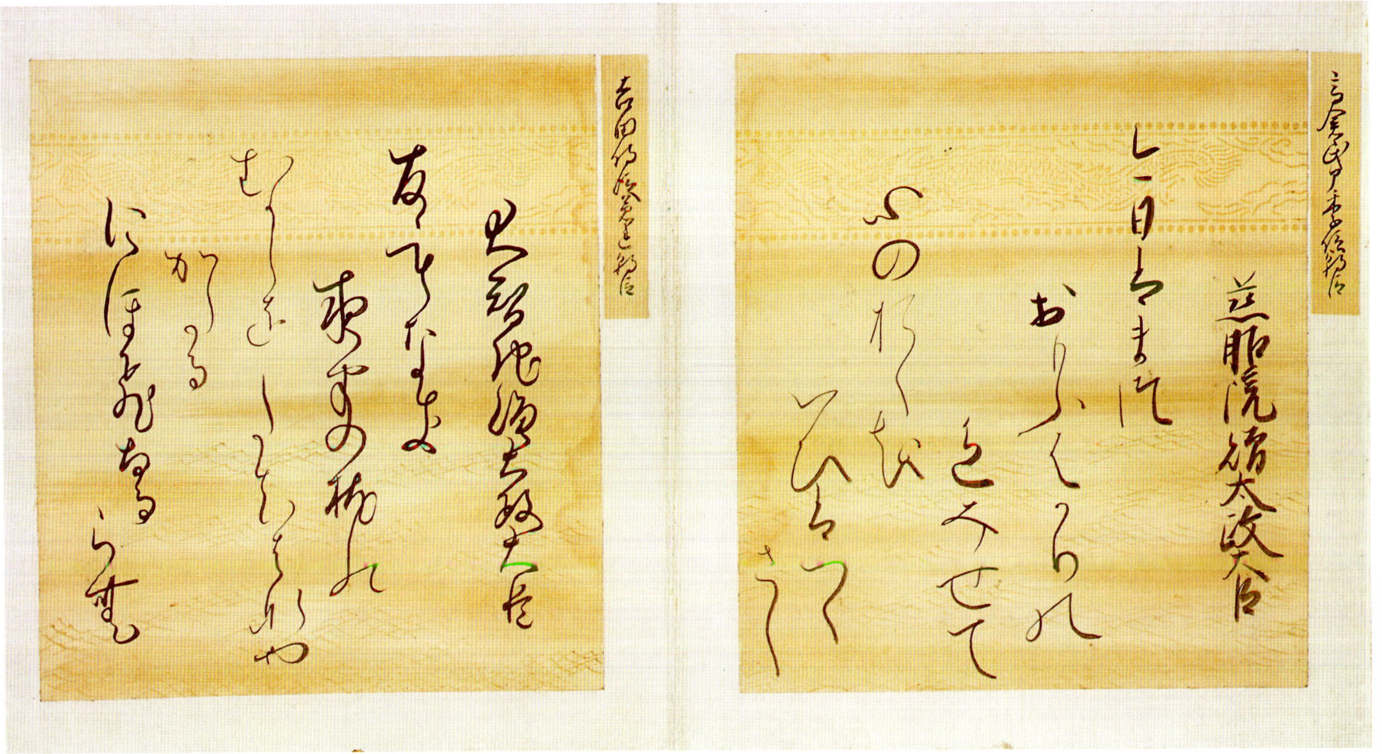

吉田侍従兼連朝臣　大智院贈大政大臣／高倉民部季信朝臣（季任ヵ）　慈昭院贈太政大臣

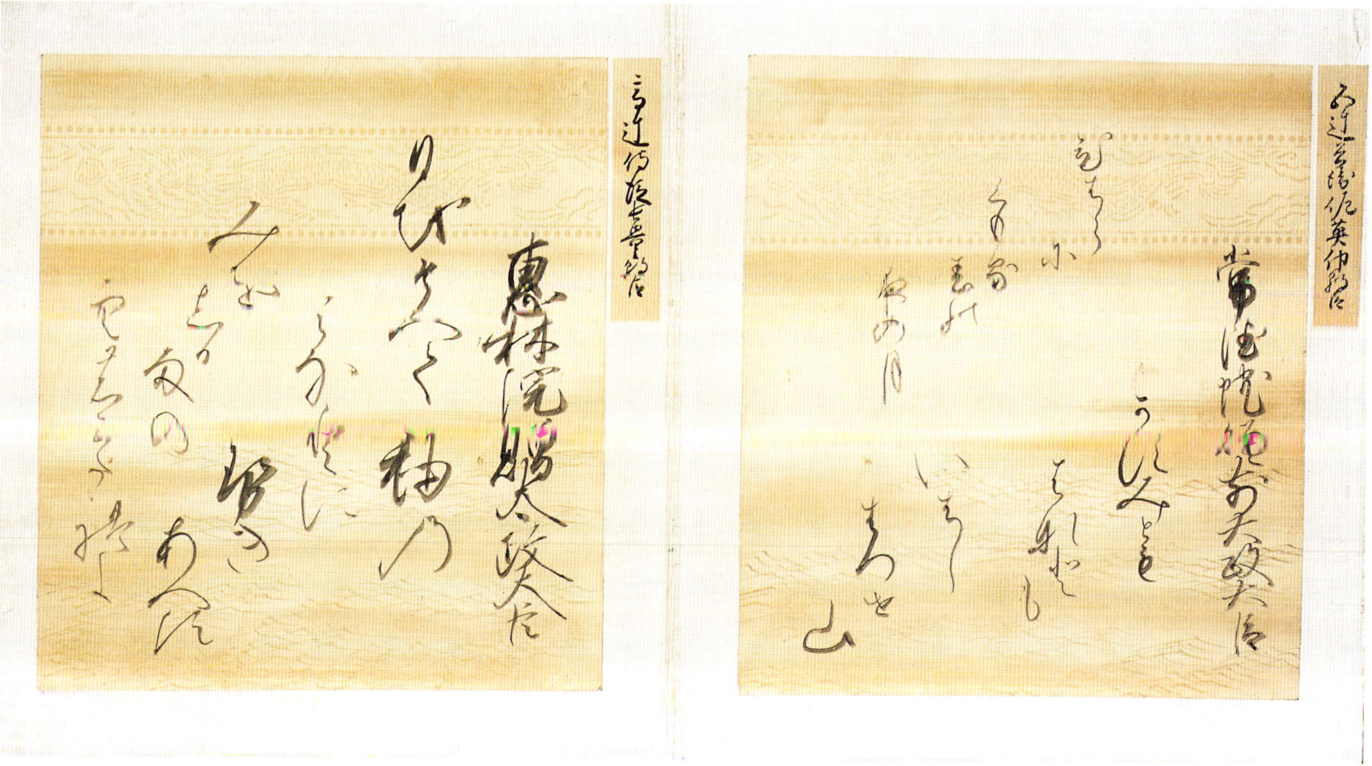

353　高辻侍従長量朝臣　惠林院贈太政大臣／五辻兵衛佐英仲朝臣　常德院贈前大政大臣

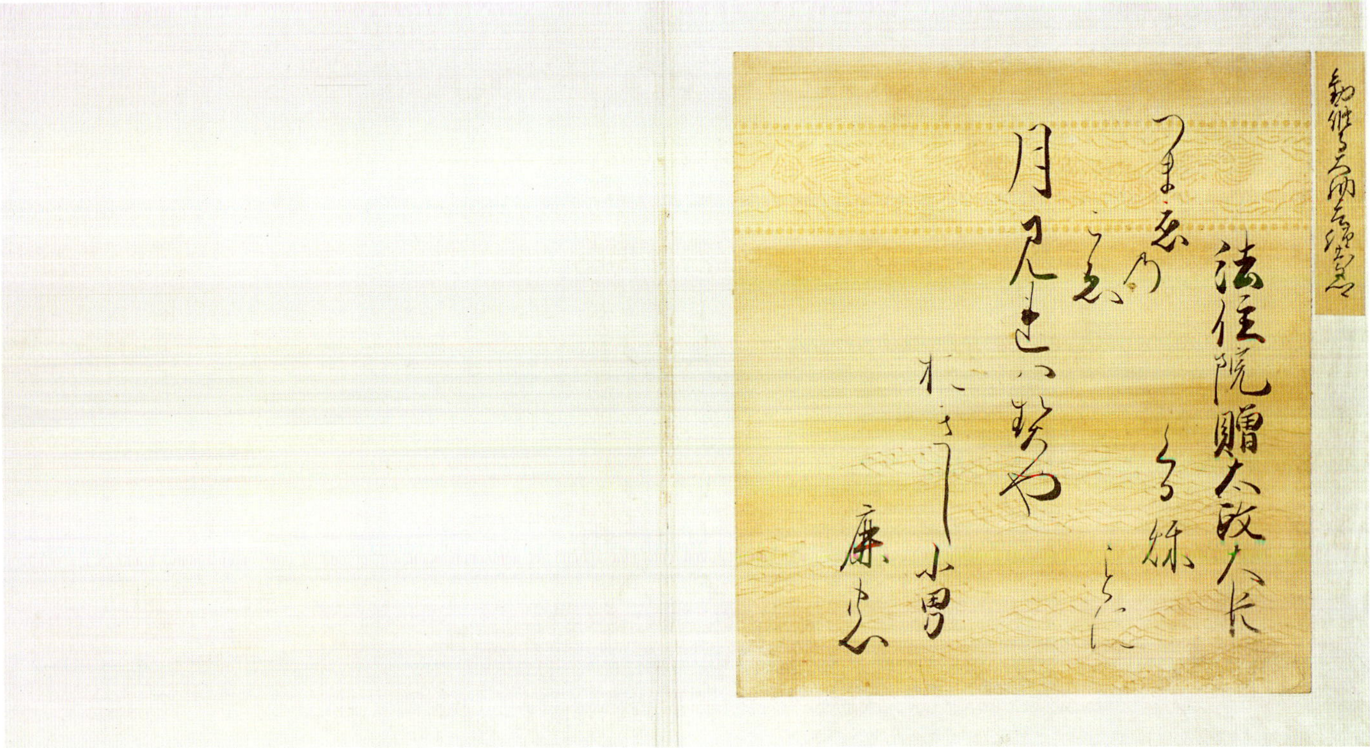

遊び紙／勧修寺大納言経慶卿　法住院贈太政大臣　*354*

355　裏表紙

武家百人一首筆者目録　壱
明治三十五年五月表紙裂取替　経師阿部廣助
書陵部
69341
4
500 178

357　　武家百人一首筆者目録　添状外包紙

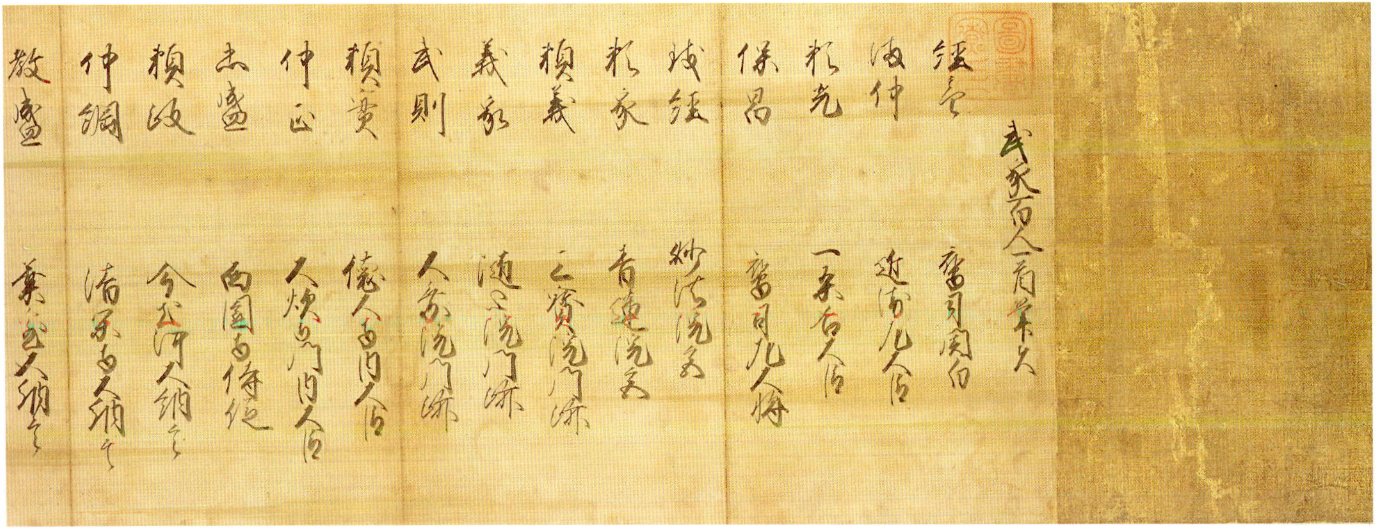
武家百人一首筆者
経基　鷹司関白
満仲　近衛左大臣
頼光　一条右大臣
保昌　鷹司左大将
致経　妙法院宮
頼家　青蓮院宮
頼義　三宝院門跡
義家　随心院門跡
武則　大乗院門跡
頼実　徳大寺内大臣
仲正　大炊御門内大臣
忠盛　西園寺侍従
頼政　今出川大納言
仲綱　清水谷大納言
敦盛　葉室大納言

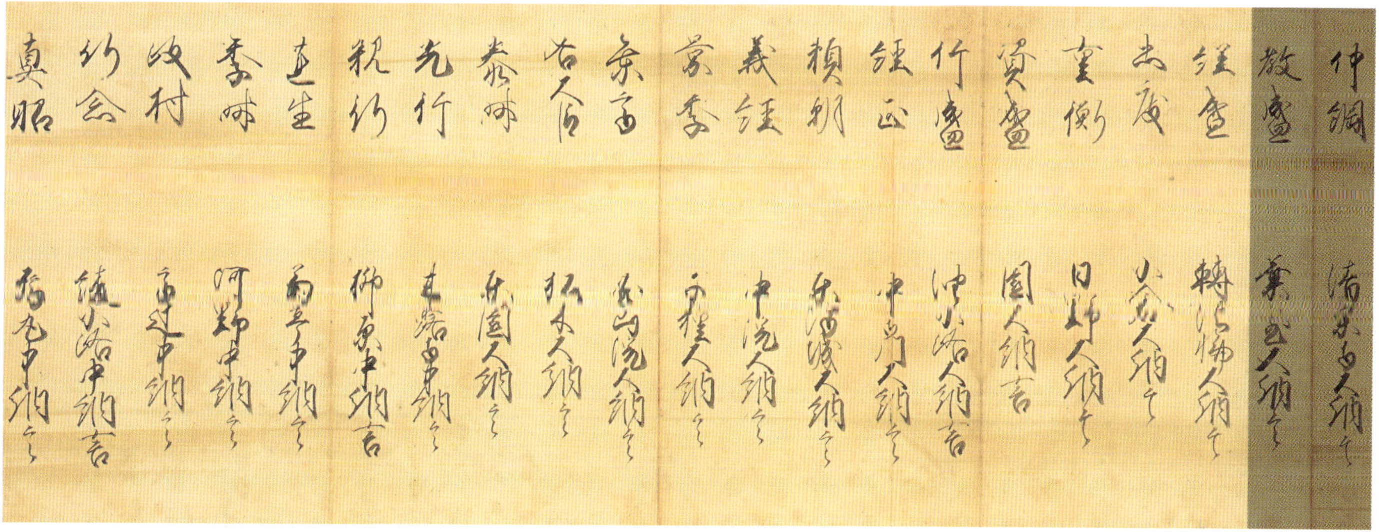

359　武家百人一首筆者目録

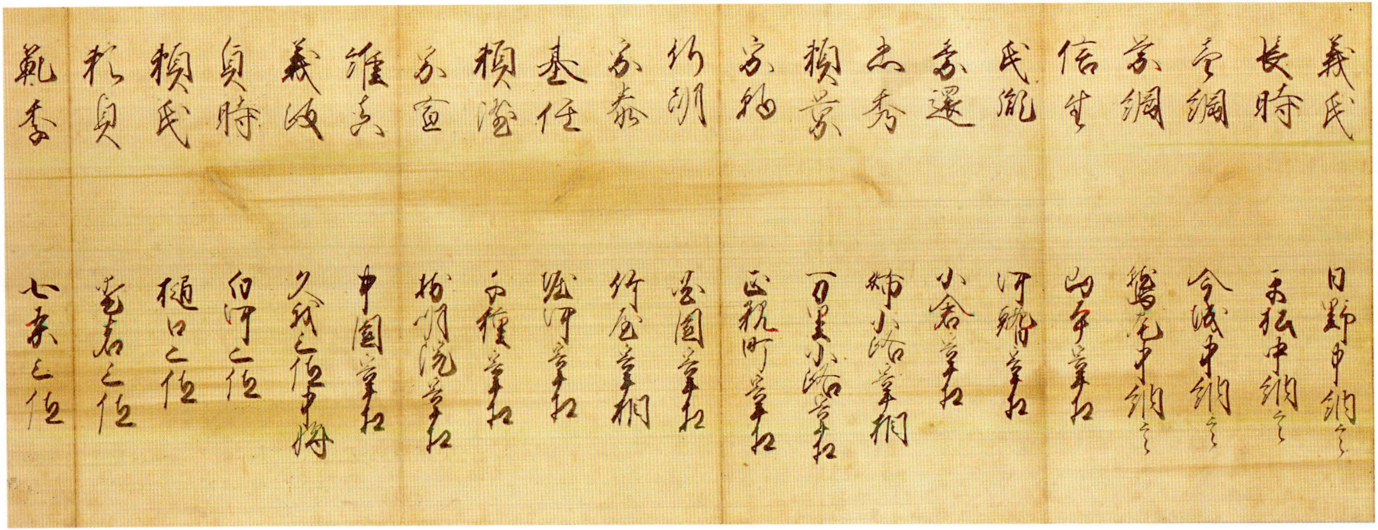
義氏　日野中納言
長時　平松中納言
秀綱　今城中納言
資綱　鷲尾中納言
信生　山本宰相
氏胤　河鰭宰相
秀遠　小倉宰相
忠秀　姉小路宰相
頼業　万里小路宰相
家持　正親町宰相
行朋　花園宰相
家泰　竹屋宰相
基任　堀河宰相
頼澄　千種宰相
家宣　梅渓宰相
惟久　中園宰相
義政　久我三位中将
貞時　白河三位
頼氏　樋口三位
教貞　愛宕三位
範季　七条三位

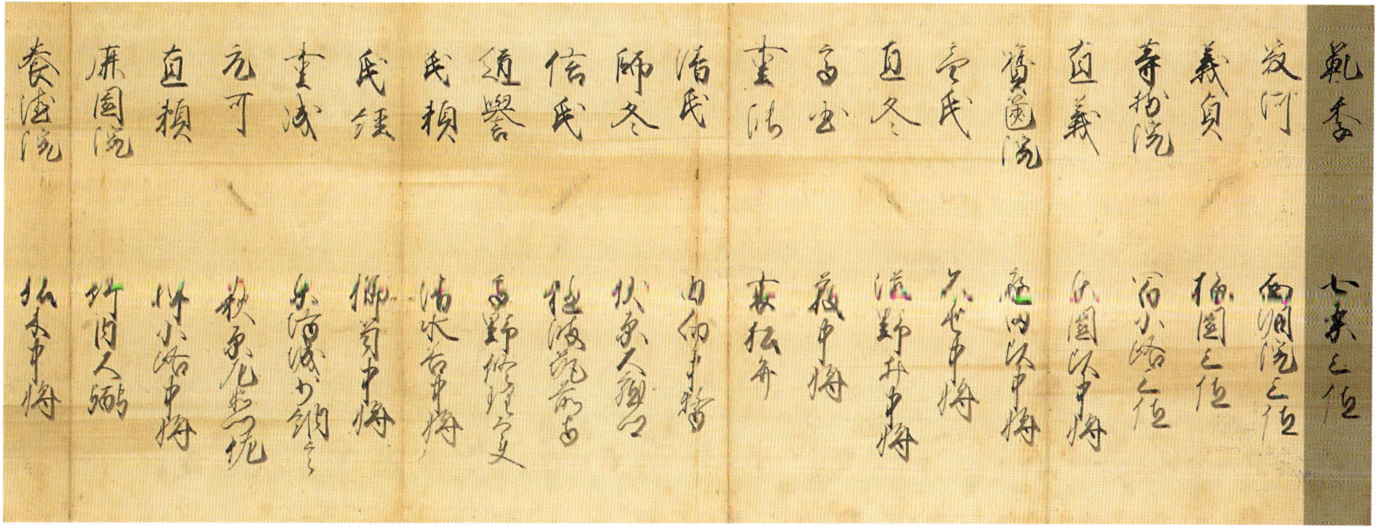

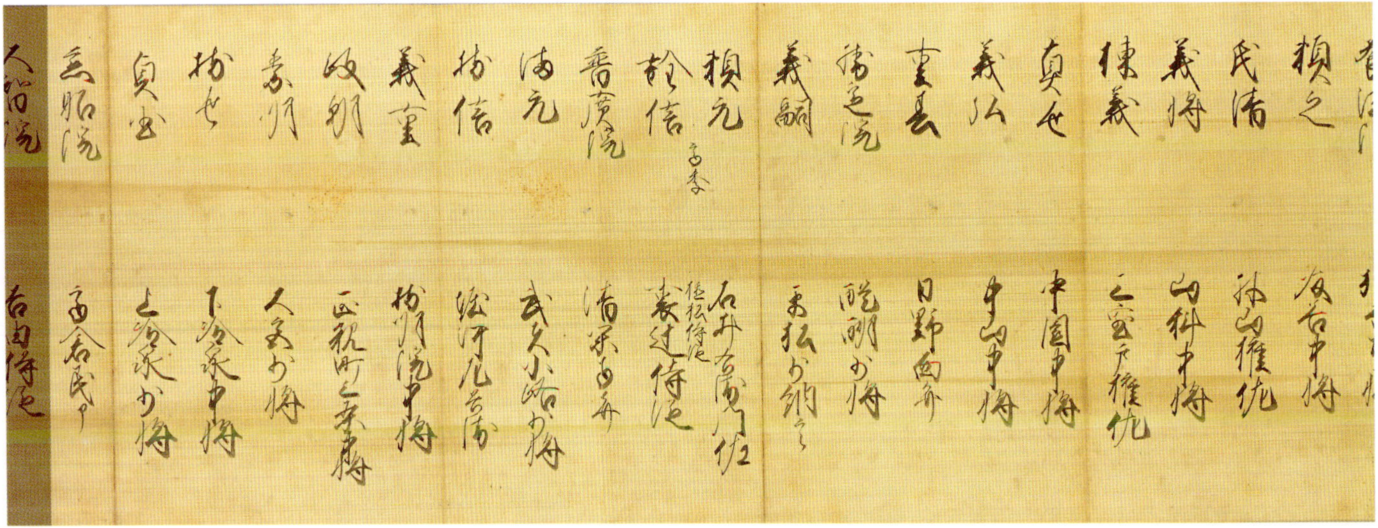
[illegible]
頼之 [illegible]中将
氏清 [illegible]権佐
義将 山科中将
[illegible]義 二条[illegible]権佐
貞世 中園中将
義弘 中山中将
重[illegible] 日野西弁
[illegible]院 醍醐少将
義嗣 東坊少納言
頼元 石井右衛門佐
[illegible]信 [illegible]侍従
[illegible]院 清閑寺弁
[illegible]元 武者小路少将
[illegible]信 [illegible]
義量 持明院中将
[illegible] 正親町三条[illegible]
[illegible] [illegible]少将
[illegible] 下冷泉中将
[illegible] 上冷泉少将
[illegible]院 [illegible]
[illegible]院 [illegible]侍従

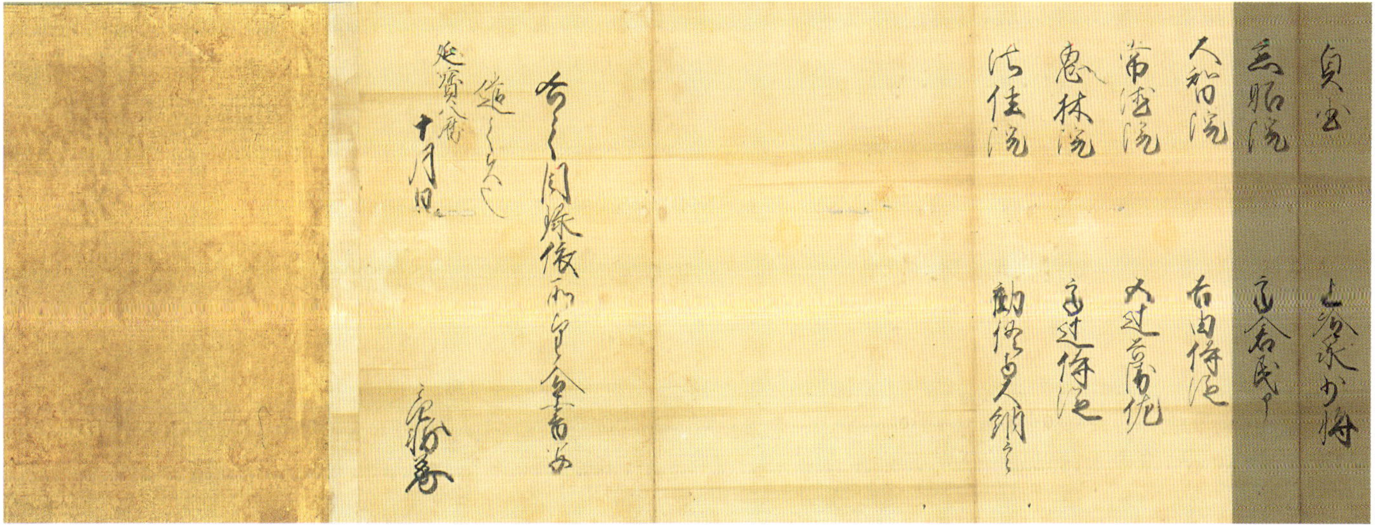

III

聖徳大学所蔵

『敦盛』（上・下）

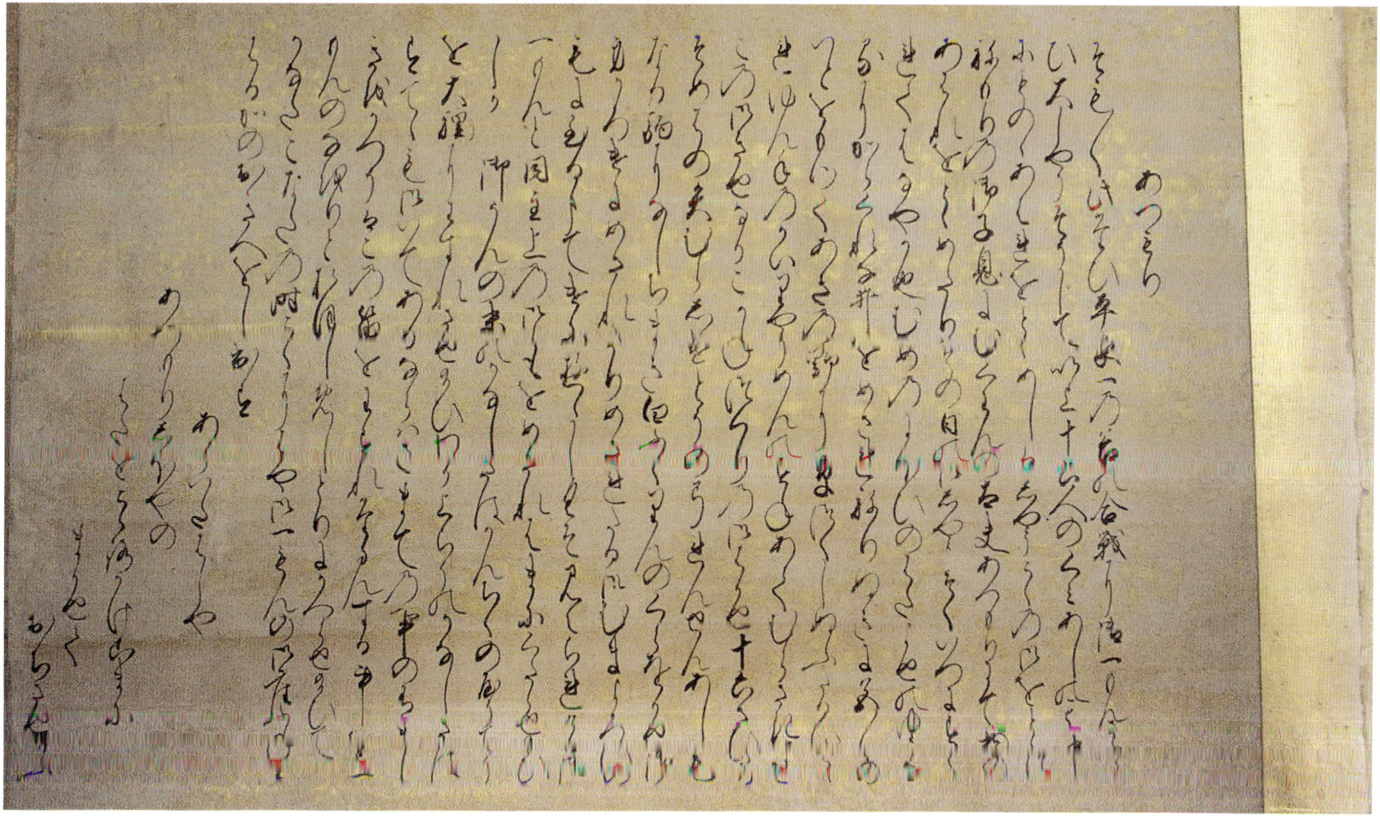

二

三

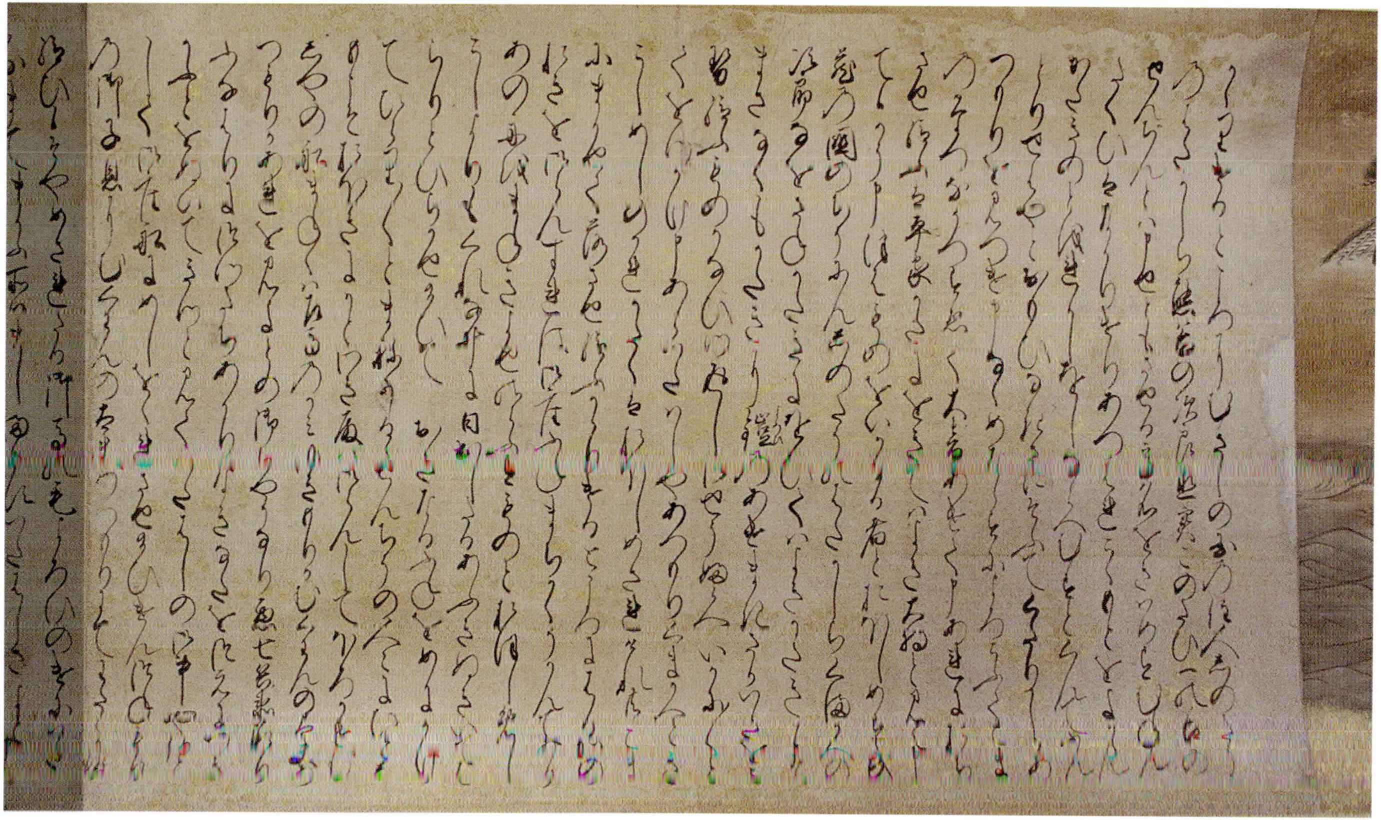

四

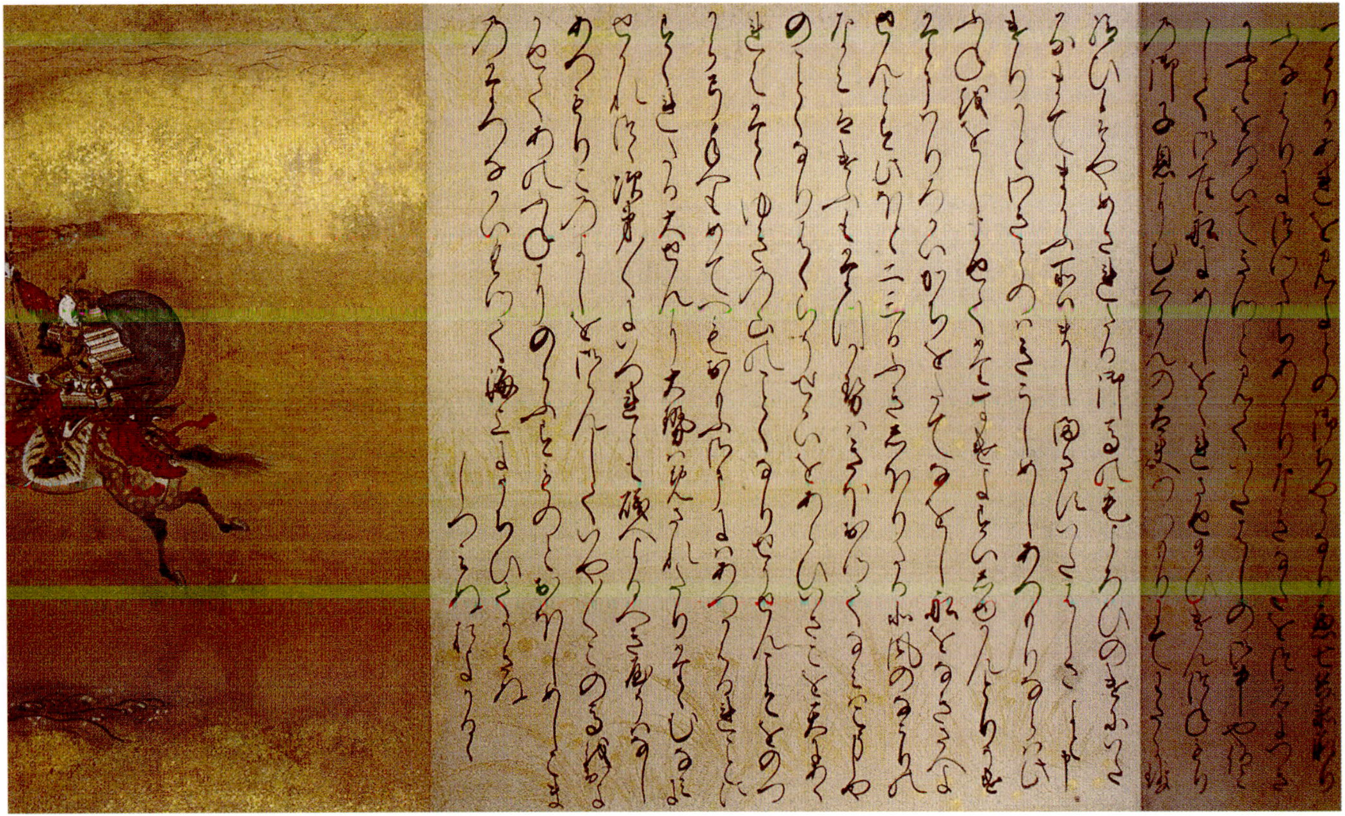

七　　六

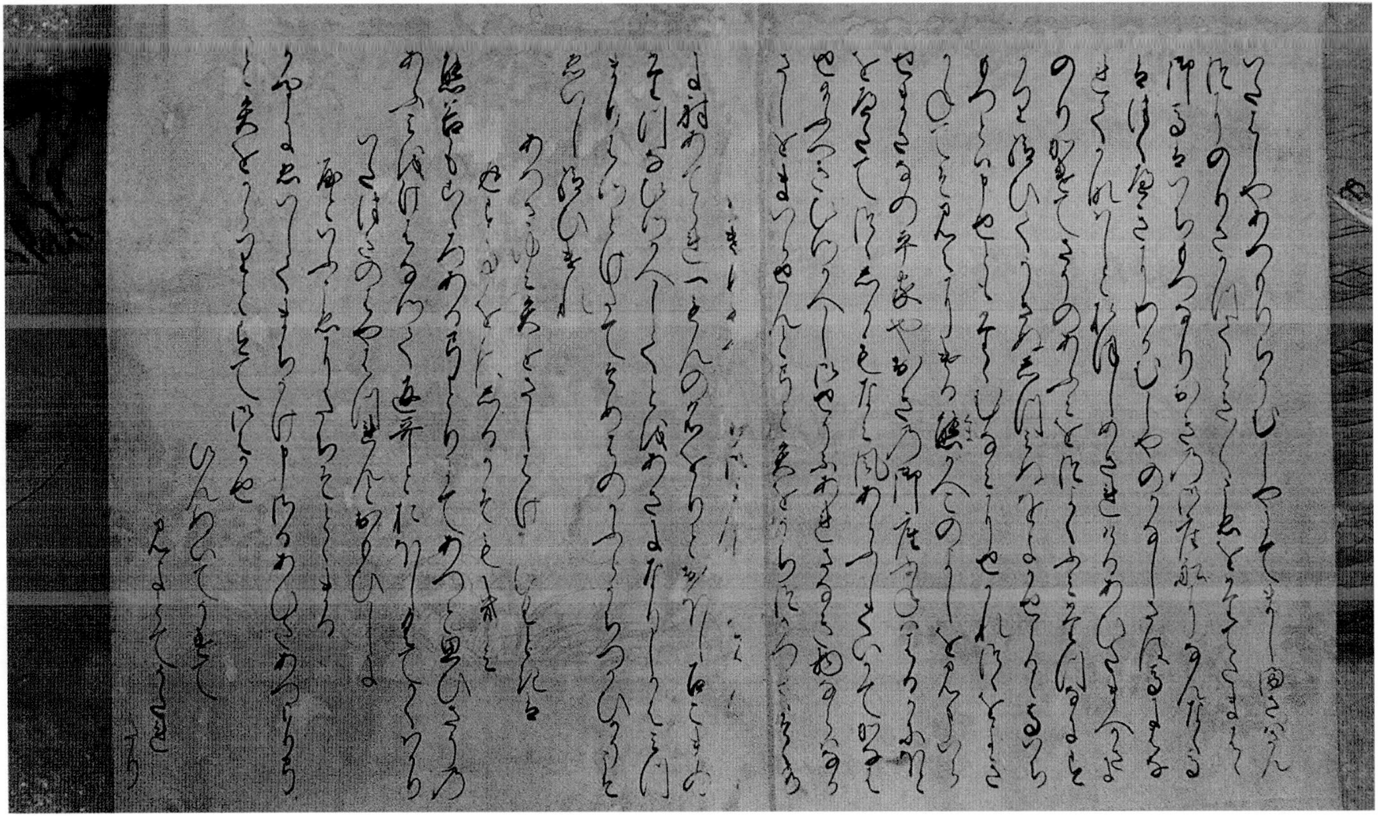

八

十　　　　九

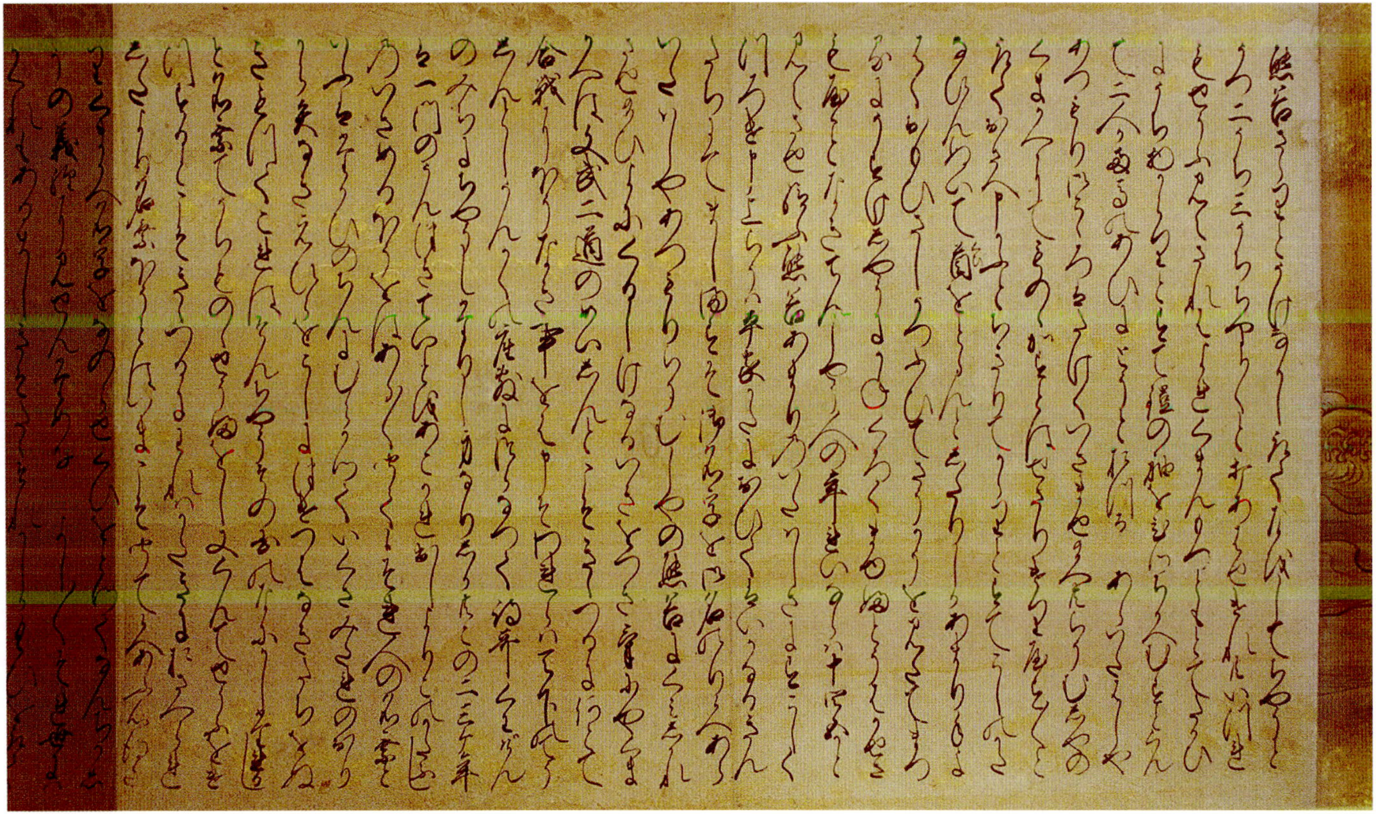

十二　　　　　　　　　　　　　　　　　　十一

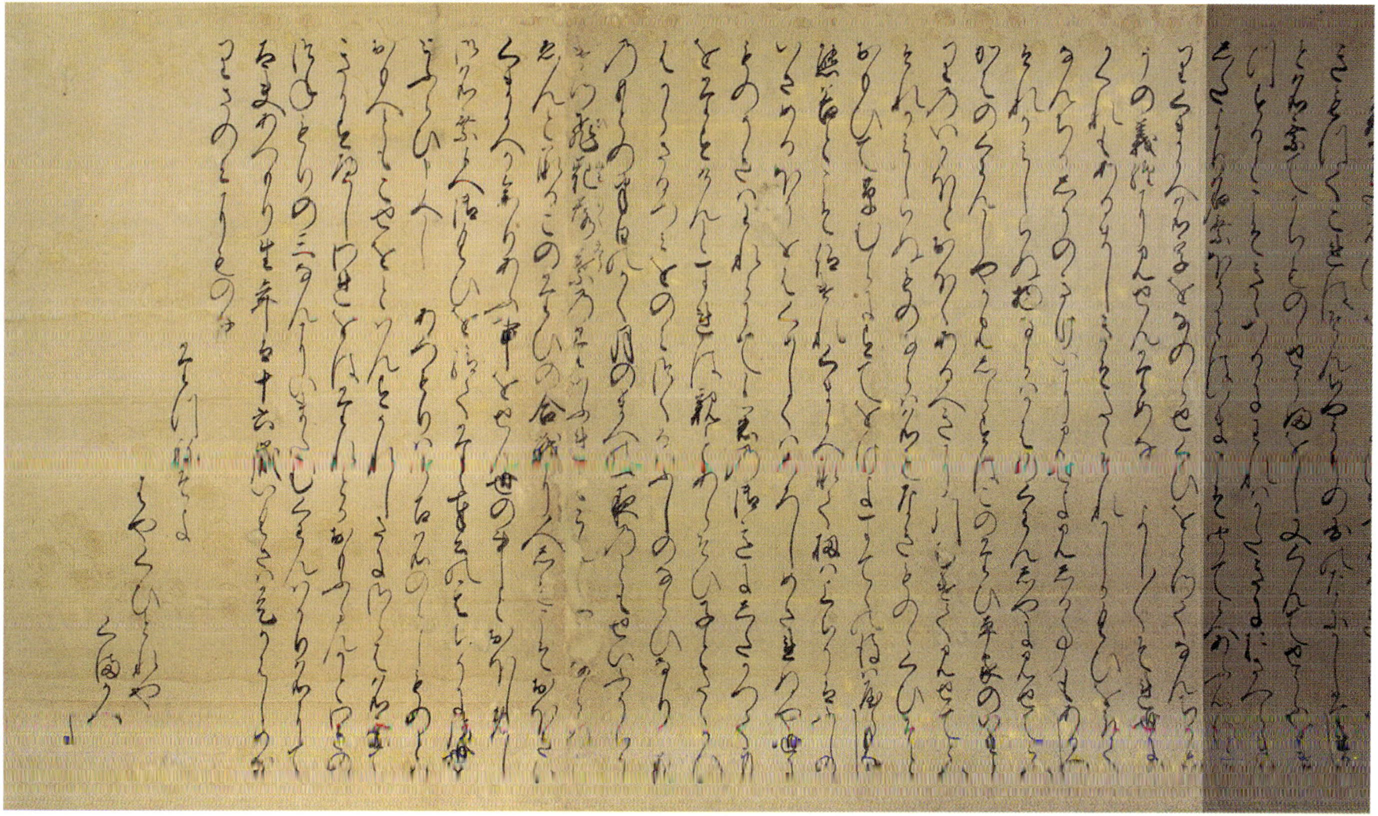

十四　十五

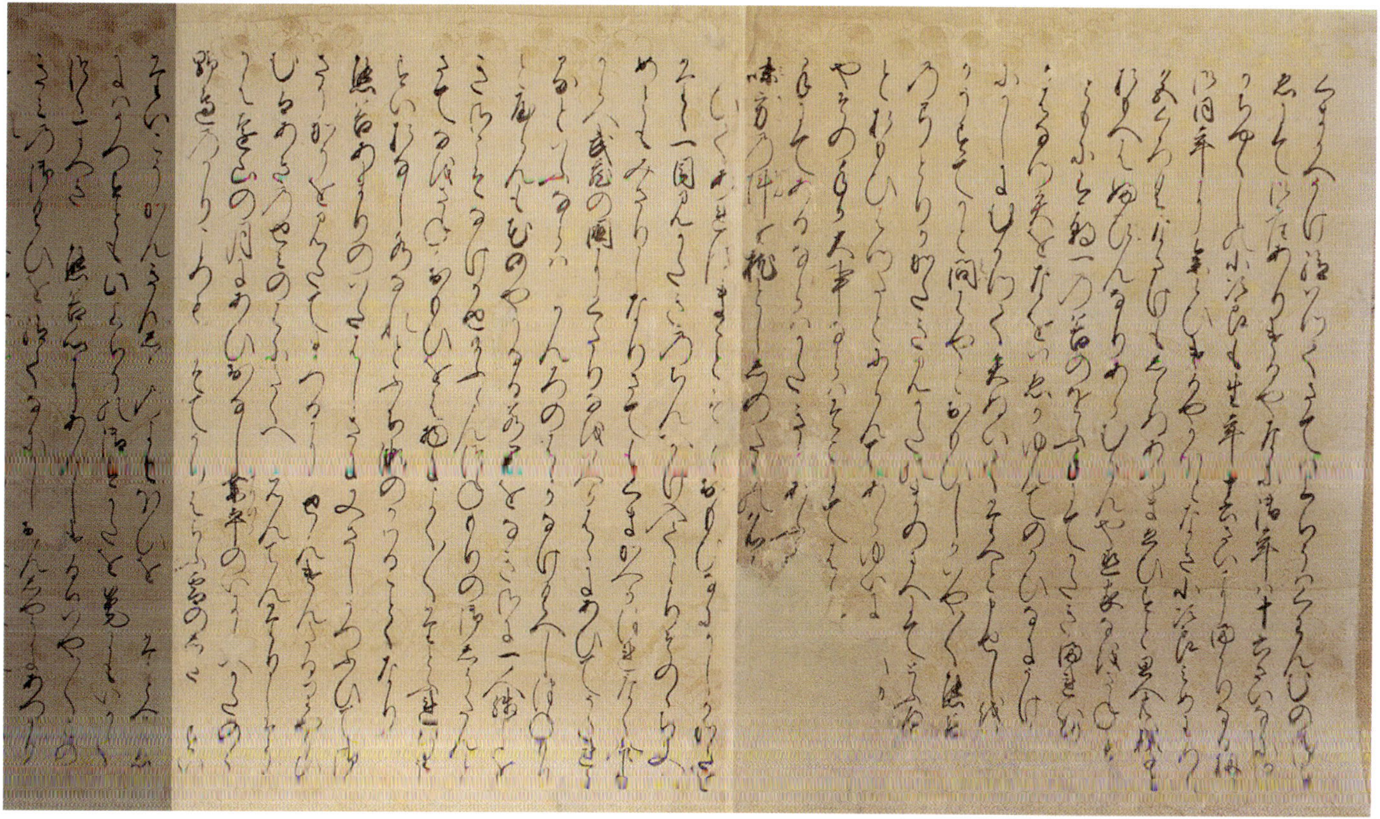

十六

十七

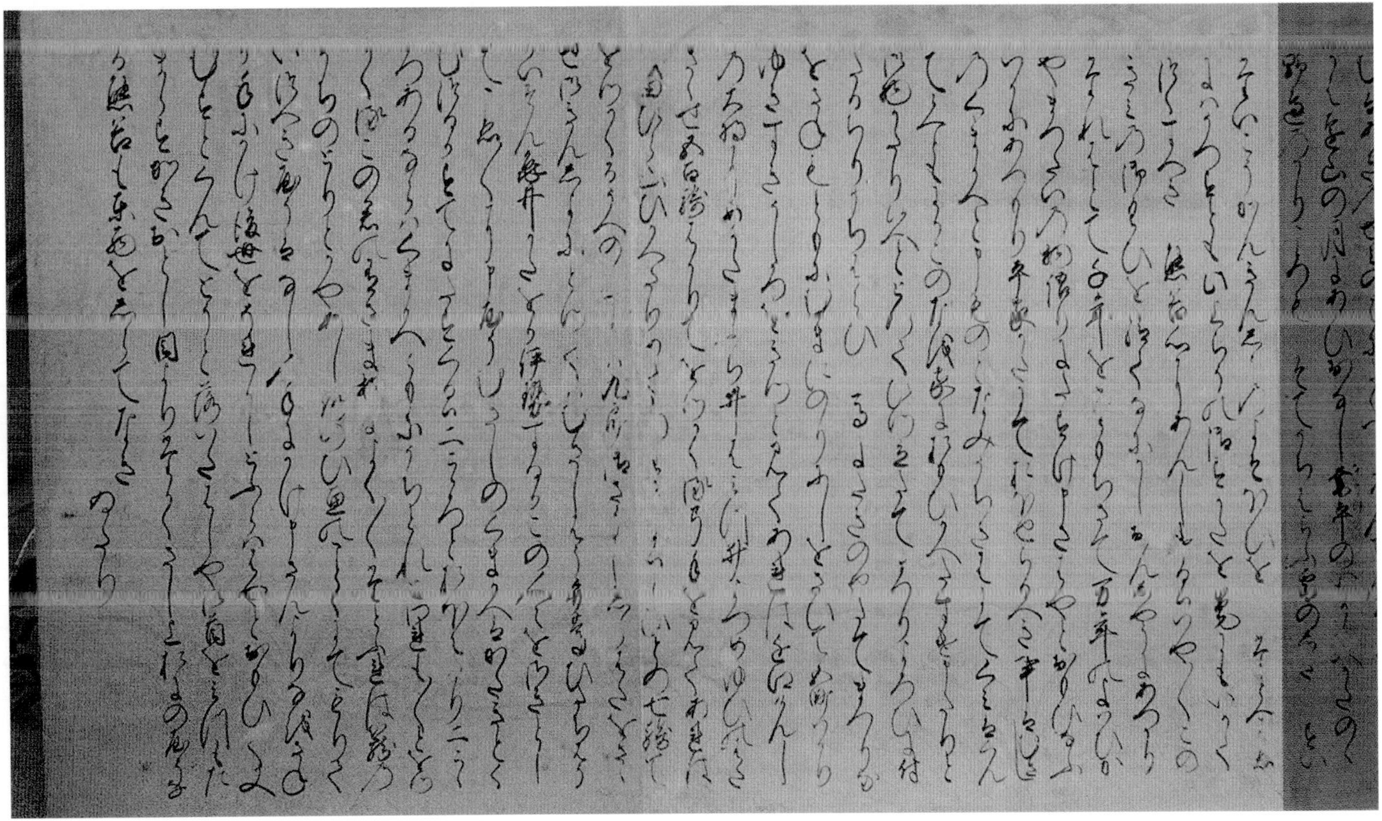

十八

十九

二十

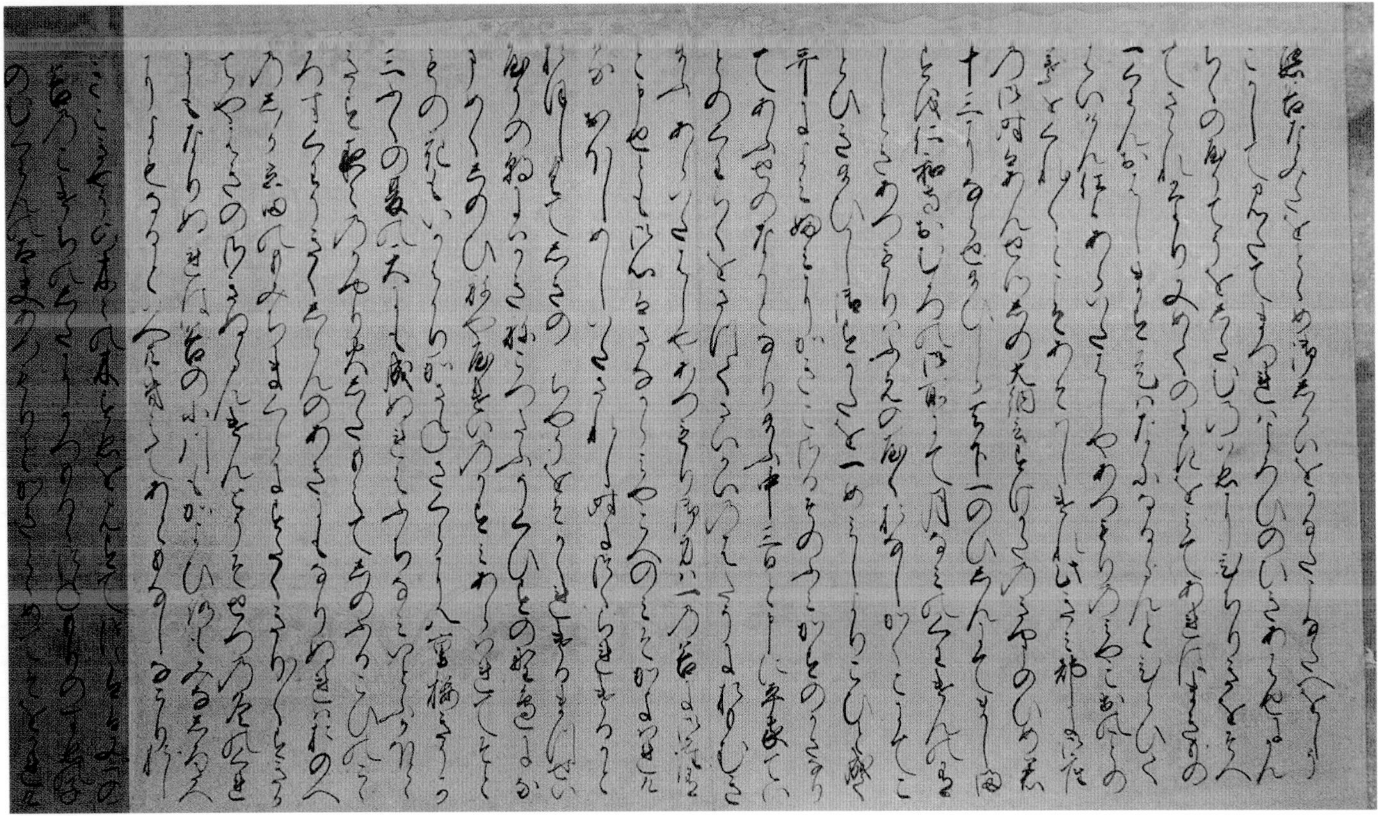

二十二　　二十一

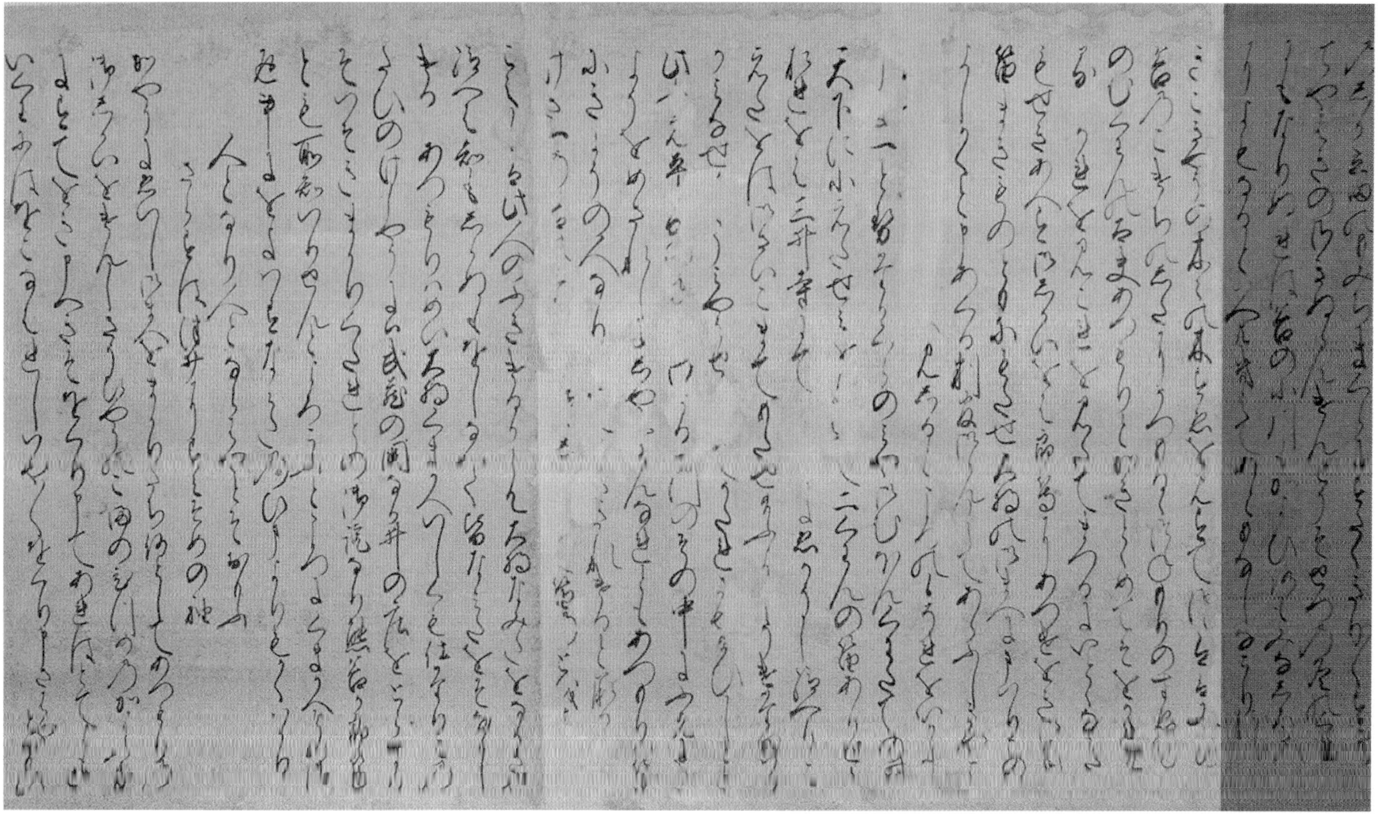

二十五　　二十四

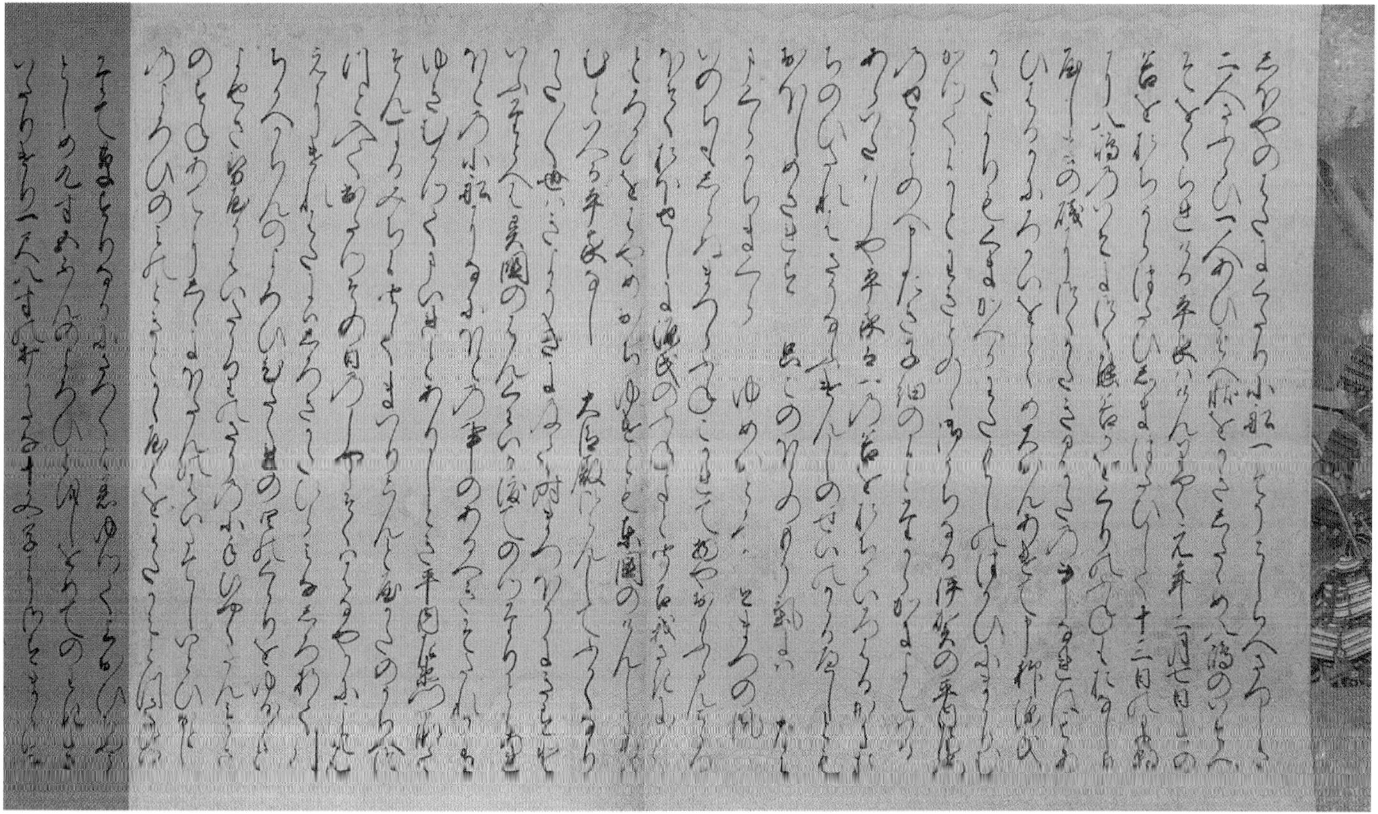

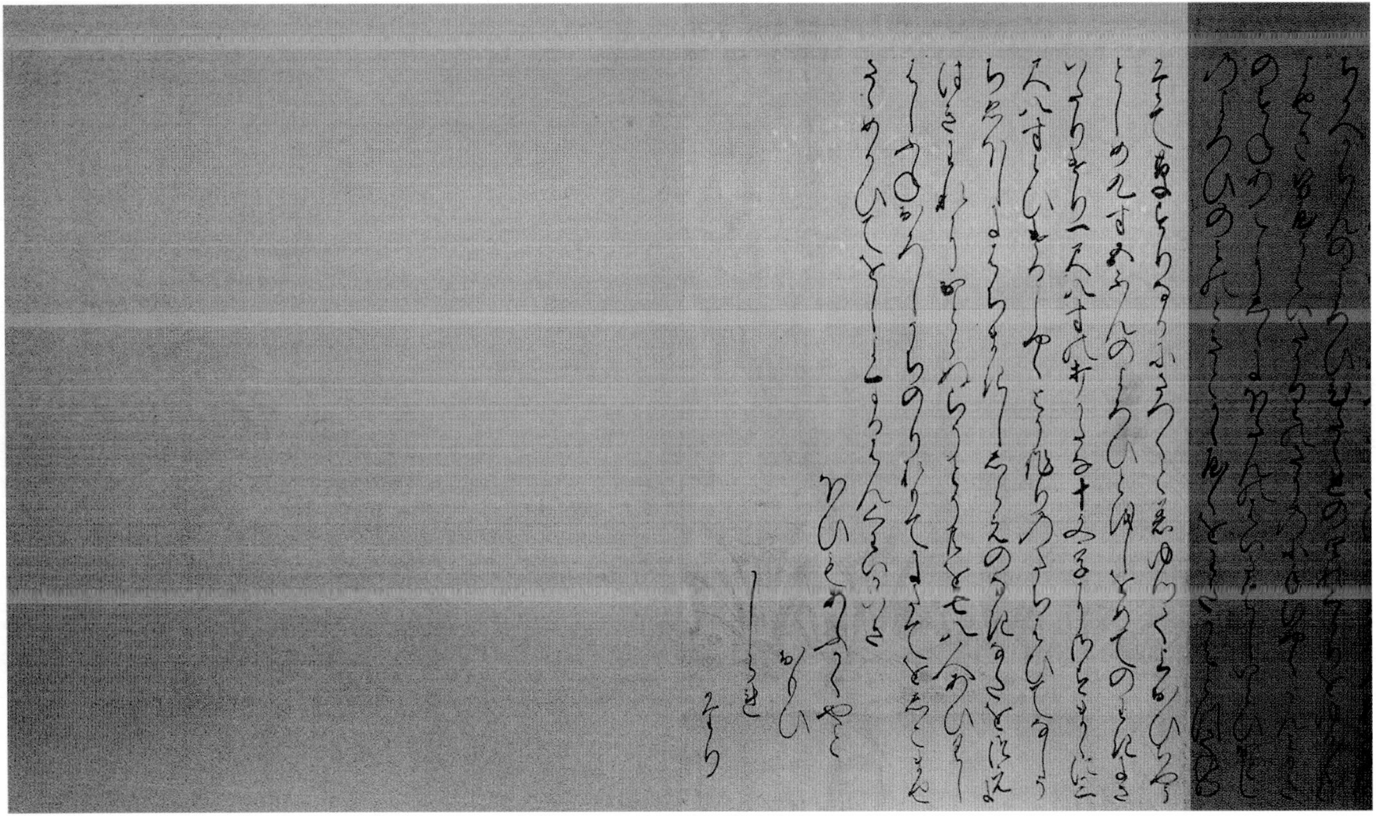

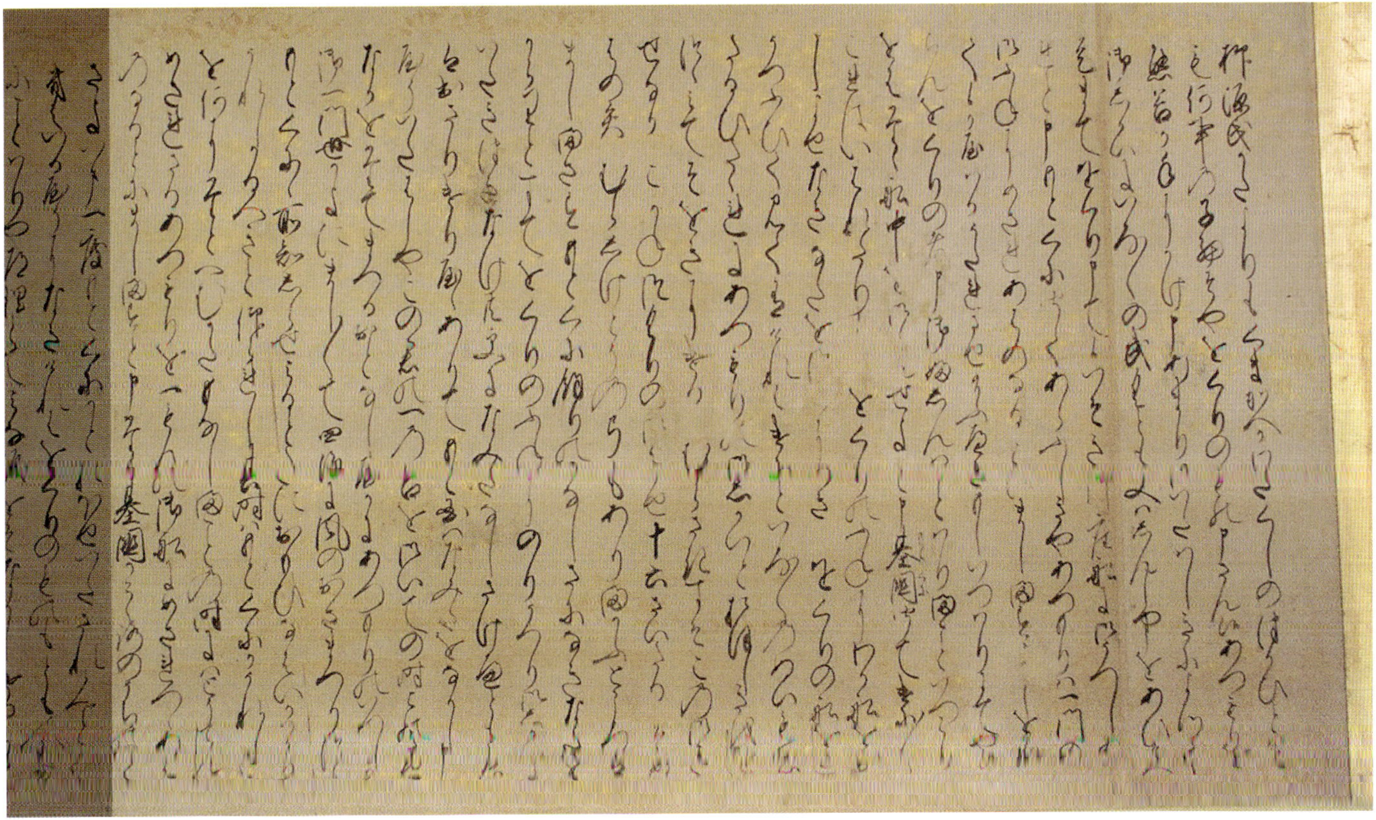

四　　三

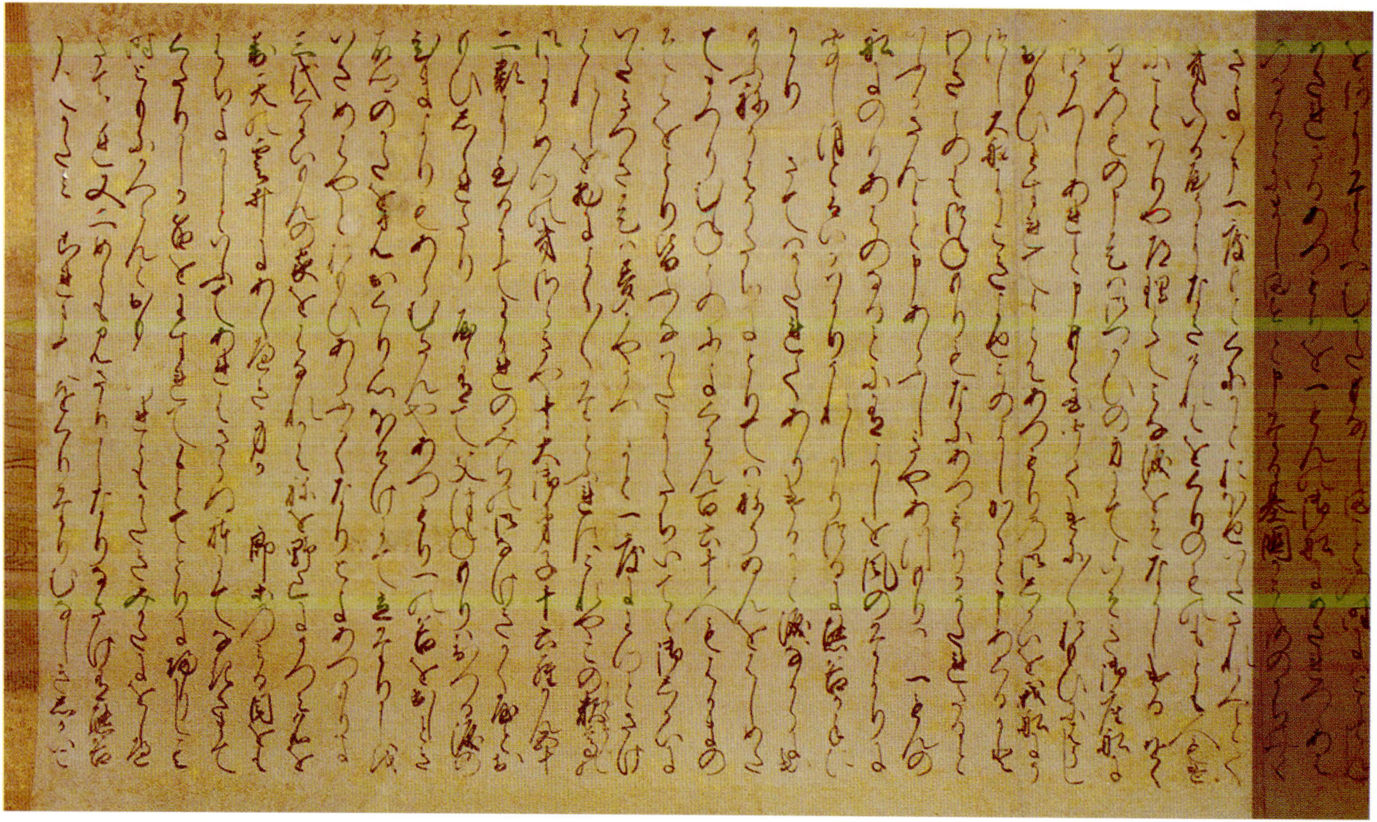

五

387　敦盛（ト）

七　　六

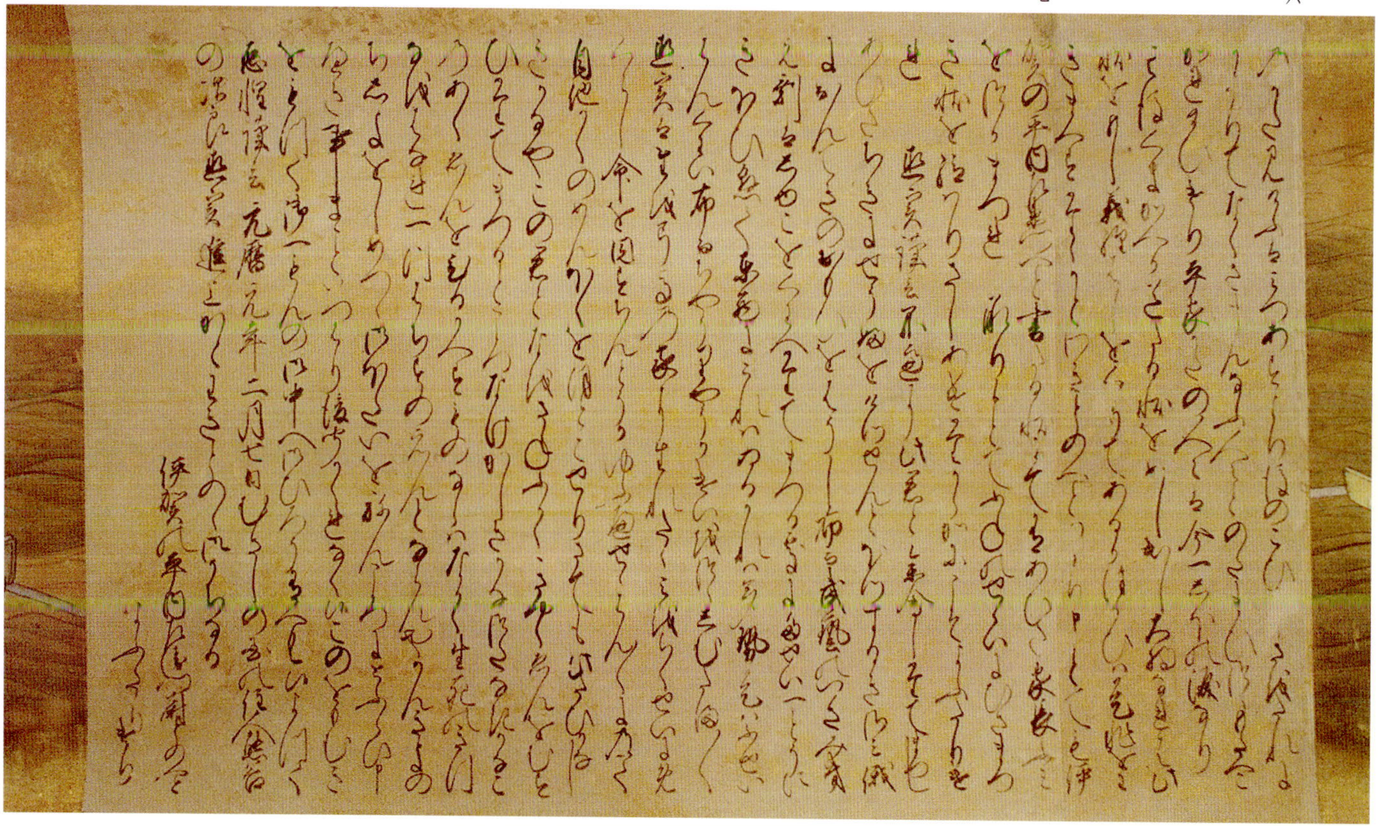

八

九

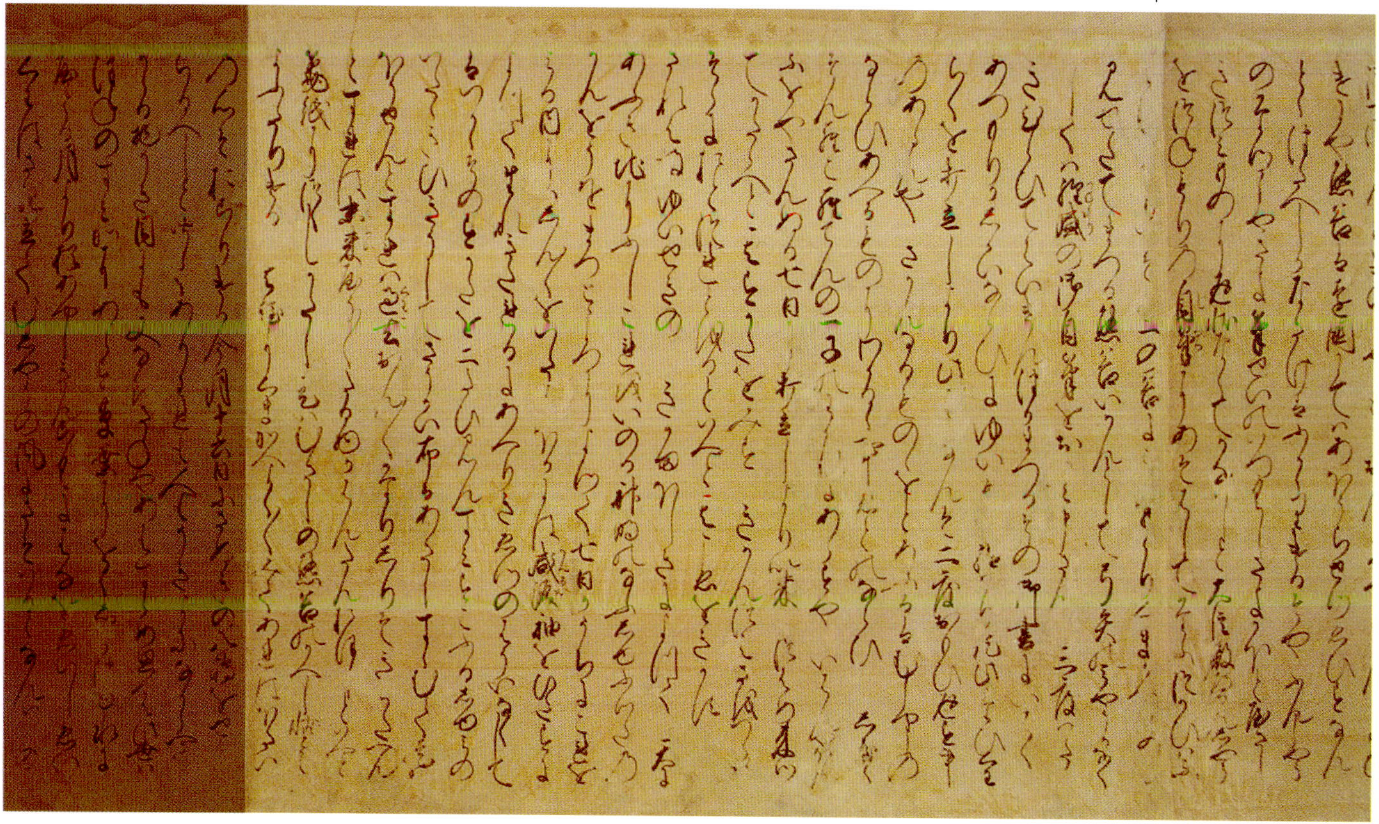

十二　十一

十三

十四

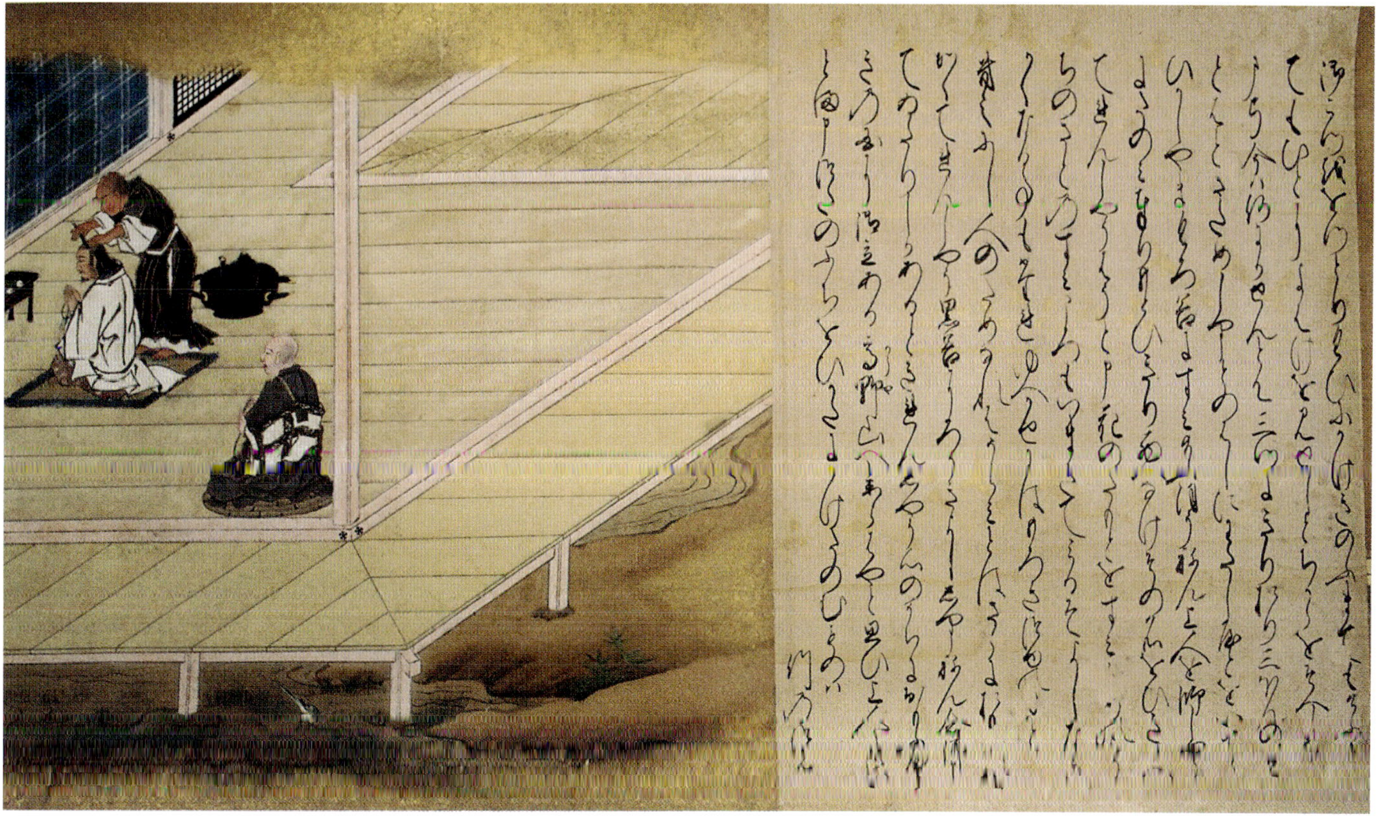

十七　十六

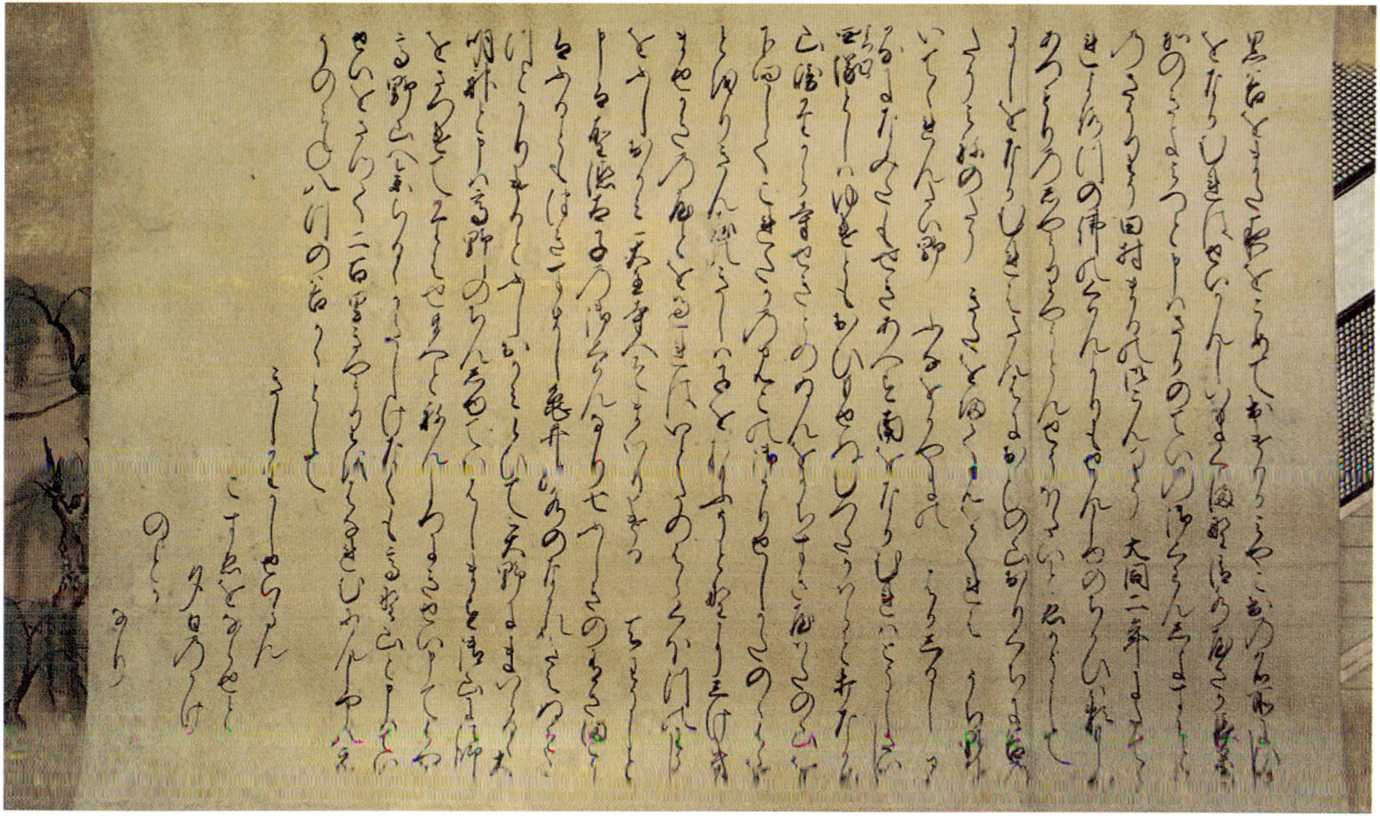

十八

二十　十九

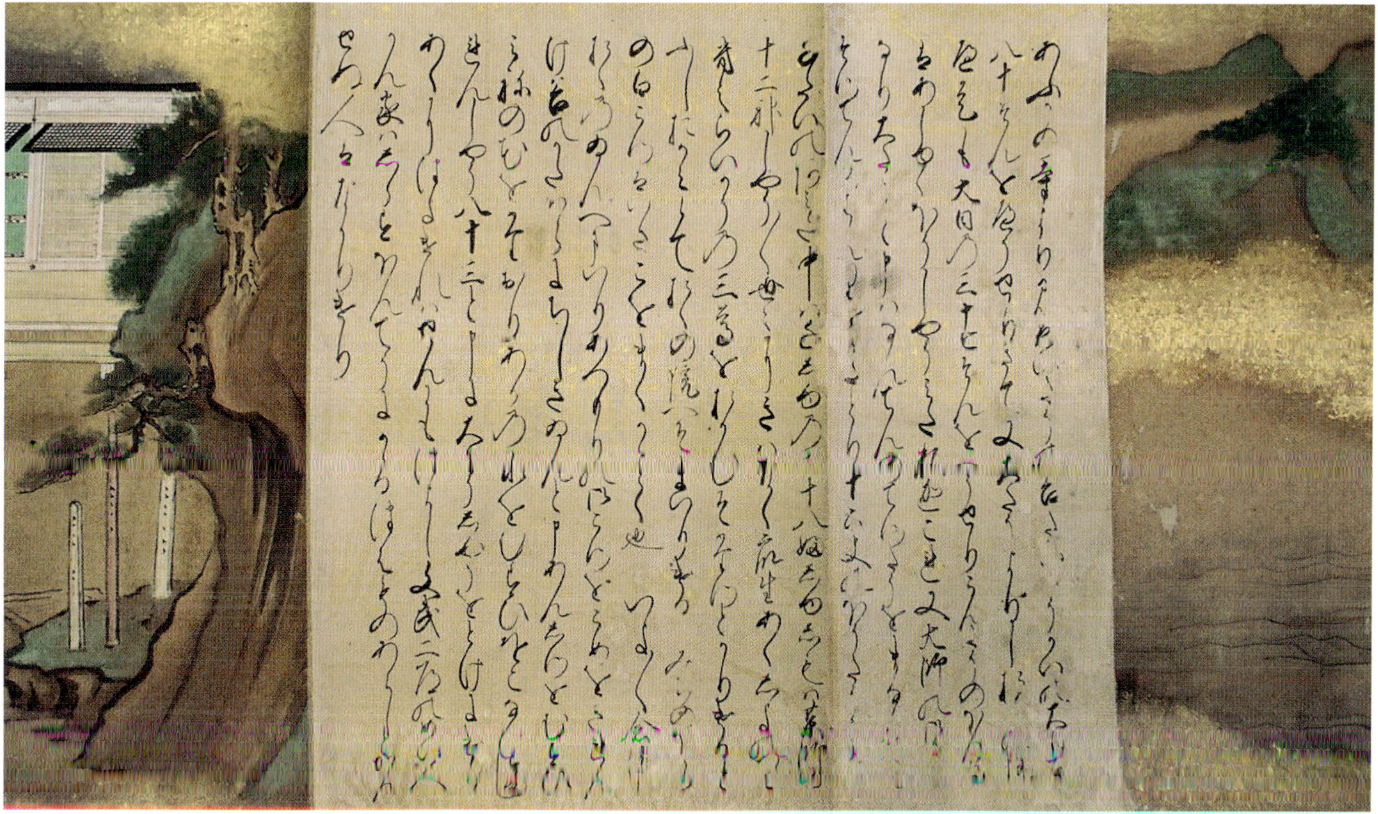

二十一

Ⅳ

聖徳大学所蔵『伊勢物語』(上・下)

伊勢物語
伊勢物語

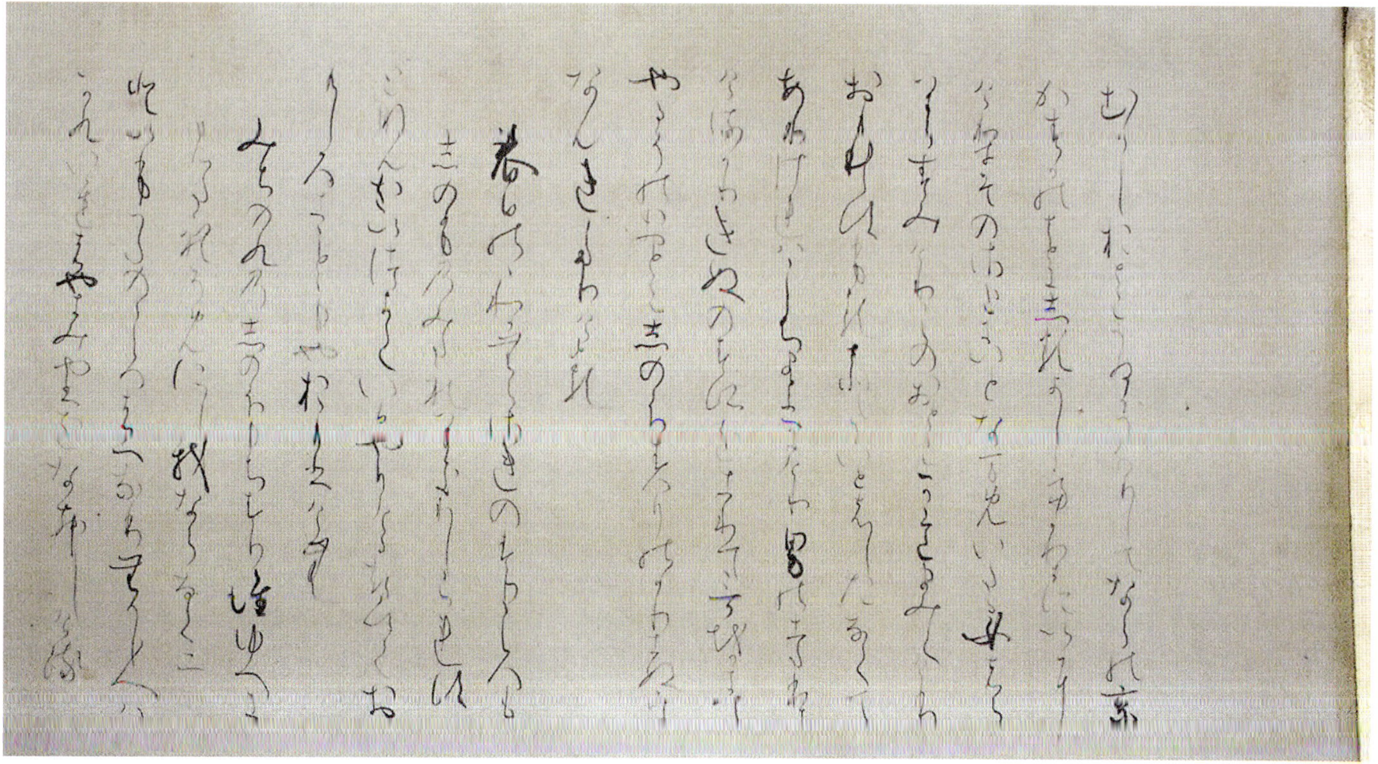

二

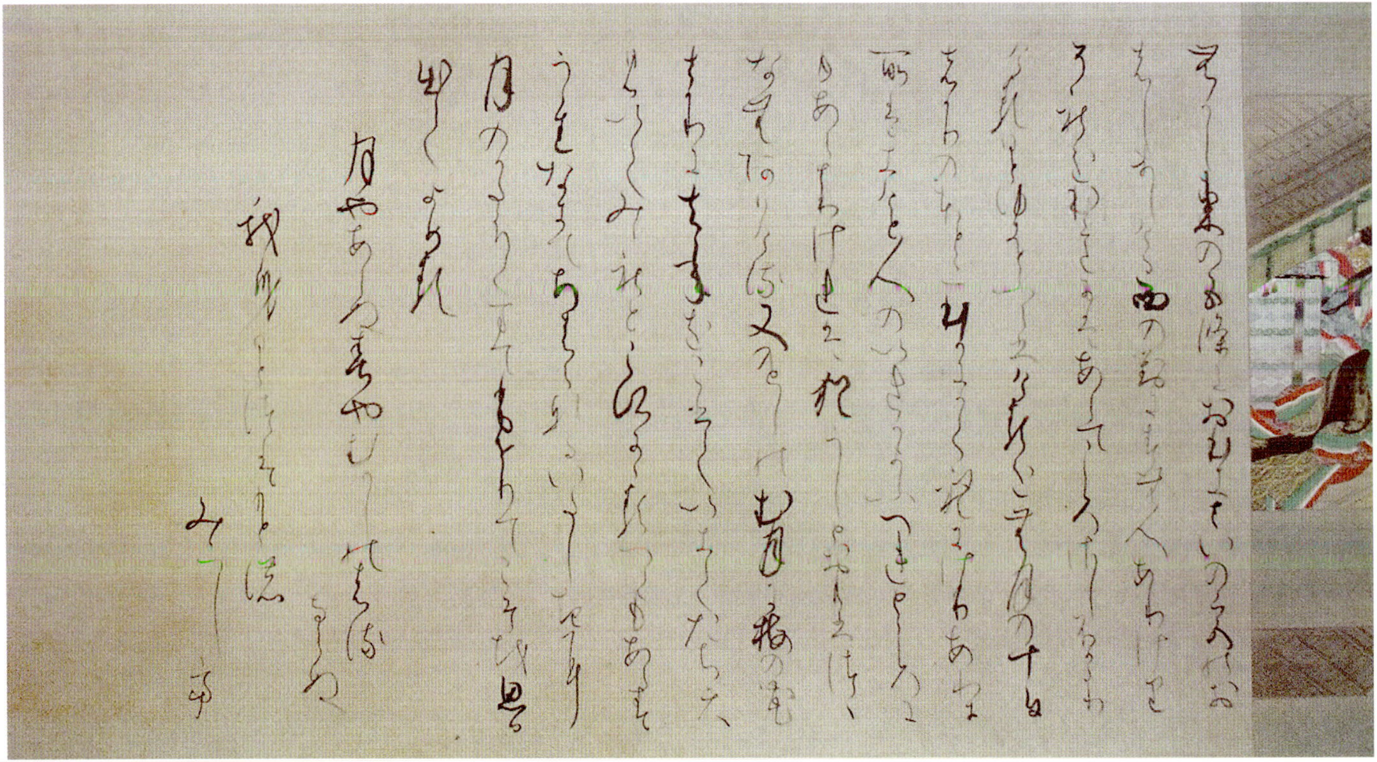

三

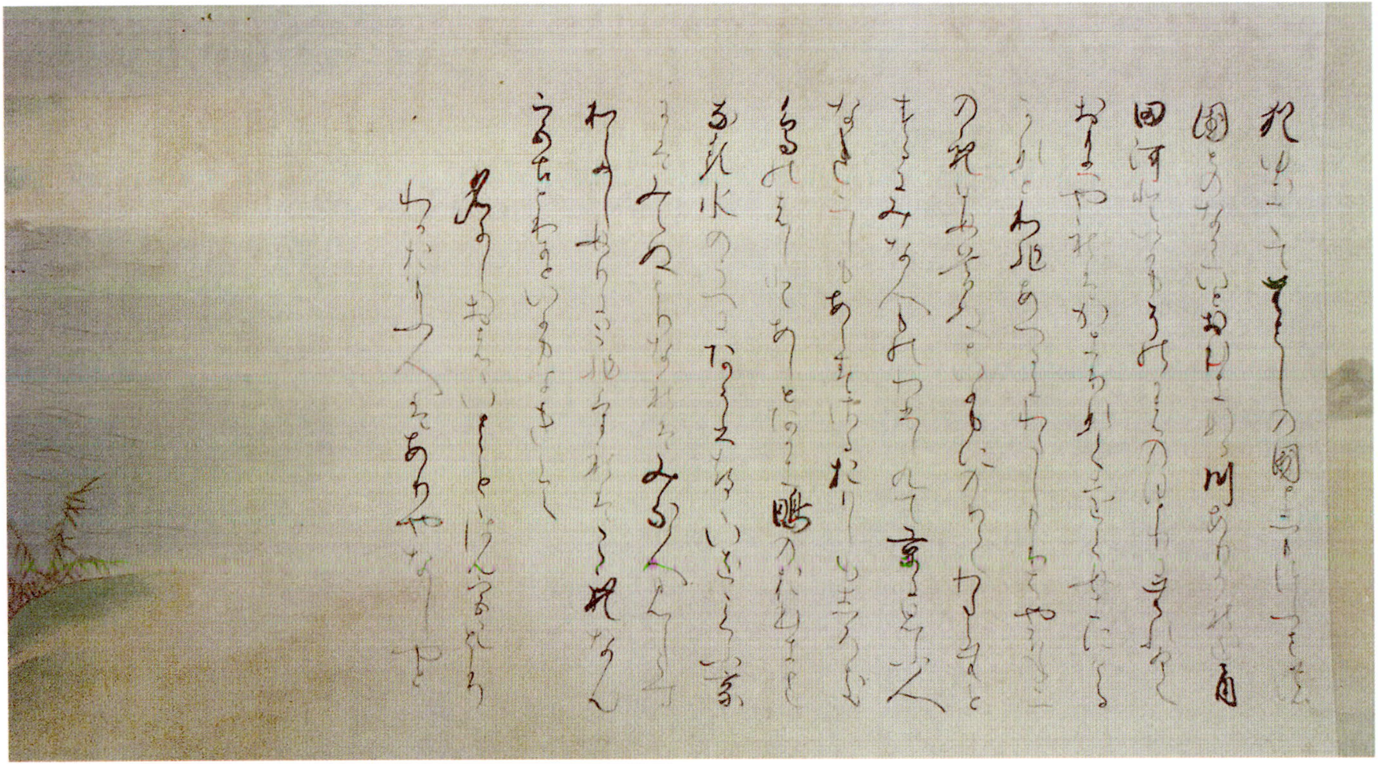

五

六

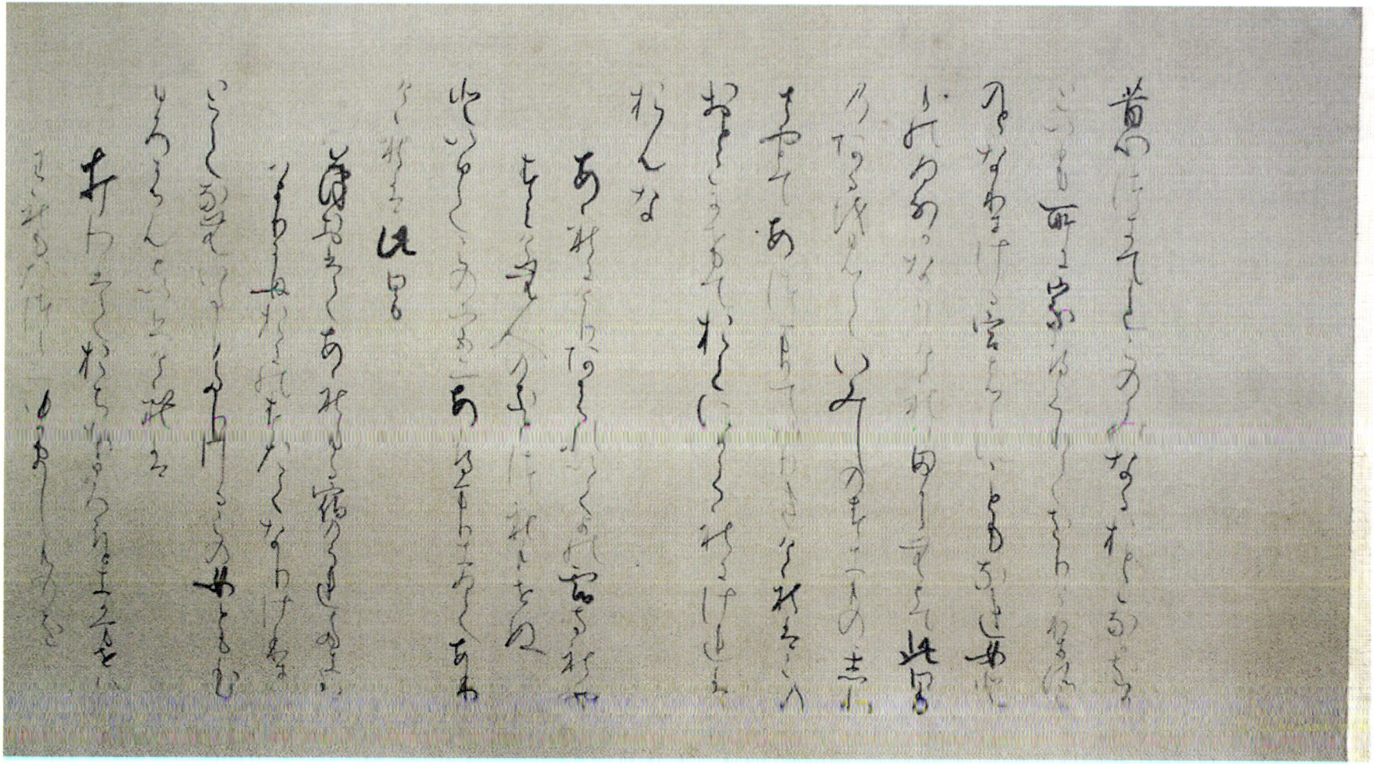

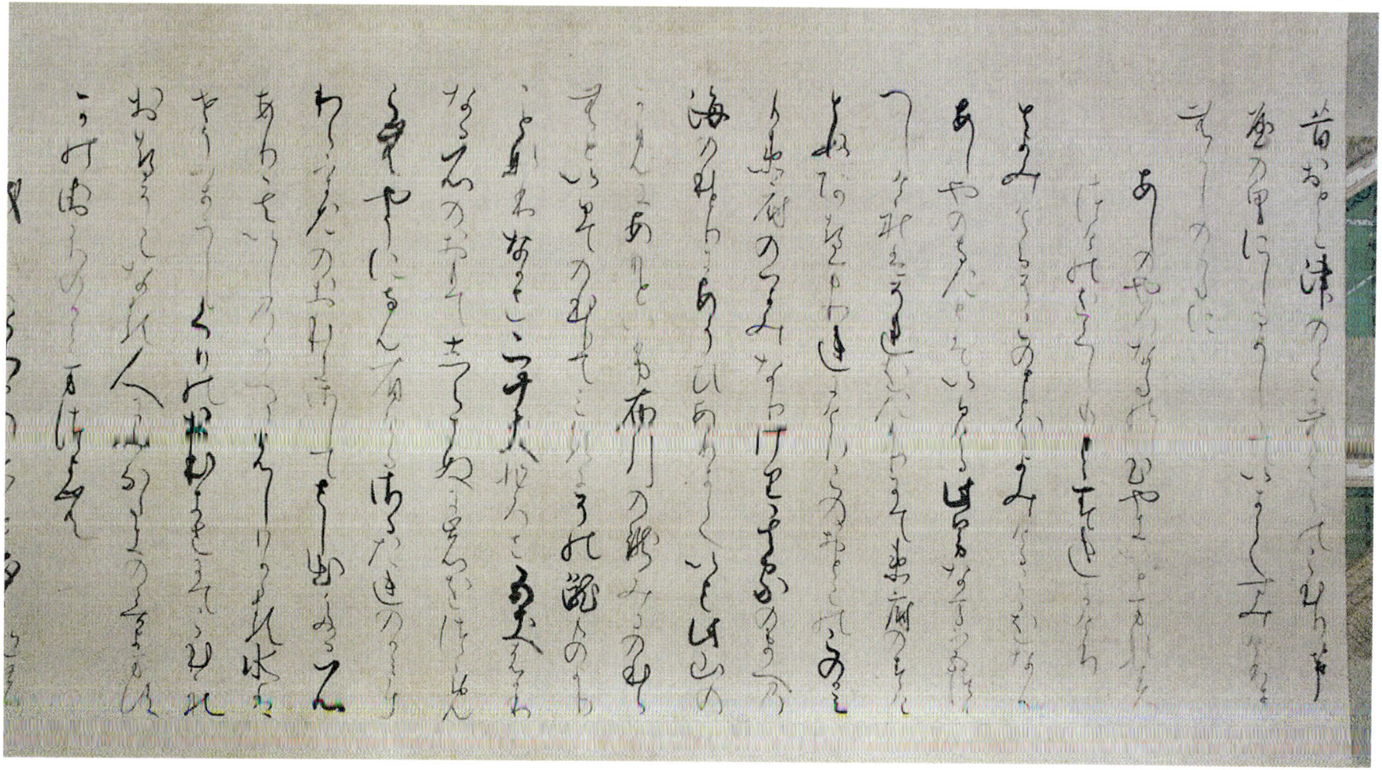

昔おとこ津のくにむはらのこほり芦
屋の里にしるよしゝていきてすみけり
むかしの歌に
あしのやのなたのしほやきいとまなみ
つけのをくしもさゝすきにけり
とよみけるそこの里をよみける こゝをなん
あしやのなたとはいひける このおとこなま
みやつかへしけれはそれをたよりにて衛府の
すけともあつまりきにけり このおとこの
このかみもゑふのかみなりけり その家のまへの
海のほとりにあそひありきて いさこの山の
かみにありといふ布引の滝みにのほらん
といひてのほりてみるに その滝ものより
ことなり なかさ二十丈ひろさ五丈はかり
なる石のおもてしらきぬに岩をつゝめらん
やうになんありける さるたきのかみに
わらうたのおほきさして さしいてたる石
あり その石のうへにはしりかゝる水は
せうかうしくりのおほきさにてこほれおつ
そこなる人にみなたきの歌よます かの
ゑふのかみまつよむ

四

六

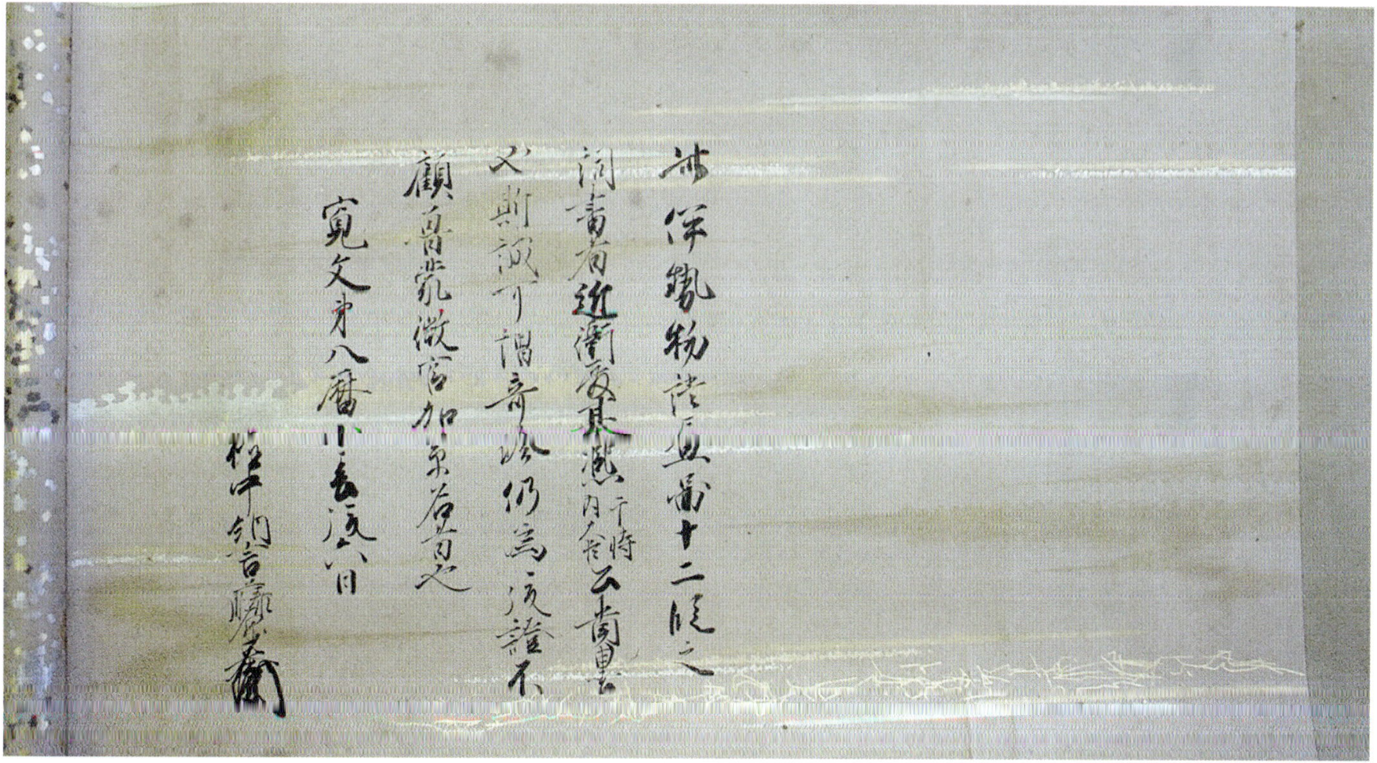
此伊勢物語画図十二段之
詞書者近衛殿基凞于時内大臣公真筆
又斯蹟可謂奇珍仍為後證不
顧愚昧微官加奥書者也
寛文第八暦十一月八日
権中納言藤原（花押）

初出・未公刊一覧……標題（掲載許可取得年月日）既掲載誌名

影印編

イギリス・オクスフォード大学ボドリアン図書館附属日本研究図書館所蔵本

Ⅰ『長恨哥』（二〇一二・九・五） 未公開

Ⅱ『やしま』（二〇一二・九・五） 未公開

ドイツ・ベルリン国立アジア美術館所蔵本

Ⅰ『天稚彦草紙絵巻』（二〇一〇・九・二〇） 未公開

ドイツ・バイエルン州立図書館所蔵本（DVD収録）

Ⅰ『源氏物語』（二〇〇七・五・二八）（再二〇一一・三・一四） 未公開

オーストリア・ウィーン国立民族学博物館所蔵本

Ⅰ『百人一首』（二〇一二・一〇・一二） 未公開

日本・宮内庁書陵部所蔵本

Ⅰ『禁裏御会始和歌懐紙』（二〇一二・五・一〇） 未公開

Ⅱ『武家百人一首色紙帖』（二〇一二・五・一〇） 未公開

日本・聖徳大学所蔵本

Ⅰ『敦盛』（二〇一〇・八・一一） 未公開

Ⅱ『伊勢物語』（二〇一〇・八・一一） 未公開

編著者略歴

辻　英子（つじ　えいこ）

昭和11年（1936）生まれ　日本文学専攻／文学博士

日本女子大学文学部国文学科卒業（昭和33年）。慶應義塾大学大学院文学研究科国文学専攻博士課程単位取得退学（昭和38年）。平成18年、文学博士（慶應義塾大学）。オーストリア国立ウイーン大学哲学学部民俗学科に正規学生として学び（昭和45年-50年）、単位取得退学。慶應義塾大学医学部付属厚生女子学院（現、慶應義塾大学看護医療学部）（昭和36年-45年）、日本女子大学（昭和52年-平成４年）、鶴見大学（昭和59年-平成15年）非常勤講師を経て、聖徳大学人文学部日本文化学科教授（昭和61年～平成23年退職）。

著書に『日本感靈録の研究』（昭和56年、笠間書院）、『在外日本絵巻の研究と資料』（平成11年、笠間書院）、『スペンサー・コレクション蔵日本絵巻物抄付、石山寺蔵』（平成14年、笠間書院）、『高野大師行状図画』（平成17年、親王院尭榮文庫）、『在外日本絵巻の研究と資料　続編』（平成18年、笠間書院）、『在外日本重要絵巻集成』（平成23年、笠間書院）。

本書は【研究編】【影印編】とDVDのセットです

在外日本重要絵巻選（ざいがいにほんじゅうようえまきせん）　【影印編】

平成26（2014）年２月28日　初版第１刷発行

編著者　辻　英子

発行者　池田つや子

装　幀　笠間書院装幀室

発行所　有限会社　笠間書院

〒101-0064　東京都千代田区猿楽町　2-2-3

電話　03-3295-1331（代）　Fax　03-3294-0996

NDC分類：913.37　　振替　00110-1-56002

ISBN978-4-305-70719-2　© TSUJI 2014　シナノ印刷

落丁・乱丁本はお取りかえいたします　（本文用紙・中性紙使用）